Sander

3,–

BASTEI
LÜBBE

JOHN SINCLAIR Jubiläums-Bände
im BASTEI-LÜBBE-Programm:

73 901 Willkommen in der Hölle
73 902 Zeit der Monster
73 903 In Satans Diensten
73 904 Flüche aus dem Jenseits

JASON DARK
JOHN SINCLAIR

Zeit der Monster

Acht spannende Grusel-Abenteuer

JUBILÄUMSBAND

BASTEI LÜBBE

BASTEI-LÜBBE-TASCHENBUCH
Band 73 902

Erste Auflage:
Juli 1993
Zweite Auflage:
November 1993

Lektorat: Rainer Delfs
Titelillustration: Frans de Jong/
Agentur Thomas Schlück
Innenillustrationen:
Fabian Fröhlich
Umschlaggestaltung:
Quadro Grafik, Bensberg
Satz: VID Verlags- und
Industriedrucke GmbH & Co. KG,
Villingen-Schwenningen
Druck und Verarbeitung:
Brodard & Taupin, La Flèche,
Frankreich
Printed in France

ISBN 3-404-73902-7

Der Preis dieses Bandes
versteht sich einschließlich der
gesetzlichen Mehrwertsteuer.

Inhalt

Liebe Grusel-Freunde,

es ist vollbracht – zwanzig Jahre John Sinclair. Ein Wahnsinn, unglaublich, nicht zu fassen.

Das schoß mir durch den Kopf, als ich darüber nachdachte. Ich konnte es zuerst nicht glauben. Wo ist nur die Zeit geblieben?

War es gestern, als ich den ersten Sinclair-Roman ›Die Nacht des Hexers‹ schrieb? Beinahe kommt es mir so vor, doch mittlerweile sind zwanzig Jahre vergangen. Ich habe mich verändert, aus den blonden wurden graue Haare, und auch an John und seinen Freunden ist die Zeit nicht spurlos vorübergegangen. Was haben sie nicht alles erlebt? Aber sie haben sich gut gehalten und ihren Humor nicht verloren.

Als kleines Extra und in limitierter Auflage erscheinen nun vier Taschenbücher mit jeweils acht Heftromanen pro Band. Es sind die ersten zweiunddreißig Heftromane mit John Sinclair – im ersten Band plus der Geschichte aus dem Paperback HEXENKÜSSE, in der John und Bill Conolly sich kennenlernen. Ein einmaliges Jubiläumsgeschenk für die unzähligen Sinclair-Fans im mittlerweile vereinten Deutschland.

Was bringt die Zukunft? Noch einmal zwanzig Jahre John Sinclair? Ich weiß es nicht, ich will es auch nicht beschwören. Stattdessen möchte ich mit dem Satz aufhören, den ich mir immer sage, wenn ich einen Roman beendet habe:

Auf ein Neues!

In diesem Sinne grüßt Sie alle sehr herzlich und in tiefer Dankbarkeit für ihre Lesetreue

Ihr Jason Dark

Dämonos

Die Dolchspitzen bohrten sich links und rechts in das straffe Fleisch seines Halses.

Garry Santer stand stocksteif. Er wußte, bei der geringsten Bewegung würden ihm die beiden Messer die Kehle zerfetzen.

Zwei dünne Blutrinnsale liefen an Santers Hals hinab und benetzten den weißen Hemdkragen.

Heißer, widerlich riechender Atem streifte sein Gesicht. Die beiden Kerle standen neben Garry. Sie hatten ihn in diese verdammte Rattenfalle gelockt.

Garry Santer hatte gräßliche Angst. Mit weit aufgerissenen Augen starrte er in die Dunkelheit.

Und dann geschah das, wovor er sich immer schon insgeheim gefürchtet hatte.

Er sah plötzlich die beiden Augen. Wie helle, glasklare Flecken schwebten sie vor ihm in der Finsternis.

Garry Santer begann zu zittern.

Der Tod war gekommen . . .

Zwei Männer schlichen über den dunklen Friedhof.

Es war die Zeit vor der Morgendämmerung. Die ersten dicken Nebelschwaden waren bereits von der Themse hochgestiegen und krochen wie große weiße Watteschleier dem nahen Friedhof entgegen.

Die beiden Männer waren Chinesen. Sie trugen dunkle, eng am Körper liegende Kleidung und schwere, höllisch scharfe Krummdolche in den Ledergürteln.

Die Chinesen sprachen kein Wort. Sie verständigten sich nur durch knappe Gesten.

Ihr Ziel war die Leichenhalle. Drei Tote, die morgen beerdigt werden sollten, waren dort aufgebahrt. Sie lagen bereits in den Särgen, doch die Deckel waren noch nicht zugeschraubt. Die Chinesen konnten sich auf den Mann, der ihnen diese Information gegeben hatte, hundertprozentig verlassen.

Der Nebel wurde immer dichter. Die Schleier legten sich um Gebüsche, knorrige Baumäste und wanden sich wie spielerisch um hohe, verwitterte Grabsteine.

Die beiden Männer störte der Nebel nicht. Im Gegenteil, er kam ihnen sehr gelegen. So brauchten sie wenigstens nicht damit zu rechnen, daß der Friedhofswärter auf den Beinen war.

Das ziegelrote Backsteingebäude der Leichenhalle tauchte aus den diffusen Schwaden auf.

Die Chinesen passierten das Hauptportal, gingen um das Gebäude herum und gelangten zu einer schmalen Hintertür.

Hier verharrten sie einen Augenblick.

Lauschten konzentriert.

Doch kein verdächtiges Geräusch war zu hören.

Einer der Männer griff unter seinen Pullover. Er brachte eine lange Feile und eine schmale Taschenlampe zum Vorschein. Die Lampe reichte er seinem Kumpan, der sie anknipste und das Schloß anleuchtete.

Der zweite Chinese ging leicht in die Hocke und machte sich an dem Türschloß zu schaffen.

Er werkelte einige Minuten daran herum und stieß ein paarmal zischende Verwünschungen aus.

Schließlich hatte er das Schloß geknackt. Mit dem Handballen drückte er gegen das Türblatt.

Quietschend schwang die Tür nach innen.

Verbrauchte und abgestandene Luft schlug den Einbrechern entgegen. Sie rümpften unwillkürlich die Nasen. Doch dann huschten sie ins Innere des Leichenhauses.

Der Lichtstrahl schnitt durch die Finsternis. Die Halle war ziemlich geräumig, und die beiden Eindringlinge mußten erst noch einige Meter zurücklegen, ehe sie die Särge sehen konnten.

Sie standen nebeneinander. Auf einem Podest, zu dem drei Stufen hinaufführten.

Katzengewandt schlichen die beiden Chinesen zu den Särgen hin. Es war genauso, wie ihr Informant gesagt hatte. Die Särge waren offen.

Der Mann mit der Lampe leuchtete in jeden hinein.

In dem ersten Sarg lag ein junges Mädchen. Es hatte pechschwarzes Haar und mandelförmige Augen. Eine Eurasierin. Sie war durch einen Verkehrsunfall ums Leben gekommen.

In den zwei anderen Särgen lagen eine Frau und ein Mann. Beide hatten die Siebzig schon überschritten. Die Frau mußte vor ihrem Tod sehr gelitten haben, denn noch jetzt spiegelte sich der Schmerz in dem Gesicht wider.

Die beiden Männer sahen sich kurz an. Dann nickten sie.

Einer von ihnen umschloß mit den Fingern den Griff seines Dolches.

Es gab ein leises schabendes Geräusch, als die Klinge aus der geschmeidigen Lederscheide fuhr.

Der bläuliche Stahl blitzte im Schein der Lampe.

Die Männer beugten sich über das junge Mädchen.

Der Dolch näherte sich den Augen der Leiche und begann plötzlich von innen heraus zu glühen und zu pulsieren. Und dann löste sich eine leuchtende Spur aus den toten Augen und floß dem Dolch zu.

Der Stahl erbebte, saugte die Spur förmlich in sich ein – bis die Augen eine tiefschwarze Färbung angenommen hatten.

Gelassen wandten sie sich den beiden anderen Toten zu.

Der Dolch war jetzt gleißend hell geworden.

So lautlos, wie die beiden Männer gekommen waren, verließen sie auch die Leichenhalle wieder. An einer bestimmten Stelle des Friedhofs kletterten sie über die Mauer. Hundert Meter weiter parkte ein dunkelgrüner Volkswagen.

Die Chinesen stiegen ein, und wenig später hatte sie der immer dicker werdende Nebel verschluckt.

Old Paddy war fast siebzig Jahre alt. Er hatte sein Leben meist in der freien Natur verbracht und nie große Ansprüche gestellt.

Gearbeitet hatte er nur, wenn er mal Geld brauchte. Und da er sehr bescheiden war, hatte er auch nicht viel von Arbeit gehalten.

Und doch gab es etwas, das Old Paddy immer wieder Spaß machte.

Das Angeln.

Er angelte jetzt schon seit fünfzig Jahren und fast immer an der gleichen Stelle. Nämlich dort, wo der Londoner Hafen aufhörte und die Themse sich dem offenen Meer näherte.

Es gab dort eine Wiese, wo Old Paddy all seine Würmer und Maden fand, die er als Köder brauchte. Paddy angelte meist in den frühen Morgenstunden, wenn die ersten Nebelschwaden aus dem Fluß stiegen.

Auch an diesem Dienstagmorgen warf er wieder seine Angel aus. Nachdem die Schnur in einem günstigen flachen Winkel die Oberfläche durchstoßen hatte, steckte Old Paddy die Rute in dem feuchten Wiesengrund fest, pflanzte sich auf einen einbeinigen Hocker und genehmigte sich seine Morgenpfeife.

Schon bald vermischte sich der würzige Tabakduft mit den Nebelschwaden.

Es dauerte ungefähr zehn Minuten, als plötzlich das Glöckchen oben an der Angelrute anschlug.

»Das ging aber schnell«, murmelte Old Paddy und erhob sich ächzend.

Vorsichtig wollte er die Schnur einholen.

Es ging nicht. Sie saß irgendwo fest.

»Verdammt!« fluchte Old Paddy.

Er kniff die Augen zusammen und starrte auf die graugrüne Wasseroberfläche.

Zu sehen war so gut wie nichts. Der Nebel hatte sich wie ein dickes Tuch ausgebreitet.

Doch Old Paddy gab nicht auf. Er wollte unbedingt herausbekommen, woran sich der Angelhaken festgeklemmt hatte.

Seitlich stieg Old Paddy die kleine Uferböschung hinunter. Der Boden war feucht, und Paddy mußte aufpassen, daß er nicht ausrutschte.

Schließlich hatte er die ersten Steine, die sich am gesamten Flußufer hinzogen, erreicht.

Das Wasser umspülte Paddys Gummistiefel. Genau über seiner rechten Schulter spannte sich die Angelschnur.

Old Paddy umfaßte die Schnur mit beiden Händen. Behutsam begann er zu ziehen.

Er mußte eine gehörige Portion Kraft aufwenden, um den Gegenstand, in dem sich der Angelhaken verankert hatte, ans Ufer zu bekommen.

Dann sah Old Paddy den dunklen Fleck auf der Wasseroberfläche.

Ein komisches Gefühl stieg in dem Alten hoch.

Schließlich hatte Paddy den Gegenstand so weit vorgezogen, daß er ihn mit beiden Händen greifen konnte.

Und da hatte Old Paddy Gewißheit.

Eine männliche Leiche war gegen den Angelhaken getrieben worden. Der Tote trug sogar noch seine Kleidung. Selbst die Schuhe fehlten nicht.

»Bestimmt irgendein Selbstmörder«, knurrte Paddy.

Keuchend zog er den Toten aufs Trockene.

Die Leiche lag auf dem Bauch. Old Paddy mußte erst mal einige Sekunden verschnaufen, ehe er den Toten auf den Rücken drehte.

Doch dann hatte er plötzlich das Gefühl, sein Herzschlag würde aussetzen.

Paddys Augen weiteten sich entsetzt. Seine faltige Hand krampfte sich um den dürren Hals.

»Das – das darf doch nicht wahr sein«, ächzte Old Paddy. »Das – das . . .« Paddy verstummte.

Wie gebannt starrte er auf die Augen der Leiche. Nie zuvor hatte er so etwas gesehen. Die Augen – waren vollkommen schwarz!

Mit einer knappen Bewegung zog Doc Simmons, der Polizeiarzt, das weiße Laken wieder über den Toten.

»Es steht einwandfrei fest, Sergeant, der Mann ist schon vor einigen Stunden umgebracht worden. Durch einen Stich in den Rücken.«

Sergeant Kilroy wischte sich über das Gesicht. Obwohl es in dem Obduktionsraum kühl war, schwitzte er. Der verdammte Fall ging ihm an die Nieren.

Old Paddy hatte ihn alarmiert. Buchstäblich aus dem Bett geworfen. Die Mordkommission hatte mit ihrer Arbeit begonnen und erst am späten Vormittag wieder aufgehört. Wenigstens der technische Stab. Die unangenehmen Aufgaben lagen noch vor Sergeant Kilroy.

»Schwarze Augen«, murmelte der Polizeibeamte. »Wo gibt es denn so etwas.«

Kilroy fuhr sich mit dem Zeigefinger zwischen Hemdkragen und Hals.

»Das ist Ihr Job«, gab der ziemlich abgebrühte Doc zurück. »In meiner ganzen Laufbahn als Polizeiarzt sind mir schwarze Augen noch nie untergekommen. Medizinisch betrachtet völlig unmöglich. Der einzige, der dieses Rätsel lösen kann, ist der Täter. Finden Sie den oder die Mörder.«

Kilroy warf Doc Simmons einen wütenden Blick zu. »Nee, mein lieber Mann«, knurrte er. »Die Sache ist eine Nummer zu groß für mich. Und überhaupt die ganzen Begleitumstände. Ich gebe den Fall ab.«

»Ihre Sache«, erwiderte der Doc trocken. »So, und nun lassen Sie mich allein. Ich habe zu tun.«

Simmons nickte dem Sergeant zu und verschwand.

Ein Gehilfe kam und rollte die Bahre mit dem Toten weg.

Sergeant Kilroy fuhr in sein Büro im Scotland-Yard-Gebäude.

Dort machte er sein Vorhaben wahr. Er ließ sich dann mit Superintendent Powell verbinden und erklärte ihm den Fall.

»Was sagen Sie da?« schnarrte Powell. »Der Tote hatte schwarze Augen?«

»Ja, Sir!«

»Bringen Sie mir sofort die Unterlagen über den Mordfall. Ab jetzt übernehmen wir ihn.«

Kilroy grinste in sich hinein, als er das hörte.

Wenig später lagen die Unterlagen auf Superintendent Powells Schreibtisch. Und wieder ein paar Minuten später ließ Powell Inspektor John Sinclair rufen, seinen besten Agenten.

»Eigentlich wollte ich gerade Feierabend machen, Sir«, sagte John, als er das Zimmer betrat.

Powell räusperte sich und fixierte den Inspektor hinter seinen dicken Brillengläsern.

»Wann werden Sie sich endlich mal einen anderen Ton angewöhnen?«

»Wenn ich auf Ihrem Stuhl sitze, Sir.«

Daraufhin bekam Powell einen Hustenanfall.

John Sinclair nahm lachend Platz.

Er war nicht der Typ, wie man sich im allgemeinen einen Scotland-Yard-Inspektor vorstellt. John hatte die Dreißig gerade erreicht, war ziemlich groß, sportlich und durchtrainiert. Er hatte blondes Haar und blaue Augen, um die meistens ein paar Lachfältchen lagen.

Powell nahm einen Schluck Wasser. Das Glas wurde von seiner Sekretärin jede halbe Stunde automatisch wieder aufgefüllt.

»Sie haben von dieser unglaublichen Geschichte in der Leichenhalle gehört, Inspektor?«

John nickte. »Ich las es heute morgen in den Routineberichten. Wenn ich richtig informiert bin, hatten die drei Leichen schwarze Augen.«

»Genau, Inspektor. Und nun kommt noch eine vierte hinzu.«

John hob fragend die Augenbrauen.

Superintendent Powell begann vorzulesen.

»Garry Santer. Einundvierzig Jahre, Hautfarbe weiß. Von Beruf Privatdetektiv. Er wurde heute in den frühen Morgenstunden von einem Angler aus der Themse gefischt. Mit schwarzen Augen, Inspektor.«

»Verdammt«, entfuhr es John Sinclair. Superintendent Powell

lehnte sich zurück. Er nahm noch einen Schluck aus seinem Wasserglas.

»Na, Inspektor, was ist Ihre Meinung?«

John zuckte die Achseln. »Hinter diesen Morden scheinen Methode und eine Bande zu stecken. Ich . . .«

»Sie haben keinen dringenden Fall, Inspektor«, sagte Superintendent Powell knapp, »und deshalb kümmern Sie sich um die Sache. Halten Sie mich auf dem laufenden.«

»Wird gemacht, Sir.«

John stand auf, schnappte sich den dünnen Schnellhefter und verzog sich in sein Büro.

Garry Santer. Den Namen des Ermordeten hatte er schon einmal gehört. In irgendeiner Sache hatte der Mann mitgemischt. Schließlich fiel es John ein. Santer war in einen politischen Skandal verwickelt gewesen. Er hatte im Verdacht gestanden, aus belastenden Fotos Kapital schlagen zu wollen. Die ganze Sache war damals aufgeflogen. Aber Santer hatte man nichts beweisen können. Er konnte sogar noch seine Lizenz behalten.

Aus dem Telefonbuch holte sich John Santers Adresse. Der Privatdetektiv hatte in der Nähe des Hyde Parks gewohnt. Das war eine gutbürgerliche Gegend.

John klemmte sich in seinen Bentley und rauschte ab.

Als er sich durch den Nachmittagsverkehr gequält und das Haus erreicht hatte, war es mittlerweile schon siebzehn Uhr geworden. John fand mit Ach und Krach einen Parkplatz.

Das Haus beherbergte fast ausschließlich Firmen. Nur im Erdgeschoß wohnte eine Familie. Wahrscheinlich die des Hausmeisters.

Die drehbare Glastür war in ständiger Bewegung. Die Menschen, die hier arbeiteten, hatten gerade Feierabend. John war der einzige, der in die entgegengesetzte Richtung mußte.

Die Eingangshalle war mit Fliesen gekachelt. Garry Santer hatte sein Büro im vierten Stock.

John nahm den Aufzug.

Er war allein in der Kabine.

Auch oben auf dem mit Holz verkleideten langen Flur begegnete ihm niemand.

Die kleine Detektei hatte zwei Eingangstüren. Auf einer stand das Wort ›Vorzimmer‹ und auf der anderen Tür ›Bitte nebenan anmelden‹.

Johns Kollegen hatten die Büroräume noch nicht durchsucht. Das wollte er schnellstens nachholen.

Er drückte auf die Klinke der Vorzimmertür.

Verschlossen.

John stieß einen leisen Fluch aus, holte sein Spezialbesteck, das er vorsorglich mitgenommen hatte, aus der Tasche und machte sich an dem Schloß zu schaffen.

Nach genau vier Minuten war die Tür offen.

Vor dem Bürofenster waren die Jalousetten heruntergelassen. Das ohnehin trübe Tageslicht fiel nur schwach in den Raum.

John erkannte einen modernen Schreibtisch, auf dem eine abgedeckte Schreibmaschine stand, einen Aktenschrank und zwei Besucherstühle.

Eine Tür führte in den Nebenraum. Sie stand ein Stück offen.

John Sinclair betrat das Büro des ermordeten Detektivs. Wenn er daran dachte, daß man Santer erstochen hatte, lief ihm ein kalter Schauer über den Rücken.

John machte Licht.

Santers Schreibtisch bestand aus Palisander. Er war sorgfältig aufgeräumt. Auf einer Seite des Schreibtisches stand ein tragbares Fernsehgerät, auf der anderen zwei Telefonapparate. In einer Schale lagen einige Füller und Kugelschreiber. Neben dem Fenster stand noch ein Aktenschrank.

John probierte die Schreibtischschubladen. Sie waren verschlossen. John bückte sich und stellte fest, daß die Laden alle moderne Zylinderschlösser hatten. So ohne weiteres konnte er die Schublade nicht knacken.

Ein Zettelkasten fiel John ins Auge. Er stand neben dem Aschenbecher auf einem kleinen Besuchertischchen in der Ecke.

John hob den Deckel des Kastens hoch und entdeckte ein Schlüsselpaar.

Die Schlüssel paßten zu der Schreibtischschublade.

In der untersten Lade fand John einige Flaschen. Whisky, Kognak und auch Wodka.

Er ging die Schubfächer der Reihe nach durch. Und dann hatte er Glück. Ein schmaler Hefter fiel ihm in die Finger.

»Besondere Fälle«, stand darauf.

John schlug den Hefter auf. Er enthielt nur ein Blatt. Ein gewisser Derek Nichols hatte Garry Santer beauftragt, seine

Tochter Cindy zu suchen. Als Vorschuß hatte Santer tausend Pfund bekommen.

John pfiff durch die Zähne. Das war eine hübsche Summe.

Gedankenverloren legte der Inspektor den Hefter wieder zurück. Hatte dieser Auftrag zu Santers Ermordung beigetragen? Vielleicht. Auf jeden Fall war es eine interessante Spur.

John Sinclair war mit dem Ergebnis zufrieden.

Er wollte sich gerade wieder zum Gehen wenden, da hörte er an der Tür zum Vorzimmer Geräusche.

Und dann verlöschte das Licht . . .

Das Gewölbe lag tief unter der Erde. Es war groß und fast quadratisch. Ein diffuses, bläulich schimmerndes Licht, das aus dem Nichts zu kommen schien, erhellte das Verlies so weit, daß auch Menschenaugen etwas erkennen konnten.

Drei Seiten des Gewölbes bestanden aus dicken Steinquadern, in deren Ritzen die Feuchtigkeit nistete und allerlei Getier herumkrabbelte.

Doch die Stirnseite des unterirdischen Raumes war aus Glas.

Eine riesige blaugraue Scheibe zog sich von einer Seite zur anderen. Bei genauem Betrachten hatte man das Gefühl, die Scheibe würde dauernd in Bewegung sein. Wurde sie von der Seite betrachtet, schien sie Wellen zu schlagen, dann – von vorne gesehen – wirkte sie auf den Betrachter wieder ruhig und glatt.

Hinter der gerade noch durchsichtigen Scheibe lauerten zwei überdimensionale Augen.

Es waren unheimliche Gebilde. Die großen runden Pupillen schienen von innen zu leuchten. Sie waren fast schwarz, und nur ab und zu tauchten kleine rote Punkte darin auf. Die Augen strömten eine seltsame Kraft aus, die mühelos die Glaswand durchdrang.

Plötzlich betrat ein Mann das Gewölbe. Er kam aus einem versteckten Eingang und trug einen schwarzen Umhang, dessen Innenteil mit silberner Seide gefüttert war. Der Mann war ein Chinese. Er hatte sein Haar zu einem Zopf geflochten, der ihm bis weit in den Nacken herunterhing. Das Gesicht war starr. Es wirkte wie eine Maske.

Mit gemessenen Schritten ging der Mann auf die Glaswand, hinter der die beiden Augen schimmerten, zu.

Etwa zwei Meter vor der Wand blieb er stehen.

Langsam hob er beide Arme.

»O Li Ten Sai«, rief er, »o Göttin, die du vor Tausenden von Jahren auf unserer Erde gelebt hast, komm zurück! Deine Diener warten auf dich, o Göttin. Die Dämonen werden dir wieder gehorchen. Du wirst die Welt beherrschen wie in alter Zeit. Komm, Li Ten Sai.«

Der Mann verneigte sich vor der Glasscheibe. Er beugte seinen Oberkörper dabei so tief, daß die Stirn den Felsboden berührte.

Dann schwang er langsam wieder hoch.

Der Mann faßte unter seinen Umhang. Als seine Hand wieder hervorkam, hielt sie einen leuchtenden, pulsierenden Dolch.

»Nimm dieses Opfer, o Göttin«, rief er, »damit es dich stärkt und dir die Kraft für die großen Aufgaben gibt, die auf der Erde noch auf dich warten!«

Die riesigen Augen hinter der blaugrauen Glasscheibe zuckten. Aus den unergründlichen schwarzen Pupillenschächten stiegen dunkelrote Punkte hervor.

Rot wie Blut.

Der Chinese hob die Hand mit dem Dolch. Er vollführte eine kreisende Bewegung.

Plötzlich geschah etwas Seltsames.

Ein gleißender Strahl löste sich aus dem Dolch, raste auf die Glasscheibe zu – und verschwand darin. Wurde einfach aufgesogen.

Etwas Unheimliches, Unerklärliches war hier im Gange. Mächte und Kräfte aus dem Jenseits hatten ihre Hand im Spiel.

Der Chinese wandte sich ab.

Er konnte eine Erklärung geben. Außer ihm war nur wenigen Eingeweihten bekannt, daß die Scheibe das Tor zu einer anderen Dimension war.

Der Eingang in das Dämonenreich . . .

John Sinclairs Instinkt, geschult in Hunderten von kritischen Situationen, witterte sofort Gefahr.

Blitzschnell ging der Inspektor hinter dem Schreibtisch in Deckung. Er hielt den Atem an und lauschte.

Der oder die Eindringlinge mußten im Vorzimmer sein.

Flüsternde Stimmen drangen an Johns Ohr. Schleichende Schritte näheren sich dem Arbeitszimmer des Privatdetektivs.

Ein großer Schatten verdunkelte den Eingang.

Die Verbindungstür wurde ganz aufgestoßen. Sie schleifte etwas über den Kunststoffboden.

Ein Mann betrat das Zimmer. Und hinter ihm schob sich ein zweiter in den Raum.

Es sah nicht gut aus für John.

Die Männer bemühten sich, kein Geräusch zu machen. Noch hatten sie den Inspektor nicht gesehen.

John peilte um die Schreibtischkante.

Das Licht, das durch die Jalousetten drang, reichte aus, um erkennen zu lassen, daß die beiden Männer Asiaten waren.

Chinesen!

Sie trugen dunkle Anzüge und Rollkragenpullover.

John spannte die Muskeln.

Einer der Männer bewegte sich seitlich auf Inspektor Sinclair zu. Er wollte sich wohl den Schreibtisch vornehmen, während sein Kumpan sich an dem Aktenschrank in der Ecke zu schaffen machte.

John Sinclair verlagerte sein Gewicht.

Und in diesem Augenblick entdeckte ihn der Chinese.

Der Überraschungseffekt lag auf Johns Seite. Ehe der Chinese einen Warnschrei ausstoßen konnte, hatte ihm John von unten her beide Fäuste in die Magenpartie gestoßen.

Ächzend kippte der Mann zu Boden.

Sein Kumpan hatte natürlich das Geräusch gehört und wirbelte gedankenschnell herum.

Doch John flog ihm schon entgegen.

Der Chinese krachte gegen den Aktenschrank.

John Sinclair setzte mit einem Schwinger nach. Keuchend sackte der Kerl zusammen. Doch gleichzeitig stieß er seinen Kopf vor.

Er traf John genau auf den Solarplexus.

Der Inspektor hatte das Gefühl, als würden ihm die Eingeweide in die Kehle steigen. Er verlor für einige Augenblicke die Übersicht.

Das nutzte sein zäher Gegner aus.

Er hielt plötzlich ein Messer in der Hand, einen gefährlichen Krummdolch!

John wich zurück.

In seinem Rücken hörte er ächzende Geräusche.

Verdammt, der zweite Kerl kam schon wieder zu sich.

Von unten her zog der Chinese den Dolch auf John Sinclair zu.

Der Inspektor sprang zur Seite.

Haarscharf ging der Hieb ins Leere.

Doch schon kam der nächste Stich.

Er wurde waagerecht geführt, hätte John bestimmt die Kehle aufgeschlitzt, wenn er sich nicht im gleichen Moment fallen gelassen hätte.

John Sinclair prallte auf den Boden und schlug gleichzeitig seine Karatefaust gegen die Kniescheibe des Messerkämpfers.

Es gab ein häßliches Geräusch, und der Mann brach zusammen. Er mußte wahnsinnige Schmerzen haben, doch nicht ein Laut drang über seine Lippen.

Noch auf dem Boden liegend, warf sich John herum.

Der zweite Gegner stand auf dem Schreibtisch. Er hielt ebenfalls ein Messer in der Hand und flog auf John zu.

Sekundenbruchteile entschieden.

John Sinclair tauchte zur Seite. Trotzdem wurde er von dem Fuß des Mannes noch hart am Kopf getroffen. John sah Sterne, kippte nach hinten und knallte mit dem Hinterkopf auf den Boden.

Für ein paar Augenblicke hatte er Sendepause.

Das reichte dem Chinesen.

Er warf sich auf den Inspektor und nagelte ihn mit seinen Knien am Boden fest. Sein linker Arm preßte sich auf Johns Kehle, schnürte ihm die Luft ab.

John Sinclair röchelte. Weit riß er die Augen auf und sah plötzlich die mörderische Klinge auf sich zurasen.

Instinktiv schnellte John die linke Hand hoch.

Buchstäblich im letzten Augenblick gelang es ihm, das Gelenk der Messerhand zu packen und festzuhalten.

Einen Fingerbreit vor Johns Augen zitterte die Dolchspitze.

Ein lautloser, verbissener Kampf entbrannte. Der Chinese war von dem Gedanken besessen, John zu töten. Er setzte all seine Kraft ein.

Für John wurde der Druck unerträglich. Da der verdammte Chinese ihm gleichzeitig noch die Kehle zupreßte, mußte er einfach verlieren.

Plötzlich ließ der Chinese Johns Kehle los. Das war der Moment, in dem er wohl alles auf eine Karte setzen wollte.

Der Chinese beugte seinen Oberkörper tiefer, setzte all seine Kraft ein. Die Schläfenadern sprengten fast die Stirn. Der Mund stand halb offen. Ächzende, kehlige Laute drangen daraus hervor.

Und John Sinclair sah seine Chance.

Dadurch, daß der Dolch des Chinesen gekrümmt war und der Kerl seinen Oberkörper weit vorgebeugt hatte, bekam John ein wenig Bewegungsfreiheit.

Er hob blitzschnell seinen Kopf und stieß mit aller Macht seine Stirn gegen die Nase des Chinesen.

Es war wirklich das allerletzte Mittel.

Der Chinese heulte auf. Tränen schossen ihm aus den Augen. Er ließ John Sinclair los.

John fegte als erstes die Hand mit der Waffe zur Seite. Dann rollte er sich unter dem Chinesen weg, wollte auf die Beine springen, doch es ging nicht.

Der mörderische Kampf hatte zuviel Kraft gekostet.

Johns Lungen pfiffen wie Blasebälge. Auf allen vieren kroch er zu dem Schreibtisch und zog sich an der Kante hoch. Er spürte, wie er am ganzen Körper zitterte.

Der Chinese gab plötzlich Fersengeld. Er warf sich auf der Stelle herum und rannte nach draußen.

John wollte die Verfolgung aufnehmen, doch seine Beine knickten ihm weg. Er konnte sich gerade noch an dem Schreibtisch festhalten.

Der zweite Chinese lag noch immer am Boden. Er hielt sich mit beiden Händen die zerschmetterte Kniescheibe und atmete gepreßt.

John Sinclair brauchte einige Minuten, bis er wieder fit war. Dann ging er auf den Chinesen zu.

Haßerfüllt starrte dieser zu dem Inspektor hoch.

John verzog das Gesicht. Dann zeigte er auf die verletzte Kniescheibe des Mannes.

»Du bist selbst schuld. Es hätte gar nicht soweit kommen brauchen.«

Der Chinese schwieg.

»Laß mal sehen«, sagte John und bückte sich.

Ein Fluch wurde ihm entgegengeschleudert. Der Verletzte rollte sich zur Seite und hielt plötzlich wieder seinen Krummdolch in der Hand.

Ehe John Sinclair reagieren konnte, hatte der Mann schon zugestoßen.

Er hatte sich das eigene Messer tief in die Bauchdecke gestoßen.

John sprang zurück. Er wußte, daß er diesem Mann nicht mehr helfen konnte. Denn der war dabei, Harakiri zu begehen.

Eine für einen Europäer gräßliche Todesart. Sie kam eigentlich nur bei den Japanern vor, doch dieser Chinese hatte die Tradition übernommen.

John Sinclair wandte sich ab. Er trat ins Nebenzimmer. Bis hierher hörte er noch das gepreßte Atmen des Chinesen.

Nach einigen Minuten war es still.

John ging wieder zurück.

Der Chinese lebte nicht mehr. Noch im Tod hielten seine Hände den Dolchgriff umklammert.

John schob sich eine Zigarette zwischen die Lippen. Als er sie anzünden wollte, sah er, wie seine Finger zitterten.

Im selben Augenblick flammte wieder das Licht auf.

John wirbelte herum und sah genau in das schreckensstarre Gesicht einer Frau . . .

»Aaaaaahhh!«

Der Schrei gellte durch das Zimmer und brach so plötzlich ab, wie er aufgeklungen war.

Die linke Hand der Frau lag noch immer auf dem Lichtschalter, während sich die rechte in den Stoff des Pullovers gekrallt hatte.

John war mit drei Schritten bei ihr.

»Kommen Sie mit in den Nebenraum!«

Er faßte die Unbekannte an den Schultern.

»Nein«, brüllte sie plötzlich. »Sie Mörder! Mörder!«

Sie trommelte wild mit ihren Fäusten gegen Johns Brust.

Der Inspektor sah nur eine Möglichkeit. Eine schallende Ohrfeige klatschte in das Gesicht der Tobenden.

Die Frau war sofort ruhig.

Aus übergroßen Augen starrte sie John an.

Der Inspektor schob sie ins Nebenzimmer. Dann schloß er die Tür.

»Hier, nehmen Sie«, sagte John und hielt der Unbekannten seine Zigarettenschachtel hin.

Sie griff zögernd nach einem Stäbchen.

John gab ihr Feuer und kam nun endlich auch dazu, sich seinen Glimmstengel anzuzünden.

Die Frau rauchte einige hastige Züge.

»Wer sind Sie?« fragte sie mit bebender Stimme.

»Das gleiche werde ich Sie fragen. Aber damit Sie beruhigt sind: Ich bin Inspektor Sinclair von Scotland Yard.« Er zückte seinen Ausweis.

»Polizei?« hauchte die Frau.

»Ja. Darf ich nun Ihren Namen erfahren? Und den Grund, weshalb Sie in dieses Büro gekommen sind?«

Die Unbekannte schluckte. »Ich – ich heiße Samantha Croydon. Ich bin Mister Santers Sekretärin. Ich wollte nachsehen, ob er heute wieder ins Büro gekommen ist. Er war fast drei Tage nicht da.«

John sah Samantha an. Sie war für eine Frau ziemlich groß, hatte eine leicht gebogene Nase, einen etwas zu schmalen Mund und hohe Wangenknochen. Die Haare trug sie halblang und wohlfrisiert. Sie war keine schöne Frau, aber ein interessanter Typ. John schätzte sie auf mindestens dreißig, was die kleinen Fältchen in den Augenwinkeln verrieten.

Nachdenklich streifte John die Zigarettenasche ab. »Mister Santer wird nicht mehr kommen, Miss Croydon. Er ist tot.«

»O Gott. Was sagen Sie?« Samantha Croydon starrte John mit offenem Mund an.

Zwei, drei Sekunden stand sie unbeweglich, dann brach sie weinend zusammen. John konnte sie gerade noch auffangen.

Er trug Samantha zu einem Stuhl. Es dauerte lange, bis sich die Frau wieder beruhigt hatte.

»Wie lange arbeiten Sie schon für Mister Santer?« wollte John wissen.

»Seit über zwei Jahren«, erwiderte Samantha leise. »Wir verstanden uns sehr gut. Auch privat, wenn Sie wissen, was ich meine.«

John nickte. »Dann waren Sie bestimmt über alles informiert, was mit der Detektei zusammenhing.«

»Ja, Inspektor.«

John Sinclair blickte der Frau fest in die verweinten Augen. »Sie müssen mir alles sagen, was Sie wissen. Mit welchem Fall Mister Santer beschäftigt gewesen war. Jede Kleinigkeit kann wichtig sein. Überlegen Sie gut.«

Samantha Croydon nickte. Sie holte ein Tuch aus ihrer Handtasche und putzte sich die Nase.

»Die Geschäfte gingen in der letzten Zeit etwas schlecht«, begann sie. »Bis vor wenigen Tagen. Da kam ein gewisser Derek Nichols zu uns und bat Garry, ich meine Mister Santer, seine Tochter wiederzufinden. Das Mädchen heißt Cindy. Sie ist seit etwa vierzehn Tagen spurlos verschwunden.«

»Und? Hatte er eine Spur gefunden?« fragte John.

»Ja, Inspektor. Aber er wollte nicht so recht mit der Sprache heraus, als ich ihn daraufhin ansprach. Er sagte nur, daß er da in eine Sache hineingestolpert wäre, die ihm kein Mensch glauben würde. Er erwähnte noch einen chinesischen Geheimbund und meinte, wenn er diesen Fall lösen würde, wären wir aus dem Schneider.«

»Hat er sich näher über den Geheimbund ausgelassen?«

»Nein. Ich weiß nur, daß er sich oft in Soho herumgetrieben hat. In den finstersten Ecken. Garry hatte nie Angst. Außerdem kannte man ihn dort.«

»Hat er Ihnen mal von einem Lokal erzählt? Oder von einem Treffpunkt dieses Geheimbundes?«

»Nie. Er war der Meinung, dieser Fall sei so gefährlich, daß er nur ihn etwas anginge.«

John biß sich nachdenklich auf die Unterlippe. Das war verdammt mager, was Samantha Croydon wußte, und von einem neuen Geheimbund war auch Scotland Yard noch nichts bekannt.

»Tut mir leid, daß ich Ihnen nicht mehr sagen konnte, Inspektor.«

»Machen Sie sich mal keine Sorgen, Miss Croydon, wir werden den Fall schon klären«, erwiderte John optimistisch.

Dann trat er ans Telefon, um die Mordkommission anzurufen.

Anschließend sah John sich noch einmal den Chinesen an. Vielleicht entdeckte er bei ihm eine Spur oder einen Hinweis.

Die gebrochenen Augen des Mannes starrten John an. Der Inspektor durchsuchte die Jacke des Toten. Doch er fand nichts, was ihn weiterbringen konnte.

Dann schob er den blutbefleckten Pullover des Mannes hoch.

Und plötzlich zuckte John zusammen.

Der Tote hatte auf der Brust eine Tätowierung.

Es waren zwei Augen!

Der Raum, in dem Cindy Nichols saß, war stockfinster. Genau zwei Tage und zwei Nächte hatte sie hier verbracht.

Freiwillig!

Sie war einfach von zu Hause weggelaufen. Mein Gott, wie lange war das schon her? Cindy konnte und wollte sich nicht mehr daran erinnern. Sie hatte mit ihrem früheren Leben abgeschlossen.

Cindy dachte zurück. Sie hatte sich in Soho herumgetrieben, war für ein paar Shilling mit Männern ins Bett gegangen. Doch dann hatte sie einen Chinesen kennengelernt. Er hatte ihr von Dämonos erzählt, dem ersten Diener des Teufels. Und von Li Ten Sai, der Göttin aus der grauen Vorzeit, aus einer Zeit, wo die Erde noch von Dämonen und Geistern beherrscht wurde.

Cindy war sofort Feuer und Flamme gewesen. Sie vertraute jetzt nur noch Dämonos, von dem man sagte, er könne jede beliebige Gestalt annehmen.

Dann hatte man Cindy auf ihre Aufgaben vorbereitet. Sie mußte geheimnisvolle Schwüre sprechen, hatte Riten kennengelernt, die im ersten Augenblick auf sie abstoßend wirkten, bis sie den Zaubertrunk der Hölle zu sich nahm.

Von diesem Zeitpunkt an war sie wie verwandelt. Hatte sich Dämonos, dem Diener des Teufels, völlig unterworfen. Und es hatte ihr große Freude gemacht.

Cindy Nichols hielt die Hände ineinander verkrampft. Jeden Augenblick mußte Dämonos den Raum betreten, um sie zu holen.

Cindy brauchte nicht lange zu warten. Die schwere Holztür wurde plötzlich aufgestoßen.

Zwei halbnackte Männer betraten den Raum. Sie hielten Laternen in den Händen und stellten sich links und rechts der Tür auf.

Und dann kam Dämonos.

Er trug wieder seinen schwarzen Umhang, dessen Innenfutter aus silberner Seide bestand.

Cindy erhob sich. Ihre Knie zitterten. Schweiß hatte sich auf ihre Stirn gelegt und sickerte bis in die Augenbrauen.

Cindys Mund stand halb offen. Ihr Atem ging flach und stoßweise.

Dicht vor dem Mädchen blieb Dämonos stehen.

»Sieh mich an!« sagte er.

Cindy blickte in das maskenhafte Gesicht und hatte plötzlich das Gefühl, als würde es sich verändern. Gräßliche Fratzen schoben sich vor das eigentliche Gesicht. Wie schnell vorbeiziehende Schablonen.

Cindys Augen wurden groß. Sie wollte etwas sagen, doch ihre Stimme versagte.

Und dann war alles vorbei.

Dämonos stand wieder so vor ihr, wie sie ihn kannte. Um seine Lippen hatte sich ein diabolisches Lächeln gekerbt.

»Du siehst, daß ich mich verwandeln kann. Niemand weiß, als was ich morgen auftreten werde. Und niemand kennt mein wahres Gesicht. Merke es dir, Dienerin, ich kann überall sein. Was du gerade gesehen hast, war nur eine kleine Kostprobe. Und du wirst mit niemandem darüber sprechen. Denn Dämonos' Rache würde schrecklich sein.«

Dämonos griff unter seinen Umhang. Als die Hand wieder hervorkam, hielt sie einen gekrümmten Dolch.

»Nimm ihn, Cindy Nichols. Geh hin und bringe der Göttin Li Ten Sai dein Opfer.«

»Ja«, hauchte Cindy.

Sie faßte mit bebenden Fingern nach der Waffe. Fest umschloß sie den Griff und preßte dann den Dolch so fest gegen ihren Körper, als wollte sie die mörderische Waffe nie mehr wieder hergeben.

»Was soll ich machen?« fragte sie flüsternd.

»Du mußt töten, Cindy. Es ist eine Frau. Geh hin, töte sie, und bringe der Göttin dein erstes Opfer.«

Cindy wunderte sich, wie spurlos diese Worte an ihr vorbeigingen. Sie sollte einen Menschen töten. Es war für sie eine Aufgabe, mehr nicht.

»Wie heißt diese Frau?«

»Samantha Croydon«, erwiderte Dämonos . . .

»Geben Sie mir noch einen«, sagte Samantha Croydon zu dem fischäugigen Kerl hinter dem Tresen.

Schweigend füllte der Wirt zwei Fingerbreit Kognak in das Glas.

Samantha trank einen Schluck. Es war schon das vierte Glas. Sie brauchte das einfach, um über Garrys Tod hinwegzukommen.

Samantha war die einzige Frau in der Kneipe. Neben ihr stand ein Kerl in verwaschener Arbeitskleidung und starrte sie dauernd an. Seine Absichten waren unverkennbar. Aber noch traute er sich nicht, die Frau anzusprechen.

Plötzlich widerte Samantha alles an. Die Kneipe, der Alkohol, das ganze Leben.

»Zahlen«, sagte sie.

Der Wirt kam, und Samantha warf das Geld auf den Tresen.

»Sie wollen schon gehen?« fragte der Mann neben ihr mit lüsterner Stimme.

Samantha gab keine Antwort, sondern wandte sich ab.

Plötzlich faßte der Kerl nach ihrem Arm. »He, nicht so schnell, Puppe.«

Samantha sah ihn nur an. Es mußte wohl an ihrem Blick gelegen haben, denn der Fremde ließ sie so schnell los, als hätte er sich an irgend etwas die Finger verbrannt.

»War ja nur mal 'ne Frage«, knurrte er und widmete sich wieder seinem Glas.

Samantha Croydon verließ das Lokal.

Draußen war es schon fast wieder dunkel geworden. Es sah nach Regen aus. Gewaltige Wolkenberge ballten sich am Himmel zusammen.

Samantha ging zu ihrem Austin. Normalerweise wäre sie nicht mehr gefahren, aber heute war ihr alles egal. Es hatte sowieso für sie alles keinen Sinn mehr nach Garrys Tod.

Samantha wohnte in einem alten Haus am Rand der Londoner Innenstadt. Es war eine Gegend, die von kleinen und mittleren Angestellten bevorzugt wurde.

Sie erreichte ihr Haus nach zwanzig Minuten Fahrt. Trotz ihres leichten Alkoholspiegels war nichts passiert.

Ihr Laternenparkplatz war noch frei. Bei den wenigen Schritten zu ihrem Wohnhaus begegnete ihr kein Mensch.

Sie hatte gerade die Haustür erreicht, da fielen die ersten Tropfen.

Noch mal Glück gehabt, dachte Samantha.

Im Flur roch es wie immer nach Bohnerwachs. Mrs. Laura Peddleton, die im Erdgeschoß wohnte und genauso neugierig wie putzwütig war, hatte mal wieder gewirbelt.

Samantha schaltete das Flurlicht an.

Als wäre dies ein Startsignal gewesen, trat Mrs. Peddleton aus ihrer Wohnungstür.

»Miss Croydon, da hat jemand nach Ihnen gefragt«, sagte sie.

Samantha, die schon an der Tür vorbeigegangen war, blieb stehen. »Wer denn?«

»Ein junges Mädchen.«

»Hat sie sich vorgestellt?«

»Nein. Sie hat auch nicht davon gesprochen, daß sie wiederkommen will.«

»Wird wohl nichts Wichtiges gewesen sein«, meinte Samantha. »Auf jeden Fall danke ich Ihnen, Mrs. Peddleton.«

»Oh, bitte sehr. Man ist ja immer hilfsbereit.«

Dumme Ziege, dachte Samantha, während sie die Treppen hochging.

Samantha Croydon wohnte in der zweiten Etage. Sie besaß dort eine Dreizimmerwohnung. Im Nachbarzimmer lebte ein junges Ehepaar.

Samantha schloß die Wohnungstür auf. Abgestandene Luft wehte ihr entgegen. Die junge Frau öffnete das Fenster. Der Regen klatschte auf die Fensterbank und die Gardinen.

Es machte Samantha nichts aus.

Sie blickte hinunter auf die Straße. Ein Wagen schlich über den Asphalt. Sonst war niemand zu sehen.

Oder doch?

Drückte sich da unten nicht eine Gestalt in die Nische des gegenüberliegenden Hauses?

Samantha hatte plötzlich ein ungutes Gefühl.

Sie ging zum Schalter und knipste das Licht aus. Dann trat sie wieder an das Fenster.

Jetzt war die Gestalt verschwunden.

»Du siehst auch schon Gespenster«, murmelte sie.

Sie schloß die Fenster, machte wieder Licht, setzte sich in einen Sessel und vergrub das Gesicht in beiden Händen.

Die Wohnung kam ihr auf einmal so verlassen vor. Wie von selbst dachte sie an Garry Santer und auch an den Inspektor von Scotland Yard. Er hatte ihr seine Telefonnummer gegeben. Samantha öffnete die Handtasche, nahm den Zettel heraus und legte ihn neben das beigefarbene Telefon.

Plötzlich klingelte es an der Tür.

Samantha zuckte regelrecht zusammen. Wer konnte das sein?

Wieder schellte es.

Auffordernder, aggressiver. Jedenfalls kam es Samantha so vor.

Sie machte in der Diele Licht und ging zur Tür.

Samantha erschrak, als sie die Tür aufzog. Der Besucher stand schon vor ihr.

»Miss Croydon?« fragte eine zitternde Mädchenstimme.

Samantha runzelte die Stirn. Sie sah in ein bleiches Gesicht mit unnatürlich geweiteten Augen. Ein nasses Tuch, unter dem blonde Haare hervorschauten, klebte dem Mädchen auf dem Kopf. Von dem schwarzen Regenmantel rann das Wasser.

Irgendwie kam Samantha das Mädchen bekannt vor. Dann fiel es ihr wie Schuppen vor den Augen. Sicher, das war Cindy Nichols. Garry hatte ihr mal ein Foto gezeigt.

»Mein Name ist Cindy Nichols«, sagte jetzt auch das Mädchen, »darf ich hereinkommen?«

Samantha zögerte noch einen Moment, doch dann gab sie die Tür frei.

»Bitte sehr.«

Sie betrat die Diele.

»Aber legen Sie doch ab«, sagte Samantha und half dem Mädchen aus dem nassen Mantel.

Cindy bedankte sich mit einem Lächeln.

Die beiden Frauen gingen in das Wohnzimmer.

»Darf ich Ihnen etwas zu trinken anbieten?« fragte Samantha.

Cindy schüttelte den Kopf.

Samantha nahm einen Gin-Tonic und setzte sich Cindy gegenüber.

»Wissen Sie eigentlich, daß Scotland Yard Sie sucht, Cindy?«

Das Mädchen zuckte zusammen. »Weshalb?«

»Ihr Vater hatte einen Privatdetektiv beauftragt, Sie zu suchen. Garry Santer hieß der Mann. Doch Mister Santer ist ermordet worden. Daraufhin hat sich Scotland Yard eingeschaltet.« Samantha nahm einen kleinen Schluck. »Aber sagen Sie mir eins, Cindy. Woher haben Sie meine Adresse? Sie konnten doch gar nicht wissen, daß ich Garry Santers Sekretärin war.«

Cindy Nichols stand auf. Sie trug ein graues Minikleid mit roten Tupfen. Ohne auf die Frage einzugehen, sagte sie: »Ich möchte mich ein wenig frisch machen. Wo ist hier die Toilette?«

»Wenn Sie auf den Flur gehen, die erste Tür links.«

»Danke.«

Nachdenklich sah Samantha Croydon dem Mädchen nach. Irgend etwas stimme hier nicht. Aber was?

Samantha hörte die Badezimmertür klappen. Sie sprang auf und lief zum Telefon.

Gut, daß Inspektor Sinclair ihr seine Nummer gegeben hatte. Er würde sich bestimmt für den seltsamen Besuch interessieren.

Das Telefon stand direkt neben dem Fenster. Samantha nahm gerade den Hörer ab, als sie in der Scheibe eine Bewegung wahrnahm, die hinter ihrem Rücken geschah.

Samantha wandte sich um . . . und erstarrte.

Cindy Nichols stand im Wohnzimmer. Ihr Gesicht hatte sich in unbändigem Haß verzogen, und in ihrer rechten Hand blitzte ein gekrümmter Dolch.

»Du wirst sterben«, flüsterte Cindy. »Dämonos wird mit mir zufrieden sein.«

Mit gleitenden Schritten kam das Mädchen auf Samantha zu.

»Machen Sie keinen Unsinn«, rief Samantha. Wie von selbst fiel ihr der Hörer aus der Hand. Er landete genau auf der Telefongabel.

Cindy hob den dolchbewehrten Arm. In ihren Augen stand die kalte Mordlust.

Samantha sprang zur Seite.

»So hören Sie doch!« schrie sie. »Legen Sie das Messer weg. Sie werden . . .«

Da stach Cindy Nichols zu.

Es ging alles unheimlich schnell. Das blitzende Metall flirrte durch die Luft.

Doch trotz ihrer Panik hatte Samantha aufgepaßt. Sie war im letzten Moment ein Stück zur Seite gewichen.

Die Dolchspitze fuhr durch ihr Kleid und riß die Haut am rechten Arm auf.

Ein beißender Schmerz zog sich durch Samanthas Körper. Sie spürte, wie das warme Blut über ihr Handgelenk lief.

Cindy fauchte. Wieder ging sie zum Angriff über.

Aus dem Stand warf sich Samantha quer über die Couch, wurde hochgefedert und knallte auf den Boden.

Wütend riß Cindy Nichols den leichten Wohnzimmertisch zur Seite.

Wieder stach sie zu.

Samantha rollte sich zur Seite. Der Stich schlitzte das Polster auf.

Samantha sah, daß sie es nicht bis zur Wohnungstür schaffen würde. Hinter sich hörte sie Cindys keuchenden Atem.

Mitten im Lauf warf sich Samantha herum. Was jetzt geschah, spielte sich in Sekundenbruchteilen ab.

Samantha Croydon sah die wahnsinnige Mörderin auf sich zurennen, sah das Weiße in den Pupillen des Mädchens überdeutlich hervortreten und reagierte plötzlich eiskalt.

Sie bückte sich blitzschnell und zog an dem kleinen Teppich, auf dem Cindy entlanglief.

Der Erfolg war durchschlagend.

Cindy Nichols wurden förmlich die Beine weggerissen. Sie kippte nach hinten und krachte schwer auf den Rücken. Das geschah genau in Höhe der Badezimmertür.

Für Augenblicke verlor Cindy die Übersicht. Und Samantha reagierte richtig.

Ihr Fuß stieß gegen Cindys Hüfte.

Das Mädchen schrie auf und rollte über den Boden, genau auf die halb offenstehende Badezimmertür zu.

Kreischend und schreiend versuchte Cindy auf die Füße zu kommen. Doch Samantha kannte kein Pardon. Ihr nächster Tritt warf Cindy bis in das Badezimmer. Sie rutschte über die Fliesen und stieß sich den Kopf an der Wanne. Den Dolch hatte sie jedoch nicht aus den Fingern gelassen.

Samantha riß die Tür zu. Zum Glück steckte der Schlüssel von außen. Sie drehte ihn einmal herum.

Dann spielten ihre Nerven nicht mehr mit. Ihr wurde plötzlich schwindelig, und Samantha konnte sich im letzten Moment noch an der Garderobe festhalten. Jetzt spürte sie auch wieder diesen höllischen Schmerz im rechten Arm. Das Blut war inzwischen eingetrocknet.

Samanthas Blick fiel in den Spiegel. Sie erkannte sich selbst nicht mehr wieder.

Die Angst hatte sich in ihr Gesicht gegraben.

Schläge gegen die Badezimmertür rissen sie wieder in die brutale Wirklichkeit zurück.

»Mach auf!« hörte sie Cindys kreischende Stimme. »Aufmachen. Ich bring' dich um. Ich . . .«

Ihre Stimme überschlug sich.

In einem wilden Stakkato hämmerten die Fäuste der Tobenden gegen das Holz.

Würde die Tür diesen Angriffen auf die Dauer standhalten?

Samantha glaubte es nicht. Sie mußte einfach etwas unternehmen. Sie hörte ein Knirschen und Kratzen an der Tür. Sie wußte sofort, was das zu bedeuten hatte.

Cindy bearbeitete das Holz mit dem Dolch. Es würde gar nicht mehr lange dauern, dann war die Mörderin wieder frei.

Und dann?

Samantha kam nicht mehr dazu, diesen Gedanken zu Ende zu führen, denn in diesem Augenblick schrillte das Telefon . . .

Taumelnd erreichte Samantha den Apparat. Mit der linken Hand riß sie den Hörer von der Gabel.

»Ja?« keuchte sie.

»Miss Croydon, hier ist Inspektor Sinclair. Ich . . .«

»Inspektor!« schrie Samantha. »Kommen Sie, ich . . . Sie ist hier . . . Mein Gott . . .«

»Wer ist bei Ihnen?«

»Die Mörderin. Cindy. Ich . . . Sie hat mich verletzt. Sie will mich umbringen!«

»Behalten Sie die Nerven!« rief John. »Ich bin ganz in Ihrer Nähe. Es dauert nur einige Minuten.«

»Machen Sie schnell, Inspektor. Schnell!«

John hatte schon aufgelegt.

Ihr wurde auf einmal hundeelend.

Du darfst nicht ohnmächtig werden! schrie es in ihr. Du mußt dem Inspektor öffnen, wenn es schellt.

Das Hämmern an der Badezimmertür wurde plötzlich lauter. Holz splitterte.

Samantha Croydon raffte alle Energie zusammen und taumelte in die Diele.

Ihre Augen weiteten sich entsetzt, als sie sah, daß schon ein Stück Holz aus der Tür herausgebrochen war.

»Ich kriege dich!« gellte die Stimme der wahnsinnigen Mörderin. »Du entkommst mir nicht!«

Wieder warf sich Cindy gegen die Tür.

Noch für Minuten hielt sie stand.

Samantha lehnte an der Wand. Sie hatte die Fäuste gegen den Mund gepreßt und zitterte wie Espenlaub.

Splitternd brach ein Stück Holz aus der Tür. Genau in Höhe des Schlosses.

»Jetzt!« kreischte Cindy drinnen im Badezimmer und rammte beide Beine gegen die Tür.

Das Holz um das Schloß herum platzte weg. Die Tür krachte auf.

Cindy Nichols war frei!

John Sinclair jagte seinen Bentley schräg auf den Bürgersteig, da er vor dem Haus keinen Parkplatz fand.

Der Inspektor riß die Tür auf und hechtete aus dem Wagen. Hoffentlich kam er nicht zu spät!

Die Haustür stand zum Glück offen. Johns Handballen knallte auf den Flurlichtschalter, und dann jagte der Inspektor mit langen Sätzen die Stufen hoch.

Das dumpfe Krachen einer Tür hörte er schon auf dem ersten Treppenabsatz.

Sekunden später hatte John Samantha Croydons Wohnungstür erreicht. Er preßte seinen Daumen auf den Klingelknopf.

Hohl schepperte die Glocke.

Und in dieses Klingeln mischte sich ein gellender Angstschrei, dem keuchende Laute folgten.

Für John ging es um Sekunden.

Er nahm einen kurzen Anlauf und warf sich mit aller Macht gegen die Wohnungstür.

Sie hielt zitternd stand.

Noch einmal das gleiche.

Diesmal hatte John Glück.

Mitsamt der Tür segelte er in den dahinterliegenden Korridor. John war schräg in die Wohnung geflogen. Er fing den Fall zwar ab, konnte jedoch nicht verhindern, daß er mit der Schulter gegen die Korridorwand krachte.

John preßte einen Fluch durch die Zähne und sah aus den Augenwinkeln zwei am Boden liegende Frauen.

Eine lag auf dem Rücken. Es war Samantha Croydon. Über ihr kniete Cindy Nichols, hatte die Hand mit einem Dolch erhoben und wollte zum tödlichen Stoß ansetzen.

Johns plötzliches Auftauchen brachte sie aus dem Konzept.

Mit einem Ruck wandte sie den Kopf und starrte den Inspektor aus blutunterlaufenen Augen an.

John kam auf die Beine. Zum Glück hatte er sich an der Schulter nichts ausgerenkt.

Im selben Moment ließ auch Cindy Nichols die unter ihr liegende Samantha los.

Fauchend wandte sie sich ihrem neuen Gegner zu. Der gekrümmte Dolch funkelte gefährlich in ihrer rechten Hand.

Samantha kroch auf allen vieren aus der Gefahrenzone. Sie brachte sich im Wohnzimmer in Sicherheit.

»Geh weg!« kreischte Cindy und fuchtelte mit dem Dolch herum. »Geh endlich weg!«

John trat einen Schritt zur Seite. Er brauchte nur in die Augen des Mädchens zu sehen, um zu wissen, daß sie unter einem fremden Einfluß stand.

Unter dem Einfluß des Bösen!

John startete einen Scheinangriff. Sofort stieß Cindy zu. Die blitzende Klinge wischte dicht an Johns Gesicht vorbei.

Cindy setzte nach. Dieser erste Fehlangriff hatte sie noch mehr angestachelt.

Sie zog den gekrümmten Dolch nach oben, wollte John förmlich aufschlitzen.

Der Inspektor steppte zur Seite, prallte gegen die Garderobe, verfing sich in einem dort hängenden Mantel, verlor für einen Moment die Übersicht und ließ sich instinktiv fallen.

Keinen Herzschlag zu früh.

Dicht über ihm durchschnitt das Messer den Stoff des Mantels. Das Innenfutter ratschte häßlich.

Bis jetzt hatte sich John Sinclair zurückgehalten. Nun wurde ihm klar, daß Rücksicht fehl am Platze war.

Plötzlich gellten Polizeipfeifen unten im Haus.

Cindy, die gerade zu einem neuen Angriff ansetzen wollte, erstarrte.

Dann warf sie sich ruckartig herum und rannte in den Hausflur.

John, der sich erst von dem Stoff befreien mußte, verlor wertvolle Zeit.

Als er endlich im Hausflur stand, hatte Cindy schon den nächsten Treppenabgang erreicht, der nach oben führte.

»Halt!« gellte eine scharfe Männerstimme.

Zwei Bobbys stürmten die Treppen hoch. Einer der Hausbewohner mußte wohl die Polizei alarmiert haben.

»Scotland Yard!« schrie John den beiden Uniformierten noch zu und machte sich an die Verfolgung der wahnsinnigen Mörderin.

Cindy Nichols war schnell. Die Angst, den Verfolger im Nacken zu wissen, stachelte sie zu fast übermenschlichen Leistungen an.

John nahm die Stufen mit Riesenschritten. Das Haus hatte fünf Etagen, und als John endlich oben ankam, schnappte er ganz schön nach Luft.

Cindy Nichols war verschwunden.

John sah sich schnell um. Eine Stiege fiel ihm auf, die nach oben, wahrscheinlich zum Speicher führte.

Nach dorthin mußte Cindy verschwunden sein.

Daß John mit seiner Annahme richtig lag, merkte er daran, daß er trotz der vielen Geräusche im Haus auf dem Speicher trampelnde Schritte hörte.

John kletterte die enge Stiege hinauf.

Sie mündete in einer offenstehenden Luke.

Vorsichtig peilte John über den Rand.

Vor sich sah er einen großen, fast finsteren Speicher. Drahtleinen, an denen Wäschestücke hingen, spannten sich von einer Seite zur anderen.

John glitt über den Rand der Luke.

Jetzt mußte er verdammt vorsichtig sein. Irgendwo hatte sich Cindy versteckt. Lauerte wahrscheinlich auf ihn, um mit ihrer schrecklichen Waffe einen Mord zu begehen.

Möglichst geräuschlos schlich John über den Boden. Immer wieder huschten seine Blicke hin und her.

Und plötzlich sah er, daß ein Wäschestück im Windzug flatterte. John kreiselte herum.

Das offene Fenster starrte ihm höhnisch entgegen.

Mit wenigen Sätzen hatte John es erreicht.

Es war quadratisch und ziemlich klein. Dabei noch sehr hoch. Der untere Rahmen reichte John bis zur Brust.

Inspektor Sinclair peilte aus dem Fenster und dachte, ihn würde der Schlag treffen.

Das Dach war schräg. Die regennassen Pfannen glänzten.

Ein schräges Dach!

Und Cindy . . .?

John Sinclair zögerte nicht länger. Er stemmte sich mit beiden Armen an dem Fensterrahmen hoch, verlagerte sein Gewicht nach vorn und lag dann halb auf den Dachpfannen.

Der starke Regen war in ein feines Nieseln übergegangen. Die Luft war feucht und schwer.

John ließ seinen Blick schweifen.

Von Cindy war nichts zu sehen.

Urplötzlich vernahm er hinter sich ein Keuchen.

Cindy! Sie mußte über ihm gelauert haben.

Das war alles, was John noch denken konnte, denn im selben Augenblick krachte etwas mit elementarer Wucht gegen seinen Kopf.

Es war eine Dachpfanne. Cindy hatte sie geworfen. Allerdings nicht gut gezielt. Der Ziegel hatte Johns Hinterkopf nur gestreift. Da John auch nicht allzu weit auf dem Dach lag, hatte ihn der Schlag auch nicht so stark nach vorn geworfen, daß er auf den glatten Ziegeln hätte hinunterrutschen können.

Der Inspektor fühlte, wie ihm das warme Blut in den Nacken rann. Mühsam wandte er den Kopf.

Cindy hockte schräg über ihm. Sie hatte sich mit Händen und Füßen abgestützt, um die Balance zu halten. Den Dolch hielt sie mit dem Griff zwischen den Zähnen.

»Machen Sie keinen Unsinn!« keuchte John. »Kommen Sie her.«

Er streckte einen Arm aus und drehte sich langsam auf den Rücken.

Doch Cindy hörte nicht. Oder sie wollte nicht hören. John brauchte nur in ihre mordlüsternen Augen zu blicken, um zu wissen, was die Stunde geschlagen hatte.

Cindy rutschte immer näher. Vielleicht noch einen Meter, dann hatte sie den Inspektor erreicht.

Und John hing immer noch in dieser verdammten Schräglage.

Wenn das Mädchen die Nerven verlor, dann ...

Plötzlich hob Cindy ihren rechten Arm und riß den Dolch aus dem Mund. Weit holte sie aus, um die scharfe Klinge in John Sinclairs Brust zu stoßen.

Der Inspektor ahnte, was nun passieren mußte.

»Cindy!«

Der Schrei blieb ihm in der Kehle stecken.

Durch die unkontrollierte Bewegung kam das Mädchen auf den glitschigen Pfannen ins Rutschen.

Wie in Zeitlupe glitt sie an John vorbei.

»Meine Hand!« brüllte John Sinclair.

Cindy dachte nicht daran. Sie sah ihn nur starr an.

John setzte alles auf eine Karte. Er warf sich so weit vor, daß praktisch nur noch seine Fußspitzen an der Fensterbank Halt fanden.

Cindy hatte John schon passiert. Im letzten Augenblick bekam der Inspektor noch einen Schuh zu fassen.

Seine Finger klammerten sich um das Leder.

Cindys tödliche Rutschpartie wurde gebremst.

Das Mädchen merkte, was los war, und wandte sich um. Für Sekundenbruchteile sah John in ihr leichenblasses Gesicht. Dann verzerrte es sich zu einer teuflischen Grimasse.

Cindy nahm den Dolch und stieß damit gegen Johns Hand.

John Sinclair ließ los. Mußte loslassen.

Cindy, immer noch in Bewegung, kippte plötzlich zur Seite weg. Sie prallte auf das Dach, überschlug sich und rutschte dann mit atemberaubender Schnelligkeit dem Dachrand zu.

Aus Johns Kehle kam nur ein verzweifeltes Krächzen, als Cindy Nichols, ohne einen Laut von sich zu geben, in die gähnende Tiefe fiel.

Bis hier oben hörte man den Aufprall des Körpers.

John Sinclair kroch langsam zurück. Er hatte sein möglichstes getan und trotzdem nicht helfen können.

Ein bitteres Gefühl.

Was waren das nur für Menschen, die Cindy in ihren Klauen hatten?

Aber waren es überhaupt Menschen?

Noch ahnte John Sinclair nichts von der Göttin Li Ten Sai und von Dämonos, ihrem grausamen Diener . . .

Um Cindys zerschmetterten Körper hatte sich ein Kreis von Neugierigen versammelt. Aufgeregt tuschelten sie miteinander. Vermutungen wurden laut. Jeder wollte etwas gesehen haben, doch am Ende wußten sie alle nicht, worum es ging.

John Sinclair bahnte sich einen Weg durch die Menge. In seinem Schlepptau befanden sich die beiden Bobbys, denen er schon im Hausflur begegnet war.

Nur widerwillig wurde ihnen Platz gemacht. Dann stand John endlich vor der Leiche.

Cindy hielt noch immer den Dolch in der Hand. Die Finger hatten sich fest um den Griff geklammert.

John bückte sich, um der Toten die Waffe aus der starren Hand zu nehmen. Es gelang ihm nur mit Mühe.

»Aber Sie bluten ja, Inspektor«, sagte einer der Bobbys.

»Macht nichts«, erwiderte John. »Dem armen Ding ist überhaupt nicht mehr zu helfen.«

Er deutete auf Cindy Nichols.

Den Bobbys gelang es endlich, die Menschen auseinanderzutreiben. Inzwischen trafen der Leichen- und ein Krankenwagen ein.

Cindys Leiche wurde in eine Kunststoffwanne gelegt und weggefahren.

John schickte einen Sanitäter zu Samantha Croydon. Sie kam wenig später und gestützt durch den Sanitäter auf John Sinclair zu.

»Wie geht es Ihnen, Miss Croydon?« fragte John.

Die Frau lächelte schmerzlich. »Es könnte schlimmer sein.«

Dann bestieg sie den Ambulanzwagen, um sich verarzten zu lassen.

»Sie wären auch an der Reihe, Sir«, meinte einer der Sanitäter zu John. »Mit solch einer Wunde ist nicht zu spaßen.«

John hob die Hand und faßte sich an den Hinterkopf. Er fühlte eingetrocknetes Blut. »Sie haben recht, Meister. Kleben Sie mir ein Pflaster drauf.«

»Kommen Sie mit in den Wagen, Sir.«

John setzte sich auf die kleine Bank hinten in dem Ambulanzwagen. Samanthas Stichwunde wurde soeben fachmännisch behandelt. Der Sanitäter sparte nicht mit Jod. Samantha schrie ab und zu schmerzerfüllt auf, wenn das höllisch scharfe Zeug ihre Wunde berührte.

John grinste säuerlich. Aber auch ihn nahm der Sanitäter in die Mangel. Hinterher klebte ein fast handgroßes Pflaster auf seinem Kopf.

Der Wagen startete.

»Wohin fahren wir?« wollte Samantha wissen.

»In das Charter Hospital«, erwiderte John. »Sie werden dort noch einmal gründlich untersucht.«

»Werden Sie dort auch eingewiesen, Inspektor?«

»Ich? Nein. Warum fragen Sie?«

»Weil Sie mitfahren, Inspektor.«

John lachte. »Das hat andere Gründe. Ich wollte Sie nämlich auf der Fahrt noch ein wenig aushorchen.«

»Hatte ich mir fast gedacht, Inspektor. Aber ich kann Ihnen nicht viel bieten.«

»Warten wir es ab.«

Samantha erzählte die Geschichte von A bis Z. Von Cindys Ankunft, dem plötzlichen Überfall, bis zu ihrer Rettung in letzter Sekunde.

»Hat Cindy Nichols irgend etwas gesagt, das Ihnen besonders im Gedächtnis haften geblieben ist? Überlegen Sie genau, Miss Croydon. Jedes Wort kann unter Umständen wichtig sein.«

Samantha legte ihre Stirn in Falten. »Ich weiß nicht so recht, Inspektor. Sie hat ja meistens nur geschrien und gekreischt, aber einen Namen hat sie doch erwähnt. Domos oder so ähnlich. Nein, halt, jetzt erinnere ich mich wieder. Der Name hieß Dämonos.«

»Dämonos . . .«, wiederholte John gedehnt. Sein Gesicht verschloß sich, wurde ernst und grüblerisch.

»Ist etwas mit Ihnen, Inspektor?«

»Nein, nein, Miss Croydon. Ich hatte nur an etwas gedacht.«

Der Wagen stoppte.

Der mitfahrende Sanitäter peilte durch einen Spalt in der Milchglasscheibe.

»Wir sind da«, sagte er.

Im selben Augenblick öffneten sich auch schon die hinteren Türen.

John verabschiedete sich von Samantha Croydon. »Rufen Sie mich an, sobald Sie entlassen werden«, sagte er.

»Mach' ich, Inspektor.«

John pfiff sich ein Taxi heran und fuhr zum Ort des schrecklichen Geschehens zurück, wo ja immer noch sein Bentley parkte.

Während der Taxifahrt ging ihm der Name Dämonos nicht aus dem Kopf. Und auch der Dolch fiel ihm wieder ein. John hatte ihn in den Gürtel gesteckt.

Er zog ihn heraus und betrachtete die gefährliche Waffe näher.

Der Taxifahrer, der John im Innenspiegel beobachtet hatte, fuhr mit einemmal langsamer.

»Wollen Sie mich umbringen?« fragte er drohend. Während seiner Worte hatte er eine Klappe in der Trennscheibe aufgezogen.

An Stelle einer Antwort zückte John seinen Ausweis und preßte ihn gegen die Scheibe.

Der Fahrer war beruhigt.

John hielt den Dolch vor das Seitenfenster und entdeckte auf dem Griff einige seltsame Zeichen. Er sah genauer hin und erkannte, daß es chinesische Schriftzeichen waren. John konnte damit nichts anfangen. Er beschloß, noch heute abend zu einem Experten zu fahren. Der Mann hieß Dr. Carl Möbius. Er war Archäologe und Ethnologe, kannte sich besonders gut mit alten Sprachen aus und war ein weitläufiger Bekannter des Inspektors. Er würde diese seltsamen Zeichen bestimmt entziffern können.

Nach weiteren fünf Minuten war die Fahrt beendet.

Trotz Regen und Dunkelheit standen immer noch einige Menschen vor dem Haus herum und diskutierten erregt. Als John aus dem Taxi stieg, wurde ihm manch mißtrauischer Blick zugeworfen.

John hatte gerade die Tür seines Bentleys geöffnet, da tippte ihm jemand auf die Schulter.

Der Inspektor wandte sich um. Ein etwa fünfundzwanzigjähriger Mann starrte ihn an.

Der Kerl trug einen zerknautschten Anzug und hatte eine Schirmmütze auf dem Kopf. Sein dunkles Haar hing ihm strähnig bis weit über die Ohren. Er hatte ein schiefes Gesicht und eine überlange, spitze Nase.

»Was gibt's?« fragte John Sinclair.

Der Mann nahm eine Hand aus der Hosentasche und schob seine Mütze weiter in die Stirn.

»Sind Sie vom Yard?«

John nickte. »Ich bin Inspektor Sinclair.«

»Ich kannte die Puppe«, sagte der Mann, ohne seinen Namen zu nennen.

John zog die Augenbrauen zusammen. »So?«

»Gibt's denn 'ne Belohnung?«

»Nein, Mister Unbekannt.«

Der Knabe grinste. »Also, ich heiße Ross. Simon Ross. Ich wohne ja nicht hier. Allerdings meine Alten. Ich habe drüben 'ne Bude in Soho. Nur wenn ich mal blank bin, komme ich hierher. Sie verstehen?«

»Aha«, machte John nur.

Er wußte, worauf der Kamerad hinauswollte. Auf Geld. Ein paar Scheinchen für eine Information. Doch das hatte John noch nie gemacht.

»Da Sie ja jetzt bei Ihren Eltern waren, haben Sie bestimmt Geld«, sagte er. »Also, Mister Ross, worum geht's?«

»Das hatte ich Ihnen ja schon gesagt«, erwiderte der Mann mürrisch. »Um die Puppe. Die habe ich oft in Soho gesehen.«

»Soho ist groß«, sagte John.

»Sie trieb sich in Kneipen rum. Meistens hockte sie im Coffin.«

»Im Sarg«, echote John.

»Ja, so heißt der Schuppen, weil es da verdammt eng ist.«

»Und weiter?«

»Nichts. Das war alles, was ich Ihnen sagen wollte.«

»Dann vielen Dank, mein Freund«, sagte John lächelnd und stieg in seinen Bentley. »Sollten Sie mal Ärger mit der Polizei kriegen, lege ich ein gutes Wort für Sie ein.«

»Geizkragen«, knirschte der Mann.

Aber das hörte John schon nicht mehr. Er hatte bereits den Wagen auf die Straße gesetzt und fuhr in Richtung Themse. Dort lag das Institut für Archäologie, in dem Dr. Carl Möbius arbeitete.

»Selbstverständlich habe ich für Sie Zeit, Inspektor«, sagte Dr. Möbius, als John ihn anrief. »Kommen Sie am besten gleich vorbei. Ich wohne in dem kleinen Anbau direkt neben dem Institut.«

John bedankte sich und legte auf. Dann stieg er wieder in seinen Bentley, fuhr noch einige Minuten und steuerte den Wagen in den kleinen Park, in dem das Institut lag.

Vor dem alten Haus, zu dem eine gewundene Freitreppe hinaufführte, standen ein paar riesige Ulmen. Ihr Laub glänzte naß im Regen.

John stellte den Kragen seines Trenchcoats hoch und eilte mit schnellen Schritten auf den Anbau zu.

Hinter zwei Fenstern brannte Licht. John sah den Schatten eines Mannes hin und her wandern.

Der Inspektor betätigte die altmodische Klingel.

Schon Sekunden später wurde geöffnet.

»Willkommen, Inspektor«, sagte Dr. Möbius und streckte John beide Hände entgegen.

Dr. Möbius war ein Mann, der die Fünfzig bereits überschritten hatte. Sein immer noch pechschwarzes Haar war an einigen Stellen bereits gelichtet. Dr. Möbius' Gesicht wirkte kantig. Der Mund bildete nur einen schmalen Strich.

Der Wissenschaftler ließ sich Zeit. John beobachtete den Mann genau. Er stellte fest, daß sich ein dünner Schweißfilm auf der

Stirn des Archäologen gebildet hatte. Ab und zu zuckten die Mundwinkel des Mannes nervös.

Schließlich legte er den Dolch neben sich in den Sessel, nahm einen Schluck aus dem Whiskyglas und sagte: »Woher haben Sie die Waffe, Inspektor«

»Ich habe sie einem Mädchen abgenommen, bevor es damit Unheil anrichten konnte. Aber was steht auf dem Griff, Doktor?«

Der Wissenschaftler räusperte sich. »Es steht dort viel und trotzdem wenig.«

»Wie soll ich das verstehen?« fragte John verwundert.

»Ich will versuchen, es Ihnen zu erklären.« Dr. Möbius strich sich über sein Haar. »Es wird dort von einer Göttin berichtet, die in grauer Vorzeit auf der Erde gelebt hat. Die Göttin heißt Li Ten Sai, und die Legende besagt, daß sie irgendwann einmal wieder mit ihrem ersten Diener Dämonos auf die Erde zurückkehren wird.«

John beugte sich gespannt vor. »Dämonos?« echote er.

Dr. Möbius blickte den Inspektor an. »Ja, so hieß dieser Zauberer. Er und die Göttin sind vor Jahrtausenden zurück in die Dämonenwelt geschleudert worden. Weshalb, das weiß ich nicht. Es steht aber so viel fest, daß die Göttin Opfer braucht. Und in ihrem Fall ist es die Seele des Menschen, die durch seine Augen aus dem Körper gerissen wird. Erst wenn eine gewisse Menge dieser Seelenkraft erreicht ist, wird die Göttin in der Lage sein, wieder in unsere Welt zu treten.«

»Das sind ja schreckliche Perspektiven, die Sie da aufzählen, Doktor.« John Sinclair wischte sich über die Stirn. Sie war schweißnaß. Dann blickte er dem Wissenschaftler fest in die Augen.

»Und was kann man dagegen unternehmen, Doktor?«

»Wir Menschen wahrscheinlich nichts. Wir können nicht gegen Dämonen kämpfen.«

John Sinclair straffte sich. »Da bin ich gar nicht so sicher. Mir ist es schon einmal gelungen, einen Dämon zu besiegen. Und ich werde auch diesmal den Kampf aufnehmen.«

»Dazu wird es nicht kommen, Inspektor!«

John horchte auf. »Nennen Sie mir den Grund.«

»Weil Sie dieses Haus nicht mehr lebend verlassen!«

John zuckte zusammen. »Sagen Sie das nochmal.«

»Nein, Inspektor. Ich habe mich wohl klar genug ausgedrückt.«

Ehe John es verhindern konnte, hatte sich Dr. Möbius vorgebeugt und auf einen Knopf unter dem kleinen Tisch gedrückt, der zwischen der Sesselgruppe stand.

Im selben Moment gab es von den Fenstern und der Tür her knallende Geräusche.

John sprang auf. »Ich verlange eine Erklärung«, sagte er scharf.

»Die können Sie haben, Inspektor.«

Jegliche Freundlichkeit war aus Dr. Möbius' Gesicht gewichen. In seinen Augen lag ein Ausdruck, den John schon oft genug gesehen hat.

Fanatismus und unbändiger Haß!

»Dieses Haus wird für Sie zur Todesfalle, Inspektor. Die Fenster und auch die Tür sind jetzt durch Stahlgitter gesichert. Ein Entkommen ist unmöglich.«

John Sinclair verlor nicht die Nerven. »Sie vergessen nur eins, Doktor«, sagte er, »auch Sie sitzen in dieser Rattenfalle. Die Chancen stehen also fünfzig zu fünfzig. Und jetzt bringen Sie mich hinaus, Dr. Möbius, oder es geschieht ein Unglück.«

Der Wissenschaftler lachte. »Sie sind naiv, Inspektor. Sie glauben doch nicht im Ernst, daß Sie gegen mich bestehen können. Was meinen Sie, was in Ihrem Whisky war?«

»Ich – ich . . .«

Johns Stimme versagte. Er merkte plötzlich, daß der verbrecherische Wissenschaftler nicht übertrieben hatte. Der Kragen seines Hemdes wurde ihm zu eng. John wollte den Arm heben, den obersten Knopf öffnen, doch es ging nicht. Er hatte einfach nicht mehr die Kraft dazu.

Die Knie wurden John weich. Nur mit Mühe konnte er die Augen offenhalten. Er sah genau in das grinsende Gesicht von Dr. Möbius. Es schien aus Gummi zu sein, so verzerrt wirkte es.

John fiel auf den Boden. Er konnte den Fall nicht mehr abfangen und prallte mit dem Gesicht auf den Teppich. Doch das merkte John Sinclair nicht mehr. Er war bereits bewußtlos.

Dr. Möbius kicherte. Hämisch starrte er auf den Inspektor hinab.

»Die Göttin wird sich freuen«, flüsterte er. »Wieder eine Seele mehr. Die Seele ihres größten Feindes.«

Dr. Möbius kicherte irr. Er ging zu dem Tisch zurück und drückte auf den bewußten Knopf.

Rasselnd zischten die Eisenladen hoch. Dr. Möbius hatte sie

vorhin nur zur Sicherheit heruntergelassen, damit der Inspektor nicht noch im letzten Moment eine Chance fand, zu entkommen.

Dr. Möbius starrte auf den Dolch, der noch immer auf dem Sessel lag.

»Ja«, flüsterte er rauh. »Ich werde es tun. Ich muß es tun.«

Seine Finger umklammerten den Griff. Wie festgewachsen lag der Dolch in seiner Hand. Das geschwungene Metall funkelte im Licht der Lampen.

Dr. Möbius kniete sich neben den bewußtlosen Inspektor. Langsam näherte sich die mörderische Waffe John Sinclairs Augen . . .

»Das wär's eigentlich, Miss Croydon«, sagte der Arzt, der Samantha untersucht hatte. »Außer der Schramme an ihrem Arm haben Sie nichts abbekommen. Wenn ich Ihnen trotzdem einen guten Rat geben darf, schonen Sie sich noch ein wenig. Ein paar Tage Bettruhe können nie schaden.«

Samantha lächelte gequält. »Vielen Dank, Doktor. Aber ich kann leider Ihren Vorschlag nicht annehmen. Ich habe noch einiges zu erledigen.«

»Wie Sie wollen, Miss Croydon.«

Samantha wandte sich zum Gehen.

»Ich begleite Sie noch bis zur Tür«, sagte der Arzt.

Draußen verabschiedete er sich mit einem festen Händedruck.

Es nieselte noch immer. Tief zog Samantha die feuchte Luft ein. Nach dem Krankenhausgeruch war das direkt eine Erholung für die Lunge.

Samantha blickte auf ihre Uhr. Noch eine Stunde bis Mitternacht. Vor dem Krankenhaus warteten immer einige Taxis. Samantha winkte einen Wagen herbei und gab als Fahrtziel ihre Wohnung an.

Die Fahrt verlief schweigend. Samantha dachte an Garry Santer. Sie hatte diesen Mann geliebt, und er war auch nicht abgeneigt, eine Ehe mit ihr einzugehen. Doch dann war der bestialische Mord geschehen. Samantha preßte die Zähne zusammen, als sie daran dachte. Haß drohte sie zu überwältigen. Aber noch ein anderes Gefühl breitete sich aus.

Rache!

Rache für Garry Santer!

»Wir sind da, Madam«, sagte der Fahrer und wandte sich um. Als er in Samanthas Augen blickte, zuckte der Mann erschrocken zurück. »Ist Ihnen nicht wohl, Madam?«

»Doch, doch.«

Zum Glück fand Samantha noch Geld in ihrer Manteltasche. Es reichte gerade aus, um die Fahrt zu bezahlen.

Ihre Nachbarn waren inzwischen wieder zu Bett gegangen. Wenigstens konnte man das aus der Ruhe folgern, die im Haus herrschte.

Samantha betrat ihre Wohnung und ging sofort ins Schlafzimmer. Sie kümmerte sich auch nicht um die Unordnung, die in den Räumen herrschte, sondern wühlte mehrere Nachttischladen durch und fand schließlich ihre Pistole.

Es war eine italienische Beretta. Garry Santer hatte sie ihr einmal geschenkt. Die Waffe war geladen. Sechs Schuß steckten in dem Magazin. »Ich hätte die Pistole ein paar Stunden früher zur Hand haben sollen«, murmelte Samantha, aber da hatte sie in ihrer Panik ganz vergessen, daß im Schlafzimmer noch eine Waffe lag.

In der Zwischenzeit hatte sich Samantha jedoch gewandelt. Sie hatte fast all ihre Gefühle abgeschüttelt und lebte jetzt nur noch für ihre Rache. Als sie in den Spiegel blickte, sah sie, daß ihr Gesicht wie aus Holz geschnitzt wirkte.

Samantha steckte die Pistole in den Rockbund und zog ihren Pullover darüber. Anschließend nahm sie sich etwas Geld und verließ die Wohnung – nicht, ohne vorher gut abgeschlossen zu haben.

Natürlich begegnete ihr im Hausflur Mrs. Peddleton. Die Alte hatte einen Morgenrock übergestreift und sah aus wie ihre eigene Großmutter.

»So spät noch weg, Miss Croydon?« fragte sie mit ihrer quäkenden Stimme.

»Ja, auf Männerjagd«, erwiderte Samantha knapp und öffnete die Haustür.

Sie hörte die Alte noch reden, als sie schon an ihrem Austin stand.

Samanthas Ziel war Soho. Dort hatte Garry Santer seine Ermittlungen aufgenommen. Samantha wußte zwar nicht genau, in welchen Lokalen der Privatdetektiv recherchiert hatte, aber sie konnte sich ungefähr vorstellen, wo er eine Spur gefunden hatte.

Der Austin rollte durch das nächtliche London. Am Piccadilly

Circus herrschte noch immer Hochbetrieb. Bordsteinschwalben und Dealer hatten hier ihr Revier. Dazwischen flanierten Passanten und manchmal auch Bobbys.

Samantha hatte für das Treiben keinen Blick. Heute ging es um mehr. Vielleicht würde sie den nächsten Tag gar nicht mehr überleben. Möglich war alles.

Samantha Croydon erreichte Soho. Die Straßen wurden enger, winkliger, und die Menschen links und rechts auf den Bürgersteigen gehörten einer anderen sozialen Schicht an.

Finstere Lokale, die man oft nur als Kaschemmen bezeichnen konnte, tauchten auf. Teilweise standen die Namen in Leuchtschrift über dem Eingang. Aber oft brannte auch diese nicht.

Samantha parkte ihren Wagen in einer Seitengasse. Schon als sie ausstieg, wurde sie von zwei Kerlen angesprochen. Samantha kümmerte sich nicht darum, sondern wandte sich in eine andere Richtung.

Sie erreichte eine schmale Gasse, die mit Kopfsteinpflaster ausgelegt war. In dieser Ecke mußte Garry Santer mit seinen Aufklärungen begonnen haben.

Die Reklame eines Lokals fiel Samantha ins Auge. Blue Bird hieß es, und über dem Eingang war ein großer Vogel angebracht worden, dessen Umrisse alle zwei Sekunden blau aufleuchteten.

Zu der Kneipe selbst ging es drei Treppen hinunter. Die Holztür war mit Pornobildern beklebt worden, die aber schon zum Teil abgerissen waren.

Stimmengewirr brandete Samantha entgegen, als sie die Tür aufzog.

Das Lokal war übervoll. Samantha kämpfte sich mühsam bis zur Theke durch. Auf dem Weg dorthin wurde sie mehrmals an Stellen gefaßt, wo sie es von Fremden nicht gern hatte.

Ein Hocker war nicht mehr frei. Samantha war froh, überhaupt noch einen Platz zu ergattern. Rechts von ihr klebte ein schwarzgelockter Zuhältertyp, und an ihrer linken Seite hatte es sich eine Bordsteinschwalbe bequem gemacht. Sie trug ein billiges Fähnchen, das so kurz war, daß jeder die prallen Oberschenkel sehen konnte. Das Girl nuckelte an einem Whisky. Sie warf Samantha einen kurzen Blick zu und griff dann wieder nach ihrem Glas.

»Was willst du denn trinken?« fragte neben ihr der Zuhältertyp.

Samantha hatte schon eine abweisende Antwort auf der Zunge,

überlegte es sich aber doch im letzten Augenblick anders. Sie durfte keinen Verdacht erwecken.

»Whisky«, erwiderte sie.

Der Typ bestellte bei dem glatzköpfigen Wirt für sich direkt einen mit.

Der Whisky kam.

»Cheerio«, sagte der Kerl.

Samantha verzog die Mundwinkel.

Der Mann schüttete sich das Zeug in die Kehle, während Samantha nur nippte.

»Neu hier?« fragte der Kerl.

Samantha nickte.

»He, kannst du nicht sprechen?«

»Doch.«

»Na, also. Ist ja alles klar, oder?« Der Mann zog die Nase hoch. »Ich könnte übrigens noch eine wie dich gebrauchen«, sagte er. »Kannst für mich arbeiten.«

Samantha schüttelte den Kopf. »Ich arbeite auf eigene Rechnung.«

Der Kerl lachte blechern. »So was gibt's hier nicht. Jede arbeitet für irgendeinen. Sieh dir Wanda an. Sie schafft auch für mich an.« Er deutete auf die Frau neben Samantha.

Wanda wandte den Kopf. »Ist was?«

»Nee, sauf weiter«, knurrte der Zuhälter.

»Ich habe trotzdem keine Lust«, erklärte Samantha bestimmt.

Der Zuhälter kniff die Augen zusammen. Samantha sah erst jetzt, daß sein Gesicht von einer Narbe entstellt war. Sie zog sich vom rechten Auge bis hinunter zum Kinnwinkel.

Ehe der Zuhälter jedoch etwas sagen konnte, hatte Samantha ein Bild von Garry Santer aus der Manteltasche geholt und hielt es dem Kerl hin.

»Kennen Sie den Mann?«

Der Zuhälter wurde von der Frage überrumpelt. »Ja. Aber warum . . .?« Plötzlich sprang er auf. »Du verdammte Schnüfflerin!« Und ehe sich Samantha versah, hatte ihr der Zuhälter die flache Hand ins Gesicht geschlagen.

Das Geräusch war so laut, daß es viele Gäste hörten und sofort still wurden. Gespannt starrten sie in die Richtung der beiden Kontrahenten.

Samantha merkte, wie ihr das Blut in den Kopf stieg. Ihre rechte

Wange fühlte sich an, als wäre sie dick wie ein Ballon. Sie war zum erstenmal in ihrem Leben in eine Situation geraten, der sie kaum gewachsen war.

»Was willst du denn von dem Schnüffler?« fragte der Zuhälter lauernd und so laut, daß fast alle es hören konnten.

Da ritt Samantha der Teufel. »Ich will seinen Mörder finden«, erwiderte sie.

Drei, vier Herzschläge lang war es still in dem Lokal. Doch dann begann der Zuhälter brüllend zu lachen.

»Seinen Mörder«, gluckste er. »Du und seinen Mörder suchen. Daß ich nicht kichere. Mensch, hau ab, Puppe, und laß dich nie mehr hier blicken.«

Samantha biß sich auf die Lippen. Sollte sie wirklich das Feld räumen, kaum daß sie mit der Suche begonnen hatte?

»Wird's bald!«

Der Zuhälter nahm eine drohende Haltung ein.

»Gut, ich gehe«, sagte Samantha. »Aber vielleicht werden wir uns mal wiedersehen.«

Samantha Croydon wandte sich um. Die Gäste nahmen wieder ihre Gespräche auf.

Und plötzlich hörte Samantha einen Satz, der sich förmlich in ihrem Gehirn festbrannte. Irgendeiner der Gäste sagte: »Da war Cindy doch ein anderes Kaliber, was, Blacky?«

Plötzlich schrillte das Telefon!

Nur eine Handbreit vor John Sinclairs Gesicht blieb die zitternde Dolchspitze stehen.

Wieder klingelte der Apparat.

Dr. Möbius stieß einen Fluch zwischen den Zähnen hervor. Ausgerechnet jetzt mußte dieses verdammte Ding rasseln.

Mit zwei Sprüngen hatte der Wissenschaftler den Schreibtisch erreicht. Er fegte einen Stapel Manuskriptblätter zur Seite, und ehe das Telefon zum drittenmal klingeln konnte, hob Dr. Möbius den Hörer ab.

»Ja«, meldete er sich.

Eine zischelnde Männerstimme drang an sein Ohr.

»Dämonos«, flüsterte Dr. Möbius ehrfürchtig.

»Hören Sie genau zu, Möbius. Das Mädchen, diese Cindy Nichols, hat es nicht geschafft, Samantha Croydon umzubringen.«

»Ich weiß.«

»Woher?« wollte Dämonos wissen.

»Ein Beamter von Scotland Yard hat es mir erzählt. Ein gewisser Inspektor Sinclair.«

»Wo ist der Mann jetzt?« zischte Dämonos.

Dr. Möbius lachte. »Hier bei mir. Er ist bewußtlos. Ich war gerade dabei, seine Seele zu lösen, als das Telefon klingelte.«

Dämonos überlegte einige Sekunden, ehe er weitersprach. Dann sagte er: »Der Mann muß sterben. Und nehmen Sie seine Seele. Die Göttin wird es Ihnen danken.«

»Ja«, hauchte Dr. Möbius. Er merkte, wie seine Handflächen feucht wurden. Irgendwie spürte er, daß Dämonos etwas Besonderes von ihm wollte. Und er sollte sich auch nicht getäuscht haben.

»Ich brauche die Maske«, zischte Dämonos. »Kommen Sie her, und bringen Sie die Maske mit. Die Göttin will noch in dieser Nacht erscheinen. Haben Sie verstanden?«

Dr. Möbius nickte. Dabei fiel ihm ein, daß Dämonos das ja gar nicht sehen konnte. Der Wissenschaftler wollte noch etwas sagen, doch die Verbindung war schon unterbrochen.

Mit dem Handrücken wischte er sich über die Stirn. Sein Blick wanderte zu John Sinclair und weiter bis zu dem Dolch, der neben dem Inspektor auf dem Boden lag.

Dr. Möbius biß die Zähne zusammen. Erst wollte er die Maske holen und danach diesen Schnüffler umbringen.

Dr. Möbius warf einen Blick auf die Whiskyflasche. Er zog den Korken mit den Zähnen heraus und nahm einen tiefen Schluck. Der pelzige Geschmack in seinem Mund war sofort verschwunden. Nur gut, daß er dem Inspektor das Betäubungsmittel in einem unbeobachteten Moment ins Glas getan hatte.

Dr. Möbius sah noch einmal kurz zu John Sinclair hinüber und verließ dann mit hastigen Schritten den Raum.

Sein Ziel war eine kleine Kammer im äußersten Winkel des Hauses. Sie war stets abgeschlossen.

Dr. Möbius holte den Schlüssel und führte ihn mit zitternden Händen ins Schloß. Er mußte ihn zweimal herumdrehen, ehe die Tür aufsprang.

Dr. Möbius knipste das Licht an.

Eine trübe Lampe flackerte auf. Der Schein reichte gerade aus, um die Gegenstände erkennen zu können, die sich in der Kammer befanden.

Es waren Masken.

Kunstvoll geschnitzte Meisterwerke der verschiedensten Völker der Erde. Die Masken stellten meist schreckliche Gesichter dar. Dämonenfratzen mit weit aufgerissenen Mäulern und gräßlich entstellten Gesichtszügen.

Doch diese Masken interessierten Dr. Möbius nicht. Er wollte nur an das Prunkstück seiner Sammlung.

An die Dämonenmaske.

Ein befreundeter Wissenschaftler hatte sie ihm einmal von einer Expedition aus Asien mitgebracht. Die Maske war im Gegensatz zu den anderen schneeweiß. Sie sollte wohl ein Frauengesicht darstellen. Die feinen Linien und die hochstehenden Wangenknochen ließen darauf schließen.

Eine seltsame Faszination ging von der Maske aus. Dr. Möbius spürte sie schon, als er über die glatte, fast wie poliert wirkende Oberfläche strich.

Vorsichtig nahm er die Maske von der Wand, preßte sie gegen die Brust und hielt sie mit beiden Händen fest. Ein wertvolles Kleinod, das unter keinen Umständen zerstört werden durfte.

Erst durch die Maske hatte Möbius Kontakt mit den Dämonen bekommen. Als er dieses uralte Zeugnis einer fernen Vergangenheit aufgesetzt hatte, waren plötzlich Stimmen dagewesen. Stimmen, die aus dem Nichts zu kommen schienen. Und Dr. Möbius hatte sich dieser Stimmen angenommen, sich sogar mit ihnen unterhalten und erfahren, daß sie zu Dämonen gehörten. Schreckliche Geister, die in einer anderen Welt wohnten und nur darauf warteten, auf die Erde zu kommen.

Und Dr. Möbius war der Mann, der ihnen das ermöglicht hatte. Mit Hilfe der Dämonenmaske, die eine unglaublich böse Kraft ausstrahlte.

So war dann Dämonos entstanden, der erste Diener der Göttin Li Ten Sai. Mit Hilfe der Maske hatte er sich aus dem Dämonenreich in die Gegenwart materialisiert.

Dr. Möbius schloß die Tür wieder sorgfältig hinter sich ab. Der erste Teil der Aufgabe war vollbracht. Jetzt brauchte er nur noch John Sinclair zu erledigen.

Bei dem Gedanken daran verzerrte sich das Gesicht des

verbrecherischen Wissenschaftlers. Der Inspektor war ein Feind der Göttin. Und ihre Feinde waren auch seine Feinde.

Mit zügigen Schritten ging Dr. Möbius zurück in sein Arbeitszimmer. Er hatte vorhin die Tür nicht ganz geschlossen. Da er die Maske mit beiden Händen festhielt, stieß er die Tür mit dem rechten Knie auf.

Lautlos schwenkte sie herum.

Dr. Möbius machte einen Schritt und erstarrte.

Inspektor Sinclair lag nicht mehr auf dem Boden. Er war verschwunden.

»Suchen Sie mich, Dr. Möbius?« klang im gleichen Augenblick die spöttische Stimme des Inspektors auf.

John Sinclair löste sich aus seinem Versteck. Er hatte zwischen der Bücherwand und dem Fenster in einem toten Winkel gestanden. Mit langsamen Schritten kam er auf Dr. Möbius zu.

»Überrascht?« fragte John und lächelte eisig. Den gekrümmten Dolch hielt er in der rechten Hand.

»Aber . . . Sie . . . Wie konnte das geschehen? Sie waren doch bewußtlos«, stammelte Dr. Möbius.

»Ja, ich war es. Doch zu meinem Glück hat ihr Schlafmittel nicht so lange gewirkt. Außerdem habe ich nur einen kleinen Schluck von dem vorzüglichen Whisky getrunken. Schätze, Sie sind mir eine Erklärung schuldig.«

Der Wissenschaftler trat ein paar Schritte zur Seite. Noch immer hielt er die Maske in der Hand. Doch dann legte er sie vorsichtig auf den Tisch, als hätte er Angst, sie würde zerbrechen.

John Sinclair beobachtete jede Bewegung des Wissenschaftlers genau.

Langsam wandte sich Dr. Möbius um. Er sah John jetzt direkt in die Augen. Auf seiner Stirn glitzerten Schweißperlen.

»Reden Sie, Doktor«, verlangte John.

Möbius schüttelte den Kopf.

»Niemals!« kreischte er. »Niemals werden Sie einen Ton aus mir herausbekommen. Lieber sterbe ich.«

»Stellen Sie sich das nicht zu leicht vor«, erwiderte John spöttisch. »Also, ich warte nicht mehr länger.«

Dr. Möbius wurde plötzlich steif. Sein Blick flackerte. Tief in seinem Innern stieg ein grenzenloser Haß auf den Inspektor hoch.

Mit einem nahezu tierischen Schrei warf er sich John Sinclair entgegen.

Der Inspektor steppte zur Seite. Mit einer knappen Bewegung warf er den Dolch in eine Ecke, griff mit der linken Hand zu und bekam den Wissenschaftler an der Schulter zu packen.

Möbius brüllte auf, kreiselte gleichzeitig herum und schlug dem verdutzten John Sinclair die Faust in den Magen.

Der Schlag war nicht allzu hart gewesen, reichte aber aus, um John für einen kurzen Augenblick die Luft zu nehmen.

Möbius merkte die Schwäche des Inspektors und setzte sofort nach. Wieder gelang ihm ein Treffer. Diesmal in Johns Gesicht.

Doch dann war der Scotland-Yard-Inspektor an der Reihe. Den nächsten Schlag blockte er ab und setzte sofort einen glasharten Haken hinterher, der Möbius gegen den rechten Kinnwinkel krachte.

Der Inspektor hörte, wie die Zähne des Wissenschaftlers aufeinanderschlugen. Möbius drehte sich um seine eigene Achse und verlor die Übersicht.

Johns trockener Leberhaken brachte ihn endgültig zur Vernunft. Stöhnend wälzte sich der Wissenschaftler am Boden.

» Ich glaube, jetzt haben Sie mir doch einiges zu erzählen«, sagte John.

»Nein!« kreischte Möbius und hustete. »Lieber werde ich verrecken. Ich . . .«

Er stieß die unflätigsten Schimpfworte aus.

Aber der Mann mußte reden, wenn John das Geheimnis von Dämonos lüften wollte.

Und plötzlich hatte der Inspektor eine Idee. Er ging zu dem Tisch und griff sich die Maske.

Er hatte vorhin, als Möbius in das Zimmer gekommen war, gesehen, wie ängstlich er sie festgehalten hatte. Sie mußte demnach sehr wertvoll sein.

John Sinclair hielt die Maske mit beiden Händen umklammert. Er hatte die Arme vorgestreckt.

»Was machen Sie da?« brüllte Möbius und versuchte verzweifelt, auf die Beine zu kommen.

»Ich werde die Maske jetzt fallen lassen«, erwiderte John hart.

»Neiiin!«

»Dann reden Sie!«

Möbius starrte John aus fiebrig glänzenden Augen an. »Ja«, keuchte er, »ich werde reden . . .«

Samantha Croydon blieb wie angewurzelt stehen. Dann drehte sie sich langsam um.

Blacky, der Zuhälter, starrte sie grinsend an. »Ist noch was?«

Samantha begann, mit ruhigen Bewegungen ihren Mantel zu öffnen und vergrub beide Hände in den Taschen. Fast gemächlich schlenderte sie auf den Zuhälter zu. Die Gäste machten unwillkürlich Platz.

Dicht vor Blacky blieb Samantha stehen. Leise, so daß es kaum ein anderer als der Zuhälter mitbekam, fragte sie: »Wie war das mit Cindy?«

Die Augen des schwarzhaarigen Mannes verengten sich. »Bist du ihre Amme?«

»Ich möchte wissen, was mit Cindy war!«

Etwas in Samanthas Ton ließ Blacky aufhorchen. Er rutschte unbehaglich auf seinen Hocker zurück, bis er mit dem Rücken gegen die Theke stieß. »Sie hat für mich angeschafft. Das war alles!« stieß er hervor.

»Wann war das?«

Blacky zuckte die Achseln. »So genau kann ich das auch nicht sagen. Bis vor 'ner Woche hat sie noch gearbeitet. Ja, und dann war sie plötzlich weg.«

»Wohin?«

»Das weiß ich nicht, Puppe. Ist sonst nicht die Art der Bienen, mich einfach zu verlassen. Aber es war nun mal so.«

»Und Sie haben auch keine Nachforschungen angestellt, was?« fragte Samantha höhnisch. »Wo Ihnen doch sonst angeblich keine Miezen weglaufen?«

Blacky öffnete gerade den Mund zu einer Antwort, als plötzlich der Wirt sagte: »Laß dir von der Ziege ja nichts gefallen. Leg die lieber flach.«

Blacky, der durch die Worte des Wirtes sein Selbstvertrauen wiedergefunden hatte, grinste falsch.

»Ja«, erwiderte er gedehnt. »Flachlegen, das werde ich dich.«

Die anderen Gäste in der Kneipe brüllten frenetisch Beifall. Sie rechneten mit einer großen Schau. Denn Blacky war nicht der Typ, der lange zögerte.

Immer noch grinsend, rutschte der Zuhälter vom Hocker. Seine Augen waren auf Samanthas Brust gerichtet.

Die Frau trat einen Schritt zurück.

»Laßt Sie ja nicht laufen!« schnarrte Blacky.

Aber Samantha dachte gar nicht daran, von hier zu verschwinden. Sie tat das, womit keiner rechnete.

Ihre Hand glitt plötzlich unter den Pullover, und als sie wieder zum Vorschein kam, glotzte Blacky überrascht in die Mündung der Beretta.

»Wollen Sie immer noch Spaß mit mir haben?« fragte Samantha eisig.

Blacky schluckte.

»Und sollte jemand auf den Gedanken kommen, mir eins über den Schädel zu geben«, fuhr Samantha fort, »schießen kann ich immer noch.«

In der Kaschemme war es totenstill geworden. So etwas hatten die Gäste noch nie erlebt. Und hier passierte verdammt viel.

»Wie geht's denn weiter?« fragte Blacky, als er die erste Überraschung verdaut hatte.

»Wir beide werden uns draußen unterhalten«, gab Samantha zurück. »Kommen Sie.«

Blacky zuckte die Achseln und drückte sich vorsichtig an Samantha Croydon vorbei. Seine Gesichtsfarbe war merklich blasser geworden.

Die Kerle in der Kneipe begannen zu tuscheln. Blacky, einer der kleinen Könige von Soho, wurde von einer Frau abgeführt. Wie ein Schuljunge. Sein Image würde um einige Prozent sinken. Das konnte man jetzt schon an den Blicken der Bordsteinschwalben erkennen, mit denen sie Blacky bedachten.

Samantha Croydon blieb immer einen Schritt hinter dem Zuhälter. Garry Santer hatte ihr beigebracht, wie man in solchen Situationen reagiert. Und Samantha hatte nichts vergessen.

Schließlich hatten sie den Ausgang erreicht.

»Wohin jetzt?« fragte Blacky.

Samantha merkte, daß seine Stimme zitterte. Ein verächtliches Lächeln umspielte ihre Mundwinkel. Solche Kerle fühlten sich nur groß, wenn sie ihre Leute im Rücken wußten. Waren sie allein, machten sie sich beinahe die Hosen voll.

»Erst mal die Treppe hoch.«

Vorsichtig nahm der Zuhälter die Stufen. Samantha dirigierte ihn nach rechts, in Richtung der Sackgasse, wo sie ihren Wagen geparkt hatte.

Vorhin auf dem Heimweg hatte sie dort eine schmale Einfahrt bemerkt, in der man ungestört reden konnte.

Doch Samantha Croydon hatte vergessen, ihre Umgebung im Auge zu behalten. Sonst hätte sie bestimmt die beiden Chinesen bemerkt, die sie schon seit geraumer Zeit beobachteten. Dämonos hatte seine Spitzel überall.

Passanten begegneten den beiden kaum. Und wenn, dann achteten sie nicht auf das Paar.

Die Einfahrt tauchte auf.

»Da hinein!« befahl Samantha.

»Was – was soll das?« fragte Blacky und unterdrückte die aufsteigende Angst.

»Die Fragen stelle ich!« lautete die Antwort.

Blacky war folgsam wie ein Lamm. Gehorsam tauchte er in der Einfahrt unter.

Samantha warf noch einen schnellen Blick nach hinten. Doch nichts Verdächtiges war zu sehen.

In der schmalen Einfahrt war es stockfinster. Die Häuserwände zu beiden Seiten konnte man bequem mit den Händen berühren. Man brauchte noch nicht einmal die Arme auszustrecken.

Obwohl sich Samanthas Augen inzwischen an die Dunkelheit gewöhnt hatten, sah sie den Zuhälter nur als Schatten.

»Stehenbleiben!« befahl Samantha.

Blacky gehorchte.

»Umdrehen!«

Dreck und Staub knirschten unter den Schuhen des Zuhälters, als er dem Befehl nachkam.

Samantha konnte das Weiße in Blackys Augen sehen, so weit aufgerissen waren sie.

Der Mann hatte Angst. Daran gab es keinen Zweifel.

Zwei, drei Minuten vergingen. Nach wie vor war die Mündung der Pistole auf den Mann gerichtet.

Blacky wurde nervös. »Verdammt noch mal«, schrie er plötzlich, »sagen Sie endlich, was Sie von mir wollen!«

»Die Wahrheit!«

»Welche Wahrheit? Ich habe Ihnen doch alles . . .«

»Was ist wirklich mit Cindy Nichols geschehen? Los, reden Sie. Ich lasse mich nicht mehr abspeisen.«

»Aber ich habe Ihnen doch schon gesagt, daß ich nichts weiß. Gut, die Puppe hat für mich angeschafft, das war alles. Und das ist auch kein Verbrechen. Sie hat es schließlich freiwillig getan. Auf einmal war sie dann weg. Urplötzlich. Von heute auf morgen.«

»Wo ist sie hingegangen?« fragte Samantha. »Sie können mir doch nicht erzählen, daß sie das so einfach hingenommen haben. Cindy sah attraktiv aus. Sie war bestimmt der Star in ihrer Truppe.«

Der Zuhälter schwieg, bis Samantha sagte: »Soll ich Ihnen eine Kugel ins Bein jagen?«

»Wer sind Sie?« ächzte der Zuhälter.

»Ich habe Ihnen doch vorhin in der Kneipe ein Bild gezeigt. Der Mann auf dem Foto war Garry Santer, Privatdetektiv. Und ich war seine Sekretärin. Garry Santer wurde auf bestialische Weise umgebracht. Ist Ihnen nun klar, daß ich seinen Tod rächen will und auch in der Wahl meiner Mittel nicht sehr wählerisch bin?«

Blacky stöhnte auf. »Ich habe mit dem Tod des Mannes nichts zu tun.«

Samantha lachte spöttisch. »Das glaube ich Ihnen sogar. Trotzdem sind Sie der einzige, an den ich mich halten kann. Also noch einmal. Was geschah mit Cindy Nichols?«

»Ich . . . Sie haben sie mitgenommen!« flüsterte Blacky.

»Wer?«

»Zwei Männer. Chinesen. Sie beherrschen das gesamte Viertel. Niemand kann sich ihnen entgegenstellen. Sie . . .«

Ein schwaches Geräusch in Blackys Rücken ließ Samantha aufhorchen.

Sie wollte noch eine Warnung rufen, doch es war zu spät.

Die Mörder hatten zugeschlagen. Gnadenlos und mit aller Brutalität, zu der sie fähig waren.

Samantha hörte den Zuhälter einen gurgelnden Laut ausstoßen.

Dann sackte Blacky blutüberströmt zusammen. Zwei Schatten waren hinter ihm aufgetaucht.

Samantha schoß. Der Schuß dröhnte in der engen Gasse übernatürlich laut. Danach war ein erstickter Schmerzensschrei zu hören, und ehe Samantha ein zweites Mal abdrücken konnte, traf ein gnadenloser Schlag ihre Pistolenhand.

Wie von selbst fiel ihr die Waffe aus den Fingern und fiel scheppernd gegen die Hauswand.

Samantha wollte sich umwerfen, weglaufen von diesem gräßlichen Ort, doch ein gnadenloser Hieb erstickte diese Absicht schon im Keim.

Samantha wurde herumgeschleudert, ihr Kopf flog in den Nacken und knallte gegen die Hauswand.

Der jungen Frau wurde es augenblicklich schwarz vor Augen. Sie sackte an der rauhen Wand zusammen und schrammte sich das Gesicht auf.

Zwei starke Arme rissen Samantha hoch und zogen sie tiefer in die Einfahrt hinein.

Doch die beiden Chinesen, die den Mord und die Entführung auf dem Gewissen hatten, waren auch nicht ganz ungeschoren davongekommen. Einem steckte Samanthas Pistolenkugel in der Schulter.

Als die ersten Neugierigen – durch den Knall des Schusses aufgeschreckt – die Einfahrt erreichten, fanden sie nur noch Blacky, den Zuhälter.

Er lag inmitten einer riesigen Blutlache.

Behutsam legte John Sinclair die Maske wieder auf den Tisch zurück.

»Also?«

Dr. Möbius schleppte sich zu einem Sessel. Ächzend fiel er auf das Polster. Er mußte erst mehrmals tief Luft holen, ehe er sprechen konnte.

»Die Maske stellt den Kontakt mit den Dämonen her«, preßte er hervor. »Sie ist uralt. Ich habe sie von einem Freund bekommen.«

Und dann berichtete der Wissenschaftler von der Geschichte der Dämonenmaske und von Dämonos, dem Diener der Göttin Li Ten Sai.

»Was wollten Sie mit der Maske?« fragte John.

»Ich sollte sie zu Dämonos bringen. Er sagte, es eilt. Die Göttin würde noch in dieser Nacht zurückkehren. Wir alle warten auf sie.«

»Wo wartet ihr?«

»In – in dem heiligen Tempel. Wir werden uns in dieser Nacht dort versammeln.«

»Und wo liegt der Tempel?«

»Hier in London. In Soho. Tief unter der Erde. Den Zugang kennen nur wenige Eingeweihte.«

»Sie gehören doch zu den Eingeweihten, oder?«

»Nein . . .«

»Sie lügen«, erwiderte John.

»Ich lüge nicht!« kreischte der Wissenschaftler. »Ich fahre bis zu einer bestimmten Stelle. Dort werde ich abgeholt. Glauben Sie mir.«

John blickte Dr. Möbius an. Er wußte plötzlich, daß dieser Mann nicht log, gar nicht mehr die Nerven hatte, zu schwindeln. Er war nur noch ein schlotterndes Bündel Angst.

John Sinclair zündete sich eine Zigarette an. Er warf einen nachdenklichen Blick auf die Maske. Sie sah so harmlos aus, und doch mußte – wenn man Dr. Möbius' Worten glaubte – der Teufel in ihr stecken.

John strich mit den Fingerkuppen der linken Hand über die Maske. Augenblicklich spürte er die geheimnisvolle Ausstrahlung, die von ihm Besitz ergreifen wollte. Es war, als würden fremde Wesen in seinen Körper eindringen.

Schnell zog John die Hand zurück. Sofort war das seltsame Gefühl verschwunden.

Dr. Möbius hatte den Inspektor beobachtet. »Haben Sie es auch gespürt?« flüsterte er.

»Was gespürt?«

Möbius' Augen bekamen einen ungläubigen Ausdruck. »Na, die Strahlen, die von der Maske ausgehen. Das sind die Stimmen der Dämonen. Sie wollen mit Ihnen in Kontakt treten. Setzen Sie die Maske auf. Versuchen Sie es. Machen Sie die Probe.«

»Nein«, erwiderte John. »Ich eigne mich schlecht als Versuchskaninchen. Vor allen Dingen, wenn Sie dadurch Ihren Vorteil haben könnten.«

John drückte seine Zigarette aus.

»Wo werden Sie immer abgeholt, Dr. Möbius?«

»Auf dem Platz eines ehemaligen Autokinos.«

»Gut.« John nickte. »Da fahren Sie jetzt auch hin, so, als wäre nichts gewesen. Verstanden?«

»Ja, aber . . . die Maske. Ich muß doch die Maske mitbringen.«

»Die übernehme ich.«

»Und die Seele . . . Ich habe Dämonos versprochen, Ihre Seele . . .«

»Das ist eben Pech. Und jetzt reden Sie nicht lange, sondern holen Sie Ihren Wagen.«

Dr. Möbius fuhr einen dunklen Mercedes 250. Der Wagen parkte hinter dem Institut.

Dr. Möbius klemmte sich hinter das Steuer und fuhr ab. John

blieb mit seinem Bentley dicht hinter ihm. Die Maske hatte er auf den Beifahrersitz gelegt.

Die Fahrt zu dem verlassenen Autokino dauerte etwa zwanzig Minuten.

Während Dr. Möbius den Wagen auf den Platz lenkte, blieb John außerhalb des Geländes. Er wollte auf gar keinen Fall Verdacht erregen. Wer konnte voraussagen, wie viele noch zu dem Treffpunkt bestellt waren. Wenn die Zahl dann nicht stimmte, wäre John bestimmt aufgefallen.

Der Platz lag abseits der Wohngegenden. Deshalb herrschte auch so gut wie gar kein Autoverkehr. Noch nicht einmal ein Liebespärchen hatte sich hierher verirrt.

John hatte das Seitenfenster heruntergedreht. Er hörte, wie drüben auf dem Parkplatz eine Wagentür klappte.

Dr. Möbius war ausgestiegen. Er hatte die Scheinwerfer des Mercedes gelöscht und ging nun mit langen Schritten hin und her. Ab und zu glühte der rote Punkt einer Zigarette auf. John nutzte die Gelegenheit und gab per Autotelefon einen kurzen Lagebericht an die Zentrale durch.

Auf einmal waren sie da. John sah einen etwas größeren Wagen heranfahren, der das Standlicht eingeschaltet hatte.

Der Inspektor machte sich hinter dem Steuer klein. So war er wenigstens nicht zu sehen.

Der Wagen rumpelte an dem Bentley vorbei und bog auf den Parkplatz ein.

John, der mit einem Auge durch die Scheibe peilte, sah, daß es ein Lieferwagen war, der jetzt abgebremst wurde.

Die Tür zum Führerhaus klappte auf. Ein Mann sprang auf den Platz.

Zum Glück gab das Standlicht so viel Helligkeit, daß John alles einigermaßen erkennen konnte.

Dr. Möbius ging soeben auf den Fahrer zu. Er redete hastig auf ihn ein.

Sollte der Wissenschaftler hier ein falsches Spiel treiben?

Jetzt hob der Fahrer des Lieferwagens die Plane auf der Ladefläche hoch.

Was er da zu suchen hatte, konnte John nicht erkennen.

Der Mann ging wieder zurück und stieg zusammen mit Dr. Möbius in das Führerhaus.

Sekunden später drang der Motor des Lieferwagens an.

John tauchte wieder unter.

Der kleine Transporter hatte jetzt die Scheinwerfer aufgeblendet. Wie Geisterfinger strichen sie über den Bentley.

John hörte, wie der Motor des anderen Fahrzeuges aufheulte, die Reifen auf der braunen Asche durchdrehten, der Wagen wieder auf die Straße bog und plötzlich abgebremst wurde.

Genau neben Johns Bentley.

Aber das merkte der Inspektor erst, als es bereits zu spät war.

John sah sechs, sieben – nein, über zehn Gestalten von der Ladefläche springen.

»Holt ihn aus seinem Wagen!« brüllte ein Mann.

John erkannte die Stimme von Dr. Möbius.

Er wollte starten, doch da hingen sie schon wie Kletten an seinem Bentley.

Gräßlich anzusehende Gestalten.

Dämonen!

Ihr Schmatzen und Kichern erfüllte die Luft. Durch die heruntergekurbelte Seitenscheibe des Bentley griffen die Arme der ersten Schreckgestalten in das Innere des Wagens.

Johns Blick irrte hin und her.

Der Inspektor sah keinen Ausweg mehr. Der Bentley war zur Todesfalle geworden.

Es war eigentlich nur noch eine Frage von Sekunden, wann John Sinclair Opfer dieser blutgierigen Dämonenmeute werden würde . . .

Intervallartig kehrte Samantha Croydons Bewußtsein zurück.

Zuerst kamen die Schmerzen. Sie bohrten in ihrem Nervenzentrum, schienen die Schädeldecke zertrümmern zu wollen.

Samantha stöhnte auf, öffnete den Mund, wollte nach Luft schnappen.

Es ging nicht.

Irgend etwas preßte ihr die Kehle zu.

Unendlich mühsam öffnete Samantha die Augen.

Halbdunkel umgab sie. Unter ihrem Rücken fühlte sie leichte Schaukelbewegungen, wie sie bei einer Autofahrt entstehen.

Samantha Croydon lag in einem Wagen.

Der Druck auf ihrer Kehle ließ etwas nach. Gierig atmete sie die Luft ein.

Samantha bewegte den Kopf, so gut es ging. Jetzt konnte sie auch erkennen, wohin man sie verfrachtet hatte. Genau zwischen den Vorder- und Rücksitz.

Im Fond des Wagens saß ein Mann, der seinen Fuß gegen ihre Kehle gepreßt hatte. Der Kerl trug weiche Schuhe, konnte mit minimalem Druck Samanthas Atemnot vergrößern.

Der Mann auf dem Sitz beugte sich vor.

Samantha blickte in ein asiatisches Gesicht, das überhaupt keine Regung zeigte.

Der Chinese hob den Fuß hoch. Endlich konnte Samantha wieder normal Luft bekommen.

»Wohin fahren wir?« krächzte sie.

Der Mann gab keine Antwort.

Samantha drehte sich etwas zur Seite. Sie sah, daß der Chinese sich seine Schulter hielt.

Die letzten Minuten vor ihrer Bewußtlosigkeit stiegen wieder in Samantha hoch. Sie sah alles genau vor sich. Wie der Zuhälter brutal erstochen worden war und wie sie einfach geschossen hatte. Der Mann mußte demnach die Kugel abbekommen haben.

Samantha Croydon bekam Angst. Sie dachte daran, daß dieser Mann sich für den Schuß rächen würde . . .

Samanthas Gedankenkette zerbrach. Der Wagen wurde plötzlich abgebremst.

Der Mann vorn am Steuer legte den Rückwärtsgang ein und fuhr das Fahrzeug ein Stück nach hinten. Dann bremste er wieder ab.

Der Chinese im Fond klinkte die Tür auf. Er beugte sich vor, packte Samantha mit seinem gesunden Arm an den Haaren und zog sie brutal aus dem Wagen.

Es kostete Samantha übermenschliche Anstrengung, den mörderischen Schmerz zu verbeißen.

Der Chinese schleuderte Samantha auf den Boden. Sie schlug mit dem Gesicht in feuchtes Erdreich.

Türen klappten.

»Steh auf!« zischte eine Stimme.

Samantha kroch zu dem Wagen und zog sich an ihm in die Höhe. Dann drehte sie sich langsam um.

Die Männer mußten auf irgendein verlassenes Fabrikgelände gefahren sein. Samantha erkannte trotz der Dunkelheit die Umrisse einiger Hallen.

Die beiden Chinesen standen vor ihr. Der eine hielt sich immer noch seinen verletzten Arm.

Nummer zwei – der Fahrer – machte eine knappe Kopfbewegung. »Komm mit!«

Als Samantha nicht sofort reagierte, packte er hart zu und zog sie zu sich heran. Seine Hand legte sich wie eine Stahlklammer um Samanthas Arm.

Willenlos ließ sie sich mitschleifen. Die Männer brachten sie in eine leerstehende Fabrikhalle.

Sie waren nicht die einzigen Lebewesen hier. Ratten huschten quiekend über den festgestampften Boden und verschwanden unter verfaulten Kisten und Brettern, die überall herumlagen.

Die Chinesen führten Samantha bis zur Mitte der Fabrikhalle. Vor einem Gully blieben sie stehen. Samantha sah ihn erst im letzten Augenblick, denn keiner ihrer Bewacher hatte eine Taschenlampe eingeschaltet.

Einer der Chinesen bückte sich und hob den Deckel hoch. Stinkende, nach Fäulnis riechende Luft schlug ihnen entgegen.

Samantha wurde plötzlich klar, wenn sie erst mal dort unten steckte, würde sie wohl kaum eine Chance bekommen, je wieder zu entfliehen.

Die Frau schätzte blitzschnell ihre Chancen ab.

Der eine Chinese stand noch immer in der gebückten Stellung, und sein Kumpan achtete auch nicht weiter auf sie. Seine Augen waren ebenfalls auf den Boden gerichtet.

Samantha wagte das schier Unmögliche.

Sie kreiselte plötzlich herum, schlug ihre Faust gegen den verletzten Arm des Chinesen, so daß der Mann zur Seite torkelte, und rannte weg.

Der Kerl stieß einen heiseren Wutschrei aus und nahm sofort die Verfolgung auf. Auch der zweite Chinese hetzte mit langen Sätzen hinter der Frau her.

Doch Samantha hatte zwei Pluspunkte. Erstens die Dunkelheit und zweitens den Überraschungseffekt.

Sie war schon an dem Fabriktor, als die beiden Männer immer noch drei, vier Meter hinter ihr waren.

Samantha schlüpfte hinaus und rannte nach rechts. Mit keuchenden Lungen und hämmernden Kopfschmerzen hetzte sie an der langen Fabrikwand entlang.

Hinter sich hörte sie die hastigen Schritte ihrer Verfolger.

Konnte sie es schaffen?

Die Verzweiflung und die Angst verliehen der Frau Riesenkräfte. Sie mobilisierte all ihre Reserven, rannte, rannte . . .

Doch Samantha hatte Pech. Sie sah die verrosteten Eisenbahnschienen, die sich quer über das Fabrikgelände zogen, zu spät.

Samantha spürte nur noch einen schmerzhaften Stoß an ihrem rechten Fuß, wurde von einer unsichtbaren Gewalt nach vorn geschleudert und knallte auf den rissigen Boden. Ihr Ohr schrammte über einen herumliegenden Pflasterstein, und ein harter Schlag traf ihre Stirn.

Vor Samanthas Augen zerplatzten grellbunte Sterne, doch bewußtlos wurde sie nicht.

»Verdammtes Biest!« hörte sie eine keuchende Stimme, und schon wurde sie von den beiden Chinesen hochgerissen.

Leblos wie eine Puppe hing Samantha in den schraubstockharten Griffen der Männer. Ihr Kopf war nach unten gesackt, das Kinn berührte fast die Brust. Samanthas Ohr blutete, fast jeder Knochen im Körper tat ihr weh, und die pochenden Kopfschmerzen drohten ihren Schädel auseinanderzureißen.

Die beiden Chinesen schleiften die halb bewußtlose Frau zurück zum Fabriktor.

Sie wollten gerade in dem Bau verschwinden, als ein Scheinwerferpaar über das Gelände strich.

Zwei, drei Augenblicke lang standen die drei Personen wie im Rampenlicht. Dann war die Helligkeit vorbei.

Die Männer hatten sich unwillkürlich geduckt und dem Fahrer des Wagens ihre Rücken zugewandt.

Dann heulte ein Automotor auf. Reifen jaulten, und der Wagen war weg.

Die Chinesen beeilten sich jetzt noch mehr. Fast fluchtartig rannten sie in das Innere der Fabrik. Die stöhnende Samantha Croydon hing wie ein lebloses Bündel zwischen ihnen.

Sie schlug sich ihre Knie an dem rauhen Beton auf, und irgendwie drang ein Holzsplitter in ihre Wade.

Der Gullydeckel stand noch offen.

Der unverletzte Chinese warf sich Samantha kurzerhand über die Schulter und begann als erster mit dem Abstieg. Sein Kumpan wartete einige Augenblicke, holte eine kleine Lampe aus der Tasche, knipste sie an, betrat dann ebenfalls die alte Eisenleiter, die in die Tiefe führte, und zog über sich den Gullydeckel wieder zu.

Nach zwölf Stufen erreichten sie wieder festen Boden. Die beiden Chinesen standen jetzt mit ihrem Opfer in der Unterwelt von London.

Sie hatten für ihren Einstieg einen Punkt gewählt, an dem sich zwei Hauptkanäle kreuzten. Sie nahmen den, der nach Osten führte und parallel zur Themse verlief.

Der Chinese mit der Taschenlampe ging voran. Sie befanden sich auf einem der beiden schmalen Wege, die links und rechts den Kanal flankierten.

Neben ihnen gurgelte und rauschte das dreckige Wasser. Es stank wie die Pest. Ab und zu glotzten die kleinen Augen der Wasserratten aus den Fluten. Die ekelhaften Tiere waren vollgefressen. Sie fanden hier unten genügend Nahrung.

Die Männer mußten höllisch aufpassen, daß sie auf dem glitschigen Untergrund nicht ausrutschen und in der widerlichen Brühe landeten.

Am schwersten hatte es der zweite Chinese. Er mußte ja noch die völlig erschöpfte Samantha schleppen.

Plötzlich blieb der Mann mit der Taschenlampe stehen. Er hatte einen kaum einen Meter breiten Seitenkanal erreicht, der in den Hauptkanal mündete.

Und direkt vor der Einmündung befand sich eine hüfthohe Eisentür.

Der Chinese holte einen Schlüssel aus der Tasche und schloß die Tür auf.

Ein finsteres Loch gähnte ihm entgegen.

Er kroch hinein.

Sein Kumpan schob erst Samantha Croydon nach, ehe er selbst hinterherkletterte und die Tür wieder schloß.

Das Licht der Lampe geisterte durch ein enges Verlies, in dem eine Treppe nach oben führte. Sie war aus Stein, und die Chinesen steuerten darauf zu.

Die Treppe mündete in eine große Steinhalle, in deren Mitte ein Altar stand und von der mehrere Gänge sternförmig abzweigten.

Einer dieser Wege war das Ziel der Chinesen.

Der Gang war nicht sehr lang. Schon nach wenigen Metern verbreitete er sich zu einem Operationsraum.

So sah es jedenfalls aus.

An den Wänden standen Bahren, ähnlich wie sie in Krankenhäusern benutzt werden.

Auf den Bahren lagen Menschen.

Ob sie überhaupt noch lebten, war so schnell gar nicht festzustellen.

Der Chinese ließ Samantha Croydon von seinen Schultern gleiten.

Die Frau knickte ein und fiel auf die Knie.

»Stell dich nicht so an!« zischte der Chinese. »Dir wird es bald noch viel schlimmer ergehen. Da – sieh dir deine Leidensgenossen an.«

Der Kerl nahm seinem Kumpan die Taschenlampe aus der Hand und leuchtete die erstbeste Person an, die auf einer Bahre lag.

Es war ein Mann. Der scharfgebündelte Strahl traf genau sein Gesicht.

Der andere Chinese packte Samantha und schleifte sie zu der Bahre. Er brachte sie so nah heran, daß sie genau in das Gesicht des Mannes sehen mußte.

Sekundenlang war nur das Atmen der anwesenden Menschen zu hören.

Doch dann schrie Samantha Croydon gellend auf.

Die Augen des Mannes waren vollkommen schwarz!

Dave Callum war Schlosser.

Er arbeitete bei einer Baufirma und montierte Treppengeländer. Um seinen Lohn etwas aufzubessern, stellte er nach Feierabend kleinere Kunstschmiedesachen her. Er hatte einen großen Bekanntenkreis und fand für seine Arbeiten immer genügend Abnehmer. Das Geschäft lief in der letzten Zeit sogar so gut, daß er nur noch auf Bestellung arbeitete.

Das einzige Problem war die Materialbeschaffung. Eisen war teuer, und Dave kam es nicht in den Sinn, die hohen Preise zu zahlen. Deshalb fuhr er nachts oft verlassene Fabrikgelände ab, um sich mit dem Grundmaterial einzudecken. Allerdings wurde das in letzter Zeit auch immer schlechter.

Eigentlich mehr durch Zufall war Dave auf das leerstehende Fabrikgelände gestoßen, auf dem er an diesem Abend mit seiner Suche begann.

Der Platz war eine wahre Fundgrube. Schon nach einer Stunde

war der Kofferraum seines alten Austin gefüllt. Dave beschloß, an den nächsten drei Abenden noch einmal wiederzukommen, denn Material war hier genug.

Dave hatte seinen Wagen neben einer alten Wellblechbude geparkt. Als er die beiden Säcke mit dem Eisen verstaut hatte, klemmte er sich wieder hinter das Steuer und fuhr an.

Die Zigarette im Mundwinkel, den angewinkelten Arm auf den Rand des heruntergekurbelten Seitenfensters gestützt, kurvte Dave Callum durch das Gelände.

Plötzlich – die beiden Scheinwerfer hatten gerade den Eingang einer verlassenen Fabrikhalle erfaßt – stieß Dave einen Fluch aus. Deutlich sah er die beiden Männer, die eine Frau zwischen sich hatten und gerade dabei waren, sie in die Halle zu schleifen.

Ehe Dave den ganzen Vorgang richtig erfaßt hatte, waren sie schon nicht mehr zu sehen.

Was tun?

Der Frau helfen? Aber wie? Die Kerle sahen verdammt kräftig aus. Also zur Polizei.

»Mist!« fluchte Dave und dachte dabei an das gestohlene Eisen im Kofferraum.

Aber andererseits befand sich vielleicht ein Mensch in Lebensgefahr, außerdem brauchte er den Bobbys ja auch nicht gerade auf die Nase zu binden, was er auf dem verlassenen Gelände gesucht hatte. Eine Ausrede würde ihm bestimmt einfallen.

Dave gab Gas und holte alles aus seiner alten Kiste heraus. Die nächste Polizeistation lag ein ganz schönes Stück entfernt. Als Dave Callum endlich vor dem Gebäude hielt, waren schon fast fünfzehn Minuten vergangen.

Dave Callum stürmte die Treppen hoch und riß die Holztür auf.

Er kam in einen großen, hell erleuchteten Raum. Eine lange Holzbarriere teilte ihn in zwei Hälften.

In der größeren Hälfte standen zwei Schreibtische, hinter denen übermüdete Beamte hockten. Diesseits der Barriere gab es nur eine graugrün gestrichene Bank, auf der eine weinende Frau saß.

Als Dave Callum eintrat, erhob sich einer der Polizeibeamten und trat dicht an das Geländer. Er stützte beide Arme auf und fragte: »Was gibt's denn, Mister?«

Der aufgeregte Dave Callum mußte dreimal schlucken, ehe er zum Sprechen ansetzen konnte.

»Eine Frau«, sagte er. »Sie – sie wurde entführt. Ich . . .«

Jetzt wurde der Bobby hellhörig. »Wo?«

»Auf einem alten Fabrikgelände. Ich habe es genau gesehen. Die beiden Männer schleiften sie in eine Halle . . .«

»Jack, komm doch mal her«, sagte der Bobby.

Sein Kollege löste sich von dem Schreibtisch, wo er an einem Bericht getippt hatte.

Dave Callum mußte alles haarklein erzählen.

»Und Sie haben sich nicht getäuscht?« fragte einer der Polizisten.

»Nein. Sie müssen etwas unternehmen. Beeilen Sie sich.«

»Ja, ja, schon gut.« Der Bobby ging zu einem Telefon. Mit knappen Worten gab er seine Meldung durch.

Dann kam er wieder zurück. Dave Callum war inzwischen übernervös geworden. Er rauchte bereits die dritte Zigarette.

»Es kommt gleich ein Streifenwagen«, sagte der Bobby. »Sie werden die Kollegen begleiten.«

Dave nickte nur.

»Und was ist mit mir?« heulte die Frau auf der Bank. »Schließlich ist mein Mann verschwunden.«

»Der wird bestimmt irgendwo einen trinken gegangen sein«, erwiderte der Bobby. »Bei so einer Alten würde ich das auch«, fügte er noch leise hinzu.

»Hoffentlich können wir der Frau noch helfen«, sagte Dave Callum.

»Machen Sie sich mal keine Sorgen. So leicht wird man nicht umgebracht«, antwortete der Polizeibeamte optimistisch.

Dave Callum wollte noch etwas sagen, doch da wurde schon die Tür aufgestoßen, und der Führer des alarmierten Streifenwagens stürmte in den Raum.

»Sind Sie der Mann, der den Überfall gesehen hat?« fragte er und zeigte auf Dave.

»Ja, Sir.«

»Los, kommen Sie mit. Wir dürfen keine Zeit verlieren.«

Als sie in den Streifenwagen stiegen, fragte ein Beamter: »Ihre Geschichte stimmt doch, oder?«

»Darauf können Sie Gift nehmen, Sir. Mit solchen Sachen spaßt man nämlich nicht.«

Blitzschnell drehte John Sinclair den Zündschlüssel herum.

Der Motor des Bentley kam sofort. John trat die Kupplung, knüppelte den Gang ins Getriebe . . .

Im selben Augenblick hatten es zwei Dämonen geschafft, sich mit dem größten Teil ihres Oberkörpers durch das Seitenfenster zu zwängen. Ein Arm legte sich plötzlich um Johns Kehle.

Der Inspektor rutschte zur Seite und damit sein Fuß vom Gaspedal.

Der Wagen blieb stehen.

Aus. Die Chance war vertan.

John Sinclair wurde gegen das Sitzpolster gepreßt. Der verdammte Würgegriff raubte ihm den Atem.

John riß die Augen weit auf. Der Dämon hockte jetzt schon fast auf dem Sitz.

John stieß seinen rechten Arm vor. Er traf den Dämon zwar, hatte jedoch das Gefühl, durch Watte zu schlagen.

Mit normalen Mitteln kam er gegen die Dämonen nicht an.

Die Maske fiel ihm ein. Sie lag noch immer auf dem Beifahrersitz, durch seinen Körper vor den Blicken der Dämonen geschützt.

Johns linke Hand tastete sich zu dem Sitz hinüber, bekam die Maske zu fassen, riß sie hoch.

Die Dämonen stießen ein wütendes Geheul aus. Ehe sie richtig begriffen, was los war, hatte John Sinclair die Maske vor sein Gesicht gepreßt.

Etwas Unglaubliches geschah.

Verschwunden war plötzlich der Bentley – verschwunden waren auch die Dämonen.

John Sinclair befand sich in einer anderen Welt. Hatte die Grenzen von Raum und Zeit überschritten und war in einem Reich gelandet, das zwischen dem Diesseits und Jenseits lag.

John Sinclair schwebte durch einen finsteren, endlosen Schacht, der tief in das Dunkel der Unendlichkeit zu führen schien.

Für John Sinclair war es ein herrliches Gefühl. Er bildete sich ein, frei zu sein. Frei in einer Form, wie er sie noch nie erlebt hatte.

Plötzlich sah John Sinclair die Augen. Sie glühten am Ende des Schachtes auf.

Drohend, unheimlich!

Die Augen wurden größer, und John hatte auf einmal das Gefühl, genau in die riesigen Pupillen zu schweben.

John Sinclair wußte nicht, daß er der Dämonengöttin Li Ten Sai gegenüberstand und daß er sich hinter der bleigrauen Dimensionswand in Dämonos finsterem Reich befand.

John sah tanzende Gestalten, die der Göttin huldigten und von Augenblick zu Augenblick ihre Form veränderten.

Plötzlich wurde Johns Fall gebremst. Er schwebte langsam auf den Boden, der ihm vorkam wie eine Gummimatte, als er ihn berührte. Seine Schritte waren federnd, fast tänzerisch.

Noch immer tanzten die Gestalten. Sie hatten John jetzt in ihren Kreis eingeschlossen, umringten ihn, und John Sinclair sah, daß es Fabelwesen aus den alten Sagen und Legenden waren, in denen ja immer ein Körnchen Wahrheit steckte.

John Sinclair hob den Kopf. Über ihm schwebten die riesigen Augen. Sie waren so nah, daß John befürchtete, sie würden jeden Moment herabfallen, um ihn zu erdrücken.

Eine Stimme schallte an Johns Ohren. Obwohl sie aus weiter Ferne zu kommen schien, war sie klar und deutlich zu verstehen.

»Hier spricht Dämonos, dein ergebener Diener. Höre mich an, o Li Ten Sai. Deine Stunde ist nah. Noch in dieser Erdennacht wirst du zurückkehren und den Fluch, der dich vor undenkbaren Zeiten gebannt hat, auslöschen. Ghanor eti nedo – der Fluch hat keine Gültigkeit mehr. Du bist frei, o Göttin! Komm! Komm aus deinem Reich und herrsche wieder auf der Erde.«

John Sinclair hatte plötzlich das Gefühl, die Augen würden immer tiefer herabsinken. Er streckte die Hände aus, wollte sich zu Boden werfen . . .

Und da verlor er die Maske.

Im nächsten Augenblick entstand ein Chaos. John meinte, im Zentrum eines Tornados zu sein und mit ihm durch das Weltall zu jagen.

Er schrie auf, öffnete die Augen – und saß in seinem Bentley.

John Sinclairs Kopf fiel gegen das Lenkrad. Der Aufprall brachte ihn erst wieder richtig in die Wirklichkeit zurück.

Er war schweißgebadet. Durch das heruntergelassene Seitenfenster umfächerte kühle Nachtluft sein erhitztes Gesicht.

John blickte nach draußen.

Der Parkplatz lag leer und verlassen vor ihm. John erinnerte sich an Dr. Möbius, den Lieferwagen, die Dämonen!

Wo waren sie geblieben?

John Sinclair lehnte sich zurück. Erst jetzt fiel sein Blick auf die

Maske. Sie lag auf dem Wagenboden, neben dem Kupplungspedal.

John beugte sich vor und hob sie auf.

Wieder spürte er die seltsame Ausstrahlungskraft, die diese Maske besaß.

Jetzt erinnerte sich der Inspektor auch. Er dachte daran, wie er sie aufgesetzt hatte und dann einen gräßlichen Traum gehabt hatte.

Aber war es wirklich ein Traum gewesen? War es ihm nicht durch die Maske gelungen, in eine andere Welt zu gelangen?

John konnte es selbst nicht genau sagen.

Das leise Summen des Autotelefons schreckte ihn aus seinen Gedanken.

»Inspektor Sinclair«, meldete er sich.

Und dann bekam er eine Nachricht, die ihn förmlich elektrisierte . . .

Die schwarzen Augen glotzten Samantha Croydon an.

Der Mann auf der Bahre begann sich plötzlich zu bewegen, streckte seinen rechten Arm aus. Er mußte spüren, daß jemand in der Nähe war.

Er öffnete den Mund, brabbelte unverständliches Zeug.

Samantha Croydon stand starr vor Schrecken. Das Grauen hatte sich in ihrem Körper festgefressen.

Die Hand des Mannes erreichte ihr Gesicht, tastete es ab.

Samantha stand immer noch unbeweglich. Ließ alles mit sich geschehen. Erst das leise Lachen der Chinesen riß sie wieder zurück in die Wirklichkeit.

»Das ist ein kleiner Vorgeschmack von dem, was du bekommen wirst«, sagte einer. »Auch deine Seele wird der Göttin geopfert, damit sie zurückkehren kann und mit ihrer Herrschaft beginnt.«

Samantha wurde von der Bahre weggezogen. Die Chinesen schleiften sie in eine Ecke des Verlieses. Mit wenigen Handgriffen rissen sie der Frau die Kleider vom Leib.

Dann mußte sich Samantha – nackt wie sie war – auf eine noch freie Bahre legen.

»Versuche nur nicht zu fliehen«, sagte einer der Chinesen, »du würdest nicht weit kommen.«

Samantha gab keine Antwort. Sie war gar nicht mehr fähig zu reden.

Der eine Chinese löschte seine Lampe. Dann verschwanden die Männer.

Samantha hörte ihre leiser werdenden Schritte, bis sie ganz verklangen.

Zu ihrer Angst kam jetzt auch noch die Finsternis, die sie schier zu erdrücken schien.

Samantha weinte. Sie dachte an die Worte des Chinesen und wußte, daß ein Fluchtversuch keinen Sinn hatte.

Eine wispernde Stimme drang an ihr Ohr.

»Hören Sie mich?«

Samantha richtete sich auf. »Ja«, hauchte sie.

»Sie sind eine Frau, nicht? Ich habe es sofort gespürt, als man Sie brachte. Hat man Ihnen schon – die Seele geraubt?«

Die Stimme kam von rechts. Sie gehörte einem der Männer, die in diesem Verlies lagen. Erst jetzt kam Samantha die ganze Tragweite der Frage zu Bewußtsein.

»Antworten Sie doch!«

»Nein«, flüsterte die Frau tränenerstickt, »noch nicht.«

Der Mann wartete einen Moment, ehe er weitersprach. »Dann versuchen Sie zu fliehen. Schnell, ehe es zu spät ist. Holen Sie Hilfe!«

Die Stimme wurde immer schwächer.

»Aber – aber die Chinesen sagten doch, daß ich keine Chance hätte.«

»Sie müssen es trotzdem versuchen. Es ist die einzige Möglichkeit. Ihr Schicksal ist so oder so besiegelt. Gnade können Sie nicht erwarten. Sie haben es ja gesehen, was man mit uns gemacht hat. Man opfert der Göttin unsere Seelen, um dadurch ihre Rückkehr zu erzwingen. Ohne Seele werden wir stumpfsinnig, apathisch. In mir ist noch ein kleiner Rest, aber er verlischt schnell. Bald werde auch ich – geistig tot sein.«

»Wer – wer sind Sie?« fragte Samantha.

»Ich war einmal Totengräber. Sie haben mich geschnappt. Ich hatte sie beobachtet, wie sie den Leichen mit ihren Messern die Seelen nahmen. Für mich ist es zu spät. Aber nicht für Sie. Versuchen Sie es. Bitte.«

»Ja«, sagte Samantha.

Sie spürte, wie die Worte des Mannes ihr wieder Kraft gegeben hatten. Sie durfte sich einfach nicht aufgeben.

Samantha schwang ihre Beine von der Bahre. Ihre nackten Füße berührten den kalten Felsboden. Samanthas Körper krampfte sich zusammen.

Sie streckte beide Hände aus und setzte vorsichtig einen Fuß vor den anderen.

Hoffentlich gelang es ihr, den Ausgang zu finden.

Mit der Hüfte stieß sie gegen eine Bahre. Sofort bewegte sich die Person darauf.

Hände glitten über Samanthas nackten Körper.

Angewidert zog sie sich zurück.

Es dauerte lange, bis Samantha sich zurechtgefunden hatte. Doch endlich hatte sie den Ausgang entdeckt, oder vielmehr den schmalen Gang, der in die Steinhalle führte.

Samantha riß die Augen weit auf, so, als könne sie die Dunkelheit dadurch fortwischen.

Samantha Croydon wußte nicht, wie lange sie gegangen war, als sie plötzlich Lichtschein wahrnahm. Zuerst war es nur ein heller Punkt, der sich jedoch rasch vergrößerte und auf sie zukam.

Samantha blieb stehen. Überdeutlich wurde ihr bewußt, daß die Flucht zu Ende war.

Sie hatte auch nicht mehr die Kraft, zurückzulaufen, sondern wartete auf die Dinge, die unweigerlich folgen würden.

Sie näherten sich in der Gestalt ihrer beiden Entführer. Sie waren es auch, die jeweils eine Fackel in den Händen hielten.

Als sie Samantha sahen, blieben sie ruckartig stehen. Ein diabolisches Lächeln umspielte ihre vom Fackelschein erhellten Gesichter.

Einer von ihnen wollte etwas sagen, doch dann mußten sie zur Seite treten.

Ein Mann kam auf die zitternde Samantha Croydon zu.

Es war Dämonos!

»Fahren Sie langsamer. Hier muß es irgendwo sein«, sagte Dave Callum zu dem Fahrer des Streifenwagens.

Der Beamte nickte nur.

Dave Callum hockte im Fond des Streifenwagens. Sie hatten ein

Höllentempo vorgelegt, so daß dem Schlosser angst und bange wurde.

Jetzt schlich der Polizeiwagen fast über das Fabrikgelände. Die Scheinwerfer strichen über zerfallene Lagerhallen, streiften eingerissene Brandmauern und blieben auf einem dunklen Wagen kleben.

Es war ein ausländisches Fabrikat. Ein Simca.

»Stopp!« rief Dave Callum. »Das ist er.«

Der Fahrer bremste.

Sein Nebenmann drehte sich um. »Was ist damit los?«

»Den habe ich gesehen, als ich über das Fabrikgelände kurvte und da – weiter vorn, ist auch diese leerstehende Halle, in die sie das Mädchen geschleift haben.«

»Dann wollen wir mal nachsehen«, sagte der Fahrer und schwang sich aus dem Wagen.

Der andere Bobby und Jack Callum stiegen ebenfalls aus. Die Polizisten schalteten Taschenlampen ein.

Sie beleuchteten das Fabriktor. Es stand noch halb offen.

Dave Callum hielt sich im Hintergrund. Er wartete, bis die beiden Bobbys in der Halle verschwunden waren, und ging dann langsam nach.

»Jerry, komm doch mal«, sagte der eine der Beamten.

Dave Callum machte einen langen Hals, um auch ja alles mitzubekommen.

Die Kegel der Taschenlampen waren auf ein halbverfaultes Holzbrett gerichtet, unter dem der Zipfel eines weißen Tuches hervorlugte.

Einer der Beamten bückte sich und zog das Tuch hervor.

Neugierig trat Dave Callum näher.

»Hier«, sagte der Bobby, der das Tuch aufgehoben hatte, »steht sogar ein Name drin.«

Sein Kollege hob die Lampe an, damit er besser lesen konnte.

»Samantha Croydon«, buchstabierte der Bobby.

»Mensch, das ist eine Spur, Jerry. Sieh dir das Ding an. Es kann noch gar nicht so lange hier liegen. Höchstens ein paar Stunden. Ist ja fast noch sauber. Solch einen Zufall gibt es auch selten. Da haben wir direkt den Namen der Frau. – Mister Callum, gratuliere, ich hatte erst das Gefühl, Sie wollten sich wichtig machen.«

Der Schlosser zuckte die Achseln und murmelte etwas von

Bürgerpflicht, während er immerzu an das Eisen denken mußte, das er hier gestohlen hatte.

Der Bobby steckte das Tuch ein.

»Wo willst du hin?« fragte sein Kollege, als er sah, daß dieser dem Ausgang zustrebte.

Der Bobby wandte sich um. »Zurück zum Wagen. Ich werde in der Zentrale anrufen und den Namen durchgeben. Samantha Croydon – vielleicht wird die Frau vermißt.«

»Genau. Am besten ist es auch, wenn wir Scotland Yard Bescheid geben. Kann nie schaden.«

»Du denkst mal wieder an Beförderung, was?« grinste Jerry.

Dann klemmte er sich auf den Beifahrersitz und griff zum Mikrofon, um der Zentrale die Meldung durchzugeben.

Der biedere Bobby wußte noch nicht, daß es sein Anruf war, der eine regelrechte Lawine ins Rollen brachte . . .

»Wir haben soeben Meldung von einem Streifenwagen bekommen«, hörte John die unpersönliche Stimme aus der Zentrale. »Die Beamten haben ein Taschentuch gefunden, in dem der Name Samantha Croydon eingestickt ist.«

»Wo?« fragte John Sinclair schnell.

»Auf einem alten Fabrikgelände in London East. Ich gebe Ihnen die genaue Beschreibung.«

John hörte konzentriert zu, merkte sich jedes Detail.

Schließlich sagte er: »Teilen Sie den beiden Beamten mit, daß sie am Fundort bleiben sollen. Ich komme auf dem schnellsten Wege dorthin. Sie sollen unter allen Umständen auf mich warten. Verstanden?«

»Verstanden, Sir.«

»Ende.«

John Sinclair brachte seinen Bentley auf Touren. Jetzt fuhr er, so schnell es ging. Er hatte das Gefühl, daß jede Sekunde kostbar war.

Nur gut, daß er vorher einen Bericht an die Zentrale gegeben hatte. Er hatte auch den Namen Samantha Croydon erwähnt, und der Beamte hatte sofort geschaltet.

Manchmal greift wirklich ein Rädchen ins andere, dachte John Sinclair.

Endlich tauchte das Fabrikgelände auf. John kurvte ein paarmal um verfallene Lagerhäuser herum und sah plötzlich im Scheinwerferlicht die Gestalt eines winkenden Bobbys.

John bremste und sprang aus seinem Bentley.

Der Bobby nahm Haltung an. »Corporal Madson meldet . . .«

»Geschenkt«, sagte John. »Zeigen Sie mir lieber die Halle.«

»Dort, Sir.«

»Gut, worauf warten wir noch.«

In der Halle warteten der andere Bobby und Dave Callum.

John wandte sich sofort an den Schlosser. »Sie haben also den Überfall gesehen«, sagte er.

»Ja und nein, Sir. Ich habe nur gesehen, wie die zwei Männer das Mädchen in die Halle geschleift haben.«

»Und hier ist niemand mehr«, ergänzte einer der Bobbys.

»Geben Sie mir doch mal Ihre Taschenlampe, Corporal«, verlangte John.

»Bitte, Sir.«

John suchte in dem gelbweißen Schein der Lampe den Boden ab. Fingerdick lag Dreck und Staub herum. Darum zeichneten sich auch deutliche Schleifspuren ab, wie sie entstehen, wenn ein Körper über den Boden wischt.

Vor einem Gully hörten die Spuren auf.

Die Bobbys und Dave Callum waren dem Inspektor gefolgt.

»Hier sind sie reingestiegen«, sagte John und deutete auf den Gully.

Einer der Beamten kratzte sich am Schädel. »Sollen wir ihnen nach?«

John blickte auf. »Sie nicht – aber ich.«

»Ist das nicht zu gefährlich, Sir? Sollen wir nicht lieber eine Hundertschaft Bereitschaftspolizei anfordern?«

John lachte leise auf. »Das wäre auch ein Weg, sicher. Aber was glauben Sie, wie lange das dauern wird? Nein, hier geht es um ein Menschenleben und um Minuten.«

»Sie haben recht, Sir.«

John Sinclair öffnete den Gullydeckel. Er ließ sich leicht anheben. Widerlich stinkende Luft drang dem Inspektor entgegen.

Er leuchtete in den Schacht und entdeckte eine Eisenleiter.

John wollte sich gerade an den Abstieg machen, als ihm noch etwas einfiel.

Die Maske. Er mußte sie mitnehmen. Vielleicht konnte er sie gebrauchen.

Der Inspektor lief noch mal zurück zu seinem Wagen und holte das kostbare Stück. Er steckte sich die Maske unter sein Hemd. Zum Glück war sie leicht. Allerdings mußte John jetzt aufpassen, daß er sie nicht zerbrach.

Er gab den Bobbys noch einige Anweisungen und machte sich dann endgültig an den Abstieg in die Unterwelt.

John hatte sich eine Taschenlampe geben lassen. Der Lichtkegel tanzte über nasse Wände und den glatten Steinboden. Gurgelnd schoß das Wasser der Kanäle an John vorbei.

Der Inspektor blieb stehen. Er sah, daß sich hier zwei Kanäle kreuzten, hatte also die Auswahl, in vier verschiedene Richtungen zu gehen.

Der Inspektor biß sich auf die Unterlippe. Verdammt, woher sollte er wissen, welche die richtige war?

John überlegte, ob er nicht doch besser die Bobbys holen sollte. Dann konnten sie sich die Arbeit teilen.

Doch er verwarf den Gedanken wieder. Die Beamten hatten oben ihre Aufgaben. Außerdem wäre es für sie zu gefährlich.

John wandte sich kurz entschlossen nach rechts. Er lief immer an dem Hauptkanal entlang. Nach etwa hundert Metern blieb er stehen. Der Kanal verwandelte sich in einen Wasserfall, der rauschend in die Tiefe stürzte. Der schmale Seitenweg endete vor einer Mauer, die hoch bis zur Decke führte.

Dieser Weg war also falsch.

John ging wieder zurück, ärgerlich darüber, daß es nicht sofort geklappt hatte.

Schließlich war er wieder an dem alten Punkt angelangt.

Jetzt wandte sich der Inspektor nach links, in Richtung Osten.

Wieder benutzte er einen schmalen Seitenpfad und mußte höllisch aufpassen, die Balance nicht zu verlieren.

John Sinclair ließ die Taschenlampe brennen. In der sonst herrschenden Dunkelheit hätte er zu leicht einen Fehltritt machen können.

Immer tiefer ging es in das Labyrinth der Unterwasserkanäle.

Und dann sah John plötzlich einen kleinen Seitenkanal, der in den Hauptfluß mündete. Um weiterzugehen, mußte er diesen Kanal überspringen oder sich nach links, in eine andere Richtung, wenden.

Eine hüfthohe Tür fesselte Johns Aufmerksamkeit. Er hätte sie fast übersehen, da sie die gleiche Farbe besaß wie das übrige Gestein.

Nachdenklich betrachtete John die kleine Eisentür. Sollten die Männer etwa hier mit Samantha Croydon verschwunden sein?

Johns Überlegungen wurden gestört, denn im gleichen Moment bewegte sich die Klinke, und die Tür wurde nach innen aufgezogen.

John löschte die Lampe und huschte blitzschnell in den toten Winkel. Mit dem Rücken preßte er sich gegen die nasse Steinwand.

Lichtschein drang aus der Öffnung. John sah eine Taschenlampe, eine Hand, einen Arm und dann den Kopf eines Mannes auftauchen.

Es war ein Chinese!

John Sinclair war auf der richtigen Spur.

Glühende Augen starrten Samantha Croydon an, und in den Pupillenschächten schien ein alles verzehrendes Feuer zu glühen.

Die Frau wich unwillkürlich einige Schritte zurück.

Sie wußte mit einemmal, daß sie hier einer Person gegenüberstand, die mit dem Teufel im Bunde war.

Samantha ahnte nicht, wie recht sie mit ihren Gedanken hatte, denn Dämonos war ein Kind des Satans. Eine Ausgeburt der Hölle.

Gebieterisch streckte Dämonos seinen Arm aus. Der dunkle Umhang klaffte auseinander, und Samantha sah den mit Edelsteinen verzierten Griff eines Dolches blitzen. Die gekrümmte Waffe steckte in einem Ledergurt, der mit silbernen Zeichen geschmückt war, die allesamt Symbole aus der Dämonensprache darstellten.

»Packt sie!« befahl Dämonos.

Seine beiden Diener sprangen vor. Sie nahmen Samantha in die Zange und umfaßten ihre Oberarme mit stahlharten Griffen.

Die Frau leistete keinen Widerstand. Sie wußte, daß es zwecklos war. »Bringt sie in den Tempel!« befahl Dämonos.

Samantha wurde durch den Gang geschleift. Das flackernde Licht der Pechfackeln geisterte über die kahlen Steinwände und ließ bizarre Schattenspiele aufkommen.

Der Tempel war schnell erreicht. Ungläubig riß Samantha die Augen auf.

Wie hatte sich die Halle verändert!

An den Wänden brannten Fackeln. Darunter standen Menschen, nur mit Lendenschurzen bekleidet. Sie hatten sich die Oberkörper mit Öl eingerieben und starrten auf den kleinen Altar in der Mitte des Tempels. Es waren nur Männer. Sie standen dicht gedrängt, und als Dämonos mit Samantha und den beiden Dienern die Halle betrat, begann ein monotoner Singsang.

Dämonos trat vor und stellte sich vor den Altar. Er hob beide Arme.

Der Gesang wurde leiser.

Dann begann Dämonos zu sprechen. In einer Samantha unbekannten Sprache.

Die Frau wurde noch immer von den beiden Chinesen festgehalten. Aus brennenden Augen starrte sie auf die Szene, die sich in der Tempelhalle abspielte.

Dämonos brach seine Rede urplötzlich ab. Auch der Gesang verstummte.

Irgend etwas mußte passiert sein.

Die Männer, die dicht neben Samantha standen, bildeten plötzlich eine Gasse.

Aus einem der Seitengänge kam ein Mann getaumelt.

Ein Weißer!

Seine Kleidung war zerfetzt, das Gesicht blutüberströmt, der Mund stand halb offen. Keuchende Laute drangen aus ihm hervor.

Vorwärts getrieben wurde der Mann von einem barfüßigen Chinesen, der mit einer Peitsche den Rücken des Bedauernswerten traktierte.

Dieser Mann war niemand anderes als Dr. Möbius.

Er torkelte auf Dämonos zu und brach vor ihm in die Knie.

Dämonos sah auf ihn hinab.

Dr. Möbius hob bittend den Kopf.

Da begann Dämonos zu reden. Diesmal in einer Sprache, die auch Samantha verstand.

»Dieser Mann«, rief er, »ist ein Verräter. Er hat unserem größten Feind die Maske zugespielt. Dafür hat er nur eins verdient – den Tod!«

Die Menge brüllte frenetisch auf.

Dr. Möbius klammerte sich an Dämonos' Umhang fest.
»Nein!« gellte seine Stimme auf. »Ich will leben! Leben!«
Dämonos zog seinen Dolch.
Dr. Möbius sah es und warf sich zur Seite. Auf Händen und Füßen kroch er vor dem Unheimlichen weg.
Dämonos ging langsam hinter ihm her, den Dolch in der vorgestreckten Rechten.
Bei Samantha, die alles mitbekommen hatte, riß der Faden.
»Mörder!« brüllte sie. »Mörder!«
Dämonos blieb stehen. Ganz langsam wandte er sich um und blickte der schreienden Samantha ins Gesicht.
Ein grausames Lächeln verzerrte seine Mundwinkel, als er einen knappen Befehl schrie.
Fünf, sechs Männer lösten sich aus der Menge und stürzten sich auf den schreienden Dr. Möbius.
Sie zerrten ihn weg, hinein in den Ring aus Menschenleibern.
Die Meute kannte keine Gnade.
Dr. Möbius' gellende Schreie wurden leiser, gingen in ein klägliches Wimmern über und verstummten ganz.
Die Männer, die sich über den Toten gebeugt hatten, formierten sich wieder zu einer Reihe, so, als ob gar nichts gewesen wäre.
Samantha schloß schaudernd die Augen.
Dämonos lachte auf. Wild, satanisch.
»Bringt sie her zu mir!« gellte seine Stimme.
Die beiden Chinesen schoben Samantha bis dicht vor den Altar.
Dämonos hielt immer noch den wertvollen Dolch in der Hand. Jetzt streckte er den Arm aus und drückte die Spitze der Waffe leicht gegen Samanthas Hals.
Die Frau stand stocksteif. Ein feiner Blutfaden lief zwischen ihren Brüsten herunter.
»Diese Frau«, dröhnte Dämonos' Stimme auf, »wird das letzte Opfer an die Göttin sein, bevor sie zurück auf die Erde kommt. Li Ten Sai wird die Seele der Frau gnädig aufnehmen. Es ist die letzte, die noch fehlt.«
Dämonos machte eine Pause.
Dann schob er seinen Fuß vor und trat gegen eine bestimmte Stelle des Altars.
Etwas Seltsames geschah.
Die eine Wand der Halle schob sich plötzlich auseinander und

gab den Blick auf ein Verlies frei, in dem ein bläuliches, aus dem Nichts kommendes Licht zu schweben schien.

»Dreh dich um!« befahl Dämonos und ließ die Hand mit dem Dolch sinken.

Samantha gehorchte.

Ihr Blick traf genau die Stirnwand des Verlieses, die aus einer riesigen bleigrauen Scheibe bestand und hinter der zwei überdimensionale Augen schimmerten.

»Die Göttin Li Ten Sai!« rief Dämonos.

Die Meute warf sich auf die Knie. Die Männer hatten, genau wie Samantha, zum erstenmal die Göttin gesehen. Für sie war dieser Anblick ebenfalls unheimlich und schockierend.

Samantha konnte ihren Blick nicht von den riesigen Augen lösen. Sie hatte das Gefühl, in den schwarzen, endlos tief scheinenden Pupillen zu ertrinken. Eine unsichtbare Kraft schien sie vorwärts zu ziehen, direkt auf die blaugraue Scheibe zu, in das Zentrum der Hölle.

Hart packte Dämonos ihr Handgelenk. Seine Finger waren kalt und gefühllos.

Samantha stöhnte auf. Sie wand sich unter dem Griff.

Brutal zerrte Dämonos sie auf den Altar. Samantha spürte das kalte Gestein unter ihrem nackten Rücken und erschauerte.

Dämonos' schlitzäugige Fratze starrte sie an. Samantha sah sie durch einen dichten Tränenschleier.

Sie wußte, diesmal konnte ihr keiner helfen.

Garry Santer fiel ihr ein. Bestimmt hatte er auf diesem Altar gelegen, der das Blut vieler Menschen in sich hineingesogen hatte.

Dämonos schwang seinen rechten Arm herum.

Der flackernde Fackelschein spiegelte sich in dem blaugrauen Stahl des Dolches. Die Spitze vibrierte leicht.

Samantha öffnete den Mund. Sie wollte ihre ganze Not hinausschreien.

Doch nicht ein Laut drang aus ihrer trockenen Kehle.

Dämonos beugte sich tiefer über sie. Die Dolchspitze näherte sich ihrem Gesicht.

Samanthas Lippen bebten. Angst, grenzenlose Verzweiflung schüttelten ihren Körper durch.

Wie aus weiter Ferne vernahm sie den monotonen Singsang der Männer.

»Das letzte Opfer der Göttin!« zischte Dämonos. »Eine Seele noch – dann kommt sie wieder! Das Ziel ist erreicht!«

In einem letzten Aufbäumen schloß Samantha Croydon die Augen und wußte doch, daß es zwecklos war, daß sie dem Messer nicht mehr entrinnen konnte . . .

Der Chinese wandte sich langsam um und zog die Tür so weit zu, daß sie nur noch einen Spalt offenstand.

Wenn jetzt nicht ein Wunder geschah, mußte er John Sinclair sehen.

Das Wunder geschah. Der Chinese ging direkt nach rechts, ohne sich ein einziges Mal umzudrehen.

Vorsichtig balancierte er auf den nassen Steinen entlang.

John hatte unwillkürlich den Atem angehalten. Jetzt stieß er ihn erleichtert aus.

Der Inspektor wartete, bis der Chinese weit genug weg war, löste sich von der Wand und schlüpfte durch die Tür.

Ein stockfinsteres Verlies nahm ihn auf.

John schaltete kurz die Taschenlampe an. Der scharfgebündelte Strahl wanderte über feuchtes Gestein und erfaßte eine Treppe.

John hatte die Tür hinter sich fast geschlossen. Das Rauschen des Kanals war kaum noch zu hören. Dafür drang jedoch ein anderes Geräusch an Johns Ohren.

Gesang! Monoton und einschläfernd.

Er kam von oben, also über die Treppe.

John handelte kurz entschlossen. So schnell es ging – aber dennoch immer auf seine Sicherheit bedacht – huschte er die Treppe hoch.

Der Gesang wurde lauter.

John knipste die Lampe aus.

Er hatte schon die Hälfte der Stufen hinter sich gelassen und merkte plötzlich, daß es hier wesentlich heller war als unten in dem Verlies.

Es war ein flackerndes Halbdunkel. Fackeln gaben solch ein Licht.

John schlich vorsichtig höher. Dabei preßte er sich immer eng gegen die Wand.

Dann hatte er die letzte Stufe erreicht, und im gleichen

Augenblick hörte er eine dröhnende Stimme rufen: »Die Göttin Li Ten Sai.«

John trat einen Schritt vor und sah die nackten Rücken von -zig Menschenleibern.

Wie auf ein geheimes Kommando ließen sich die Männer plötzlich auf die Knie fallen.

John hatte freie Sicht.

Was er sah, raubte ihm fast den Atem.

Auf dem Altar in der Mitte der riesigen Felsenhalle lag eine Frau.

Samantha Croydon!

Sie lag auf dem Rücken, und über ihr stand eine Gestalt, die einen schwarzen Umhang trug und einen gekrümmten Dolch in der Hand hielt.

Das mußte dieser sagenhafte Dämonos sein.

Johns Blick wanderte weiter, erfaßte innerhalb von Sekundenbruchteilen fast jede Einzelheit in der Halle – und er sah die Scheibe, hinter der die riesigen Augen lauerten.

Die Göttin! Das mußte sie einfach sein.

John dachte an seinen Ausflug in die Geisterwelt, daran, daß er die beiden Augen schon einmal gesehen hatte – und jetzt . . .

Die Männer, die an den Wänden des Tempels verteilt standen, hatten ihre Gesichter auf den Boden gepreßt. Dabei sangen sie weiterhin Lieder in einer John unbekannten Sprache.

Dämonos beugte sich tiefer zu der auf dem Altar liegenden Samantha Croydon hinab. Die Hand mit dem Dolch näherte sich ihren Augen. Nur noch ein winziges Stück, dann . . .

Das war genau der Moment, in dem John Sinclair vorsprang . . .

Die drei Männer standen in der Fabrikhalle und rauchten. Sie konnten ihre Nervosität nicht verbergen. In immer kürzeren Abständen glühten die roten Punkte der Zigaretten auf.

»Langsam frage ich mich, ob es richtig war, den Inspektor allein gehen zu lassen«, sagte der Corporal Jerry Quinly und trat die Zigarettenkippe mit dem Absatz aus.

Sein Kollege zuckte die Achseln. »Er hat es ja so angeordnet. Noch ist die Zeit nicht verstrichen.«

»Trotzdem habe ich ein komisches Gefühl«, erwiderte Quinly und begann, langsam auf und ab zu gehen.

Dave Callum überlegte schon die ganze Zeit, ob er nicht lieber verschwinden sollte. Aber er hatte nicht den Mut, zu fragen. Immer wieder blickte er zu dem Gullydeckel hin. Er kam ihm wie der Einstieg zur Hölle vor.

Dave wollte gerade etwas sagen, als Quinly einen Zischlaut ausstieß.

»Still!«

Die Männer hielten den Atem an. Wie Statuen standen sie in der halbdunklen Halle, durch deren offene Tür das Scheinwerferlicht des Streifenwagens fiel.

»Hört ihr denn nichts?« flüsterte Quinly.

Sein Kollege nickte heftig. »Doch, Jerry. Das sind Tritte. Die kommen von unten. Aus dem Gully«, raunte er.

»Wird wohl der Inspektor sein«, meinte Quinly.

Die Männer atmeten auf. Sicher, der Corporal hatte recht. Es gab für sie keine andere Möglichkeit.

Plötzlich knirschte der Gullydeckel. Langsam, millimeterweise wurde er hochgedrückt.

Quinly trat vor.

»Inspektor, wir . . .«

Die nächsten Worte blieben ihm buchstäblich im Hals stecken. Das schlitzäugige Gesicht eines Chinesen starrte zu ihm hoch.

Ein Ruck – und der Gullydeckel fiel krachend nach hinten.

»Vorsicht!« brüllte der Corporal und sprang zurück.

Doch da war der Chinese schon draußen. Mit einer gedankenschnellen Bewegung riß er seinen gekrümmten Dolch aus dem Gürtel und federte auf den überraschten Quinly zu.

Doch der Corporal war geistesgegenwärtig zur Seite gesprungen. Die Klinge wischte dicht an seiner Brust vorbei.

Auch Quinlys Kollege hatte seine Schrecksekunde überwunden. Er hatte sich ein Brett gepackt, lief ein paar Schritte vor, schwang das Brett über seinen Kopf und donnerte es dem Chinesen in den ungeschützten Rücken.

Der Kerl wurde nach vorn geschleudert und krachte auf den Bauch, drehte sich jedoch sofort wieder herum und griff Quinlys Kollegen an.

Der Corporal hielt inzwischen seinen Gummiknüppel in der Hand.

Er schlug knallhart zu.

Der Knüppel streifte die Schläfe des Chinesen, brachte diesen aus der Richtung, und der Messerstich – auf die Brust des Bobbys gezielt – drang dem Polizisten in die Schulter.

Schreiend brach der Mann zusammen.

Der Chinese riß gedankenschnell das Messer aus der Wunde.

Fauchend warf er sich herum und kam mit geschmeidigen Schritten auf Corporal Quinly zu.

Der Beamte wich zurück. Angstschweiß hatte sich auf seiner Stirn festgesetzt. Er verfluchte innerlich das englische Gesetz, das den Polizisten das Tragen von Pistolen verbot. Wie gut hätte er jetzt eine Waffe gebrauchen können.

Der Chinese fletschte die Zähne.

Er wußte genau, daß Quinly kein Gegner für ihn war.

Der Corporal suchte verzweifelt nach einem Ausweg. Der Arm mit dem Gummiknüppel wischte hin und her. Er wollte wenigstens versuchen, den Chinesen zu irritieren.

Es gelang ihm nicht. Ein blitzschneller Hieb des Messerkämpfers zerteilte den Gummiknüppel in zwei Hälften.

Überrascht starrte Quinly auf das kurze Ende in seiner Hand.

Das war sein Tod.

Einen Atemzug später drang ihm der gekrümmte Dolch in den Leib.

Mit einem schrecklichen Stöhnen brach der Corporal zusammen.

Augenblicklich war der Chinese über ihm. Er wollte dem Beamten die Seele aus dem Körper reißen.

Er zog das Messer aus der Brust, setzte es an die Augen – und . . .

In diesem Moment zerschmetterte ihm ein gnadenloser Schlag die Schädeldecke.

Lautlos kippte der Mörder zur Seite.

Über ihm stand Dave Callum. Auf ihn hatte der Chinese nicht geachtet. Dave hatte einen verrosteten Schraubenschlüssel gefunden und damit zugeschlagen.

Mit weit aufgerissenen Augen stand er da und starrte auf die beiden Leichen.

»Jerry!«

Quinlys Kollege schrie den Namen seines Kollegen. Auf allen vieren kam er angekrochen und brach neben dem toten Beamten zusammen.

Minutenlang blieb er so liegen, während sein Körper von trockenem Schluchzen geschüttelt wurde.

Dann hob er den Kopf.

»Helfen Sie mir doch, Mister Callum!« keuchte er. »Wir müssen zum Wagen, die anderen alarmieren. O mein Gott, Jerry.«

Dave zog den verletzten Polizisten auf die Beine. Die Armwunde blutete stark. Das Blut sickerte in den Uniformärmel und tropfte auf die Erde.

Mühsam erreichten die beiden Männer den Streifenwagen.

»Jerry, er war gerade zwei Jahre verheiratet«, keuchte der Beamte, als er die Tür aufzog.

Verbissen quälte er sich auf den Sitz, griff zum Funksprechgerät und ließ sich die Zentrale geben.

»Hier ist – hier . . .«

Mehr bekam er nicht heraus. Ihm wurde plötzlich schwarz vor Augen, und er brach bewußtlos zusammen.

»Hallo! Hallo! Melden Sie sich«, quäckte es aus dem Hörer.

Dave Callum beugte sich über den Bewußtlosen, nahm ihm den Hörer aus der Hand und zog ihn zu sich heran.

»Ja, hören Sie mich«, sagte er mit zitternder Stimme. »Sie müssen sofort kommen. Auf dem alten Fabrikgelände. Corporal Quinly – er ist tot. Ich . . .«

»Bleiben Sie da«, erwiderte die Stimme. »Wir wissen Bescheid. Wir sind in wenigen Minuten bei Ihnen.«

»Halt!«

John Sinclairs Stimme peitschte durch das Gewölbe, während sich das Echo seines Schreis an den Wänden brach.

Dämonos kreiselte herum.

Sekundenlang stand er wie festgenagelt. Der Schrecken, die Überraschung und die Wut hatten sich in sein Gesicht gegraben. Glühender Haß stieg in ihm hoch. Haß auf den Eindringling, der ihn bei seinem letzten, alles entscheidenden Ritual gestört hatte.

John Sinclair hetzte mit Riesenschritten heran. Er sprang kurzerhand über die nackten, gekrümmten Rücken der Männer, die nur langsam mitbekamen, was eigentlich gespielt wurde.

Dämonos zischte einen Fluch. Seine Erstarrung hatte sich gelöst, machte einem vernichtenden Kampfeswillen Platz.

Breitbeinig stand er da. Die Arme leicht vorgestreckt, den gekrümmten Dolch in der rechten Hand.

Zwei Schritte vor Dämonos blieb John Sinclair stehen.

In dem großen Gewölbe klang das leise Tuscheln der Menge wie ein stetiges, unheimliches Raunen. Noch verhielten die Leute sich passiv. Aber was geschah, wenn Dämonos sie erst einmal aufhetzte?

John warf einen Blick auf die große bleigraue Scheibe. Er hatte das Gefühl, als wären die Augen bereits näher gekommen.

»Komm her, du Wurm!« zischte Dämonos. »Auch du wirst es nicht schaffen, die Rückkehr der Göttin zu verhindern.«

»Das steht noch nicht fest«, erwiderte John gelassen.

Er war in den letzten, entscheidenden Sekunden kalt bis ins Mark geworden, hatte sämtliche Gefühle über Bord geworfen. Denn nur so konnte er Dämonos und die grausame Göttin besiegen.

Dämonos lachte schaurig. Sein Arm vollführte eine kreisende Bewegung. »Sieh dich um!« rief er. »Was willst du allein gegen all die Diener der Göttin unternehmen?«

Totenstille senkte sich nach diesen Worten über das Gewölbe. Die Meute lauerte förmlich auf den Befehl, sich auf den Eindringling stürzen zu dürfen.

John atmete gepreßt. Verlier nur nicht die Nerven! hämmerte er sich immer wieder ein. Noch hast du einen Trumpf . . .

»Bist du zu feige, allein zu kämpfen?«

Johns Worte tropften in die Stille.

Dämonos wartete mit der Antwort. Sein schlitzäugiges Gesicht verzerrte sich zu einem diabolischen Grinsen.

»Ich werde mit dir kämpfen«, sagte er. »Aber zuvor wird die Göttin zurückkehren. Und dazu brauche ich die Seele der Frau.«

Ehe John es verhindern konnte, sprang Dämonos auf den Altar zu, auf dem die inzwischen ohnmächtig gewordene Samantha Croydon lag.

Die Dolchspitze tupfte gegen Samanthas Kehle, und . . .

»Sieh her, Dämonos!«

John Sinclairs Stimme überschlug sich fast.

Dämonos, den Dolch schon zum tödlichen Stoß erhoben, wandte den Kopf.

Johns Rechte hielt einen Gegenstand, der für die Dämonen das wichtigste Requisit war. Durch das sie mit den Menschen in Kontakt treten konnten.

Die Maske!

»Was willst du damit?« heulte Dämonos und sprang hoch.

»Ich werde sie fallen lassen, sie zerschmettern!« schrie John.

»Nein!«

Dämonos warf sich vor.

»Keinen Schritt weiter!«

Dämonos stoppte. Sein Blick irrte durch die Halle, suchte nach einem Ausweg.

John Sinclair wurde plötzlich klar, daß er durch diese Maske dem Höllenspuk ein Ende bereiten konnte. Und er war fest entschlossen, es zu tun.

»Gib die Maske her!« zischte Dämonos. »Ich werde dich belohnen dafür. Du kannst alles haben. Geld, Gold. Du wirst der reichste Mann der Erde. Aber gib mir die Maske.«

John Sinclair schüttelte den Kopf. »Noch nicht«, erwiderte er. »Du bekommst die Maske. Der Preis ist . . . das Mädchen.«

Dämonos zögerte. John sah förmlich, wie es in ihm arbeitete, wie er Zeit gewinnen wollte, um die Entscheidung hinauszuzögern.

John studierte das Gesicht seines Feindes genau. Er sah eine glatte, fast blankpolierte Haut. Eine Haut, wie man sie nur bei Puppen kennt.

»Ich warte nicht mehr lange«, sagte der Inspektor.

Obwohl er die Maske in der Hand hielt, also weit genug von seinem Kopf entfernt, spürte er die magische Strahlung wie Nadelstiche in sein Nervenzentrum dringen.

Es kostete John fast übermenschliche Mühe, sich zu konzentrieren.

Von Sekunde zu Sekunde steigerte sich der Einfluß der Maske. John merkte plötzlich, wie ihm leicht schwindelig wurde. Das Sprechen bereitete ihm Mühe.

Dämonos bemerkte seine Schwäche.

Er lachte triumphierend, ging ein kleines Stück auf John zu.

»Jetzt bekomme ich beides!« dröhnte seine Stimme.

Im selben Augenblick stieß er den Arm vor, wollte John die Maske entreißen.

Bruchteile von Sekunden entschieden.

John Sinclair raffte alle seine Kräfte zusammen.

Er öffnete die Finger.
Dämonos griff ins Leere.
Die Maske prallte auf den Boden und zerbrach!
Zwei, drei Herzschläge geschah nichts. John Sinclair merkte, wie die Erstarrung von ihm wich, wie er plötzlich wieder normal denken konnte.
Doch dann passierte das Unfaßbare.
Ein unheimliches Brausen lag plötzlich in der Luft. Ein Brausen, das durch das gesamte Gewölbe zog und es in den Urfesten erzittern ließ.
Dämonische, seit Tausenden von Jahren unterdrückte Kräfte wurden auf einmal frei.
Die riesige blaugraue Scheibe kam ins Wanken. Risse zeigten sich. Risse, die sich bewegten und aufeinander zuliefen. Ein nervenzerfetzendes Knirschen heulte durch die Halle, und die Augen, sonst riesig groß, wurden immer kleiner, zogen sich zurück und schienen in der unendlichen Tiefe zwischen Zeit und Raum zu verschwinden. Mit einemmal war die Scheibe verschwunden. Sie war einfach weg, so, als hätte sie es nie gegeben.
An ihrer Stelle befand sich nur noch eine nackte graue Felswand.
Und dann brach eine Panik aus!

Die Londoner Polizei hatte Großeinsatz. Ein halbes Dutzend Mannschaftswagen jagten durch die Nacht. Jeweils zwölf Männer saßen auf den harten Pritschen.
Mit heulenden Sirenen rasten die Wagen auf das Fabrikgelände.
Dave Callum stand vor dem Streifenwagen und winkte mit beiden Armen.
Die Einsatzwagen stoppten.
Leiter dieser Nottruppen war Superintendent Cromwell.
»Haben Sie die Meldung durchgegeben?« fragte er den Schlosser.
Callum nickte. »Ja, Sir«, keuchte er. »Einer Ihrer Kollegen ist tot. Genau wie der Chinese. Sie liegen beide in der Halle. Der andere ist verletzt. Dort in dem Streifenwagen liegt er.«
Natürlich war ein Krankenfahrzeug mit dabei. Cromwell gab knappe Anweisungen. Zwei Sanitäter schleppten den ohnmächtigen Bobby in den Wagen.

»Und Sie kommen mit«, wandte sich Cromwell an Dave Callum.

An der Spitze der Beamten betraten die beiden Männer die Fabrikhalle.

Die Toten lagen immer noch nebeneinander.

Cromwells Gesicht wurde hart, als er die Leiche des Corporals sah.

»Hier ist der Einstieg, Sir!« sagte Callum.

Cromwell selbst hob den Gullydeckel hoch. Er war auch der erste, der in der Unterwelt verschwand. Seine Männer folgten ihm in langer Kette.

Instinktiv wandte sich Cromwell nach links.

Doch plötzlich hörten er und seine Männer das Brausen, das über ihren Köpfen erscholl und immer mehr anschwoll.

»Die Welt geht unter«, flüsterte einer der Beamten und konnte nicht verhindern, daß ihm eine Gänsehaut über den Rücken lief.

Die Scheinwerferstrahlen fraßen sich durch die Finsternis.

»Hier muß es doch irgendeinen Ausgang geben«, knurrte Superintendent Cromwell.

Sekunden später wußte er, daß es einen gab. Die hüfthohe Eisentür wurde plötzlich aufgestoßen, und nacheinander quoll eine Unzahl von halbnackten Männern daraus hervor.

»Stehenbleiben!« gellte Cromwells Kommandostimme.

Die Chinesen hörten nicht. Sie waren so in Panik, daß sie sich kurzerhand in die reißenden Fluten der Unterwasserkanäle stürzten und oft nur mit letztem Einsatz der Beamten vor dem Ertrinken bewahrt werden konnten.

Unbeschreibliche Szenen spielten sich in der beengten Welt der Kanalisation ab. Und selbst Superintendent Cromwell verlor bald den Überblick.

In den Polizeiberichten wurde später vermerkt, daß es vier Stunden gedauert hatte, bis man der Chinesen habhaft geworden war. Aber auch da war man sich nicht sicher gewesen, ob man auch alle bekommen hatte.

Dämonos hatte als einziger von seinen Leuten die Nerven behalten.

Während die Meute schreiend in das verzweigte Ganglabyrinth flüchtete, blieb er auf der Stelle stehen.

Steif und mit maskenhaft starrem Gesicht. Den Blick auf die

Stelle gerichtet, die noch vor wenigen Minuten von der Scheibe eingenommen worden war.

»Es ist vorbei, Dämonos!« sagte John Sinclair.

Langsam wandte der Mann den Kopf in Johns Richtung. Und plötzlich verzog Dämonos die Lippen zu einem wissenden, aber auch teuflischen Lächeln. Ein Lächeln, das John einen kalten Schauer über den Rücken laufen ließ.

»Sieh dorthin«, sagte Dämonos.

Er zeigte mit dem ausgestreckten Arm nach rechts.

John drehte ein wenig den Kopf, ohne Dämonos jedoch aus den Augen zu lassen.

Gewaltsam mußte der Inspektor ein Übelkeitsgefühl unterdrükken. Direkt unter einem der Fackelhalter lag eine gräßlich zugerichtete Leiche.

»Dr. Möbius hieß dieser Mann«, gab Dämonos seinen grausigen Kommentar. »Er war auch einer meiner Diener, doch er konnte seinen Auftrag nicht ausführen. Er hat mir die Maske nicht gebracht, durch die ich wieder zurück in das Dämonenreich gekommen wäre. Und deshalb mußte er sterben.«

»Und was bezwecken Sie mit dieser Demonstration?« fragte John mit gepreßt klingender Stimme.

»Eine Demonstration meiner Macht. Niemand auf dieser Erde wird es schaffen, mich zu besiegen. Ich . . .«

Ein Stöhnen unterbrach Dämonos in seinen weiteren Ausführungen.

Samantha Croydon hatte es ausgestoßen. Jetzt öffnete sie verwirrt die Augen. Es dauerte etwas, bis sie sich wieder zurechtgefunden hatte.

»Wo bin ich?« flüsterte sie.

»In Sicherheit«, erwiderte John.

Dämonos lachte gellend. »Machen Sie sich nichts vor, Miss. Ich werde nicht zulassen, daß . . .«

In diesem Augenblick war das typische Schrillen von Polizeipfeifen zu hören.

Sofort zuckte Dämonos herum.

»Verdammt!« zischte er. Seine dolchbewehrte Hand zuckte vor, in Richtung John Sinclair.

Dämonos war wohl klargeworden, daß er zuviel Zeit vertan hatte.

John wich dem Stich aus und wollte seinerseits zum Angriff

übergehen, als Dämonos sich auf dem Absatz herumwarf und auf einen der Gänge zurannte.

»Verdammt!« fluchte der Inspektor und wollte hinterher.

»Mister Sinclair!«

John wirbelte herum.

Samantha saß auf dem Altar. Sie versuchte notdürftig, ihre Nacktheit mit beiden Händen zu verdecken.

»Lassen Sie mich nicht allein, Inspektor.«

»Die Polizisten werden gleich hier sein, Miss Croydon! Da!« John schlüpfte aus seinem Jackett und warf es Samantha zu.

Sie hatte die Jacke kaum übergezogen, da tauchten die ersten Uniformierten auf.

»Stehenbleiben!« schrie einer der Polizisten und legte auf John an.

Der Inspektor fluchte innerlich wie ein Maultiertreiber. Wieder ging kostbare Zeit verloren. Zeit, in der Dämonos' Vorsprung immer größer wurde.

Wenig später wurde das Mißverständnis jedoch geklärt. Als nämlich Superintendent Cromwell auftauchte, der John natürlich kannte.

Dann erst konnte der Inspektor die Verfolgung aufnehmen.

Er hatte sich den Gang, in dem Dämonos verschwunden war, gemerkt. Er mußte genau wie alle anderen Gänge und Hallen hier von Menschenhand angelegt worden sein. Nach Johns Schätzung lagen sie noch nicht einmal tief unter der Erde, praktisch in einem Stück zwischen den Abwasserkanälen und der normalen Oberwelt.

Der Gang war ziemlich niedrig. John mußte den Kopf einziehen, um nicht an die rauhe Decke zu stoßen. Der Strahl seiner Lampe fraß sich in die Finsternis. Doch von Dämonos war keine Spur zu sehen.

Und plötzlich war der Gang zu Ende. John hatte Glück, daß die Lampe brannte, sonst wäre ihm der Abgrund gar nicht aufgefallen.

John warf einen Blick in die Tiefe.

Etwa drei Meter unter ihm rauschte einer der Unterwasserkanäle entlang.

Wie war Dämonos da hinuntergekommen? Gesprungen sein konnte er kaum, er hätte sich unweigerlich die Knochen gebrochen. Dämonos war nur ein Mensch, denn durch die Zerstörung der Maske hatte er seine dämonischen Fähigkeiten verloren.

John Sinclair ging in die Knie. Mit der Lampe leuchtete er das Randgestein ab.

Und da sah er die Nylonschnur. Sie war dunkel, fast schwarz, und auf dem Fels so gut wie gar nicht zu erkennen. Befestigt war sie an einem starken Eisenstift, den irgend jemand in den Fels geschlagen hatte. John zog kurz an der Schnur. Sie schien zu halten.

Dann leuchtete er noch einmal in die Tiefe. Neben dem Kanal erstreckte sich ein schmaler Sims, auf dem man jedoch einigermaßen gehen konnte.

Der Inspektor machte sich an den Abstieg. Das dünne Seil schnitt schmerzhaft in seine Hände, und John mußte sich manchmal zwingen, nicht loszulassen. Die Taschenlampe hatte er sich zwischen die Zähne geklemmt.

Stück für Stück kam er voran.

Das Seil pendelte bedrohlich. Manchmal schlug John schmerzhaft gegen die nackte Felsmauer. Ein paar Hautfetzen gingen verloren, und John schrammte sich auch die Stirn auf.

John hielt einen Moment inne. Er riskierte einen Blick nach unten.

Die Hälfte der Strecke lag bereits hinter ihm.

Der Inspektor machte weiter. Verbissen preßte er die Zähne zusammen.

Hoffentlich war nicht alles erfolglos, dachte er. Wenn Dämonos verschwunden war, dann . . .

Noch einen Meter, und es war geschafft.

Plötzlich hörte John unter sich triumphierendes Lachen.

Der Schreck drang ihm wie ein Messer in den Körper. Automatisch lockerte John seinen Griff und rutschte ein Stück.

Im letzten Moment packte er noch einmal zu.

»Komm nur, John Sinclair. Komm nur!« vernahm er Dämonos' Stimme. »Ich warte darauf, dir den Hals aufschlitzen zu können!«

John stieß scharf die Luft aus. Seine Lage war alles andere als rosig.

Direkt unter ihm stand sein ärgster Widersacher. Den rechten Arm mit dem Dolch erhoben, bereit, John die scharfe Klinge in den Körper zu schlagen . . .

Blitzschnell stieß Dämonos zu.

John Sinclair rettete nur eine Reflexbewegung. Er zog genau im richtigen Augenblick beide Beine an.

Der tödliche Stahl sirrte gegen den Fels und fuhr ratschend daran herunter.

In dieses Geräusch mischte sich Dämonos' Wutgeheul, das jedoch im Rauschen des Unterwasserkanals unterging.

John Sinclair sah nur eine Möglichkeit.

Er ließ sich einfach fallen.

Krachend landete er auf Dämonos' Schulter. Beide Männer stürzten auf den schmalen Sims. Die Lampe entglitt Johns Zähnen und rollte in die reißenden Fluten.

Jetzt war es fast stockfinster. Nur in der Ferne brannte eine trübe Signallampe, die wie ein verwaschener heller Fleck leuchtete.

John hatte Glück gehabt und lag auf seinem Gegner. Doch Dämonos war nicht so leicht unterzukriegen.

Gewandt entschlüpfte er Johns zupackenden Händen, rollte sich sofort auf den Rücken und stieß beide Beine vor.

Die Füße trafen Johns Hüfte. Es war viel Wucht hinter dem Tritt, und der Inspektor rutschte ein Stück, bekam das Übergewicht und klatschte in die dreckigen Fluten des Unterwasserkanals.

John Sinclair ging sofort unter. Die Strömung zerrte ihn weiter.

John hatte instinktiv die Luft angehalten, so daß er so wenig wie möglich von der schmutzigen Brühe in den Mund bekam.

Der Kanal war nicht tief. Höchstens einen Meter, aber diese Tiefe reichte aus, um, zusammen mit der Strömung, den Inspektor unter Wasser zu drücken.

John gelang es, sich auf den Rücken zu drehen. Während er immer weitergerissen wurde, streckte er seine Arme aus und bekam die rauhen Seitenwände des Kanals zu fassen.

Die Fahrt wurde ein wenig gebremst. Und gleichzeitig merkte John, daß er unbedingt Luft schnappen mußte.

Er zog beide Beine an, rollte sich, so gut es ging, zusammen, gab sich einen Schwung und stieß mit dem Kopf durch die Wasseroberfläche.

Luft!

John Sinclair riß weit den Mund auf, pumpte die Lungen voll mit der stinkenden, verbrauchten Luft, die ihm jedoch wie die herrlichste Sauerstoffquelle vorkam.

Sekunden nur konnte er sich diesem Gefühl hingeben, denn schon riß ihm die Strömung wieder die Beine weg.

Doch diesmal war John nicht so unvorbereitet. Es gelang ihm, mit der Strömung zu schwimmen und sogar seinen Kopf über Wasser zu halten.

John näherte sich der Signallampe, die – wenn man sie aus dieser Entfernung sah – heller schien, als er das vorher angenommen hatte. Und da sah John auch die kleine Eisenleiter an der rechten Uferseite des Kanals. Er wußte, daß es in unregelmäßigen Abständen solche Leitern gab, um den Arbeitern hier unten ihre vielfältigen Aufgaben zu erleichtern.

John warf sich nach rechts, streckte, so weit er konnte, den Arm aus und bekam eine der Sprossen zu fassen.

Eisern hielt John Sinclair fest, obwohl die Strömung wild an seiner vollgesogenen Kleidung zerrte und ihn mitreißen wollte.

Johns linke Hand klammerte sich um die Sprosse. Noch immer hielt er den Mund geschlossen, um möglichst kein Wasser zu schlucken.

Das war ihm allerdings nicht immer gelungen. Johns Magen begann schon zu rebellieren.

Mit einem Klimmzug zog sich John an die Eisenleiter.

Er wollte gerade aus dem dreckigen Kanal klettern, da sah er Dämonos.

Dieser verdammte Teufel hatte genau seinen Weg verfolgt und war nur noch ein paar Meter von der Eisenleiter entfernt. John sah den geschliffenen Stahl des Dolches blitzen und wußte, daß Dämonos nie aufgeben würde.

John flog förmlich aus dem Wasser. Konnte er Dämonos noch zuvorkommen?

Der Inspektor stand gerade auf der letzten Sprosse, da hechtete Dämonos auf ihn zu. Der Arm mit dem Dolch vollführte eine sensende Bewegung.

Doch jetzt zeigte John seine Klasse.

Eiskalt unterlief er den mörderischen Hieb, riß beide Arme hoch, bekam Dämonos zu packen und katapultierte ihn über seinen Rücken hinweg in die schmutzigbraunen Fluten des Kanals.

Dämonos krachte gegen die andere Uferwand, prallte dort noch einmal ab und verschwand in der rauschenden Brühe.

Sein Schrei endete in einem Gurgeln.

Doch Dämonos war zäh.

Nur Sekunden später tauchte er wieder auf – wie ein Ungeheuer aus den Fluten des Meeres.

Mit aller Macht kämpfte er gegen die Strömung an, versuchte, unbedingt das Ufer zu erreichen. Der grenzenlose Haß auf John Sinclair verlieh ihm Riesenkräfte.

John, der, mit dem Rücken gegen die Wand gepreßt, den Kampf beobachtete, war klar, daß er ein für allemal ein Ende machen mußte.

Und zwar hier!

Urplötzlich stieß sich John Sinclair ab. Mit den Beinen zuerst sprang er auf Dämonos zu.

Dieser wurde von Johns Attacke völlig überrascht. Die Füße krachten Dämonos gegen die Brust und drückten ihn unter Wasser.

Doch sofort kam Dämonos wieder an die Oberfläche. Sein Gesicht war nur noch ein Zerrbild eines menschlichen Antlitzes. Weit holte er mit dem dolchbewehrten Arm aus.

Johns Faust schoß vor. Der Schlag traf Dämonos' Herzgrube, und ehe John nachsetzen konnte, wurden ihm von der Strömung die Beine weggerissen.

Dämonos ging es um keinen Deut besser. Mit zunehmender Geschwindigkeit trieben die beiden Todfeinde durch die dreckigen Fluten.

Doch die Fahrt fand ein unerwartetes Ende.

John Sinclair spürte als erster den mörderischen Schlag an der Schulter. Einen Herzschlag später prallte Dämonos gegen ihn.

John wand sich blitzschnell zur Seite.

Jetzt erkannte er auch, was die Fahrt gebremst hatte.

Ein stabiles Stahlgitter!

Das Wasser bahnte sich einen Weg durch die Stäbe und rauschte etwa einen Meter tiefer in einen querlaufenden Kanal.

Dämonos griff wieder an. Verbissen und von unversöhnlichem Haß getrieben.

Seine Messerhand schnellte vor. Doch er hatte sie noch zu tief im Wasser gehabt, deshalb wurde der Stoß gebremst, und John konnte ausweichen.

Dämonos war durch diesen Fehlschlag etwas irritiert. Blitzschnell packte John das Handgelenk seines Gegners, drehte den Arm herum und knallte ihn gegen einen der Gitterstäbe.

Dämonos heulte auf.

John hielt eisern fest.

»Gib auf!« keuchte er.

»Niemals!« gurgelte Dämonos erstickt und kämpfte verzweifelt gegen den Griff an.

Der Inspektor ließ ihm keine Chance. Noch weiter drehte er den Arm herum. Wenn Dämonos jetzt nicht losließ, war sein Arm bald hin.

Und er ließ los.

Der Dolch versank in den Fluten.

Augenblicklich löste John den Griff. Sofort wurde Dämonos wieder von der Strömung gegen das Gitter gepreßt.

John packte die Schultern seines Gegners und drehte Dämonos so, daß er direkt vor ihm stand. Dann schlug John zu.

Er legte alle Kraft in den Hieb, der Dämonos trotz der Strömung zurückschleuderte und in der Brühe versinken ließ.

Doch schon preßte das Wasser Dämonos wieder gegen das Gitter.

Mit beiden Händen zog John den Kerl hoch. Dicht vor sich sah er die teuflische Fratze.

Noch einmal schlug John Sinclair zu.

Wieder versank Dämonos in dem reißenden Wasser. Und als er diesmal gegen das Gitter geschwemmt wurde, war es vorbei – so glaubte John.

Doch er hatte die Zähigkeit dieses Mannes unterschätzt. Dämonos mußte, als er beim zweitenmal unter Wasser gedrückt worden war, den Dolch zwischen die Finger bekommen haben.

Der Inspektor sah nur noch eine blitzschnelle Bewegung, und dann stieß sich Dämonos den Stahl in den Bauch.

Kein Schrei drang über seine Lippen, nur die Augen quollen unnatürlich weit aus den Höhlen.

Dämonos, der Diener einer grausamen Göttin aus uralter Zeit, starb in den schmutzigen Fluten eines Unterwasserkanals.

Zwei, drei Minuten stand John Sinclair mit dem Rücken an das Gitter gepreßt und atmete mit offenem Mund. Es gelang ihm nur schwer, die aufkeimende Übelkeit zu unterdrücken.

Ein letztes Mal sammelte John all seine Kräfte, zog sich aus dem Kanal und blieb auf dem schmalen Sims völlig erschöpft liegen.

So fanden ihn die Polizisten.

Eine viertel Flasche Whisky im Magen und in eine Decke gehüllt, saß John Sinclair in dem Streifenwagen, der auf dem Fabrikgelände stand.

Über London war schon die Sonne aufgegangen und verzauberte mit ihren ersten Strahlen die triste Umgebung.

Von einem der Bobbys hatte John auch eine Schachtel Zigaretten und ein Päckchen Zündhölzer bekommen.

Die Zigarette schmeckte sogar. Ein Zeichen, daß es ihm wieder besser ging.

John blickte nach draußen, wo die gefangenen Chinesen im Sammeltransporter weggeschafft wurden. Er wunderte sich, daß ihm keiner in die Quere gelaufen war. Hinterher stellte sich jedoch heraus, daß sie alle einen anderen Fluchtweg gewählt hatten als Dämonos.

Plötzlich sah John einen alten Bekannten.

Bill Conolly, seinen besten Freund und Kampfgefährten in manch heißer Schlacht. Bill war jedoch nicht allein. Samantha Croydon war bei ihm. Sie steckte in einem alten Trainingsanzug und hatte sich, genau wie John, eine Decke über die Schultern geworfen. Samantha zeigte gerade auf den Streifenwagen, in dem John saß.

Wenig später öffnete Bill die Tür und kletterte zu ihm.

»Das verzeihe ich dir nie«, begrüßte er John. »Hast einen Bombenfall und sagst mir nicht Bescheid.«

»Wie kommst du überhaupt hierher?« wunderte sich der Inspektor.

Bill grinste spitzbübisch. »Ich habe den Polizeifunk abgehört. Den Rest konnte ich mir zusammenreimen.«

Plötzlich drängte sich Samantha Croydon vor. Sie schlüpfte ebenfalls in den Streifenwagen und setzte sich neben John.

Und dann mußte der Inspektor erzählen. So bekam Bill Conolly eine brandheiße Story.

Samantha Croydon hatte die ganze Zeit geschwiegen. Doch zum Schluß fragte sie: »Wird die Göttin wiederkommen, Inspektor?«

John blickte die Frau ernst an. »Ich hoffe nicht, Miss Croydon. Aber man kann nie wissen . . .«

ENDE

Die Bräute
des Vampirs

Die Nacht war drückend schwül. Gewaltige Wolkenberge türmten sich am Himmel und verdeckten die Sterne. Ein Gewitter lag in der Luft.

Der alte Lieferwagen rumpelte mit abgeblendeten Scheinwerfern über den Feldweg. Der Mann hinter dem Steuer fuhr sicher. Er kannte die Strecke wie im Schlaf.

Eine Wegkreuzung tauchte auf. Sekunden später erfaßten die Scheinwerfer einen Mann, der mitten auf der Kreuzung stand und mit beiden Armen winkte.

Der Fahrer stoppte und klinkte die Tür auf. Er beugte den Oberkörper aus dem Wagen.

»Haben Sie die Kiste?« fragte der andere nervös.

»Ja. Sie steht hinten auf der Ladefläche.« Der Fahrer sprang aus dem Führerhaus. »Was ist mit dem Geld? Ich . . .«

Er brach mitten im Satz ab. Der andere hatte plötzlich ein Messer in der Hand, und ehe sich der Fahrer versah, war ihm die Waffe in die Brust gedrungen . . .

Der tödlich Verletzte sackte zu Boden. Aus weit aufgerissenen Augen starrte er auf seinen Mörder, der vor ihm stand und diabolisch grinste.

Im selben Augenblick zuckte ein Blitz über den Himmel, dem Sekundenbruchteile später der grollende Donner folgte.

Aber das hörte der Fahrer bereits nicht mehr. Tot und in seltsam verkrümmter Haltung lag er auf dem Boden.

»Narr!« zischte sein Mörder verächtlich.

Er entwickelte nun eine fieberhafte Tätigkeit. Ehe der nächste Blitz aufzuckte, hatte er schon das Messer an sich genommen, an der Kleidung des Toten abgewischt und die Leiche in ein nahes Gebüsch gezogen. Dann lief er zum Heck des Lieferwagens und löste die Plane. Mit einem Schwung warf er sie nach oben. Der Mörder stützte sich auf den Rand der Ladeklappe und schwang sich in den Wagen.

Jetzt fielen die ersten Tropfen. Hohl klatschten sie auf die Plane.

Der Mann griff in die Hosentasche und holte eine Schachtel Zündhölzer hervor. Mit flatternden Fingern riß er ein Streichholz an.

Er hielt den Arm ausgestreckt und ging zwei Schritte vor.

Da stand die Kiste. Sie war aus Holz und hatte an den Seiten zwei Tragegriffe.

Der Mörder fluchte, weil das Streichholz plötzlich verlosch. Er riß ein neues an und untersuchte in seinem Schein die Kiste genauer.

Der Deckel war mit Nägeln befestigt und gesichert worden. Der Mann überlegte, ob er ihn aufbrechen sollte, entschied sich aber dann anders.

Wieder verlöschte das Streichholz.

Der Mörder sah durch die hochgeworfene Plane nach draußen. Schwefelgelb war der Himmel. Ununterbrochen zuckten die Blitze auf die Erde. Grollende Donner hallten über das Land. Der Regen goß wie Bindfäden vom Himmel.

Der Mann auf der Ladefläche schwitzte. Die Sachen klebten ihm am Körper. Aber es war nicht nur die Schwüle, die ihn schwitzen ließ, sondern die Freude über den Teilerfolg, den er nach langer Arbeit errungen hatte.

In der Kiste war Erde. Erde aus Transsylvanien.

Aus Draculas Heimat!

Der Mörder hatte keine Kosten und Mühen gescheut, an diese Erde heranzukommen. Jahre hatte er gebraucht. Begonnen hatte eigentlich alles mit einem alten Buch, das er zufällig in einem Trödlerladen gekauft hatte. In dem Buch stand unter anderem folgender Satz:

Nimm die Erde Draculas und vermenge sie mit deinem Blut!

Danach folgten die Namen gewisser Kräuter und Essenzen, die noch zu dieser Mischung gegeben werden sollten.

Er hatte sich alles besorgt. Und jetzt – nach Jahren – befand sich der Mann auf dem Höhepunkt seines Erfolges.

Denn Dr. Boris Barow wollte es der Menschheit beweisen. Sie regelrecht vernichten.

Barow erwachte wie aus einem Traum. Sein Gesicht hatte sich bei dem Ausflug in die Gedankenwelt verzerrt, so sehr hatte ihn die Vergangenheit mitgenommen.

Mit der Hand strich Dr. Barow über den Kistendeckel. Seine Augen leuchteten fanatisch, als er flüsterte: »Bald werde ich sein wie Dracula. Ich, Boris Barow, bin der König der Vampire!«

Irgendwann in der Nacht ließ das Gewitter nach. Es hörte auf zu regnen.

Jetzt wurde es Zeit für Boris Barow, zurückzufahren. Er sprang von der Ladefläche.

Bis zu den Knöcheln sackte er im Schlamm ein. Der Regen hatte den Boden völlig aufgeweicht.

Fluchend stiefelte Dr. Barow zum Führerhaus. Die Luft war klar und rein. Unzählige Sterne funkelten am Himmel und sandten ihren silbernen Schein auf die Erde.

Die Tür des Führerhauses stand noch immer offen. Dadurch hatte es in den Wagen hineingeregnet. Die roten Kunststoffsitze waren naß. Der Schlüssel steckte noch.

Dr. Barow schwang sich mit einem Satz hinter das Steuerrad. Der Motor kam beim dritten Anlauf.

Barow kuppelte, legte den Gang ins Getriebe, gab Gas – und der Wagen fuhr. Trotz des aufgewühlten Bodens. Es war, als habe Satan selbst die Hand im Spiel.

Mit mäßiger Geschwindigkeit rumpelte der Wagen durch die Nacht. Bald erreichte Dr. Barow eine Landstraße. Sie mündete nach wenigen Kilometern in eine Staatsstraße, die eine direkte Verbindung zur Hauptstadt des Landes – Budapest – darstellte.

Das Flugticket hatte Dr. Barow schon zwei Tage vorher gelöst.

Er erreichte den Flughafen nach sechs Stunden Fahrt. Die Kiste wurde vom Zoll überprüft und dann für den Versand fertiggemacht.

Dr. Barow fuhr noch kurz in sein Hotel, um den Koffer zu holen. Ihn hielt nichts mehr in Ungarn. Für ihn gab es nur noch ein Ziel: London!

Das Haus war uralt und lag am Stadtrand von London. Jahrelang war es nicht bewohnt gewesen, hatte Pennern und Herumtreibern als Notunterkunft gedient.

Bis Dr. Barow auf das Haus aufmerksam geworden war. Er hatte es gekauft und für seine finsteren Zwecke umbauen lassen. Aber auch dies lag schon drei Jahre zurück. Genau die Zeit, die Barow brauchte, um all seine Vorbereitungen zu treffen. Im Keller hatte er sich ein modernes Labor eingerichtet, in dem er seinen teuflischen Forschungen nachging. Der verwilderte Garten war durch eine elektrische Alarmanlage gesichert, die unliebsame Gäste fernhielt.

Niemand störte sich an Dr. Barow. Die Bauern, deren Gehöfte in einigen Meilen Umkreis lagen, bekamen den Wissenschaftler kaum zu Gesicht. Sie wußten eigentlich nur, daß er einen schwarzen Mercedes fuhr.

Dr. Barow war dies nur recht. So konnte er ungestört seinen Arbeiten nachgehen, deren Erfolg sich auch bald einstellte.

Seit dem Tag, da er die Kiste aus Ungarn geholt hatte, hatte er das Haus nicht mehr verlassen. Sein Lebensmittelvorrat reichte für Monate, und die Dinge, die er für seine Versuche brauchte, hatte er sich auch längst besorgt.

Dr. Barow experimentierte Tag und Nacht. In seiner Hexenküche wurde die Erde genau untersucht. Die Ergebnisse ausgewertet, verglichen und in lange Tabellen eingetragen.

Die Zeit verging.

Und dann hatte es Dr. Barow geschafft. In einem Erlenmeyerkolben schwappte die dunkelrote Mixtur.

Eine Mischung aus Erde und seinem Blut!

Mit fanatisch glänzenden Augen blickte sich Dr. Barow in seinem Labor um. Sein Blick streifte die Apparaturen, die Meßgeräte und Chemikalien, und er wußte, daß er mit Hilfe der Wissenschaft den Vampirismus wieder zum Leben erwecken würde.

Dr. Barow umfaßte den Erlenmeyerkolben mit beiden Händen, so als hätte er Angst, ihn fallen zu lassen.

Vorsichtig stieg er über die Steintreppe nach oben. Er ging in seinen Wohnraum, der mit alten Möbeln ausgestattet war und in dem auch ein großer Wandspiegel hing.

Vor diesem Spiegel blieb Dr. Barow stehen.

Minutenlang betrachtete er sich.

Er sah einen Mann um die 50. Groß, hager, mit schwarzen, nach hinten gekämmten Haaren. Die Augen wirkten wie dunkle Krater und lagen tief in den Höhlen. Die Wangenknochen stachen scharf hervor, was auf slawische Abstammung schließen ließ.

»Wie Dracula!« flüsterte Dr. Barow.

Langsam hob er den Erlenmeyerkolben und setzte ihn an die Lippen.

Die dunkelrote Flüssigkeit lief in den schmalen Hals des Gefäßes, rann in Dr. Barows Mund . . .

Der Mann spürte den süßen Geschmack seines eigenen Blutes auf der Zunge, vermischt mit den geheimnisvollen Kräutern, die dem Trank beigemixt worden waren.

Die sirupdicke Flüssigkeit rann in seine Kehle und von dort weiter in den Magen.

Geheimnisvolle Kräfte begannen zu wirken, vermischten sich mit dem Blut in Dr. Barows Adern und ließen Puls- und Herzschlag rasend in die Höhe schießen.

Dr. Barow stöhnte auf. Er fühlte, wie ihm schwindlig wurde. Unartikulierte Laute drangen aus seiner Kehle.

Die Hände des Mannes verkrampften sich, ein Schüttelfrost drang durch seinen Körper, das Zimmer tanzte plötzlich vor seinen Augen, und Sekunden später brach Dr. Barow zusammen.

Irgendwann wurde er wach.

Auf seinem Schädel lastete ein ungeheurer Druck. Dr. Barow fühlte sich schwach und elend, doch mit jeder Sekunde besserte sich sein Zustand. Das Neue, das Unfaßbare in ihm begann die Oberhand zu gewinnen.

Dr. Barow richtete sich auf.

Er befand sich noch immer vor dem Spiegel, und er fühlte plötzlich, daß sich sein Oberkiefer seltsam gespannt und hart anfühlte.

Dr. Barow warf einen Blick in den Spiegel und erschrak bis ins Mark.

Er sah sein Ebenbild nicht mehr.

Das Unmögliche war geschehen.

Dr. Barow war zu einem Vampir geworden!

Boris Barow lächelte. Dabei entblößte er seine Zahnreihen, so daß die beiden spitzen Vampirzähne überdeutlich zum Vorschein kamen.

Ja, er war ein Vampir. Jetzt gab es kein Zurück mehr.

Und er brauchte Blut. Das Blut von jungen Mädchen, um weiter existieren zu können.

In seinem Keller hatte er alles vorbereitet. Särge standen dort, in denen seine Opfer tagsüber schlafen sollten. In einer Dunkelheit, die nie von einem Sonnenstrahl durchbrochen wurde.

Aber nachts würden sie auf Jagd nach neuen Opfern gehen.

Mit auf dem Rücken gefalteten Händen ging Dr. Barow durch sein Haus. Die Einrichtung war alt und kostbar. Dicke Teppiche bedeckten den Boden. Seltsam gedrehte Kerzen, die in schweren silbernen Leuchtern steckten, brachten die nötige Helligkeit. Denn elektrisches Licht war für die Vampire tödlich.

Dr. Barow trat an einen wuchtigen Eichenschreibtisch. Er zog die oberste Schublade auf und entnahm ihr einen Zettel.

Drei Namen standen auf diesem Blatt Papier.

Mädchennamen.

Miriam West, Jane Hopkins, Brenda Porter!

Dr. Barows erste Opfer!

Er hatte die drei Mädchen beobachtet. Kannte genau ihren Tagesablauf.

Als der Vampir den Zettel wieder in die Schublade legte, leuchteten seine Augen auf, denn er wollte noch in dieser Nacht sein erstes Opfer holen . . .

Miriam West war dreiundzwanzig Jahre jung, schwarzhaarig und mit einer Figur ausgestattet, die Männeraugen wie ein Magnet anzog.

Und das Girl genoß die Blicke. Sie provozierte sie sogar noch, trug nur hautenge Pullover, knapp sitzende Hosen oder superkurze Röcke. Es war ein offenes Geheimnis, daß Miriam oft ihre Liebhaber wechselte. Aber was die Leute redeten, störte sie nicht.

Miriam West arbeitete in einer kleinen Werbeagentur und verdiente nicht schlecht. Deshalb konnte sie sich auch eines von den neuen Apartments leisten, die in der Londoner Innenstadt gebaut worden waren.

An diesem Freitag wurde der Geburtstag eines Kollegen ausgiebig begossen. Nach Feierabend war die Belegschaft der kleinen Agentur in eine Bar gezogen und hatte dort weitergefeiert.

Getanzt wurde nach den Rhythmen einer Combo, und Miriam fühlte sich ganz in ihrem Element.

»Ich darf dich doch noch nach Hause bringen, Miriam?« fragte George, einer ihrer männlichen Kollegen, und spielte mit einer Locke ihres schwarzen Haares.

Miriam kicherte. Sie war schon leicht angeheitert, und deshalb überschlug sich ihre Stimme etwas. »Du hast doch nicht irgend etwas vor, George?«

»Nein, was denkst du von mir?« erwiderte George entrüstet.

Miriam zog einen Schmollmund. »Das ist dein Pech. Ich dachte, du würdest mich wirklich noch ein wenig vernaschen wollen. Aber so . . .«

George guckte wie ein begossener Maulesel.

Miriam löste sich aus seinen Armen, warf die langen Haare zurück und sagte lachend: »Sei so gut, George, und hol mir ein Taxi.«

»Du willst doch nicht etwa schon fahren?«

»Ja.«

»Das werden die anderen bestimmt nicht zulassen.«

»Ich fahre, George.«

»Bitte, wie du willst.«

Während Miriam ein wenig schwankend zum Tresen ging, wo die anderen saßen und sie mit lautem Hallo begrüßten, gab George dem Mixer Bescheid. Der Mann im roten Frack griff sofort zum Telefonhörer und wählte die Nummer eines Taxiunternehmens.

»Stellt euch vor, Miriam will uns schon verlassen«, sagte George, als er sich zu den anderen gesellte.

Protestgeschrei wurde laut.

»Kommt gar nicht in Frage«, rief der Chef der Agentur, der gerade mit einer etwas prallen Blondine schmuste. »Sie bleiben hier, Miriam.«

Miriam schüttelte den Kopf.

Auch die anderen versuchten sie umzustimmen. Ohne Erfolg. Miriam blieb bei ihrem Entschluß.

Dann kam auch schon der Taxifahrer.

Der Mixer sah den Mann zuerst und zeigte auf die lachende Gruppe am Ende der Theke.

Mit den Worten »Viel Spaß noch!« verabschiedete sich Miriam und strebte neben dem Taxifahrer dem Ausgang des Lokals zu.

George sah ihr nachdenklich hinterher.

Die kühle Nachtluft tat Miriam gut. Tief atmete sie ein. Sofort verschwand das leichte Schwindelgefühl wieder.

Ein sternklarer Himmel hing über London. Es war eine der seltenen Nächte, in der mal kein Nebel herrschte. Obwohl es schon fast auf Mitternacht zuging, waren noch viele Menschen unterwegs.

Das Taxi wartete unter einer Peitschenleuchte. Eines jener hochkantigen Monstren, die immer noch in London fahren.

Hinter dem Taxi stand ein dunkler Mercedes. Ein Mann saß am Steuer und beobachtete Miriam und den Fahrer.

Das Girl bemerkte den Mercedes, als es in das Taxi stieg.

»Wohin?« fragte der Fahrer, ein Mann in mittleren Jahren.

Miriam gab ihre Adresse an.

Als der Wagen anfuhr, drehte sie sich noch einmal um. Deshalb sah sie auch, daß sich der schwarze Mercedes ebenfalls in Bewegung setzte.

Miriam achtete nicht weiter darauf, sondern gab sich ihren Gedanken hin. Sie wußte selbst nicht, was mit ihr los war. Sonst war sie immer eine der letzten, die eine Feier verließ. Aber heute . . .

Miriam zuckte die Achseln und griff zu einer Zigarette. Sie hatte sie kaum aufgeraucht, da stoppte der Wagen schon vor ihrem Apartmenthaus.

Das Girl bezahlte und ging auf den gläsernen Eingang zu. Sie wandte sich nicht einmal um.

Der Nachtportier begrüßte sie mit einem Kopfnicken. Einer der vier Lifts brachte sie in die sechste Etage. Auf dem langen Flur brannte nur die Notbeleuchtung. Miriam machte Licht und ging, während sie ihre Tasche hin und her schlenkerte, auf die grüngestrichene Apartmenttür zu.

Die Wohnung bestand aus einem Wohn- und Schlafraum, einem kleinen Bad und einer Miniküche.

Miriam hatte ihr Apartment modern und zweckmäßig eingerichtet. Sie warf ihre Handtasche auf die kognakfarbene Couch und begann sofort aus ihrer Kleidung zu schlüpfen.

Nur mit Büstenhalter und Slip bekleidet, ging sie ins Bad und ließ heißes Wasser in die Wanne laufen. Während das Wasser lief, begann sie sich abzuschminken.

Nach einer Viertelstunde drehte Miriam das Wasser ab, stieg aus den restlichen Sachen und dann vorsichtig in die Wanne, die jetzt mit einem hohen Schaumberg bedeckt war.

Miriam legte den Kopf zurück und schloß die Augen. Sie war völlig entspannt.

Es war still in dem Apartmenthaus. Miriam wurde schläfrig. Mit Gewalt hielt sie sich wach.

Und plötzlich hörte sie ein leises Schaben an ihrer Wohnungstür.

Sofort richtete sich Miriam West auf. Lauschte.

Ein leises Klicken zeigte ihr, daß die Tür aufgesprungen war.

Miriam West bekam Angst. Sie dachte an Einbrecher.

So leise wie möglich stieg sie aus der Wanne und griff nach ihrem bonbonfarbenen Bademantel.

Schritte!

Mit bebenden Fingern schloß Miriam den Gürtel des Mantels. Ihre Augen irrten in dem kleinen Bad hin und her, suchten nach einer Waffe, mit der sie sich notfalls verteidigen konnte. Miriam sah die Nagelfeile, die auf dem kleinen Hocker lag.

Sie hatte die Feile kaum gepackt, als sich der Eingang zum Badezimmer verdunkelte.

Ein Mann stand auf der Türschwelle.

Es kostete Miriam ungeheure Anstrengung, ihre Angst zu unterdrücken. Plötzlich kam sie sich direkt lächerlich mit ihrer Nagelfeile vor.

»Was wollen Sie?« flüsterte Miriam erstickt.

Der Mann auf der Türschwelle lächelte. Dabei entblößte er zwei nadelspitze Vampirzähne, die weit über die Unterlippe reichten.

»Dich«, antwortete er nur und ging einen Schritt vor.

Miriam wich zurück bis zum Wannenrand.

»Ich schreie!« rief sie. »Ich schreie alles zusammen. Verlassen Sie auf der Stelle meine Wohnung.«

Der Mann lächelte nur und kam weiter vor.

»Ich – ich . . .« Miriam wußte selbst nicht, was mir ihr los war. Irgendwie faszinierte sie dieser Mann, seine ganze Erscheinung, die Augen, die wie schwarze Brunnenschächte wirkten, und die schmalen, aber kräftigen Hände, die der Eindringling weit vorgestreckt hatte.

Miriam ließ die Nagelfeile fallen. Ein wohliger Schauer rieselte über ihren Rücken. Ein nie gekanntes Gefühl bemächtigte sich ihrer.

Miriam wurde plötzlich klar, daß dieser Mann Macht über sie besaß. Eine Macht, gegen die sie sich nicht auflehnen konnte, aber auch nicht auflehnen wollte.

Der Eindringling legte seine Hände auf Miriams Schultern.

»Komm«, sagte er.

Willig ließ sich Miriam aus dem Badezimmer ziehen. Ihr Blick hing an den markanten Gesichtszügen des Mannes. Sie hatte plötzlich das Gefühl, nur auf ihn gewartet zu haben.

»Wer bist du?« fragte sie flüsternd.

»Dr. Boris Barow«, erwiderte der Eindringling. »Ich werde dich zu meiner Braut machen und dir das ewige Leben geben. Ich – der König der Vampire.«

Miriam West nickte.

»Ja«, hauchte sie. »Nimm mich, mach mit mir, was du willst.«

Dr. Barow drückte Miriam auf die Couch. Das Girl lag auf dem Rücken und wartete fiebernd auf den Mann.

Dr. Barow griff nach den Aufschlägen des Bademantels und zog sie auseinander.

Der schlanke Hals und die Ansätze der beiden Brüste lagen vor ihm.

Der Vampir beugte sich tiefer. Seine Augen funkelten in einem wahnsinnigen Blutrausch.

»Jaaa«, stöhnte Miriam, als sich die beiden spitzen Zähne in ihren Hals bohrten . . .

George Baker schüttelte ärgerlich den Kopf.

»Das kann man mit mir nicht machen«, knurrte er.

»Was kann man mit dir nicht machen?« fragte das rothaarige Animiergirl, das sich kurzerhand neben ihn gesetzt hatte und nun mit allen Tricks versuchte, einen Drink zu ergattern.

George Baker warf einen Blick zur Seite und sagte: »Nichts.«

»Komm, sei lieb, und gib mir einen aus«, gurrte die Puppe mit einem Augenaufschlag, der alles versprach.

George, bestimmt kein Freund von Traurigkeit, meinte nur: »Verschwinde!«

Das Girl zuckte die Achseln und schob beleidigt ab.

Georgs Kollegen, die die Szene beobachtet hatten, lachten.

»Dich scheint's ja erwischt zu haben«, prustete Goldie, ein Fotomodell. »Es gibt noch mehr Miriams als nur die eine.«

»Ach, laß mich doch in Ruhe«, gab George Baker bissig zurück.

»Entschuldige, wenn ich dich beleidigt haben sollte. Ja, ja, die Liebe.«

Die Gruppe stimmte ein brüllendes Gelächter an.

George biß die Zähne zusammen, winkte den Mixer herbei und zahlte.

»Du kannst auch zu mir kommen«, rief Goldie ihm noch nach, als er das Lokal verließ.

Draußen zündete sich George eine Zigarette an. Während er rauchte und den Verkehr beobachtete, dachte er an Miriam.

Verdammt, er hatte sich regelrecht in das Mädchen verknallt. So etwas war ihm noch nie vorgekommen.

Als ein Taxi an dem Lokal vorbeifuhr, hatte George seinen Entschluß gefaßt. Er winkte den Wagen herbei, wollte Miriam noch einen Besuch abstatten.

Das Ziel war schnell erreicht.

Der Portier, der George schon von einigen Besuchen her kannte, grinste verständnisvoll und sagte: »Miss West ist in ihrem Apartment.«

George bedankte sich mit einem Kopfnicken und enterte den Lift.

Leer und verlassen lag der lange Flur vor ihm. George verlangsamte plötzlich seine Schritte, als er der Apartmenttür zustrebte. Er kam sich auf einmal dumm vor, ähnlich wie ein Primaner, der von seiner Freundin versetzt worden war.

Das Gefühl legte sich erst, als er bemerkte, daß die Tür nur angelehnt war.

George runzelte die Stirn.

Sollte Miriam etwa vergessen haben, die Tür zu schließen?

Unschlüssig biß er sich auf die Lippe.

Dann – er schwankte innerlich immer noch, ob er überhaupt eintreten sollte – hörte er aus dem Apartment ein Stöhnen.

George Baker dachte nicht an einen Liebhaber, sondern an Gefahr.

Mit einem Ruck stieß er die Tür auf. Zwei Schritte, und er stand in der kleinen Diele.

Die Tür zum Wohnraum war offen.

Entsetzt riß George Baker die Augen auf, als er sah, welches Schauspiel sich ihm bot.

Miriam lag auf der Couch. Über ihr kniete ein ganz in Schwarz gekleideter Mann, der bei Georges plötzlichem Eintreten hochzuckte und sich dem Eindringling zuwandte.

Die untere Gesichtshälfte des Mannes war blutverschmiert. Fast übernatürlich hell leuchteten die spitzen Vampirzähne aus dem Oberkiefer hervor.

»Miriam!« stöhnte George Baker.

Er fühlte, wie eine grenzenlose Angst um das Mädchen in ihm hochstieg.

Was hatte dieser Unhold mit ihr angestellt?

George Baker ballte die Fäuste. Er war bereit, sich auf den Kerl zu stürzen und ihn niederzumachen.

Doch der Vampir kam ihm zuvor. Fauchend sprang er George an.

Der junge Mann bekam einen mörderischen Schlag gegen das Gesicht und knallte an den Türrahmen. George hatte das Gefühl, sein Kreuz würde auseinanderbrechen.

Pfeifend zog er den Atem ein, sammelte all seine Kraft und stürzte dem Vampir entgegen. Mit dem gesamten Körpergewicht prallte er auf ihn.

Die Männer stürzten zu Boden. Ineinander verkrallt, rollten sie über den Teppich.

George, der körperlich fit war, gelang es, den Vampir in einen Würgegriff zu bekommen.

»Ich mach' dich fertig!« heulte der junge Mann. »Ich . . .«

Mit aller Kraft drückte er zu. Er wollte diesen Unhold erwürgen. Doch der Vampir zeigte keine Reaktion. Im Gegenteil, er schlug mit beiden Händen Georges Arme zur Seite, befreite sich aus dem Würgegriff und stieß ein teuflisches Lachen aus.

George kippte zur Seite, rollte weg und kam auf die Füße.

Der Vampir stand ebenfalls wieder auf den Beinen.

George riskierte einen Blick zu Miriam hin und sah, daß sie dabei war, sich aufzurichten.

»Miriam!« schrie George Baker.

Das Girl schien ihn nicht zu hören. Miriam hatte nur Augen für den Vampir. Mit nahezu hündischer Ergebenheit starrte sie ihn an.

George schüttelte den Kopf. Er konnte das alles nicht begreifen. Was war nur in Miriam gefahren?

»Sie ist meine Braut«, drang plötzlich Dr. Barows Stimme an seine Ohren. »Du wirst sie nicht halten können.«

»Ich – ich . . .«, stöhnte George in tiefer Verzweiflung auf und sah gleichzeitig, daß Miriam aufstand, nach einem schweren Aschenbecher griff, der auf dem Tisch stand, und den Ascher in seine Richtung schleuderte.

Der junge Mann hätte noch ausweichen können. Doch Panik und Grauen nagelten ihn an seinem Platz fest.

Der Aschenbecher traf ihn an der Stirn. George sah noch bunte Sterne aufplatzen und dann nichts mehr.

Bewußtlos sackte er auf den Teppich.

Miriam West stand mit hängenden Armen neben der Couch. In

der rechten Hand hielt sie eine gläserne Gebäckschale, die sie als zweites Wurfgeschoß benutzen wollte, falls sie beim erstenmal nicht getroffen hätte.

»Leg sie weg!« befahl Dr. Barow.

Miriam gehorchte automatisch. Sie war nicht mehr Herr über sich selbst. Sie gehörte jetzt einem anderen.

Dr. Boris Barow!

»Komm mit«, sagte er zu der totenbleichen Miriam. »Anziehen brauchst du dich nicht. Ich habe herrliche Kleider in meinem Haus.«

Miriam nickte.

Vor Dr. Barow verließ sie ihre Wohnung, in der Gewißheit, dorthin nie mehr wieder zurückzukehren.

Niemand konnte Miriam ansehen, was sie mitgemacht hatte. Es sei denn, man achtete auf zwei nadelspitze Punkte in der Höhe der Halsschlagader. Denn dort hatte der Vampir Miriam das Blut ausgesogen.

Die beiden nahmen nicht den Lift, sondern gingen auf die Nottreppe zu. Sie erreichten sie durch eine kleine Eisentür. Kurz davor wandte sich Miriam noch mal um.

Sie sah Dr. Barow an und lächelte. Dabei entblößte sie ebenfalls zwei nadelspitze Vampirzähne.

Der schwarze Mercedes jagte durch die Nacht.

Am Steuer saß Dr. Barow. Seine Hände krampften sich um das Lenkrad, so daß die Knöchel weiß hervortraten. Sein Blick war starr geradeaus gerichtet, auf die breite Straße, die von den Scheinwerfern erhellt wurde.

Dr. Barow war innerlich aufgewühlt. Triumph und satanische Freude paarten sich zu einem völlig neuen Gefühl. Dr. Barow hätte es mit der ganzen Welt aufgenommen. Ihm konnte nun nichts mehr passieren. Er war unsterblich . . .

Im Fond des Wagens saß Miriam West. Sie kauerte in einer Ecke, hatte die Beine hochgezogen und auf den Sitz gelegt. Ihr Gesicht war totenbleich. Nur die Augen glühten in einem wilden Feuer. Schon jetzt spürte Miriam, daß der Drang nach Blut unersättlich wurde.

Dr. Barow bog auf eine Ausfallstraße ein. Er hatte jetzt ungefähr noch drei Meilen bis zu seinem Haus zu fahren.

Plötzlich tauchte vor ihm ein roter Lichtpunkt auf, der hin und her geschwenkt wurde.

Polizei!

Straßensperre!

Der Mercedes näherte sich rasend schnell. Dr. Barow war versucht, die Sperre zu ignorieren, kurzerhand hindurchzubrausen, doch dann siegte die Einsicht.

Er bremste. Die Reifen jaulten.

Mit einem Tuch wischte sich Dr. Barow das Blut aus den Mundwinkeln. Dann kurbelte er die Scheibe herunter.

Es waren zwei Polizisten. Die schweren Motorräder standen aufgebockt am Rande der Straße.

Einer der Beamten kam auf den Mercedes zu, bückte sich, damit er in den Wagen sehen konnte, tippte an seinen Helm und verlangte die Papiere.

Dr. Barow zog die Augen zusammen. »Weshalb?«

Die Polizisten waren von der freundlichen Sorte. »Wir suchen zwei Schwerverbrecher, Sir. Sie sind vor einigen Stunden aus dem Zuchthaus ausgebrochen, und wir haben Grund zur Annahme, daß sie sich hier in der Gegend herumtreiben.«

»Ich habe keinen gesehen«, sagte Dr. Barow und reichte dem Beamten seinen Führerschein.

Der ging ein Stück zur Seite und sah sich die Papiere an. »Sie sind Arzt, Dr. Barow?«

»Es steht schließlich da.«

Der Beamte gab die Papiere zurück. Auf einmal sah er die totenblasse Miriam hinten im Fond sitzen.

Mißtrauen flackerte in dem Polizisten auf. »Was ist mit Ihnen? Fühlen Sie sich nicht wohl, Miss?«

Dr. Barow riß der Geduldsfaden. »Wie Sie gesehen haben, bin ich Arzt!« zischte er. »Das Mädchen dort hinten ist krank. Ich bin mit ihr auf dem Weg zu einem Sanatorium. Und Sie halten mich nur unnötig auf.«

»Verzeihung, Sir. Wir tun nur unsere Pflicht. Sie können selbstverständlich fahren. Und passen Sie auf. Diese Ausbrecher sind nicht ungefährlich.«

»Ja, ja, schon gut«, knurrte Barow und ließ den Motor wieder an. Im Prinzip war er froh, ungeschoren davongekommen zu sein. Gut, daß der Beamte nicht genauer auf ihn geachtet hatte. Die Zähne wären ihm bestimmt aufgefallen.

Die Beamten sahen dem Wagen mit gemischten Gefühlen nach. Einer notierte sich Dr. Barows Namen und die Wagennummer in sein Notizbuch.

»Man kann nie wissen«, murmelte er.

In der Zwischenzeit hatte Dr. Barow sein Haus schon fast erreicht. Er bog in eine schmale Landstraße ein und war fast am Ziel.

Das Haus ragte wie ein drohender Klotz aus dem verwilderten Vorgarten. Dr. Barow hatte die hohe Gartentür mit einer Eisenkette gesichert, zwischen deren Gliedern ein einfaches Schloß steckte. Das war natürlich für einen Einbrecher kein Hindernis. Das Haus jedoch war durch eine Alarmanlage geschützt, die Barow selbst erfunden hatte.

Im Schrittempo fuhr er den Mercedes auf das Haus zu. Dicht davor stoppte er, holte einen Schlüssel aus der Tasche und schloß die Haustür auf. Durch eine Vorrichtung schaltete er dabei automatisch die Alarmanlage aus.

Auch Miriam West war inzwischen ausgestiegen.

Dr. Barow hielt ihr die Tür auf. »Komm«, sagte er.

Mit langsamen Schritten betrat das Mädchen ihr unheimliches neues Zuhause.

Dr. Barow griff nach einem Leuchter und zündete die beiden darin steckenden Kerzen an.

Der flackernde Lichtschein tanzte durch eine große Diele, an deren Wände alte Gemälde hingen und von der außerdem einige Türen abzweigten. Eine Holztreppe mit kunstvoll geschnitztem Geländer führte in die obere Etage.

Dr. Barow ging auf eine Rundbogentür zu und öffnete sie.

»Komm«, sagte er zu Miriam. »Ich zeige dir dein neues Reich.«

Das Mädchen zögerte ein wenig. So, als hätte sie Angst vor dem, was unweigerlich kommen würde.

Doch sie gehorchte. Zu tief fühlte sie sich schon dem Vampir ergeben.

Miriam West stieg eine Treppe hinunter. Die Stufen waren alt und knarrten.

Dr. Barow folgte dem Mädchen. Er brachte es in einen Raum ganz am Ende des Kellers.

Es war ein stockdunkles Verlies, das jetzt durch die zwei flackernden Kerzen erhellt wurde.

»Dein Reich«, flüsterte der Vampir.

Spinnweben hingen unter der Decke. Es roch feucht und modrig. In einer Ecke stand ein alter Holzschrank.

Dr. Barow zog die Tür auf. Sie knarrte gräßlich.

In dem Schrank hingen Kleider. In der Art, wie sie im vorigen Jahrhundert modern gewesen waren.

Mit der freien Hand griff der Vampir nach einem Kleidungsstück und warf es Miriam zu.

»Zieh es über!«

Das Mädchen schlüpfte aus dem Bademantel und in das Kleid. Es war aus blutrotem Samt und mit weißen Rüschen abgesetzt. Das Kleid hatte einen tiefen Ausschnitt und paßte Miriam wie angegossen.

»Was soll ich tun?« fragte sie. Es waren überhaupt die ersten Worte, die Miriam sprach.

»Es wird bald Tag«, erwiderte der Vampir mit flüsternder Stimme. »Du wirst tagsüber schlafen. Doch sobald die Nacht kommt, werde ich dich wecken. Nur in der Nacht können wir unsere Opfer holen.«

Der Vampir ging auf eine schmale Holztür zu, die erst jetzt durch das Kerzenlicht aus der Dunkelheit gerissen wurde.

Er stieß die Tür auf und betrat den dahinterliegenden Raum.

Der gelbrote Schein beleuchtete eine unheimliche Szene.

In dem kleinen Raum standen drei Särge!

Sie waren offen und innen mit rotem Samt ausgelegt.

»Hier ist dein Platz«, sagte der Vampir und zeigte auf den ersten Sarg.

Miriam kam langsam näher. Sekundenlang sah sie auf den Sarg. Kein Muskel zuckte in ihrem Gesicht, während sie das rechte Bein hob und langsam in den Sarg stieg.

Dr. Barow schaute mit funkelnden Augen auf seine erste Dienerin, die sich jetzt in die Totenkiste legte.

Es sah gespenstisch aus. Das Kleid hob sich nicht von der roten Samtverkleidung des Sarges ab, nur Miriams Gesicht leuchtete wie weißer Marmor. Das Mädchen hielt die Hände auf der Brust gefaltet und die Augen geschlossen. Sie war bereits in einen tiefen Schlaf gefallen, aus dem sie erst bei Anbruch der Dunkelheit erwachen würde.

Auf Zehenspitzen verließ Dr. Barow den unheimlichen Keller und ging über die Holztreppe nach oben in sein Zimmer. Auch er mußte tagsüber ruhen, allerdings nicht unten im Keller, sondern in einem prunkvoll ausgestatteten Raum, den er durch eine kleine Tür von seinem Arbeitszimmer aus erreichen konnte.

Schwere Vorhänge, die keinen Sonnenstrahl durchließen, hingen vor dem Fenster dieses Gemaches. Die Wände waren mit violetten Seidentapeten bespannt. Schwarz war der dicke Teppich, der den Boden bedeckte. Und schwarz der schwere Sarg in der Mitte des Zimmers.

Es war ein prächtiger Sarg. Angefertigt von einem Künstler. In das Holz der Außenwände waren seltsame Zeichen geschnitzt worden. Im Gegensatz zu den Särgen im Keller war dieser mit violettem Samt ausstaffiert. In Höhe des Kopfes lag ein kleines Kissen.

Minutenlang stand der Vampir vor dem Sarg. Er wollte gerade die Kerzen löschen, als er hinter seinem Rücken ein Geräusch hörte.

Blitzschnell kreiselte Dr. Barow herum. Durch den Windzug wurde eine der Kerzen ausgeblasen.

Im selben Moment hörte er auch schon eine blecherne Stimme.

»Wenn du nicht ganz schön ruhig bist, Kamerad, pumpen wir dich voll Blei, und dann kannst du für immer in deiner Totenkiste liegen bleiben . . .«

George Baker erwachte von stechenden Kopfschmerzen. Unter unsäglichen Mühen öffnete er die Augen.

Dunkelheit umgab ihn, die jedoch alle paar Sekunden durch das Aufleuchten einer Lichtreklame unterbrochen wurde.

In seinem Rücken spürte George Baker eine Wand. Mit wackligen Knien schob er sich daran hoch.

Sein Blick fiel auf das Fenster, durch das die hellgelbe Reklame ihr Licht warf.

»Verdammt, wo bin ich überhaupt?« murmelte George.

Sein Denkapparat kam nur langsam auf Touren. Es dauerte Minuten, bis er sich wieder erinnerte.

Aber dann traf ihn der Schreck wie ein Peitschenhieb.

Miriam!

Deutlich sah er die Szene vor seinem geistigen Auge. Der Kerl, der sich über Miriam gebeugt hatte, der Kampf! Und dann? Ja, dann war Sendepause. Irgend etwas hatte ihn am Kopf getroffen.

George Baker taumelte ins Badezimmer. Er knipste das Licht an.

Der grelle Schein blendete ihn. In der Wanne schwappte immer noch das Wasser.

George Baker blickte auf seine Uhr.

Schon drei Stunden nach Mitternacht.

George drehte den Wasserhahn auf und hielt seinen schmerzenden Kopf unter den kalten Strahl. Das tat gut.

Nach einer halben Minute trocknete sich George mit einem Handtuch den Kopf ab. Und jetzt erst wurde ihm richtig bewußt, daß Miriam West verschwunden war.

Georges Magen krampfte sich zusammen. »Miriam!« schrie er und rannte wie ein Irrer durch die Wohnung. Sah überall nach, sogar im Kleiderschrank, doch von dem Mädchen fand er keine Spur.

»O Gott«, stöhnte George und warf sich in einen Sessel. Noch einmal ließ er die gräßliche Szene vor seinem geistigen Auge Revue passieren.

Und plötzlich fiel ihm etwas ein.

Der Kerl, dieser Unhold, hatte wie ein Vampir ausgesehen.

George hatte in seinem Leben genug Filme gesehen, um zu wissen, was ein Vampir war.

Der junge Mann schlug die Hände vor sein Gesicht. Er konnte es nicht fassen, was er gesehen hatte. Ja bestimmt hatte er sich getäuscht.

Oder . . .?

Plötzlich sprang George Baker auf. Du mußt zur Polizei, sagte er sich. Nur die können dir helfen.

George verließ das Apartment mit Riesenschritten.

Natürlich war wieder kein Lift oben. Ungeduldig wartete er, bis die Kabine ankam.

Die Fahrt nach unten dauerte ihm viel zu lange.

Als er mit langen Schritten aus dem Fahrstuhl stürmte, schreckte der Nachtportier, der über einem Comic eingenickt war, überrascht hoch.

George, der schon an der Glasloge vorbei war, stoppte plötzlich. Vielleicht konnte ihm der Portier schon weiterhelfen.

Der Mann sah George Baker mißtrauisch entgegen. »Ist was passiert, Sir?«

»Wieso?«

»Sie bluten am Kopf.«

George fuhr mit der Hand an die Stirn. Als er sie wieder zurückzog, sah er, daß seine Finger blutig waren.

George grinste verzerrt. »Nur eine Schramme.«

»Na, ich weiß nicht, ob . . .«

»Haben Sie Miss West gesehen?« unterbrach George Baker den Portier hastig.

»Ja, als sie nach Hause kam.«

»Und – und einen Mann? Groß, schwarze Kleidung?« George beschrieb den Vampir, so gut er konnte.

»Nein!« Der Portier schüttelte zur Bestätigung seiner Antwort den Kopf.

George stöhnte auf. »Dann muß ich doch zur Polizei«, flüsterte er.

»Was ist denn geschehen?« fragte der Mann in der Loge.

»Nichts, was Sie verstehen könnten. Vielen Dank für Ihre Mühe.«

Mit schleppenden Schritten ging George Baker durch die gläserne Eingangstür nach draußen.

Sicher, dieser Vampir war natürlich nicht so dumm und betrat durch den offiziellen Eingang das Haus. Bestimmt war er durch den Lieferanteneingang gekommen.

George, der nur mit einem Blazer-Anzug bekleidet war, fröstelte plötzlich. Aber es war nicht nur die Kälte, die ihn zittern ließ, sondern auch seine Nerven.

Er zündete sich eine Zigarette an, warf sie jedoch nach einigen Zügen schon wieder weg. Sie schmeckte ihm nicht.

George Baker ging die Straße entlang und suchte ein Taxi. Er fand erst nach zehn Minuten einen freien Wagen.

»Zum nächsten Polizeirevier«, sagte George, als er einstieg.

Der Fahrer wandte sich um und sah seinen neuen Gast mit großen Augen an.

»Haben Sie was verbrochen?«

»Nein! Aber fahren Sie, zum Teufel.«

»Entschuldigen Sie. Man darf ja wohl noch fragen. Außerdem sehen Sie nicht gerade salonfähig aus.«

George Baker schwieg.

Die Fahrt dauerte nur ein paar Minuten. George hing seinen Gedanken nach.

Er zahlte auch schweigend den Fahrpreis und strebte dem Polizeirevier zu, das in einem alten Gebäude lag.

Die Tür war offen. George gelangte in einen langen Flur.

Eine Tür mit der Aufschrift »Dienstzimmer« wies ihm den richtigen Weg.

George öffnete die Tür, ohne anzuklopfen.

Die beiden Beamten hinter den Schreibtischen schreckten hoch und blickten George mißtrauisch an. Der jüngere von ihnen erhob sich und trat an die lange Barriere, die den Raum teilte.

»Sie sind überfallen worden?« fragte er und zeigte auf Georges Kopfverletzung.

»So kann man es auch nennen«, erwiderte der junge Mann und erzählte seine Erlebnisse.

Die Polizisten hörten ihm schweigend zu.

Schließlich sagte der Beamte am Schreibtisch. »Sagen Sie mal, Mister Baker, wieviel haben Sie getrunken?«

George wurde kalkweiß. »Ich habe nichts getrunken, verdammt noch mal. Wenigstens nicht so viel, daß ich betrunken wäre. Diesen Vampir gibt es wirklich.«

»Und des Teufels Großmutter auch, was?«

»Mein Gott, sind Sie verbohrt!« schrie George. »Kein Wunder, daß die Polizei solch einen schlechten Ruf hat.«

»Jetzt werden Sie mal nicht frech, junger Mann.«

Der ältere Polizeibeamte hatte diese Worte gesagt, und George senkte betreten den Kopf.

»Entschuldigen Sie, aber wenn Sie das erlebt hätten, was ich . . .«

Er brach ab.

»Ist ja schon gut«, sagte der jüngere Beamte. »Kommen Sie, wir müssen ein Protokoll aufnehmen.«

George Baker gab noch mal seine Erlebnisse zum besten, die von dem jüngeren Polizisten in eine Schreibmaschine getippt wurden. Hinterher mußte George das Protokoll unterschreiben.

»Ihre Verletzungen lassen Sie bei einem Arzt behandeln. Hier, ich gebe Ihnen die Adresse eines Notarztes, der heute Nachtdienst hat.«

George Baker bekam einen Zettel in die Hand gedrückt, gab noch seine Personalien an und verließ mit gemischten Gefühlen die Polizeistation. Er setzte keine großen Hoffnungen in die Beamten.

»Der ist bestimmt nicht mehr ganz richtig im Kopf«, meinte der ältere von ihnen.

Sein Kollege wiegte den Kopf. »Ich weiß nicht so recht, Jim. Die Geschichte klingt zwar unheimlich und unglaublich, aber erinnere dich an den letzten Großeinsatz, von dem ich dir erzählt habe.«

»Du meinst, als ich in Urlaub war?«

»Genau. Diese Geschichte mit Dämonos, der sich in den Unterwasserkanälen von London herumgetrieben hat. Ich war damals dabei, als das Rattennest ausgehoben wurde.«

»Und weiter?«

»Ich habe da einen Scotland-Yard-Beamten kennengelernt, der sich nur mit übernatürlichen Fällen beschäftigt. Inspektor Sinclair heißt dieser Mann. Es würde gar nicht schaden, wenn wir ihm eine Kopie des Protokolls zukommen lassen.«

»Tu, was du willst. Du bist es schließlich, der sich blamiert.«

»Da bin ich gar nicht mal so sicher, Jim.«

Dr. Barow blieb ganz ruhig.

Seine rechte Hand, die den Leuchter hielt, zitterte nicht ein bißchen. Er war sich seiner Stärke bewußt, ihn konnte man nicht so einfach besiegen.

Die eine Kerze, die nur noch brannte, reichte kaum aus, um etwas erkennen zu können. Von den beiden Männern, die dicht hinter der Türschwelle standen, sah man nur die Umrisse.

»Ein schönes Zimmer hast du, Opa«, sagte der eine von den Kerlen jetzt und trat einen Schritt vor. Der blanke Stahl der Maschinenpistole in seiner Hand reflektierte den zuckenden Kerzenschein.

»Los, mach Licht, damit wir uns besser umsehen können!«

»Es gibt hier keine Elektrizität«, erwiderte Dr. Barow ruhig. »Ich habe nur eine separate Alarmanlage, das ist alles.«

Der Mann mit der Waffe stutzte. »Willst du uns auf den Arm nehmen?«

Dr. Barow lächelte.

»Los, zünde die andere Kerze auch noch an!« zischte der Eindringling. Und an seinen Komplizen gewandt, sagte er: »Sieh mal nach, Tom, ob du hier irgendwo im Haus Licht findest. Sollte der Alte uns belogen haben, machen wir ihn fertig.«

Der mit Tom Angesprochene zuckte unbehaglich mit den Schultern.

»Irgendwie ist es mir unheimlich, Red.«

»Mach dir nur nicht in die Hose. Hau ab!«

»Ist ja schon gut.«

Dr. Barow hatte dem Zwiegespräch mit unbewegtem Gesicht gelauscht. Er hatte inzwischen an der Flamme der ersten auch noch die zweite Kerze angezündet.

»Sie sind die beiden Ausbrecher, nicht wahr?«

Red stutzte. Er war ein großer pockennarbiger Kerl mit rostroten Haaren. Daher auch sein Spitzname Red.

»Woher weißt du das, Opa?« fragte er lauernd.

»Man hat mich unterwegs angehalten. Es waren zwei Polizisten, die mich vor Ihnen beiden gewarnt haben.«

Red leckte seine dicken Lippen. »Und?«

»Nichts und. Ich habe die Warnung zur Kenntnis genommen, das ist alles.«

»Jetzt geht dir wohl die Muffe, was, Alter?« höhnte Red.

»Sie meinen, daß ich Angst habe?«

»Genau.«

»Sie irren sich. Nicht ich bin in Ihrer Gewalt, sondern Sie in meiner.«

Dr. Barow ging einen Schritt vor und schwenkte den Leuchter vor sein Gesicht. Dabei zog er die Oberlippe hoch.

Die dolchartigen Vampirzähne wurden sichtbar.

Es muß ein grauenvoller Anblick für die Gangster gewesen sein. Das flackernde Kerzenlicht, das tanzende Schatten auf das dämonisch aussehende Gesicht des Vampirs warf, die umheimlichen schwarzen Augen, die langen Eckzähne, all das reichte, um dem Ausbrecher einen tiefen Schock zu versetzen.

»Ein – ein Vampir«, ächzte er.

Dr. Barow blieb stehen. »Ja«, sagte er nur. »Ich bin ein Vampir, und ich werde dich töten.«

Reds Gesicht verzerrte sich. »Nicht mit mir!« zischte er. »Vampire! Daß ich nicht lache. Die gibt es doch gar nicht. Sind nur alles Märchen. Du wirst dich noch wundern, Opa, mich mit solch einer Maskerade zu erschrecken.«

Der Gangster hatte sich wieder gefangen. Wie gut, das zeigte er zwei Sekunden später.

Eiskalt zog er den Stecker der Maschinenpistole durch.

Weißrote Blitze zuckten aus der Mündung. Ein Feuerstoß orgelte durch das Zimmer und traf den Vampir in Höhe des Bauches.

Die Geschosse warfen Dr. Barow zurück. Er prallte mit den

Kniekehlen gegen den Rand des Sarges und fiel auf der anderen Seite zu Boden. Der Leuchter entglitt seiner Hand. Zum Glück verlöschten auch die Kerzen.

»Was gibt's, Red?« brüllte Tom von oben.

»Nichts von Bedeutung. Ich habe nur gerade diesen alten Knacker umge . . .«

Der Gangster stockte mitten im Satz.

Aus weit aufgerissenen Augen starrte er auf den unförmigen Schatten, der hinter dem Sarg hervorwuchs.

»Das – das kann doch nicht wahr sein. Ich habe ihn doch getroffen, verdammt. Ich – ich . . .«

Red brach ab.

Das dämonische Lachen des Vampirs schnitt ihm durch Mark und Bein.

»Red! Ich komme!« schrie Tom von oben.

»Es gibt keine Rettung mehr für dich!« zischte der Vampir.

Red, einer der gerissensten Gangster der Londoner Unterwelt, hatte auf einmal höllische Angst. Angst um sein dreckiges, erbärmliches Leben.

Er konnte vor Schreck keinen Finger krümmen, dachte längst nicht mehr an die Maschinenpistole in seiner Hand, sondern sah nur noch die große Gestalt des Vampirs, die mit dem zum Schlag bereiten Kerzenleuchter auf ihn zukam.

Der schwere Kandelaber pfiff durch die Luft.

Ein Hieb reichte.

Blutüberströmt brach Red zusammen.

Gebückt stand Dr. Barow über dem Toten.

Genau in der Stellung sah ihn Tom, der auf einmal in der Tür stand.

»Red!« gellte seine sich überschlagende Stimme auf.

Der Vampir zuckte hoch. Er mußte unbedingt noch den zweiten Gegner bekommen.

Doch Tom war noch schneller. Ehe sich Dr. Barow versah, kreiselte er herum und hetzte auf die Haustür zu, die sie vorhin, als sie nach dem Vampir das Haus betreten hatten, nicht wieder geschlossen hatten.

Die Panik saß Tom wie ein wildes Tier im Nacken. Mit Riesenschritten hetzte er durch den verwilderten Garten. Geschickt kletterte er an dem verrosteten Eisenzaun hoch.

Er warf keinen Blick mehr zurück. Zu grausam war das gewesen, was er soeben erlebt hatte.

Mit finsterem Gesicht starrte Dr. Barow dem Ausbrecher nach. Plötzlich wurde ihm bewußt, daß ihm hier ein Fehler unterlaufen war. Dieser Mann wußte zuviel. Dr. Barow beschloß, das zu ändern.

Aber nicht jetzt. Im Moment hatte er noch etwas anderes zu tun.

Der Vampir drehte sich um und ging zurück in sein Haus. Er mußte sich um die Leiche des anderen Gangsters kümmern.

Sie lag dicht vor der Tür. Dr. Barow mußte über sie hinwegsteigen, um ins Zimmer zu gelangen.

Zuerst nahm der Vampir die Maschinenpistole auf und verstaute sie in einem Schrank, der in dem schmalen Flur stand.

Dann befaßte er sich mit dem Toten. Dr. Barows Augen leuchteten, als sie das Blut sahen. Doch er wußte, daß ihm dieses Blut keine Kraft geben würde. Er brauchte den Lebenssaft von jungen Mädchen und Frauen.

Dr. Barow packte die Leiche mit beiden Händen und warf sie sich über die Schulter. Ein unbeteiligter Beobachter hätte diesem Mann gar nicht so viel Kraft zugetraut.

Mit seiner makabren Last trat der Vampir hinaus in die Nacht. Am Himmel leuchtete die fahle Sichel eines Halbmondes. In kurzer Zeit würde Vollmond sein.

Dr. Barow umrundete sein Haus und gelangte zu einem kleinen Schuppen, in dem einige verrostete Gartengeräte standen. Unter anderem auch ein Spaten.

Dr. Barow legte die Leiche vor ein Gebüsch, schnappte sich den Spaten, ging einige Schritte weiter und begann, ein Loch auszuheben.

Er arbeitete unermüdlich.

Schließlich hatte er es geschafft. Das Loch war etwa einen halben Meter breit und genauso tief. In der Länge maß es doppelt soviel.

Dr. Barow holte den toten Gangster und warf ihn in das Grab.

Dann schaufelte er das Loch wieder zu. Als schließlich die lehmige Erde alles bedeckte, klopfte er sie mit der flachen Seite des Spatens glatt. So schnell würde niemand merken, daß hier jemand begraben lag.

Zufrieden betrachtete Dr. Barow sein Werk. Er verfrachtete den Spaten wieder in den Schuppen und kehrte in sein Haus zurück.

Die große Blutlache auf dem Teppich störte ihn nicht. Sie würde rasch trocknen und hinterher nicht mehr als ein dunkelroter Fleck sein.

Dr. Barow stieg nun endgültig in seinen Sarg. Er legte sich auf den Rücken und schloß die Augen. Die Oberlippe schob er hoch, so daß die beiden Zähne wie spitze Totempfähle hervorlugten.

Doch der Vampir fand noch keine Ruhe. Er mußte immer wieder an den entkommenen Gangster denken. Wenn die Polizei ihn schnappte, würde er bestimmt seine Aussage machen. Die Frage war nur, nahm man ihm die Angaben ab?

Wohl kaum. Denn Vampire gab es ja nur in Horrorfilmen . . .

Tom Purdom rannte wie noch nie in seinem Leben.

Das, was er eben erlebt hatte, ging über seinen Verstand. Ein Mann mit einer MP-Ladung im Bauch brachte es fertig, seinen Gegner noch zu erschlagen.

Unglaublich! Der Kerl mußte mit dem Teufel unter einer Decke stecken.

Der Ausbrecher hetzte über die Wiesen, kletterte über Zäune und blieb einmal in einer Stacheldrahtrolle hängen. Sein Atem ging rasselnd, der Magen hatte sich zusammengekrampft und hing ihm fast oben im Hals.

Doch der Gangster rannte weiter. Von Panik geschüttelt.

Irgendwann rutschte Tom Purdom aus. Er hatte eine kleine Böschung übersehen und landete kopfüber in einem Bach.

Sekundenlang blieb er einfach so liegen. Sein Blut hämmerte in den Schläfen, sein Herz pochte wie wahnsinnig.

Tom Purdom mußte den Kopf heben, um nicht elendig in dem Bach zu ertrinken.

Er rollte sich ein Stück zur Seite, so daß sein Oberkörper jetzt nicht mehr in dem kalten Wasser lag.

Zehn Minuten blieb der Ausbrecher in dieser Lage, während seine Lungen sich langsam beruhigten.

Du kannst nicht ewig hier liegen bleiben, sagte sich Tom Purdom und brachte unter großen Anstrengungen seinen Oberkörper hoch.

Auf allen vieren kletterte er die Böschung hoch. Seine dunkelgraue Gefängniskleidung war lehmverschmiert.

Als er den oberen Rand der Böschung erreicht hatte, drang Hundegebell an seine Ohren.

Verdammt, sie waren ihm noch auf der Spur.

Purdom grinste böse. Sicher, einen Schwerverbrecher wie ihn würde man nicht so leicht aufgeben. Schließlich war er wegen Mordes zu achtzehn Jahren verurteilt worden. Vier davon hatte er erst um. Und dabei war Purdom noch keine vierzig.

Der am Himmel stehende Halbmond warf nur wenig Licht auf die Erde. Das konnte für den Gangster zum Vorteil sein. Geduckt schlich er auf ein kleines Wäldchen zu, von dem er nur die Umrisse erkennen konnte. Seine Schritte waren torkelnd, und Purdom hätte sich am liebsten hingeworfen, um auf der Stelle einzuschlafen.

Doch sein eiserner Wille hielt ihn aufrecht.

Das Hundegebell wurde lauter.

»Mist!« fluchte Purdom.

Jetzt blitzten auch vereinzelt Scheinwerfer auf. Befehle wurden in die Nacht geschrien.

Purdom hätte sich selbst ohrfeigen können. Er war seinen Häschern direkt in die Arme gelaufen. Sie waren in einer breiten Kette von der anderen Seite des Waldes gekommen.

Purdom entdeckte eine kleine Bodenwelle und ließ sich hineingleiten. Zusammengerollt wie ein Igel lag er da und hielt den Atem an.

Doch seine Häscher kamen. Mit der Präzision eines Uhrwerkes suchten sie Yard für Yard den Boden ab.

Schon konnte Purdom die ersten Stimmen hören. Die Hunde rissen an ihren Leinen, sie spürten bereits die Nähe des Menschen.

Ein Scheinwerferstrahl geisterte dich an Purdom vorbei. Dann schrie eine Stimme: »Verdammt, die Bastarde müssen sich doch irgendwo versteckt haben. Die Hunde sind schon ganz wild.«

Und plötzlich hatten sie ihn. Gleich von drei Seiten trafen ihn die Scheinwerferstrahlen, nagelten ihn gnadenlos fest.

»Steh auf, Purdom!« hörte er eine verhaßte Stimme. Sie gehörte Mallory, einem der brutalsten Aufseher des Zuchthauses.

Tom Purdom stemmte sich langsam auf die Beine. Automatisch hob er die Hände. Er dachte an nichts mehr. War wieder genauso stumpfsinnig geworden wie in der Zelle.

Breitbeinig baute sich der glatzköpfige Mallory vor Tom Purdom auf. Er schob seine Uniformmütze ein Stück nach hinten in den Specknacken und grinste triumphierend. Um ihn herum hatten sich sechs andere Männer aufgebaut. Drei davon hielten Bluthunde an den straff gespannten Leinen.

Einer der Männer trat hinter Purdom, riß ihm die Hände auf den Rücken und klinkte Stahlspangen um seine Gelenke.

»So«, sagte Mallory voller Zufriedenheit. »Und nun mal raus mit der Sprache, Purdom. Wo ist Red, dein Partner?«

»Tot, Sir«, erwiderte Purdom leise.

»Willst du mich auf den Arm nehmen?« brüllte der Aufseher. »Dieser Red hat das Leben einer Katze. Aber nehmen wir mal an, du hast recht«, Mallorys Stimme wurde plötzlich wieder ganz ruhig, »dann kannst du mir bestimmt verraten, woran dein Kumpan gestorben ist.«

»Das war so, Sir«, sagte Tom Purdom und berichtete von dem Besuch in Dr. Barows Haus. Zum Schluß sagte er: »Glauben Sie mir, Sir, kein Wort an dieser Geschichte ist gelogen, so wahr ich Tom Purdom heiße.«

Sekundenlang sagte Mallory nichts. Totenstill war es, sah man von dem Hecheln und Scharren der Hunde ab. Dann verengten sich Mallorys Schweineaugen zu noch kleineren Schlitzen.

»Das wirst du mir büßen!« zischte er. »Einen Sergeant Mallory hat noch niemand auf den Arm nehmen können, und noch lange nicht so ein dreckiger Bastard wie du. Aber ich kriege noch raus, was mit Red geschehen ist. Verlaß dich drauf. Und wenn ich dich tagelang verhören muß.«

Mallory unterbrach sich schwer atmend.

Dann schrie er: »Abführen!« und stampfte wütend davon.

»Besser in einer Zelle sitzen, als einem Vampir in die Hände fallen«, murmelte Tom Purdom.

»Was sagst du?« fragte einer der Aufpasser.

»Nichts. Ihr würdet es mir doch nicht glauben.«

Das Schrillen des Telefons schreckte John Sinclair am Samstagmorgen aus seiner wohlverdienten Wochenendruhe.

»Verdammt noch mal«, knurrte John, spülte das letzte Stück Toast mit einem Schluck Orangensaft hinunter und griff zum Hörer.

»Sinclair!«
»Powell hier!«
Ach du liebe Zeit, stöhnte John innerlich. Superintendent Powell. Sein Chef. Wenn der anrief, war bestimmt wieder Holland in Not. Vorbei mit der Wochenendruhe.
»Sind Sie noch dran, Inspektor?«
»Ja, natürlich.«
»Warum sagen Sie denn nichts?«
»Ihr Anruf hat mir die Sprache verschlagen, Sir.«
»Nun stellen Sie sich mal nicht so an, Inspektor. Sie wissen ja, ein Beamter Ihrer Majestät ist immer im Dienst. Also, schwingen Sie sich in den Wagen, und kommen Sie ins Büro.«
»Darf man fragen, worum es geht?«
»Erzähle ich Ihnen, wenn Sie da sind.«
Und damit hängte Superintendent Powell auf.
»Am besten, ich lasse mir eine Geheimnummer geben«, murmelte John, während er Cordhose und Pullover in die Ecke warf und in seinen hellgrauen, modern geschnittenen Anzug schlüpfte.
John Sinclair war ein Mann knapp über dreißig Jahre. Er war bisher der einzige Sonderagent von New Scotland Yard, der sich nur mit übersinnlichen Fällen beschäftigte. John war auf seinem Gebiet ein As. Es hatte noch keinen Fall gegeben, den er nicht gelöst hatte.
Sein Bentley stand unten in der Garage. Eigentlich hatte er ja an die Küste fahren wollen, aber so . . .
Eine halbe Stunde später saß Inspektor Sinclair im Büro seines Chefs.
Superintendent Powell hockte hinter dem Schreibtisch und kaute auf einem Pfefferminzbonbon. Powell war praktisch immer im Dienst. Für ihn gab es keinen Samstag und keinen Sonntag. John fragte sich manchmal, ob er nicht sogar im Büro schlief. Doch bei aller Spöttelei konnte man Powell eine fachliche Qualifikation nicht aberkennen.
Vor sich hatte Powell eine Meldung von einem der Londoner Polizeireviere liegen. Sie umfaßte nur eine Seite.
»Lesen Sie«, sagte Superintendent Powell und reichte John das Papier.
Der studierte es in aller Ruhe. In dem Bericht war die Rede von einem gewissen George Baker, dessen Freundin von einem

Vampir entführt worden sein sollte. George Baker war sofort zur nächsten Polizeistelle gegangen und hatte diesen Vorfall gemeldet. Aus den Anmerkungen der Beamten ging jedoch hervor, daß sie diese Angaben für Hirngespinste hielten.

»Wundert mich, daß sie uns überhaupt davon in Kenntnis gesetzt haben«, meinte John, als er das Papier zur Seite legte.

Powell verzog das Gesicht. »Ich habe bereits mit dem zuständigen Revier telefoniert. Dort sitzt ein junger Corporal, der bei dem letzten Einsatz, als es gegen Dämonos ging, dabeigewesen war. Er konnte sich noch gut an einen Inspektor Sinclair erinnern.«

John grinste. »Langsam werde ich berühmt.«

»Nun bilden Sie sich mal nichts ein«, setzte ihm Superintendent Powell augenblicklich einen Dämpfer auf. »Kümmern Sie sich um diesen gewissen Baker – die Adresse haben Sie ja –, und bilden Sie sich Ihr eigenes Urteil. Wenn der Mann wirklich spinnen sollte, ist die Sache vergessen. Wenn nicht – denken Sie mal an die Folgen, Inspektor. Vampire in London. Das gibt eine Panik.«

John Sinclair war schlagartig ernst geworden. Er hatte schon zuviel erlebt, um über solche Dinge lachen zu können. Der Inspektor erhob sich. »Ich werde gleich losfahren, Sir. Vielleicht sind wir da wirklich durch Zufall auf eine unheimliche Sache gestoßen, die wir schon im Keim ersticken müssen. Gibt es sonst noch irgendwelche Meldungen über Vampire?«

»Nein. Aber ich habe die Order an alle Polizeidienststellen gegeben, rätselhafte und unerklärliche Vorgänge augenblicklich zu melden. Von meiner Seite ist alles getan. Jetzt sind Sie am Zug, Inspektor.«

»Mal sehen, Sir, was sich machen läßt«, erwiderte John leichthin und verließ das Büro seines Chefs.

»Sie wünschen?« fragte George Baker und zog die Wohnungstür einen Spalt auf.

Der junge Mann sah übernächtigt aus. Unter seinen Augen lagen dunkle Ringe. Das braune Haar hing ihm wirr in die Stirn. Seine Haut war fahl und teigig.

»Ich bin Inspektor Sinclair von Scotland Yard«, sagte John. »Ich habe einige Fragen an Sie. Darf ich eintreten?«

»Natürlich. Entschuldigen Sie.«

George Baker löste die Sperrkette und gab die Tür frei.

John gelangte in eine geräumige quadratische Diele, von der mehrere Türen abzweigten. Die Diele war farbenfroh tapeziert. Sie ließ vergessen, daß George Baker in einem Altbau wohnte. An den Wänden hingen Reproduktionen moderner Künstler.

George Baker trug verwaschene Jeans und ein Hemd, dessen Ärmel zur Hälfte aufgerollt waren.

Er führte John in den Wohnraum. Auch dieser war sehr geräumig und modern eingerichtet. Besonderes Interesse erweckte bei John die Stereoanlage, die schon mehr einem Tonstudioschaltpult ähnelte.

Eine variable Sesselgruppe aus Cordsamt lud zum Sitzen ein. John ließ sich auf eines der bequemen Polster fallen. Hinter ihm an der Wand hing ein Poster, das ein nacktes Mädchen mit einer Rose in der Hand zeigte.

Vor John – auf dem runden Glastisch – standen eine halbleere Flasche Whisky und zwei Gläser, wovon eines benutzt worden war.

George Baker setzte sich John gegenüber.

»Möchten Sie etwas trinken, Inspektor?«

»Nein, danke.«

»Aber ich kann einen Schluck gebrauchen.«

John nickte verstehend.

George Baker griff zur Flasche und kippte sich ein Glas halbvoll mit Whisky. John sah, daß die rechte Hand des Mannes zitterte. Er mußte verdammt viel durchgemacht haben. Als George Baker sich vorbeugte, sah John auch das Pflaster auf dem Haarscheitel.

Der junge Mann blickte John Sinclair an. »Es ist sonst nicht meine Art, am Morgen schon etwas zu trinken. Aber in diesem Fall . . .«

»Ich kann Sie verstehen, Mister Baker.«

George Baker trank das Glas fast leer. Dann zündete er sich eine Zigarette an und begann zu erzählen. Ohne daß John ihn groß aufgefordert hatte.

George Baker berichtete fast minuziös, was sich in der vergangenen Nacht abgespielt hatte. Er ging auf das kleinste Detail ein, und John konnte sich ein sehr genaues Bild von Bakers Erlebnissen machen.

Es dauerte zwei Zigarettenlängen, bis der junge Mann fertig war. Dann blickte er John Sinclair hoffnungsvoll an.

John lehnte sich in dem Sessel zurück. Er konnte sich vorstellen, was George Baker ihn fragen wollte, deshalb kam er ihm zuvor.

»Es wird sehr schwer sein, Ihrer Kollegin zu helfen. Wenn sie wirklich einem Vampir in die Hände gefallen ist, sehe ich kaum eine Chance.«

George Baker preßte die Hände zusammen. »Aber was kann man denn machen, Inspektor? Sie sind von der Polizei. Sie müssen doch etwas unternehmen können.«

»Erst einmal sind wir keine Übermenschen, Mister Baker. Um überhaupt einzugreifen, brauchen wir Fakten, Daten. In diesem speziellen Fall haben wir so gut wie nichts in der Hand. Nur eben Ihre Aussage.«

George Baker senkte den Kopf. »Das heißt, Sie müssen dem Gegner die Initiative überlassen?«

»So ungefähr. Natürlich werde ich im Laufe des Tages Recherchen aufnehmen, das ist klar, aber konkrete Ergebnisse können Sie einfach noch nicht erwarten. Doch nun etwas anderes, Mister Baker. Sie kennen Miriam West gut, oder?«

»Mein Gott, was man gut nennt. Wir waren Kollegen. Allerdings will ich nicht bestreiten, daß ich in Miriam verknallt war. Obwohl sie ihre Launen hatte.«

»Aber davon ganz abgesehen«, sagte John, »Sie arbeiten in der Werbung, haben bestimmt einen großen Bekanntenkreis. Haben Sie diesen Vampir, der Miriam besucht hatte, irgendwo schon mal gesehen? Auf einem Fest, einer Feier, was weiß ich?«

George Baker schüttelte entschieden den Kopf. »Nein, Inspektor, dieser Kerl ist mir in der letzten Nacht zum erstenmal über den Weg gelaufen. Haben Sie denn schon irgend etwas unternommen, Mister Sinclair?«

»Ja. Unsere Leute sind augenblicklich dabei, die Wohnung Ihrer Bekannten unter die Lupe zu nehmen. Sie wissen, Fingerabdrücke und so weiter. Vielleicht kommt etwas dabei heraus. Das ist die einzige Hoffnung, die ich im Augenblick habe.«

»Tja!« George lehnte sich zurück und starrte geistesabwesend gegen die Decke.

John spürte, daß dieser Mann alles gesagt hatte. Deshalb stand er auf und verabschiedete sich.

George Baker brachte ihn noch zur Tür.

»Wissen Sie was, Inspektor«, sagte er, als er die Klinke bereits in der Hand hielt, »ich mache mich selbst auf die Suche nach Miriam West.«

John wandte den Kopf und blickte George Baker ernst an. »Lassen Sie die Finger davon. Es ist besser für Sie.«

Wenig später saß John wieder in seinem Bentley. Er fuhr zu seiner Wohnung und deckte sich mit gewissen Waffen ein, die er bei einer Auseinandersetzung mit Vampiren unbedingt haben mußte. Unter anderem war auch ein silbernes Kreuz dabei, das unten spitz wie ein Brieföffner zulief. John hatte es vor wenigen Tagen von einem Museumsdirektor bekommen. Er hatte nicht damit gerechnet, daß diese Waffe schon so schnell zum Einsatz kommen würde . . .

Dr. Barow erwachte.

Er hatte den ganzen Tag über geschlafen. Jetzt, bei Anbruch der Dämmerung, verließ er seinen Sarg.

Dr. Barow fühlte sich nicht mehr als Mensch. Zu sehr war er schon in seine neue Rolle hineingewachsen. Das Böse in ihm – der Blutrausch – hatte bereits die Überhand gewonnen.

Dr. Barow fuhr sich mit beiden Händen über sein Gesicht. Er spürte genau, daß sich die Haut über dem Oberkiefer gestrafft hatte.

Dr. Barow trat ans Fenster. Er zog die dunklen Vorhänge zur Seite.

Draußen lag bereits die Dunkelheit über dem Land. Ein paar Sterne blitzten am Himmel, und die Sichel des Halbmondes leuchtete gespenstisch.

Das war seine Nacht.

Die Nacht des Vampirs!

Dr. Barow wandte sich vom Fenster ab. Er nahm einen Leuchter und zündete zwei Kerzen an. Das Ratschen des Streichholzes über der Reibfläche war das einzige Geräusch in dem sonst totenstillen Haus, in dem keine Uhr tickte, das nur dunkel und verlassen war.

Der Vampir ging in den Keller. Er verursachte kaum ein Geräusch. Wie ein unheimlicher Schatten schlich er die Treppe hinunter.

Die Tür zu dem Verlies, in dem Miriam lag, war nicht abgeschlossen.

Dr. Barow legte die linke Hand auf die verschnörkelte Klinke und drückte die Tür langsam auf.

Miriam West war schon wach. Hoch aufgerichtet stand sie vor ihrem Sarg. Es hatte den Anschein, als hätte die einbrechende Dunkelheit sie geweckt.

Das zuckende Kerzenlicht umspielte ihre Gestalt.

Miriam sah schön aus. Auch jetzt noch.

Das lackschwarze Haar berührte die makellosen Schultern des Mädchens. Es ließ das Gesicht, in dem nur die kohlrabenschwarzen Augen lebten, noch blasser erscheinen. Miriam wirkte wie ein von einem Bildhauer gemeißeltes Standbild.

Als ihr Blick Dr. Barow traf, zog sie die Oberlippe von den Zähnen, und die beiden blutsaugenden Stachel wurden sichtbar.

»Deine Stunde ist nahe«, flüsterte Dr. Barow. »Noch in dieser Nacht bekommst du das Blut, das du brauchst, um weiterleben zu können.«

Dr. Barow wandte sich um und ging mit Miriam nach oben. Er löschte die Kerzen, schaltete die Alarmanlage ein und verließ das Haus.

Dann holte er den Mercedes, den er hinter dem Haus abgestellt hatte.

Miriam West wartete solange.

Dr. Barow hielt neben ihr und öffnete die Tür.

»Steig ein!«

Miriam ließ sich in den Fond gleiten. Sie spürte plötzlich eine nie gekannte Erregung. Sie stellte sich Menschen vor, Menschen, deren Blut sie trinken wollte. Ihr war es egal, ob es Frauen, Männer oder Kinder waren.

Der Blutrausch hatte Miriam West gepackt. Und sie wußte auch schon, wer ihr Opfer sein würde.

George Baker . . .

Das Telefon schrillte.

Erschreckt fuhr George Baker aus seinem Halbschlaf. Er hatte sich auf die Couch gelegt, weil die Müdigkeit letzten Endes doch zu groß geworden war.

Während er zum Apparat ging, warf er einen Blick durch das Fenster.

Draußen war es schon dunkel.

George Baker fröstelte. Er wußte nicht, woher das kam. Vielleicht eine Ahnung kommender Gefahr.

Als das Telefon zum fünftenmal läutete, hob George den Hörer ab.

»Baker.«

Zuerst hörte er nur ein leises Rauschen. Doch dann, wie aus unendlicher Ferne, drang eine Stimme an sein Ohr.

»Bist du das, George?«

Baker erstarrte. Sein Herz begann auf einmal rasend zu hämmern. Die Stimme – mein Gott, er kannte sie. Sie gehörte Miriam. Miriam West.

»George? Bitte, George, melde dich doch!«

Dem jungen Mann saß ein Kloß in der Kehle. Er mußte sich erst räuspern, ehe er antworten konnte. Und auch dann glich seine Stimme mehr einem Krächzen.

»Ja, Miriam, ich bin es. Sag, warum . . .«

»Keine Fragen, George. Ich will dich sehen. Bitte.«

»Dann komm zu mir«, sagte George aufgeregt.

»Nein, ich kann nicht. Du mußt kommen. Zum Battersea Park. Hörst du? Battersea Park. Ich warte dort auf dich. Vor dem großen Reiterdenkmal. Aber beeile dich, George.«

»Moment mal, Miriam. So einfach ist das . . .«

George Baker sprach den Satz nicht zu Ende. Miriam West hatte aufgelegt.

Sekundenlang starrte der Mann auf den beigefarbenen Telefonhörer. Er fühlte, wie sich in seinen Handflächen der Schweiß sammelte und zu dicken Tropfen wurde. Langsam legte er den Hörer auf die Gabel.

Noch einmal überdachte er das Gespräch. Er erinnerte sich auch an den vergangenen Tag, wo er Miriam in den Klauen eines Vampirs entdeckt hatte. Was hatte der Inspektor gesagt? Ihrer Freundin ist wahrscheinlich nicht mehr zu helfen.

George Baker lächelte bitter. Bestimmt hatte der Mann unrecht. Der Anruf bewies das schließlich. Aber benehmen sich nicht auch Vampire manchmal wie Menschen . . .?

George schüttelte die trüben Gedanken ab, warf sein Jackett über und schlüpfte in seine Schuhe. Eilig verließ er die Wohnung.

Er fuhr einen VW-Porsche, der immer vor dem Haus parkte. Jetzt, als er hinter dem Steuer saß, packte ihn das Fieber. Ja, er wollte Miriam West wiedersehen. Koste es, was es wolle.

Die Fahrt zum Battersea Park dauerte ihm viel zu lange. Er mußte sich durch den samstäglichen Vergnügungsverkehr winden und brauchte fast eine Stunde, ehe er die Ausläufer des Parks erreichte, wo sich auch die wenigen Parkmöglichkeiten befanden. Mit seinem Fahrzeug standen nur vier Wagen auf dem Parkplatz.

George Baker rammte die Hände in die Hosentaschen und machte sich auf den Weg zum Denkmal. Das Reiterdenkmal stammte aus dem vorigen Jahrhundert und lag direkt an dem kleinen See, der den Mittelpunkt des Parks bildete. Im Sommer konnte man hier Boote mieten, doch im Winter und Herbst war alles öd und leer.

George näherte sich seinem Ziel über Seitenwege. Er ging schnell und erreichte nach zehn Minuten den Treffpunkt. Niemand war ihm bisher begegnet.

George wurde es ein wenig unheimlich zumute. Warum hatte Miriam gerade diesen Platz ausgesucht? Er hätte doch lieber den Inspektor anrufen sollen.

George Baker lehnte sich an den Sockel des Denkmals und verkürzte sich die Wartezeit mit einer Zigarette.

Schnell hintereinander stieß er die Rauchwolken aus. Das bewies, wie nervös George Baker war.

»George . . .« Die Stimme war nicht mehr als ein Hauch.

Baker ließ die Zigarette fallen und versuchte, mit weit aufgerissenen Augen die Dunkelheit zu durchdringen.

»Miriam?«

»Ich bin hier, George. Am See. Komm!«

Der junge Mann zögerte nicht länger. Er lief ein kurzes Stück über eine Wiese, teilte ein Gebüsch und stand dann am Ufer. Vor ihm lag die blaugraue Wasserfläche des Sees.

Miriam West lehnte an einem Baumstamm, keine drei Meter von ihm entfernt. George drehte sich nach links und lief auf das Mädchen zu.

Dicht vor Miriam blieb er stehen. Mit beiden Händen faßte er ihre Schultern.

»Was ist nur geschehen, Miriam?« fragte er hastig. »Ich – ich habe mir große Sorgen um dich gemacht.«

Miriam hob ihren Arm. Sacht strich sie mit den Fingerkuppen über Georges Wange.

»Das brauchst du nicht«, flüsterte sie. »Mir geht es sehr gut. Ich fühle mich wohl.«

»Was soll das heißen?«

»Ich wohne jetzt woanders, George. In einem wunderbaren alten Haus. Es ist dort immer dunkel. Genau wie jetzt. Diese Dunkelheit, sie ist herrlich.«

George Baker lief ein Schauer über den Rücken, als er das Mädchen so reden hörte. Immer mehr machte sich das Gefühl in ihm breit, daß etwas nicht stimmte. Auch das Kleid, das sie anhatte. Der Mode nach mußte es aus dem vorigen Jahrhundert stammen. Nein, da war etwas faul.

»Miriam!« sagte er scharf. »Was auch geschehen sein sollte, du gehst nicht mehr in das Haus zurück. Verstanden?«

Miriam West lachte leise. »Du kannst mich daran nicht hindern, George.«

»Und ob ich das kann.« Unwillkürlich war sein Griff fester geworden. Er wunderte sich, daß Miriam keinen Schmerzensschrei ausstieß.

Miriam sah ihn nur an. Und sein vor Sekunden noch eisenharter Wille schmolz dahin wie Schnee in der Sonne.

»Küß mich!« flüsterte Miriam.

»Ich – ich . . .«

Das Mädchen lächelte nur. Sie umfaßte Georges Kopf und zog ihn zu sich heran. Langsam, aber unaufhaltsam.

»Du liebst mich doch«, murmelte sie. »Sag, daß du mich liebst. Sag es.«

»Ja«, stöhnte George Baker. »Ich liebe dich.«

Nur noch eine winzige Spanne trennte die beiden Münder voneinander.

Und dann traf der Schock George Baker wie ein Fausthieb. Buchstäblich im letzten Augenblick merkte er, was mit Miriam los war.

Sie atmete nicht mehr!

»Nein!« keuchte George und wollte seinen Kopf zurückreißen.

Doch die Untote gab ihn nicht frei. Jetzt zeigte sie ihr wahres Gesicht.

Fauchend wandte sie ihr Gesicht zur Seite, entblößte das Gebiß und versuchte, die spitzen Vampirzähne in Georges Hals zu rammen.

George Baker riß im letzten Augenblick sein Knie hoch. Er traf die Frau in den Magen. Die Wucht stieß sie zurück bis gegen den Baumstamm. Der Griff lockerte sich.

George riß sich los. Doch Miriams linke Hand erwischte ihn noch an der Schulter, rutschte ab und krallte sich in dem Jackett fest.

George Baker keuchte. Sein Schlag krachte auf den Arm der Untoten.

Miriam zeigte keine Reaktion. Im Gegenteil. Sie warf sich vor und riß mit den Fingernägeln das Gesicht des Mannes auf.

George brüllte vor Schmerz. Fünf rote Streifen, aus denen Blut lief, zogen sich über seine Wangen.

Der Lebenssaft machte die Untote rasend.

Schreiend und fauchend warf sie sich auf den Mann. George verlor das Gleichgewicht und krachte zu Boden.

Miriam fiel auf ihn. Ihre nadelspitzen Zähne zielten nach dem Hals des Mannes.

Doch noch gab sich George nicht geschlagen. Wild warf er seinen Kopf hin und her, versuchte mit letzter Kraft, aus der tödlichen Umklammerung zu entkommen.

Vergebens. Die Untote war stärker. Sie hatte die Kraft der Hölle und setzte sie gnadenlos ein.

Ihre linke Hand preßte das Gesicht des Mannes in die Erde, die andere fetzte das Hemd auseinander, während ihre Knie den Körper festnagelten.

George Baker hatte keine Chance mehr. Seine Kräfte erlahmten von Sekunde zu Sekunde.

Aus weit aufgerissenen Augen, in denen das Weiße leuchtete, starrte er auf die mörderische blutsaugende Fratze dicht vor seinem eigenen Gesicht.

Und dann stieß die Untote zu.

Die gräßlichen Zähne bohrten sich tief in das Fleisch des Halses. Die Lippen saugten gierig den warmen Lebenssaft aus dem Körper.

Blut!

Das war es, was sie brauchte.

Miriam kannte keine Gnade. Unerbittlich hing ihr Mund an dem Hals des Mannes. So lange, bis ihr Rausch gestillt war.

Jetzt erst ließ sie von ihrem Opfer ab.

George Baker lag auf dem Rücken. Seine Augen starrten blicklos gegen den wolkenverhangenen Himmel.

Aber der Mann war nicht tot. Er würde bald wieder aufstehen und als Vampir weitere Opfer suchen. So forderte es das Gesetz des Bösen.

Die Untote sah sich um. Niemand hatte sie beobachtet. Träge klatschend schlugen die Wellen an das Kiesufer des Sees.

Trotzdem war Miriam vorsichtig. Sie faßte ihr Opfer an den Beinen und zerrte es in ein nahe gelegenes Gebüsch.

Stumm wartete sie ab.

Und schließlich, nach gar nicht allzulanger Zeit, begann sich George Baker zu regen. Er schlug die Augen auf und wollte sich aufstützen. Doch Miriam drückte ihn wieder zurück.

»Bleib liegen!« sagte sie. »Er wird gleich kommen!«

»Wer ist er?«

Miriam lächelte nur. »Warte es ab. Du wirst ihn bald kennenlernen. Er ist noch unterwegs, um sich ein zweites Opfer zu holen.«

»Wer wird das sein?« fragte George.

»Ich weiß es nicht. Auf jeden Fall eine Frau. Eine schöne schwarzhaarige Frau . . .«

Urplötzlich hörte die Band auf zu spielen.

In der Bar wurde es still. Die Gesichter der Gäste – zum Teil nur als helle Flecken zu erkennen – wandten sich dem kleinen Podium zu.

Es waren meist Männergesichter. Verschwitzt, gerötet und mit einem gierigem Ausdruck in den Augen.

Hier und da hüstelte jemand unterdrückt. Ein älterer Mann atmete schwer und rasselnd.

Und dann war es soweit.

Ein rotes Spotlight warf sein scharfes Lichtbündel in Richtung Podium. In der Mitte des Lichtkegels stand sie.

Jane Hopkins! Die Stripsensation von London.

Niemand hatte ihren Auftritt bemerkt. Sie stand auf einmal da, als wäre sie schon immer hier gewesen.

Jane Hopkins war ein Rasseweib, wie man es selten sieht. Schwarzhaarig und mit einem Körper ausgestattet, der jeden Mann verrückt machte. Die Augen in dem etwas breitflächigen Gesicht schimmerten wie schwarze Diamanten, und auf dem winzigen Nasenrücken der Frau glitzerten kleine Schweißperlen.

Jane trug nur eine dreifach um den Hals gewundene Perlenkette und hochhackige Silbersandaletten.

Sie hatte die Arme leicht in die wohlgeformten Hüften gestützt und wartete auf den Einsatz der Musik.

Es geschah mit einem rasenden Trommelwirbel. Kaum schwang der erste Ton durch die Bar, begann die Tänzerin sich zu bewegen. Und wie sie das machte. Wild, heiß und immer wieder dem Rhythmus des Schlagzeugers folgend. Dann wurde die Musik leiser, ging über in einen einschmeichelnden Blues.

Jetzt zeigte Jane Hopkins, daß sie auch mit dieser Art von Musik fertig wurde. Ihre Bewegungen wurden sinnlicher, sie streichelte mit den Händen ihren Körper, schien nur sich selbst zu lieben.

Wie Jane Hopkins diesen Tanz brachte, das war schon Spitzenklasse.

Die Männer an den Tischen beugten sich vor, als hätten sie Angst, etwas zu versäumen. Hände krampften sich um dickbauchige Whiskygläser, daß die Fingerknöchel weiß hervortraten. Irgendwo fiel ein Sektglas um. Es zerbrach klirrend auf der Marmorplatte des Tisches. Niemand kümmerte sich darum. Alle zog Jane Hopkins' erotischer Tanz in den Bann.

Bis auf einen.

Dieser Mann stand dicht neben der Tür zu den Garderoben. In der Dunkelheit war er nicht auszumachen, und seine schwarze Kleidung tat ihr übriges.

Der Mann war Dr. Barow und auf dem Weg, sein zweites Opfer zu holen.

Eine Hand legte er auf die eiserne Klinke der Tür, mit der anderen schob er einen Riegel zurück.

Die Tür war offen.

Lautlos schwang sie zurück. Die Scharniere waren gut geölt.

Ein aus roten Ziegelsteinen gemauerter Gang nahm den Vampir auf. An der Decke brannte nur die Notbeleuchtung.

Dr. Barow huschte an einigen Türen vorbei. Niemand begegnete ihm. Um diese Zeit hielt sich keiner auf dem Gang auf. Jeder vom Personal war darauf bedacht, durch verborgene Gucklöcher den Tanz mitzubekommen.

Vor einer mit Mennige gestrichenen Tür blieb Dr. Barow stehen. »Jane Hopkins« hatte jemand mit gelber Farbe auf die Tür geschrieben.

Der Vampir sah sich sicherheitshalber noch mal um, bevor er einen Nachschlüssel in das Schloß steckte.

Er hatte sich gut vorbereitet. Wochenlang hatte er die Tänzerin beobachtet, kannte genau ihre Lebensgewohnheiten und wußte auch, daß sie nach ihren Auftritten gern allein sein wollte.

Der Vampir huschte in die Garderobe.

Es war finster in dem Raum. Es gab keine Fenster. Die Garderoben lagen in einem Anbau, und man hatte es nicht für nötig befunden, in dieses Backsteingebäude auch noch Fenster einzubauen.

Der Vampir fand sich auch im Dunkeln zurecht. Traumhaft sicher fand er die aufgeklappte spanische Wand und versteckte sich dahinter.

Er wartete ab. Lauerte geduldig wie ein Raubtier auf sein Opfer.

In der Bar klang frenetischer Beifall auf. Dr. Barow hörte das Echo bis in die Garderobe.

Der Beifall wollte und wollte nicht abreißen.

Dann gab Jane Hopkins noch eine Zugabe. Auch das gehörte zum Spiel.

Schließlich – nach etwa fünf Minuten und einem nochmaligen Beifallssturm – waren auf dem Gang Schritte und Stimmen zu hören. Frauenlachen klang auf. Dazwischen hörte man immer wieder begeisterte Männerstimmen.

Die Garderobentür wurde mit einem Ruck aufgestoßen.

»Bitte, Jane, lassen Sie mich einmal nur mit in ihre Garderobe. Nur eine Viertelstunde. Bitte. Ich zahle, was Sie wollen. Aber tun Sie mir den Gefallen.«

Jane Hopkins lehnte an der halboffenen Garderobentür. Über ihren nackten Körper hatte sie einen Hauch aus Tüll geworfen. Vor ihr stand ein Kerl in weinrotem Smoking. Er hatte eine Glatze und machte einen Bückling nach dem anderen. Ein widerlicher Typ.

»Ich gebe Ihnen tausend Pfund, Miss Hopkins«, flehte er. »Nur für . . .«

»Geben Sie das Geld Ihren Kindern, Sie widerlicher Schleimer!« schrie Jane Hopkins und knallte die Tür zu.

Gleichzeitig tippte sie gegen den Lichtschalter. Eine weiße Leuchtstofflampe flammte auf.

Jane ließ sich in den vor ihrem Schminkspiegel stehenden Sessel fallen und griff nach den Zigaretten. Sie steckte sich ein Stäbchen zwischen die Lippen und wollte es anrauchen.

Jane Hopkins kam nicht mehr dazu, die Zigarette anzuzünden. Sie spürte hinter sich eine Bewegung. Feuerzeug und Zigarette fielen ihr aus der Hand und landeten auf dem Schminktisch. Das Feuerzeug ging aus.

Jane wollte aufspringen, doch im selben Moment legte sich eine Hand auf ihre Schulter. Der Druck war so stark, daß die Tänzerin zurücksank.

Unwillkürlich blickte sie hoch. Da sah sie den Unheimlichen. Er war ganz in Schwarz gekleidet und wirkte neben der sitzenden Frau riesengroß.

Jane nahm alle Kraft zusammen.

»Was – was wollen Sie?« flüsterte sie erstickt.

»Dich!« erwiderte der Vampir, öffnete zum erstenmal seinen Mund, und die beiden spitzen Zähne wurden sichtbar.

Jane Hopkins konnte noch nicht einmal schreien. Sie saß wie festgenagelt auf ihrem Stuhl. Auch dann noch, als sich eine kalte Hand auf ihren Mund preßte.

Die Tänzerin sah sich selbst in dem Spiegel, doch nicht den Unheimlichen, der jetzt seinen Kopf beugte und blitzschnell die langen Zähne in den Hals der Frau stieß.

Minutenlang hing der Vampir an Jane Hopkins fest, bis sein Blutrausch gesättigt war. Dann wandte er sich von seinem Opfer ab.

Die Tänzerin sackte zur Seite. Ein dünner Blutfaden lief an ihrem Hals entlang. Sie wäre vom Stuhl gefallen, wenn Dr. Barow sie nicht aufgefangen hätte.

Der Mund des Vampirs verzog sich zu einem Lächeln. Wieder hatte der Untote ein Opfer gefunden.

Auf leisen Sohlen schlich er zur Tür. Jetzt mußte er Jane Hopkins nur ungesehen herausschaffen.

Es war eine leichte Aufgabe. Dr. Barow wußte von früheren Besuchen, daß der Garderobengang um diese Zeit fast immer verlassen war, denn auf der Bühne des Lokals tummelten sich gerade fünf Girls. Sie hatten sonst die anderen Garderoben in Anspruch genommen.

Der Vampir wollte eben die Tür öffnen, als sie von außen aufgestoßen wurde.

Der Glatzkopf von vorhin stand plötzlich in dem Raum. Jane Hopkins hatte nicht abgeschlossen.

»Jane, ich bitte . . .«

Der Mann verschluckte den Rest der Worte. Ungläubig starrte er auf die große, dunkel gekleidete Gestalt, der er sich plötzlich gegenüber sah.

Dr. Barow hatte so gut wie keine Schrecksekunde. Mit wuchtigem Schlag warf er die Tür zu.

Erst jetzt bekam der Glatzkopf mit, was wirklich los war. Mit einem Wutschrei wandte er sich dem Vampir zu. Er verlor völlig die Übersicht, sah nur die wie eine Puppe im Sessel hängende Jane und glaubte, ihren Mörder überrascht zu haben.

Dr. Barow faßte schnell seinen Entschluß. Dieser Mann mußte sterben.

Der Vampir griff sich ein auf dem Garderobentisch liegendes Halstuch, und ehe sich der Glatzkopf versah, hatte Dr. Barow es ihm um den Hals geschlungen.

Gnadenlos zog er die beiden Enden zusammen.

Der Glatzkopf röchelte. Verzweifelt strampelte er mit Armen und Beinen, doch der Vampir war stärker.

Der Todeskampf des Mannes dauerte nicht einmal drei Minuten. Blau angelaufen und mit heraushängender Zunge, sackte er zu Boden.

Dr. Barow zog ihn hinter die spanische Wand. Dann warf er sich Jane Hopkins über die Schulter, knipste das Licht aus und verließ mit seinem Opfer die Garderobe.

Leer lag der Gang vor ihm. Wie er es sich gedacht hatte.

Die Hintertür war bald erreicht. Durch sie gelangte der Vampir auf einen Hof, wo er den Mercedes geparkt hatte. Niemand sah, wie er sein Opfer auf den Rücksitz legte und abfuhr.

Es war, als hätte es ihn nie gegeben.

Weich stoppte der Mercedes vor dem alten Haus.

Es war genau drei Minuten nach Mitternacht, als die Türen des Wagens aufklappten. Vier Vampire stiegen aus und gingen mit zügigen Schritten auf das Haus zu.

Es waren Dr. Boris Barow und seine teuflische Brut. Äußerlich unterschieden sie sich nicht von normalen Menschen, doch diese vier waren gefährlicher als eine ganze Horde Verbrecher. Sie waren fast unverwundbar. Ihnen konnte keine Kugel etwas anhaben. Es gab nur bestimmte Waffen, mit denen man sie endgültig töten konnte.

Dr. Barow schloß die Tür auf. Er betrat als erster das stockdunkle Haus. Im Flur stand auf einer Anrichte ein Leuchter mit zwei Kerzen. Dr. Barow zündete sie an. Er wandte seinen Kopf und sagte nur: »Folgt mir in euer neues Reich!«

Die drei Vampire gehorchten. Die beiden Frauen hatten George Baker in die Mitte genommen. Er bemerkte bereits die ersten Anzeichen eines Blutrausches, während Jane Hopkins noch nichts von diesem unbändigen Trieb spürte.

Dr. Barow genoß seinen Triumph. Von niemandem beachtet, war er mit Jane Hopkins zum Battersea Park gefahren und hatte dort Miriam West und George Baker abgeholt. Willig waren die Untoten ihrem Meister gefolgt.

Dr. Barow ging an die Tür, die zu der großen Diele führte, vorbei und betrat als erster die knarrende Holztreppe, die nach unten in die unheimlichen Kellerräume führte.

Kein Laut war zu hören. Nur das Knacken und Ächzen der Stufen zeigten an, daß sich überhaupt Wesen in dem großen Haus befanden.

Das Kellergewölbe war weit verzweigt. Überall gab es Nischen und geheimnisvolle Türen. Das Kerzenlicht geisterte über die nackten Wände und verzerrte die Konturen der vier Untoten zu übergroßen Schatten.

Der Hauptkellergang mündete in ein kleines Gewölbe, in dem ein alter Schrank stand. Dem Schrank gegenüber gab es eine schmale Holztür.

Dr. Barow zog sie auf.

Die Tür führte in den Raum, in dem die drei Särge standen. Ein Sarg war offen. Hierin hatte Miriam West gelegen. Als sie die Totenkiste sah, leuchteten ihre Augen auf. Mit einem langgezogenen Seufzer stieg sie in den Sarg und legte sich sofort hin. Mit über der Brust zusammengelegten Händen schlief sie ein.

Dr. Barow wies auf den zweiten Sarg. »Das ist dein Platz, Jane«, sagt er.

Jane Hopkins trat an den Sarg und hob den Deckel ab. Sie wunderte sich, wie leicht es ging.

Der Sarg zog sie magisch an. Sie konnte es kaum erwarten, in ihm zu liegen.

Leise schloß der Vampir den Deckel über die Untote, dasselbe hatte er auch bei Miriam West gemacht.

Jetzt war nur noch George Baker übriggeblieben. Gebannt starrte er auf den dritten Sarg.

»Nein! Du wirst dich woanders aufhalten«, sagte Dr. Barow. »Komm mit!«

Die beiden Vampire gingen zurück in das Gewölbe.

»Schieb den Schrank zur Seite!« befahl Dr. Barow.

Georg Baker gehorchte.

Der Schrank, der schwer und massiv aussah, ließ sich leicht bewegen.

Eine breite, nicht allzu tiefe Nische wurde sichtbar. In die steinige Rückwand der Nische waren zwei Ketten eingelassen, die an dicken Haken hingen und in Armringen endeten.

»Stell dich in die Nische!« befahl der Vampir.

George Baker folgte der Aufforderung. Mit dem Rücken preßte er sich gegen die kalte Steinwand.

Dr. Barow stellte den Leuchter ab und griff sich die rechte der beiden Ketten.

»Deinen Arm!«

George hielt ihn hin.

Dr. Barow holte einen Schlüssel aus der Tasche und schloß den Armring auf. Es ging leicht und glatt. Im Gegensatz zu der Eisenkette war der Ring nicht verrostet und das Schloß gut gepflegt.

Dr. Barow klickte den Ring um George Bakers rechtes Handgelenk. Mit dem linken geschah das gleiche.

Schließlich hing George Baker mit halberhobenen Armen in einer Schräglage in der Nische.

»Geh ruhig ein Stück vor«, sagte Dr. Barow. »Die Ketten lassen dir genügend Spiel.«

George Baker probierte es. Es konnte über einen Meter nach vorn gehen, somit die Nische verlassen.

Bakers Gesicht war verzerrt. Der Rausch nach Blut drohte den Vampir zu überwältigen. Urplötzlich riß er an seinen Ketten.

»Ich muß gehen!« keuchte er. »Laß mich. Ich brauche Blut!«

»Nein!« Dr. Barows Antwort war endgültig. »Du bekommst dein Blut. Doch den Zeitpunkt bestimme ich. Du wirst hier in dem Keller der Wächter sein. Jeder, der sich dem Raum, in dem die Vampire schlafen, nähert, muß an dir vorbei. Dann kannst du ihn dir schnappen. Und mit Blut versorge ich dich zwischendurch. Keine Angst.«

Dr. Barow ging nach oben. Er war mit sich sehr zufrieden. Seine teuflische Saat war aufgegangen.

Mit langsamen Schritten ging er durch den schmalen Flur. Eine unheimliche Erscheinung in dem weiten schwarzen Umhang. Je länger Dr. Barow als Vampir lebte, um so mehr nahm er die Züge eines Grafen Dracula an.

Ja, er war der Erbe Draculas!

Dr. Barow betrat sein Zimmer, in dem der kostbare Sarg stand. Er wollte sich gerade zur Ruhe legen, als ihn ein Summen aufschreckte.

Die Alarmanlage!

Jemand war an der Tür.

»Wenn du uns angelogen hast, Purdom, machen wir dich fertig!« schrie Sergeant Mallory außer sich vor Wut. Er griff nach dem Taschentuch, das auf seinem Schreibtisch lag, und wischte sich zum x-tenmal den Schweiß von der Stirn.

Tom Purdom, der wieder gestellte Ausbrecher, hing auf seinem Stuhl. Vor ihm brannte eine Lampe, deren Strahl auf sein Gesicht gerichtet war.

Tom Purdom war so ziemlich am Ende. Körperlich und auch seelisch. Er wußte nicht mehr, wie lange sie ihn mit ihren Fragen bombardiert hatten, aber er hatte immer nur das eine steif und fest behauptet: daß Red tot war. Umgekommen durch einen Vampir.

Um seinen Stuhl herum standen mehrere Polizisten und Aufseher aus dem Zuchthaus. Sie schlürften kalte Getränke und rauchten Zigaretten. Sie hatten sich bei dem Verhör abgewechselt.

»Fangen wir noch mal an«, sagte Mallory. »Wie war das also genau in dem Haus?«

Tom Purdom schluchzte auf. »Ich kann Ihnen immer nur das gleiche sagen«, flüsterte er heiser. »Es war ein Vampir.«

Mallory hob die Arme. »Dann führe uns zu dem Haus.«

»Nein!« Wild schüttelte Tom Purdom den Kopf. »Nie mehr im Leben gehe ich dort freiwillig hin.«

»Wir werden dich zwingen!« brüllte Mallory.

Für Sekunden hörte man in dem Raum nur das Atmen der Männer. Urplötzlich drehte Tom Purdom durch.

Er sprang auf, griff nach dem schweren Brieföffner auf dem Schreibtisch und rammte ihn sich, ehe einer der Beamten eingreifen konnte, in die Brust. Blutüberströmt brach der Ausbrecher zusammen.

Mallory faßte sich als erster.

»Einen Arzt!« brüllte er. »Verdammt noch mal, einen Arzt her.«

Jemand knipste das Licht an.

Tom Purdom war von seinem Stuhl auf den Boden gefallen. Der Brieföffner steckte tief in seiner Brust. Ein Beamter fühlte nach Purdoms Puls.

»Er lebt«, sagte er.

Fünf Minuten später kam der Arzt. Gleichzeitig traf auch ein Krankenwagen ein.

Der Doktor, der Purdom kurz untersucht hatte, hielt Mallory fest, als dieser den Raum verlassen wollte.

»Wenn er durchkommt, Sergeant, ist es ein Wunder. Und sie haben Glück gehabt. Wenn er stirbt, bin ich auf Ihre Erklärung gespannt, die Sie Ihren Vorgesetzten geben werden.«

Mallory, ein bei seinen Kollegen verhaßter Vorgesetzter, schlüpfte in seine Uniformjacke.

»Das lassen sie nur meine Sorge sein, Doc!« zischte er wütend.

Sergeant Mallory ging nach draußen. Noch lag die Dunkelheit über dem Land. Die hohen Zuchthausmauern wirkten wie drohende Mahnmahle. Unüberwindlich. Und doch hatten es zwei geschafft. Das wurmte Mallory.

Er zündete sich eine Zigarette an. Tief sog er den Rauch ein.

Immer wieder gingen ihm Tom Purdoms Worte durch den Kopf. Verdammt, konnte ein Mann überhaupt so lügen? War vielleicht doch etwas Wahres an seiner Geschichte?

Mallory kamen die ersten Bedenken. Es war gut möglich, daß es dieses Haus gab. Und Purdom hatte ja auch die Lage ungefähr beschrieben.

Als Sergeant Mallory die Zigarette wegwarf, hatte er einen Entschluß gefaßt. Er würde sich das Haus ansehen. Allein. Wenn er wirklich dort etwas fand, fiel der Erfolg auf ihn zurück. Wenn nicht, hatte er Pech gehabt.

Mallorys Privatwagen, ein blauer MG, parkte auf dem Gelände des Zuchthauses. Er setzte sich hinters Steuer und verließ den Komplex.

Mallory fuhr zügig. Zwei Stunden dauerte die Suche. Und dann glaubte er, das bewußte Haus gefunden zu haben.

Es lag inmitten eines verwilderten Gartens, war von der

schmalen Straße aus nur als kompakter Schatten zu erkennen. Ein Zaun schützte das Grundstück. Der war für Mallory kein Hindernis.

Mit zwei, drei Kletterübungen hatte er den Zaun überwunden und gleichzeitig die Alarmanlage in Betrieb gesetzt, doch davon hatte Mallory keine Ahnung.

Aus dem Handschuhfach seines Wagens hatte er eine Taschenlampe mitgenommen. Die ließ er jetzt kurz aufblitzen.

Nirgendwo war eine Klingel zu sehen. Das Haus schien unbewohnt zu sein. Dagegen sprach jedoch das Schloß in der Haustür, das noch neu und nicht verrostet war.

Ich werde durch ein Fenster einsteigen, dachte Mallory. Die Tür aufzubrechen, traute er sich nicht so ganz.

Doch er kam nicht mehr dazu, sein Vorhaben auszuführen.

Die Haustür wurde plötzlich aufgezogen.

Erschrocken wich der Sergeant einige Schritte zurück und starrte gebannt auf die Erscheinung, die im Türrahmen stand.

Der Mann hielt einen zweiarmigen Leuchter mit brennenden Kerzen in der Hand. Sein Gesicht lag im Schatten des Hausflurs. Nur seine große Gestalt war zu erkennen.

»Was wollen Sie hier?« fragte er. Seine Stimme klang hohl und irgendwie schaurig.

Mallory, der ein verdammt harter Bursche war, lief eine Gänsehaut über den Rücken.

»Ich – ich . . . wollte eigentlich nur«, stotterte er.

»Aber kommen Sie doch herein, Mister«, sagte der Mann. »Ich heiße übrigens Dr. Barow. Bitte!«

Der Vampir gab die Tür frei.

Zögernd setzte sich Mallory in Bewegung. Er wollte gar nicht, doch irgendeine Kraft trieb ihn dazu, weiterzugehen.

Als er an dem Fremden vorbeiging, konnte er einen Blick in dessen Gesicht erhaschen.

Es wirkte blaß und eingefallen. Nur die Augen schienen zu leben. Genau wie Tom Purdom es beschrieben hatte.

War der Mann wirklich ein Vampir?

Plötzlich bekam Mallory Angst.

Lauf zurück! schrie es in ihm. Hau ab! Schnell!

Mallory wollte sich umdrehen, doch ein eisenharter Griff umklammerte seine rechte Schulter.

»Geh weiter!« hörte er eine Stimme in seinem Rücken.

Mallory gehorchte. Er wußte auch nicht, wie das kam, aber er konnte sich den Befehlen des Unheimlichen einfach nicht widersetzen.

Der Sergeant wurde in die große Diele geführt. Und da sah er die Maschinenpistole liegen, die sich Red aus der Waffenkammer besorgt hatte.

Die Erkenntnis durchzuckte Mallory wie ein Blitzstrahl. Gedankenschnell kreiselte er herum.

Es war zu spät.

Der Vampir hatte ihn schon in seinen Krallen. Er starrte Mallory nur an. In seinen Augenschächten schien ein unheimliches Feuer zu glühen.

Mallory hatte das Gefühl, als würde er in diese Schächte hineingezogen, immer tiefer, immer tiefer . . .

Sergeant Mallory fiel zu Boden. Höhnisch lächelnd sah der Vampir auf sein Opfer hinab, das er nur hypnotisiert hatte. Dieser Mann war ihm gerade recht gekommen. Unter einem hypnotischen Einfluß würde er jeden Befehl ausführen.

Auch morden . . .

Inspektor Sinclair hatte schlecht geschlafen. Er wußte, daß etwas in London vorging, etwas, was der menschliche Verstand nicht fassen konnte, was zu ungeheuerlich, zu phantastisch war.

Und doch gab es dieses Phänomen.

Vampire!

Blutsauger, die schon in den Geschichten und Legenden des Mittelalters erwähnt worden sind. Vampire und Untote. Wesen, die nicht lebten, aber auch nicht tot waren. Die vielmehr ein Schattendasein führten.

John Sinclair bekämpfte sie. Er gehörte zu einer Spezialabteilung des Yards, die sich nur mit übersinnlichen Fällen beschäftigte, in denen normale Methoden versagten. John Sinclair hatte in seiner bisherigen Praxis schon viel Erfolg errungen, es hatte noch keinen Fall gegeben, den er nicht aufklären konnte. Aber jetzt sah es so aus, als wäre er mit seinem Latein am Ende.

Heute war Sonntag. Trotzdem stand John schon früh auf, machte sich nach einer Dusche sein Frühstück und schlang es lustlos hinunter.

George Baker fiel ihm ein. Er wollte den Mann noch einmal

anrufen, vielleicht hatte sich schon wieder etwas Neues ergeben. John ging jeder Spur nach, mochte sie auch noch so unbedeutend erscheinen.

Es war genau acht Uhr siebzehn, als John George Bakers Nummer wählte.

Es hob niemand ab.

Der Inspektor versuchte es zehn Minuten später noch einmal.

Wieder bekam er keine Verbindung.

John Sinclair hielt nichts mehr. Ein unbestimmtes Gefühl trieb ihn zur Eile.

Die Straße, in der George Baker wohnte, lag in einer sonntäglichen Ruhe. John fand einen Parkplatz, schloß seinen Bentley ab und ging die paar Schritte zu dem Mietshaus, in dem George Baker wohnte.

Die Haustür stand offen. John betrat den dunklen Flur und sah eine ältere Frau, die ihre Wohnungstür putzte. Als sie John entdeckte, hörte sie mit ihrer Arbeit auf und blickte dem Inspektor mißtrauisch entgegen.

»Suchen Sie jemanden?«

John lächelte freundlich und sagte: »Ich möchte zu Mister Baker.«

»Der ist nicht da.«

»So? Wann ist er denn weggegangen?

Die Frau zuckte die Achseln. »Das war in der Nacht, glaube ich. Da hörte ich nämlich die Haustür schlagen.«

John stellte noch ein paar Fragen, doch konkrete Ergebnisse bekam er nicht.

Er hatte sich gerade wieder hinter das Steuer gesetzt, da summte das Autotelefon.

John hob ab, und der Beamte in der Zentrale des Yards sagte ihm, daß er sofort hinkommen sollte.

»Wird gemacht«, erwiderte John, hängte auf und startete.

Wenig später stand er Superintendent Powell gegenüber. John wunderte sich längst nicht mehr, daß sein Chef auch sonntags im Büro hockte.

»Morgen, Sir. Sie haben mich aus meiner wohlverdienten Ruhe gestört. Was gibt's denn?«

Powell schüttelte den Kopf. »Tun Sie nicht so, Inspektor. Sie waren ja heute auch schon unterwegs. Von Ruhe kann man da wohl nicht sprechen.«

»Aber dienstlich, Sir.«

Superintendent Powell reichte John statt einer Antwort eine Meldung über den Tisch.

»Lesen Sie, Inspektor.«

Die Meldung setzte sich aus zwei wichtigen Punkten zusammen. Es hieß darin, daß ein entflohener und wieder eingefangener Zuchthäusler über eine Begegnung mit einem Vampir berichtet hat. Es folgten dann einige genaue Angaben aus dem Vernehmungsprotokoll. Zum zweiten stand auf dem Wisch, daß in der Garderobe der Fatima-Bar, einem exklusiven Nachtclub, die Leiche eines Mannes gefunden worden war. Man hatte ihn erdrosselt. Gleichzeitig fehlte aber jede Spur von der Attraktion der Bar, der Tänzerin Jane Hopkins.

John legte die Meldung zur Seite.

»Sehen Sie Parallelen?« fragte Superintendent Powell.

»Sie meinen zum Fall Miriam West, die ja auch verschwunden ist?«

»Genau.«

John runzelte die Stirn. »Konkretes kann man natürlich noch nicht sagen, aber das Verschwinden dieser Jane Hopkins könnte ein Anhaltspunkt sein. Ich gebe zu, Sir, das ist alles weit hergeholt, doch ich muß Ihnen auch gestehen, daß ich im Moment keinerlei Spuren habe.«

Dann berichtete John von George Bakers plötzlichem Verschwinden und äußerte zum Schluß die Vermutung, daß ihn eventuell Miriam West weggelockt habe.

»Da ist was dran«, sagte Superintendent Powell. »Beweisen Sie Ihre Theorie, Inspektor, und vor allen Dingen, finden Sie diesen verdammten Vampir.«

John stand auf. »Ich statte jetzt erst mal dem Zuchthaus einen Besuch ab. Vielleicht erfahre ich dort mehr.«

Johns Optimismus erwies sich als Fehlschlag. Die Aufseher wußten auch nichts. Seltsam war nur, daß einer ihrer Vorgesetzten verschwunden war.

John hakte sofort nach und erfuhr die genaue Geschichte, die Tom Purdom erzählt hatte. John hätte den Mann gern persönlich gesprochen, doch ein Anruf im Krankenhaus ergab, daß die Ärzte immer noch um das Leben des Ausbrechers kämpften.

»Sergeant Mallory sucht nach dem Haus, das Purdom immer erwähnt hat«, sagte der Beamte, der John bis an das Tor begleitete.

»Vielleicht versuchen Sie es mal auf dem nächsten Polizeirevier, Inspektor. Die Beamten hatten bei der Fahndung mitgemacht.«

Der Mann blickte auf seine Uhr. »Sie haben noch bis zum Mittag Dienst.«

»Danke für den Tip«, erwiderte John.

Auf dem Revier traf er einige müde Polizisten an. John stellte sich vor und begann anschließend mit seinen Fragen.

Er erfuhr, daß bis auf zwei Polizisten alle Beamten bei dem nächtlichen Einsatz mitgemacht hatten. Groß weiterhelfen konnten sie ihm jedoch auch nicht.

John wollte schon gehen, als ihn ein noch junger Polizist ansprach. Er war höchstens fünfundzwanzig Jahre und hatte eine etwas schlaksige Figur, bei der die Uniform hinten und vorne nicht saß.

»Ich weiß nicht, ob es wichtig ist, Sir, aber . . .« Der junge Polizist stockte.

»Reden Sie ruhig weiter«, ermunterte ihn John lächelnd.

»Ja, das war so. Mein Kollege und ich hatten eine Straßensperre aufgebaut. Wir kontrollierten jeden Wagen.«

»Wo war das?« wollte John wissen.

»Auf dem Verbindungsweg, der zu der Schnellstraße führt, die dann in Richtung Küste geht. Unter anderem haben wir auch einen Mercedes kontrolliert. Am Steuer saß ein Mann, der mir irgendwie unheimlich vorkam. Ich weiß auch nicht wieso, aber man hat manchmal so ein Gefühl.«

»Saß der Mann allein im Wagen?«

»Nein, Sir, das ist es ja eben. Auf dem Rücksitz saß eine Frau oder ein Mädchen. Soviel ich erkennen konnte, trug sie nur einen Bademantel.«

Jetzt wurde John hellhörig.

»Wie sah die Frau aus?«

»So genau habe ich sie mir eigentlich nicht angesehen, Sir. Ich weiß nur, daß sie schwarze Haare hatte und daß der Mann ziemlich sauer reagiert hat, weil wir ihn angehalten haben.«

»Haben Sie die Papiere des Mannes gesehen?« fragte John.

»Selbstverständlich, Sir.«

Der junge Beamte bekam einen roten Kopf, weil er merkte, daß sich der Inspektor sehr für seine Ausführungen interessierte.

»Ich habe mir sogar den Namen aufgeschrieben, Inspektor. Moment, bitte.«

Der junge Polizist kramte in seiner Brusttasche herum und holte ein Notizbuch hervor.

»Hier«, sagte er aufgeregt. »Hier steht's.« Er trat an Johns Seite, hielt ihm das Notizbuch hin und deutete mit dem Zeigefinger auf einen Namen.

»Dr. Barow«, buchstabierte John leise. Unter dem Namen hatte der Beamte das Kennzeichen des Mercedes notiert.

John schrieb sich beides auf. Dann wandte er sich an den Polizisten. »Wenn wir diesen rätselhaften Fall aufklären können, haben wir es zum großen Teil Ihnen zu verdanken«, sagte er zu dem Beamten, der vor Verlegenheit gar nicht wußte, was er erwidern sollte.

John lächelte und sprach die anderen Polizisten an.

»Kennt einer von Ihnen diesen Dr. Barow?«

»Nein, Inspektor«, sagten fast alle vier auf Kommando.

»Hm.« John überlegte. Schließlich griff er zum Hörer und rief die Fahndungsabteilung des Yards an. Er gab den Namen durch und bat um schnellste Auskunft, ob dieser Mann registriert war.

Nach zwei Zigarettenlängen kam der Rückruf. Negativ. Dr. Barow war in keiner Kartei zu finden.

John biß sich auf die Unterlippe. Das war natürlich weniger schön. Blieb ihm nur noch das Meldeamt. Aber die arbeiteten sonntags nicht.

Schließlich stellte John noch eine Frage. Er wandte sich damit an einen Sergeant, den Leiter dieser Polizeistation.

»Sie kommen doch aus London, nicht?«

»Ja, Sir.«

»Wunderbar. In der vergangenen Nacht ist eine Tänzerin verschwunden. Ihr Name lautet Jane Hopkins. Haben Sie ihn schon mal irgendwo gehört?«

Der Sergeant nickte. »Sicher, Sir. Sie war der Star von Soho. Jeder Polizist kannte sie. Sie hatte mal einen Freund. Er war einer der größten Zuhälter von London. Bis wir ihn geschnappt haben. Seitdem ist Jane Hopkins auch bei uns bekannt!«

»Danke«, erwiderte John. »Sie haben mir sehr geholfen.«

Der Sergeant schüttelte den Kopf. »Das verstehe ich nicht.«

»Ist auch nicht schlimm«, lachte John. »Aber durch Ihre Aussage haben Sie mich auf eine glänzende Idee gebracht . . .«

Wenn einer wußte, was in London vorging, dann war es Bill Conolly, von Beruf Reporter und Johns Freund und Kampfgefährte. Bill hörte oft das Gras wachsen. Er arbeitete seit einigen Monaten als freier Reporter und klemmte sich nur hinter die ganz großen Fälle. Bill konnte sich das leisten, denn er hatte eine gutbetuchte Frau geheiratet. Sie hieß Sheila und verstand sich auch mit John Sinclair prächtig. Allerdings hatte sie immer Angst, daß ihrem Mann etwas zustoßen könnte, und deshalb sah sie es höchst ungern, wenn Bill mit John auf Geisterjagd ging. Seit ihrem letzten Fall hatte Sheila die Nase sowieso gestrichen voll.

Das Ehepaar Conolly wohnte in einem supermodernen Penthouse in der City von London.

Der Privatfahrstuhl endete direkt in der Wohnung. Bill empfing seinen Freund mit einer Zigarette im Mund und mit offenen Armen.

»Daß man dich auch mal wieder sieht, du alter Schwerenöter«, grinste Bill und klopfte John auf die Schulter.

Der Inspektor deutete auf die dicken Teppiche. »Muß ich mir die Schuhe ausziehen?«

»Du bist wohl verrückt, was? Los, komm endlich rein.«

John betrat den riesigen, luxuriös eingerichteten Wohnraum. Der herrliche Blick, den man von hier aus über London hatte, war sogar einen Großteil der Miete wert.

Da John wußte, wo der Whisky stand, bediente er sich selbst. Nach dem ersten Schluck fragte er: »Wo ist Sheila?«

Bill grinste. »Golf spielen. Du weißt, daß ich für diese Späße nicht viel übrig habe.«

»Das ist gut. Dann sind wir ungestört.«

Bill horchte auf. »Sag bloß, du hast wieder ein heißes Eisen auf Lager.«

John wiegte den Kopf. »Vielleicht. Aber ich sage es dir von vornherein. Halt dich raus. Ich will nicht wieder nachher als Sündenbock dastehen.«

»Papperlapapp. Schließlich bin ich der Herr im Haus.«

»Gestattest du, daß ich lache? So, jetzt wird es ernst«, sagte John. Er ließ sich in die bequeme Ledergarnitur fallen und streckte die Beine aus. Er erzählte Bill Conolly die Geschichte von Beginn an und vergaß auch nicht zu erwähnen, daß er mit seinen Ermittlungen in einer Sackgasse steckte.

Während John sprach, hellte sich Bills Gesicht mehr und mehr auf.

Schließlich schlug er sich mit der Faust auf die flache Hand. »Das ist ein Hammer, John.«

Der Inspektor machte ein fragendes Gesicht. »Ich verstehe dich nicht.«

»Hör zu.« Bill mußte sich vor Aufregung eine Zigarette anzünden. »Du weißt, daß ich vor gar nicht allzulanger Zeit mal Klatschreporter gewesen bin, und die Namen Miriam West und Jane Hopkins sind mir ein Begriff. Die beiden Girls gehörten vor Jahren zu einer Gesangsgruppe, die sich Dolly Sisters nannte. Allerdings war noch jemand dabei. Brenda Porter hieß die Puppe.«

John wollte etwas fragen, doch Bill stoppte ihn mit einer Handbewegung.

»Paß auf, das dicke Ende kommt noch. Die drei Puppen waren aus Ungarn eingewandert. Ob illegal oder legal, das weiß ich nicht. Nur soviel ist klar, sie haben hier ihren Namen geändert.«

»Weshalb haben sie denn aufgehört?«

»Ich glaube, es gab Krach. Irgendein Kerl hat da noch mitgemischt. Der hat sie um ihr Geld betrogen und ist damit nach Ungarn oder Rumänien verschwunden. Ich kann mich sogar noch an den Namen erinnern. Boro oder Baro.«

»Vielleicht Dr. Barow?« schnappte John.

Bill sah ihn überrascht an. »Ja, richtig, so hieß der Knabe. Aber woher weißt du das?«

»Habe ich dir doch vorhin gesagt.«

»Ach ja, stimmt. Der Polizist hat den Namen aufgeschrieben. Aber, verdammt noch mal, das ist vielleicht ein Ding. Sollte dieser Barow der Vampir sein, hinter dem du her bist?«

»Durchaus möglich.«

»Hm.« Bill überlegte. »Wenn das stimmt und er hier in London ist, müßte sich doch leicht sein Aufenthaltsort feststellen lassen.«

»Vorausgesetzt, er ist legal in England«, gab John zu bedenken.

»Stimmt auch wieder.«

»Wahrscheinlich hat er sich irgendwo in der Nähe von London ein Landhaus gemietet«, sagt John, »aber das kriege ich noch heraus. Etwas anderes ist viel wichtiger. Sollten wir mit unserer Theorie recht behalten, schwebt Brenda Porter in höchster Lebensgefahr. Bei Miriam West bin ich praktisch sicher, daß sie einem Vampir in die Finger gefallen ist. Bei Jane Hopkins nehme ich es an. Also heißt es jetzt, sich mit Brenda Porter in Verbindung zu setzen.«

Bill Conolly grinste nur.

»Ist was?« fragte John.

»Und ob«, lachte der Reporter. »Weißt du überhaupt, wer Brenda Porter ist? Oder besser gesagt, jetzt ist?«

»Nein.«

»Dann will ich es dir sagen, mein Junge. Die Puppe ist das bestbezahlteste Callgirl von London. Bei ihr verkehren die Spitzen der Gesellschaft, und man munkelt, daß Brenda sogar im Spionagegeschäft drinhängt, daß sie die Informationen, die sie im Bett aus den Kerlen herauslockt, zu Höchstpreisen verschachert. So, mein lieber John, jetzt bist du dran.«

Der Inspektor sagte einige Sekunden nichts. Dann meinte er: »Das ist natürlich wieder Mist. Trotzdem, Bill, ich muß zu der Dame hin. Hilft alles nichts.«

»Aber laß dich nicht von ihr aufs Kreuz legen«, warnte der Reporter grinsend.

»Ich werde mich hüten. Bezahlt habe ich noch nie dafür. Am besten ist es, ich fahre heute noch zu ihr. Weißt du die Adresse?«

»Steht bestimmt im Telefonbuch.«

Die beiden Männer suchten die Anschrift heraus. Brenda Porter wohnte in einem exklusiven Londoner Vorort, der nur von Prominenten bevorzugt wurde.

»Da sitzt sie gleich an der Quelle«, meinte Bill.

John notierte sich die Anschrift.

»Und was mache ich?« fragte Bill. »Jetzt hast du mir schon den Mund wäßrig gemacht und nun . . .«

»Du bleibst schön zu Hause«, erwiderte John. »Schreibe meinetwegen über heimatlose Ameisen, aber laß die Finger von meinem Fall. Schließlich bist du für deine Frau verantwortlich.«

»Und so was nennt sich Freund«, maulte Bill.

John Sinclair verabschiedete sich sehr schnell. Während er in den Fahrstuhl stieg, blickte ihm Bill nach. John konnte nicht das Grinsen sehen, das auf dem Gesicht seines Freundes lag . . .

Brenda Porter drückte mit einer entschlossenen Bewegung die Zigarette aus. Dann sagte sie: »Ich habe es satt. Einfach satt, verstehst du, Yamaro?«

Yamaro lächelte. Doch das Lächeln erreichte seine Augen nicht. Sie blieben weiterhin kalt und gefühllos wie graue verwaschene Kieselsteine.

Yamaro war ein Killer. Jedoch einer von der besonderen Art. Er arbeitete nicht für irgendwelche Gangsterbosse, sondern für die Geheimdienste. Im Augenblick hatte er sich an ein östliches Land verdungen. Er spielte bei Brenda Porter den Aufpasser.

Yamaro stand auf, trat an das große Fenster und sah durch die Thermoscheibe hinaus in den gepflegten Garten. Von der Straße konnte er nichts erkennen. Eine sorgfältig gestutzte Hecke verbarg die Sicht.

»Du kannst nicht aufhören, Brenda«, sagte er leise. »Nicht in unserem Geschäft. Und vergiß nicht, wer dir diesen Luxus hier ermöglicht. Das sind wir.«

»Ja«, erwiderte Brenda Porter spöttisch, »das seid ihr. Aber daß ich mit anderen Leuten, die mich zum Teil ankotzen, ins Bett steigen muß, daran denkt ihr nicht.«

»Spiel nicht die Moralische, Brenda, das steht dir nicht.«

»Hatte ich gar nicht vor, keine Angst. Und ich werde mich auch ohne euch durchschlagen können. Sogar in einem anderen Beruf. Immerhin sehe ich einigermaßen gut aus.«

»Das streitet keiner ab.«

Brenda strich sich eine Strähne ihres pechschwarzen Haares aus der Stirn. Kein Zweifel, sie war die hübscheste der Dolly Sisters. Das Haar war kurz geschnitten und sah immer etwas zerzaust aus. Dadurch kam das rassige Gesicht mit den hochstehenden Wangenknochen noch mehr zur Geltung. Die dunkelblauen Augen wirkten darin wie tiefe Seen, in denen man ertrinken konnte. Brenda Porter trug einen lindgrünen Hausanzug, der ihre Figur wie ein Futteral umschloß.

Als Yamaro das Klicken des Feuerzeugs hörte, wandte er sich um. Brenda hatte sich gerade eine neue Zigarette angezündet. Hastig blies sie den Rauch gegen die Decke.

»Du bleibst bei deinem Entschluß?« fragte Yamaro.

Sekundenlang betrachtete das Mädchen den vor ihr stehenden Killer. Sie sah einen schlanken mittelgroßen Mann in einem eleganten grauen Anzug. Er trug ein modisches, kariertes Hemd und eine unifarbene Krawatte.

Eigentlich sieht er aus wie ein erfolgreicher Geschäftsmann, dachte sie.

»Ich warte auf deine Antwort, Brenda!«

»Ja, ich bleibe bei meinem Entschluß!«

»Gut.« Yamaro nickte.

Brenda beobachtete ängstlich seine Bewegungen. Was würde er jetzt unternehmen?

Das falsche Lächeln lag noch immer wie festgemeißelt in Yamaros Gesicht, als er unter seine Jacke griff und seine Hand mit einem Revolver wieder zum Vorschein kam.

Brenda wurde blaß. »Was hast du vor?« fragte sie überflüssigerweise, denn in ihrer plötzlichen Angst fiel ihr nichts anderes ein.

Yamaro gab keine Antwort. Seelenruhig schraubte er einen Schalldämpfer auf den Lauf. Dann hob er den Arm mit der Waffe.

Brenda, die auf der Couch gesessen hatte, drückte sich bis ganz in die Ecke zurück, so, als könnte sie das Unvermeidliche noch aufhalten.

»Es hat doch keinen Zweck«, sagte Yamaro. »Komm, Mädchen, du bist reif.«

Er sprach im Plauderton, und wer bis jetzt noch nicht bemerkt hatte, welch ein Mordroboter dieser Mann war, wurde nun eines Besseren belehrt.

Brenda Porter wollte schreien. Ihre Not, ihre Verzweiflung hinausrufen, doch die Kehle war wie zugeschnürt. Sie brachte nur ein Krächzen zustande. Ihre Augen füllten sich mit Tränen, der Magen schien ihr in die Kehle zu kommen, die Zigarette war aus ihrer Hand gefallen und kohlte den teuren Teppich an.

In diesem Augenblick ertönte der Türgong.

Überlaut drang das melodische Geräusch durch die herrschende Stille.

Für einen Moment verzerrte sich Yamaros Gesicht. Dann ließ er den Arm mit der Waffe sinken.

»Erwartest du Besuch?« fragte er lauernd.

Brenda schüttelte stumm den Kopf.

Yamaro leckte sich über die etwas dicken Lippen.

Wieder klang der Türgong auf.

»Los, frag, wer da ist!«

»Ja, natürlich.«

Brenda stand auf. Erst jetzt wurde ihr bewußt, daß sie dem Tod von der Schippe gesprungen war. Wenigstens vorläufig. Egal, wer draußen war, sie würde ihn hereinlassen. Brenda trat an die

Sprechanlage. Sie nahm den Hörer aus der Halterung und sagte: »Ja, bitte?«

»Ich heiße Sinclair«, erwiderte eine Männerstimme. »Kann ich Sie für einen Augenblick sprechen, Miss Porter? Es ist sehr dringend.«

»Natürlich, Mister Sinclair. Warten Sie, ich mache sofort auf. Fahren Sie dann den Weg bis zum Haus hoch.«

Brenda drückte auf einen Knopf neben der Sprechanlage. Jetzt würde sich das Tor unten am Eingang automatisch zur Seite schieben.

Brenda besaß wirklich einen Bungalow mit allen Schikanen. Sie trat vor den Spiegel und wischte sich die Tränenspuren aus den Augen.

»Wer war es?« fragte Yamaro. Er lehnte am Türrahmen und hielt immer noch die Waffe in der Hand.

»Ein gewisser Mister Sinclair. Mehr weiß ich auch nicht. Ich kenne den Mann gar nicht.«

Yamaro ging ein paar Schritte zurück und warf einen schnellen Blick durch das Fenster. »Fährt einen Bentley, der Junge. Scheint nicht gerade zu den Armen zu gehören. Hör zu, Brenda. Ich verdrücke mich in dein Schlafzimmer. Solltest du irgendeine dumme Bemerkung machen, lege ich euch beide um. Verstanden?«

Brenda nickte.

»Und noch etwas. Wenn der Knabe nach dem Porsche fragt, der da draußen steht, das ist deiner.«

»Ja.«

Yamaro verzog sich.

Gleichzeitig stand John vor der eleganten Eingangstür des Bungalows. Ehe er sich bemerkbar machen konnte, wurde die Tür bereits aufgezogen.

Eine schwarzhaarige Frau in einem lindgrünen Hausanzug stand vor ihm.

John lächelte. »Miss Porter?«

Die Schwarzhaarige lächelte zurück. Doch John sah sofort, daß es mehr eine Grimasse wurde. Sein Mißtrauen wurde wach.

»Ich bin Inspektor Sinclair von Scotland Yard«, sagte John. »Entschuldigen Sie, daß ich vorhin . . .«

Brenda Porter erschrak. John sprach nicht weiter.

»Ist Ihnen nicht gut, Miss Porter?«

»Doch, doch, Inspektor, nur – warum haben Sie vorhin Ihren Beruf nicht erwähnt?«

»Kleine Vergeßlichkeit. Aber darf ich reinkommen?«

»Sicher. Entschuldigen Sie.« Brenda gab die Tür frei.

John betrat den Bungalow und wunderte sich, mit wieviel Geschmack er eingerichtet worden war. Brenda mußte gut verdienen . . .

Das Girl bot John einen Platz, Zigaretten und etwas zu trinken an. Dann kam John zum Thema.

»Ich möchte mit Ihnen über die Vergangenheit reden, Miss Porter. Sie erinnern sich doch an Ihre Freundinnen Miriam West und Jane Hopkins?«

»Aber natürlich«, sagte Brenda schnell: »Wir treffen uns sogar einmal im Jahr. Wieso? Ist etwas mit den beiden?«

»Sie sind verschwunden«, erwiderte John offen, »und wir haben den begründeten Verdacht, daß sie einem Verbrechen zum Opfer gefallen sind.«

»Nein!«

Brenda preßte ihre rechte Hand auf den Mund. John, der ein sehr guter Menschenkenner war, sah daß ihr Erschrecken echt war.

»Und weiter?« fragte Brenda leise.

»Ich habe eine Theorie entwickelt, Miss Porter. Miriam West und Jane Hopkins gehörten zu den Dolly Sisters, genau wie Sie.«

»Und Sie meinen, Inspektor, daß ich auch in Gefahr bin?«

»Ja.«

Brenda schlug die Augen nieder. Ihre Gedanken kreisten wild. Jetzt mußte sie höllisch aufpassen. Wie die ganze Sache lag, konnte sie aus ihrer Situation sogar noch Kapital schlagen. Wenn Scotland Yard sie in Schutzhaft nahm, dann konnte sie auch Yamaro entkommen. Es war ein wirklich gewagtes Spiel. Natürlich durfte dieser Inspektor nicht zuviel erfahren, aber das ließ sich gut machen.

Brenda blickte Inspektor Sinclair voll an. »Und was ist Ihr Vorschlag?«

»Schutzhaft«, erwiderte John. »Es wird für Sie das beste sein.«

Brenda tat, als müsse sie überlegen. Das lief ja besser, als sie sich das vorgestellt hatte.

»Etwas möchte ich doch gern wissen, Inspektor. Wer sollte mir denn nach dem Leben trachten?«

John ließ sich ein wenig Zeit mit der Antwort. Er wollte Brenda nicht unnötig Angst machen, deshalb hatte er auch nichts von dem Vampir erzählt.

»Wir wissen es noch nicht so genau«, antwortete John.

»Na ja, ist ja auch egal.«

Brenda lächelte. Dann stand sie auf. »Ich werde ein paar Sachen packen, und anschließend fahre ich freiwillig mit Ihnen ins Gefängnis, Inspektor.«

»Das könnte dir so passen«, sagte plötzlich eine schneidende Stimme von der Tür her. »Du kannst höchstens eine freiwillige Fahrt in die Hölle bekommen, Puppe!«

Brenda ließ sich mit einem erstickten Schrei wieder in ihren Sessel zurückfallen.

John behielt die Nerven.

Aus schmalen Augenschlitzen beobachtete er den Mann, der unhörbar das Zimmer betreten hatte.

Der Kerl sah nicht so aus, als würde er Spaß verstehen. Das zeigte allein schon der Revolver mit dem aufgeschraubten Schalldämpfer, den er in der rechten Hand hielt. Die Mündung wies auf Brendas Kopf.

Sollte das Dr. Barow sein? Nein, John konnte das einfach nicht glauben.

Yamaro machte einen gleitenden Schritt nach vorn, krallte seine frei Hand in Brendas Haar, bog den Kopf zurück und drückte ihr den verlängerten Lauf der Waffe gegen den Hals.

»Was sollte mich daran hindern, sie zu erschießen?« fragte er ruhig.

»Ich«, erwiderte John.

Der Mann lachte lautlos. »Sie kommen auch dran.«

»Ich würde es mir an Ihrer Stelle überlegen, einen Polizeibeamten zu ermorden«, erwiderte John.

»Quatsch. Auf einen mehr oder weniger kommt es nicht an. Sie wären nicht der erste, Inspektor. In unserem Geschäft gibt es kein Pardon.«

John war klar, daß er es hier mit einem Profi zu tun hatte. Das war kein gewöhnlicher Ganove. Nein, diese Sorte von Killer war kalt, grausam . . . und intelligent. Und gerade das machte sie so gefährlich.

Brenda saß wie festgewachsen in ihrem Sessel. Sie wagte kaum zu atmen.

Die Sekunden tropften dahin.

Schließlich fragte John: »Was will der Mann von Ihnen, Brenda?«

»Er – er war schon die ganze Zeit da. Er will mich umbringen. Ich – ich . . .«

»Halt's Maul!« zischte der Killer. Er drehte seinen Kopf in Johns Richtung. »Sie scheinen mir nicht gerade ungefährlich zu sein, Mister. Es ist wohl am besten, wenn ich Sie zuerst umlege.«

»Tun Sie sich keinen Zwang an«, entgegnete John.

Er mußte einfach den Abgebrühten spielen. Nur so konnte er den Killer aus der Reserve locken.

Yamaro verzog das Gesicht. »Der große Held, wie?« Er löste den Revolver von Brendas Hals und richtete die Mündung auf John. »Na, wie fühlen Sie sich jetzt, Inspektor?«

»Mies, wenn ich Sie sehe.«

John zündete sich gelassen eine Zigarette an.

Und das machte Yamaro nervös. Er ging halb um den Tisch herum und blieb einen Schritt vor dem sitzenden John Sinclair stehen.

»Bin mal gespannt, ob Sie in dreißig Sekunden auch noch so eine große Klappe haben.«

»Vielleicht«, sagte John leichthin und nahm einen Zug von seiner Zigarette.

Und dann geschahen zwei Dinge gleichzeitig.

Yamaro wollte zu einer Antwort ansetzen, doch das Wort blieb ihm im Hals stecken. Die glühende Zigarette flog plötzlich in sein Gesicht.

Der heiße Schmerz trieb den Killer nach hinten. Der Revolver kam aus der Richtung.

Trotzdem schoß Yamaro.

Plopp! machte es. Doch das Blei fuhr in den leeren Sessel. John war blitzschnell seitlich aus dem Sessel gehechtet, hatte sich auf dem Boden zweimal um seine eigene Achse gedreht und an dem Teppich gezogen, auf dem Yamaro stand.

Der Killer kam nicht mehr zu einem zweiten Schuß. Die Beine wurden ihm unter dem Körper weggerissen. Er fiel nach hinten und knallte auf den Boden.

John war schon längst wieder auf den Beinen. Sein Fuß nagelte die Revolverhand des Schießers fest.

Yamaro stöhnte auf und öffnete die Finger.

John kickte die Waffe weg. Sie schlitterte bis an den Sessel, in dem John gesessen hatte.

Yamaro lag auf der Seite und hielt sich stöhnend sein rechtes Handgelenk.

John, der neben ihm stand, paßte einen Moment lang nicht auf.

Yamaros Tritt dröhnte ihm in die Kniekehlen. John flog nach vorn. Er konnte sich noch soeben fangen, sonst wäre er mit dem Gesicht auf den Boden geknallt.

Hinter sich hörte er Yamaros Wutgeheul.

John ignorierte den Schmerz in seinen Beinen, warf sich auf den Rücken und sah einen Fuß auf sich zurasen.

Im letzten Augenblick hob er die Arme.

Der Tritt krachte gegen seine Ellenbogen. Wieder flog der Inspektor zurück.

Yamaro lachte teuflisch, ließ John liegen und hetzte auf die Waffe zu.

Doch nun wurde Brenda Porter aktiv. Sie, die bisher aus schreckgeweiteten Augen dem Kampf zugesehen hatte, erkannte gedankenschnell die gefährliche Situation.

Sie packte das Whiskyglas vor sich auf dem Tisch und schleuderte es im selben Moment, als Yamaro sich bückte.

Brenda landete einen Volltreffer.

Das Bleikristallglas krachte dem Killer gegen den Kiefer, riß förmlich dessen Kopf herum und brachte den Mann aus dem Gleichgewicht.

Ehe er sich wieder gefangen hatte, war John Sinclair da. Mit einem wahren Panthersprung überbrückte er die Entfernung und rammte dem Killer beide Fäuste in den Magen.

Die Männer flogen zurück, krachten, ineinander verkrallt, auf den Teppich.

Ein mörderischer Kampf entbrannte.

John hieb seine Fäuste in den Körper des Killers. Trieb Yamaro die Luft aus den Lungen.

Yamaro war zwar ein Killer, aber kein Kämpfer. Nach ein paar Sekunden schon sackte er zusammen.

John zog ihn auf die Beine. Yamaros Gegenwehr wurde schwächer. Noch einmal gelang es ihm, sich loszureißen. Rückwärts taumelte er durch das Zimmer. Genau auf die große Scheibe zu.

Kurz vorher erwischte ihn John an der herunterhängenden Krawatte. Er zog Yamaro vor und donnerte ihm eine geballte Rechte genau auf den Punkt.

Aus.

Bewußtlos sackte der Killer zu Boden.

John Sinclair wischte sich mit seinem Taschentuch den Schweiß von der Stirn. Erst jetzt spürte er wieder die Schmerzen im Bein. John hob die Waffe auf und ließ sich in einen Sessel fallen.

Brenda Porter blickte den Inspektor aus geweiteten Augen an.

»Vielen Dank«, krächzte John Sinclair. »Ohne Ihre Hilfe hätte es der Kerl fast noch geschafft.« Der Inspektor blickte auf das am Boden liegende Whiskyglas.

Brenda Porter lächelte verzerrt. »Ich habe eine Höllenangst ausgestanden«, gab sie zu.

»Angst hat jeder«, meinte John, »aber etwas anderes. Haben Sie etwas im Haus, womit ich den Knaben fesseln kann?«

»Natürlich, Inspektor. Einen Augenblick, bitte.«

Brenda stand auf und verschwand nach draußen. Als sie wiederkam, hatte sich John die Brieftasche des Bewußtlosen genommen.

»Morton Yamaro«, murmelte er. »Kannten Sie den Mann, Brenda?«

»Ich – eh – nein, Inspektor.«

John wußte genau, daß Brenda log. Trotzdem sagte er: »Ist schon gut, wir reden später darüber.«

Aus Bills Erzählungen wußte er schließlich, welchem Job Brenda Porter nachging, und vor allen Dingen, unter welchem Verdacht sie stand. Aber das war Aufgabe des Geheimdienstes, hier Licht in das Dunkel zu bringen.

John fesselte die Handgelenke des Bewußtlosen.

Brenda stand neben ihm und sah zu. Als John fertig war, fragte sie: »Was haben Sie jetzt vor, Inspektor?«

»Ich schaffe den Mann zum Yard und Sie in Schutzhaft, wie besprochen.«

Brenda lächelte etwas verzerrt. »Die Schutzhaft ist wohl jetzt nicht mehr nötig, Inspektor.«

John durchschaute sofort ihr Spiel. Er hatte sich vorhin schon gewundert, weshalb Brenda so schnell mit seinem Vorschlag einverstanden gewesen war. Sie war wirklich ein durchtriebenes Luder.

»Nun, ich kann Sie nicht zwingen mit mir zu fahren, Miss Porter. Aber denken Sie an Ihre ehemaligen Kolleginnen.«

»Das sind doch nur Vermutungen, Inspektor.«

»Wie sie wollen, Miss Porter, ich kann Sie natürlich nicht zwingen. Aber unterschätzen Sie die Gefahr bitte nicht, in der Sie schweben.«

»Wer ist denn so scharf auf die Dolly Sisters?«

John blickte das Callgirl ernst an. »Erinnern Sie sich an einen Dr. Barow?«

Brendas Augen weiteten sich. »Sicher kenne ich ihn. Er reiste damals mit unserer Truppe. Spielte sich als eine Art Manager auf. Und wir haben ihm geglaubt. Dann ist er mit dem ganzen Geld verschwunden. Der soll wieder hier sein? Das glaube ich Ihnen nicht.«

»Was war er denn für ein Typ?« fragte John.

Brenda zuckte die Achseln. »Ein Spinner. Das kam vielleicht von seinem Hobby. Er beschäftigte sich mit Vampirismus und so einem Zeug. Alles Quatsch, sage ich Ihnen.«

John gab keine Antwort. Er wußte es schließlich besser.

»Sie wollen also die Schutzhaft nicht in Anspruch nehmen, Miss Porter?«

»Nein, Inspektor.«

»Gut, dann erlauben Sie mir, daß ich heute abend wiederkomme. Ich möchte mir nämlich hinterher, falls etwas passieren sollte, keine Vorwürfe machen.«

»Wenn es Sie beruhigt, Inspektor, kommen Sie. Ich habe heute abend sowieso frei.«

Sie sagte es mit einem gewissen Unterton in der Stimme. Doch die Masche zog bei John nicht. Er war schließlich im Dienst. Außerdem ging ihm der Flirt mit einer gewissen Art von Frauen gegen den Strich.

Er packte sich kurzerhand den immer noch bewußtlosen Yamaro auf die Schulter, ging nach draußen und verfrachtete den Killer auf den Rücksitz seines Bentley.

Tack, tack!

Überlaut hallten die Schritte durch das stille Haus. Der Mann, der in dem Flur auf und ab ging, war Sergeant Mallory, Zuchthausaufseher.

Doch von seiner früheren Arbeit wußte er nichts mehr. Er stand nur noch unter Dr. Barows Bann. Die Hypnose würde ewig anhalten.

Mallory trug die Maschinenpistole des toten Red in der Hand. Er würde sie rücksichtslos einsetzen, sollte ein Fremder es wagen, in das Haus einzudringen.

Der Tag verging, und die Dämmerung kam.

Als erster regte sich Dr. Barow in seinem Sarg. Ein unsichtbarer Wecker schien ihn aus dem Schlaf gerissen zu haben.

Der Vampir stand auf, trat ans Fenster und schob die Vorhänge ein wenig zur Seite.

Die Sonne war schon untergegangen. Dunkle Haufenwolken türmten sich am Himmel. Es sah nach Regen aus.

Dr. Barow rauchte eine Zigarette. Während er nachdenklich an dem Glimmstengel zog, dachte er an sein drittes Opfer.

An Brenda Porter.

Sie war heute reif!

Und dann war die Aufgabe erfüllt. Drei Bräute mußte ein Vampir haben, um zum Führer der Untoten aufsteigen zu können. So stand es in den alten Büchern geschrieben.

Drei Bräute!

Dr. Barow hatte kein Licht gemacht. Jetzt zündete er zwei Kerzen an. Mit dem Leuchter in der Hand betrat er die Diele, wo Mallory immer noch auf und ab ging.

Der ehemalige Sergeant blieb sofort stehen, als er Dr. Barow erkannte. Mit nahezu hündischer Ergebenheit blickte er den Vampir an.

Für einen Moment kam es Dr. Barow in den Sinn, ihn als Opfer seinen beiden Bräuten vorzuwerfen. Doch dann verwarf er den Gedanken wieder. Sie würden schon noch ihr Blut bekommen.

Dr. Barow wandte sich an seinen Diener. »Du wirst draußen vor dem Haus Wache halten. Paß auf, daß niemand den Garten betritt. Es wäre sonst dein Tod.«

Mallory nickte.

Nichts war mehr von dem einst so gefürchteten Leuteschinder

übriggeblieben. Er war nur noch ein willenloses Werkzeug in der Hand eines Untoten.

Dr. Barow trat zur Seite. Mallory ging an ihm vorbei, öffnete die Tür und verschwand nach draußen.

Dr. Barow wartete noch. Er stand in dem Flur, in einer Hand den Kerzenleuchter und die andere klauenförmig nach vorn gestreckt.

Der weite Umhang spannte sich um seine Schultern und gab Dr. Barow das Aussehen einer riesigen Fledermaus.

Ein unheimliches Bild.

Plötzlich wurde die Stille des Hauses von gräßlichen Schreien unterbrochen.

Sie kamen aus dem Keller und hörten sich an wie die letzten verzweifelten Laute einer sterbenden Kreatur.

Es waren Schreie nach Blut.

Die Vampire hielten es nicht mehr aus. Sie wollten den roten Lebenssaft, brauchten ihn, um existieren zu können und um ihre Sucht zu befriedigen.

Immer schriller wurden die Schreie.

Dr. Barow ging nach unten.

Ein gräßliches Bild bot sich ihm.

George Baker, der an Ketten gefesselte Vampir, war am wildesten. Er hatte sich nach vorn gelehnt, riß und zerrte an seinen Ketten. Das Gesicht war nur noch eine Fratze, aus der die beiden Vampirzähne wie Fremdkörper hervorragten.

George Baker fauchte.

Nebenan im Raum schrien die beiden anderen Untoten. Auch sie hatte der Blutrausch übermannt. Ihre Fäuste trommelten gegen die Tür.

Dr. Barow wandte sich ab. Seine Lippen umspielte ein zufriedenes Lächeln. Es hätte alles gar nicht besser laufen können. Die Vampire waren verrückt nach Blut.

Aber sie mußten noch eine Nacht warten.

Dann würden sie über die Menschen herfallen . . .

Brenda Porter war nervös.

Immer wieder blickte sie unruhig auf ihre mit Brillianten besetzte Armbanduhr.

Wo dieser Inspektor nur blieb?

Fünf Stunden waren seit seinem Weggang vergangen. Stunden, die an Langeweile nicht mehr zu überbieten waren. Einmal hatte ein ›Kunde‹ angerufen. Brenda hatte ihn auf die nächste Woche vertröstet.

Draußen hatte bereits die Dämmerung eingesetzt. Brenda stand am Fenster und blickte in ihren gepflegten Garten. Die Zierbüsche warfen schon lange Schatten; in der Hecke, die um das Grundstück lief, nistete bereits die Dunkelheit. Am Himmel hingen dicke Wolkenberge, die vom Wind vorgetrieben wurden.

Brenda trank ihren fünften Martini, wieder überlegte sie, ob sie nicht lieber bei Scotland Yard anrufen sollte. Aber dann siegte doch ihr Stolz. Nein, die Bullen sollten nicht merken, daß sie Angst hatte.

Im Flur tickte eine Uhr. Auch dieses Geräusch zerrte an Brendas Nerven.

Brenda legte sich auf die Couch. Sie beschloß, noch eine halbe Stunde zu warten, dann wollte sie endgültig den Inspektor anrufen.

Die Minuten tropften dahin.

Ein leises Fauchen ließ Brenda plötzlich aufschrecken. Im ersten Moment wollte sie schreien, doch dann mußte sie lachen.

Sally, ihre kleine Katze, war unhörbar in das Zimmer gekommen.

»Komm, Sally«, rief Brenda und klopfte auf ihren rechten Oberschenkel.

Die Katze sprang zu ihr auf die Couch. Schnurrend legte sie sich auf Brendas Schoß.

Draußen begann es zu regnen. Die Tropfen klatschten gegen die große Fensterscheibe und liefen in langen Bahnen nach unten.

Auf einmal schreckte Sally hoch. Sie bog ihren Rücken durch und fauchte.

»Was ist denn?« fragte Brenda mit ängstlicher Stimme.

Sie kannte ihre Katze gut genug. Das Benehmen, das sie jetzt an den Tag legte, zeigte sie nur, wenn etwas Ungewöhnliches geschah. Wenn Gefahr drohte!

Die Katze sprang von der Couch und glitt auf ihren Samtpfoten unhörbar aus dem Zimmer.

Brenda richtete sich auf. Sie spürte auf einmal ihr Herz oben im Hals klopfen. Unwillkürlich dachte sie an Miriam West und Jane Hopkins.

Brendas Mund wurde trocken. Sie schielte zum Telefon.

Doch noch ehe sie sich entschließen konnte, Hilfe herbeizurufen, wurde sie von dem Geschehen überrollt.

Die Haustür sprang plötzlich auf. Ein Windzug fegte durch das Haus. Dann knallte die Tür wieder zu.

Wie festgewachsen saß Brenda auf der Couch. Sie hörte das Fauchen der Katze, das Sekunden später in ein Miauen überging und schließlich verstummte.

Brenda ahnte, daß das Tier tot war.

Sie hörte Schritte. Hart, fordernd. Sie kamen auf das Zimmer zu, in dem sie saß.

Brenda hatte die Hände in das Oberteil ihres Hausanzuges gekrallt und starrte aus weit aufgerissenen Augen in Richtung Tür. Sie, die sich sonst durch nichts aus der Ruhe bringen ließ, hatte Todesangst.

Und dann stand er im Zimmer.

Dr. Boris Barow!

Groß, mächtig, unheimlich!

In der rechten Hand hielt er die tote Katze. Mit einem Schwung warf er den Kadaver bis zum Fenster.

Erst jetzt wandte er Brenda sein Gesicht zu.

»Boris?« hauchte sie.

»Ja«, erwiderte der Vampir. »Du bist die einzige bisher, die mich erkannt hat. Wahrscheinlich waren die anderen beiden mit Blindheit geschlagen. Ich bin zurückgekommen, Brenda, um das wahrzumachen, was ich schon immer vorhatte. Ich, Boris Barow, werde euch drei besitzen.«

»Nein, Boris«, flüsterte Brenda, »nein, das . . .«

Sie verstummte.

Dr. Barow hatte seine Oberlippe zurückgeschoben.

Entsetzt starrte Brenda Porter auf die beiden gräßlichen Vampirzähne.

Es war also doch wahr, was man sich erzählte. Es gab sie, die Blutsauger, die Nachkommen Draculas.

Und einer von den Untoten stand bei ihr im Zimmer, um sie ebenfalls in das Reich der Schatten zu ziehen.

Brenda verlor fast den Verstand.

Sie öffnete den Mund, und ein schriller, markerschütternder Schrei drang über ihre Lippen.

Der Vampir reagierte um Sekundenbruchteile zu spät. Da war es

Brenda bereits gelungen, von der Couch zu flüchten und zur Tür zu rennen.

Dr. Barow erwischte einen Zipfel ihres Hausanzuges. Brenda fühlte die kalte Hand und schrie auf.

Der Vampir stieß ein siegessicheres fauchendes Geräusch aus.

Ehe er jedoch mit der anderen Hand zupacken konnte, drehte sich Brenda auf der Stelle.

Ratschend zerriß der Stoff.

Brenda war frei!

Mit einem wahren Panthersatz warf sie sich in die Diele. Der Vampir verlor kostbare Sekunden.

Brenda gelang es, die Haustür zu erreichen. Sie stand offen.

Wie von Furien gehetzt, rannte Brenda Porter in den Garten! Die grenzenlose Panik trieb sie voran.

Im Nu durchnäßte der Regen den Rest ihrer Kleidung. Das Girl hetzte über den Rasen in Richtung Tor. Hinter sich hörte sie die stampfenden Schritte des Vampirs. Sie wagte nicht ein einziges Mal zurückzublicken, wollte keine Sekunden verlieren.

Und dann passierte das Unglück.

Brenda Porter rutschte aus. Ihr rechtes Bein schlitterte plötzlich nach vorn. Brenda verlor den Halt, fiel hin und rutschte quer über den Weg bis auf den nassen Rasen.

Der Angstschrei wurde ihr vom Wind von den Lippen gefetzt.

Das Girl lag noch nicht eine Sekunde, da hörte sie bereits das gellende Gelächter über sich. Ein drohender, unheimlicher Schatten wuchs neben ihr auf.

Der Vampir!

Jetzt konnte sie ihm nicht mehr entkommen.

In ihrer Panik versuchte Brenda wegzukriechen. Es war eine vergebliche Mühe.

Die eisernen Hände des Vampirs packten sie an den Schultern und zogen sie hoch.

Dr. Barow drehte sein Opfer herum. Ganz dicht sah Brenda die gräßlichen Zähne vor sich.

Aber sie sah auch noch etwas anderes durch den dichten Regenschleier.

Einen Mann, der mit langen Sätzen auf sie zuhetzte.

Es war der letzte Eindruck, den Brenda mitbekam, denn eine plötzliche Ohnmacht ließ sie alles vergessen.

Der Reporter Bill Conolly verglich sich selbst oft mit einem Vampir. Hatte er einmal Blut geleckt, so war er nicht mehr zu halten.

Wie auch diesmal. John Sinclair hatte ihm den Mund wäßrig gemacht.

Trotzdem wartete Bill noch den gesamten Nachmittag, ehe er sich entschloß, etwas zu unternehmen.

Schließlich hinterließ er eine kurze Nachricht für seine Frau, fuhr nach unten in die Tiefgarage, klemmte sich in seinen Porsche und dampfte ab.

Als er den Häuserkomplex verließ, begann es zu regnen.

Wo Brenda Porter wohnte, wußte er. Er hoffte, seinen Freund John bei dem Callgirl anzutreffen.

Auf den Straßen herrschte wenig Verkehr. Bei dem Wetter blieben selbst die fanatischsten Wochenendler zu Hause.

Das eintönige Surren der Scheibenwischer zerrte an Bills Nerven. Komisch, er war doch sonst nicht so aufgeregt. Selbst eine Zigarette beruhigte ihn nicht.

Der Reporter kam zügig voran. Schon bald bog er in die stille Seitenstraße ein, in der Brenda Porter wohnte.

Bill verlangsamte die Fahrt. Mit zusammengekniffenen Augen peilte er die Grundstücktore ab, um die Nummernschilder zu erkennen.

Nummer 34, da wohnte sie.

Der Reporter stoppte.

Direkt neben dem Eingang fand er einen Parkplatz. Er hatte gerade die Tür des Porsche geöffnet, da hörte er das teuflische Gelächter.

Gefahr! signalisierte sein Gehirn.

Bill hechtete förmlich aus seinem Wagen. Im Nu war er klatschnaß. Mit wenigen Schritten hatte er das Tor erreicht und starrte mit weit aufgerissenen Augen durch die graugrün gestrichenen Eisenstangen.

Der dichte Regenschleier ließ ihn alles nur verzerrt erkennen. Doch was er sah, reichte ihm.

Ein Mann hatte sich über eine am Boden liegende Frau gebeugt und zerrte sie gerade hoch.

Dr. Barow?

Bill handelte.

Wie früher in der Turnhalle zog er sich an den Stäben hoch,

stand Sekunden später auf dem oberen Rand des Tores und sprang.

Mit beiden Füßen zuerst landete er auf dem Kiesweg. Der Aufprall dröhnte bis in sein Gehirn.

Bill verzog das Gesicht und rannte los. Mit keuchenden Lungen und verzerrtem Gesicht kämpfte er gegen den von vorn kommenden Wind an.

Keiner der beiden Kämpfenden hatte ihn bisher gesehen.

Aber jetzt bemerkte ihn der Kerl.

Bill sah, wie der Mann das Mädchen losließ, es kurzerhand auf den Rasen schleuderte und den Reporter breitbeinig erwartete.

Zwei Meter vor dem Kerl blieb Bill stehen.

»Dr. Barow!« keuchte Bill. »Sei verdammt!«

Der Vampir stieß einen schrecklichen Fauchlaut aus und kam auf Bill zu.

Der Reporter wich zurück. Überdeutlich kam ihm zum Bewußtsein, daß er keine wirksame Waffe bei sich hatte, mit der er dem Vampir begegnen konnte.

Er war allein auf seine Fäuste angewiesen.

Die rechte Hand des Vampirs schoß vor.

Geschickt wich Bill aus, tauchte unter dem Schlag hinweg und gelangte durch drei rasche Schritte in den Rücken des Untoten.

Dr. Barow reagierte etwas zu langsam.

Bill hatte blitzschnell den langen nassen Umhang des Vampirs gepackt und ihn Dr. Barow mit einer kräftigen Bewegung über den Kopf gezogen.

Jetzt konnte der Vampir nichts mehr sehen, war für wenige Sekunden ausgeschaltet.

Bill dachte nicht an sich, sondern an das Mädchen.

Er schnappte sich die bewußtlose Brenda und zog sie weg in Richtung Tor, wollte sie in den Büschen verstecken.

Doch Dr. Barow gab nicht auf. Er hatte sich schneller befreit, als Bill annahm.

Der Reporter ahnte die Gefahr. Instinktiv wirbelte er herum.

Gleich einer riesigen Fledermaus flog der Vampir auf ihn zu und begrub ihn mitsamt dem Mädchen unter sich.

Der schwere Körper preßte Bill in den weichen Boden. Der Reporter wußte, daß er um sein Leben kämpfen mußte.

Er bäumte sich auf, zog die Knie an und versuchte, den Vampir wegzustoßen.

Er schaffte es nicht. Gnadenlos drückte ihn der schwere Körper nach unten. Zwei gekrümmte Hände suchten seinen Hals, fanden ihn und legten sich wie Klammern um seine Kehle. Dazu preßten ihm die Knie des Unheimlichen die Luft aus den Lungen.

Ein verzweifeltes Gurgeln entrang sich Bills Kehle.

Weit riß er die Augen auf. Dicht über sich sah er die furchtbare Fratze des Blutsaugers, die spitzen Zähne, die darauf warteten, ihm den Lebenssaft aus dem Körper zu saugen.

Bill wehrte sich verbissen, versuchte sämtliche Tricks, trommelte mit seinen Fäusten gegen den Körper des Untoten, doch all seine Angriffe zeigten keine Wirkung.

Kein Laut drang über die Lippen des Vampirs, während die knochigen, eiskalten Hände immer stärker zudrückten.

Längst bekam Bill keine Luft mehr, auch das Gesicht sah er nur noch verschwommen.

Aber noch einmal bäumte sich sein Lebenswille auf. Das letzte Fünkchen, das in seinem Körper steckte, breitete sich aus zu einer wilden Flamme.

Bill legte die Hände links und rechts neben seinem Kopf, warf sie dann blitzschnell vor und stieß dem Vampir jeweils die Daumen in die Augen.

Es half!

Der Kopf des Untoten wurde nach hinten geworfen, der Griff um Bills Kehle lockerte sich, und der Reporter konnte unter den würgenden Händen wegrollen.

In einer Reflexbewegung zog er das rechte Bein an und ließ es gleich darauf wieder vorschnellen.

Sein Fuß traf den Vampir am Hals.

Bill sah nicht mehr, wie Dr. Barow zurückflog, eine sekundenlange Ohnmacht setzte ihn außer Gefecht.

Doch der Untote war noch voll da. Für ihn war nur das Mädchen wichtig. Seine dritte Braut.

Sofort stürzte er sich auf die immer noch bewußtlose Brenda Porter, zog sie hoch, warf sie sich über die Schulter und lief mit ihr auf die Hecke zu, in der er bei seiner Ankunft ein Loch geschnitten hatte.

Als Bill wieder klar denken konnte, sah er den Vampir gerade noch verschwinden.

Tränen der Wut, der Enttäuschung, traten dem Reporter in die Augen.

Er wollte aufspringen, hinterherlaufen, doch seine Beine versagten ihm den Dienst.

Auf allen vieren kroch Bill voran, erreichte schließlich das Loch in der Hecke und hörte im selben Moment einen Automotor aufbrummen.

Bill warf sich förmlich durch das Loch.

Dann hatte er die andere Seite erreicht. Genau in dem Augenblick, in dem Dr. Barow mit seiner kostbaren Beute abfuhr.

Er fuhr ohne Licht. Trotzdem erkannte Bill in dem Wagen einen dunklen Mercedes.

Bill sah seinen eigenen Porsche ein paar Meter weiter stehen und wußte gleichzeitig, daß er nicht in der Lage war, jetzt die Verfolgung aufzunehmen.

Der Reporter stöhnte auf.

Plötzlich sah er am Ende der Straße ein Scheinwerferpaar aufleuchten, das rasch näher kam.

Wenn es ihm gelang, den Wagen anzuhalten, dann . . .

Bill stemmte sich hoch und rannte einfach auf die Straße. Mitten im Lauf brach er zusammen, fiel mit beiden Knien hart auf das Pflaster.

Riesengroß wurden die Scheinwerfer.

Bill hob verzweifelt die Hand, um zu winken.

Mein Gott, der Fahrer mußte ihn doch sehen. Er konnte ihn doch nicht einfach überfahren.

Und dann kreischten die Bremsen!

Beim Secret Service, dem englischen Geheimdienst, herrschte Alarmstufe eins.

Johns Fang hatte die Spionageabwehr auf Trab gebracht. Der Inspektor mußte unzählige Protokolle unterschreiben, mehrere Male einen Bericht abgeben und wurde somit von seiner eigentlichen Aufgabe abgelenkt.

Bis ihm der Kragen platzte. Ein Gespräch mit Superintendent Powell klärte die Lage. Johns Vorgesetzter setzte sich mit den zuständigen Leuten in Verbindung, und plötzlich war alles klar.

John konnte sich zuerst um seinen eigenen Fall kümmern.

Trotzdem war der Nachmittag draufgegangen. Der Inspektor hatte ein schlechtes Gewissen, als er sich schließlich in seinen

Bentley setzte, um zum zweitenmal an diesem Tag zu Brenda Porter zu fahren.

Bei strömendem Regen fuhr John los.

Hoffentlich kam er nicht zu spät. Man durfte diese Blutsauger nicht unterschätzen.

Der Inspektor fuhr schnell. Als er in die Straße einbog, in der Brenda wohnte, war es schon fast zwanzig Uhr.

Die Scheinwerfer fraßen sich durch die dichten Regenschleier. Der Himmel hatte seine Schleusen geöffnet.

John verringerte das Tempo, denn bald mußte der Bungalow auftauchen.

Da sah er den Mann.

Er lag mitten auf der Straße und winkte mit einem Arm. Die Scheinwerfer rissen ihn wie einen Scherenschnitt aus der Dunkelheit.

John reagierte instinktiv. Sein Fuß nagelte die Bremse fest.

Der Bentley schlitterte über die nasse Straße, und eine Handbreit vor dem Mann kam der Wagen zum Stehen.

Sofort war John draußen.

»Bill!« schrie er.

Erst jetzt hatte er ihn erkannt.

Bill Conolly stützte sich auf die Motorhaube und versuchte, sich mit verzerrtem Gesicht hochzuziehen.

John half ihm.

»Was ist passiert, Bill?«

»Erzähle ich dir gleich«, keuchte der Reporter. »Komm, wir müssen ihm nach.«

»Wem?«

»Dem Vampir, verdammt. Er hat Brenda Porter mitgenommen. Ich konnte ihn nicht aufhalten.«

John Sinclair stellte keine Fragen mehr. Er verfrachtete Bill auf den Beifahrersitz.

»Es ist ein dunkler Mercedes. In diese Richtung ist er gefahren.«

»Wie lange ist das her?« wollte John wissen, während er schon anfuhr.

»Vielleicht zwei, drei Minuten«, sagte Bill gepreßt und massierte sich seinen Hals.

John Sinclair zog scharf die Luft ein. »Einen Vorteil haben wir. Wir wissen ungefähr, in welcher Gegend Barows Haus liegt. Und dorthin führen nur wenige Straßen. Es müßte mit dem Teufel zugehen, wenn wir diesen verdammten Mercedes nicht finden würden.«

Bill Conolly gab keine Antwort. Er konnte nur noch hoffen.

John Sinclair und Bill Conolly hatten sagenhaftes Glück. Auf der breiten Schnellstraße, die in das Gebiet führte, wo das Haus liegen mußte, sahen sie den Mercedes plötzlich im Scheinwerferlicht auftauchen.

»Das ist er«, rief Bill und beugte sich gespannt vor.

John ging vom Gas. Der Bentley fiel ein Stück zurück.

»Mensch, laß ihn nur nicht aus den Augen, John.«

»Keine Angst.«

Auf der Straße herrschte so gut wie kein Verkehr. Der kräftige Regen war in ein leichtes Nieseln übergegangen. Tausende von Tröpfchen glitzerten auf der Frontscheibe des Bentley.

Auf einmal flackerte das Blinklicht des Mercedes auf. Der Wagen bog rechts in einen schmalen asphaltierten Weg ein.

Sekunden später hatten John und Bill ebenfalls die Stelle erreicht.

Der Inspektor löschte die Scheinwerfer. Er orientierte sich nur noch an den Rücklichtern des Mercedes. Bill Conolly klebte fast an der Scheibe und starrte sich die Augen aus dem Kopf.

»Er bremst, John«, rief der Reporter.

Auch John tippte auf die Bremse.

»Ob wir nicht mal nachsehen?« meinte Bill.

»Augenblick noch.«

Sie hatten die Scheiben heruntergekurbelt und horchten in die tintenschwarze Nacht.

Irgendwo vorne quietschte ein Tor, dann klappte eine Wagentür, und der dunkle Mercedes fuhr wieder an.

Auch John setzte seinen Bentley in Bewegung. Plötzlich sah er die Umrisse eines Zaunes aus der Dunkelheit auftauchen.

»Das muß das Grundstück sein«, sagte Bill überflüssigerweise.

John stoppte. Bevor er ausstieg, wandte er sich an den Reporter. »Du bleibst im Wagen, Bill. Ich werde versuchen, in das Haus zu gelangen. Sollte ich – sagen wir – in einer Stunde nicht zurücksein, verständigst du den Yard.«

Bill Conolly wollte aufbegehren, aber als er Johns Blick sah, ließ er es lieber bleiben. Er kannte den Inspektor schließlich lange genug.

»Also gut, ich warte.«

John klinkte leise die Wagentür auf und schob sich hinaus in die feuchte Dunkelheit.

Mittlerweile hatte es aufgehört zu regnen. Die Wolkendecke war etwas aufgerissen und ließ die Sichel eines zunehmenden Mondes erkennen.

Nach wenigen Schritten stand John vor dem Tor. Es war wieder zugefallen, doch für den Inspektor kein Hindernis. Zwei Kletterübungen brachten ihn auf die andere Seite des Grundstücks.

Federnd landete John im knöcheltiefen Gras. Soviel er selbst in der Dunkelheit erkennen konnte, schien der Garten verwildert zu sein.

Geduckt huschte John auf das Haus zu, das er nur als großen Schatten sah.

Plötzlich hörte er das Knarren einer Tür.

John machte sich so klein wie möglich. Zwischen zwei nassen Ästen hindurch peilte er in Richtung Haus.

Dort war die Haustür aufgegangen. John sah einen schwachen Lichtschein, eine kurze Bewegung und dann nichts mehr.

Fünf Minuten wartete er ab. In dieser Zeit hatte sich nichts Verdächtiges getan.

Natürlich hatte der Inspektor nicht vor, das Haus durch den Vordereingang zu betreten. Nein, er wollte sehen, daß er von der Rückseite hereinkam, vom Keller her, oder durch eine Hintertür.

John lief links an dem geparkten Mercedes vorbei und preßte sich mit dem Rücken gegen die Hausmauer.

Schritt für Schritt schlich er weiter und gelangte langsam, aber sicher an die Querseite des Hauses.

Und hier geschah der Überfall. Wie aus heiterem Himmel stand plötzlich ein Mann neben John.

Der Inspektor sah die Maschinenpistole und ließ sich instinktiv fallen

Keinen Herzschlag zu früh.

Die Waffe spuckte ihre tödliche Ladung. Die Kugeln hämmerten über John hinweg in die Mauer, wo sie dann als Querschläger in alle Richtungen davonstoben.

Johns Schrecksekunde war minimal. Noch auf dem Boden liegend, ging er zum Gegenangriff über. Er sah die Beine seines

Gegners direkt vor sich. Ein kurzer Ruck genügte, und der Kerl segelte nach hinten.

Blitzschnell stand John auf. Ein gezielter Tritt beförderte dem anderen die Maschinenpistole aus der Hand.

Dann war John Sinclair am Drücker. Er zog den hinterhältigen Schützen hoch und bohrte ihm seine Faust in den Magen.

Der Mann klappte zusammen. Johns Uppercut riß ihn wieder hoch. Damit war der Kampf auch schon vorbei.

Der Kerl lag in einem Gebüsch und rührte sich nicht mehr. John wischte sich über den Mund, nahm das Magazin aus der Waffe und warf es weg. Dann erst kümmerte er sich um den Bewußtlosen.

Der Mann trug die Uniform der Zuchthausaufseher!

Jetzt verstand der Inspektor gar nichts mehr. Doch dann dachte er an den Beamten, der ihm erzählt hatte, daß ein gewisser Sergeant Mallory auf eigene Faust versuchen wollte, den Vampir zu finden. John hatte diese Geschichte praktisch nebenbei gehört und ihr keinerlei Bedeutung zugemessen, doch jetzt sah er die Sache in einem anderen Licht.

Der Inspektor lauschte. Niemand schien die Schüsse gehört zu haben, und Bill blieb zum Glück auch in dem Bentley sitzen.

John machte sich wieder auf den Weg. Er hatte die Rückseite des Hauses schnell erreicht und riskierte es nun, seine kleine Taschenlampe anzuknipsen.

In dem schmalen Lichtstrahl entdeckte er einen verfallenen Geräteschuppen und eine von außen an die Hauswand angebaute Treppe, die nach unten führte.

John zählte die Stufen. Es waren acht, und die letzte endete vor einer Holztür.

John drückte auf die Klinke.

Die Tür war zu. Der Inspektor gab jedoch nicht nach, sondern rüttelte einmal kräftig an dem Schloß.

Prompt flog die Tür auf.

Daß er aber auch gleichzeitig eine Alarmanlage in Betrieb gesetzt hatte, das wußte John Sinclair nicht.

Irgendwann stieß John auf ein geheimes Labor. Im Strahl seiner kleinen Lampe erkannte er chemische Geräte wie zum Beispiel Reagenzgläser und Erlenmeyerkolben.

Ein süßlicher Geruch lag in der Luft.

Blutgeruch!

John Sinclair hatte keine Ahnung, daß er sich in der Hexenküche des Vampirs befand. Hier hatte Dr. Barow die Mischung aus Blut und Erde hergestellt, die ihn hatte zum Vampir werden lassen.

Auf Zehenspitzen schlich John weiter. Er hatte vorhin seltsame Laute gehört, die sich wie Schreie anhörten.

Durch eine zweite Tür gelangte John wieder in einen anderen Gang.

Jetzt hörte er die Laute deutlicher.

Tatsächlich, es waren Schreie!

Spitz und schrill!

Sollte etwa Brenda Porter . . .?

John ging schneller. Achtete nur weniger auf seine eigene Sicherheit.

Und plötzlich war der Gang zu Ende. John stand vor einer Mauer. Verdammt, das hatte ihm noch gefehlt. Von unten nach oben leuchtete er die Mauer mit seiner Taschenlampe ab, suchte nach einem geheimen Kontakt oder einer verborgenen Tür.

Nichts. Der Stein war glatt und fest.

John Sinclair fluchte lautlos und ging wieder zurück in das Labor. Von hieraus gelangte er wieder auf den Hauptgang, von wo er auch gekommen war.

Und dann sah er die Tür. Sie war grau angestrichen und hob sich kaum von der glatten Wand ab.

John löschte sofort die Lampe. Er legte seine Hand auf die Klinke. Unendlich langsam drückte er sie hinunter.

Die Tür schwang auf. Gleichzeitig trafen schrille Schreie Johns Ohren.

Der Inspektor huschte durch den Türspalt, bereit, mit dem Grauen konfrontiert zu werden.

John Sinclair befand sich in einem Gewölbe, von dem eine Holztreppe nach oben führte, in einigen Haltern an der Wand steckten schwarze Kerzen, die ein mattes, unheimlich flackerndes Licht verbreiteten.

Aber woher kamen die gräßlichen Schreie?

John ging einige Schritte vor.

Er sah die Umrisse einer Holztür, die in ein anderes Verlies führte, und er sah einen Mann.

George Baker!

Er hing, an Ketten gefesselt, in einer Nische.

Mit drei Schritten war John bei ihm.

»Mister Baker!« rief er.

Unendlich mühsam hob George Baker den Kopf. Er blickte John an, seltsam starr, und plötzlich öffnete er seinen Mund.

Zwei spitze Vampirzähne wurden sichtbar.

John Sinclair kannte kein Pardon mehr. Mit einem blitzschnellen Griff hatte er das silberne, unten spitz zulaufende Kreuz aus der Lederscheide, die an seinem Gürtel befestigt war, hervorgezogen und stieß es dem Vampir mit aller Macht ins Herz.

Ein markerschütternder Schrei drang aus dem Mund des Untoten und verstummte schließlich in einem Röcheln.

John zog das Kreuz aus der Wunde und sprang zurück.

Der Vampir wand sich in seinen Ketten. Die Haut platzte plötzlich vom Gesicht weg und gab die blanken Knochen frei. Es war ein widerlicher Anblick.

John drehte sich weg . . . und erstarrte.

Die Holztür stand offen. Unbemerkt waren Jane Hopkins und Miriam West aus dem dahinterliegenden Verlies getreten. Sie hatten sich zu beiden Seiten der Tür aufgebaut und die Oberlippen vorgeschoben, so daß ihre gräßlichen Zähne hervorlugten.

Doch das war es nicht, was John schockierte.

Es war vielmehr die Gestalt des Dr. Barow. Er stand in der offenen Tür und hielt Brenda Porter fest umklammert. Seine beiden Vampirzähne befanden sich nur eine Handbreit über dem straff gespannten Hals des Mädchens. Hinter dem Untoten konnte John undeutlich drei Särge erkennen.

Der Inspektor hob das Kreuz. Silbern glänzend brannte es den Vampiren entgegen.

Die beiden Frauen schrien auf. Ihre Gesichter verzerrten sich wie unter unsäglichen Schmerzen.

»Werfen Sie es weg!« brüllte Dr. Barow und wich mit Brenda Porter in das Innere des Verlieses zurück.

John Sinclair durfte das Leben des Mädchens nicht aufs Spiel setzen.

Er gehorchte.

Klirrend fiel das Kreuz zu Boden.

»Stoßen Sie es in die Nische hinter Ihnen!« befahl Dr. Barow.

Auch das tat John.

Plötzlich lachte der Vampir auf. »Holt ihn euch!« schrie er seinen beiden Dienerinnen zu. »Holt ihn euch, damit ihr leben könnt . . .!«

Auch in diesem gefährlichen Augenblick behielt John Sinclair die Nerven.

Er tat genau das, womit die beiden Untoten nicht rechneten.

John hechtete zwischen ihnen hindurch auf die offenstehende Tür zu, verwandelte den Sprung in eine Rolle und kam kurz vor Dr. Barow wieder auf die Beine.

Ehe der Vampir überhaupt reagieren konnte, schmetterte John mit dem Absatz die Tür zu.

Jetzt standen die Chancen ungleich besser. Dr. Barow wollte nicht aufgeben. Blitzschnell hackte er mit seinen beiden Zähnen nach Brenda Porters Hals.

Die Dinge geschahen gleichzeitig.

Mitten in der Bewegung traf den Vampir Johns Faust. Der Inspektor hatte die Finger zu einem Karatehieb zusammengekrümmt und schmetterte sie gegen die Stirn des Untoten.

Es gab ein knackendes Geräusch, als die Knochen brachen. Der Vampir wurde von der Wucht des Schlages nach hinten geworfen und krachte auf einen der Särge, der dem Anprall nicht gewachsen war und plötzlich Risse zeigte.

Brenda, die noch immer in den Klauen des Blutsaugers hing und gar nicht richtig mitbekam, was sich abspielte, schrie gellend auf.

John sprang vor und riß sie aus dem Griff des Untoten. Er stieß das Mädchen quer durch das Verlies in eine der Ecken.

»Rühren Sie sich nicht vom Fleck!« befahl John.

Für Sekunden nur war er abgelenkt gewesen. Doch diese Zeit hatte Dr. Barow gereicht, um sich wieder aufzurichten. Johns Schlag, der einen Menschen glatt getötet hätte, hatte bei ihm keine Wirkung hinterlassen.

Der Vampir griff an. John wich nicht schnell genug aus, und so gelang es dem Untoten, seine knöchernen Hände um die Schultern des Inspektors zu krallen.

John riß das Knie hoch.

Der Vampir wurde von dem unheimlich harten Stoß durchgeschüttelt, ließ aber nicht los.

Plötzlich flog hinter John die Tür auf.

»Inspektor!« gellte Brendas Stimme durch das enge Verlies. »Hinter Ihnen!«

John Sinclair drehte sich auf der Stelle. Der Vampir, der ihn immer noch gepackt hielt, wurde mitgezerrt. John sah die haßverzerrte Fratze mit den glühenden Augen dicht vor sich und setzte einen Judogriff an.

Er klappte.

Der Untote flog halb an ihm vorbei und krachte gegen eine seiner Dienerinnen.

Gemeinsam flogen sie bis zur Wand.

Doch die andere – es war Miriam West – drang auf John ein. Kreischend, fauchend und nur von dem Trieb zum Töten besessen, versuchte sie, John an die Kehle zu kommen.

Der Inspektor spielte seinen letzten Trumpf aus.

Er sprang zurück, bis er die Wand im Rücken spürte, und riß eine Pistole hervor.

Siegessicher kam Miriam West auf ihn zu, ihr konnten Kugeln nichts anhaben.

Doch diese Pistole war mit Silberkugeln geladen. Hergestellt aus der Schmelze eines silbernen Kreuzes. Es waren geweihte Geschosse und für einen Vampir tödlich.

John Sinclair feuerte.

Zwei Kugeln jagte er aus dem Lauf. Und er traf genau. Die Projektile bohrten sich in das Herz der Untoten und stießen sie zurück. Miriam West brach zusammen und verendete auf dem Kellerboden.

Inzwischen hatte sich Dr. Barow wieder erholt. Erneut schickte er seine Dienerin vor. Während John den Arm mit der Waffe hob, genau zielte, warf er sich von der Seite her gegen den Inspektor.

John schoß, während er zur Seite kippte.

Die Kugel fuhr wirkungslos in die Decke. Im gleichen Atemzug sauste Dr. Barows Handkante durch die Luft. Mit mörderischer Wucht krachte sie auf Johns Waffenarm.

Der Inspektor schrie auf und ließ die Pistole fallen. Gleichzeitig mußte er sich vom Boden abstoßen, um nicht in den stahlharten Griff des Vampirs zu gelangen.

John Sinclair flog genau auf Jane Hopkins zu. Noch in der Luft winkelte er den Ellbogen an und schmetterte ihn der Untoten mitten in das halbverzerrte Gesicht.

Jane Hopkins fiel zur Seite.

John hetzte auf die schreckerstarrte Brenda Porter zu, die in der Ecke saß, beide Hände vor ihr Gesicht gepreßt hielt und sich nicht zu rühren wagte.

»Weg hier!« brüllte John. »Versuchen Sie, wegzulaufen!«

Zu spät. Dr. Barow hatte bereits die Tür blockiert und Jane Hopkins auf John Sinclair angesetzt.

John biß die Zähne zusammen. Jetzt war er waffenlos diesen blutgierigen Bestien ausgeliefert. Seine Pistole lag viel zu weit von ihm entfernt.

Welche Möglichkeit blieb ihm überhaupt noch?

Johns Augen irrten hin und her, während die Untote immer näher kam.

Zwei, drei Schritte noch.

An der Tür lachte Dr. Barow teuflisch und siegessicher auf. Im Halbdunkel des Kerzenlichtes wirkte er wie eine riesige Fledermaus.

Und dann hatte John Sinclair eine Idee.

Ehe die Untote sich versah, hatte sich der Inspektor nach rechts geworfen und schmetterte seine Faust mit aller Macht auf den angeknacksten Sarg.

Die Totenkiste zerbrach splitternd.

Blitzschnell griff John nach einem langen Stück Holz, das an einem Ende noch fest in der Sargwand verankert war.

Der Inspektor drehte sich um die eigene Achse und riß die Latte ab. Hinter seinem Rücken hörte er das gräßliche Fauchen der Untoten.

Wild warf er sich herum.

Die Holzlatte beschrieb einen Halbkreis und bohrte sich in die Brust des weiblichen Vampirs.

Ein fast schwarzer Blutstrom schoß aus der klaffenden Wunde. Jane Hopkins war noch nicht völlig ausgeblutet. Ihr Schrei zerriß die Stille.

John zog die Latte aus dem Körper und machte Schluß mit dieser Satansbrut.

Wimmernd brach Jane Hopkins zusammen. In hektischen Zuckungen wand sie sich auf dem Steinboden und blieb schließlich still liegen.

Aber das sah der Inspektor schon nicht mehr. Er hatte sich bereits seinem letzten Gegner zugewandt.

Doch Dr. Barow war verschwunden.

John Sinclair stieß einen Fluch aus.

Der Vampir wußte, daß er nichts mehr retten konnte und hatte es deshalb vorgezogen zu fliehen.

Für den Inspektor kam es auf jede Sekunde an. Er mußte aber auch an Brenda Porter denken.

Mit zwei Sätzen war er bei ihr.

»Kommen Sie hoch!« schrie er und faßte ihren Arm.

Brenda ließ alles willenlos mit sich geschehen.

John zog sie aus dem Verlies in Richtung Treppe, nicht aber ohne vorher die Pistole und das Kreuz an sich genommen zu haben.

Mehr fallend als gehend stolperten sie die Stufen hoch.

Sie gelangten in einen schmalen, von Kerzenlicht erhellten Flur und schließlich an die offenstehende Haustür.

Jemand kam gerannt. Die Person hielt eine Taschenlampe in der Hand, deren Schein auf- und abschwenkte.

Es war Bill Conolly.

»John!« rief er. »Verdammt, was ist los?«

»Kümmere dich um das Mädchen«, sagte der Inspektor.

»Und du? Was . . .«

In diesem Moment brummte der Motor des Mercedes auf.

»Verdammt, das Tor unten ist offen«, sagte Bill.

John hörte die Worte nicht mehr. Er hetzte bereits durch den Garten schräg auf den abfahrenden Mercedes zu . . .

Zum Glück war die Tür des Bentley offen.

Der Inspektor hechtete förmlich hinter das Steuer, startete, und der Motor kam sofort.

Dr. Barow versuchte, durch gewagte Schlenker die Straße zu blockieren.

Doch er hatte nicht mit Johns Hartnäckigkeit und Fahrkunst gerechnet.

Dreimal ließ sich der Inspektor bewußt ein wenig zurückfallen, um dann aber durch einen Tritt auf das Gaspedal blitzartig vorzustoßen.

Plötzlich befand er sich mit dem Mercedes auf gleicher Höhe.

John sah für einen Augenblick das verzerrte, schreckensstarre Gesicht des Vampirs zu sich herüberblicken, nutzte eiskalt den Moment der Unachtsamkeit seines Gegners und drehte das Lenkrad um eine Idee nach links.

Blech krachte gegen Blech. Der Mercedes kam ins Schleudern.

John drückte noch weiter.

Verzweifelt kurbelte der Vampir gegen, versuchte seinen Wagen aus der gefährlichen Klemme zu bekommen.

Es gelang ihm nicht, denn da war der Graben am linken Straßenrand.

Zuerst war es das linke Vorderrad, das sich plötzlich für einen Augenblick in der Luft drehte. Der Mercedes rutschte ab, machte einen Bocksprung, stellte sich hoch auf die Kühlerschnauze und wurde mit unheimlicher Wucht zurück auf das Dach geschleudert.

Krachend brach der Wagen zusammen. Glas splitterte, Blech knirschte, und zwischen den verformten Wrackteilen zuckten plötzlich kleine Flämmchen auf.

John Sinclair war es gelungen, seinen Bentley achtzig Meter weiter zum Stehen zu bringen. Im Rückspiegel hatte er das Unglück beobachtet.

Die Hitze traf John schon, als er noch einige Meter zu laufen hatte. Zufällig warf er einen Blick nach links.

Und da sah er den Vampir. Auf allen vieren versuchte er zu entkommen.

Der Inspektor ließ ihm keine Chance.

Er preßte die Zähne zusammen, so daß seine Wangenknochen hart hervortraten, und tat das, was er tun mußte, er stieß dem Vampir das spitze Kreuz in die Brust.

Der Vampir wurde schlaff. Eine schwarze Flüssigkeit quoll aus seinem Körper.

John Sinclair wich zurück. Er hatte genug getan. Aus kalten Augen beobachtete er, wie der Vampir verendete.

»Hoffentlich passiert ihm nichts«, sagte Brenda Porter leise und preßte sich ängstlich an Bill Conolly.

Das Mädchen hatte sich wieder einigermaßen gefangen. Für sie war alles nur ein böser Alptraum gewesen. Und das war gut so.

»Inspektor Sinclair ist schon mit ganz anderen Sachen fertig geworden«, erklärte Bill optimistisch und blickte in die Richtung, in der die beiden Wagen verschwunden waren.

Niemand von ihnen sah den Mann, der soeben hinter dem Haus aus seiner Bewußtlosigkeit erwachte und sich stöhnend erhob.

Er war Sergeant Mallory!

Es dauerte nur kurze Zeit, dann war er wieder klar. Und im selben Moment sah er auch die am Boden liegende Maschinenpistole und bemerkte, daß das Magazin fehlte. Er fand das Reservemagazin in seiner Hosentasche und ließ es einrasten.

Seine Hände schlossen sich um den kalten Stahl der Waffe. Ein böses Grinsen legte sich auf Mallorys Lippen, als er die Stimmen vor dem Haus vernahm.

Dort unterhielten sich zwei Menschen. Er kannte sie nicht, ahnte jedoch, daß es Feinde sein mußten.

Und Feinde sollte er ausrotten.

Gnadenlos!

Behutsam schlich Mallory los. Die Maschinenpistole hielt er schußbereit.

Vorsichtig schob er sich um die Hausecke. Er kicherte innerlich, als er Brenda Porter und Bill Conolly entdeckte. Beide wandten ihm den Rücken zu.

Mallory hob die Waffe . . .

Sekundenlang visierte er die Rücken der Ahnungslosen an, doch dann ließ er die Maschinenpistole wieder sinken.

Nein, er wollte es anders machen. Sich noch an der Angst der Leute weiden.

Der Vampir würde mit ihm zufrieden sein.

Erregung packte den hypnotisierten Sergeant. Schritt für Schritt näherte er sich seinen Opfern.

Noch vier Meter, noch drei – zwei . . .

Da knackte unter seinen Füßen ein Ast.

Bill hörte das Geräusch und kreiselte gedankenschnell herum. Er blickte genau in die kreisrunde Mündung der Maschinenpistole.

In der Dunkelheit war das Gesicht des Unbekannten nur als heller Fleck zu erkennen. Deshalb sah Bill Conolly nicht die Augen, die seltsam tot und leer waren.

Der Reporter griff zum letzten Mittel. »Dr. Barow ist tot!«

Das gellende Gelächter des Unbekannten schnitt durch die Nacht. »Dr. Barow kann nicht sterben. Das sagst du nur, um dein armseliges Leben zu retten. Nein, es hat keinen Zweck, ich . . .«

Der Donner einer Explosion schnitt dem Sergeant das Wort ab. Schräg hinter ihm schoß plötzlich ein Lichtschein gegen den nachtdunklen Himmel.

Für Augenblicke nur war der Sergeant abgelenkt.

Die Zeit reichte Bill.

Mit einem wahren Panthersatz sprang er vor und rannte den Mann um.

Beide flogen sie zu Boden. Instinktiv zog Mallory noch den Stecher der Waffe durch.

Die tödliche Garbe ratterte in den Himmel.

Dann war Bill am Drücker. Seine geballte Faust traf Mallorys Achselhöhle.

Der Sergeant brüllte auf, ließ die Maschinenpistole fallen und wälzte sich wimmernd am Boden.

Bill, einmal in Fahrt, zog den schweren Kerl hoch und wollte ihm das Knie in den Körper stoßen.

Doch Mallory war zäh. Mit einer gedankenschnellen Bewegung drehte er zur Seite ab.

Bills Stoß ging ins Leere. Er selbst taumelte nach vorn. Mallory sah seine Chance und schlug Bill die Handkante in den Nacken.

Flach wie ein Brett knallte der Reporter zu Boden.

Mallory lachte teuflisch auf und sprang zu der am Boden liegenden Maschinenpistole.

Brenda Porter begriff die Gefahr und warf sich dem Kerl entgegen.

Mallory stoppte mitten in der Bewegung, ließ Brenda herankommen und fegte sie dann mit einem Rundschlag zurück.

Schreiend krachte das Girl gegen die Hausmauer, wo es langsam zusammensackte.

Bill, den der Handkantenschlag im ersten Moment fast paralysiert hatte, wurde von Brendas Schrei förmlich hochgetrieben. Er konnte gerade noch sehen, daß Mallory die Maschinenpistole packte, sie hochriß, auf Bill anlegte . . .

Der Reporter stand starr vor Schrecken. Sein Herz schlug plötzlich oben im Hals.

Aus! schrie es in ihm. Es ist . . .

Plötzlich ließ Mallory die Maschinenpistole sinken. Aus ungläubigen Augen starrte er Bill Conolly an.

»Wer sind Sie?«

Bill gab keine Antwort. Er war zu überrascht. Konnte sich diese plötzliche Sinneswandlung einfach nicht erklären.

Dabei war es ganz einfach. John Sinclair hatte ohne es zu ahnen, seinem Freund das Leben gerettet. Denn in dem Moment, als der Vampir starb, war auch der hypnotische Bann gebrochen. Sergeant Mallory wurde wieder normal.

»Ich habe Sie was gefragt, Mister!« sagte Mallory.

Bill lächelte. »Ich heiße Bill Conolly und bin Reporter.«

»So?« Erst jetzt sah Mallory die Umrisse des Mädchens, das vor dem Haus am Boden lag. »Und was ist mit ihr?«

»Das ist . . .«

Mitten im Satz stockte Bill. Zwei Scheinwerfer tauchten auf, und gleichzeitig war das Geräusch eines fahrenden Wagens zu vernehmen.

»Ich glaube, das kann Ihnen Inspektor Sinclair besser erklären«, vollendete Bill seinen Satz.

»Inspektor Sinclair?« echote Mallory.

Eine Wagentür klappte.

Bill zeigte mit dem Kopf in Richtung des Bentley, aus dem soeben sein Freund John Sinclair stieg.

Mit langen Schritten kam er auf die beiden Männer zu.

»Alles klar, Bill?«

»Alles klar.«

Die Antwort des Reporters hörte sich verdammt erleichtert an.

Die Untersuchung dauerte noch einige Stunden. Eine Spezialabteilung von Scotland Yard nahm sie vor. Die Männer fanden auch Reds Grab. Die drei Leichen im Keller wurden verbrannt. Die Presse erfuhr nichts, und somit ahnte auch die Londoner Bevölkerung nicht, in welcher Gefahr sie geschwebt hatte.

Irgendwann am Mittag fuhren John und Bill weg.

»Wir fahren zu mir«, hatte Bill gesagt.

»Wieso? Brauchst du ein Alibi?«

»Quatsch!« Bills Antwort klang allerdings nicht ganz überzeugend.

Sheila Conolly empfing die beiden nicht gerade mit strahlendem Gesicht.

»Noch zwei Stunden später und ich hätte eine Vermißtenanzeige aufgegeben«, sagte sie zur Begrüßung.

John erwiderte nichts, sondern überließ seinem Freund die Erklärungen. Er ging ans Telefon und rief das Krankenhaus an, in dem Brenda Porter lag.

Die Auskunft, die er bekam, war positiv. Brenda hatte außer einem Schock nichts weiter abbekommen. Auch Sergeant Mallory war wieder in Ordnung.

Beruhigt legte John den Hörer auf.

Als er sich umdrehte, stand Sheila vor ihm. Sie hatte die Hände in die Hüften gestützt und blickte John drohend an. Bill stand hinter ihr und machte ein langes Gesicht.

»Also raus mit der Sprache, John, was war los? Von meinem lieben Gatten kann ich ja nichts erfahren.«

John grinste. »Du siehst gut aus, wenn du wütend bist, Sheila.«

»Weich nicht vom Thema ab, sondern beantworte meine Frage.«

»Gut, dann werde ich eben in den sauren Apfel beißen. Wir haben in der vergangenen Nacht einen Bummel gemacht, waren bei einem Callgirl und haben nebenbei noch einige Vampire erledigt. Zufrieden, Mrs. Conolly?«

Sheila starrte John an, tippte sich mit dem Zeigefinger gegen die Stirn und sagte nur: »Ihr spinnt!«

Warum die Männer allerdings daraufhin lachten, ist ihr bis heute ein Rätsel geblieben . . .

ENDE

Der Gnom
mit den
Krallenhänden

»Halt! Was machen Sie hier?«

Überlaut hallte die Stimme des Museumswächters in dem großen Raum wider. Gleichzeitig durchschnitt der starke Strahl einer Taschenlampe die Dunkelheit.

Der Gnom stand genau im Zentrum des grellen Lichtkegels. Deutlich war der Schatten eines Buckels zu erkennen.

Der Wächter kam ein paar Schritte vor. »Was haben Sie hier zu suchen? Sie . . .«

Die weiteren Worte blieben ihm im Hals stecken.

Der Gnom duckte sich noch mehr zusammen, faßte nach hinten und hielt plötzlich ein Beil in den Händen.

Die scharfe Schneide blitzte im Strahl der Lampe.

Der Gnom zögerte nicht eine Sekunde. Er sprang vor und schlug gnadenlos zu.

Die höllisch scharfe Schneide des Beils traf den Schädel des Museumswärters!

Der Gnom kicherte, als er auf den Leichnam blickte. Er bückte sich und nahm die Lampe des Toten an sich.

Die brennende Lampe in der Hand, hinkte er auf den großen Glasschrank zu, der in der Mitte des Raumes stand. Endlich konnte er seine Arbeit beginnen – und hoffentlich ungestört.

Der Verwachsene ließ den Lampenstrahl an der großen Scheibe entlangwandern. Allerlei ausgestopfte Tiere wurden aus der Dunkelheit gerissen.

Eulen und Uhus, deren Augen seltsam leuchteten, Eidechsen, Schlangen, Ratten und Frösche. Sie hockten oft auf knorrigen Ästen und sahen so echt aus, daß man meinen konnte, gleich würde ein Tier losspringen und sich seine Beute suchen.

Doch das alles interessierte den Gnom nicht. Für ihn war nur eins wichtig. Der Totenschädel!

Er stand auf einem grauen viereckigen Stein, in der Mitte des Glaskastens.

Die Schädelform war noch gut erhalten, zeigte keinerlei Risse. Selbst die Zähne waren noch vorhanden.

Wieder kicherte der Bucklige. Seine strichdünnen Lippen formten unhörbare Worte.

Er griff in die Tasche seiner weiten Jacke und brachte einen Glasschneider zum Vorschein. Ihn setzte er an der Scheibe an, zog einen Kreis, und schon konnte er das runde Stück Glas herausnehmen. Vorsichtig legte er es auf den Boden.

Der Weg zu dem Schädel war nun frei.

Der Gnom – er hatte überlange Arme – griff durch die entstandene Öffnung in den Schaukasten.

Seine Fingerkuppen streichelten den Schädel. Ein seltsames Gefühl überkam ihn. Es erinnerte an elektrische Stromstöße, die auf einmal durch seinen Körper zu rasen schienen.

Ja, das war der richtige Schädel.

Der Schädel von Jean Sourette, dem Magier!

Vorsichtig holte der Gnom den Schädel aus dem Kasten. Dann steckte er ihn in eine Plastiktüte, die er sich anschließend um den Hals hängte.

Bevor er ging, warf er noch einen Blick auf die Leiche.

»Du hast es nicht anders gewollt«, flüsterte der Verwachsene.

Lautlos verließ er den großen Raum. Auf leisen Sohlen huschte der Gnom durch den Korridor, erreichte eine der breiten Treppen, gelangte in den Keller und schließlich zu dem kleinen Fenster, durch das er auch eingestiegen war.

Geschickt kletterte der Gnom nach draußen.

Feuchtkalte Nachtluft empfing ihn.

Der Verwachsene blieb stehen und lauschte. Doch der kleine Ort Beaumont schlief. Noch nicht einmal das Jaulen eines Hundes war zu hören.

Der Bucklige kicherte wieder. Der erste Teil eines Planes hatte geklappt. Jetzt mußte er nur noch die Hilfe der Geister erflehen. Der Bucklige blickte auf das Beil. Und er wußte auf einmal, daß die Geister ihm helfen würden. Dafür war er bereit, jedes Opfer zu bringen.

Der Museumswächter war das erste gewesen.

Weitere würden folgen . . .

Gilbert Ruminski war sechsunddreißig Jahre alt und Lehrer an der einzigen Schule in Beaumont. Warum er sich hier in die Provinz hatte versetzen lassen, wußte er selbst nicht mehr genau. Aber wahrscheinlich war es die Landschaft der Provinz Calvados, die es ihm angetan hatte.

Die Dorfbewohner waren damals froh gewesen, überhaupt eine Lehrperson gefunden zu haben, und so hatten sie Ruminski ein Haus als Unterkunft zur Verfügung gestellt. Es war zwar schon uralt und nicht sehr komfortabel, aber es ließ sich darin leben.

Gilbert Ruminski war Frühaufsteher. Jeden Morgen um fünf Uhr sprang er aus den Federn, ging zu dem kleinen Brunnen, holte sich dort eiskaltes kristallklares Wasser und wusch sich die letzte Müdigkeit vom gesamten Körper.

Anschließend schlüpfte Ruminski in seinen Trainingsanzug und unternahm seinen drei Kilometer langen Morgenlauf.

Als Ruminski an diesem Donnerstag aus der Tür trat, lag ein leichter Nebelfilm über dem Dorf. Von der See her wehte ein rauher Wind und zerzauste seine Haare.

Bevor Ruminski anfing zu laufen, machte er noch ein paar Turnübungen.

Dann setzte er sich in Bewegung. Zuerst lief er die Hauptstraße hoch, bis zum Ende des Dorfes. Dann bog er in einen schmalen Feldweg ein, der zwischen taunassen Wiesen hindurchführte, und lief schließlich ein Stück in den Mischwald, wo er auf einer kleinen Lichtung seine Freiübungen wiederholte.

Mittlerweile zog die Morgendämmerung herauf und übergoß den Himmel im Osten mit einem blutroten Schein.

Dieses Schauspiel nahm Gilbert Ruminski jedesmal gefangen. Etwa 15 Minuten lang beobachtete er den Sonnenaufgang. Dabei bemerkte er nicht, daß er selbst auch beobachtet wurde.

Es war der Gnom, der seine funkelnden Augen auf den Rücken des Lehrers gerichtet hielt.

»Du wirst mein nächstes Opfer sein«, flüsterte der Verwachsene unhörbar und zog sich wieder tiefer in das Gebüsch zurück.

Gilbert Ruminski hatte inzwischen seine Gymnastik beendet und sich auf den Rückweg gemacht.

Er lief jetzt von der anderen Seite her auf das Dorf zu. Zu den ersten Häusern, die er erreichte, gehörte auch das kleine Museum. Wieso es in dem Ort, der kaum tausend Einwohner zählte, ein Museum gab, konnte niemand sagen. Es war eben so.

Plötzlich fiel dem Lehrer ein, daß er für die heutige Biologiestunde noch das Anschauungsexemplar einer Kreuzotter brauchte. Es war sinnvoll, wenn er es sich jetzt holte. Normalerweise war das Museum um diese Zeit noch geschlossen, aber Ruminski wußte, daß der alte Perell hier nachts seinen Dienst als Wächter versah. Warum, das wußte niemand. In dem Museum war noch nie etwas gestohlen worden.

Der Lehrer lief um das aus dicken Steinen erbaute Haus herum und klopfte gegen die Eichentür.

Die Schläge hallten dumpf über die Straße. Sogar ein Tauber mußte sie hören.

Doch der Wächter rührte sich nicht.

Der wird bestimmt eingeschlafen sein, dachte Ruminski. Aber dann verwarf er den Gedanken. Der alte Perell war zuverlässig wie eine Schweizer Uhr.

Ob etwas passiert war? Ruminski wußte auch nicht, wieso ihm plötzlich der Gedanke gekommen war.

Beunruhigt ging er um das Haus herum.

Mittlerweile war es heller geworden, und Ruminski konnte alles genau erkennen.

Prüfend tasteten seine Blicke die abgeblätterte Fassade ab. Er ging langsam weiter und gelangte an die Hintertür.

Sie war abgeschlossen.

Ruminski biß sich auf die Unterlippe. Noch einmal rief er nach dem alten Perell.

Keine Antwort.

Der Lehrer wollte schon gehen, da fiel sein Blick auf die blinden Scheiben der drei Kellerfenster.

Eine Scheibe war zerbrochen.

Die Glassplitter lagen nicht außen, sondern in dem Keller. Also mußte jemand eingebrochen sein.

Ruminski war kein Feigling. Er wollte auch der Sache sofort auf den Grund gehen.

Mit einiger Mühe gelang es ihm, sich durch das Fenster zu winden. Ziemlich verschmutzt landete er im Keller des Museums. Seine Finger suchten nach einem Lichtschalter. Sie fanden keinen, dafür aber eine Tür, die offenstand.

Ruminski setzte vorsichtig einen Fuß vor den anderen und gelangte schließlich an eine Treppe, die nach oben führte und vor einer anderen Tür endete, die ebenfalls offenstand.

Das machte Ruminski stutzig. Der alte Perell war ein ordentlicher Mensch.

Zum erstenmal überkam Gilbert Ruminski das Gefühl, daß etwas passiert sein mußte.,

Er hatte mittlerweile das Erdgeschoß des Museums erreicht und konnte endlich Licht machen. Es waren nur trübe Funzeln, die aufflackerten.

Ruminski erreichte den großen Raum, in dem der Schrank mit den ausgestopften Tieren stand.

Noch einmal rief er nach dem Nachtwächter.

Wieder bekam er keine Antwort.

Ruminski stieß die Tür zu dem Raum auf. Sie ließ sich nur schwer bewegen und quietschte in den Angeln.

Der Lehrer trat über die Schwelle – und erstarrte.

Vor dem großen Schaukasten lag der alte Perell in seinem Blut.

Das nackte Grauen überfiel wie ein Blitz aus heiterem Himmel die Einwohner der kleinen Stadt Beaumont.

Rasend schnell hatte sich der bestialische Mord an dem alten Perell herumgesprochen.

Männer, Frauen und Kinder versammelten sich in der frühen Morgenstunde vor dem Museum, dessen Eingangstür von zwei stämmigen Dorfbewohnern bewacht wurde.

Gerüchte kamen auf. Vor allen Dingen die älteren Menschen wollten genau Bescheid wissen. Der Fluch der alten Mühle wurde wieder lebendig. Hinter vorgehaltener Hand erzählte man sich die gruseligen Geschichten.

In dem großen Ausstellungsraum hatten sich der Lehrer, der Arzt, der Bürgermeister und der Gendarm des Dorfes um die Leiche versammelt. Jeden der Männer hatte bei dem Anblick des Toten das kalte Entsetzen gepackt.

»Es ist ganz klar«, sagte der Gendarm, »wir müssen die Mordkommission verständigen. Ich werde mit Saint Lô telefonieren, dann wird man uns die Beamten schon schicken.«

»Werden Sie danach den Fall aufklären?« fragte der Bürgermeister, ein Mann in mittleren Jahren mit unzähligen Sommersprossen im Gesicht.

Der Gendarm tippte sich gegen die Stirn. »Ich bin doch nicht lebensmüde. In fünf Jahren werde ich pensioniert. Wenn ich dem Untier gegenüberstehe, habe ich doch gar keine Chance. Nee, die Aufklärung überlasse ich anderen. So, und nun gehe ich und rufe an.«

Der Bürgermeister wollte noch etwas sagen, winkte dann jedoch ab. Er wandte sich an Gilbert Ruminski, dessen sonst so sonnenbraunes Gesicht eine ungesunde Farbe bekommen hatte.

»Nun, was meinen Sie dazu? Haben Sie vielleicht eine Idee, wer das getan haben könnte? Und vor allen Dingen: Wer stiehlt schon einen Totenschädel?«

Ruminski schüttelte den Kopf. »Nein. Ich kann mir nicht vorstellen, daß jemand von unseren Mitbürgern zu so etwas fähig ist. Was den Schädel betrifft, da habe ich auch keine Ahnung.«

»Wer kann schon hinter die Stirn eines Menschen schauen«, sagte der Arzt und putzte umständlich seine dicke Hornbrille.

»Dann gehe ich jetzt auch«, meinte Ruminski und machte auf dem Absatz kehrt.

Die Menschenmenge war inzwischen größer geworden. Fast das ganze Dorf hatte sich versammelt.

Ruminski wurde mit Fragen bestürmt.

»Wie sieht der alte Perell aus?« quiekte eine sensationslüsterne Frauenstimme.

»Scheußlich«, erwiderte Gilbert Ruminski und bahnte sich einen Weg zum Ausgang.

Zum Glück wurde die Aufmerksamkeit der Menge auf den Bürgermeister gelenkt, der soeben aus der Tür trat.

Ruminski stahl sich unmerklich davon.

Mit raumgreifenden Schritten näherte er sich dem kleinen Platz, auf dem das Schulgebäude stand. Der Hausmeister befand sich natürlich unter den Neugierigen, und so mußte Ruminski die Tür mit seinem eigenen Schlüssel aufschließen.

In dem Gebäude roch es muffig und feucht.

Gilbert Ruminski ging sofort in das kleine Lehrerzimmer, das auch gleichzeitig als Schulbibliothek diente.

Ruminski war da nämlich eine Idee gekommen.

Etwa zehn Minuten wühlte er zwischen den Büchern herum. Dann hatte er endlich gefunden, was er suchte.

Das Buch war schon uralt und hatte keinen Rücken mehr. Man mußte vorsichtig damit umgehen, damit die Blätter nicht auseinanderfielen.

Auf über vierhundert Seiten wurde die Geschichte der Provinz Calvados beschrieben. Unter anderem war auch ein Kapitel dem Ort Beaumont gewidmet.

Ruminski blätterte die Seiten durch und hatte endlich gefunden, wonach er suchte.

Die Chronik der schwarzen Mühle. Dieses Bauwerk stand nicht weit von dem Dorf entfernt und war eine Stätte des Grauens. Die Geschichte wußte von einem Müller zu berichten, der mit dem Teufel im Bunde gestanden hatte. Er hatte angeblich das Dorf verhext, bis er geschnappt worden war und man ihm mit einem

Beil den Schädel gespalten hatte. Kurz vor seinem Tod sollte der Müller einen grausamen Fluch ausgestoßen haben. Aber das alles war schon zweihundert Jahre her und nur noch in dem Aberglauben der Menschen lebendig.

Aber trotzdem . . .

Irgend etwas zwang den Lehrer, diese Geschichte doch nicht einfach als Firlefanz abzutun. Ein Gefühl sagte ihm, daß hinter diesen Dingen mehr steckte, als man allgemein annehmen konnte.

Gilbert Ruminski klappte das Buch wieder zu und tat es an seinen Platz.

Dann zündete er sich eine Zigarette an. Anschließend blickte er auf die Uhr und stellte fest, daß in einer halben Stunde schon Schulbeginn war. Trotz der schrecklichen Ereignisse sollte der Unterricht nicht ausfallen.

Jemand klopfte an die Tür des Lehrerzimmers. Auf Ruminskis »Herein!« betrat der Hausmeister den Raum.

»Entschuldigen Sie, Monsieur Ruminski. Fällt der Unterricht vielleicht aus?«

»Nein.« Ruminski schüttelte den Kopf. »Ich gehe jetzt nach Hause, ziehe mich um und bin in einigen Minuten wieder da. Sie können die Kinder schon inzwischen hereinlassen.«

»Wie Sie meinen, Monsieur Ruminski.«

Dunkel und drohend lag die alte Mühle auf der Hügelkuppe.

Das Mühlrad mit den vier großen Flügeln stand still. Es war schon seit Jahren nicht mehr bewegt worden. Die dicken Holzspanten waren mit Algen und Moos überzogen und standen kurz vor dem endgültigen Verfall.

Über vierhundert Jahre war die Mühle alt. Seit der letzte Besitzer, der Magier Sourette, umgekommen war, hatte niemand mehr die Mühle übernommen.

Die Menschen in der Umgebung sprachen von einem Fluch, der über diesem Relikt aus der Vergangenheit lastete.

Doch seit wenigen Wochen gab es jemanden, der in der Mühle wohnte.

Cascabel, der Gnom!

Niemand wußte, woher er gekommen war. Kaum jemand hatte ihn gesehen – und wenn, dann wollte man nichts mit ihm zu tun haben.

Einen Kilometer hinter der Mühle begannen die Klippen, gegen die seit Urzeiten die wilde Brandung des Meeres schäumte. Die bleichen, ausgewachsenen Felsen waren ein Tummelplatz für Seevögel, und auch die alte Mühle hatten sich die Tiere schon als Nistplatz ausgesucht.

Die Mühle war mit Teer angestrichen worden, und noch heute war die schwarze Urfarbe zum großen Teil erhalten geblieben.

Als Eingang zur Mühle diente eine Holztür, die nach oben hin spitz zulief. Ein Schloß gab es nicht, und so schwang die Tür im Wind immer hin und her.

Während unten im Dorf der tote Nachtwächter entdeckt wurde, lief Cascabel mit schnellen Schritten auf die Mühle zu. Den in dem Plastikbeutel steckenden Schädel hielt er mit beiden Händen fest umklammert, als hätte er Angst, die wertvolle Beute zu verlieren.

Lautlos huschte der Verwachsene in die Mühle. Er lief durch den großen Raum, in dem sich die beiden Mühlsteine befanden, über die sich der große Trichter wölbte, in den früher das Korn geschüttet wurde, und blieb vor einer Falltür stehen.

Cascabel bückte sich und zog sie hoch.

Die Tür rastete auf halber Höhe ein. Cascabel betrat die ersten Sprossen der stabilen Holzleiter und tauchte in der Dunkelheit unter, nicht ohne vorher die Falltür wieder zugezogen zu haben.

Der Verwachsene fand sich in der Finsternis ausgezeichnet zurecht. Nicht ein einziges Mal stieß er irgendwo an. Es schien, als würde er hier schon jahrelang leben.

Seine gekrümmten Finger streichelten den erbeuteten Schädel. Cascabels Augen glühten. Noch war es nicht soweit. Noch mußte er warten.

Bis Mitternacht . . .

Vier schwarze Kerzen verbreiteten ein gespenstisches Licht. Die Kerzen bildeten ein Viereck, in dessen Mitte der Totenschädel lag, den Cascabel geraubt hatte.

Um den Schädel herum lagen in peinlich genauer Reihenfolge einige Knochen. Sie bildeten seltsame Zeichen und Symbole.

Die Flammen brannten ruhig und verströmten einen seltsam süßlichen Geruch. Sie rissen die feuchten Erdwände der Höhle aus der Dunkelheit und brachen sich an der blitzenden Schneide des Beils, das in der Ecke lehnte.

Der Bucklige kniete auf dem Boden.

Er hielt seine Augen starr auf den Schädel gerichtet und die Arme ausgestreckt. Seine dünnen Lippen murmelten halblaute Beschwörungsformeln.

Cascabels Gesicht glich einer Maske, in der nur die dunklen Augen zu leben schienen. Das grauweiße Haar fiel ihm strähnig ins Gesicht und berührte im Nacken den Kragen seiner verschlissenen Jacke.

Wie in Trance hockte Cascabel auf dem feuchten Boden. Sein Mund stieß die Worte jetzt lauter hervor, fordernder. Uralte magische Formeln drangen über seine Lippen. Ein dünner Schweißfilm legte sich auf die Stirn des Gnoms.

»Komm!« schrie er. »Komm, o großer Sourette! Verlasse das Reich der Dämonen und kehre auf die Erde zurück, wo die Opfer auf dich warten!«

Plötzlich schien die Luft zu knistern. Ein eiskalter Windzug fegte durch die Höhle. Die Flammen begannen zu flackern, richteten sich dann aber wieder auf.

Wispernde Stimmen drangen aus Ecken und Winkeln. Schattengestalten tanzten durch das Verlies.

Das Böse war im Anmarsch!

Der Totenschädel begann auf einmal zu strahlen. Ein dunkelrotes Feuer hielt ihn gepackt, hüllte den gesamten Schädel für Sekunden ein und schwebte nach oben.

Stumm starrte der Gnom auf das Schauspiel, das sich seinen Augen bot.

Das Feuer verblaßte, verwandelte sich in dicke Rauchschwaden, die wie festgeklebt über dem Schädel hingen.

Das Wispern und Raunen in der Höhle nahm zu. Schattenwesen umtanzten den Schädel, der wie von einer unsichtbaren Gewalt hochgehievt wurde.

Die Augen des Gnoms verfolgten gebannt den Weg des bleichen Totenkopfes.

Über der Rauchwolke blieb er stehen, verharrte für Sekunden, um dann eine seltsame Wandlung mitzumachen. Auf der kahlen Schädelplatte sprossen plötzlich dunkle Haare, die leeren Augenhöhlen füllte sich, Nase, Ohren und Lippen begannen sich zu formen, und die Knochen überzogen sich mit Fleisch. Ein dunkler Vollbart wuchs am Kinn des neu Erschaffenen. Aus der Rauchwolke entstand innerhalb von Augenblicken ein männlicher Körper.

Sourette, der Magier, war aus dem Schattenreich zurückgekehrt.

Cascabel hatte alles mit weit aufgerissenen Augen angesehen. »Sourette«, stöhnte er, »großer Sourette, nimm mich als deinen treuen Diener.«

Der Magier gab keine Antwort. Stumm starrte er auf den Verwachsenen hinab.

Das Wispern und Raunen hatte aufgehört. Totenstille lag über der Szene. Die Hölle hielt den Atem an.

Doch dann hörte Cascabel ein hartes Geräusch. Es kam von oben, aus der Mühle.

Cascabel zuckte zusammen.

Kein Zweifel, es waren Schritte.

Der Gnom glitt vorsichtig zur Seite und faßte das mörderische Beil mit beiden Händen.

Jetzt konnte der Unbekannte kommen . . .

Lautlos und mit angespannten Sinnen betrat Gilbert Ruminski die alte Mühle.

Es war stockfinster. Am Himmel hatten sich dunkle Wolken zusammengeballt und sorgten dafür, daß kein Mondlicht die Erde berührte.

Der Lehrer lauschte mit angehaltenem Atem in die Dunkelheit. Er wagte es nicht einmal, eine Taschenlampe einzuschalten, aus Angst, ihn könnte jemand überraschen.

Behutsam tastete er sich in den Innenraum der Mühle. Seine ausgestreckten Hände berührten die einzelnen Gegenstände, tasteten sie ab, damit er ihnen ausweichen konnte.

Spinnweben streiften Ruminskis Gesicht.

Eine Gänsehaut rieselte seinen Rücken herunter. Ruminski bekam auf einmal Angst vor der eigenen Courage. Er spielte mit dem Gedanken, umzukehren, und schalt sich einen Narren, um Mitternacht überhaupt hierhergekommen zu sein.

Aber da war die alte Chronik. Vielleicht entdeckte er hier wirklich ein Geheimnis.

Minutenlang lauschte Gilbert Ruminski in die Dunkelheit. Mittlerweile hatten sich seine Augen auch an die herrschende

Schwärze gewöhnt, und er sah plötzlich den schwachen Lichtschein, der aus dem Boden drang.

Ruminskis Nerven vibrierten.

Sollte die Mühle doch ein Geheimnis verbergen?

Mit einer entschlossenen Bewegung holte er die Lampe aus der Tasche und knipste sie an.

Messerscharf schnitt der Lichtfinger durch das Dunkel. Kleine Staubpartikl tanzten in dem gebündelten Strahl.

Ruminski schwenkte den Arm mit der Lampe, leuchtete jeden Gegenstand an – und starrte plötzlich wie gebannt auf eine Stelle am Boden.

Deutlich zeichneten sich die Umrisse einer Falltür ab. Und durch die Ritzen mußte auch der Lichtschein gedrungen sein, den Ruminski bemerkt hatte.

Wer hielt sich dort unten auf?

Der Mörder des alten Perell?

Ruminski löschte die Lampe. Er hatte einen Eisenring an der Falltür entdeckt und sich die Stelle genau gemerkt.

Mit zwei Schritten stand er neben der Tür, bückte sich, packte den Ring, holte noch einmal tief Luft und zog die Luke hoch.

Langsam, Millimeter für Millimeter hievte er die Klappe in die Höhe.

Der Lichtschein wurde heller. Ruminski konnte jetzt in den unter der Falltür liegenden Keller sehen.

Für einen Moment hatte er das Gefühl, sein Herz würde stehenbleiben.

In einem aus schwarzen Kerzen abgegrenzten Viereck stand ein Mann. Ruminski hatte ihn noch nie gesehen. Er hatte pechschwarzes Haar, trug einen Vollbart und ein langes blutrotes Gewand.

Der Unbekannte bewegte sich nicht, stand starr wie eine Puppe.

Der Lehrer wußte plötzlich, daß er einem großen Geheimnis auf die Spur gekommen war, und ihm war gleichzeitig klar, daß er jetzt nicht aufgeben durfte.

Er sah die Holzstiege, die in die Tiefe führte.

Ruminski legte die Klappe vorsichtig auf der anderen Seite zu Boden. Dann wandte er sich um und setzte seinen Fuß auf die erste Sprosse.

Damit machte der Lehrer seinen ersten Fehler.

Während er die Stiege hinunterkletterte, wandte er dem

Unbekannten den Rücken zu und damit auch Cascabel, dem Gnom.

Der Bucklige lauerte in einer dunklen Ecke der Höhle, die von dem Lichtschein nicht erreicht wurde. Seine Hände hatten den Stiel des Beiles fest umklammert.

Gilbert Ruminski hatte das Ende der Leiter erreicht. Er wandte sich um und ging die paar Schritte auf den Magier zu.

Im selben Moment bekam er einen Schlag. Wie ein Stromstoß fuhr es durch seinen Körper.

Ruminski zuckte zurück. Seine rechte Hand, die das magische Viereck zuerst berührt hatte, brannte wie Feuer.

Ruminski konnte keine Erklärung geben, ihm wurde nur klar, daß er sich hier auf ein Abenteuer eingelassen hatte, das ein böses Ende nehmen konnte.

Noch immer hatte sich der seltsame Mann nicht bewegt.

Ruminskis Nerven waren zum Zerreißen gespannt. Was sollte er tun?

Er kam nicht mehr dazu, eine Entscheidung zu treffen. Ein hämisches Kichern in seinem Rücken ließ ihn herumfahren.

Aus weit aufgerissenen Augen starrte der Lehrer auf die Gestalt, die sich aus dem Dunkel einer Ecke löste.

Es war der Gnom. Das Beil hielt er mit beiden Händen gepackt. Deutlich konnte Gilbert Ruminski die rasiermesserscharfe Schneide erkennen.

Wie hypnotisiert saugten sich seine Augen an der schrecklichen Waffe fest.

Damit war auch der alte Perell ermordet worden!

Und er stand dem Mörder gegenüber!

»Du sagst ja nichts«, flüsterte der Gnom kichernd. »Hat dir die Überraschung die Sprache verschlagen?«

»Du bist der Mörder des alten Perell«, brachte Ruminski hervor.

»Ja, das bin ich. Er war mein erstes Opfer, und du wirst mein zweites sein.«

Ruminski wich zurück. Er hatte auf einmal schreckliche Angst. Sein Herz schlug wie verrückt.

Fieberhaft suchte Gilbert Ruminski nach einem Ausweg. Wenn er doch wenigstens eine Pistole mitgenommen hätte. Wenn . . .

Der Lehrer kam nicht mehr dazu, sich weitere Vorwürfe zu machen, denn Cascabel griff an.

Urplötzlich pfiff das Beil durch die Luft, raste auf Ruminskis

Kehle zu. Der Lehrer sprang nach hinten, krachte gegen die Leiter und verlor für wenige Augenblicke die Übersicht.

Der Gnom holte zum zweiten Schlag aus.

Und diesmal schaffte er es.

Ruminski schrie gräßlich auf und verstummte plötzlich.

Aus funkelnden Augen blickte der Bucklige auf die Leiche zu seinen Füßen. Er war zufrieden. Ob es der Magier auch war?

Der Bucklige drehte den Kopf.

Und zum erstenmal zeigte der Magier einen Funken Leben. Auf seinen Lippen lag ein grausames, aber zufriedenes Lächeln.

Als die Mordkommission aus Saint Lô angereist kam, wurde der Lehrer schon vermißt.

Der leitende Inspektor hörte sich die Hiobsbotschaft an und schüttelte immer wieder den Kopf.

»Machen Sie sich doch nicht lächerlich«, sagte er zu dem Dorfgendarm. »Monsieur Ruminski wird schon wiederkommen, keine Bange.«

Er und seine Beamten begannen mit der Spurensicherung. Sie waren sehr gründlich, achteten auf jedes Detail und kamen trotzdem nicht weiter.

Dann wurden die Dorfbewohner verhört. Der Inspektor hörte bestimmt vierzigmal die Legende von Sourette, dem Magier. Er wollte sie erst gar nicht mit in das Protokoll schreiben lassen, tat es dann aber doch.

Als es dunkel wurde, war der Lehrer immer noch nicht zurück.

Die Mordkommission packte ihre Sachen und fuhr zurück nach Saint Lô.

»Wir kommen morgen wieder«, sagte der Inspektor. »Dann werden wir uns mal die Mühle ansehen.«

Der Gendarm nickte. »Ist gut, Monsieur.«

Als er gerade beim Abendessen saß, kam Besuch. Es war der Hausmeister der Schule.

»Ich habe Ruminski noch gesehen«, sagte er. »Vor einer halben Stunde in seinem Zimmer. ›Monsieur‹, habe ich gesagt, ›wir suchen Sie schon den ganzen Tag.‹ Aber er – er hat mich ganz dumm angesehen und gelacht. ›Wollen Sie weg?‹ habe ich gefragt. ›Ja‹, sagte er. ›Zur Mühle.‹ Was sagst du nun, Pierre? Geht der

Idiot um Mitternacht zu der verhexten Mühle. Der kann doch nicht gescheit sein.«

Der Gendarm zuckte die Achseln. »Morgen wird die Mordkommission die Mühle untersuchen. Dann werden wir mehr wissen.«

»Ja, morgen«, sagte der Hausmeister und kippte einen Calvados.

Am anderen Tag fand man die Leiche des Lehrers. Es bestand kein Zweifel, daß Ruminski und der alte Perell von ein und demselben Mann umgebracht worden waren.

Aber von dem fehlte jede Spur . . .

Die Morde blieben unaufgeklärt. Es vergingen Wochen, ehe in einem anderen Land der Fall wieder aufgerollt werden sollte . . .

Die Sensation von London!

Der Magier Sourette ist da!

Die grellbunten Plakate mit den schreienden Anreißern leuchteten von unzähligen Haus- und Bretterwänden.

Vierzehn Tage lang hatte der große Reklamefeldzug gedauert. Fast jeder in London kannte den Namen des Magiers. Sourette sollte, so hieß es wenigstens in der Reklame, alles bisher Dagewesene in den Schatten stellen. Er sollte sogar Menschen verschwinden lassen können.

Dann kam der fünfte April.

An diesem Abend hatte der Magier Premiere. Schon Tage vorher war das James-Call-Theater ausverkauft. Die Menschen hatten sich um die Eintrittskarten gerissen und sogar überhöhte Preise auf dem Schwarzmarkt bezahlt.

Auch Marion Nelson und ihre Freundin Kitty Jones hatten das Glück gehabt, zwei Karten zu bekommen.

Die beiden Mädchen waren Freundinnen. Sie arbeiteten bei einer Versicherung und besaßen eine gemeinsame kleine Wohnung.

Marion Nelson war die energischere der beiden. Vielleicht weil sie irische Vorfahren hatte. Davon zeugte noch ihr rötlich schimmerndes Haar, das kurz geschnitten war und wie ein Helm um ihren Kopf lag. Über die Sommersprossen in ihrem Gesicht ärgerte sich Marion zwar, machte sich aber nicht die Mühe, sie zu überschminken.

Kitty Jones war genau das Gegenteil von ihrer Freundin. Ruhig, ein wenig sensibel und immer bereit, nachzugeben.

Dabei sah Kitty Jones sehr gut aus. Ihr welliges schwarzes Haar umrahmte ein Gesicht mit wunderschönen dunkelblauen Augen, die immer ein wenig traurig blickten. Ihr Mund war voll und kirschrot, und die Nase hatte einen ganz kleinen Schwung nach oben.

Die Männer verehrten Kitty Jones, doch sie schien das nicht zu sehen oder nicht sehen zu wollen.

Im Augenblick standen die beiden Freundinnen in der kleinen Diele ihrer Wohnung und schauten immer wieder auf die Uhr.

»Das Taxi kommt schon«, beruhigte Kitty die nervöse Marion.

»Hoffentlich. Aber du weißt, wie die heutzutage sind. Verlaß dich nie auf . . .«

In diesem Moment klingelte es.

»Das Taxi«, sagte Kitty lächelnd.

Die beiden Mädchen verließen die Wohnung und gingen zu Fuß die drei Stockwerke nach unten. Einen Lift gab es in diesem siebenstöckigen alten Wohnhaus nicht.

Sie hatten sich elegant angezogen. Schließlich ging man in eine Premiere.

Das Taxi brachte sie schnell zum James-Call-Theater.

»Ich glaube, halb London ist auf dem Weg hierher«, meinte der Fahrer, als die Mädchen ausstiegen und bezahlten.

»Wieso?« fragte Marion.

»Das ist schon meine vierte Fuhre.«

Marion lachte. »Dann werden es bestimmt noch ein paar mehr.«

Kitty war schon einige Schritte vorgegangen. Aus leicht zusammengekniffenen Augen musterte sie die Fassade des Theaters.

Das James-Call-Theater war einer der ältesten Musentempel in London. Zum Eingang führte eine breite Treppe hoch, die von einem Säulenvorbau überdacht war.

Vor dem Theater herrschte hektischer Betrieb. Taxis kamen und spuckten elegant gekleidete Menschen aus. Diese Premiere wollten sich auch die oberen Tausend von London nicht entgehen lassen.

»Also, ich find's prima«, sagte Marion und faßte den Arm ihrer Freundin. »Allein dieses ganze Drum und Dran. Einfach toll. Komm, da ist die Garderobe.«

Die beiden hatten inzwischen das Foyer betreten, wo dicker Teppichboden die Schritte dämpfte. Bei einem distinguiert gekleideten Türwächter mußten sie die begehrten Karten vorzeigen und konnten dann erst ihre Mäntel an der Garderobe abgeben.

Die beiden Freundinnen hatten sich elegant gekleidet. Kitty trug einen langen schwarzen Samtrock und dazu eine dunkelrote Seidenbluse mit spitzem Ausschnitt. Das schwarze Haar lief in weichen Wellen bis knapp über die Ohren.

Marion Nelson war im Nostalgie-Look erschienen. Ihr buntes Kleid reichte bis zu den Waden und schmiegte sich eng an die gutgewachsene Figur.

Manche bewundernde Männerblicke wurden den beiden Freundinnen zugeworfen.

»Darf ich Ihnen aus dem Mantel helfen?« fragte plötzlich eine sympathische Männerstimme neben Kitty Jones.

Sie wandte ein wenig überrascht den Kopf und sah in das lächelnde Gesicht eines großen blonden Mannes, der einen perfekt sitzenden Smoking trug.

»Danke, es geht schon«, erwiderte Kitty und konnte nicht vermeiden, daß sie rot wurde.

Der Mann lächelte, verbeugte sich und wünschte noch einen angenehmen Abend.

»Du bist dumm«, sagte Marion, »wenn man mir das Angebot gemacht hätte, ich hätte bestimmt nicht nein gesagt. Wirf doch endlich mal deine Schüchternheit ab.«

»Ich kann eben nicht aus meiner Haut«, erwiderte Kitty.

Bis zum Beginn der Vorstellung waren noch 20 Minuten Zeit.

Die Mädchen tranken in der Theaterbar einen Orangensaft und nahmen dann ihre Plätze in der vierten Reihe ein.

Noch wurde die Bühne von einem dunkelroten Samtvorhang abgedeckt, aber mittlerweile strömten die Besucher in Scharen in den Zuschauerraum. Sogar die Stehlogen ganz oben waren besetzt.

Marion hatte ihre Augen überall. Plötzlich stieß sie Kitty an. »Guck mal, wer da kommt. Na, wenn das kein Zufall ist.«

Kitty wandte den Kopf. Der Mann, der ihr vorhin aus dem Mantel helfen wollte, kam genau auf sie zu. Er hatte den Platz neben ihr. Lächelnd setzte er sich hin.

Wieder wurde Kitty ein wenig rot.

»Da wir ja jetzt für einige Zeit Nachbarn sind, darf ich mich den Damen vorstellen. Ich heiße John Sinclair.«

Die Mädchen nannten ebenfalls ihre Namen.

John verwickelte die beiden in ein angeregtes Gespräch, und im Nu war die Zeit um, und die Vorstellung begann.

Langsam teilte sich der große Vorhang, während gleichzeitig das Licht bis auf die Notbeleuchtung verlosch. Aus versteckten Lautsprechern klang eine schwere, einschmeichelnde Melodie auf, die immer lauter wurde, je weiter der Vorhang sich öffnete.

Starke Scheinwerfer warfen ihre Strahlen auf ein unheimliches Bühnenbild.

Das Bild zeigte Fabelwesen und Dämonen aus dem Schattenreich. Grell bemalt und schrecklich anzusehen. Einige Zuschauer begannen schon bei diesem Anblick schwer zu atmen.

Minutenlang geschah nichts. Man ließ das Bühnenbild auf die Zuschauer wirken. Die Musik war ebenfalls leiser geworden, untermalte jetzt nur noch die im Hintergrund der Bühne zu sehenden schrecklichen Zeichnungen.

Die Augen der beiden Mädchen waren gebannt nach vorn gerichtet. Die unheimliche Atmosphäre hatte sie völlig eingefangen.

Anders John Sinclair. Er betrachtete die Sache aus dem kühlen Blickwinkel eines Berufskriminalisten.

John Sinclair war Inspektor bei Scotland Yard. Allerdings wurde er nur bei Fällen eingesetzt, wo normale Polizeimethoden versagten. Er hatte den Geistern und Dämonen den Kampf angesagt. Und seine bisherigen Erfolge zeigten, daß auch die Wesen aus dem Schattenreich nicht allmächtig waren.

John Sinclair war noch relativ jung. Kaum über dreißig, hatte er schon eine glänzende Karriere hinter sich und inzwischen einen Spitznamen erhalten: der Geisterjäger.

John Sinclair war hier, weil er sich für alle Dinge interessierte, denen irgendwie der Hauch eines Übersinnlichen anhaftete. Und bei Sourette, dem Magier, hatte man ja genügend die Werbetrommel gerührt.

Plötzlich klang ein dumpfer Trommelwirbel auf. Ein weiterer Scheinwerfer warf seinen kreisrunden Kegel auf die Bühne, in dessen Mittelpunkt ein Gnom stand.

Ein leiser Aufschrei des Erschreckens ging durch die Reihen der Besucher.

Der Gnom lachte.

Teuflisch hallte das Gelächter durch den Zuschauerraum und wurde mit Hilfe der guten Akustik noch verstärkt.

Der Verwachsene hatte seine überlangen Arme in die Hüften gestützt und wiegte den Kopf im Rhythmus seines Gelächters.

Plötzlich brach das Lachen ab. Genauso unvorbereitet, wie es begonnen hatte.

Die Zuschauer hielten den Atem an. Manch einer konnte nicht vermeiden, daß ihm eine leichte Gänsehaut über den Rücken lief.

Der Gnom trug eine schwarze Trikothose und darüber eine glänzende hochgeschlossene Jacke mit goldenen Knöpfen. Sein Gesicht war häßlich, und die langen, strähnigen Haare hingen wirr an seinem Schädel herab.

Neben John atmete Kitty Jones gepreßt aus. Der Inspektor registrierte dies mit einem kurzen Seitenblick.

Dann begann der Gnom zu sprechen. Mit blecherner, überlauter Stimme.

»Ich, Cascabel, bin der Diener des großen Sourette. ich habe die Ehre, den Meister anzukündigen, der euch, die ihr seine Künste sehen wollt, in das Schattenreich nimmt, aus dem es kein Entrinnen mehr gibt. Hahaha.«

Wieder gellte das teuflische Gelächter des Verwachsenen durch den Zuschauerraum.

Der Gnom wandte sich zur Seite und streckte seinen rechten Arm aus.

»Er kommt!« rief er. »Sourette, der Magier, hat die Hölle verlassen und ist auf dem Weg zu uns.«

Sofort verlöschten sämtliche Scheinwerfer. Sekundenlang war die Bühne in ein absolutes Dunkel getaucht.

Dann flammten von beiden Seiten zwei violette Lichtstrahlen auf, trafen sich in der Bühnenmitte und rissen einen Mann aus der Dunkelheit.

Sourette, den Magier!

Er sah im Gegensatz zu seinem Helfer direkt zivilisiert aus. Sourette trug einen schwarzen Frack, ein weißes Hemd, das allerdings jetzt einen violetten Schimmer hatte, und um den Kragen eine dunkle Schleife. Ein Teil seines Gesichtes wurde durch einen Vollbart verdeckt. Das schwarze Haar war zurückgekämmt und glänzte.

Langsam ging der Magier einige Schritte vor. Die beiden Scheinwerferstrahlen folgten ihm.

Sourette erreichte den Rand der Bühne, blieb stehen und blickte in den Zuschauerraum.

Es war still. Eine fast greifbare Spannung lastete über den Menschen. Jeder hatte das Gefühl, von dem Magier direkt angesehen zu werden.

Sourette verzog die Lippen zu einem kalten Lächeln. Er hob den rechten Arm und schnippte einmal mit den Fingern.

Sofort tauchte Cascabel, der Verwachsene, auf. Er schob einen kleinen Wagen vor sich her, auf dem allerlei Dinge lagen, die ein Zauberer benötigt.

Cascabel stellte den Wagen vor dem Meister ab und verließ eilig die Bühne.

Sourette griff nach einer Silberkugel. Sie paßte so gerade in seine Hand.

Er hob den Arm, drehte ihn ein paarmal, flüsterte seltsame Beschwörungsformeln – und . . .«

Die Kugel war verschwunden!

Ein Aufstöhnen geisterte durch den Zuschauerraum. Selbst John Sinclair konnte sich einer gewissen Faszination nicht entziehen.

Neben ihm flüsterte Kitty Jones: »Mein Gott, wie ist das möglich?«

Und plötzlich klang der Beifall auf. Er währte minutenlang, steigerte sich direkt zu einem Orkan und endete erst, als der Magier beide Arme hob.

Eine halbe Stunde verging. Sourette ließ sämtliche Gegenstände, die auf dem Wagen lagen, der Reihe nach verschwinden. Auch John Sinclair mußte sich insgeheim eingestehen, daß er so etwas noch nicht erlebt hatte.

Nach dieser glänzenden Vorführung war der erste Teil des Abends zu Ende. Eine 20minütige Pause stand auf dem Programm.

In etwas gedrückter Stimmung verließen die Zuschauer den Saal, um sich an dem kalten Büfett und an der Bar zu stärken.

John Sinclair lud die beiden Mädchen ein, die dankend annahmen.

»Verstehen Sie das?« fragte Marion Nelson und nippte an ihrem Sektglas.

John lächelte. »Ich muß ehrlich gestehen, daß ich auch noch keine Erklärung gefunden habe. Aber Illusionisten, wie Sourette einer ist, arbeiten mit allen Tricks.«

»Kann aber nicht doch etwas Übersinnliches im Spiel sein?« meinte Kitty Jones. »Ich meine, er hat gesagt, er steht mit dem Teufel im Bunde.«

»Glauben Sie an überirdische Erscheinungen? Zum Beispiel an Schwarze Magie?«

»Ich weiß nicht so recht.« Kitty zuckte fröstelnd die Achseln. »Man liest soviel.«

John wechselte das Thema, obwohl er zu dieser Sache hätte wesentlich mehr sagen können. Aber er wollte die beiden Mädchen nicht beunruhigen.

Die Pause ging schnell vorbei. Der zweite Teil der Vorstellung begann. Und hier sollte laut Reklame auch das Publikum mitmachen.

Gespannt wartete man auf den Beginn.

Diesmal war die Bühne hell erleuchtet. Es standen auch einige Requisiten herum. Unter anderem ein rotangestrichener Kasten, der an der Vorderseite eine Tür besaß.

Sourette und Cascabel erschienen gemeinsam. Sie wurden mit frenetischem Beifall begrüßt. Sourette wartete ab, bis die Ovationen verklungen waren, und begann dann mit seiner Vorrede.

»Dieser Kasten hinter mir ist das Tor zu einer anderen Welt. Wer ihn betritt, wird in das Reich jenseits unserer Vorstellungskraft eingehen. Ich werde mit meinem Assistenten Cascabel den Versuch wagen. Dazu brauche ich aber Ihre Hilfe.«

Der Magier machte eine gekonnte Pause, um seine Worte wirken zu lassen.

»Ich möchte jemanden aus dem Publikum bitten, auf die Bühne zu kommen, damit er sich überzeugen kann, daß ich nicht mit einem Trick arbeite. Nun – wer hat Mut?«

Stille. Keiner der Besucher wagte sich zu melden.

Der Magier lachte spöttisch. »Wo bleiben denn die mutigen Herren?«

John Sinclair merkte, wie die beiden Mädchen neben ihm anfingen zu tuscheln.

»Wollen Sie sich etwa melden?« fragte er Kitty Jones.

»Nein, Mister Sinclair. Aber meine Freundin. Sie will unbedingt ausprobieren, was an der Sache dran ist. Ich kann es ihr nicht ausreden.«

John überlegte noch, ob er nicht gehen sollte, da stand Marion Nelson bereits auf.

»Ah, eine Dame hat den Mut gefunden. Schämen Sie sich, meine Herren«, sagte der Magier.

Alle Augen richteten sich auf Marion, die sich bereits durch die Zuschauerreihe drängte.

An der linken Bühnenseite war eine kleine Trittleiter befestigt, über die man auf die Bühne gelangen konnte.

Der Magier half Marion galant die Stufen hoch.

Dann legte er seinen Arm um ihre Schultern und führte sie in die Bühnenmitte.

»Sehen Sie sich dieses junge Mädchen an. Sie hat als einzige keine Angst vor der Konfrontation mit der Dämonenwelt. Darf ich Ihren Namen erfahren?«

Während der Magier Marion noch ausfragte, machte sich John seine Gedanken. Für seinen Geschmack sprach der Kerl zuviel von dem Dämonenreich. Der Inspektor wußte, daß dieses Reich existent war. Ihm selbst war es schon fast gelungen, dorthin zu gelangen.

Sollte sich hinter dem Magier ein Dämon verbergen?

Sourette hatte seine Fragen beendet. Er winkte Cascabel, den Verwachsenen, herbei.

»Was Sie jetzt sehen, Ladies and Gentlemen, ist einmalig. Cascabel wird in den hinter mir stehenden Kasten steigen und diese Welt verlassen. Bitte.«

Der Gnom trat vor und zog die Tür des Kastens auf.

John Sinclair, der ziemlich vorn saß, konnte erkennen, daß die Innenwände mit geheimnisvollen Zeichen bemalt waren. Zeichen, wie sie nur Dämonen kannten.

Sein Verdacht erhärtete sich.

Cascabel stieg in den Schrank. Er warf noch einen letzten Blick auf den Zuschauerraum, bevor Sourette die Tür schloß.

Marion Nelson stand einige Schritte entfernt und beobachtete das Schauspiel mit großen Augen.

Der Magier blieb hinter dem Kasten stehen. Er streckte seine Arme aus und murmelte dumpfe Beschwörungsformeln in einer Marion unbekannten Sprache.

Die Zuschauer hielten den Atem an, starrten gebannt auf die Bühne.

Plötzlich trat Sourette zurück. »Sehen Sie nach, Miss Nelson, ob Cascabel noch in diesem Kasten ist.«

Marion machte ein paar zögernde Schritte.

»Bitte, Miss Nelson, nur keine Angst.«

Marion berührte den kleinen Türknauf. Sie zögerte einen Moment, als hätte sie Angst vor dem, was kommen würde.

Dann zog sie die Tür mit einem Ruck auf.

Der Schrank war . . . leer!

Ein Aufstöhnen ging durch das Publikum. Marion Nelson konnte einen leisen Schrei nicht unterdrücken.

In ihre Überraschung drang Sourettes Stimme. »Nun, was sehen Sie, Miss Nelson?«

»Er ist leer«, sagte Marion kaum hörbar.

»Wiederholen Sie es laut und deutlich.«

»Der Schrank ist leer!«

Wieder brach ein Beifallsorkan los. Selbst Kitty Jones klatschte.

Nur John Sinclair blieb gelassen. Es gab für ihn zwei Möglichkeiten. Entweder befand sich unter der Bühne eine Klappe, durch die der Gnom verschwunden war, oder Sourette war wirklich mit dem Teufel im Bunde.

John hoffte auf die erste Möglichkeit.

»Sind Sie nun überzeugt, Miss Nelson?« hörte er wieder Sourettes Stimme.

»Ja.«

Der Magier lachte. »Das klang immer noch ungläubig. Wie wär's, wenn Sie selbst einen Versuch machen würden?«

»Ich? Ich soll mich in den Schrank stellen?«

»Das hatte ich gemeint.«

»Mister Sinclair«, flüsterte Kitty Jones, »das können wir nicht zulassen, Sie . . .«

»Marion ist erwachsen und hat ihren eigenen Willen«, antwortete John, obwohl ihm der Versuch gegen den Strich ging.

Auf der Bühne versuchte Sourette immer noch, das Mädchen zu überzeugen.

Schließlich willigte Marion ein.

»Was geschieht dann mit mir?« wollte sie wissen.

»Das darf ich Ihnen nicht verraten, Miss Nelson. Die Überraschung wäre weg. Aber ich kann Ihnen sagen, Sie werden nicht enttäuscht sein.«

»Na, ich weiß nicht.«

»Angst vor der eigenen Courage?«

»Nein. Ich mache es.«

»Na, bitte.«

Sourette trat zur Seite und zog die Tür des geheimnisvollen Schranks auf, die er vorher wieder geschlossen hatte.

Abermals konnte John Sinclair die seltsamen Zeichen sehen.

»Sie geht tatsächlich hinein«, flüsterte Kitty Jones.

John erwiderte nichts. Er hatte seinen Blick starr auf die Bühne gerichtet. Ihm entging nicht die kleinste Bewegung, jedes Detail nahm er wahr.

Im Zuschauerraum war es still. Niemand wagte einen Ton zu sagen. Vorhin war Sourettes Assistent in den Kasten gestiegen, doch jetzt war es eine Zuschauerin, die nicht ahnen konnte, was sie erwarten würde.

Sorgfältig verschloß der Magier den Kasten. Noch einmal ließ er seinen Blick über das Publikum gleiten, ehe er wieder hinter den Kasten trat und seine dumpfen Beschwörungsformeln sprach.

Nur noch ein Scheinwerfer war eingeschaltet. Er warf seine violette Lichtbahn genau auf den Kasten.

Plötzlich zuckte John Sinclair zusammen. Er hatte für den Bruchteil einer Sekunde ein helles Flimmern über dem Kasten bemerkt.

Als ob sich jemand entmaterialisierte.

Sollte er mit seinem gräßlichen Verdacht recht behalten?

»Sehen Sie hier!« dröhnte die Stimme des Magiers. Er trat an die Vorderseite des Schrankes und zog die Tür auf.

Ein Aufschrei ging durch das Publikum.

Marion Nelson war verschwunden!

Im selben Augenblick fiel der Vorhang . . .

Kitty Jones griff nach Johns Hand. Hart krallte sie ihre Fingernägel in das Fleisch.

»Mister Sinclair, was ist geschehen? Wo ist Marion?«

»Ich weiß es nicht«, erwiderte John leise. »Noch nicht«, fügte er hinzu.

Der Inspektor erhob sich.

»Was haben Sie vor, Mister Sinclair?« fragte Kitty.
»Werde mir mal die Bühne genauer ansehen.«
»Ich komme mit.«
»Nein!«
Johns Antwort hatte bestimmt geklungen, und Kitty, die schon halb aufgestanden war, ließ sich wieder in ihren Sitz fallen.
Auch unter den anderen Zuschauern war Unruhe aufgekommen. Jeder wartete darauf, daß sich der Vorhang öffnete und das verschwundene Mädchen wieder auf seinen Platz zurückkehren würde.
Aber nichts geschah.
John drängte sich durch die Zuschauerreihe, lief zu der kleinen Trittleiter am Bühnenrand und kletterte die Sprossen hoch.
Einige hundert Augenpaare sahen John Sinclair zu, wie er auf die Vorhangmitte zulief und die Stelle suchte, durch die er hindurchschlüpfen konnte.
John hatte sie schnell gefunden. Er zwängte sich durch den Vorhangspalt und stand auf der dunklen Bühne.
Es dauerte etwas, bis sich Johns Augen an die herrschenden Lichtverhältnisse gewöhnt hatten.
Langsam machte der Inspektor seine Runde. Der dünne Teppich auf dem Holzboden dämpfte seine Schritte ein wenig.
Hoch über sich hörte John Stimmen. Es waren die Bühnenarbeiter und Beleuchter, die ihre luftigen Sitze verließen. Dort oben brannte auch nur noch das Notlicht.
Aber wo war Sourette, der Magier? Auch der geheimnisvolle Kasten war verschwunden.
Ein Mann im weißen Kittel kam plötzlich von der Seite her auf John zu. In diesem Moment ging auch wieder das Licht an. John sah überall am Rand der Bühne die Notbeleuchtung brennen.
Der Weißkittel rief John an. »He, sind Sie wahnsinnig, Mister? Was haben Sie hier überhaupt zu suchen?«
Wer so redete, das konnte nur der Inspizient sein. Er war es auch, wie sich herausstellte, und er wurde wesentlich freundlicher, als John seinen Ausweis präsentierte.
»Oh, Scotland Yard. Was kann ich für Sie tun, Inspektor?«
»Ich möchte gerne die Garderobe des Magiers sehen.«
Der Inspizient knetete sein Doppelkinn. »Das ist sehr schwer, Sir. Mister Sourette hat verboten, irgendwelche Besucher vorzulassen.«

»Bei mir wird er eine Ausnahme machen«, antwortete John. »Ach, sagen Sie, weshalb war es vorhin so dunkel?«

»Ein Kurzschluß in der Leitung, Inspektor.«

»Kommt das oft vor?«

»Eigentlich nie. Es war heute das erstemal. Komisch. Na ja, wir hatten schließlich einen Magier hier.«

Die Männer hatten inzwischen die Bühne verlassen, gingen eine eiserne Wendeltreppe hoch und gelangten in den langen Flur des Theaters, in dem sich auch die Garderoben der Künstler befanden.

»Hier ist es, Inspektor«, flüsterte der Inspizient und deutete auf die dritte Tür rechts.

»Sie haben wohl nichts dagegen, wenn ich jetzt verschwinde.«

»Nein, nein«, lächelte John, »gehen Sie nur.«

Der Inspizient rannte weg.

John wollte gerade an die Garderobentür klopfen, als diese aufgerissen wurde.

Der Gnom trat heraus.

John ging unwillkürlich einen Schritt zurück. Der Gnom reichte ihm kaum bis zum Bauchnabel. Er trug immer noch die Kleidung, die er auf der Bühne angehabt hatte. Sein Buckel schoß wie ein spitzer Höcker hervor. Er war insgesamt eine traurige, etwas lächerliche Erscheinung, wenn nicht die Augen gewesen wären.

Sie blickten kalt und brutal – ohne jegliches Gefühl.

»Was wollen Sie hier?« zischte der Verwachsene.

»Ich möchte den großen Sourette sprechen.« John gab sich bewußt den Anstrich eines Fans.

Der Gnom kicherte völlig unmotiviert. »Das möchten viele. Sehr viele sogar. Aber es ist noch keinem gelungen. Und auch Ihnen nicht. Hauen Sie ab, Mann!«

John kniff die Augen zusammen. Noch nahm er den Kerl nicht richtig ernst.

»Schön, dann werde ich eben der erste sein, der den Meister spricht.«

»Nein!« kreischte der Gnom, stellte sich blitzschnell vor die Garderobentür, breitete beide Arme aus und verwehrte John den Eintritt.

Der Inspektor lächelte, packte den Gnom am Kragen und wollte ihn zur Seite schieben.

Doch Cascabel hatte Kräfte, von denen der Inspektor nichts ahnen konnte.

Höllenkräfte!

John spürte den unerwarteten Widerstand, den ihm der Verwachsene entgegensetzte, und bekam einen brettharten Schlag in den Magen.

Der Inspektor taumelte. Ohne es zu wollen, stöhnte er auf. Er preßte beide Hände auf die getroffene Stelle und ging in die Knie.

Verschwommen sah er, wie der Bucklige die Garderobentür aufriß, in dem dahinterliegenden Raum verschwand und die Tür wieder zuwarf.

John quälte sich auf die Beine. Verdammt, er hatte den Kerl unterschätzt. Jetzt hieß es vorsichtig sein.

Inspektor Sinclair atmete tief durch und merkte, daß es ihm besser ging. Noch immer hatte sich auf dem Flur niemand blicken lassen. Von der sonst herrschenden Theaterhektik war nichts zu spüren.

Seltsam.

Welches Geheimnis verbarg die Garderobe? John mußte es herausfinden.

Er ging zu der nächsten Tür und fand sie offen. John huschte in den dahinterliegenden Raum.

Es war ebenfalls eine Garderobe. An einer Wand standen drei Schminktische mit den dazugehörigen Spiegeln. An der anderen entdeckte John einen Kleiderständer mit alten Kostümen. Licht brannte keines. Trotzdem fiel durch das Fenster von draußen noch genügend Helligkeit, um alles einigermaßen gut erkennen zu können.

John öffnete das Fenster. Er schaute an der alten Theaterfassade hinunter und hatte Glück.

Etwa einen halben Meter tiefer zog sich ein schmaler Sims um das Gebäude.

Hoffentlich hält der dein Gewicht, dachte John, als er aus dem Fenster kletterte.

Vorsichtig berührten seine Schuhe den Sims. John verlagerte das Gewicht voll auf seine Ballen, während seine Hände den Fensterrahmen umklammerten.

Das Gestein hielt.

Stück für Stück tastete sich John nach links, kam dem Garderobenfenster des Magiers immer näher. Seine Finger fanden in den rissigen Steinen der Hausfassade Halt.

John hangelte sich weiter. Immer näher kam er dem Fenster.

Fingerdick lag der Schweiß auf seiner Stirn. Seine Hände begannen zu zittern.

Nur nicht schlappmachen, hämmerte er sich ein.

John schaffte es.

Er war so weit gekommen, daß er nur seinen Kopf zu drehen brauchte, um in die Garderobe des Magiers sehen zu können.

Zuerst sah John nichts. Doch dann fiel ihm ein schwaches rotes Licht auf, das wie eine riesige Kerzenflamme in der Mitte des Raumes zu schweben schien.

Was dann geschah, war so unwahrscheinlich, daß es ihm niemand glauben würde.

Der Magier und der Gnom traten gleichzeitig in diesen Lichtschein, der sich von Sekunde zu Sekunde verstärkte.

John sah die Umrisse der Männer wie durch ein dickes rotgefärbtes Glas.

Und plötzlich waren die Konturen verschwunden. Weg, so als hätten sie sich aufgelöst.

Es gab keinen Magier mehr und keinen Gnom. Das Dämonenreich hatte sie verschluckt.

John Sinclair machte sich auf den Rückweg. Als er schließlich wieder in der Garderobe stand, zitterte er am gesamten Körper. Nun stand endgültig fest, daß er es mit einem Dämon zu tun hatte.

Der Inspektor zündete sich eine Zigarette an, obwohl es verboten war, hier zu rauchen. Dann trat er auf den Flur, auf dem sich noch immer kein Mensch befand.

John drückte die Zigarette aus und gelangte nach einigem Suchen in den Zuschauerraum, der gerade von den letzten Besuchern verlassen wurde.

John Sinclair suchte Kitty Jones. Er mußte ihr vorsichtig beibringen, daß ihre Freundin verloren war.

Aber Kitty war nirgendwo zu finden.

Auch an der Garderobe konnte John sie nicht entdecken. Die beiden Mäntel waren allerdings abgeholt worden, wie ihm die Garderobiere mitteilte.

John bedankte sich und ging nach draußen. Er achtete nicht auf die Bemerkungen, die manche Besucher über seinen verschmutzten Smoking machten.

Er mußte unbedingt Kitty Jones finden. John hatte das Gefühl, daß auch sie in einer großen Gefahr schwebte . . .

Kitty Jones wartete genau zehn Minuten.

Als John Sinclair dann noch nicht zurückgekehrt war, stand sie auf, ging zur Garderobe und holte ihren und Marions Mantel. Zum Glück hatte sie beide Karten eingesteckt.

Sie machte sich um ihre Freundin große Sorgen. Aber schließlich sagte sie sich, daß Kitty bestimmt schon zu Hause war und sie nur erschrecken wollte.

Zum Glück regnete es nicht, als das Mädchen aus dem Theater trat und die große Treppe hinunterging, um nach einem Taxi Ausschau zu halten.

Sie mußte warten. Das Angebot eines Mannes, sie mitzunehmen, lehnte sie ab.

Schließlich gelang es ihr doch, einen Wagen aufzutreiben. Sie setzte sich in den Fond und nannte ihre Adresse.

Während das Taxi durch die Straßen von London kurvte, hing Kitty ihren Gedanken nach. Sie machte sich plötzlich Vorwürfe, nicht doch noch länger gewartet zu haben.

Kitty merkte, daß sie schläfrig wurde. Sie schloß die Augen und dämmerte dahin.

»Kitty.«

Erschrocken zuckte das Mädchen zusammen.

Da hatte sie doch jemand gerufen.

»Kitty.«

Wieder. Die Stimme. Mein Gott, die gehörte Marion.

Kitty riß die Augen auf, doch sie sah nur den Rücken des Taxifahrers.

Beunruhigt wandte Kitty den Kopf. »Marion?« fragte sie leise.

Nichts.

»Ist was, Miss?« fragte der Fahrer.

»Nein, nein. Schon gut.«

»Wir sind übrigens gleich da.«

Zwei Minuten später hatte Kitty das Taxi verlassen. Verloren stand sie vor dem siebenstöckigen alten Wohnhaus, das ihr auf einmal unheimlich vorkam.

Kitty kramte den Schlüssel aus der Handtasche und schloß auf. Dabei merkte sie, daß ihre Hände zitterten.

Kitty betrat den langen, mit grünen Fliesen gekachelten Hausflur und machte Licht.

In Gedanken versunken stieg sie die Steintreppe hoch. Als sie das erste Stockwerk erreichte, begann sie schneller zu gehen. Sicher wartete Marion bereits auf sie.

Kitty hatte den Wohnungsschlüssel schon in der Hand. Sie schloß auf und stellte fest, daß die Tür immer noch abgeschlossen war.

Merkwürdig, wenn Marion zu Hause war, tat sie das nie.

Leise betrat Kitty die Wohnung.

Alles war dunkel.

»Marion?«

Keine Antwort,

Kitty spürte, wie ihr eine Gänsehaut den Rücken hinunterlief. Sie hatte auf einmal Angst. Ihre rechte Hand tastete nach dem Lichtschalter.

Die viereckige Lampe unter der Dielendecke flackerte auf. Sie verbreitete ein warmes gelbbraunes Licht.

Kitty machte überall Licht. Im Wohnzimmer, in der Küche, im Bad.

Nichts. Die Wohnung war leer. Keine Spur von Marion Nelson.

Mit klopfendem Herzen ließ sich Kitty Jones in einen Sessel fallen. Sie griff nach der Zigarettendose, holte ein Stäbchen hervor, schob es sich zwischen die Lippen und faßte mit der freien Hand das kleine Tischfeuerzeug.

Im selben Augenblick zuckte die Flamme auf.

Kitty erschrak bis ins Mark. Unwillkürlich hatte sie einen Zug genommen. Die Zigarette fiel ihr aus dem Mund und landete auf dem Sessel, dessen Stoff durch die Glut sofort ein Loch bekam.

Aus ungläubigen Augen blickte Kitty auf das Feuerzeug in ihrer Hand.

Sie hatte es doch noch gar nicht angezündet, und da . . .

Das Mädchen begriff nichts mehr. Automatisch nahm sie die Zigarette vom Sessel und warf sie in den Aschenbecher.

Du bist nervös, sagte sie sich. Am besten legst du dich hin und versuchst zu schlafen. Gewaltsam verdrängte sie ihre Gedanken an Marion Nelson.

Kitty ging in das kleine Badezimmer und zog sich aus. Gedankenverloren betrachtete sie die mit einem Plastikvorhang abgeteilte Duschkabine. Kitty war verschwitzt, da konnte eine Dusche nicht schaden.

Sie zog den Vorhang zur Seite – und erstarrte.

Auf dem gefliesten Boden lag das Kleid ihrer Freundin!

Zwei, drei Sekunden lang war Kitty unfähig, sich zu rühren. Sie hatte die Arme halb erhoben und die Hände zu Fäusten geballt. Der Schrei, der sich ihrer Kehle entringen wollte, blieb auf halbem Weg stecken.

Kitty schloß die Augen. Sie war einfach nicht mehr in der Lage, das Kleid anzusehen.

Sie wußte nicht, wie lange sie so gestanden hatte, doch als sie die Augen wieder öffnete, war das Kleid verschwunden.

Kitty Jones wankte. Hätte sie sich nicht mit einer Hand an dem Waschbecken festgehalten, wäre sie lang hingestürzt. Sie brauchte Minuten, um sich von dem Schreck zu erholen.

Was ging hier vor? Oder hatte sie alles nur geträumt? Spielten ihr die überreizten Nerven einen Streich?

Kitty wußte keine Antwort. Mit unsicheren Schritten ging sie in das Schlafzimmer, zog das halblange durchsichtige Negligé über und ließ sich ins Bett fallen. Das Licht in ihrer Wohnung hatte sie brennen lassen.

Kitty lag auf dem Rücken. Aus glanzlosen Augen starrte sie gegen die rissige Decke. In ihrem Körper war ein Gefühl der völligen Leere.

Irgendwann dämmerte Kitty ein. Sie wußte nicht, wie lange sie in diesem Zustand zwischen Traum und Wachsein gelegen hatte, auf jeden Fall schreckte sie plötzlich hoch.

Ein kalter Windzug berührte ihre halbnackten Schultern.

Das Fenster! Es war offen!

Der Wind pfiff in den Raum und blähte die Gardinen.

Plötzlich verlöschte das Licht!

Die Dunkelheit, die auf einmal über der Wohnung lag, ließ Kitty zittern. Rasend schnell schlug ihr Herz.

Wer hatte das Licht ausgeschaltet?

Ein Einbrecher?

Starr vor Angst saß Kitty in ihrem Bett und lauschte.

Doch nichts geschah. Keine Schritte, kein Atmen. Nur der Wind pfiff durch das offene Fenster.

Kitty faßte sich ein Herz, stand auf und schloß das Fenster. Dann ging sie zu dem Lichtschalter, legte ihn um – nichts.

Es blieb dunkel. Wahrscheinlich war die Sicherung herausgesprungen, dachte Kitty, wußte aber im gleichen Atemzug, wie billig diese Ausrede war.

Mit klopfendem Herzen legte sie sich wieder ins Bett. Sie bebte am gesamten Körper. Es war die Angst, die ihre Krallen nach ihr ausgestreckt hatte.

Im Haus war es still. Die Bewohner hatten sich schon alle zur Ruhe gelegt.

Kitty nahm ihre Uhr und blickte auf das Leuchtzifferblatt.

Mitternacht!

Und da geschah es.

Plötzlich sah Kitty das rote Licht, das in ihrem Zimmer schwebte. In Form einer riesigen Kerzenflamme stand es direkt vor dem Fußende ihres Bettes.

»Kitty.«

Wieder hörte sie den Ruf ihrer Freundin.

Aus angstgeweiteten Augen starrte das Mädchen auf das rote Licht. Und dann glaubte sie, ihr Verstand würde aussetzen. Im Innern des roten Lichtkreises zeichnete sich eine Kontur ab.

Marion Nelson.

Kitty stöhnte auf. Sie wollte ihren Blick von dieser unheimlichen Erscheinung losreißen, doch es ging nicht. Wie ein Magnet saugten sich ihre Augen an Marion fest.

Jetzt löste sich der Frauenkörper aus dem roten Licht, schwebte über ihr Bett.

Kitty erkannte es mit nahezu brutaler Deutlichkeit.

Ja, dieses Wesen war Marion, ihre Freundin.

Sie trug dasselbe Kleid wie im Theater. Das Kleid, das Kitty auf dem Boden der Dusche gesehen hatte.

Mein Gott, wie war das möglich?

»Hallo, Kitty«, hörte sie Marions ferne Stimme. »Ich will dich zu mir holen. Komm mit in unser Reich.«

Nein, wollte Kitty Jones schreien, doch nur ein rauhes Krächzen drang aus ihrer Kehle.

Die Gestalt schwebte näher, stand direkt über ihr.

Mit unendlicher Mühe hob Kitty den Arm, wollte Marion anfassen, aber ihre Hand glitt durch die Gestalt hindurch.

»Ich – ich will nicht«, stöhnte Kitty. »Bitte, laß mich in Ruhe. Bitte! Ich . . .«

Das Grauen schnürte ihr die Kehle zu.

Doch der Geist kannte keine Gnade. »Wenn du nicht willst, mußt du sterben«, hörte Kitty die Stimme ihrer Freundin.

»Sterben?« flüsterte Kitty.

»Ja, sterben.«

Plötzlich verschwamm Marions Gesicht, und ein grinsender Totenschädel nahm dessen Platz ein. Die Hand der unheimlichen Erscheinung fuhr in das Kleid, kam zurück und hielt ein Messer in der Faust.

Wie hypnotisiert starrte Kitty auf das Messer und sah die blitzende Klinge, die sich langsam ihrer Kehle näherte . . .

Nicht weit vom James-Call-Theater entfernt fand John eine Telefonzelle.

Mit langen Schritten eilte er auf die Box zu, sah, daß sie unbesetzt war, riß die Tür auf und schnappte sich sofort das Telefonbuch.

Fieberhaft blätterte er den dicken Wälzer durch, suchte nach Kitty Jones' oder Marion Nelsons Namen.

Ohne Erfolg. Die beiden Mädchen hatten keinen Telefonanschluß.

Durch die Sucherei war wertvolle Zeit verlorengegangen. John machte sich wegen der Girls immer mehr Sorgen. Besondere Angst hatte er um Marion Nelson.

Der Inspektor rannte zu seinem Bentley, den er auf einem Parkstreifen abgestellt hatte. So schnell es der Verkehr zuließ, jagte er in Richtung Scotland Yard.

Zum Glück war das Gebäude auch während der Nacht besetzt. In jeder Abteilung arbeitete mindestens ein Mann.

An dem staunenden Portier vorbei rannte John zum Lift und fuhr in die Kellerräume, wo sich unter anderem auch das riesige Archiv befand.

Der zuständige diensthabende Kollege war halb eingenickt. John scheuchte ihn hoch. Zwanzig Sekunden später hatte er das Londoner Adreßbuch.

Wenn die beiden jetzt noch in einer anderen Stadt wohnen sollten . . .

Sie wohnten in der Meldon Street, nahe dem Stadtteil Soho. Nicht gerade eine vornehme Gegend.

John raste los. Er zog seinen Bentley durch die engen Londoner Straßen, was die Reifen einiges an Profil kostete. Aber darauf konnte er keine Rücksicht nehmen.

Die Meldon Street war eine typische Wohnstraße. Hohe graue

Häuser klebten aneinander. Alte Gaslaternen verbreiteten einen milchigen Schein.

Die Mädchen wohnten in dem Haus Nummer 17. Kurz davor fand John einen Parkplatz.

Er lief die paar Schritte bis zum Eingang, holte seine Kugelschreiberlampe hervor und leuchtete das Klingelbrett ab.

Jones – Nelson. Dritter Stock.

John wollte gerade schellen, als er sah, daß die Tür offenstand. Blitzschnell stand der Inspektor in dem muffig riechenden Hausflur.

Er machte Licht.

Grüne, zum Teil abgeplatzte Fliesen bedeckten die Wände.

Der Inspektor jagte die Treppen hoch. Er nahm vier Stufen auf einmal.

Sein Atem ging kaum schneller, als er den dritten Stock erreicht hatte.

Er zählte zwei Wohnungstüren, die in der Mitte jeweils eine Scheibe aus Milchglas besaßen.

Die linke Tür gehörte zur Wohnung der beiden Mädchen. Sie hatte noch eine altmodische Drehschelle.

John wollte gerade klingeln, als er einen Schrei hörte.

Es war ein Schrei, geboren aus Todesangst und Verzweiflung – und er kam aus der Wohnung der Mädchen.

John zuckte herum, winkelte den rechten Arm an und stieß den Ellenbogen durch die Scheibe.

Splitternd fiel das Glas nach innen.

Johns Rechte faßte durch das entstandene Loch, bekam einen Schlüssel zwischen die Finger und drehte ihn herum.

Die Tür war offen!

Der Inspektor stürzte in die Wohnung, warf im Laufen einen Blick in das dunkle leere Wohnzimmer und flog förmlich in den kleinen Schlafraum.

Was er sah, ließ das Blut in seinen Adern gerinnen.

Kitty Jones lag im Bett. Über ihr schwebte eine gräßliche Gestalt. Sie trug die Kleidung von Marion Nelson, doch ihr Schädel war ein Totenkopf.

Das Gespenst hielt in der rechten Hand ein Messer, dessen Spitze auf Kittys Kehle zielte.

Für John Sinclair blieb keine Zeit, lange zu überlegen. Er mußte handeln, falls es nicht schon zu spät war.

Mit einem wahren Panthersatz warf er sich vor, bekam im letzten Augenblick Kittys Bettdecke zu fassen und riß sie mitsamt dem Mädchen vom Bett herunter auf den Boden.

Das Gespenst stach zu. Mit einem satten Laut bohrte sich das Messer in das Kopfkissen. Federn stoben hoch.

»Kriechen Sie unter das Bett!« schrie John der völlig verzweifelten Kitty zu und sprang selbst auf, um sich dem mordenden Geist zu stellen.

Die Frau mit dem Totenschädel war herumgeschnellt. Jetzt erkannte John, daß sie über dem Bett schwebte.

Mit einer leichten, fast spielerisch anmutenden Bewegung wandte sich die unheimliche Erscheinung ihrem neuen Gegner zu.

Der Inspektor ärgerte sich, daß er keine Waffe bei sich führte, mit der er den Geist bekämpfen konnte. Er mußte sich voll auf seine Fäuste und seine Geschicklichkeit verlassen.

Das Gespenst griff an. Der messerbewehrte Arm fegte vor, zielte auf Johns Kehle.

Gedankenschnell zog der Inspektor den Kopf ein, so daß der Stoß ins Leere ging. Gleichzeitig schlug John zu. Doch sein Schlag traf nur die Luft. Der Geistkörper war für dreidimensionale Gegenstände nicht existent.

Die Wucht des Schlages riß John nach vorn. Er knallte mit den Kniescheiben gegen den Bettrand und fiel auf die Matratze.

Sofort warf sich John auf den Rücken.

Sein Glück. Das Gespenst hatte bereits zu einem neuen Stoß mit dem Messer ausgeholt.

John zog die Beine an und machte eine Rolle rückwärts. Hart krachte er auf der anderen Seite des Bettes auf den Boden. Wieder verfehlte ihn die mörderische Klinge nur um Haaresbreite.

Das Gespenst stieß einen Fauchlaut aus. Bisher war es ihm nicht gelungen, John Sinclair auch nur zu ritzen.

Der Kampf hatte im Dunkeln stattgefunden. Nur das rote Licht, das die Erscheinung umfloß, gab ein wenig Helligkeit.

Wieder führte das Gespenst eine Attacke, zog das Messer von unten nach oben.

John stieß sich ab. Mit seinem Hechtsprung flog er fast durch das gesamte Zimmer, kam dicht vor der Tür auf, rollte sich schulmäßig ab und stand wieder auf den Beinen.

Im Dämmerlicht der Wohnung erkannte er die offenstehende Badezimmertür.

Und da kam John eine Idee.

Geister, Vampire und Gespenster konnte man auch mit Wasser vernichten.

Der Gedanke war kaum in Johns Gehirn aufgeblitzt, da hetzte er auch schon in das Badezimmer. Verschwommen sah er die Duschecke, riß den Vorhang auseinander und bekam sofort die Handbrause zu packen.

In diesem Augenblick tauchte das Gespenst in der Türöffnung auf.

John hielt die Handbrause in der Rechten, mit der Linken drehte er den Kran auf.

Aus vielen kleinen Düsen spritzte die geballte Wasserkraft.

Und John Sinclair traf. Der Geist bekam die Ladung voll. Fast tierisch heulte er auf, duckte sich, wollte sich aus den Strahlen winden, doch John nagelte ihn fest. Er ließ die Handbrause auf und ab gleiten, so daß der gesamte Körper der unheimlichen Erscheinung getroffen wurde.

Und dann geschah etwas Seltsames.

Der Totenschädel veränderte seine Form, wurde brüchig und platzte weg.

Ein Gesicht erschien.

Marion Nelsons Gesicht!

Gleichzeitig wurde auch das rote Licht schwächer und war plötzlich ganz verschwunden.

Zurück blieb . . . Marion Nelson.

John Sinclair hatte sie aus dem Schattenreich zurückgeholt.

Erschöpft drehte John die Brause ab. Gleichzeitig flammte auch in der ganzen Wohnung wieder das Licht auf.

Langsam ging John Sinclair auf die am Boden liegende pudelnasse Marion zu.

Das Mädchen war bewußtlos. John nahm ihm das Messer ab, das es immer noch in der Hand hielt, und steckte es weg.

Jetzt erst hörte er die Stimmen der anderen Hausbewohner. Die Leute hatten sich vor der Korridortür versammelt und bestaunten die zerbrochene Scheibe.

Ehe irgendwelche Mißverständnisse aufkommen konnten, präsentierte ihnen John seinen Ausweis.

»Die Polizei ist aber schon unterwegs«, sagte ein dicker Mann im gestreiften Schlafanzug.

»Dann bestellen Sie sie wieder ab«, erwiderte John. »Sagen Sie meinetwegen, es war ein Irrtum, oder berufen Sie sich auf mich.«

»Ja, wenn das so ist«, knurrte der Dicke und verschwand nach unten.

»Was ist überhaupt passiert?« kreischte eine vollbusige Matrone im geblümten Morgenrock.

»Nichts, was Sie interessieren könnte, Madam. So, und nun gehen Sie am besten wieder ins Bett.«

John drehte den Gaffern den Rücken zu und ging zurück in die Wohnung. Als er das Schlafzimmer betrat, saß Kitty auf der Bettkante. Sie hatte das Gesicht in den Händen vergraben.

»Es ist alles vorbei, Kitty«, sagte John leise und strich ihr über das dunkle Haar.

Kitty hob den Kopf. John sah, daß sie verweinte Augen hatte.

»Mister Sinclair«, flüsterte sie. »Was – was . . . war das? Die Erscheinung. Zuerst sah sie aus wie Marion. Dann kam dieser gräßliche Totenschädel . . . und das Messer. Sie wollte mich ermorden.«

»Niemand wollte Sie ermorden, Miss Jones.«

»O doch, Mister Sinclair. Ich habe es genau gesehen. Wenn Sie nicht gekommen wären, dann . . . Mister Sinclair, da!«

Kitty Jones schrie erstickt auf.

John wandte den Kopf.

Auf der Türschwelle stand Marion Nelson.

Neben sich hörte der Inspektor einen langgezogenen Seufzer. Kitty Jones war in Ohnmacht gefallen.

»O Gott, Mister Sinclair«, stöhnte Marion Nelson. »Was ist passiert? Was machen Sie hier? Wie komme ich denn in unsere Wohnung?«

Das Mädchen kam mit ungläubigem Gesichtsausdruck auf den Inspektor zu.

John faßte Marion an der Schulter und drückte die völlig Verstörte auf das Bett.

»Ruhen Sie sich erst einmal aus«, sagte er lächelnd.

Marion schüttelte den Kopf. Sie blickte an sich hinab und dann hin zu der ohnmächtigen Kitty Jones. »Weshalb ist mein Kleid naß, Mister Sinclair, und mein Haar? Was ist überhaupt geschehen?«

»Immer der Reihe nach«, sagte John leise. »Ehe ich Ihnen etwas erkläre, sind Sie an der Reihe. Erzählen Sie mir bitte, wie es Ihnen ergangen ist. Und damit Sie sehen, daß ich Ihre Lage nicht ausnutzen will, hier ist mein Ausweis.«

Staunend betrachtete Marion Nelson das Dokument. »Scotland Yard? Sie sind von . . .«

»Ja, ich bin.«

»Jetzt verstehe ich gar nichts mehr. Also, Inspektor. Alles, was ich Ihnen sagen kann, ist, daß ich nichts weiß. Mein Gehirn ist wie leergepumpt.«

John Sinclair gab so leicht nicht auf. »Miss Nelson, ich will Ihnen helfen, und Sie wollen mir helfen. Wir werden gemeinsam versuchen. Ihre Erinnerung wieder zurückzugewinnen.«

»Wenn Sie meinen, Inspektor.«

»Sie sind mit Ihrer Freundin Kitty im Theater gewesen und haben sich die Vorstellung des Magiers Sourette angesehen. Stimmt das?«

Marion nickte.

»Ihre Freundin und Sie haben dort meine Bekanntschaft gemacht. Wir haben in der Pause zusammen etwas getrunken und sind dann wieder in den Zuschauerraum zurückgegangen.«

»Natürlich, Inspektor, das weiß ich ja alles noch.«

»Wunderbar«, lächelte John, »dann wird Ihnen das andere auch noch einfallen. Der Magier hatte jemanden aus dem Publikum gebeten, auf die Bühne zu kommen und ihm zu assistieren. Sie haben sich gemeldet, Miss Nelson.«

»Ja, jetzt erinnere ich mich«, sagte sie leise. »Ich ging auf die Bühne, und . . .«

»Weiter, Miss Nelson. Was geschah dann?«

»Der Magier sah mich an. Er hatte so komische Augen. Man konnte sich seinem Blick einfach nicht entziehen. Er sagte, ich solle in den Kasten steigen. Ich wollte gar nicht, doch irgend etwas zwang mich dazu. Dann schloß der Magier den Kasten. Das letzte, was ich sah, war sein triumphierendes Gesicht. Mehr weiß ich nicht.«

John Sinclair war enttäuscht. »Bitte, Miss Nelson, versuchen Sie sich zu erinnern. Jede Kleinigkeit ist wichtig.«

»Es geht nicht, Inspektor.« Marion schüttelte den Kopf. »Ich – ich weiß nichts. Ich glaubte nur in einen unendlich tiefen Schacht zu fallen, und dann war . . . Sendepause. Ich kam erst zu mir, als ich hier in dem Badezimmer stand, Inspektor.« Marion Nelson blickte John Sinclair an. »Jetzt sind Sie mir aber eine Erklärung schuldig.«

»Ja, Miss Nelson, das bin ich.«

Mit möglichst behutsamen Worten berichtete John, was vorgefallen war.

Trotzdem wirkte sein Bericht bei Marion wie ein unsichtbarer Faustschlag. Ihre Augen öffneten sich ungläubig, und sie stammelte nur immer die Worte: »Das ist doch nicht möglich.« Marion warf einen scheuen Blick auf die ohnmächtige Kitty Jones. »Ich sollte sie ermorden? Aber das gibt's doch nicht!«

Es dauerte lange, bis sich Marion beruhigt hatte. Irgendwann erwachte Kitty aus ihrer Ohnmacht. John schärfte beiden Mädchen noch einmal ein, ihre Wohnung nicht zu verlassen und, falls etwas geschehen sollte, ihn sofort anzurufen.

Dann heftete der Inspektor vor die zerbrochene Flurscheibe ein Stück Papier. Anschließend verabschiedete er sich von Marion Nelson und Kitty Jones. Den Dolch hatte er Marion nicht gezeigt. Vielleicht führte der ihn auf die Spur des Magiers . . .

Sieben Stunden später.

John Sinclair saß im Büro seines Chefs. Superintendent Powell hörte aufmerksam den Ausführungen des Inspektors zu. Er unterbrach John mit keinem Wort. Nur seine Augen – verdeckt hinter dicken Brillengläsern – fixierten ihn scharf.

»So ist die Sache gelaufen, Sir«, sagte John zum Schluß.

Superintendent Powell nippte an seinem Mineralwasser, in dem er eine Tablette gegen Magengeschwüre aufgelöst hatte. Er setzte das Glas behutsam auf einen kleinen Teller und fragte: »Haben Sie schon einen Verdacht oder eine Spur, Inspektor?«

John schüttelte den Kopf. »Wenn ich ehrlich sein soll – nein. Da wäre höchstens das Messer als Ausgangspunkt für gewisse Nachforschungen. Der Magier und der Gnom sind verschwunden.«

Superintendent Powell verzog das Gesicht. »Aber sie werden irgendwo auftauchen, Inspektor. Schließlich wollten sie eine Tournee durch England machen.«

John lächelte säuerlich. »Wie es im Augenblick aussieht, werden sie die wohl abblasen. Sie sind durch mein Eingreifen gewarnt worden.«

»Also ist auch der berühmte Geisterjäger mit seinem Latein am Ende«, meinte Superintendent Powell ironisch.

»Das steht noch nicht fest«, erwiderte John. »Immerhin haben wir den Namen des Magiers. Ich werde ein wenig in der Vergangenheit forschen. Doch zuvor besuche ich den Agenten, der die Tournee gemanagt hat. Schließlich gibt es Verträge, die uns vielleicht einen Hinweis geben können.«

»Versuchen Sie Ihr Glück, Inspektor.«

Damit war John entlassen. Er ließ seine Beziehungen spielen und wußte eine Viertelstunde später den Namen des Agenten.

Der Mann hieß Harold Pinter.

Sein Büro hatte er in der Carnaby Street.

John fuhr auf der Stelle hin. Natürlich bekam er keinen Parkplatz und stellte deshalb seinen Bentley neben einem Hydranten ab.

Sofort kam ein Bobby mit gezücktem Notizbuch angerannt. John wies sich aus und erklärte die Lage. Der Bobby gab nach.

Der Vormittag war kaum angebrochen, und doch herrschte in der Carnaby Street schon reger Verkehr. Vor allen Dingen Touristen waren es, die in die kleinen Läden und Boutiquen strömten und die Sachen zu überhöhten Preisen kauften.

Harold Pinter hatte sein Büro direkt über einem Souvenirladen. John ging durch den nach Bohnerwachs riechenden Hausflur und stand wenig später vor einer mattglänzenden Mahagonitür.

»Harold Pinter – Agent«, stand auf einem Messingschild. John drückte auf den Klingelknopf.

Im Innern der Wohnung rasselte eine Schelle. Aber niemand kam, um zu öffnen.

Seltsam, dachte der Inspektor.

Er schob die Tür auf und betrat einen Korridor, dessen Wände mit Künstlerfotos tapeziert waren. Überall hingen nackte und halbnackte Mädchen in verführerischen Posen.

»Wartezimmer«, las John auf einer Tür.

Kurz entschlossen ging er hinein.

Die beiden Personen, die in zwei Cocktailsesseln saßen und in irgendwelchen Magazinen blätterten, waren so verschieden wie Tag und Nacht.

Sie sahen überrascht auf, als John eintrat.

Die eine hatte ihre besten Jahre schon hinter sich. Ihre Haare waren rot gefärbt, und das Gesicht bestand fast nur noch aus Schminke.

»Mister Pinter«, säuselte die Rothaarige und schob ihre beachtliche Oberweite in die richtige Stellung.

»Nein, ich bin nicht Mister Pinter«, entgegnete John schnell.

»Ach so.«

Enttäuscht setzte sich die Künstlerin wieder hin.

Durch Johns Antwort war die andere Type erst gar nicht dazu gekommen, einzugreifen. Und das war auch besser so. Dem Knaben sah man das andere Ufer förmlich an. Hellblond gefärbte Haare, nachgezogene Wimpern . . .

»Wissen Sie, wann Mister Pinter kommt?« wandte sich John an die Rothaarige.

»Keine Ahnung. Wir waren für heute bestellt. Aber bis jetzt hat er sich noch nicht sehen lassen. Der liegt bestimmt wieder mit irgendeiner Mieze im Bett.«

»War die Tür offen, als Sie kamen?«

»Ja, sonst säßen wir nicht hier.«

»Ist auch wieder wahr, schöne Rose«, antwortete John lächelnd.

Der Roten blieb vor Überraschung der Mund offenstehen. Schöne Rose hatte bestimmt noch niemand zu ihr gesagt.

John verließ das Wartezimmer. Gegenüber befand sich die Tür zu Harold Pinters Büro. Sie war abgeschlossen.

Ein unruhiges Gefühl machte sich in John Sinclair breit. Sollte dem Agenten vielleicht etwas zugestoßen sein?

John bückte sich und spielte Dienstmädchen. Er peilte mit dem linken Auge durch das Schlüsselloch.

Was er sah, war der Ausschnitt von einem Fenster.

Der Inspektor reckte sich gerade wieder hoch, als sein Blick zufällig auf den Boden fiel.

Eine dunkle Flüssigkeit lief unter der Türritze hervor. John steckte eine Fingerspitze in die Flüssigkeit und hielt die Hand dicht vor seine Augen.

Kein Zweifel, es war Blut, was an seinem Zeigefinger klebte.

Für John Sinclair Alarmstufe eins.

Dreimal warf er sich mit aller Macht gegen die Tür des Büros. Als die Rothaarige aus dem Wartezimmer gestürzt kam und gerade protestieren wollte, flog John bereits mit der Tür in das dahinterliegende Zimmer.

Seine schlimmsten Ahnungen wurden bestätigt.

Harold Pinter war tot.

Jemand hatte ihm den Schädel eingeschlagen!

»Immer wenn ich Sie sehe, Sinclair, bekomme ich Magenschmerzen«, knurrte Inspektor Torringham, Leiter der Mordkommission London Mitte.

John grinste. »Die haben Sie sowieso schon.«

»Woher wollen Sie das denn wissen?«

»Gucken Sie mal in den Spiegel.«

Torringhams Mitarbeiter grinsten. Sie konnten sich über ihren Chef nicht beklagen. Unter der rauhen Schale steckte ein guter Kern. Torringham betrat als erster das Büro des Agenten. Er blieb an der Tür stehen und schob sich den speckigen Hut in den Nacken.

»Verdammte Schweinerei«, murmelte er. »Wie kann ein Mensch nur zu so etwas fähig sein.«

John, der hinter ihm stand, sagte nichts. Er rückte zur Seite und machte Platz für die Spezialisten der Mordkommission. Zusammen mit Torringham betrat er das Wartezimmer des toten Agenten.

Die Rothaarige war in Tränen ausgelöst, und der halbseidene Knabe hatte ein grünes Gesicht.

»Wo bekomme ich denn jetzt einen Job her?« heulte die Frau. »Schließlich kann ich doch nicht auf den Strich gehen. Ich . . .«

»Nun halten Sie mal die Luft an«, sagte Torringham. »Wenn Sie schon erzählen, dann etwas über den Mörder.«

Die Rothaarige schneuzte. »Mörder? Was habe ich denn damit zu tun?«

Torringham warf einen Blick zur Decke. »Ich will wissen, ob Sie etwas gehört oder gesehen haben.«

»Ach so. Nee, nicht daß ich wüßte. Wir haben hier gesessen, das ist alles.«

Der Halbseidene nickte zu den Ausführungen der Frau.

Torringham gab sich nicht zufrieden. Nicht umsonst hatte er im Yard den Namen »Der Hartnäckige« bekommen. Aber an diesem Fall biß er sich die Zähne aus.

Hilfesuchend warf er einen Blick zu John Sinclair hinüber.

Der zuckte nur die Achseln.

»Halten Sie sich zu unserer Verfügung«, sagte Torringham. »Ich schicke Ihnen gleich einen Beamten vorbei, der Ihre Personalien aufnimmt.«

Die Rothaarige und der Halbseidene nickten

John und Torringham betraten den Korridor. Inspektor Sinclair gönnte sich eine Zigarette, während Torringham lieber bei seiner Pfeife blieb.

»Sagen Sie mal, Sinclair, Sie sind doch bei uns der Geistermensch. Hat dieser Fall etwa was Übersinnliches an sich. Dann laß ich nämlich sofort den Kram packen.«

»Wo denken Sie hin«, grinste John. »Das ist ein Mordfall, wie er im Buche steht.«

»Und was tun Sie hier?«

»Ich wollte Harold Pinter sprechen das ist alles.«

»In welcher Angelegenheit denn?« bohrte Torringham weiter.

»Es geht um einen Magier, der in letzter Zeit von sich reden gemacht hat.«

»Dieser Sourette etwa?«

»Genau der. Kennen Sie ihn?«

»Nein. Aber meine Frau. Sie wollte unbedingt Karten haben für seinen Galaauftritt. Hat aber dann keine bekommen.«

»Seien Sie froh, Torringham«, sagte John und klopfte seinem Kollegen auf die Schulter.

»Was soll das denn schon wieder heißen?«

»Erkläre ich Ihnen später. Ich muß leider weg. Machen Sie's gut.«

John verließ mit schnellen Schritten den Korridor. Die Worte, die Torringham ihm hinterherrief, verstand er nicht. Es war auch besser so.

Professor James P. Lowell leitete das Institut für Archäologie und Völkerkunde in Dover.

Der Wissenschaftler war auf seinen Gebieten eine Kapazität. Er hatte an mehreren Expeditionen in alle Länder der Erde teilgenommen und inzwischen acht Fachbücher veröffentlicht. Er hielt unter anderem Gastvorträge an allen großen Universitäten Europas und hatte selbst in Amerika einen guten Namen.

Diesen Mann wollte John Sinclair aufsuchen. Der Inspektor hatte seinen Besuch für den späten Nachmittag angekündigt.

Er brauchte genau 90 Minuten für die Strecke von London nach

Dover. Pünktlich um 17 Uhr bog er in den Park, der das Institut umgab, ein.

Die Reifen des Bentley schnurrten über gepflegte Kieswege bis zu dem wuchtigen zweistöckigen Gebäude, welches das Institut beherbergte.

John Sinclair kannte Professor Lowell von Zeitungsfotos her, und deshalb wußte er auch, daß der Mann, der an einer sorgfältig gestutzten Hecke schnitt, der bekannte Wissenschaftler war.

John parkte seinen Bentley vor dem Institut und stieg aus.

Professor Lowell hatte sich umgewandt und sah dem Inspektor interessiert entgegen.

Er begrüßte John mit einem herzlichen Händedruck. »Willkommen, Inspektor«, sagte er.

Der Mann war John sofort sympathisch. Er war mittelgroß, trug sein Haar kurz geschnitten und hatte ein sonnenbraunes Gesicht mit unzähligen kleinen Fältchen darin. Professor Lowell trug eine braune Hose, ein weißes Hemd und hatte sich eine Strickjacke übergezogen.

Die beiden Männer gingen ins Haus und dann direkt in die Bibliothek.

Die großen Regale in dem Raum waren bis zur Decke gebaut und vollgestopft mit Büchern. Auf einem antiken Schreibtisch stand eine kostbare Lampe, die einen warmen Lichtschein verbreitete.

»Möchten Sie etwas trinken, Inspektor? Ich habe einen sehr guten französischen Kognak im Haus.«

»Da sage ich nicht nein.«

Der Professor holte zwei Schwenker und die Flasche aus dem Schreibtisch.

Die Männer prosteten sich zu.

»Wirklich, ein ausgezeichneter Stoff«, lobte John.

Der Professor lächelte geschmeichelt. »Tja, wer sich mit antiken Funden befaßt, sollte auch einen alten Kognak in Ehren halten. So, genug der Vorrede, Inspektor. Worum geht es Ihnen, oder wobei kann ich Ihnen helfen?«

John Sinclair sah Professor Lowell ernst an. »Ich möchte Sie zuvor bitten, über das, was hier geredet wird, Stillschweigen zu bewahren. Wenn ein Wort an die Öffentlichkeit gelangt, kann es zu einer Panik kommen.«

»Das ist selbstverständlich«, erwiderte der Wissenschaftler.

John nahm kein Blatt vor den Mund. Er berichtete von Anfang an, was geschehen war.

Professor Lowell unterbrach ihn mit keinem Wort. Er nickte nur hin und wieder ein paarmal.

»Kann ich den Dolch einmal sehen, Inspektor?« fragte er schließlich.

»Natürlich, hier ist er.«

John griff in die Tasche und holte die Waffe hervor.

Der Professor nahm sie in die Hand, ging damit zur Lampe und betrachtete sich den Dolch genauer.

»Ein selten kostbares Stück«, murmelte er. »Allein der Griff ist eine künstlerische Meisterleistung.«

Professor Lowell nahm vom Schreibtisch eine Lupe und hielt sie dicht über den Griff.

»Seltsam«, murmelte er, »da sind Zeichen eingraviert. Der Text ist französisch. Aber ein sehr altes Französisch.«

»Können Sie es übersetzen?« fragte John.

»Ich werde es auf jeden Fall versuchen.«

Der Professor setzte sich an seinen Schreibtisch und nahm Papier und Bleistift. Es dauerte einige Minuten, bis er den Text fertig hatte. Dann reichte er John das Blatt Papier.

»So ungefähr lautet die Übersetzung.«

Der Inspektor las die Worte halblaut vor:

»Der Diener des Magiers wird mit diesem Dolch die Rache vollenden.«

Nachdenklich runzelte John die Stirn. Er wiederholte den Satz halblaut.

Professor Lowell blickte John gespannt an. »Nun, kommen Sie der Sache näher?«

»Wenn ich ehrlich sein soll – nein.«

»Wissen Sie denn, wer mit diesem Magier gemeint ist?« fragte der Wissenschaftler.

»Ja, der Kerl nennt sich Sourette.«

»Sourette«, sagte Professor Lowell nachdenklich, »klingt französisch, und der Dolch ist meiner Schätzung nach 300 bis 400 Jahre alt. Aus diesen Angaben läßt sich was machen. Warten Sie, Inspektor, ich glaube, ich kann Ihnen helfen.«

Der Wissenschaftler ging auf ein Regal zu und griff bald nach einem alten Wälzer.

»Die Geschichte Nordfrankreichs, wie das Volk sie kennt«, sagte er, »mehr ein Legendenbuch als eine historische Aufzählung.«

Professor Lowell blätterte in dem Buch. Die Seiten waren teilweise vergilbt und klebten aneinander. Doch der Wissenschaftler fand, wonach er suchte.

»Der Name Sourette taucht im Zusammenhang mit dem kleinen französischen Ort Beaumont auf. Hier hatte vor ungefähr 300 Jahren ein Magier mit gleichem Namen gelebt. Der Geschichte nach soll er dort lange Unheil angerichtet haben, bis die Menschen ihn ermordet hatten. Dies alles war in einer alten Mühle geschehen, und noch vor seinem Tod soll der Magier einen schrecklichen Fluch ausgestoßen haben, daß eines Tages sein Diener wiederkommen würde, um ihn zu rächen. – Sind Sie zufrieden, Inspektor?«

John nickte. »Mehr als zufrieden. Ich weiß jetzt endlich, wo ich den Hebel ansetzen kann. In Beaumont. Vorausgesetzt natürlich, daß der heutige Magier und der von damals ein und dieselbe Person ist.«

Der Professor schüttelte den Kopf. »Unglaublich klingt so etwas. Wenn ich nicht den Dolch mit eigenen Augen gesehen hätte, würde ich alles für Hirngespinste halten.«

»Leider sind es keine.«

John Sinclair blieb noch etwa eine halbe Stunde bei dem Wissenschaftler. Dann verabschiedete er sich, bedankte sich noch mal sehr herzlich und fuhr zurück nach London.

Er war kaum in seinem Büro, als das Telefon läutete. Inspektor Torringham war am Apparat.

»Endlich erwische ich Sie mal, Sinclair. Wir haben doch vor einigen Stunden über diesen Sourette gesprochen, den komischen Magier.«

»Ja, wieso?«

Torringham schnaufte kurz, ehe er antwortete. »Normalerweise muß doch ein Agent Unterlagen über seine Leute haben. Aber in diesem Fall ist nichts gefunden worden.«

»Das, mein lieber Kollege, hatte ich mir fast gedacht«, erwiderte John und konnte sich trotz der ernsten Lage ein Schmunzeln nicht verkneifen.

Kitty Jones und Marion Nelson arbeiten in einem Großraumbüro. Das Gebäude der Versicherung war fünfzehn Stockwerke hoch und eine Konstruktion aus Glas und Beton.

Die beiden Mädchen hatten sich den Vormittag freigenommen. Aber auch jetzt – nach der Mittagspause – wollte die Arbeit nicht recht von der Hand laufen. Das Stimmengewirr und das Schreibmaschinengeklapper in dem großen Büroraum machte beide Frauen nervös.

Am schlechtesten fühlte sich Marion. Sie hatte starke Kopfschmerzen, und ab und zu machte sich ein Schwindelgefühl breit.

»Was ist mit dir?« fragte Kitty besorgt. Sie saß ihrer Freundin am Schreibtisch gegenüber und blickte sie nachdenklich an.

Marion lächelte gequält. Sie stützte den Kopf in beide Handflächen und atmete schwer aus. »Es ist immer noch der Schock, weißt du. Ich . . .«

»Möchtest du eine Tasse Kaffee?« fragte Kitty.

»Danke, jetzt nicht. Ich habe noch nie viel von Kaffee gehalten. Dadurch wird es auch nicht besser.«

Kitty Jones lehnte sich in ihrem Drehstuhl zurück. »Ich mache dir einen Vorschlag, Marion. Das beste ist, du machst ein paar Tage Urlaub. Fahr irgendwo aufs Land, wo dich keiner kennt und du die schrecklichen Ereignisse vergessen kannst.«

»Vergessen? Nein, Kitty, ich kann nicht vergessen. Je länger ich darüber nachdenke, um so stärker kommen die Eindrücke. Sie werden zu Bildern, die unsichtbar vor meinen Augen schweben. Dir kann ich es ja erzählen. Ich sehe Schreckgestalten, wie es sie nur in der Hölle gibt. Gräßliche Monster, die . . . ach, ich weiß auch nicht mehr.«

Mit einer müden Bewegung wischte sich Marion über die schweißnasse Stirn.

Kitty wollte gerade etwas sagen, als ein Mann im Anzug neben dem Schreibtisch auftauchte. Es war der Abteilungsleiter, ein von allen gefürchteter Mensch.

»Sie schlafen wohl, Miss Nelson. Was denken Sie, wofür Sie Ihr Gehalt bekommen?«

»Meiner Freundin geht es nicht gut«, sagte Kitty.

»Halten Sie sich da raus, Miss Jones.«

Marion hatte die Stimme ihres Vorgesetzten wie aus weiter Ferne gehört. Jetzt wandte sie langsam den Kopf.

Verschwommen sah sie sein Gesicht, dessen untere Hälfte von einem langen Bart bedeckt war. Die Lippen des Mannes klafften plötzlich auseinander, und ein lautloses Lachen drang aus dem Mund.

Mein Gott, das war doch – Sourette!

Marion stöhnte. Krampfhaft schloß sie die Augen.

»Ich habe mit Ihnen geredet, Miss Nelson«, hörte sie wieder die Stimme des Abteilungsleiters.

Nur mühsam hob Marion die Augendeckel.

Die Vision war verschwunden.

Vor ihr stand der Abteilungsleiter. Er hatte beide Hände in die Hüften gestützt und blickte mit spöttischem Lächeln auf seine Angestellte herunter.

»Entschuldigen Sie, Mister Haggerty, aber mir – mir geht es nicht gut. Ich muß mal zur Toilette.«

Schwer stützte sich Marion Nelson vom Schreibtisch hoch. Sie merkte, daß ihre Beine zitterten.

»Marion«, rief Kitty, »komm, ich helfe dir.« Sie sprang von ihrem Stuhl auf und lief um den Schreibtisch herum.

Auch die anderen Kolleginnen waren aufmerksam geworden. Neugierig blickten sie hinüber.

Eine Gelegenheit für Haggerty, sich elegant aus der Affäre zu ziehen.

»Hier gibt es nichts zu sehen. Sehen Sie zu, daß Sie an Ihre Arbeit kommen.«

Er warf noch einen Blick auf Marion Nelson und verschwand.

Marion war leichenblaß. Kitty hielt sie an beiden Schultern gefaßt.

»Ich gehe mit dir zum Waschraum. Du kippst ja sonst unterwegs noch um.«

»Nein, es geht schon wieder«, sagte Marion mit überraschend fester Stimme, »Es war nur ein kleiner Schwächeanfall. Ich bin gleich wieder da.«

Mit Puddingknien ging Marion Nelson durch das große Büro. Mancher verstohlene Blick wurde ihr zugeworfen.

Marion trat auf den langen Gang, dessen Wände mit grünen Platten gekachelt waren. Auf dem Weg zum Waschraum begegnete ihr nur ein Angestellter, der sie verwundert ansah.

Der Waschraum war leer und ebenfalls grün gekachelt. An der einen Wand waren mehrere Becken installiert, über denen große Spiegel hingen.

Sekundenlang betrachtete sich Marion im Spiegel. Noch immer war ihr Gesicht weiß wie ein Leinentuch. Unzählige Schweißperlen glitzerten auf der Stirn.

Marion drehte den Kran auf. Rauschend strömte das Wasser in das Becken. Das Mädchen bückte sich, formte die Hände zu einem Trichter und wollte sie gerade unter den Wasserkran halten, da nahm sie neben sich eine Bewegung wahr.

Erschrocken kreiselte Marion herum.

Vor ihr stand der Bucklige!

Im ersten Moment konnte Marion keinen Ton hervorbringen. Zu grauenhaft war die Überraschung gewesen.

Marion spürte, wie die Hand, mit der sie sich an das Waschbecken geklammert hatte, wegglitt und ihre Knie nachgaben. Im letzten Augenblick konnte sie sich noch fangen.

»Dachtest du, du würdest uns entkommen?« flüsterte der Bucklige rauh. »Nein, wen Sourette einmal in den Klauen gehabt hat, den läßt er nie mehr los.«

Cascabel lachte lautlos. »Sieh dich um, dort steht der große Sourette.«

Wie in Trance wandte Marion den Kopf.

Der Gnom hatte nicht gelogen. Direkt neben der Tür stand der Magier. Er blickte Marion aus seinen unergründlichen Augen an. Ein dunkelroter Schein hatte sich um seinen Körper gelegt. Langsam kam er näher.

»Marion Nelson«, sagte er leise, »du wirst die erste sein, deren Schädel ich mir hole, um meine Rache zu vollenden. Ich wollte dich zu meiner Dienerin machen, doch du hast versagt. Jetzt bist du mein Opfer!«

Marion begriff nichts. Sie wußte nicht, was sie diesem Mann getan hatte. Warum gerade sie? Warum?

Wie aus weiter Ferne hörte sie draußen auf dem Gang eine Frauenstimme schimpfen, vernahm das harte Schlagen einer Türklinke.

Schrei doch um Hilfe! rief eine innere Stimme. So schrei doch endlich!

Kein Ton drang über die Lippen des Mädchens. Ganz dicht stand der Magier vor ihr. Seine Lippen bewegten sich kaum, als er sagte: »Du bist das erste Opfer meiner gnadenlosen Rache!«

Er streckte die Hand aus, berührte die Schulter des Mädchens.

Es war Marion, als hätte sich die Hölle aufgetan und würde sie verschlingen. Ein blutroter Kreisel begann sich zu drehen, wurde immer schneller und zog sie in einen Schacht, aus dem es kein Entrinnen mehr gab . . .

»Es ist eine Schweinerei!« schimpfte die Frau, als sie das Büro betrat.

Kitty Jones, die sowieso nicht gearbeitet hatte, sprang auf.

»Was ist denn, Flora?«

»Was ist denn, was ist denn«, äffte die Frau nach. »Deine Freundin, diese Marion, ist in den Waschraum gegangen und hat die Tür abgeschlossen. Will sie sich mit einem Liebhaber treffen?«

»Aber da steckt doch gar kein Schlüssel drin«, sagte Kitty und wurde auf einmal bleich.

Ohne die Antwort ihrer Kollegin abzuwarten, rannte sie über den Gang in Richtung Waschraum. Aufgeregt legte sie die Hand auf die Klinke.

Die Tür war offen!

Kitty stürzte in den Waschraum.

Marion war nicht da. Nur ein laufender Wasserhahn rauschte. Gegenüber dem Waschbecken befanden sich die Toilettentüren. Fünf insgesamt. Kitty öffnete jede Tür. Die Zellen waren leer.

»Marion?« rief Kitty.

Keine Antwort.

Kitty Jones bekam plötzlich Angst. Die Ereignisse der vergangenen Nacht standen wieder klar und deutlich vor ihren Augen. Sollte Marion sich in den Klauen des Magiers befinden?

Wie von Furien gehetzt, rannte Kitty Jones wieder aus dem Waschraum. Sie lief nicht zurück an ihren Arbeitsplatz, sondern betrat eine Tür vorher das Büro von Mister Haggerty.

»Mister Haggerty«, rief sie atemlos. »Ich muß unbedingt telefonieren.«

Haggerty blickte sie aus seinen kalten Augen an. »Sie wissen ja, Miss Jones, daß Privatgespräche . . .

»Es ist kein Privatgespräch!« schrie Kitty plötzlich. »Ich muß mit Scotland Yard sprechen. Begreifen Sie das doch einmal, Sie sturer Klotz.«

Kitty wußte selbst nicht, woher sie den Mut genommen hatte, diese Worte zu sagen. Aber wahrscheinlich war es die große Aufregung.

Wortlos schob ihr Haggerty den Telefonapparat zu.

Die Nummer von Scotland Yard kannte Kitty auswendig. Eine unpersönlich klingende Frauenstimme meldete sich.

»Verbinden sie mich mit Inspektor Sinclair!« sagte Kitty. »Aber beeilen Sie sich! Es ist dringend.«

»Einen Augenblick.«

Sekunden später hörte Kitty John Sinclairs Stimme.

»Inspektor, es ist etwas Schreckliches geschehen. Marion ist verschwunden.«

Marion Nelson hatte das Gefühl, zu schweben. Ihr Erwachen glich einem Auftauchen aus einer unendlichen Nebelwolke. Sie sah verschwommene rote Gestalten mit verzerrten Gesichtern auf sie zurasen und dicht vor ihren Augen zerplatzen.

Dann war alles vorbei.

Marion befand sich wieder in der Gegenwart. Fast überdeutlich spürte sie die Kälte, die in ihre Glieder kroch.

Langsam öffnete das Mädchen die Augen.

Flackernder Kerzenschein traf ihre Pupillen. Der Schein reichte gerade aus, um die Umrisse einer Höhle oder Grotte erkennen zu können.

Dicke, aus Lehm gestampfte Kellerwände schlossen Marion ein. Ihr Blick wanderte weiter, traf die brennende Kerze. Ein unheimliches Gefühl überkam Marion.

Die Kerze war der Mittelpunkt eines Kreises, der von Knochen gebildet wurde.

Menschenknochen!

Marions Herzschlag stockte. Was hatte das alles zu bedeuten? Wieso lag sie überhaupt in dieser Höhle? Wie war sie hergekommen?

Fragen, auf die sie keine Antwort fand.

Marion Nelson lag auf dem Rücken. Sie war nicht gefesselt. Langsam stützte sie sich hoch. Es ging besser, als sie dachte. Sie hatte zwar ein taubes Gefühl in den Beinen, aber das kam bestimmt vom langen Liegen.

Vorsichtig näherte sich Marion dem Kreis aus Menschenknochen. Der Kerzenschein tanzte flackernd über die bleichen Gebeine. Marion hatte das Gefühl, als würden die Knochen sie höhnisch angrinsen.

Sie hob den Kopf und blickte zur Decke. Sie erkannte eine Leiter, die nach oben führte und vor einer Falltür endete, von der Marion nur schwach die Umrisse sehen konnte.

Neue Hoffnung keimte in ihr auf. Sie setzte sich in Bewegung, wollte auf die Leiter zugehen, da hörte sie hinter ihrem Rücken das Kichern.

Marions Herz krampfte sich zusammen. Das Kichern wirkte wie ein elektrischer Schock auf sie.

Sie konnte sich denken, wer hinter ihr stand.

Langsam wandte sich Marion um.

Cascabel starrte sie an. Sein Gesicht hatte sich zu einer Grimasse verzogen, die kleinen Augen funkelten tückisch und siegessicher.

Marion nahm allen Mut zusammen. Nur keine Angst zeigen! hämmerte sie sich ein.

»Was soll das bedeuten?« fragte sie mit schwacher Stimme. »Warum halten Sie mich fest? Wo bin ich überhaupt?«

Der Gnom schüttelte seinen häßlichen Schädel. »Das sind viele Fragen auf einmal. Aber keine Angst, ich werde sie dir beantworten.«

Der Gnom ging ein Stück zur Seite, trat bis dicht an den Kreis aus Gebeinen.

»Das magische Symbol«, flüsterte er, »das magische Symbol der Rache. Jahrhunderte hat es gedauert, bis der Magier zurückkehren konnte. Doch durch mich ist es ihm gelungen. Und du wirst das erste Opfer sein.«

Marion spürte, wie ihre Knie zitterten. »Warum?« flüsterte sie tonlos. »Was habe ich getan?«

Cascabel lachte lautlos. »Getan, fragst du? Gar nichts. Aber deine Vorfahren, sie haben sich schuldig gemacht. Sie waren dabei, als der große Sourette geköpft wurde. Hier in der Mühle. Dein Urahn hat ihm mit dem Beil den Schädel vom Körper getrennt. Und du wirst genauso sterben wie Sourette. Aber deine Seele wird in das Dämonenreich eingehen, wird keine Ruhe finden, bis in alle Ewigkeit.«

»Das – das ist doch ein Witz«, hauchte Marion. »Sie machen doch Spaß. So etwas gibt es nicht. Sagen Sie, daß Sie mir nur etwas vorlügen, um mir Angst zu machen. Los, sagen Sie es!«

Bei den letzten Worten hatte sich Marions Stimme überschlagen.

Sie fühlte eine nie gekannte Panik in sich aufsteigen. Dazu wirbelten Gedankenfetzen in ihrem Kopf herum.

Marion wankte. Sie spürte, wie ihre Beine nachgaben. Ächzend sank sie in die Knie.

Der Bucklige stand genau vor ihr. Marion hob den Kopf,

begegnete dem gnadenlosen Blick des Gnoms und wußte auf einmal, daß es keinen Zweck hatte zu betteln.

Der Gnom verzog die Lippen. »Zieh dich aus«, sagte er. »Du wirst so sterben wie Sourette. Ohne ein Kleidungsstück am Körper.«

Marion schüttelte den Kopf. »Nein!« kreischte sie. »Das kann ich nicht. Ich . . .«

Cascabel trat mit dem Fuß gegen ihre Schulter.

Das Mädchen flog zurück. Ihre rechte Hand berührte dabei einen der Menschenknochen.

Ein glühender Schmerz fraß sich plötzlich durch ihren Arm, drang bis in ihr Gehirn. Für wenige Augenblicke wurde sie ohnmächtig.

Zeit, die dem Gnom reichte.

Mit gierigen Fingern tastete er über Marions Körper, fetzte ihr förmlich die Kleidung vom Leib.

Endlich wich die Lähmung.

Nackt rollte sich Marion unter den Händen des Gnoms weg. Mit einer verzweifelten Kraftanstrengung kam sie auf den Füße, rannte auf die Leiter zu und kletterte die Sprossen hoch, da packte Cascabel zu.

Seine Hand krallte sich um Marions Knöchel.

Das Mädchen schrie auf.

»Du verdammtes Biest!« zischte der Gnom und griff mit der anderen Hand Marions rechten Fußknöchel.

Brutal zog er das Mädchen von der Leiter.

Marion schlug mit dem Gesicht und dem Körper hart gegen die Sprossen, bevor sie stöhnend auf die Erde sackte und zusammengekrümmt liegenblieb.

Der Gnom lachte und verschwand im Hintergrund des Verlieses.

Marion hob den Kopf. Tränen hatten Spuren in ihrem Gesicht hinterlassen. Das Mädchen zitterte am ganzen Körper. Sie fühlte sich wie ein Tier, das man in die Enge getrieben hatte.

Cascabel kam wieder.

Marion sah seinen unförmigen Schatten auf und ab tanzen.

Der Gnom hielt etwas in der Hand.

Etwas Blitzendes.

Das Beil!

Marion Nelson wußte plötzlich, was mit ihr geschehen sollte. Und dieses Wissen brachte sie fast um den Verstand.

»Neiiin!« gellte ihr verzweifelter Schrei auf, doch es war niemand da, der ihr helfen konnte.

Der Bucklige hielt das Beil in beiden Händen. Es hatte eine sehr breite Klinge und einen übergroßen Stiel.

»Dein Blut wird den Tod des Magiers rächen«, flüsterte der Bucklige.

Marion warf den Kopf in den Nacken. Sie streckte beide Arme aus, in der trügerischen Hoffnung, ihrem Schicksal doch noch zu entgehen.

Cascabel trieb sie hoch.

Marion spürte seine harte Faust überall an ihrem Körper, und dann traf sie ein brutaler Schlag, der sie in die Knie zwang.

Das Mädchen kauerte am Boden.

Hilflos, verzweifelt und voll Todesangst.

Über sich hörte sie das triumphierende Lachen des Gnoms. Überdeutlich warf die flackernde Kerze den Schatten des Buckligen an die Wand.

Der Schatten veränderte sich, wurde gestreckter.

Cascabel hatte das Beil gehoben.

Zwei Herzschläge lang schwebte die Klinge über dem wehrlosen Mädchen. Dann zischte sie herab . . .

»Ich verstehe das alles nicht«, sagte Kitty Jones und drehte ihr Martiniglas zwischen den Fingern. »Warum gerade Marion? Was hat sie Schlimmes getan?«

Kitty saß mit John Sinclair in einem gepflegten Restaurant in der Londoner City. John war nach Kittys Anruf sofort losgefahren und hatte das Mädchen in dieses Speiselokal geführt, um sich ungestört mit ihr unterhalten zu können.

John nippte an seinem Whisky. Er legte Kitty die Hand auf den Arm. »Ich weiß auch keine genaue Antwort auf Ihre Frage, Kitty. Aber wahrscheinlich müssen wir den Grund für Marions Verschwinden in der Vergangenheit suchen. Vielleicht sogar in der Geschichte eines anderen Landes. Es gibt gewisse Spuren, die auf Frankreich hinweisen.«

Kitty hob den Kopf. »Wieso Frankreich? Marion war, soviel ich weiß, noch nicht dort.«

»Ich sprach auch nur von vagen Hinweisen. Trotzdem werde ich morgen nach Frankreich fahren und diese Spur verfolgen.«

Kitty horchte auf. Ihr hübsches Gesicht hatte plötzlich einen harten Zug bekommen.

»Ich fahre mit, Inspektor.«

»Das ist unmöglich.«

»Doch, ich fahre mit. Marion war meine einzige Freundin. Sie hat bis auf zwei ältere Tanten keine Verwandten mehr. Ich bin es ihr einfach schuldig, mehr über ihr Schicksal zu erfahren. Und auch Sie, Inspektor, werden mich nicht daran hindern. Wenn Sie es versuchen, fahre ich auf eigene Faust. Ich weiß zwar nicht genau, wo Sie hinwollen, aber ich werde es schon herausbekommen.«

John sah Kitty Jones lange Zeit nachdenklich an. »Vielleicht ist es sogar besser, wenn Sie mitfahren«, sagte er. »Sie kennen Ihre Freundin schließlich am besten.«

»Danke, Inspektor.«

John sah, daß Kitty mit den Tränen kämpfte.

»Ist etwas?« fragte er besorgt.

»Sagen Sie mir eins, Inspektor«, flüsterte Kitty mit erstickter Stimme, »glauben Sie, daß Marion noch lebt?«

»Ja. Solange wir uns nicht vom Gegenteil überzeugt haben, besteht immer noch Hoffnung.«

Das europäische Festland empfing John Sinclair und Kitty Jones mit Nebel und Nieselregen. Sie hatten von Dover nach Calais mit der Fähre übergesetzt und fuhren nun mit dem Bentley weiter.

Die Landstraßen in der Provinz Calvados waren schlecht. John mußte nicht nur wegen des Nebels langsam fahren, sondern er versuchte auch so gut wie möglich, den vielen Schlaglöchern auszuweichen.

Kitty fühlte sich unbehaglich. Sie war sehr schweigsam. Hin und wieder rauchte sie eine Zigarette.

Auch John Sinclair hatte nicht viel gesprochen. Er mußte sich zu sehr auf die Straße konzentrieren.

»Ist es noch weit, Mister Sinclair?« fragte Kitty plötzlich.

»Zwei bis drei Meilen etwa.«

»Danke.«

Das Mädchen versank wieder in Schweigen. John sah es von der Seite an und konnte sich ein Lächeln nicht verkneifen.

Mit Bravour nahm der Bentley alle Unebenheiten der Straße. Einmal mußten sie für ein paar Minuten stehenbleiben, da eine Schafherde ihren Weg kreuzte.

Kitty ließ die Scheibe heruntersurren, steckte den Kopf aus dem Fenster und sah auf die Rücken der Schafe.

»Was, glauben Sie, erwartet uns, Mister Sinclair?«

John ging nicht direkt auf die Frage ein, sondern sagte: »Was auch immer geschieht, Kitty. Halten Sie sich heraus. Keine Extratouren und Alleingänge. Ich sage das in Ihrem eigenen Interesse.«

»Sie werden mit mir zufrieden sein, Mister Sinclair.«

John lächelte und fuhr langsam an, da die Schafherde sich auf eine große Wiese verteilt hatte.

Nach fünf Minuten Fahrt tauchten die ersten Häuser von Beaumont auf. Es waren einstöckige Steinbauten mit kleinen Fenstern und roten Ziegeldächern.

John ließ den Bentley langsam durch das Dorf rollen. Er sah kaum einen Menschen. Bei diesem Wetter nicht verwunderlich.

»Hoffentlich gibt es hier ein Hotel«, meinte Kitty.

»Ein Hotel wohl kaum, aber ein Gasthaus werden wir bestimmt finden. Und die Wirte haben meistens auch Zimmer zu vermieten.«

»Na, wer sagt's denn«, sagte John, »da ist ja schon was.«

John hatte den Bentley auf einen runden Marktplatz gelenkt, in dessen Mitte eine alte Ulme stand. Um den Marktplatz herum befanden sich alle wichtigen Gebäude des Dorfes. Bürgermeisteramt, Apotheke, zwei Lebensmittelläden und ein Gasthaus.

John fand davor einen Parkplatz, schwang sich aus dem Bentley und half Kitty beim Aussteigen.

Nachdenklich betrachtete er den Gasthof. Es war ein hier in der Gegend selten vorkommender Fachwerkhaustyp und schien uralt zu sein. Das Haus war windschief, und über der stabilen Holztür hatte man eine Jahreszahl eingemeißelt. 1634.

»Da kann man direkt Ehrfurcht bekommen«, meinte Kitty.

Die Eingangstür hatte eine große gußeiserne Klinke. John drückte sie nach unten. Dann mußte er sich gegen die Tür stemmen, um sie überhaupt aufzubekommen.

Kitty folgte ihm.

Sie standen in einem winzigen Vorflur, von dem aber drei Türen abzweigten.

Die linke führte in die Gaststube.

Als John und Kitty eintraten, begann ein Glockenspiel zu läuten. Es war die Melodie eines alten französischen Volksliedes.

Die Einrichtung der Gaststube war rustikal. Auf einem stabilen Eichentresen standen zwei große Weinfässer. Das Regal dahinter war gefüllt mit Schnapsflaschen. John fiel auf, daß sie alle kein Etikett hatten.

An den massiven Wänden der Gaststube hingen alte Schifferlampen, und der Boden bestand aus dicken Holzbohlen. An der etwas welligen weißgetünchten Decke zogen sich die Lichtleitungen hin. Man hatte sie nicht unter Putz gelegt. Insgesamt gesehen, machte diese Gaststube einen gemütlichen Eindruck.

»Gefällt es Ihnen, Kitty?« fragte John leise.

»Ja, es ist ganz nett.«

Aus einer Seitentür kam der Wirt. Er sah aus wie ein typischer Franzose. Seine Oberlippe zierte ein dichter Schnurrbart, und auf dem Kopf trug er eine Baskenmütze.

Sein faltiges sonnenbraunes Gesicht verzog sich zu einem Lächeln, als er die beiden Neuankömmlinge sah.

»Guten Tag, Madame, guten Tag, Monsieur«, sagte er freundlich und zog seine Mütze vom Kopf.

John, der leidlich Französisch sprach, erwiderte den Gruß.

»Womit kann ich den Herrschaften dienen?« fragte der Wirt.

»Können wir bei Ihnen zwei Zimmer bekommen?«

»Aber sicher, Monsieur. Entschuldigen Sie meine Neugierde, sind Sie nicht verheiratet?«

»Nein«, antwortete John. »Ich bin Journalist, und das ist meine Assistentin.«

»Ach, ich verstehe.« Der Wirt lächelte hintergründig. »Haben die Herrschaften Gepäck?«

»Ja, im Wagen. Aber wir holen es später.«

»Ganz wie Sie wünschen.« Der Wirt ging hinter den Tresen und nahm eine Flasche aus dem Regal. Er zog den Korken heraus und füllte drei kleine Gläser mit einer goldbraunen Flüssigkeit.

»Ein Begrüßungsschluck«, sagte er, »echter, selbstgebrannter Calvados. Ein Gedicht, Monsieur. Auf Ihre Gesundheit.«

Der Schnaps rann wie flüssiges Eisen durch die Kehlen. Kitty, die solche Getränke nicht gewohnt war, begann zu husten.

Der Wirt lachte. »Ja, Mademoiselle, beim erstenmal ist es immer so. Aber hinterher schmeckt es. Ich heiße übrigens Pierre.«

John stellte Kitty und sich vor.

Der Wirt füllte noch einmal die Gläser. »Auf einem Bein kann man nicht stehen.«

Sie leerten die Gläser.

»Ja, er ist schon was Feines, unser Calvados«, philosophierte der Wirt und zwirbelte seinen Schnurrbart. »Aber sagen Sie, was hat Sie in unsere Gegend verschlagen? In Beaumont ist nichts los. Keine Touristen – nichts.«

»Wir sind gewissermaßen beruflich hier«, sagte John. »Wir beschäftigen uns mit der Geschichte Frankreichs. Vor allen Dingen mit der Geschichte, wie sie das Volk sieht. Uns interessieren die alten Legenden über Geister und Gespenster.«

Das Gesicht des Wirtes verschloß sich. »Und da hoffen Sie, bei uns etwas zu finden?« fragte er mit einem lauernden Unterton in der Stimme.

»Ja«, erwiderte John mit einem entwaffnenden Lächeln.

»Darf man fragen, was?«

»Nun . . .« John zögerte ein wenig mit der Antwort. »Ich hörte von einem Magier, der hier sein Unwesen getrieben haben soll.«

Der Wirt zuckte zusammen. »Um Himmels willen«, rief er. »Lassen Sie die Toten ruhen. Es ist besser für uns alle.«

»Ich verstehe Sie nicht. Ist etwas passiert?«

»Und ob«, flüsterte der Wirt. »Dieser Magier, er heißt übrigens Sourette, ist von den Toten auferstanden. Er ist wiedergekommen, um grausame Rache zu nehmen.«

»Das müssen Sie mir genauer erklären, Pierre.«

Der Wirt zündete sich erst einmal eine Schwarze an. Dann flüsterte er: »Es ist schon einige Wochen her, da fand man den alten Perell. Tot, ermordet. Irgend jemand hatte ihm mit einem Beil den Kopf eingeschlagen.«

»Schrecklich«, sagte John. »Aber warum hat man das getan?«

»Der Mörder hat aus unserem kleinen Museum den Schädel eines vor Jahrhunderten ermordeten Magiers gestohlen. Und einen Tag später passierte der zweite Mord.«

»Interessant. Erzählen Sie weiter, Pierre.« John war von den Neuigkeiten wirklich überrascht.

Der Wirt nahm erst noch einen Schluck Calvados. »Man fand den Toten in der alten Mühle. Genau dort, wo auch der Magier damals umgekommen war. Der Ermordete war Gilbert Ruminski, unser Dorflehrer. Auch sein Schädel war eingeschlagen worden. Seit diesem Tag geht in unserem Dorf die Angst um. Nehmen Sie einen guten Rat an, Monsieur. Fahren Sie mit Ihrer Assistentin zurück. Hier ist es zu gefährlich.«

John überhörte die warnenden Worte des Wirtes. Er fragte: »Wie ist es denn mit der Polizei? Hat die nichts festgestellt?«

Pierre winkte ab. »Wenn es gegen Geister geht, ist auch die Polizei machtlos. Sogar aus Saint Lô sind sie gekommen. Haben eine Woche lang in unserem Dorf herumgefragt. Was ist dabei rausgekommen? Nichts. Sie sind unverrichteter Dinge wieder abgezogen.«

»Das ist allerdings seltsam«, sagte John. »Was meinen Sie, Kitty?«

»Ich habe nur die Hälfte verstanden. In . . . Pardon, Mister Sinclair. Aber wenn ich einen Wunsch äußern darf. Ich möchte mich gerne ein wenig frisch machen.«

»Sie wollen also doch hierbleiben?«

»Ja.«

»Gut. Aber ich habe Sie gewarnt.«

Gemeinsam mit dem Wirt gingen sie nach draußen und holten den Koffer aus dem Bentley. Um den Wagen hatten sich inzwischen einige Jugendliche versammelt, die ihn fachmännisch begutachteten.

Der Wirt scheuchte sie weg.

»Lassen Sie doch«, sagte John. »Kinder sind überall gleich.«

Pierre ließ es sich nicht nehmen, selbst das Gepäck hinaufzutragen.

John und Kitty bekamen zwei nebeneinanderliegende Zimmer.

»Können wir bei Ihnen zu Abend essen?« fragte der Inspektor den schnauzbärtigen Wirt.

»Aber natürlich. Wann darf ich die Herrschaften erwarten?«

John warf Kitty einen fragenden Blick zu.

»In zwei Stunden«, sagte sie.

John übersetzte es dem Wirt.

»Ich freue mich«, sagte Pierre. »Meine Frau wird Ihnen ein Essen zaubern, woran Sie noch lange denken werden. Sie werden die Früchte des Meeres genießen. Ah, wunderbar.« Pierre schnalzte mit der Zunge.

John und Kitty konnten sich ein Lachen nicht verbeißen. Dieser Wirt war wirklich einmalig.

»Wir treffen uns also in zwei Stunden unten in der Schenke«, sagte John Sinclair. »Ich werde die Zeit nutzen und mir das Dorf ansehen.«

»Weshalb, Mister Sinclair?«

»Sagen Sie John, Kitty.«

Das Girl lächelte. »Also weshalb, John?«

»Nur aus reiner Neugierde.«

Kitty Jones stand an dem kleinen Fenster und schaute hinaus in den trüben Spätnachmittag.

Draußen nieselte es noch immer. Der Himmel war eine graue Wolkendecke. Vom Meer her kam Wind auf und vertrieb den Nebel.

Kitty öffnete das Fenster und lehnte sich über die schmale Brüstung.

Das Zimmer lag in der ersten Etage, und Kitty konnte, soweit es die Witterung zuließ, einen Teil des Dorfes überblicken. Ein beklemmendes Gefühl machte sich plötzlich breit. Sie kam sich wie eingeschlossen vor. Dazu mußte sie immer wieder an ihre Freundin Marion denken. Sollte sie wirklich hier in der Nähe sein?

Kitty Jones fröstelte plötzlich und schloß das Fenster.

Sie begann ihren kleinen Koffer auszupacken.

Das Zimmer war klein, aber sauber. In einer Ecke stand ein dunkelbraunes Holzbett, ihm gegenüber ein Schrank und an der freien Wand ein Waschbecken. Einen Tisch gab es nicht, dafür stand neben dem Bett eine Nachtkonsole mit einer Lampe und einem Stuhl.

Kitty schlüpfte aus Rock und Bluse und holte einen dunkelroten Rollkragenpullover aus dem Schrank. Sie wollte ihn gerade über den Kopf streifen, als sie den Ruf vernahm.

»Kitty!«

Das Girl zuckte zusammen. Die Stimme, mein Gott, sie gehörte Marion.

»Kitty!«

Unendlich langsam drehte sich das Mädchen um. Ihren Pullover hielt sie krampfhaft vor die Brust gepreßt.

Im Zimmer war niemand.

Erleichtert atmete das Mädchen auf. Mein Gott, jetzt war sie schon ganz verrückt, hörte überall Stimmen und sah Gespenster.

Kitty Jones zog ihren Pullover über und auch einen anderen Rock an.

»Kitty!«

Wieder diese Stimme.

Das Mädchen krampfte sich zusammen. Es nahm allen Mut zusammen. »Marion? Bist du es, Marion?«

»Ja, Kitty. Ich bin es. Komm mit mir. Zu der Mühle. Sourette, er wartet dort auf dich.«

Kittys Nerven vibrierten. »Wo bist du, Marion? Bitte, zeige dich!«

»Ich bin hier am Fenster.«

Kitty wandte den Kopf, doch sie konnte nichts sehen.

»Ich kann dich nicht erkennen, Marion. Bitte, zeige dich.«

Nichts geschah. Auch die Stimme war nicht mehr da. Dann, nach einigen Minuten, hörte Kitty sie wieder.

»Es ist so schwer, Kitty. Ich schaffe es nicht. Ich habe nicht die Kraft, zu dir zu kommen. Du mußt zu mir kommen. In die Mühle, Kitty. Hörst du. In die Mühle . . . die Mühle . . . die Mühle . . .«

Die Stimme verstummte.

Kitty Jones spürte, wie ihr Angstschauer über den Rücken liefen. Sie konnte einfach nicht begreifen, was sie eben gehört hatte. War es wirklich Marion gewesen, die sie gerufen hatte?

Aber warum hatte sich Marion nicht gezeigt? Vielleicht lebte sie gar nicht mehr und hatte aus einer anderen Welt zu ihr gesprochen. Allein der Gedanke daran ließ Kitty Jones erschauern. Aber sie wollte es jetzt wissen. Sie spürte plötzlich einen ungeheuren Drang, zu der Mühle zu gehen.

Leise öffnete Kitty Jones die Zimmertür.

Es brauchte niemand zu wissen, daß sie das Gasthaus verließ. Auf Zehenspitzen schlich sie über den Gang, bis hin zu der alten Treppe, die nach unten führte.

Dort blieb sie lauschend stehen.

Von unten hörte sie Stimmen. Es war der Wirt, der mit seiner Frau sprach.

Behutsam betrat Kitty die ersten Treppenstufen. Sie hielt sich immer am Rand, da sie Angst hatte, daß die Treppe knarrte.

Ungesehen erreichte sie unten den Flur. Er war lang und gelbgrün gestrichen. Eine Hintertür führte zum Hof. Kitty überlegte gerade, ob sie da durch verschwinden sollte, da betrat von der Gaststube her eine Frau den Gang.

Überrascht blieb sie stehen, als sie Kitty sah. Dann zog ein Lächeln über ihr rundes, gutmütiges Gesicht.

»Ah, Sie sind sicher Mademoiselle Jones, die bei uns wohnt, nicht wahr?«

Kitty, die nur die Hälfte verstanden hatte, nickte auf gut Glück.

»Aber wo wollen Sie denn hin? Jetzt um diese Zeit und bei dem schlechten Wetter?«

Kitty nahm ihr Schulfranzösisch zusammen und sagte, daß sie spazierengehen wolle.

Die Frau schüttelte den Kopf, doch dann zuckte sie mit den Schultern und verschwand wieder in der Gaststube.

Kitty atmete auf.

Sie ging nach draußen. Der Nieselregen, vom Wind getrieben, traf sie schräg ins Gesicht. Zum Glück hatte Kitty ihren Trenchcoat übergezogen. Sie stellte den Kragen hoch und lief los.

Auf dem Marktplatz befanden sich kaum Menschen. Kitty erreichte ungestört die Straße, die zum Dorfausgang führte.

Bald hatte sie den kleinen Ort hinter sich gelassen. Mutterseelenallein ging Kitty über die einsame Straße. Eine innere Stimme trieb sie unaufhaltsam voran. Kitty kannte den Weg zur Mühle nicht, und trotzdem war es ihr, als wäre sie diese Strecke schon oft gegangen.

Der Weg machte eine Kurve und führte an einen Waldstück vorbei. Die hohen Wipfel der Bäume rauschten im Wind.

Kitty Jones ging zügig weiter. Wie auf geheimen Befehl verließ sie die Straße und bog auf einen schmalen Feldweg ein.

Das Gelände wurde hügelig.

Nach weiteren zehn Minuten, als der Feldweg wieder einen kleinen Hang hinaufführte, hatte Kitty die Mühle erreicht.

Groß und wuchtig stand sie vor ihren Augen. Sie war schwarz angestrichen und wirkte in dem Halbdunkel noch unheimlicher als bei Tage.

Langsam ging Kitty weiter. Der Weg wurde breiter und mündete in einen kleinen, mit Unkraut übersäten Platz.

Kitty blieb stehen. Direkt vor einem der großen Mühlenflügel, der unbeweglich in der rauhen Luft stand.

Dann sah Kitty die Eingangstür. Sie war ziemlich groß und lief nach oben hin spitz zu.

Zögernd setzte das Mädchen einen Fuß vor.

Im selben Augenblick öffnete sich, wie von Geisterhand bewegt, die Tür der Mühle.

Eine dunkle Öffnung gähnte Kitty entgegen.

Plötzlich bekam das Mädchen Angst. Sie wollte sich herumwerfen, zurücklaufen, doch Marions Stimme nagelte sie auf der Stelle fest.

»Komm, Kitty. Komm zu mir.«

Und Kitty gehorchte. Gegen ihren Willen. Vergessen war das Angstgefühl, vergessen waren auch John Sinclairs Ratschläge, für sie gab es nur noch die Stimme ihrer Freundin Marion.

Kitty hatte die Tür erreicht.

Noch zögerte sie.

Und plötzlich sah sie Marion. Sie hatte beide Hände erhoben, schwebte ein Stück über dem Boden und lockte Kitty mit samtweichen, flüsternden Worten.

Kitty Jones folgte der Versuchung. Sie ging zögernd in die gähnende Öffnung und verschwand im Dunkel der unheimlichen Mühle.

»Marion?« rief sie.

Keine Antwort. Marion Nelson war verschwunden.

Langsam gewöhnten sich Kittys Augen an die herrschenden Lichtverhältnisse. Sie konnte einige Umrisse erkennen – und sah vor sich plötzlich eine huschende Bewegung.

Ein irres Kichern ließ sie erstarren.

Kitty schrie auf.

Sie hatte Cascabel, den Gnom, erkannt.

Der Bucklige trat vor sie hin. Nur undeutlich sah sie seine Gestalt. Doch dafür drangen wie Hammerschläge die Worte des Gnoms in ihr Gehirn.

»Du hattest gedacht, schlauer als der große Sourette sein zu können, doch du hast dich geirrt. Um Mitternacht wirst du dem großen Sourette geopfert. Du wirst . . .«

Der Gnom sprach weiter, doch Kitty hörte seine Worte nicht mehr. Flieh! schrie es in ihr. Flieh von diesem schrecklichen Ort.

Sie nahm alle Kraft zusammen, wollte sich herumwerfen.

Zu spät!

Einem Schemen gleich war Cascabel an ihr vorbeigehuscht und hatte die Tür von außen zugeknallt.

Zwei, drei Herzschläge lang stand Kitty unbeweglich. Dann

sprang sie zu der Tür, fand die schwere Klinke, drückte sie nach unten.

Die Tür war abgeschlossen.

Und von draußen hörte sie das Kichern des Verwachsenen.

»Bis Mitternacht. Denk daran, bis Mitternacht, dann wird auch dich der große Sourette holen.«

Ein teuflisches Lachen begleite die Worte des Gnoms.

In ihrer sinnlosen Panik schlug Kitty gegen die Tür. Die Schläge hallten hohl durch die alte Mühle.

Mehr erreichte das Mädchen nicht. Die Tür hielt Kittys verzweifelten Befreiungsversuchen stand.

Weinend sackte Kitty vor der Tür zusammen. Alle Vorwürfe kamen zu spät.

Sie war gefangen.

Gefangen in der Teufelsmühle!

»Gendarmerie« stand auf dem verkratzten Messingschild.

John Sinclair blieb vor dem Haus stehen und betrachtete prüfend die Fassade.

Unten befand sich die Polizeistation. Die drei Fenster, die zur Straße zeigten, bestanden zur Hälfte aus Milchglas. Hinter den Fenstern brannte Licht.

Oben schien die Privatwohnung des Gendarms zu sein. Hinter den Scheiben hingen Gardinen, und auf den Fensterbänken standen Blumentöpfe.

Drei Stufen führten zur Eingangstür hoch. John Sinclair legte seinen Finger auf einen Klingelknopf. Im Haus schepperte hohl eine Glocke. Dann wurde die Tür aufgedrückt.

Durch einen Flur betrat der Inspektor das linker Hand liegende Dienstzimmer.

Der Dorfgendarm saß hinter seinem Schreibtisch und sah John Sinclair neugierig entgegen. Gelassen zog er an seiner gebogenen Pfeife. Er stieß den Rauch durch die Nasenlöcher aus und hüllte sich so in eine Qualmwolke.

Der Gendarm mußte dicht vor der Pensionierung stehen. Er hatte den traurigen Gesichtsausdruck eines Beerdigungsunternehmers und eine überlange spitze Nase. Vor sich, auf dem wurmstichigen Schreibtisch, hatte er eine museumsreife Schreibmaschine stehen.

»Machen Sie die Tür zu, Monsieur«, sagte der Polizist zur Begrüßung. »Ich habe Rheuma.«

John kickte die Tür mit dem Absatz ins Schloß. Dann schlenderte er langsam auf den Schreibtisch zu.

Der Gendarm verzog sein Gesicht zu einem auffordernden Lächeln.

»Setzen Sie sich, Monsieur.« Er wies dabei auf einen Holzstuhl, dessen Lehne John nicht ganz stabil zu sein schien.

Der Inspektor nahm Platz.

Der Gendarm quälte sich ächzend auf seinem Stuhl herum und saß schließlich so, daß er John genau ins Gesicht sehen konnte.

»Sie sind Ausländer?« fragte er.

»Stimmt«, erwiderte John. »Sieht man mir das an?«

»Aber Monsieur. Ich bin fast 40 Jahre bei der Polizei. Da bekommt man einen Blick für Menschen. Was kann ich also für Sie tun? Hatten Sie hier in Beaumont eine Reifenpanne, dann . . .«

»Augenblick«, unterbrach John den Redefluß des Beamten. »Ich wohne in diesem Ort.«

»Was? Sind Sie wahnsinnig? Sie wohnen hier in Beaumont.« Der Gendarm lachte. »Entschuldigen Sie, aber das ist noch nie vorgekommen. Ein Tourist bei uns. Wenn ich das meiner Frau erzähle, die lacht . . .«

»Ich bin kein Tourist.«

»Ach.« Der Gendarm legte seine Pfeife weg. »Interessant. Was hat Sie denn dann in unsere Gegend geführt?«

»Ich bin Engländer, heiße John Sinclair, und von Beruf bin ich Journalist«, gab John in Stichworten seine Personalien durch, wobei er natürlich bei der Berufsbezeichnung ein wenig geflunkert hatte.

»Journalist also«, brummte der Gendarm. »Was schreiben Sie denn so?«

»Mich interessiert die Geschichte Frankreichs.«

»Das ist lobenswert«, sagte der Gendarm und wuchs direkt um drei Zentimeter.

»Lassen Sie mich doch mal ausreden, Monsieur. Ich meine die Geschichten, wie sie im Volk erzählt werden. Die Legenden über Geister, Hexen und Dämonen.«

Der Gendarm schluckte aufgeregt, so daß sein Adamsapfel rauf und runter sprang.

»Sprechen Sie etwa von der verfluchten Mühle?« fragte er lauernd.

»Ja.«

»Lassen Sie um Himmels willen die Finger davon, Monsieur. Keiner aus dem Dorf wagt sich dorthin. Die Mühle ist ein Platz des Teufels. Sie werden dort in die Hölle gezogen.« Der Gendarm bekreuzigte sich.

John ließ sich nicht einschüchtern. Im Gegenteil. »Das ist alles schön und gut, was Sie mir da erzählen, aber diese Sachen sind vor einigen hundert Jahren geschehen. Der Magier wurde doch von Menschen aus diesem Dorf hingerichtet. Oder nicht?«

Das Gesicht des Polizisten verdüsterte sich. »Stimmt, Monsieur. Aber in alten Kirchenbüchern steht, daß der Magier einen Fluch ausgestoßen hat, der die Nachkommen der an der Hinrichtung Beteiligten treffen soll. Und der Fluch ist in Erfüllung gegangen. Jemand hat den Schädel des Magiers gestohlen. Dabei wurde der alte Perell umgebracht. Wenig später fand man unseren Dorfschullehrer tot auf.«

»Aber der hatte doch gar nichts damit zu tun«, sagte John. »Ich meine, dessen Vorfahren wohnten nicht hier in Beaumont, soviel ich weiß.«

»Das ist richtig, Monsieur. Wer weiß allerdings, welch grauenhaftes Spiel sich der Magier ausgedacht hat.«

»Waren Ihre Vorfahren denn an der Hinrichtung beteiligt?« fragte John.

Der Gendarm wurde blaß und nickte.

»Dann sind Sie demnach auch in Gefahr?«

Der gute Mann senkte die Stimme zu einem Flüstern. »Ja, Monsieur. Auch ich und viele andere in unserem Dorf! Wir alle leben unter einem Druck. Fast jeder hat Angst, und man fragt sich, wer wird der nächste sein?«

John zündete sich eine Zigarette an und sagte: »Beschreiben Sie mir den Weg zur Mühle.«

Der Gendarm sprang von seinem Stuhl hoch. »Um Himmels willen, Monsieur, gehen Sie nicht dorthin. Die Stelle ist verflucht. Sie laufen in den Tod.«

John lächelte schmal. »So schnell stirbt man nicht.«

Der Gendarm versuchte noch eine Viertelstunde lang, John von seinem Vorhaben abzubringen. Ohne Erfolg. Was sich der

Inspektor einmal in den Kopf gesetzt hatte, das führte er auch durch.

Dann verabschiedete er sich von dem ängstlichen Mann und ging nach draußen.

Inzwischen war es dunkel geworden. Auf der Dorfstraße brannten vereinzelt ein paar Gaslaternen. Die Menschen hatten sich in ihre Häuser verzogen. Es schien wirklich so, als hätten sie Angst vor dem grausamen Fluch des Magiers.

Gemächlich schlenderte John den Weg zurück. Er wollte erst zu Abend essen und sich dann auf den Weg zur Mühle machen.

Nach einigen Minuten erreichte John dem Gasthof. Rechts und links neben der Tür brannten zwei Sturmlaternen.

John betrat die Gaststube und stellte sich sofort an den Tresen. Pierre, der Wirt, saß mit einigen Männern am Tisch. Sie hatten die Köpfe zusammengesteckt und flüsterten.

»He, Pierre«, rief John, »einen Calvados.«

Der Wirt drehte den Kopf. »Ah, Monsieur Sinclair. Einen Augenblick, ich komme sofort.«

Er sagte noch etwas zu seinem Nachbarn, sprang dann auf und eilte zum Tresen.

»Wir haben gerade über Sie gesprochen, Monsieur, und über Ihren Mut, den Sie an den Tag legen. Also, ich könnte das nicht.«

Pierre reichte John das schmale zylinderförmige Glas. John trank es mit einem Zug leer.

»Was ich noch sagen wollte, Pierre, meine Assistentin, war sie inzwischen schon wieder hier unten?«

»Sie meinen Mademoiselle Jones?«

»Ja, wen sonst.«

»Aber . . . die ist doch weggegangen.«

»Was sagen Sie da?«

»Meine Frau, Monsieur Sinclair, sie hat Mademoiselle Jones gesehen. Sie hat auch mit ihr gesprochen.«

»Was hat meine Assistentin gesagt?«

»Sie – sie wollte nur spazierengehen. Wir haben uns auch gewundert. Bei dem Wetter.«

John hatte auf einmal das Gefühl, einen Tiefschlag bekommen zu haben. Wo wollte Kitty hin? Sollte man sie zu der Mühle gelockt haben? Allein der Gedanke daran jagte John Angstschauer über den Rücken.

Der Wirt hatte kaum ausgesprochen, als die Tür der Gaststube aufgerissen wurde und ein älterer Mann mit allen Anzeichen von Aufregung im Gesicht hereingestürzt kam.

»Pierre, ich brauche einen Calvados. Ich glaube, ich habe den Teufel gesehen.«

John wurde sofort hellhörig. »Wen haben Sie gesehen?«

»Den Teufel, Monsieur. Er hatte einen Buckel und ein gräßliches Gesicht. Ich bin gelaufen, ich . . .«

»Wo war das?«

Hinten im Dorf. Nicht weit von der Gendarmerie.«

Der Gendarm! Auch dessen Vorfahren waren damals bei der Hinrichtung dabeigewesen. Sollte ihn jetzt die Rache des Magiers treffen?

John verlor keine Sekunde. Mit Riesenschritten hetzte er aus dem Gasthaus, warf sich in seinen Bentley und startete.

Hoffentlich konnte er noch etwas retten . . .

Wie ein Schatten huschte der Bucklige durch den Ort!

In der rechten Hand hielt er das Beil. Seine Finger hatten sich fest um den Griff gekrallt, so als wollten sie ihn nie mehr loslassen.

Ein Fuhrwerk kam die Dorfstraße herab. Der Bucklige sah es und ging hinter einem brüchigen Gartenzaun in Deckung. Aus funkelnden Augen beobachtete er, wie das Fuhrwerk in einer Seitengasse verschwand.

Cascabel bleckte die Zähne.

Bald war es wieder soweit. Ein neues Opfer stand auf der Todesliste. Ein Mensch, dessen Vorfahren sich bei Sourettes Tod mitschuldig gemacht hatten.

Der Gnom kicherte leise.

Noch war das Opfer ahnungslos.

Die Fingerkuppen des Verwachsenen strichen über die scharfe Schneide des Beils. In Gedanken malte sich Cascabel aus, wie er sein Opfer töten würde.

Der Verwachsene löste sich aus dem Schatten des Gartenzaunes. Schnell huschte er über die Straße und schlich eng an die Häuserwände gepreßt weiter.

Eine kleine Querstraße tauchte auf. Cascabel wollte sie gerade überqueren, da stand plötzlich der Mann neben ihm.

Sekundenlang starrten sich die beiden ins Gesicht. Und plötzlich machte der Mann auf dem Absatz kehrt und rannte wie von Furien gehetzt davon.

Der Bucklige fletschte die Zähne. Ja, sie hatten alle Angst vor ihm.

Er lief weiter. Sah sich immer nach allen Seiten um.

Nach kurzer Zeit erreichte er die Gendarmerie. Im Büro des Dorfpolizisten brannte noch Licht.

Das Opfer war da!

Der Bucklige wußte, daß die Haustür immer verriegelt war. Die Hintertür war ebenfalls abgeschlossen.

Der Bucklige sprang die drei Stufen hoch und schellte. Im Innern des Hauses hörte er die laute Stimme des Polizisten. Er ärgerte sich über die späte Störung.

Die Tür wurde aufgedrückt.

Der Bucklige verschwand im Innern des Hauses.

Der Flur war dunkel, und es roch nach Essen.

»Arthur«, rief eine keifende Frauenstimme von oben. »Wann kommst du endlich essen? Jeden Abend das gleiche.«

Der Gnom erstarrte.

Sekunden später riß der Gendarm die Tür seines Dienstzimmers auf. Er steckte den Kopf in den Flur und schrie: »Ich habe noch Besuch bekommen. Es dauert was.«

»Wer ist es denn?«

»Weiß ich noch nicht.«

»Zum Teufel«, fluchte die Frauenstimme wieder, und dann knallte oben eine Tür.

»Weibervolk«, brummte der Gendarm und stutzte. Erst jetzt schien ihm aufzufallen, daß er seinen Besucher noch gar nicht gesehen hatte.

Cascabel löste sich blitzschnell aus dem toten Winkel hinter der offenstehenden Tür.

»Geh rein, Arthur«, sagte er und gab dem verdutzten Polizisten einen Stoß, so daß er rückwärts in sein Dienstzimmer taumelte.

Cascabel zog die Tür ins Schloß. Dann drehte er sich blitzschnell um.

Der Gendarm war bis gegen seinen Schreibtisch getaumelt. Papier und ein Locher waren zu Boden gefallen. Aus schreckgeweiteten Augen starrte der Polizist den Gnom an, der langsam näher kam.

»Du weißt, weshalb ich hier bin, Arthur?« hechelte Cascabel.

Der Gendarm schüttelte stumm den Kopf.

Der Bucklige hob das Beil. »Sourette will deinen Kopf, Arthur. Und ich werde ihn mir holen.«

Der Gendarm schluckte. Er war kalkweiß im Gesicht. Angst hatte seine Züge zu einer Grimasse werden lassen. Seine weit aus den Höhlen getretenen Augen fixierten die scharfe Schneide des Beils. Er sah bereits seinen Kopf durch das Zimmer rollen.

Zwei Schritte vor ihm blieb Cascabel stehen.

»Angst?« fragte er.

Der Gendarm nickte.

Der Verwachsene kicherte. »Auch Sourette hatte Angst, als man ihn tötete.«

Der Polizist merkte, wie ihm der Schweiß die Stirn hinablief. Seine Brust hob und senkte sich unter schweren Atemzügen. »Ich – ich bin doch unschuldig. Es ist alles schon lange her. Wir – wir leben in einer anderen Zeit.«

Der Bucklige schüttelte seinen gräßlichen Schädel. »Das Blut deiner Vorfahren fließt auch in deinen Adern. Und nur durch deinen Kopf kann die Schmach getilgt werden.«

Der Bucklige hob das Beil.

Wie festgenagelt stand der Gendarm vor seinem Schreibtisch, starrte auf die blitzende Klinge, die sich in Höhe seines Halses befand.

Der Gnom beugte sich leicht nach hinten, holte zu dem tödlichen Schlag aus.

In diesem Augenblick quietschten draußen Autobremsen. Eine Tür schlug zu, und Sekunden später erklang eine Stimme.

»Machen Sie auf, Monsieur!«

Der Bucklige fuhr herum. Sein Opfer schien er vergessen zu haben.

Schwere Schläge dröhnten gegen die Haustür.

»Aufmachen!«

Jetzt erst erwachte der Gendarm aus seiner Erstarrung. »Monsieur Sinclair. Er ist hier! Er will mich töten! Er . . . Ahhh . . .«

Die letzten Worte des Polizisten gingen in einem Gurgeln unter. Cascabel hatte zugeschlagen.

Er hatte dem Mann mit einem Hieb den Kopf vom Körper getrennt.

Zwei Schüsse peitschten. Oben in der Wohnung schrie gellend eine Frauenstimme.

Mit einem Knall flog die Haustür auf.

Der Gnom hatte sich blitzschnell geduckt und den Kopf des Gendarmen gepackt.

Die Tür des Dienstzimmers krachte gegen die Wand.

John Sinclair stand im Büro. Die Pistole hielt er in der Rechten.

Mit einem Blick übersah er das Grauen – und erkannte den Buckligen, der wie ein Schemen durch den Raum huschte.

John Sinclair schoß. Rasend schnell verließ das tödliche Blei den Lauf, hämmerte dem Gnom entgegen.

Doch Cascabel schien mit dem Teufel im Bunde zu sein. Wie vom Katapult abgeschossen, flog er durch die Luft und durchbrach die Fensterscheibe. Johns Geschosse fegten alle über ihn hinweg.

In einem Splitterregen landete der Bucklige draußen auf der Straße.

Und jetzt bewies er, daß er Nerven hatte. Mit vier blitzschnellen Schlägen zerfetzte er die Reifen des Bentley.

John Sinclair rannte zur Tür.

Er war gerade im Flur, da sah er, daß eine Frau die Treppe heruntergerannt kam.

Die Gattin des Polizisten!

Wenn sie jetzt ihren Mann sah!

»Arthur!« schrie sie immer wieder. »Arthur, wo bist du?«

Sie wollte in das Dienstzimmer rennen. John riß sie im letzten Augenblick zurück.

»Sie können da nicht rein!« brüllte John.

Die Frau schrie, biß und kratzte. »Ich will zu Arthur. Ich will zu Arthur.«

John konnte die Tobende kaum beruhigen. Wertvolle Zeit ging verloren.

Schließlich griff er zum letzten Mittel. Ein Schlag auf den Punkt schickte die Frau ins Reich der Träume. Vorsichtig ließ John sie zu Boden gleiten.

Menschen drängten sich durch die offene Haustür in den Flur.

Auch der Wirt Pierre war dabei.

»Bleiben Sie draußen!« schrie John.

»Was ist mit Arthur?« rief Pierre.

»Er ist tot!«

»Haben Sie ihn umgebracht?« brüllte ein anderer.

»Nein, verdammt noch mal.«

»Es war der Bucklige!« keifte eine Frauenstimme. »Ich habe gesehen, wie er über die Straße gerannt ist.«

John Sinclair zog den Wirt am Ärmel. »Kümmern Sie sich um die Frau. Und lassen Sie keinen in das Zimmer. Man hat dem Gendarm den Kopf abgeschlagen.«

»O Gott.«

»Gibt es hier einen Arzt?«

»Ja.«

»Lassen Sie ihn holen, aber schnell. Er soll sich um die Leiche kümmern.«

»Und Sie, Monsieur. Was wollen Sie machen?«

Johns Gesicht wurde hart. »Ich werde mir den Mörder holen.«

Der Wirt preßte die Hand gegen seine Kehle. »Allein?«

»Ja, allein. Wenn ich bis morgen früh nicht zurück sein sollte, benachrichtigen Sie Scotland Yard in London.«

John ließ den halb staunenden, halb entsetzten Pierre zurück und drängte sich durch die Menge.

Aus den Blicken, mit denen die Menschen ihn ansahen, sprach die nackte Angst.

Während John die Stufen hinunterging, lud er seine Waffe nach. Und plötzlich dachte er an Kitty Jones. John hatte gesehen, wie gnadenlos der Bucklige tötete, und dem Inspektor fiel kein Grund ein, warum die Bestie Kitty schonen sollte.

Als John neben seinem Bentley stand, sah er die Bescherung. Alle vier Reifen waren zerfetzt worden.

Der Bucklige hatte glatte Arbeit geleistet.

»Nehmen Sie meinen Wagen, Monsieur«, sagte neben John plötzlich eine Männerstimme.

Der Inspektor wandte den Kopf und sah in das Gesicht eines etwa vierzigjährigen Mannes. Eine nervige Hand drückte ihm die Autoschlüssel zwischen die Finger.

»Der Renault dort drüben, das ist er«, sagte der Mann.

Mit langen Schritten überquerte John die Straße. Sein Gesicht war wie aus Stein gemeißelt.

Inspektor Sinclair war bereit, dem Höllenspuk ein Ende zu bereiten.

Hemmungsloses Schluchzen schüttelte Kittys Körper. Das Mädchen war am Ende. Körperlich und auch seelisch.

Die grausamen Vorkommnisse der letzten Tage hatten ihre Nervenkraft erschöpft.

An den rauhen Bohlen der Tür zog sich Kitty hoch. Sie mußte sich sekundenlang abstützen, um das Gleichgewicht zu wahren.

Kitty atmete tief durch. Langsam beruhigte sie sich. Mit kleinen, zögernden Schritten begann sie, ihr Gefängnis abzugehen. Die Arme hatte sie tastend vorgestreckt.

Kitty Jones kam nicht weit.

Wie aus dem Nichts erschien wieder das rote Licht. Flimmernd stand es vor Kittys geweiteten Augen und nahm plötzlich die Gestalt von Marion Nelson an.

Kitty Jones wich zurück, bis sie mit dem Kreuz gegen einen harten Gegenstand stieß.

»Warum läufst du denn weg, Kitty?« hörte sie Marions Stimme. »Ich will dir doch gar nichts tun. Du sollst mich nur begleiten. Komm, hab keine Angst. Wir sind doch Freundinnen.«

Kitty zögerte. Doch Marions Wille war stärker. Er drang in Kitty ein wie das Messer in die Butter, machte das Mädchen schwach und gefügig.

Kitty setzte behutsam einen Fuß vor den anderen, so als würde sie an einer langen unsichtbaren Leine gezogen.

Willenlos folgte sie der unheimlichen Geistererscheinung. Kitty konnte sich das alles nicht erklären, sie fand keinen Reim auf die grauenvollen Ereignisse.

Das rote Licht reichte gerade aus, um alles einigermaßen erkennen zu können.

Plötzlich blieb Marion stehen.

Kitty sah, wie sie lächelte. Dann zeigte sie mit dem Arm gegen den Boden.

»Dort ist eine Klappe. Heb sie hoch.«

Kitty folgte den Anweisungen.

Sie zog an der Luke und ließ sie dumpf auf den Boden knallen. Staub wallte auf und kitzelte Kittys Nase.

Die Erscheinung huschte an Kitty vorbei und schwebte eine Leiter hinunter in die Tiefe. Am Ende der Leiter blieb sie stehen und winkte.

Vorsichtig betrat Kitty Jones die Sprossen. Hier unten bist du endgültig verloren, hämmerte eine unsichtbare Stimme in ihrem

Kopf, doch Kitty ging weiter. Sie mußte es einfach tun, konnte sich gegen den Zwang nicht auflehnen.

Sie hatte das Ende der Leiter erreicht. Kitty befand sich in einem Verlies, das von flackerndem Kerzenschein erhellt wurde. Es waren vier schwarze Kerzen, zu einem Quadrat formiert. Die Verbindungslinien zwischen den einzelnen Kerzen bestanden aus bleichen Knochen.

Kittys Herz krampfte sich zusammen, als sie das sah.

Noch konnte sie nicht genau erkennen, was sich innerhalb dieses magischen Quadrates befand, aber Kitty hatte das unbestimmte Gefühl, bald etwas Grauenhaftes zu sehen.

»Du mußt weiterkommen, Kitty«, lockte Marions weiche Stimme.

Kitty gehorchte.

Immer mehr näherte sie sich dem Quadrat. Ein kalter Luftzug berührte plötzlich ihren Nacken. Die Kerzen begannen stärker zu flackern.

Und plötzlich sprang Kitty Jones das nackte Grauen an.

Was sie sah, war so unvorstellbar, daß sie es selbst nicht glauben konnte.

In dem magischen Quadrat lag Marion Nelsons Kopf!

Kitty erkannte jede Einzelheit mit schrecklicher Genauigkeit. Sah das blonde Haar, die kleine gebogene Nase, die starren blauen Augen – und den blutigen Halsstumpf.

All die Angst, all das Grauen, das sich in Kitty gestaut hatte, entlud sich zu einem wilden, nervenzerfetzenden Schrei.

»Mariooooonn!«

Der Geistkörper ihrer Freundin schwebte unbeweglich über dem magischen Quadrat.

Wie aus weiter Ferne vernahm Kitty Marions Stimme.

»Ich gehöre jetzt Sourette. Der Magier hat mich in sein Reich aufgenommen. Er hat das irdische Leben ausgelöscht und mich hinüber in das Dämonenreich genommen. Ich war die erste. Viele werden folgen, damit die Rache des Magiers vollzogen wird.«

Der Geisterkörper setzte sich wieder in Bewegung, schwebte auf Kitty zu.

»Auch du wirst Sourette in das Dämonenreich folgen, Kitty. Weil ich es so will.«

Marion Nelson streckte ihren Arm aus, faßte nach Kittys Schulter.

Das Mädchen hatte das Gefühl, eine eisige Lanze würde sie durchbohren. Sie wollte etwas sagen, eine Erklärung abgeben, doch ihre Kehle war wie zugeschnürt.

Immer noch starrte Kitty Jones auf den Kopf der Freundin.

Doch dann verflüchtigte sich der eisige Hauch, und der Geisterkörper begann sich aufzulösen.

Kitty war allein. Nur die blicklosen Augen in Marions Kopf starrten sie an.

Kitty spürte ihr Herz wie rasend pochen. Ihr ganzer Körper war in Schweiß gebadet. Was hatte Marion Nelson gesagt?

»Du wirst mir in das Dämonenreich folgen!«

Überdeutlich kamen Kitty diese Worte zum Bewußtsein. Auch sie sollte geköpft werden.

Eine nie gekannte Angst überkam sie. Angst, die sich in Panik verwandelte.

Mit einem Aufschrei machte Kitty Jones auf dem Absatz kehrt, rannte zu der Leiter und hetzte die Sprossen hoch. Mehrere Male schlug sie mit dem Schienbein gegen das Holz. Ein Splitter drang in ihren Handballen. Kitty achtete nicht auf den Schmerz. Für sie zählte nur eins: Sie mußte versuchen, aus der Teufelsmühle zu entkommen. Koste es, was es wolle.

Oben traf sie die Dunkelheit wie ein Schock. Kitty rannte mit dem Kopf gegen eines der waagerecht stehenden Mühlräder und fiel zu Boden.

Sekundenlang blieb sie benommen liegen.

Plötzlich vernahm sie eine Stimme: »Du entkommst uns nicht!«

Immer wieder hörte Kitty diesen Satz. Sie wußte genau, wem die Stimme gehörte.

Sourette!

War er auch hier? Wo hatte er sich versteckt?

Kitty quälte sich auf Hände und Füße. Sie wollte gerade versuchen, aufzustehen, da hörte sie, wie ein Schlüssel in das Schloß der Tür gesteckt wurde.

Es kam jemand!

Aus weit aufgerissenen Augen und Lippen starrte Kitty in Richtung Tür. Ihre Lippen bebten.

Sollte Inspektor Sinclair den Weg zu der Mühle gefunden haben?

Neue Hoffnung flammte in dem Mädchen auf.

Knarrend schwang die schwere Tür nach innen.

»Inspektor«, hauchte Kitty.

Ein hohles Kichern ließ ihre Hoffnung zerplatzen wie eine Seifenblase.

Nicht John Sinclair hatte die Mühe betreten, sondern Cascabel, der Bucklige.

Der Gnom stieß die Tür mit der Schulter auf. In der rechten Hand trug er eine Kerze, an die er jetzt ein brennendes Streichholz hielt.

Der Docht fing Feuer, und eine gelbrote Flamme flackerte auf.

Mit der Fußsohle drückte der Bucklige die Tür wieder zu und schob einen schweren Riegel vor. Dann bückte er sich und hob etwas vom Boden auf. Dabei murmelte er ununterbrochen vor sich hin.

Der Verwachsene kam näher. In dem herrschenden Halbdunkel sah er noch unheimlicher aus. Sein Blick kreiste durch den Raum und blieb an der zitternden Kitty hängen.

Wieder kicherte der Bucklige. »Da bist du ja. Hast du dich in den letzten Stunden deines Lebens gut amüsiert, mein Täubchen?«

Cascabel kam immer näher. Und jetzt konnte Kitty auch sehen, was er in der anderen Hand hielt.

Es war der Kopf eines Mannes!

»Wieder ein Opfer für den großen Sourette«, flüsterte der Bucklige. »Morgen hole ich mir dann das dritte. Aber vorher bist du dran. Wir wollen deine Freundin nicht länger warten lassen.«

Der Bucklige stellte die Kerze ab, legte den Kopf daneben, faßte hinter seinen Rücken und zog das Beil aus einer Scheide. Mit einem sichelförmigen Hieb ließ er es durch die Luft zischen.

Die Stahlschneide blitzte gefährlich.

Sie fegte nur um Millimeter an Kittys Kehle vorbei.

Abermals holte er zu einem Schlag aus.

Kitty schrei auf, als ihr die höllisch scharfe Schneide einige Haare abtrennte.

Cascabel atmete schwer. Die Nervenstränge in seinem verwüsteten Gesicht zuckten.

»Zweimal habe ich bewußt vorbeigeschlagen«, flüsterte er, »aber der nächste Hieb wird deinen Kopf vom Körper trennen!«

Kitty Jones hörte die letzten Worte nicht mehr. Eine gnädige Ohnmacht hatte sie umfangen.

Der Gnom fluchte.

Wütend zischte er durch die Zähne.

An den Haaren zog er Kitty zu sich heran, legte sie in die richtige Stellung.

Dann hob er das Beil . . .

John Sinclair kam zu spät.

Obwohl er wie ein Irrer gefahren war, hatte er den Buckligen nicht mehr vor der Mühle erreichen können.

Die Mühle selbst lag auf einem Hügel. John Sinclair parkte den Renault am Rande eines Gebüsches und näherte sich dem Bauwerk von der Seite.

Geschickt nutzte er die natürlichen Deckungsmöglichkeiten aus.

Schwarz, drohend und unheimlich ragte die Mühle in den nachtdunklen Himmel.

Es hatte aufgehört zu regnen. Dafür war der Wind stärker geworden und jagte dicke, dunkle Wolkenberge vor sich her. Vom Atlantik drang das Rauschen der Brandung, die mit ungeheurer Wucht gegen die Klippen gischte, an Johns Ohren.

Geduckt stemmte sich der Scotland-Yard-Inspektor gegen den Wind an. Der Weg zur Mühle war beschwerlich. Der Sandboden war durch den Regen naß und rutschig geworden.

Doch schließlich stand John Sinclair vor der Mühle.

Sie ähnelte einem gewaltigen Insekt. John ging einige Schritte zur Seite und stand jetzt direkt vor der Vorderfront. Sein Blick traf die klobige Eingangstür. Es schien unmöglich, sie aufzubrechen.

Dicht vor dem Inspektor ragte einer der großen Flügel in den Nachthimmel. Das Gestell war unten fast zwei Meter breit, wurde jedoch mit zunehmender Höhe schmaler. Dicke waagerechte Holzspanten luden direkt zum Klettern ein.

John Sinclair wagte es.

Ein Klimmzug brachte ihn auf die erste Spante. Sie knackte verdächtig unter seinen Füßen, als er mit seinem ganzen Gewicht darauf stand.

Der Inspektor preßte die Zähne zusammen. Er mußte den Aufstieg wagen. Es gab keine andere Möglichkeit.

Er hatte vorhin, als er noch auf dem Boden stand, im oberen Drittel der Mühle einige Öffnungen gesehen. Seiner Schätzung nach gerade groß genug, um einen Mann hindurchzulassen.

John Sinclair kletterte weiter. Meter um Meter legte er zurück. Der Wind pfiff ihm um die Ohren. John hatte Mühe, nicht von den glitschig-feuchten Holzplanken abzurutschen. Nur gut, daß die Flügel festgestellt waren.

Endlich sah er eine der Öffnungen vor sich. Vögel hatten darin genistet. In der Ecke erkannte John die Reste eines Nestes.

Der Inspektor ruhte sich eine halbe Minute aus. Sein Atem ging schnell und keuchend. Noch lag der schwierigste Teil vor ihm.

John schob sich behutsam auf die äußere linke Kante der um die Hälfte schmaler gewordenen Spante, streckte den linken Arm aus und bekam den Rand der Öffnung zu fassen.

Weit beugte John seinen Oberkörper vor, löste das linke Bein von der Spante und fand mit den Zehenspitzen im Mauerwerk Halt. Er spürte, wie seine linke Wade vor Anstrengung zitterte.

Blitzschnell löste John das rechte Bein von der Holzspante. Für Bruchteile von Sekunden hing er in der Schwebe, ohne einen richtigen Halt. Dann faßte seine rechte Hand zu, umklammerte ebenfalls den Rand der Öffnung.

John stemmte sich hoch, beugte den Oberkörper nach vorn und zwängte ihn durch den Spalt.

Ruckartig bewegte er sich vorwärts. Beide Jackenärmel rissen auf. John keuchte vor Anstrengung, doch die Mühe lohnte sich.

Wenig später befand sich John Sinclair im Innern der Mühle.

Ganz kurz ließ er seine kleine Taschenlampe aufblitzen. Er befand sich in einer großen Abstellkammer. Aufgewirbelter Staub kitzelte seine Nase. John sah zwei wuchtige, an der Wand abgestellte Mühlsteine. In einer Ecke lagen mehrere Werkzeuge.

John Sinclair ging einige Schritte vor und ließ wieder seine Lampe aufblitzen.

Er entdeckte eine Holztreppe, die nach unten führte.

Auf Zehenspitzen schlich John in Richtung Treppe.

Und dann hörte er die Stimme. Sie kam von unten.

Der Inspektor blieb lauschend stehen.

Es war eine Männerstimme, und John kannte sie sehr gut. Vor gar nicht allzu langer Zeit hatte er sie auf der Bühne des James-Call-Theaters gehört.

Wer da sprach, war niemand anderes als Cascabel, der Gnom.

Behutsam ging John weiter, erreichte die Treppe und setzte vorsichtig einen Fuß auf die erste Stufe. Die Finger seiner linken Hand berührten ein brüchiges Geländer.

Es wurde etwas heller. Flackerndes Licht, wie es eine Kerzenflamme abgibt, erreichte Johns Augen.

Dann war die Treppe zu Ende.

John Sinclair stand auf einer schmalen Galerie, die rings um das Innere der Mühle führte. Ein Geländer sicherte die Galerie ab. Sie war etwa einen Meter breit, und man konnte bequem darauf gehen.

Der Inspektor riskierte einen Blick nach unten. Das Licht der Kerze reichte aus, um ihn alles erkennen zu lassen.

Die Szene, die sich seinen Augen bot, war grauenhaft. Er sah, wie Cascabel die bewußtlose Kitty Jones zur Seite zog und sie auf den Rücken legte.

John sah aber auch das Beil, das der Bucklige dabei mit einer Hand umklammerte.

Unendlich langsam hob John Sinclair das rechte Bein, stellte seinen Fuß auf die wacklige Brüstung.

In diesem Augenblick hob der Bucklige das Beil.

Sekundenbruchteile entschieden!

»Cascabel!« gellte Johns Stimme.

Der Bucklige zuckte herum, sah in die Richtung, aus der der Schrei gekommen war.

Für einen winzigen Augenblick war er abgelenkt.

Diese Zeitspanne reichte dem Inspektor.

Mit einem gewaltigen Ruck stieß er sich ab und flog dem Buckligen entgegen . . .

Cascabel war noch zu überrascht, um an Widerstand zu denken. John Sinclair traf ihn mit den Füßen zuerst. Die ganze Wucht seines Zweimetersprungs lag dahinter.

Der Verwachsene wurde förmlich in die Erde geschmettert. Er stieß einen jaulenden Laut aus und trampelte wild mit den Beinen.

John krachte ebenfalls zu Boden. Er kam mit der Schulter auf und versuchte, den Fall so gut wie möglich abzurollen. Es gelang ihm einigermaßen.

Sofort sprang der Inspektor wieder auf die Beine.

Auch der Bucklige hatte sich erhoben. Es war John ein Rätsel, woher er die Kraft nahm.

In der rechten Hand des Gnoms blitzte das mörderische Beil. Geifer lief aus den Mundwinkeln des Verwachsenen.

»Darauf habe ich schon lange gewartet«, hechelte er. »Ich werde dir den Schädel spalten, wie den anderen.«

John wischte sich mit einer schnellen Bewegung den Schweiß von der Stirn.

»Rede nicht soviel, sondern fang an!«

Der Bucklige kicherte irr.

John warf einen Blick auf Kitty Jones, die immer noch bewußtlos am Boden lag. Noch war sie nicht außer Gefahr. Der Bucklige brauchte nur sein Beil zu schleudern, und es war um das Mädchen geschehen.

Aber daran dachte der Gnom zum Glück im Augenblick nicht. Der Haß auf John Sinclair war wesentlich größer.

Diesen Mann mußte er töten.

Der Körper des Gnoms zog sich zusammen, und dann tat Cascabel das, womit John am wenigsten gerechnet hätte.

Mit einem Sprung hatte der Gnom die brennende Kerze erreicht und löschte die Flamme.

Wie ein Tuch fiel die Dunkelheit über den Raum.

Und in der Finsternis klang das dämonische Kichern des Buckligen doppelt schaurig . . .

Sofort glitt John mit zwei geschmeidigen Schritten zur Seite. Keine Sekunde zu spät.

Die mörderische Schneide des Beils pfiff durch die Luft und fegte dicht an Johns Schulter vorbei.

Der Gnom stieß einen wütenden Fluch aus. Blitzschnell wechselte er seinen Standort.

Geduckt blieb John Sinclair stehen. Atmete nur durch den Mund, um sich nicht zu verraten.

Auch der Bucklige lauschte. Horchte in die Dunkelheit und wartete darauf, daß sich sein Gegner verraten würde.

Ein grausamer Nervenkrieg begann. Jeder belauerte den anderen, und keiner wollte ein Risiko eingehen.

Langsam gewöhnten sich Johns Augen an die herrschenden Lichtverhältnisse. Es war doch nicht so finster, wie es den Anschein hatte. Aus einer offenstehenden Falltür drang schwacher flackernder Lichtschein in den großen Arbeitsraum der Mühle.

Johns Augen saugten sich an der Luke fest.

Welches Geheimnis verbarg der unter der Mühle liegende Keller?

Die Nerven des Inspektors waren bis zum Zerreißen gespannt. Durch die Öffnung oben in der Mühle pfiff der Wind und winselte schaurig im Gebälk.

Johns Blick durchbohrte das dunkle Zwielicht. Er sah Kitty, die immer noch bewußtlos war und nicht ahnen konnte, in welcher Gefahr sie schwebte. John sah aber auch noch mehr. Den Kopf des Polizisten, den der Gnom mitgenommen hatte. Der blutige Körperteil lag dicht neben der bewußtlosen Kitty.

John preßte die Zähne zusammen. Er mußte sich beherrschen, um nicht mit Gewalt loszustürmen und dem Gnom das zu geben, was er verdiente.

Das Kichern des Buckligen zerriß plötzlich die Stille.

»Nervös, Inspektor?«

John hütete sich, eine Antwort zu geben. Er versuchte nur, die Stimme des Verwachsenen zu lokalisieren.

Wieder stieß der Bucklige sein charakteristisches Kichern aus.

Jetzt wußte John, woher es kam.

Aus der Ecke, dort, wo sich auch der große Trichter befand.

John ließ es darauf ankommen. Geduckt schlich er in die bewußte Richtung.

Und dann sah er die Umrisse des Buckligen.

Cascabel klebte förmlich im Schatten der Trichterwand. Er schien John Sinclair noch nicht bemerkt zu haben.

Die Hand des Inspektors fuhr zur Schulterhalfter. Nur gut, daß er im Hotel aus seinem Koffer gewisse Waffen mitgenommen hatte. Unter anderem auch eine Pistole.

John kam nicht mehr dazu, das Schießeisen zu ziehen. Cascabel mußte wohl die Bewegung gesehen oder geahnt haben, denn mit einem wilden Schrei löste er sich aus seiner Deckung und hechtete auf John zu.

Der Inspektor ließ den Griff der Waffe los. Sie rutschte wieder zurück in die Halfter.

Im selben Moment hatte Cascabel den Inspektor erreicht. Das mörderische Beil zerteilte die Luft. Der Schlag war auf Johns Brust gezielt.

Der Inspektor sah den heranhuschenden Schatten, das Blitzen der Schneide, drehte gedankenschnell ab und schmetterte noch aus der Bewegung heraus seine Faust gegen Cascabels Kopf.

Der Gnom wurde zurückgefegt und krachte gegen die Wand. Er stieß ein jämmerliches Gebrüll aus, ließ das Beil jedoch nicht fallen.

John hechtete hinter seinem Gegner her. Er konnte bei dem Licht kaum etwas erkennen, verließ sich auf sein Glück und Gefühl.

John bekam Cascabels beilbewehrten Arm zu fassen und drehte ihn herum.

Der Bucklige brüllte auf. Gleichzeitig stieß er einen Fuß in Johns Unterleib.

Schmerzgekrümmt zuckte der Inspektor zurück. Er ließ den Arm los. Sein ganzer Leib brannte wie Feuer.

Der Bucklige erkannte die augenblickliche Schwäche seines Gegners und suchte mit der freien Hand Johns Kehle.

John warf den Kopf zur Seite. Die Finger des Buckligen rutschten ab und hinterließen blutige Streifen an Johns Hals.

Der Inspektor rollte sich herum, bekam die Haare seines Gegners zu fassen und schleuderte den Gnom von sich.

Wieder heulte der Bucklige auf. Wütend und haßerfüllt.

John Sinclair sprang auf und stieß seinen rechten Fuß vor.

Der Tritt traf. Cascabel überschlug sich fast in der Luft und kam dicht vor der Luke zur Ruhe.

Er rollte sich sofort auf den Rücken und warf das mörderische Beil aus dem Handgelenk.

John sah das Funkeln der Schneide. Er ließ sich einfach fallen.

Haarscharf zischte das Beil über seinen Kopf hinweg und bohrte sich mit einem dumpfen Laut in die Tür.

Dieser Mißerfolg stachelte den Buckligen noch mehr an. Schreiend rannte er in Richtung Tür, um die Waffe aus dem Holz zu reißen.

Von der Seite hechtete John Sinclair ihm entgegen. Mit einem gewaltigen Sprung knallte er dem Verwachsenen in die Hüfte.

Cascabel brach zusammen. Stöhnend wälzte er sich auf dem Boden herum.

John Sinclair stand keuchend über ihm.

»So, mein Freund«, japste der Inspektor, »jetzt stehen die Chancen gleich.«

»Der Satan wird dich holen!« keifte der Bucklige und trat nach Johns Schienbein. Er traf genau die empfindliche Stelle.

John Sinclair verbiß sich den Schmerz, zog den Buckligen mit der linken Hand hoch und schmetterte seine Faust in die haßentstellte Fratze.

Wie eine Rakete flog Cascabel durch den Raum, erreichte den

Rand der Luke, bekam das Übergewicht und fiel schreiend nach unten.

Es gab einen dumpfen häßlichen Laut, als er in dem Keller landete.

Humpelnd erreichte John die Falltür und blickte in die Tiefe.

Er entdeckte das Grauen.

Inmitten von vier schwarzen brennenden Kerzen lag der Kopf von Marion Nelson.

Den Buckligen entdeckte er ein Stück weiter. Er lag auf dem Rücken, mit seltsam verdrehtem Kopf.

Cascabel hatte sich das Genick gebrochen. Der Teufel hatte seinen Schüler geholt.

John Sinclair wischte sich über die Augen. Wieder einmal hatte er einen Kampf gewonnen. Allerdings konnte er nur einen Teilerfolg buchen.

Noch war Sourette nicht vernichtet. Und der Magier würde alles daransetzen, um ihn zu töten.

Ein leises Seufzen ließ John herumfahren. Gleichzeitig spürte er einen eiskalten Hauch im Nacken.

Wie aus dem Nichts war Marion Nelson entstanden. Ihr Körper war durchsichtig wie Glas und wurde von einem dunkelroten Licht umstrahlt.

Langsam schwebte die Geisterscheinung auf Kitty Jones zu.

John Sinclair war schon einmal mit diesem Wesen in Berührung gekommen. Er wußte, daß Marion Nelson unverwundbar war. Aber es gab eine Möglichkeit, um sie für immer zu erlösen.

Bei ihrer ersten Begegnung hatte Marion zwei Existenzen besessen. Eine in der diesseitigen und eine in der jenseitigen Welt. Doch der Gnom hatte eine Existenz ausgelöscht. Marion Nelson lebte jetzt als Geistkörper. Und auch nur so lange, wie ihr eigener Körper sich in dem magischen Quadrat befand.

Langsam beugte sich Marion über die bewußtlose Kitty Jones. John Sinclair schien sie gar nicht zu bemerken.

Der Inspektor wurde eiskalt bis ins Mark. Nicht umsonst nannte man ihn den Geisterjäger.

Er zog seine Pistole, trat dicht an den Rand der Luke, suchte sich den besten Schußwinkel aus und zielte genau.

John Sinclair visierte den Kopf der Unglücklichen an.

Dann schoß er.

Dreimal peitschten die Schüsse durch die unheimliche Mühle, schallte donnernd das Echo von den Wänden wider.

Der Kopf in dem magischen Quadrat wurde von den Kugel hin und her geworfen.

Ein schreckliches Stöhnen ließ John Sinclair herumfahren. Das grauenvolle Bild, das sich seinen Augen bot, würde er sein Lebtag nicht vergessen.

Marion Nelson lag endgültig im Sterben.

Es schien, als hätte John Sinclair den Geistkörper getroffen.

Der Kopf der Geisterscheinung war kaum noch vorhanden. Der Körper zuckte wie unter elektrischen Stromstößen. Marion Nelsons Hände fuhren wild in der Luft herum. Eine weißgelbe Qualmwolke drang aus ihrem Leib.

Dann war auf einmal alles vorbei. Das rote Licht verschwand, und selbst der Qualm löste sich auf.

Nichts blieb zurück.

Langsam trat John zu der am Boden liegenden Kitty. Ganz leicht schlug er mit der Hand gegen ihre Wangen.

Unendlich mühsam öffnete das Mädchen seine Augen.

»Wo – wo bin ich?« hauchte Kitty.

John lächelte beruhigend. »In Sicherheit.«

»Mister Sinclair. Mein Gott, was ist passiert? Wo ist Marion? Und dieser schreckliche Gnom.«

Kittys Stimme war auf einmal schrill geworden. Zu tief steckte noch die Angst in ihr.

»Das erzähle ich Ihnen später. Kommen Sie erst einmal. Sie müssen hier weg.«

John half dem Mädchen hoch. Er stützte Kitty, als sie zur Tür gingen, und achtete darauf, daß sie nicht den Kopf zu sehen bekam.

Da sah Kitty das in der Tür steckende Beil. Ihre Fingernägel krallten sich in Johns Arm.

»Der Bucklige. Ist er . . .?«

»Ja, er ist tot.«

Kitty schwieg.

John drehte den Schlüssel im Schloß und zog die schwere Tür auf.

»Wo bringen Sie mich hin?« fragte Kitty.

»Zu meinen Wagen«, erwiderte John der sich gegen den Wind anstemmte. »Können Sie fahren?«

»Ja, Mister Sinclair.«

»Gut. Dann schnell ins Dorf. Sehen Sie den Weg dort? Gehen Sie ihn hinunter. Er führt an einem Gebüsch vorbei, hinter dem ein Renault steht. Sie können den Wagen nicht verfehlen. Hier sind die Schlüssel.«

Kitty nahm sie und blickte John mit angstgeweiteten Augen an. »Und was haben Sie vor, Mister Sinclair?«

»Ich muß noch etwas erledigen.«

»Hier in der Mühle?«

»Ja.«

»O Gott«, schluchzte Kitty auf. »Ich wünsche Ihnen viel Glück«, flüsterte sie tränenerstickt, wandte sich um und rannte den Weg hinunter.

John sah ihr lange nach, bis die Dunkelheit sie verschluckte. Dann ging er zurück in die Mühle, um Sourette, den Magier, endgültig zu vernichten . . .

Mit einem dumpfen Laut fiel die Tür der Mühle hinter John Sinclair zu.

Stille umfing den Inspektor. Selbst der Wind hatte aufgehört, in dem Dachgebälk zu heulen. Es schien, als hätte sich der Magier mit den Kräften der Natur verbündet.

John Sinclair trat bis an den Rand der Luke. Die schwarzen Kerzen in dem Verlies brannten noch immer. Ihr rotgelbes Licht übergoß die Menschenknochen und ließ sie wie in einem unsichtbaren Feuer glühen.

Über die Leiter kletterte John Sinclair nach unten. Hier – in dem geheimnisvollen Keller – wollte er auf den Magier warten.

Sinnend betrachtete der Inspektor das magische Quadrat. Die Luft über der geometrischen Figur schien zu flimmern.

Johns Nerven vibrierten. Es mußte gleich etwas geschehen, er spürte es deutlich, empfing auf einmal unsichtbare Strahlen, die sich wie tausend kleine Nadeln in sein Gehirn bohrten.

Die Strahlen wurden intensiver, verdichteten sich und formten sich zu Worten.

Der Magier sprach aus dem Dämonenreich zu John Sinclair!

Klar und deutlich vernahm der Inspektor jeden Satz.

»Ich habe auf dich gewartet, John Sinclair. Schon in London erkannte ich, daß du mein größter Gegner bist. Leider hatte ich dich damals noch ein wenig unterschätzt, sonst wärst du schon tot. Aber für mich bist du nicht groß genug, Mensch. Denn Sourette ist niemand gewachsen. Und erst recht kein Sterblicher.«

»Warum zeigst du dich nicht?« formulierte John in Gedanken diesen Satz.

Sourette lachte. »Keine Sorge. Ich komme schon früh genug, um dich zu holen.«

John zuckte mit den Schultern. »Versuch es nur. Da du mich sowieso schon als Opfer sicher weiß, kannst du mir auch einige Fragen beantworten.«

»Ja«, drang die Stimme in Johns Nervenzentrum.

»Weshalb hast du in London die große Schau abgezogen und dich damit ins Licht der Öffentlichkeit gerückt? Ich meine, für mich war es gut, so bin ich auf deine Spur gestoßen.«

»Es war ein Fehler«, antwortete Sourette. »Aber ich war lange verbannt. Zu lange. Ich wollte mich der Welt zeigen, wollte beweisen, wie groß und mächtig ich bin, bevor ich mit meiner Rache begann. Cascabel war dazu ausersehen, mich aus dem Dämonenreich wieder in diese Welt zu holen. Er hat den Schädel aus dem Museum gestohlen, ihn hier in die Mühle gebracht, die magischen Symbole angeordnet und die geheimnisvollen Beschwörungen gesagt. Durch ihn allein konnte ich wieder zurückkommen, so, wie es der Fluch vorausgesagt hat.«

»Aber Cascabel ist tot. Dein Diener kann dir nicht mehr helfen. Hier liegt er.«

John wandte sich um und zeigte auf den am Boden liegenden Gnom.

»Ich weiß es, John Sinclair. Und deshalb wirst du auch tausend Tode erleiden.«

»Da bin ich gar nicht mal so sicher«, erwiderte John im spöttischen Tonfall. »Es haben schon ganz andere Leute versucht, mich fertigzumachen. Sogar Dämonen und Vampire.«

Sourette lachte spöttisch. »Ich glaube dir nicht. Cascabel war ein Mensch. Es war einfach, ihn zu besiegen.«

»Und Marion Nelson?«

»Zufall. Ich, Sourette, werde dafür sorgen, daß es deine letzte Tat war.«

Nach diesen Worten legte sich wieder die bedrückende Stille über das Verlies. Keine Stimme, kein Wort drang mehr in Johns Gehirn.

Minutenlang hörte der Inspektor nur das Schlagen seines eigenen Herzens. Dann spürte er plötzlich einen kalten Luftzug, der wie ein Todeshauch seinen Nacken streifte und dann weiter wehte.

Plötzlich begannen die Kerzen zu flackern. Die Flammen bogen sich auf die Seite, für einen Moment sah es so aus, als würden sie verlöschen, doch dann richteten sie sich wieder auf und brannten ruhig weiter.

Etwas mußte in das Innere des Quadrates eingedrungen sein.

Schon ballte sich die Luft über dem Viereck zusammen, wurde zu einer Wolke, die langsam Form annahm.

Menschliche Form.

Sourette war gekommen!

Er sah genauso aus wie auf der Bühne. Er trug immer noch einen schwarzen Frack und das weiße Hemd. In seinem Gesicht prangte der Vollbart, über dem ein Paar glühende Augen funkelten.

John hatte keine Angst. Mit leicht gespreizten Beinen stand er da, war sich seiner Stärke vollauf bewußt.

Sourette verließ das magische Quadrat nicht. Die Blicke der Männer kreuzten sich.

Von den Augen des Dämons ging eine höllische Kraft aus. Mit Gewalt mußte sich John gegen den mächtigen hypnotischen Ansturm stemmen.

»Du bist zu schwach, Mensch«, drang Sourettes Stimme an sein Ohr.

Mit riesengroßer Anstrengung drehte John den Kopf, wandte dem Magier sein Profil zu.

Sofort ließ die Kraft der Hypnose nach.

»Du siehst, es gelingt nicht immer«, sagte John Sinclair schweratmend. »Auch ein Magier ist nicht allmächtig.«

Der Dämon lachte. Es war ein siegessicheres, triumphierendes Lachen. »Ich weiß, daß du ein besonderer Gegner bist, Sinclair. Aber vor dreihundert Jahren haben schon einmal Menschen versucht, stärker zu sein als ich. Es ist ihnen nicht gelungen. Und auch du wirst kein Glück haben. Ich verlasse jetzt mein magisches Quadrat, um dich endgültig zu vernichten.«

John war ein wenig zur Seite getreten, stand etwas außerhalb des Kerzenscheins und beobachtete aus den Augenwinkeln, wie sich die Gestalt des Magiers vom Boden löste.

Wie eine drohende Wolke kam der Magier näher.

John wich noch weiter zurück, und dann fuhr seine Hand blitzschnell unter das Jackett und kam mit einem silbernen Kreuz wieder zum Vorschein.

Dieses Kreuz hatte er von einem befreundeten Wissenschaftler geschenkt bekommen, und es hatte ihm schon einmal einen unschätzbaren Dienst erwiesen.

Der Inspektor hielt das Kreuz in der rechten Hand. Sein Arm schoß vor, und das geweihte Symbol brannte dem Magier entgegen.

»Werde zu Staub, Diener des Satans«, sagte John und ging einen Schritt vor.

Sourettes Gesicht verzerrte sich. Die brennenden Kerzen zauberten dunkle, sich hin und her bewegende Schatten darauf.

»Auch das Kreuz wird dir nicht helfen!« keuchte Sourette. »Die Macht des Satans ist größer!«

John Sinclair spürte, wie das silberne Kreuz in seiner Hand heiß wurde, sah, daß es an seinem oberen Ende anfing zu schmelzen, und öffnete mit einem Schrei die Hand.

Das heiße Metall hatte einen dicken blutroten Streifen in seinen Handteller gebrannt.

Gellend hallte das Triumphgelächter des Magiers durch den Keller. »Du hast es mit der Hölle aufgenommen, Mensch!« dröhnte Sourettes Stimme. »Dafür wird die Hölle dich verschlingen!«

Das Gesicht des Magiers veränderte sich plötzlich, wurde blutrot, und aus den Augenhöhlen schossen kleine züngelnde Flammen. Eine mörderische, nie erlebte Hitze umfing John Sinclairs Körper.

Der Inspektor brüllte auf. Die wahnsinnigen Schmerzen rasten durch seine Eingeweide. Tausend glühende Messer schienen in seinem Innern zu bohren.

John brach zusammen.

Und während er sich in wilden Krämpfen am Boden schüttelte, drang die höhnische Stimme des Magiers wie ein Schwert in sein Gehirn.

»Ich habe dir einen qualvollen Tod versprochen, Mensch. Und ich werde mein Versprechen halten!«

Johns Gesicht war nur noch eine schmerzerfüllte Grimasse. Wie ein Wurm kroch er über den Boden, hatte die Arme vorgestreckt. Seien Fingernägel krallten sich in die dreckige Erde, brachen ab.

John merkte es nicht. Er wollte fliehen. Und war sich doch nicht bewußt, wie hilflos er in Wirklichkeit war.

Diesmal hatte die Hölle triumphiert!

Es gibt Zufälle, die im Leben oft entscheidend sind. Solch einen Zufall erlebte Kitty Jones. Als sie sich in den Wagen setzte und den Schlüssel ins Zündschloß steckte, sprang der Motor nicht an. Kitty versuchte es mehrmals. Ohne Erfolg.

Das Mädchen starrte durch die Scheibe hinaus in die Nacht und kam sich plötzlich in dem Renault wie in einem Gefängnis vor. Kitty zögerte keine Sekunde. Sie stieß die Tür auf und sprang ins Freie.

Dann lief sie los. Aber nicht zum Dorf, sondern zurück in Richtung mühle.

Dort war John Sinclair, ihr Lebensretter. Ihm traute sie mehr zu als allen Dorfbewohnern.

Kitty fand die Tür nicht verschlossen. Vorsichtig betrat sie die unheimliche Stätte und hörte Stimmen.

Auf Zehenspitzen schlich sie zum Rand der Falltür und sah in den Keller.

Die Augen des Mädchens weiteten sich entsetzt, und dann gellte ein verzweifelter Schrei aus ihrem Mund . . .

»Inspektor!«

Gellend traf der Schrei des Mädchens Johns Ohren, drang hinein bis in den letzten Winkel seines gequälten Gehirns.

Auch der Magier hatte den Schrei vernommen. Sein Kopf ruckte herum. Sourette starrte zu dem Rand der Luke, wo für einen kurzen Augenblick Kittys Gesicht zu erkennen war.

Eine winzige Zeitspanne lang war der Magier abgelenkt.

Diese Sekunden genügten John Sinclair. Er war, während er sich am Boden krümmte, dem magischen Quadrat immer näher gekommen, konnte es mit dem ausgestreckten Arm erreichen.

Johns Fingerspitzen berührten die ersten Gebeine.

Ein höllischer Schmerz raste durch den Arm des Inspektors. John fühlte, wie sein Körper durchgeschüttelt wurde, doch er gab nicht auf, mobilisierte den letzten Rest seines Willens.

John Sinclair schaffte es.

Er riß das magische Quadrat auseinander.

Sourette sah, was geschehen war.

Mit einem Wutschrei fuhr er herum und konnte das Verhängnis doch nicht mehr aufhalten.

Blauweiße Flammen zuckten aus dem Erdboden, fraßen sich in Sekundenschnelle weiter, glitten über John Sinclair hinweg und erfaßten den Magier.

Was in wenigen Augenblicken geschah, kam John wie eine Ewigkeit vor.

Der Schmerz, der in seinem Körper getobt hatte, war plötzlich verschwunden. Durch die Zerstörung des magischen Quadrates wurde der Bann aufgelöst.

Doch Sourette, der mit all diesem eine Einheit bildete, war verloren.

Spitze, abgehackte Schreie drangen aus seinem weit geöffneten Mund. Die Flammen setzten in Nu seine Kleidung in Brand, schossen züngelnd an ihm hoch.

Ein erbärmlicher Gestank breitete sich aus. Weißgelbe Rauchwolken umhüllten den brennenden Magier.

John, der immer noch am Boden hockte, konnte ab und zu Sourettes Gesicht sehen.

Es war ein Torso.

Unbeschreiblich in seinem namenlosen Schrecken.

Der Magier brach in die Knie, streckte anklagend seine Hände vor. John sah, wie das Fleisch von den Knochen gelöst wurde. Noch einmal bäumte der Magier sich auf, stemmte sich gegen die finsteren Mächte, denen er selbst gedient hatte, an.

Doch die Hölle war stärker.

Sourettes Schreien ging in ein verzweifeltes Winseln über und hörte auf wie abgeschnitten.

Die Rauchwolke verflüchtigte sich. Nur noch kleine blaßblaue Flämmchen zuckten vom Boden hoch.

Und inmitten der kleinen Flammen sah John einen Totenschädel.

Den Schädel des Magiers, den der Bucklige aus dem Museum gestohlen hatte.

Die Rückverwandlung hatte ihn wieder in seiner alten Form entstehen lassen.

Noch ein letztes Mal zuckten die Flammen hoch, fraßen sich in die Augenhöhlen des Schädels und brachten den Kopf zum Glühen.

Dann ging alles blitzschnell.

Mit einem leisen Knall zerplatzte der Schädel. Funken sprühten auf, wurden hochgewirbelt und sanken langsam zu Boden.

Ächzend kam John Sinclair auf die Beine. Sein Blick fiel auf das durchbrochene magische Quadrat, traf den toten Cascabel und blieb an dem grauweißen Staub hängen, der einmal ein Schädel gewesen war und aus dem Sourette in die heutige Zeit zurückgekehrt war.

John bückte sich nach seinem silbernen Kreuz. Es sah wieder so normal aus wie früher. Die unheimlichen Mächte waren gebannt.

Müde steckte John Sinclair das Kreuz ein.

Ein leises Schluchzen ließ ihn nach oben blicken.

Kitty! Sie saß am Rand der Luke und starrte hinunter in den Keller.

»Es ist alles vorbei«, sagte John und stieg die Leiter hoch.

Oben legte er dem Mädchen seinen Arm um die Schultern. »Vielen Dank, Kitty.«

»Wofür?« hauchte sie mit tränenerstickter Stimme.

»Sie haben mir das Leben gerettet. Ihr Schrei hat den Magier abgelenkt.«

»Ich verstehe das alles nicht«, flüsterte Kitty. »Dieser Magier, der Bucklige, Marion . . .« Das Mädchen brach ab.

»Es ist auch besser, Kitty, daß Sie es nicht verstehen. Und am allerbesten ist, Sie vergessen die Ereignisse so schnell wie möglich. Kommen Sie, wir wollen die Mühle so schnell wie möglich verlassen . . .«

Ein Rumoren oben im Gebälk ließ John den Satz nicht aussprechen. Staub und Putz rieselten plötzlich auf sie herunter.

»Raus!« schrie John Sinclair, der die Situation in Sekundenschnelle erfaßte.

Er zog Kitty einfach mit sich und hetzte mit ihr zum Ausgang.

John riß die Tür auf. Im selben Augenblick stürzte hinter ihnen mit einem unheimlichen Getöse die Decke nach unten.

Der Inspektor und das Mädchen liefen, so schnell sie konnten.

Hinter ihnen brach die Hölle los.

Erst am Wagen drehten sie sich um.

Eine hellrote Flammenwand schoß aus der zusammenkrachenden Mühle und fand Nahrung in dem trockenen Holz.

Wenig später brannte die Mühle wie Zunder. Der Wind wehte Funken und kleine brennende Teil über das Land.

»Sie haben noch die Wagenschlüssel, Kitty. Steigen Sie ein, wir haben hier nichts mehr zu suchen.«

Das Mädchen schloß auf, doch John setzte sich hinter das Steuer. Ehe er anfuhr, fiel ihm auf einmal etwas ein.

»Sagen Sie mal, Kitty, wieso sind Sie eigentlich in die Mühle zurückgekehrt. Sie sollten doch ins Dorf fahren.«

Das Mädchen sah John Sinclair an und wurde rot. »Der Wagen sprang nicht an, und da dachte ich . . .«

»Schon gut, Kitty«, lachte John und drehte den Schlüssel.

Der Motor kam sofort.

»Also, das verstehe ich nicht«, flüsterte Kitty. »Bei mir . . .«

»Freuen Sie sich, daß es bei Ihnen nicht geklappt hat, Kitty. Sonst wäre ich schon tot, und vielleicht hätte Sourette auch Ihr Leben nicht verschont. So, und jetzt reden wir nicht mehr von dem Fall.«

Nach einigen Minuten Fahrt kamen ihnen die ersten Dorfbewohner entgegengelaufen. Angeführt von Pierre, dem Wirt.

John trat auf die Bremse.

Aufgeregt kam der gute Pierre an den Wagen gerannt. »Monsieur«, rief er, »die Mühle, was ist dort geschehen?«

John hatte die Scheibe heruntergekurbelt und den Kopf nach draußen gesteckt.

Die Dorfbewohner hatten einen Halbkreis um den Wagen gebildet. »Ich würde an eurer Stelle keine Fragen stellen«, sagte John laut genug, daß es alle hören konnten. »Die Mühle und der Magier existieren beide nicht mehr. Ihr könnt wieder ruhig schlafen. Mehr Erklärungen gebe ich nicht. Und jetzt laßt uns durch. Wir sind beide sehr müde.«

Schweigend machten die Menschen Platz.

Im Schrittempo rollte der Wagen dem Dorf entgegen. Kitty drehte ihren Kopf nach hinten.

»Sie gehen tatsächlich wieder zurück. Aber ob sie die Schrecken jemals vergessen können?«

»Ich glaube schon«, erwiderte John. »Wie heißt doch noch das Sprichwort? Die Zeit heilt alle Wunden. Auch wenn sie über dreihundert Jahre alt sind.«

Am nächsten Tag fuhren John Sinclair und Kitty Jones wieder zurück nach England.

In London mußte der Inspektor der schwarzhaarigen Kitty ein Versprechen geben – sie mindestens einmal in der Woche zu besuchen.

Und so einen Vorschlag lehnt auch ein Geisterjäger nicht ab . . .

ENDE

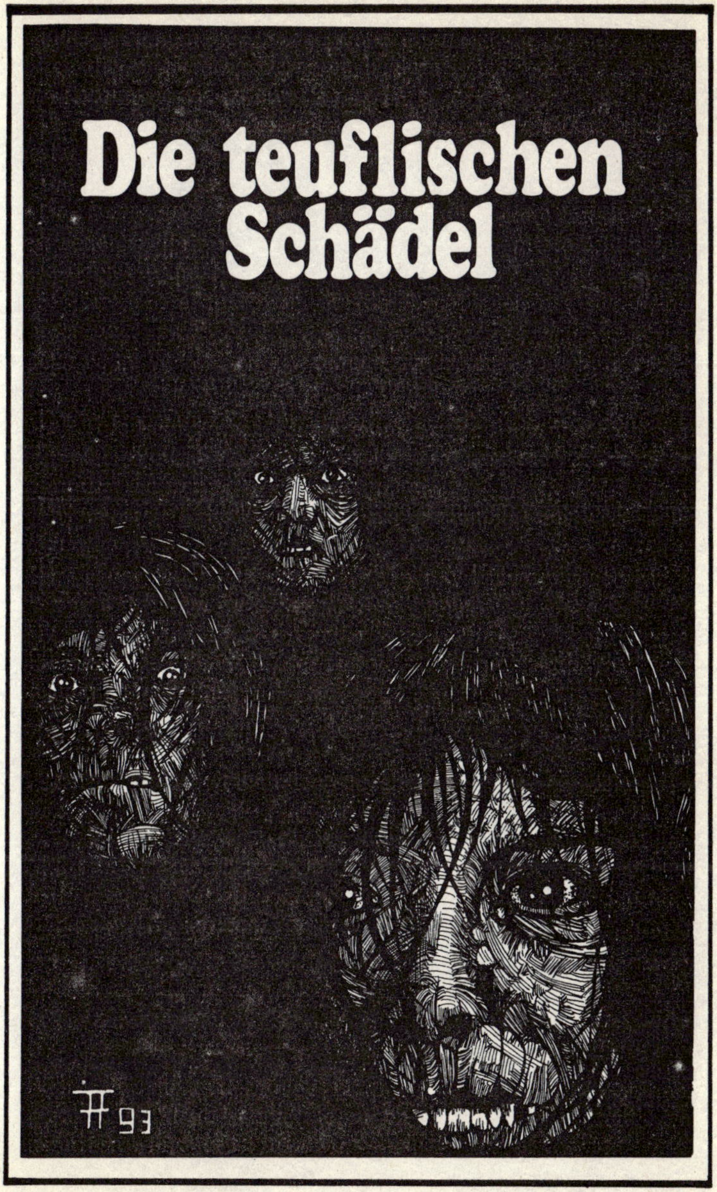
Die teuflischen
Schädel

Irgendwann in der Nacht wurde Angie Dickson wach.

Erschreckt schlug sie die Augen auf und starrte in das Dunkel ihres Schlafzimmers.

Mit angehaltenem Atem blieb sie liegen. Lauschte.

Das leise, abgehackte Lachen drang wie ein Trompetenstoß an ihre Ohren.

Angies Magen krampfte sich zusammen. Angst überfiel sie.

Das Lachen war nah. Die Person mußte sich direkt vor ihr befinden – sogar in ihrem Bett sein.

Plötzlich spürte sie den Druck auf ihrer Brust. Angie wurde mit einemmal klar, daß etwas Unheimliches geschehen sein mußte.

Ihre Arme kamen unter der Bettdecke hervor, fuhren über das Laken, ertasteten etwas Rundes, faßten in Haare . . .

Ein Kopf!

Auf ihrer Bettdecke lag ein Kopf!

Angies Angst entlud sich in einem gellenden Schrei, der in ein klägliches Wimmern überging und verstummte.

»Aber Angie«, hörte sie eine bekannte Stimme, »du brauchst doch keine Angst zu haben.«

Mein Gott, diese Stimme. Sie kannte sie. Hatte sie oft genug in ihrem Leben gehört.

Die Stimme gehörte ihrem Vater. Aber der war seit drei Monaten tot!

Plötzlich war es vorbei mit Angies Beherrschung. Ihr rechter Arm schwang zur Seite, fuhr über die kleine Nachtkonsole.

Scheppernd fiel der Wecker auf den Boden.

Angie fand den kleinen Kippschalter der Lampe, drückte ihn herunter.

Milchiges Licht erhellte das Schlafzimmer.

Angie wandte den Kopf, blickte starr nach vorn . . . und erlebte das Grauen.

Der Schädel gehörte ihrem Vater!

Er lag auf der Bettdecke . . . und lebte.

Die Augen funkelten böse. Faltige Haut spannte sich wie rissiges Leder über die Wangenknochen. Die strähnigen schwarzen Haare hingen bis zu den Ohren und verteilten sich auf der Stirn.

Das kräftige Gebiß mit den ebenmäßigen Zähnen schimmerte leuchtend aus dem halbgeöffneten Mund.

Angie bekam plötzlich Angst vor diesen Zähnen, mehr als vor allem anderen.

Der Schädel bewegte sich.

»Geh weg!« kreischte Angie. »Bitte, geh weg!«

Der Kopf lachte. Ruckartig hüpfte er auf Angies Gesicht zu.

Ein normaler Beobachter hätte dies als makabren Spaß empfunden, aber das war es ganz bestimmt nicht.

Dicht vor Angies Kehle kam der Kopf zur Ruhe.

Angie bog ihr Gesicht zur Seite, damit sie nicht in dieses schreckliche Antlitz zu sehen brauchte.

Sie wunderte sich, daß sie nicht schrie. Aber ihre Kehle schien auf einmal verstopft zu sein. Nicht ein Wort drang über ihre zitternden Lippen.

Angie sah den Halsstumpf, an dem der Kopf vom Körper getrennt worden war. Er war nicht etwa blutig, nein, die Sehnen und Adern waren fein säuberlich abgeschnitten und mit einer fleischfarbenen Masse verklebt worden.

»Warum sagst du nichts, Angie?«

Die Stimme ihres Vaters klang wie zu Lebzeiten. Metallisch, befehlsgewohnt.

Sekundenlang herrschte eine Pause.

»Ich werde dich töten, Angie«, sagte dann der Kopf.

Nicht einmal jetzt zuckte Angie zusammen. Was war nur mit ihr los? Eine seltsame Apathie hatte sie ergriffen. Sie fühlte, wie ihr alles gleichgültig war.

Der Kopf hüpfte noch ein kleines Stückchen näher, neigte sich zur Seite, öffnete den Mund und biß blitzschnell zu.

Seine Zähne drangen in Angies Hals.

Blut spritzte.

Und wieder biß er zu . . .

Die Kneipe war schmutzig und stank nach allen möglichen Ausdünstungen. Eine Kaschemme mit Weltuntergangsstimmung.

Und genauso fühlte sich auch Dirk Cochran. Er hockte schon zwei Stunden vor dem halben Liter Ale und stierte trübe in das Glas. Eine fette Fliege hatte sich auf den Bierpegel gesetzt und versuchte, schwimmen zu lernen. Irgendwann würde sie wohl ersaufen.

Dirk Cochran interessierte das alles nicht. Er hatte andere Probleme. Er dachte an Angie Dickson, seine Freundin.

Verdammt noch mal, was war er doch nur für ein Idiot gewesen!

Warum hatte er nur mit Angie Schluß gemacht? Schließlich war sie ein Mädchen, was man nicht alle Tage findet. Hübsch, intelligent und bestrebt, etwas aus ihrem Leben zu machen.

Und er? Ein verkrachter Student, der sich durch Gelegenheitsarbeiten über Wasser hielt und in einer Bude hauste, die den Namen Wohnung nicht im entferntesten verdiente.

Dirk Cochran war der einzige Gast. Natürlich, wer hielt sich schon kurz nach Mitternacht in solch einer Bude auf? Außerdem hätte die Kaschemme nach dem Gesetz längst geschlossen sein müssen. Aber der dicke Wirt schien sich nicht darum zu kümmern.

Er hatte die Arme auf den nassen Tresen gestützt und beobachtete Dirk Cochran aus schmalen Augen.

Schließlich wurde es auch ihm zu bunt.

»Noch 'n Bier?«

Cochran erschrak. »Bitte, wie?«

Der Wirt wiederholte seine Frage.

»Nein, danke.«

»Dann wird es wohl Zeit, daß du zahlst, Junge. Ich will auch ein bißchen an der Matratze horchen. Sauf aus und verschwinde.«

Grinsend deutete er auf die fette Fliege, die in Dirks Bierglas schwamm. »Schmeckt dir wohl nicht, was?«

Der Wirt verzog das Gesicht, tunkte Daumen und Zeigefinger in das Bierglas und zerquetschte die Fliege zwischen den Fingerkuppen.

Dirk wandte angeekelt den Kopf.

»Macht zehn Schilling«, knurrte der Wirt.

Dirk zahlte.

Der Wirt steckte die Münzen in die Hosentasche. »Hast du Liebeskummer?«

Dirk Cochran sah auf. »Woher wissen Sie . . .?«

Der Dicke lachte. »Mensch, das sieht man dir doch an. War sie wenigstens hübsch?«

»Und ob.«

»Dann sitzt du noch hier und vertrödelst deine Zeit, Junge? Mann, nichts wie hin zu der Puppe. Die liegt bestimmt in ihrem Bett und heult sich deinetwegen die Augen aus.«

»Meinen Sie?« fragte Dirk zweifelnd. »Sie kennen doch Angie gar nicht.«

»Aber ich kenne die Weiber, du Hornochse. Jetzt zieh endlich Leine!«

Dirk stand auf und lächelte. »Vielen Dank für Ihren Rat, Mister. Wir kommen mal vorbei, ich meine Angie und ich . . .«

»Ja, ja, schon gut.«

Fast fluchtartig verließ der junge Mann die Kneipe. Draußen war es stockfinster. In der schmalen Straße brannte nicht eine Laterne. Von der nahen Kohlenzeche her drang der Geruch von Teer und Schwefel an seine Nase.

Dirk verzog das Gesicht. Er würde wohl den Gestank der schottischen Bergwerke nie mehr loswerden.

Sein 850er Fiat parkte verloren auf dem Bürgersteig. Der Wagen wurde nur noch durch den Rost zusammengehalten.

Aber das wird sich ändern, dachte Cochran. Sobald er einen anderen Job hatte und mit Angie wieder alles klar war, würde er sich einen neuen Wagen kaufen. Erst mußte er jedoch einen Job haben. Und in den Bergwerken wurden immer Leute gesucht.

Diese Gedanken gingen Dirk durch den Kopf, während er den Fiat in Richtung Painsley steuerte, einem kleinen Glasgower Vorort.

Hier wohnte Angie Dickson. In einem der vielen gleich aussehenden Siedlungshäuser hatte sie zwei Zimmer gemietet. Nicht gerade komfortabel, aber besser als seine Bruchbude.

Dirk bog in die schmale, mit Kopfstein bepflasterte Straße ein, in der Angie wohnte.

Es brannten ein paar Laternen. Autos parkten darunter.

Vor Angies Haus stand ein dunkler Lieferwagen. Was hat der denn hier zu suchen, fragte sich Dirk, aber dann achtete er nicht mehr weiter darauf.

Dirk parkte den Wagen zwei Häuser vorher. Hastig drückte er seine Zigarette aus. Jetzt hatte er schon zwei Packungen leergeraucht.

Das wird auch anders werden, dachte er.

Dirk stieg aus dem Wagen. Leise schloß er die Tür. Es brauchte niemand zu hören, daß Angie noch Besuch bekam. Außerdem war ihre Vermieterin für zwei Tage verreist, und deren Mann hatte Nachtschicht.

Angie Dickson war allein im Haus.

Dirk Cochran hatte ein komisches Ziehen im Magen, als er sich der Tür näherte. Normalerweise kam man ja nicht um diese Zeit. Aber hier lag auch kein Normalfall vor.

Dirk wollte gerade klingeln, als er sah, daß die Haustür offenstand.

Seltsam. Ob Angie nicht da war?

Dirk schob sich in den Hausflur. Es roch wie immer nach Bohnerwachs und Stall.

Die Hausbesitzer hielten sich nebenbei noch drei Schweine.

Drei Steinstufen führten zur eigentlichen Wohnungstür hoch. Dort kam man dann in eine kleine Diele und an eine Treppe, die in die erste Etage ging, wo Angie ihre beiden Zimmer hatte.

Behutsam schlich Dirk die Treppe hoch.

Er sah nicht den Schrumpfkopf, der sich auf dem ersten Treppenabsatz in einen stockdunklen Winkel verkrochen hatte.

Durch ein kleines Flurfenster fiel mattes Licht, das die Laterne draußen ausstrahlte.

Endlich stand Dirk vor Angies Tür.

Sein Herz hämmerte nervös.

Er wollte gerade mit dem Fingerknöchel gegen das Holz klopfen, als er zusammenzuckte.

Ein schreckliches Stöhnen war an sein Ohr gedrungen.

Angie! Ihr war etwas passiert!

Nur dieser Gedanke beherrschte den jungen Mann. Dirk riß die Tür auf, stürmte in das dahinterliegende Schlafzimmer und blieb, wie von einer unsichtbaren Faust getroffen, stehen.

Wie im Zeitraffer nahm er das Bild auf, das sich seinen Augen bot.

Angie Dickson lag auf dem Bett. Ihrem blutverschmierten Hals entrang sich ein Stöhnen.

Die altmodische Nachttischlampe beleuchtete dieses schreckliche Bild.

»Angie!«

Dirks Schrei hatte nichts Menschliches mehr an sich. Der junge Mann warf sich schweigend vor dem Bett auf die Knie, umfaßte mit beiden Händen Angies Schulter und sah aus tränenfeuchten Augen in das verzerrte Gesicht seiner Freundin.

»Angie«, stöhnte er.

Es war, als ob dieses Wort dem Mädchen noch einmal die Kraft gäbe, etwas mitzuteilen. Seine blutleeren Lippen bewegten sich.

»Der Kopf«, röchelte sie. »Es – es . . . war der Kopf. Mörder ist mein . . . Vater!«

Ein letztes, tiefes Stöhnen drang aus der Brust des Mädchens, dann war Angie Dickson tot.

Dirk Cochran hatte die letzten Worte gierig in sich aufgesaugt, hatte keine Silbe überhört.

Wie lange er neben dem Bett der Toten gekniet hatte, wußte er hinterher selbst nicht mehr.

Er schreckte auf, als draußen ein Motor angelassen wurde. Zwei Sprünge brachten Dirk zum Fenster.

Der Lieferwagen!

Er fuhr ohne Licht an und war Sekunden später wie ein Schemen in der Nacht untergetaucht.

Hing dieser Wagen mit Angies Tod zusammen?

Dirk ballte die Fäuste. Er würde es herausfinden, und wenn es sein eigenes Leben kosten sollte . . .

»Mortadella«, knurrte Konstabler Fullbright und verzog das Gesicht. »Jedesmal Mortadella auf dem Sandwich. Meine Alte hat das Zeug billig gekriegt, und ich muß es jetzt reinwürgen.«

Sergeant O'Banion, sein Kollege, gähnte und grinste gleichzeitig. »Sei froh, daß du was mitkriegst. Mir packt niemand was ein. Du wirst zu fett, heißt es immer.«

Fullbright blickte auf O'Banions Bauch. »Stimmt ja auch.«

Er war dünn im Gegensatz zu dem Sergeant, für den die Uniformen extra angefertigt werden mußten.

In dem Dienstzimmer stand die Luft. Der alte Kanonenofen verbreitete eine Bullenhitze, und die Hemden der Beamten wiesen dicke Schwitzflecken auf.

Sergeant O'Banion nuckelte an seinem Tee. Er ärgerte sich über die Nachtschicht. Vor allen Dingen die Stunden nach Mitternacht schienen kaum vorbeizugehen. Passiert war hier in Painsley noch nie viel. Höchstens mal eine Schlägerei, das war auch alles.

Als plötzlich die Tür aufgerissen wurde, erschrak O'Banion so stark, daß ihm der Tee aus der Tasse schwappte.

»Verdammt noch mal«, fluchte der Sergeant und stellte die Tasse ab.

Ein junger Mann taumelte in die kleine Polizeidienststelle. Er war völlig fertig. Sein schwarzes langes Haar war schweißverklebt und hing ihm wirr in die Stirn. In den Augen stand namenloser Schrecken. Der Mann zitterte am gesamten Körper, und sein Atem ging pfeifend.

»Kommen Sie mit!« keuchte er. »Schnell. Es ist ein Mord geschehen. Eine Frau . . . Meine Freundin. Ihr Hals . . . Beeilen Sie sich.«

»Nun mal langsam.« Sergeant O'Banion wischte sich mit seinem Taschentuch den Tee vom Ärmel. »Wer soll tot sein?«

»Meine Freundin. Angie Dickson!«

»Angie? Sie wollen uns doch wohl nicht auf den Arm nehmen, junger Mann. Ich kenne Angie seit ihrer Geburt. Und es gibt niemanden, der einen Grund gehabt haben könnte, Angie zu ermorden. Sie sind doch nicht betrunken? Wie heißen Sie überhaupt?«

»Cochran. Dirk Cochran. Aber verdammt noch mal, kommen Sie endlich mit!« schrie Dirk. »Angie liegt auf dem Bett. Sie ist tot. Verstehen Sie? Angie ist tot!«

Die beiden Polizisten tauschten einen Blick, und Sergeant O'Banion merkte, wie eine Gänsehaut langsam seinen Rücken herabkroch. Schweigend griff er nach seiner Uniformjacke. Konstabler Fullbright hatte seine schon übergezogen. Er wandte sich an Dirk Cochran.

»Wenn Sie gelogen haben, Mister Cochran, ergeht es Ihnen schlecht.«

»Nein, ich habe nicht gelogen. Es ist alles so schrecklich. Es ist . . .«

Dirks Stimme versagte.

Sergeant O'Banion hatte sich inzwischen mit dem Hauptquartier in Verbindung gesetzt und sich und seinen Kollegen abgemeldet. Wenn irgendwelche Anrufe kamen, wurden sie automatisch an die Hauptstelle weitergeleitet.

Draußen hatte es leicht zu nieseln begonnen. Typisches Novemberwetter.

»Sie steigen mit in den Streifenwagen«, sagte Konstabler Fullbright.

O'Banion fuhr. Langsam kurvte er durch die menschenleeren Straßen und bog nach einigen Minuten in die Gradon Road ein, in der Angie wohnte.

Auch hier war niemand zu sehen.

Der Streifenwagen stoppte vor dem Haus. Die Tür war noch offen. Dirk hatte sie nicht hinter sich zugezogen.

»Wir gehen beide mit«, sagte O'Banion.

Er fand den Lichtschalter und drehte ihn herum. Trübes Licht erhellte notdürftig das Treppenhaus.

»Sie wohnt in der ersten Etage«, flüsterte Dirk.

»Wissen wir«, sagte O'Banion und nahm mit Hilfe des Treppengeländers die ersten Stufen.

Dirk und Konstabler Fullbright folgten ihm.

O'Banion blieb plötzlich auf dem Treppenabsatz stehen.

»Ist was?« fragte Fullbright. Er und Dirk Cochran drängten sich vor.

Sie sahen Angie Dickson alle drei im selben Augenblick.

Das Mädchen stand in der Tür. Ihr langes weißes Nachthemd fiel bis auf den Boden. Sie hatte die Arme vom Körper gestreckt und die Hände gespreizt.

Sie sah so aus wie immer. Das dunkelbraune Haar fiel bis auf ihre Schultern.

»Aber . . . Angie?« fragte Dirk leise.

Sergeant O'Banion atmete schwer. »Wenn Sie uns einen Bären aufgebunden haben, Cochran . . .«

Er verstummte abrupt.

Angie Dickson hatte sich in Luft aufgelöst!

Von einem Augenblick zum anderen.

O'Banion stöhnte auf. In seinem Rücken hörte er das schwere Atmen der beiden Männer.

Langsam wandte der Sergeant den Kopf. »Ihr habt es doch auch gesehen – oder?«

Konstabler Fullbright war kalkweiß. Er gab keine Antwort. Aber wenn man sein Gesicht sah, wußte man ohnehin Bescheid.

»Das kann nur ein Geist gewesen sein«, flüsterte er mit bebender Stimme.

Scheu blickten die Männer zu dem obersten Treppenabsatz. Doch die Erscheinung ließ sich nicht wieder blicken.

»Wir müssen in das Zimmer gehen«, brach Dirk Cochran das Schweigen.

O'Banion zögerte. Es schien, als habe er Angst. Doch dann gab er sich einen Ruck und stieg langsam die Stufen hoch.

Im Schlafzimmer brannte noch immer die Nachttischlampe. Die

Tür war durch den im Haus herrschenden Luftzug zugefallen. Das Licht drang durch eine Spalte am Türboden.

O'Banion legte seine Hand auf die Klinke, atmete noch einmal tief durch und stieß dann die Tür auf.

Sein Fuß, den er gerade über die Schwelle setzen wollte, stockte. Maßloser Schrecken und ungläubiges Staunen malte sich auf seinem Gesicht ab.

»Das ist doch nicht möglich«, ächzte Konstabler Fullbright, der seinem Vorgesetzten über die Schulter gesehen hatte.

Angie Dickson lag auf dem Bett.

Ihr Hals war eine einzige klaffende Wunde. Das Blut war auf den Boden getropft und hatte sich dort zu einer Lache gesammelt.

»Sie ist tot«, schluchzte Dirk Cochran auf und hielt sich krampfhaft am Türrahmen fest.

»Wir müssen die Mordkommission alarmieren«, sagte Sergeant O'Banion mit rauher Stimme, drehte sich um und schloß die Tür.

Konstabler Fullbright wurde grün im Gesicht. »So etwas habe ich noch nie erlebt«, würgte er hervor. »Diese Erscheinung, wir – wir haben sie doch alle gesehen. Wie kann so etwas möglich sein?«

Sein Blick irrte ins Leere. Dann stürzte Fullbright die Treppe hinunter, rannte nach draußen und mußte sich dort übergeben.

Sergeant O'Banion und Dirk Cochran folgten ihm langsam. Im Wagen griff der Sergeant zum Sprechgerät und meldete den Mord.

Dann stieg er wieder aus und steckte sich mit zitternden Händen eine Zigarette an.

»Ich habe von der Erscheinung nichts gesagt. Man hätte uns sowieso nicht geglaubt.«

»Das war ein Fehler«, meinte Dirk Cochran mit leiser Stimme. »Hier geht etwas nicht mit rechten Dingen zu. Ich habe Angies letzte Worte noch gut im Gedächtnis. Sie sprach von einem Kopf. Und daß der Mörder ihr Vater wäre.«

»Unsinn«, knurrte O'Banion. »Angies Vater ist seit ungefähr drei Monaten tot.«

»Aber niemand weiß, auf welche Weise er ums Leben gekommen ist«, warf Konstabler Fullbright ein. »Man hat seine Leiche nie gefunden. Der ganze Aufwand, der getrieben wurde, war umsonst.«

»Natürlich hat man seine Leiche gefunden«, erwiderte O'Banion. »Angie hat sogar ihren Vater identifiziert.«

»Ja, was von ihm übriggeblieben war. Ich meine immer, es wäre ein anderer gewesen, der in dem brennenden Wagen gesessen hat. Und einen Ring hat man schnell über den Finger gezogen.«

»Du kannst ja den ganzen Fall noch mal aufrollen«, brummte O'Banion verärgert.

»Das wird die Mordkommission sowieso tun«, sagte Dirk Cochran. »Vielleicht sollte man sogar London einschalten. Ich meine Scotland Yard. Es gibt dort einen Mann, der sich nur mit übernatürlichen Fällen beschäftigt. Das weiß ich von einem ehemaligen Studienkollegen, der mal beim Yard reingerochen hat.«

Sergeant O'Banion trat seine Zigarette aus. »Ich habe das Gefühl«, sagte er, »daß uns schwere Zeiten bevorstehen.«

Östlich von Glasgow liegt der Shadow Forest.

Es ist ein angepflanztes Mischwaldgebiet, das sich über mehrere Quadratmeilen erstreckt. Das Gelände war erst vor einigen Jahrzehnten kultiviert worden. Man wollte den Touristen den Anblick der störenden Kohlehalden ersparen.

Trotzdem wurde dieses Waldareal nie als Erholungsgebiet anerkannt. Es hieß im Volksmund, daß es in den alten Schächten und Gängen unter der Halde spuke. Die Geister der verunglückten Bergleute würden heute noch Angst und Schrecken verbreiten.

Deshalb wurde der Shadow Forest gemieden. Und so kam es, daß sich die Natur fast ungestört entwickeln konnte. Es gab kaum Wege, und wenn, dann waren es nur Trampelpfade.

Vor genau zwei Jahren kam dann ein Mann namens Cyrus Quant nach Glasgow. Er hatte einen Teil seines Lebens in Brasilien verbracht und dort Land und Leute studiert. Vor allen Dingen hatte er sich mit den Sitten und Gebräuchen der Amazonas-Indianer beschäftigt.

Cyrus Quant suchte ein ruhiges Plätzchen, wo er sich ganz seiner Arbeit widmen konnte. Und da kam ihm der Shadow Forest gerade recht. Die Genehmigung für den Bau einer Blockhütte wurde ihm fast nachgeworfen, und schon wenige Wochen später stand die Hütte. Sie war mit der Rückseite direkt an eine Halde gebaut worden. Außerdem hatte sich Cyrus Quant von der Hütte aus einen Weg geebnet, gerade so breit, daß er mit seinem Lieferwagen hindurchkommen konnte.

Menschen hatten ihn nie besucht. Zuerst hatte man natürlich

viel über den komischen Kauz geredet, aber hinterher geriet Cyrus Quant in Vergessenheit.

Und etwas Besseres konnte ihm gar nicht passieren. So konnte er sich ungestört seinen Forschungen widmen.

Der Herstellung von Schrumpfköpfen!

Diesen Trophäen der Amazonas-Indianer galt seine besondere Liebe. Allerdings nicht den toten Schrumpfköpfen. Nein, er wollte sie wieder zum Leben erwecken, sie zu grausamen Mördern machen. Und all dies sollte ihm mit Hilfe der Dämonen und Götter gelingen.

Während die tote Angie Dickson gefunden wurde, rumpelte der Lieferwagen mit dem mordenden Schrumpfkopf über den schmalen Weg auf die Blockhütte zu.

Cyrus Quant war zufrieden. Den Anfang hatte er gemacht. Noch warteten sieben weitere Schrumpfköpfe auf ihre Mordbefehle . . .

Schon als John Sinclair an diesem Montagmorgen aufstand, hatte er schlechte Laune. Daran konnten selbst eine fünfminütige Dusche und ein gutes Frühstück nichts ändern.

Inspektor John Sinclair war ein Mann, der die dreißig gerade überschritten hatte. Trotz seines relativ jungen Alters war er einer der erfolgreichsten Beamten, die der Yard je hervorgebracht hatte. John Sinclair, von Insidern auch Geisterjäger genannt, befaßte sich nur mit Fällen, die in das Reich des Übersinnlichen hinüberspielten. Seine Gegner waren neben gewöhnlichen Gangstern oftmals Vampire, Werwölfe und Dämonen. Erscheinungen aus einem Schattenreich, von deren Existenz John Sinclair fest überzeugt war.

John warf noch einen Blick in den Spiegel, der in seiner kleinen Diele stand, und fuhr nach unten in die Tiefgarage, wo sein silbergrauer Bentley parkte, der einzige große Luxus, den sich der Inspektor leistete.

Gemächlich gondelte er durch den dichten Berufsverkehr in Richtung Scotland Yard. Er, der sonst die Pünktlichkeit in Person war, hatte es heute überhaupt nicht eilig.

Es stand nämlich ein Vortrag auf dem Programm. Thema: Die Verbrechen der letzten drei Monate in der Statistik gesehen, und den dadurch anfallenden Vergleich zum Vorjahr.

John grauste es, wenn er daran nur dachte. Deshalb auch seine schlechte Laune. Er hätte jetzt am liebsten mit jedem Streifenpolizisten getauscht. Außerdem wurde der Vortrag noch von Sir Horace Nottingham gehalten, einem trockenen Schreibtischknilch aus dem Innenministerium. John kannte den Mann. Der brachte es fertig und redete acht Stunden lang ohne Pause.

Der Inspektor stellte seinen Bentley im Hof des Yard ab und schlenderte gemütlich durch einen Seiteneingang in das Gebäude. Es herrschte verhältnismäßig wenig Betrieb. Was verständlich war, denn die meisten Kollegen saßen schon im großen Sitzungssaal.

Um noch mehr Zeit zu sparen, nahm John die Treppen und bog dann in den kahlen Flur ein, der zum Sitzungssaal führte.

Und ausgerechnet hier erwischte ihn sein Chef, Superintendent Powell.

Er schien auf John gewartet zu haben. Sein Gesicht war hochrot, und die Augen funkelten hinter der dicken Brille wütend.

»Es ist eine Unverschämtheit, Inspektor Sinclair, daß Sie zu spät kommen.«

John grinste breit. »Ich hätte mich auch krank schreiben lassen können. Hat der Knabe da drin schon begonnen?« John zeigte auf die Doppeltür.

»Er hat. Außerdem ist es kein Knabe, sondern Sir Horace Nottingham.«

»Meinetwegen, dann will ich den lieben Sir auch nicht weiter stören. Sie finden mich in meinem Büro.«

Viel hätte nicht gefehlt, und Powell wäre geplatzt.

»Denken Sie an Ihren Magen, Sir«, sagte John und öffnete leise eine der beiden Türen.

Sir Horace Nottingham war bereits voll und ganz mit seiner Rede beschäftigt. Er bemerkte John Sinclair und den hinter ihm eintretenden Superintendenten nicht. Die Kollegen, die John gesehen hatten, grinsten schadenfroh.

Inspektor Sinclair zuckte mit den Schultern und ergab sich seinem Schicksal.

Nottingham redete wie ein Maschinengewehr. Die wenigen, die richtig zuhörten und sich auch fleißig Notizen machten, waren die höheren Beamten oder diejenigen, die noch etwas werden wollten. Von Johns Kollegen waren bereits einige eingenickt. Superintendent Powell quittierte es mit bösen Blicken und schrieb sich die Namen auf.

Es ging schon auf Mittag zu, als das Thema auf die Vermißten der letzten Monate kam. John, der bisher nur mit Mühe die Augen aufgehalten hatte, wurde plötzlich wach.

»Vier Männer und vier Frauen sind in den vergangenen drei Monaten verschwunden«, sagte Sir Horace Nottingham. »Und was das Seltsame daran ist, wenige Tage nach der Vermißtenmeldung tauchten die Personen als Opfer von Verkehrsunfällen oder Selbstmorden wieder auf. Man konnte die Leichen kaum identifizieren. Und wenn, dann nur an gewissen Dingen, z.B. Ringen, Uhren und so weiter. Wir vermuten, daß hinter all dem ein groß angelegtes Verbrechen steckt. Sie, Gentlemen, werden deshalb jeder eine Kopie der Vermißtenliste bekommen, die Sie sorgfältig aufheben sollten.«

Nach fünf Stunden machte der Knabe endlich die erste Pause. Für eine halbe Stunde, wie er extra betonte.

Wie hungrige Wölfe stürzten die Männer in Richtung Kantine mit der Gewißheit, daß der Nachmittag noch schlimmer werden würde.

John Sinclair wurde von seinem Chef zur Seite gezogen.

»Was halten Sie von der Vermißtensache, Inspektor?«

»Schwer zu sagen, Sir.« John runzelte die Stirn. »Bis jetzt haben wir keinerlei Anhaltspunkte, die auf einen übersinnlichen Fall hindeuten. Es klingt alles sehr normal. Ich meine, wir sollten abwarten. Und nun entschuldigen Sie mich, Sir. Ich habe Hunger.«

Superintendent Powell sah dem Inspektor schmal lächelnd nach. »Wenn er nicht ein so guter Mann wäre«, murmelte er. »Dann . . .«

»Hatten Sie etwas gesagt, Mister Powell?«

Der Superintendent wandte den Kopf. Sir Horace Nottingham stand hinter ihm. »Nein, Sir«, sagte Powell, »ich hatte nur laut gedacht.«

Es war zwei Tage später.

Dirk Cochran saß in seinem Zimmer und brütete dumpf vor sich hin. Er hatte in den letzten zwei Tagen kaum etwas gegessen und praktisch nur von Zigaretten und Whisky gelebt. Dafür war auch sein letztes Geld draufgegangen. Wie er in einer Woche die fällige Miete bezahlen sollte, wußte er nicht.

An diesem Nachmittag lag Dirk Cochran auf seiner alten Couch und starrte gegen die Decke, von der schon der Putz langsam, aber sicher abblätterte.

Dirks Gedanken kreisten nur um Angie Dickson und ihren Mörder. Die Ermittlungen der zuständigen Mordkommission liefen zwar auf Hochtouren, aber etwas Konkretes war dabei noch nicht herausgekommen. Ja, es gab nicht einmal eine winzige Spur von dem Täter.

Dirk Cochran hatte versucht, den Fall selbst in die Hand zu nehmen, war aber an den unüberwindlichen Schwierigkeiten gescheitert. Außerdem fehlten ihm die Hilfsmittel und Möglichkeiten der Polizei.

Dirk sah schlecht aus. Sein Gesicht war eingefallen, und zwei tiefe Falten hatten sich um seine Mundwinkel gegraben. Über den Augen lag ein trüber Schleier, und er selbst fühlte sich wie durch die Mangel gedreht.

Und die schräge Dachkammer, in der er wohnte, trug auch nicht gerade viel dazu bei, daß sich sein Zustand besserte. Es gab in dem Raum kein fließendes Wasser, höchstens das, das durch die herrschende Feuchtigkeit an den Wänden entlanglief. Schrank, Tisch und Stühle waren alt und vom Holzwurm unterwandert. Auf der Couch drückten die Sprungfedern hart ins Kreuz.

Plötzlich zuckte Dirk Cochran zusammen.

Er hatte Schritte im Treppenhaus gehört. Dann vernahm er eine Männerstimme und das keifende Organ seiner Wirtin.

Die Schritte wurden lauter, näherten sich seiner Zimmertür und verstummten.

Jemand klopfte.

Dirk richtete sich auf und rief: »Herein.«

Ein großer, dunkelhaariger, gut aussehender Mann betrat das Zimmer. Er blieb noch auf der Türschwelle stehen und fragte: »Mister Cochran?«

»Ja.«

»Darf ich mich für einige Minuten mit Ihnen unterhalten?«

»Bitte, wenn's Ihnen Spaß macht.«

»Danke sehr.«

Der Mann kam ins Zimmer, schloß die Tür und nahm vorsichtig auf einem der beiden Stühle Platz.

»Sind Sie von der Polizei?«

»Nein. Mein Name ist Bill Conolly. Ich bin Reporter von Beruf und habe gerade eine Artikelserie geschrieben, die sich mit den Problemen der Bergleute dieser Gegend befaßt. Zufällig hörte ich, daß Ihre Freundin ermordet worden ist, und da mich der Fall sehr interessiert, hatte ich vor, mit Ihnen ein paar Worte zu wechseln.«

Dirk Cochran wischte mit der Hand durch die Luft. »Zeitungsfritze sind Sie. Nee, mit Leuten Ihres Schlages will ich nichts zu tun haben. Ich habe da so meine schlechten Erfahrungen gemacht. Sie schreiben sowieso nur, was ihnen in den Kram paßt.«

»Wer hat denn gesagt, daß ich etwas schreiben will?« konterte Bill. »Zigarette?«

Automatisch nahm Dirk ein Stäbchen. Bill gab ihm Feuer.

»Was wollen Sie denn?« fragte Cochran nach den ersten beiden Zügen.

»Ihnen helfen.«

Dirk lachte und verschluckte sich dabei an dem Rauch. »Mir helfen? Wie denn? Mit einem Artikel über den armen Freund, der Liebeskummer hat? Ja, meinetwegen schreiben Sie das. Sehen Sie sich doch mal hier um. Diese beschissene Bude. Dafür muß ich noch Miete zahlen. Vielleicht kommt ein Gönner, wenn der Artikel erschienen ist.«

»Ich habe Ihnen schon einmal gesagt, daß ich nichts dergleichen schreiben werde.«

Jetzt wurde Dirk Cochran stutzig. »Ja, zum Teufel, weshalb sind Sie denn hier?«

»Hören Sie zu«, sagte Bill und drückte seine Zigarette aus. »Im Gegensatz zu manch anderen glaube ich Ihnen die Geschichte mit dem Kopf.«

»Woher wissen Sie das denn?«

»Man spricht ja hier in der Umgebung davon. Aber lassen wir das mal beiseite. Erzählen Sie mir bitte genau, wie sich alles zugetragen hat.«

Und Dirk Cochran redete. Er verschwieg nichts und dichtete auch nichts hinzu. Schließlich sagte er: »So, und jetzt wissen Sie alles.«

»Wunderbar«, erwiderte Bill lächelnd. »Dann können wir ja die nächsten Schritte einleiten.«

Sofort wurde Dirk wieder mißtrauisch. »Und die wären?«

»Keine Angst. Ich halte mich an mein Versprechen. Aber wir alleine werden es kaum schaffen können. Ich werde Inspektor Sinclair von Scotland Yard einschalten. Dieser Mann . . .«

Dirk sprang von der Couch. »Etwa den Sinclair, den man den Geisterjäger nennt?«

»Ja. Wieso? Kennen Sie ihn?«

»Ich nicht. Aber ein Bekannter war während seines Jurastudiums mal für zwei Monate beim Yard. Er hat mir von diesem Inspektor viel erzählt. Muß ein toller Hecht sein. Ich kann mich noch gut an den Fall der Lady Laduga erinnern.«

»Ja, das ist noch gar nicht so lange her«, sagte Bill. Dann wechselte er das Thema. »Sagen Sie, gibt es hier Telefon?«

»Nee. Da müssen Sie schon zur Zelle gehen.«

»Gut.« Bill stand auf. »Kommen Sie mit. Wir könnten dann noch eine Kleinigkeit essen gehen.«

»Dafür bin ich immer zu haben«, lachte Dirk und zog sich seine Windjacke über.

Fünf Minuten später stand Bill Conolly in der Zelle. Er hatte sich genügend Kleingeld besorgt und wählte die Nummer von Scotland Yard.

In der Zentrale sagte man ihm, Inspektor Sinclair wäre in einer Sitzung.

»Dann holen Sie ihn raus«, knurrte Bill, der genau wußte, wie gerne sein Freund bei einer Sitzung war.

Wenig später war John am Apparat.

»Mensch, Bill, wo treibst du dich denn rum?« rief er.

»In Schottland.«

»Machst du Ferien?«

»Nein. Genau das Gegenteil. Hör einen Augenblick zu, John. Es ist verdammt wichtig, was ich dir jetzt zu erzählen habe.«

Bill gab in Stichworten die Lage durch. Als er den Namen Dickson erwähnte, unterbrach ihn John mit einem überraschten Ausruf.

»Augenblick mal, Bill«, sagte der Inspektor. »Wir haben vorhin eine Vermißtenliste bekommen, da steht ein gewisser James Dickson aus Painsley bei Glasgow drauf.«

»Das ist ein und derselbe«, rief Bill Conolly. »Los, John, schwing dich in deine Karre und komm. Ich schätze, hier ist eine Riesenschweinerei im Gange.«

Der Inspektor hatte noch einige Fragen und versprach, spätestens am nächsten Morgen in der Frühe dazusein. Bill gab ihm noch seine Hoteladresse durch und hängte dann ein.

Dirk Cochran, der vor der Zelle gewartet hatte, sah den Reporter gespannt an.

»Na, was ist?«

»Er kommt, Junge. Morgen früh ist er hier.«

Bill sah, wie Dirks Gesicht förmlich aufleuchtete. »Dann haben wir ja doch noch eine Chance«, sagte er leise.

Die heiße Amazonas-Sonne hatte Cyrus Quant geprägt.

Er selbst sah fast so aus wie einer seiner Schrumpfköpfe. Seine lederartig gebräunte Haut schien nur aus Falten und Runzeln zu bestehen. Der Kopf hatte eine seltsame Form. Er lief oben spitz zu und endete in einer Glatze. Die Hakennase stach weit aus dem flachen Gesicht, und die großen Ohren lagen eng an. Unter den fast haarlosen Brauen brannten zwei Augen, deren Farbe nicht zu bestimmen war. Auf der etwas breiten Oberlippe über dem messerscharfen Mund wuchs ein schmales Bärtchen, das Quant liebevoll pflegte.

Cyrus Quant war immer schlampig gekleidet. Meist trug er eine abgewetzte graue Jacke und dazu eine Hose aus dickem Cordstoff. Sein Hemd war mehrmals geflickt worden und sah entsprechend bunt aus. Die gesamte Kleidung schlotterte um seinen ausgemergelten Körper, dem man nicht ansah, welche Energien in ihm steckten.

Die breiten Scheibenwischer des Lieferwagens fuhren quietschend über die verschmierte Frontscheibe.

Quant hockte hinter dem Lenkrad wie der personifizierte Teufel. Neben ihm auf dem Sitz lag der Schrumpfkopf unbeweglich und starr. Niemand wäre auf den Gedanken gekommen, daß dieser Kopf vor kurzer Zeit noch einen Menschen ermordet haben sollte.

Es war einfach zu ungeheuerlich.

Und doch wahr!

Denn Cyrus Quant hatte nicht nur die Herstellung von Schrumpfköpfen in den tiefen Urwäldern Brasiliens gelernt, sondern auch beigebracht bekommen, wie man mit den Dämonen der Finsternis Kontakt aufnimmt. Er hatte geheimnisvolle Riten kennengelernt, kannte Kräuter und Essenzen aus der Hexenküche der Medizinmänner – und das große Geheimnis um die mordenden Schrumpfköpfe.

Einmal hatte er es in Brasilien erlebt. Damals war ein junges

Mädchen das Opfer gewesen. Genau wie bei ihm. Aber er hatte die Technik noch vervollkommnet, hatte herausgefunden, wie man die Schrumpfköpfe zu Mordrobotern machte, die nur seinen Befehlen gehorchten.

Cyrus Quant fuhr nur mit Standlicht. Er kannte den Weg wie seine Westentasche. Rechts und links wuchs der dichte Wald eng an den schmalen Weg, der von hohem Unkraut überwuchert war. Der Lieferwagen schlingerte. Der Boden war naß und glitschig, und die Reifen waren auch nicht mehr die besten.

Endlich tauchte die Blockhütte auf. Sie duckte sich wie ein scheues Tier an die schräge Ebene der Kohlenhalde. Die Hütte hatte Quant aus Bohlen zusammengezimmert und das Dach mit Teerpappe gedeckt.

Neben der Hütte befand sich ein kleiner Stall, der an einer Seite offen war und Quant als Garage für seinen Wagen diente.

Quant fuhr den Lieferwagen hinein, löschte das Licht und stellte den Motor ab.

Bevor er ausstieg, nahm er den Schrumpfkopf in die linke Armbeuge. Dann ging er zu der Eingangstür der Blockhütte.

Sie hatte ein modernes Sicherheitsschloß, das gar nicht zu dieser Behausung zu passen schien.

Quant schloß die Tür auf, ohne den Schrumpfkopf loszulassen. In der Blockhütte zündete er eine Petroleumlampe an. Er stellte die Flamme groß und legte den Schrumpfkopf in eine Schale, die auf dem Tisch stand.

Die Blockhütte wirkte durch das Licht fast gemütlich.

Die der Tür gegenüberliegende Seite wurde durch ein Bücherregal eingenommen, in dem alte Schriften und durch Gummibänder zusammengehaltene Papierrollen lagen. Ferner gab es einen Tisch, zwei Stühle, einen alten Herd und einen kleinen Schrank, in dem Quant seine persönlichen Sachen aufbewahrte.

Cyrus Quant trat auf das Bücherregal zu und schob es ein Stück zur Seite.

Eine brusthohe Öffnung wurde sichtbar.

Quant nahm den Schrumpfkopf und schlüpfte durch die Öffnung in das dahinterliegende Dunkel.

Nach zwei Schritten stand er schon vor einer Falltür. Quant bückte sich und zog sie hoch.

Feuchte, nach verbrannten Kräutern riechende Luft schlug ihm entgegen. Flackernder Fackelschein traf sein Gesicht. Eine Holzleiter wurde sichtbar.

Quant stieg langsam die Stufen hinab in die Tiefe.

Es gab eine Anzahl Höhlen und Gänge in dem nicht mehr benutzten Kohleabbaugebiet. Quant hatte diese Höhle auch nur durch einen Zufall gefunden. Er hatte sich dann einen kurzen Gang gegraben, der in einem der normalen Stollen mündete. Dieser Stollen lag nicht sehr tief. Er war einer der ersten gewesen, die man geschlagen hatte, als hier Kohle gefunden worden war. Später erst waren dann die Fördertürme entstanden, um an die tiefer in der Erde liegende Kohle heranzukommen.

Das Verlies unterhalb der Blockhütte war nicht sehr groß. Es war quadratisch angelegt und hatte einen schmalen Schacht, der für genügend Sauerstoff sorgte, damit die Fackeln immer brennen konnten.

Doch dieses Verlies war eine Kultstätte.

In der Mitte stand ein Steinaltar. Er war aus grünem Onyx und spiegelblank poliert. Auf der Altarfläche stand eine längliche Schale, in der sich geheimnisvolle Kräuter und zerriebene Wurzeln befanden. Eingerahmt wurde die Schale von zwei dicken schwarzen Kerzen.

Um den Altar herum standen acht Pfähle. Auf sieben der Pfähle steckte jeweils ein Schrumpfkopf.

Am Boden, um die Pfähle herum, befanden sich seltsame Zeichen und Gebilde.

Symbole der Dämonensprache.

Hier unten war das eigentliche Reich des Cyrus Quant. Hier nahm er Kontakt mit den Gestalten des Dämonenreiches auf.

Cyrus Quant ging zu dem leeren Pfahl und setzte den mordenden Schrumpfkopf auf die Spitze. Er mußte sich dabei strecken, um das obere Ende erreichen zu können.

Die Augen des Schrumpfkopfes starrten wieder leblos. Nichts deutete darauf hin, daß der Kopf noch vor kurzer Zeit gelebt hatte.

Cyrus Quant bewunderte sein Werk. Ja, er hatte es geschafft. War mit den ungeheuren Schwierigkeiten fertig geworden.

Die Polizei hatte die Leichen der angeblich Vermißten gefunden. Es waren Penner und Landstreicher gewesen, die Quant aufgegabelt hatte, und die die Stelle der vermißten Personen eingenommen hatten. Niemandem war das aufgefallen.

Quant lachte lautlos, als er daran dachte. Er hatte seine Spuren gut verwischt.

Langsam trat er vor den Altar, atmete tief durch und zog aus seiner Jackentasche ein Feuerzeug.

Er schnippte es an.

Die kleine Flamme leuchtete auf, und Quant strich damit behutsam über die Schale.

Die geheimnisvollen Kräuter begannen zu schwelen.

Süßlich riechende Qualmwolken zogen träge in die Luft, legten sich schwer auf Quants Atemwege.

Cyrus Quant zog den Rauch gierig ein.

Über seine Lippen drangen uralte Sprüche, die ihn ein Medizinmann gelehrt hatte. Es waren Beschwörungen, die die Dämonen herbeilockten und sich ihm untertan machten.

Der Qualm breitete sich wie eine schwere, regennasse Wolke aus, zog Nebelschwaden gleich zwischen den Schrumpfköpfen umher.

Quants Beschwörungen wurden lauter. Immer schneller sprach er. Die ungeheure Konzentration trieb dicke Schweißperlen auf seine Stirn.

Quant fiel in Trance.

Er hörte nicht, daß ein gewaltiges Brausen durch das Verlies raste und den Rauch zur Seite fegte.

Statt dessen erhob sich aus der Schale eine schreckliche Gestalt. Ein Ungeheuer, wie es nur in Alpträumen vorkam. Halb Mensch, halb Hydra.

Das Ungeheuer hatte einen normalen Körper, jedoch acht Köpfe. Köpfe, deren Gesichter entstellt waren und nur ein Auge hatten.

Der Dämonengott Orgozzo hatte seinen Diener erhört.

Er war aus dem finsteren Reich gekommen, um dem grausamen Ruf zu folgen.

Die Gestalt schwebte durch das Verlies und berührte jeden der auf den Pfählen steckenden Köpfe.

Cyrus Quant war in die Knie gebrochen. Die Beschwörung hatte zuviel Kraft gekostet. Der Mensch, der den schrecklichen Dämon gerufen hatte, bekam nicht mit, was sich in dem Verlies abspielte.

Achtmal berührte der Dämonengott die Schrumpfköpfe, und jedesmal verschwand einer der Köpfe des Dämonengottes. Zurück blieb ein Körper, der langsam wieder auf die Schale zuschwebte, sich in Rauch auflöste und verschwand.

In dem unheimlichen Verlies war es totenstill. Nicht einmal Quants Atemzüge waren zu hören. Die Tätigkeit seiner inneren Organe war auf ein Minimum reduziert.

Irgendwann erwachte Cyrus Quant aus seiner Starre. Er schüttelte den Kopf und blickte sich aus ungläubigen Augen um.

Dann kam die Erinnerung wieder.

Er hatte zum zweitenmal versucht, Orgozzo, den Dämonengott, auf die Erde zu holen. Einmal war es ihm gelungen, da hatte Orgozzo einen Schrumpfkopf zum Leben erweckt. Aber hatte es auch diesmal geklappt?

Quant wußte, mehr als dreimal hielt er die Strapaze nicht durch. Zuviel Energie ging verloren.

Es hätte heute klappen müssen.

Cyrus Quant erhob sich langsam. Er mußte die Augen schließen, um einen Schwindelanfall zu unterdrücken.

Eine kurze Zeitspanne stand er unbeweglich. Er spürte, wie seine Nerven vibrierten.

Quant öffnete die Augen. Sein Blick wanderte über die acht Schrumpfköpfe.

Das Unglaubliche war geschehen!

Die Schrumpfköpfe lebten!

Cyrus Quant sah in Augen, die fanatisch leuchteten. Er kannte diese Blicke. So sahen Mörder aus.

Münder bewegten sich. Stöhnen und Ächzen geisterte durch das Verlies.

Doch plötzlich begann einer der Schrumpfköpfe zu lachen.

Es war ein grelles, gemeines Gelächter, in das die anderen Schrumpfköpfe nach und nach einstimmten.

Schaurig hallte es an Quants Ohren, ließ eine Gänsehaut über seinen Rücken wandern.

Acht Augenpaare wandten sich ihm zu, starrten ihn mit teuflischen Blicken an.

Und plötzlich bekam Cyrus Quant Angst.

Hatte er sich zuviel vorgenommen? Wurde er die Geister, die er gerufen hatte, nicht mehr los?

Quant machte auf dem Absatz kehrt, lief zu der Leiter und hetzte nach oben.

Wuchtig schlug er die Falltür zu.

Er ließ sich in der Blockhütte auf einen Stuhl fallen und vergrub sein Gesicht in den Händen.

Sogar noch hier erreichte ihn das Gelächter der lebenden Schrumpfköpfe.

Plötzlich sprang Cyrus Quant auf. »Ich werde euch zähmen!« schrie er. »Ich, Cyrus Quant, werde euer Herrscher sein und Schreckliches über die Menschheit bringen!«

Die Augen des Mannes leuchteten in einem wahnsinnigen Feuer. Cyrus Quant war kein normaler Mensch mehr. Dieser Mann war von Dämonen besessen . . .

Marylin Ross war achtunddreißig Jahre alt, hatte tizianrotes Haar und eine üppige Figur.

Die Frau war nicht gerade vom Leben verwöhnt worden. Die harte Arbeit hatte Spuren in ihrem Gesicht hinterlassen, ließ es verhärmt aussehen. Noch während der Schulzeit waren Marylins Eltern gestorben, und das damals 12jährige Kind wurde in ein Heim gesteckt.

Zwei Jahre später arbeitete sie bereits als Kellnerin in einem miesen Restaurant und wechselte schließlich in ein Fernfahrerlokal über, wo sie auch heute noch bediente.

Hier lernte Marylin auch James Dickson kennen. Die beiden hatten sich sofort sympathisch gefunden und beschlossen, zusammenzuziehen. Es stellte sich heraus, daß Dickson geschieden war und eine fast schon erwachsene Tochter hatte.

Dann war Dickson plötzlich verschwunden. Von einem auf den anderen Tag.

Marylin Ross gab eine Vermißtenmeldung auf. Sie war es dann auch außer der Tochter Angie gewesen, die die Leiche identifiziert hatte.

Für Marylin brach eine Welt zusammen. Freiwillig übernahm sie die Nachtschicht, um nicht in diesen langen Stunden allein sein zu müssen. Sie schuftete wie wild und verdiente aus ihrem Blickwinkel gesehen nicht schlecht.

An diesem Abend war in der Fernfahrerkneipe, die zugleich auch als Raststätte diente, wenig zu tun. Nur ein Dutzend Männer hockten auf den niedrigen drehbaren Hockern vor den festgeschraubten Tischen.

Marylin Ross lehnte an einem der aus Messing bestehenden

Thekenhandläufe, hatte die Arme über der Brust verschränkt und beobachtete mit leerem Blick die Gäste.

Hinter ihr putzte Alfonso, der italienische Keeper, Gläser. Das kalte Neonlicht ließ seine sonst so braune Haut grau erscheinen.

»Nicht viel los heute, was?« sagte er zu Marylin.

Alfonso sprach ein fast akzentfreies Englisch und war darauf auch sehr stolz.

Marylin ging nicht auf seine Bemerkung ein. Sie zuckte nur mit den Schultern. Dabei warf sie einen Blick zur Tür und sah, daß zwei aufgetakelte Girls den großen Raum betraten, ihre Proportionen in Positur setzten und gemächlich auf die Gruppe der Männer zuschlenderten.

Alfonso räusperte sich.

»Die sind neu hier.« Er tippte Marylin auf die Schulter. »Hör mal, Mädchen. Ich habe dich doch schon vor einer Woche gefragt. Sollen wir beide es nicht mal versuchen?«

»Und ich habe dir vor einer Woche gesagt, daß ich keine Lust habe. Merk dir das endlich. Wenn du Druck hast, nimm dir doch die Strichbienen da vorne.«

Alfonso kicherte. »Die kosten Geld.«

Die Bordsteinschwalben hatten sich inzwischen zu den Männern gesetzt. Sie verhandelten bereits über die Preise.

»He, Marylin«, rief einer der Fernfahrer. »Bring den Ladys doch mal zwei echte Whiskys. Die sehen ja ganz durchgefroren aus.«

Die Gruppe lachte.

Marylin Ross verzog verächtlich die Mundwinkel. Es war immer dasselbe. Hier spendierte der Kerl Whisky, und zu Hause wußte seine Frau nicht, wie sie die Kinder durchbringen sollte.

Alfonso hatte schon die Gläser auf ein Tablett gestellt.

Marylin trug es rüber und mußte sich gefallen lassen, daß sie ein paarmal an gewissen Stellen getätschelt wurde.

Aber sie kannte das und regte sich schon gar nicht mehr darüber auf.

»Also, wie gesagt«, meinte Alfonso, »überlege es dir gut. Wir würden ein gutes Paar abgeben.«

»Ach, du willst mich heiraten.«

Alfonso bekam plötzlich das Magenbrennen. »So war das auch nicht gemeint. Ich – ich habe noch was zu tun.«

Marylin Ross lachte lautlos. Das war immer die beste Art, einen Kerl wie Alfonso loszuwerden.

Gähnend kam ihre Kollegin aus dem Waschraum. Im Gehen drückte sie ihre Zigarette in einem der mit Sand gefüllten Standaschenbecher aus.

Sie kam auf Marylin zu und blickte sie fragend an. »Willst du jetzt Pause machen?«

Marylin nickte. »Gut, ich bin mal für eine Viertelstunde weg. Es läuft nicht viel. Die beiden Miezen da am Tisch haben zwei Whiskys bekommen. Gehen allerdings auf Rechnung des Kerls mit der Halbglatze.«

»Werd' ich schon behalten.«

Die Wasch- und Pausenräume befanden sich nahe dem Ausgang. Das Personal hatte einen gesonderten Pausenraum. Er war im Gegensatz zu der Fernfahrerbude winzig. Aber dafür standen auch in den Fernfahrerräumen Pritschen, auf denen man ein Nickerchen machen konnte.

Marylin Ross hatte einen Schlüssel. Sie schloß die abgeblätterte Holztür auf und machte Licht.

Ein kleines viereckiges Fenster glotzte sie an. Blickte man hinaus, konnte man die Schnellstraße sehen, auf der die Lichter der Wagen in endloser Kette vorbeizischten.

Marylin gähnte und ließ sich in einen alten Cocktailsessel fallen.

Sie war heute hundemüde. Sie wußte auch nicht, wie das kam, aber irgend etwas steckte wohl in ihren Knochen.

Die Frau zündete sich eine Zigarette an und sah aus schmalen Augenschlitzen dem davonziehenden Rauch nach.

Marylin Ross nickte ein.

Sie schreckte hoch, als die Glut ihre Fingerspitzen berührte. Mit einem Fluch schleuderte sie die Kippe auf den Boden und trat sie wütend aus. Dabei leckte sie mit der Zunge über die verbrannte Zeigefingerspitze.

Sie wollte sich gerade eine neue Zigarette anzünden, als ihr Blick zufällig auf das Fenster fiel.

Mitten in der Bewegung blieb Marylin Ross stehen.

Hinter dem Fenster hatte sich etwas bewegt.

Ein Mann? Sollte Alfonso außen herumgegangen sein, um sie zu beobachten?

Zögernd machte die Frau einen Schritt nach vorn.

Wieder sah sie hinter dem Fenster eine Bewegung, entdeckte ein Gesicht, das in den Raum starrte.

Marylins Herz schlug plötzlich schneller. Heißer Schrecken durchzuckte ihre Glieder.

Sie kannte das Gesicht, das sich dort gegen die Scheibe preßte.

Es gehörte James Dickson.

Aber James war tot. Sie hatte selbst seine Leiche gesehen.

Oder?

Mit einer hilflosen Gebärde hob die Frau einen Arm. Sie versuchte zu lächeln, doch es wurde nur eine Grimasse daraus.

Du spinnst, sagte sie sich, das gibt es nicht. Sie schloß die Augen, öffnete sie wieder.

Das Gesicht blieb.

Aber warum sah sie nicht mehr? Das Fenster lag doch gar nicht so hoch.

James' Mund bewegte sich. Es schien, als wolle er sagen, komm, Marylin, mach das Fenster auf.

»Ja«, flüsterte die Frau. »Ich weiß, du bist zurückgekommen, James. Ich werde dich einlassen, und du mußt mir alles erklären.«

Schnell überwand Marylin die paar Schritte bis zu dem Fenster, umfaßte den Griff und drehte ihn herum.

Der Fensterrahmen klemmte etwas, und Marylin mußte zweimal hart ziehen, ehe der Flügel aufsprang.

Dann überkam sie das nackte Entsetzen . . .

Das Matt-Douglas-Hotel war eines der besten in ganz Glasgow.

Es stammte noch von kurz nach der Jahrhundertwende, war jedoch innen völlig umgebaut und modernisiert worden. Ein gepflegter Park schirmte den Prunkbau von Lärm und anderen störenden Einflüssen ab.

Bill Conolly hatte für Inspektor Sinclair ein Zimmer reservieren lassen. Der Raum war mit Telefon, Radio und einem Fernseher ausgestattet. Bad und Dusche waren ebenfalls vorhanden.

Der Reporter wartete auf seinen Freund in der gediegen eingerichteten Hotelhalle. Die Halle war in mehrere kleine Räume unterteilt, wo man sich ungestört unterhalten konnte. Bill saß so, daß er den Eingang im Auge behalten konnte.

Es ging schon auf den Abend zu, und John war immer noch nicht da. Statt dessen kam Dirk Cochran. Er blickte sich einen Moment suchend um, als er das Foyer betrat, entdeckte den Reporter und ging schnurstracks auf ihn zu.

»Na, ist Ihr Freund schon da?«

Bill warf einen besorgten Blick zur Uhr. »Nein. Aber es kann nicht mehr lange dauern. Wollen Sie was trinken?«

»Das ist eine gute Idee. Whisky könnte nicht schaden.«

»Okay.«

Bill griff zu dem kleinen Haustelefon auf dem Tisch und bestellte das Gewünschte.

Dirk hatte sich inzwischen gesetzt. Bill beobachtete den jungen Mann aus den Augenwinkeln.

Dirk Cochran hatte sich schwer verändert.

Er war beim Friseur gewesen und hatte sich von Grund auf eingekleidet. Er trug jetzt einen modisch geschnittenen blaugrauen Anzug mit breiten Revers, ein dazu in der Farbe passendes Hemd und eine gemusterte Krawatte.

Dirk hatte das Geld, was ihm Bill Conolly gegeben hatte, gut angelegt.

Die Getränke kamen. Bill hatte sich eine Flasche Mineralwasser bestellt.

»Wollen Sie sich vergiften?« fragte Dirk.

»Wieso?«

Der junge Mann deutete grinsend auf die Flasche mit dem Mineralwasser. »Davon bekommt man Läuse im Bauch.«

»Bis jetzt habe ich die Dinger immer noch mit Whisky getötet«, erwiderte Bill.

Die Männer tranken.

Und dann kam John Sinclair.

Er sah sich einen Moment in der Halle um und entdeckte dann den winkenden Reporter.

»Hallo, alte Schnüfflernase«, begrüßte John den Freund und schlug ihm kräftig auf die Schulter.

»Na, Geisterjäger«, grinste Bill.

»Hast du den Vampiren mal wieder ein Schnippchen geschlagen?«

John lachte. »Nee, in meinem letzten Fall war es ein Magier.

Aber das erzähle ich dir später.« Er wandte sich an Dirk Cochran. »Und das ist sicher der junge Mann, von dem du mir erzählt hast.«

»Ja.«

Die Männer machten sich miteinander bekannt.

»Du kommst spät«, meinte Bill.

John winkte ab. »Der Verkehr, du weißt ja. Aber ehe wir voll einsteigen, möchte ich mich doch erst einmal etwas frisch machen. Mit dem Zimmer ist alles klar?«

»Sicher.«

John nickte den beiden nochmals zu und ging dann zur Rezeption, um sich den Zimmerschlüssel zu holen.

»Das ist also der berühmte John Sinclair«, sagte Dirk Cochran. »Alle Achtung, ich habe ihn mir ganz anders vorgestellt.«

»Wie denn?«

»Nun, ich weiß nicht, wie ich das sagen soll. Nicht so salopp. Mehr wie ein Bulle.«

»Sie müssen ja eine schlechte Meinung von der Polizei haben.«

»Die ich allerdings jetzt revidiert habe.«

Zwanzig Minuten später war John wieder da. In seinem Schlepptau befand sich ein Ober, der ihm einen doppelten Kognak brachte.

Die Männer kamen sofort zur Sache. Dirk Cochran erzählte seine Geschichte noch mal.

John hörte aufmerksam zu. Er rauchte eine Zigarette und nippte ab und zu an seinem Getränk.

Dann, als Dirk geendet hatte, sagte er: »Es ist ja klar, daß wir uns zunächst mit diesem James Dickson befassen müssen. Oder vielmehr mit dem Kopf von Dickson. Wie sie sagten, Dirk, war der Mann geschieden. Hatte er noch Kontakt zu seiner Frau? Ich frage deshalb, weil wir irgendwo einhaken müssen.«

»Nein, Inspektor, das wüßte ich. Angie hat mir so ziemlich alles erzählt.«

»Und wie war es mit Angie selbst?« wollte John wissen. »Ich meine, haben sich die beiden mal öfter gesehen?«

Dirk verzog die Mundwinkel. »Kaum. Vielleicht zweimal im Jahr. Angie hielt nicht viel von ihrem Vater. Sie war mehr ihrer Mutter zugetan.«

»Lebt die Mutter noch?«

»Nein, sie ist gestorben. Vor etwa acht Monaten.«

»Hatte denn James Dickson mit niemandem Kontakt? Freundinnen, Bekannte?«

Dirk Cochran überlegte. »Ja, da war irgendwas. Er hatte eine Freundin. Ich habe auch den Namen gewußt. Angie hatte ihn mal erwähnt. Aber glauben Sie, der fällt mir jetzt ein?«

»Überlegen Sie genau.«

Dirk Cochran kaute nachdenklich auf seiner Unterlippe herum. »Das war irgend etwas mit Mary. Mary . . . Mary . . . ah, jetzt fällt's mir wieder ein. Marylin Ross hieß die Frau.«

»Na, das ist doch immerhin schon was«, sagte John. »Kennen Sie auch ihre Adresse?«

»Nein«, erwiderte Dirk bestimmt.

»Die herauszufinden, dürfte doch keine Schwierigkeiten bereiten«, meinte Bill Conolly. Er griff zum Hörer und ließ sich von der Rezeption ein Telefonbuch kommen.

Doch die Männer hatten Pech. Marylin Ross besaß kein Telefon.

»Adreßbuch«, sagte John.

»Und wo finden Sie eins?«

»In jedem Polizeirevier. Los, kommt mit!«

Die drei Männer nahmen Johns Bentley. Das nächste Revier lag nur ein paar Straßenzüge weiter. John ging allein hinein und bekam anstandslos die gewünschten Auskünfte.

»Sie wohnt in der Sheldon Road«, sagte er.

»Kenne ich nicht«, meinte Bill.

»Aber ich«, meldete sich Dirk Cochran. »Die Straße liegt im Norden von Glasgow. Es ist ein reines Wohnviertel mit hohen und alten Häusern.«

John hatte den Bentley schon in Gang gebracht. »Sie zeigen uns ja den Weg, Dirk.«

Nach einer halben Stunde Fahrt hatten sie die Sheldon Road erreicht.

Die Straße war ziemlich lang und wurde von mehrstöckigen grauen Häusern flankiert. Dieses Viertel war eine reine Wohngegend für Menschen, die keine hohen Mieten zahlen konnten.

Hier fand man sogar noch Parkplätze.

Marylin Ross wohnte fast am Ende der Straße. Mittlerweile war es schon dunkel geworden. In den meisten Häusern saßen die Leute beim Abendessen.

John stoppte vor dem Haus.

»Hoffentlich ist sie auch zu Hause«, meinte Bill.

»Werden wir ja gleich sehen«, erwiderte John. »Ich gehe mal nachsehen.«

Zur Haustür ging es einige Stufen hoch. Von der nahen Zeche drückte der Wind Teergeruch herüber. John rümpfte die Nase.

Auf dem Klingelbrett waren sieben Familien verzeichnet. Marylin Ross wohnte in der dritten Etage.

John schellte.

Es rührte sich nichts.

Nach dem dritten Klingeln ging die Haustür auf, und ein etwa 50jähriger Mann, der auf beiden Backen kaute, starrte John an.

»Wollen Sie hier ein Wettklingeln veranstalten?« mampfte er.

»Ganz und gar nicht«, erwiderte John. »Ich möchte zu Miss Ross.«

Der Mann schluckte den Rest seines Essens hinunter und riß den Mund auf. »Was wollen Sie denn bei der Nutte?« Er sah John abschätzend an und peilte auch über dessen Schulter. »Sie können sich doch bessere Puppen leisten. Wenn ich Sie und Ihren Wagen sehe . . .«

»Moment mal«, unterbrach der Inspektor den Mann. »Miss Ross ist eine . . . Nutte?«

Der Mann kratzte sich seinen viereckigen Schädel. »Ja ja«, brummte er, »nicht so direkt, wissen Sie. Die Frau arbeitet in einer Fernfahrerraststätte. Und da diese Dinger nicht gerade den besten Ruf haben . . .«

». . . reicht Ihnen das schon aus, um eine Frau als Nutte abzustempeln. Ich will Ihnen mal was sagen, Mister. Und wenn Marylin Ross wirklich auf den Strich gehen würde, wäre sie immer noch besser als Sie. Pharisäer kann ich nämlich auf den Tod nicht ausstehen. So, und jetzt sagen Sie mir, wie ich zu dem Lokal hinkomme.«

Der Mann war so überrascht, daß er automatisch eine Antwort gab.

»Das Lokal liegt an der Straße nach Falkirk. Von hier aus etwa fünf Meilen. Sie können das Ding gar nicht verfehlen. Es hat eine große rote Leuchtschrift.«

John lächelte. »Vielen Dank für Ihre Auskünfte, Mister.«

Als der Inspektor im Wagen saß, stand der Kerl noch immer im Hauseingang.

»Nicht zu Hause, wie?« fragte Bill.

»Nein, aber ich weiß, wo sie arbeitet.«

»Sieh an, unser Sherlock Holmes ist wieder in Form. Und wo fahren wir jetzt hin, wenn ich fragen darf?«

»Zu einer Fernfahrerraststätte. Ich habe nämlich Hunger auf einen Hamburger.«

»Hoffentlich vergeht dir nicht der Appetit«, sagte Bill und konnte nicht wissen, wie recht er mit seinen Worten hatte.

Mit einem erstickten Schrei fuhr Marylin Ross zurück. Sie war unfähig zu begreifen, was sich vor ihren Augen abspielte.

Auf der schmalen Fensterbank hockte ein Kopf.

James Dicksons Kopf!

Doch er hatte sich verändert, war kleiner geworden. Die Haut spannte sich lederartig um die Wangenknochen. Der Kopf sah aus wie der Teil einer Mumie.

Marylin hatte beide Hände vor den Mund gepreßt. Sie war vor Entsetzen unfähig, sich vom Fleck zu rühren. Todesangst keimte in ihr auf.

Jetzt bewegte sich der Kopf, öffnete seinen Mund.

James Dicksons Stimme erklang.

»Freust du dich nicht, Marylin, daß ich wieder da bin? Ich werde dich holen, Marylin. Komm her!«

Marylin Ross schüttelte den Kopf. Sie wollte etwas antworten, doch kein Ton drang über ihre Lippen.

Der Schrumpfkopf lachte diabolisch.

»Ich sehe, du willst nicht. Gut, dann komme ich.«

Mit einem Satz sprang der unheimliche Kopf in das kleine Zimmer, berührte den Boden und hüpfte auf die schreckensstarre Frau zu.

Marylin Ross konnte sich noch immer nicht rühren. Die heiße Angst bannte sie auf der Stelle fest.

Der Kopf befand sich jetzt dicht vor ihr. Die Augen funkelten sie an.

Sie hatten einen eigentümlichen Glanz. Eine dämonische, unheimliche Kraft schien von ihnen auszugehen. Eine Kraft, der sich Marylin nicht entziehen konnte.

Langsam nahm sie die Hände vom Mund.

Der Schrumpfkopf lächelte. Kräftige, schneeweiße Zähne wurden sichtbar.

»Heb mich hoch!« befahl der Schrumpfkopf.

Marylins Atem ging schnell und pfeifend. Warum lief sie nicht einfach weg? Sie brauchte doch nur hinauszurennen und Hilfe zu holen.

Die andere Kraft war stärker.

Marylin Ross beugte ihren Oberkörper vor und streckte den Arm aus.

Der Schrumpfkopf hüpfte auf ihren Handteller.

»So ist es gut, Marylin.«

Die Frau richtete sich wieder auf und hielt den unheimlichen Kopf in Augenhöhe.

Wieder lächelte der Schrumpfkopf. »Ich habe schon jemanden ermordet. Es war Angie, meine Tochter. Und jetzt, Marylin, bist du dran.«

Die Frau hörte die Worte zwar, doch sie verarbeitete sie nicht. Der magische Einfluß des Schrumpfkopfes hatte sie zu sehr in der Gewalt.

Der Kopf hüpfte vor, gelangte auf ihren Unterarm und dann weiter bis zur Schulter.

Er öffnete den Mund.

Marylin verdrehte die Augen, um die gräßliche Erscheinung sehen zu können. Sie sah die Zähne, die unten spitz zuliefen, und in diesem Moment brach der unheimliche Bann.

Marylin Ross öffnete den Mund zu einem alles erlösenden Schrei.

Da biß der Schrumpfkopf zu.

Seine Zähne drangen seitlich in den Hals der Frau, trafen die Schlagader.

Blut spritzte hervor.

Aus dem Schrei wurde ein Röcheln.

Dazwischen mischte sich das teuflische Lachen des mordenden Schrumpfkopfes.

Marylin Ross taumelte nach hinten. Schwer prallte sie mit dem Rücken gegen die Tür.

Wieder biß der Schrumpfkopf zu.

Der Körper der Frau zuckte. Dann brach Marylin in die Knie. Sie merkte nicht, wie das Blut aus ihrem Hals pulste. In ihr war nur eine alles verschlingende Leere.

Mit dem Gesicht zuerst fiel Marylin Ross auf den Boden.

Und ein drittesmal hackte der Schrumpfkopf seine Zähne in den Hals der Frau.

Aber das spürte Marylin bereits nicht mehr. Sie war tot. Lag inmitten einer dunkelroten Blutlache, die immer größer wurde.

Der Schrumpfkopf hüpfte auf den Boden.

Für Sekunden tauchte draußen vor dem offenen Fenster ein Gesicht auf.

Es gehörte Cyrus Quant.

»Komm«, rief er. »Komm zurück.«

Der Schrumpfkopf, dessen Mundpartie blutverschmiert war, hüpfte auf das Fenster zu.

Cyrus Quant beugte sich in das Zimmer, streckte die Hand aus, um dem kleinen mordenden Ungeheuer hochzuhelfen.

Doch der Schrumpfkopf hatte plötzlich ungeahnte Kräfte. Mit einem Satz sprang er auf die Fensterbank. Das frische Blut mußte ihn gestärkt haben.

Cyrus Quant lachte, als er das sah. So hatte er es sich immer vorgestellt. Bald würden die Köpfe unbesiegbar sein. Würden Angst und Schrecken unter den Menschen verbreiten.

Plötzlich hörte er die Stimmen und Schritte. Und dann wurde die Tür des kleinen Raumes aufgestoßen.

Cyrus Quant zuckte blitzschnell zurück.

Doch der Schrumpfkopf stand noch auf der Fensterbank . . .

Ein Verkehrsunfall, bei dem sie Zeugen waren, hielt die Männer auf.

Dadurch ging es schon auf zweiundzwanzig Uhr zu, als sie die Fernfahrerkneipe endlich erreichten.

Auf dem großen Parkplatz standen kaum Wagen. Ein paar Trucks, zwei deutsche Fabrikate und ein dunkelgestrichener Lieferwagen, dem aber niemand Beachtung schenkte.

Das Gebäude war im Bungalowstil gebaut und hatte große Scheiben. In einem Seitentrakt befanden sich Pausenräume und die Toiletten.

Ein Flügel der großen Glastür war geöffnet.

Als die drei Männer die Raststätte betraten, hockten die Fernfahrer immer noch mit den Mädchen zusammen.

Johns Blick glitt blitzschnell durch das unpersönlich eingerichtete Restaurant.

Einem der Kerle am Tisch paßte das wohl nicht. Er stand auf und brüllte: »Glotz mich nicht so schief an, du Kacker, sonst kannst du was erleben.«

John ignorierte den Schreier und wandte sich der Theke zu, hinter der Alfonso alles beobachtet hatte.

»Sie müssen sich schon hinsetzen, wenn Sie etwas trinken oder essen wollen. Hier gibt's nichts.«

»He, Alfonso. Schmeiß die Typen doch raus!«

Der Schreier hatte immer noch nicht genug. »Und wenn du es allein nicht schaffst, helfen wir dir.«

Die beiden Schwalben am Tisch kreischten vor Vergnügen.

»Ich würde mich an deren Stelle vorsehen«, sagte Bill Conolly leise. »Wir verarbeiten die sonst zu Hackfleisch.«

»Keine Schlägerei, Bill«, sagte John.

Der Schreier kam inzwischen auf John zugewalzt. Er hatte die Ärmel seines karierten Hemdes hochgekrempelt und zeigte seine Muskeln.

John zeigte etwas ganz anderes.

Seinen Ausweis.

Da wurde der Schreier ganz still und schlich zu dem Tisch zurück, um seinen Freunden die unerfreuliche Nachricht zu überbringen.

Auch Alfonso wurde merklich freundlicher.

»Womit kann ich den Gentlemen dienen?«

»Wir möchten gern Marylin Ross sprechen.«

»Marylin? Muß mal sehen, wo die ist.« Er ließ seine Blicke durch das Lokal schweifen, sah die Frau aber nicht. »Ach, ich glaube, die macht Pause.«

»Dann holen Sie sie bitte.«

»Einen Augenblick, Sir. Ich bin mir nicht ganz sicher. Martha«, rief er.

Sekunden später kam eine Kellnerin aus einer Tür hinter dem Tresen.

»Was ist denn?« knurrte sie.

»Wo ist Marylin?«

»Im Pausenraum. Weißt du doch.«

Martha drehte sich um und verschwand.

Alfonso lächelte. »Sehen Sie, Gentlemen. Ich hatte es doch gewußt.«

»Dann führen Sie uns endlich hin«, sagte John. »Oder holen Sie Miss Ross her.«

»Aber sicher, Sir. Moment bitte.«

Alfonso stolzierte hinter seinem Tresen hervor und übernahm die Führung.

»Müssen wir unbedingt mit?« fragte Bill. »Ich könnte einen Schluck gebrauchen.«

»Ihr könnt ruhig hierbleiben«, erwiderte John. »Ich will nur dem Keeper keine Möglichkeit geben, die Frau vorher noch zu impfen.«

John hatte Alfonso bald eingeholt.

Der Weg führte in den Trakt, wo die Toiletten lagen.

»Hier ist es«, sagte Alfonso und blieb vor einer schäbig aussehenden Tür stehen.

»Bitte«, sagte John. »Sie kennen die Dame.«

Alfonso legte seine rechte Hand auf die Klinke.

»Wollen Sie nicht vorher anklopfen?« fragte John, aber da hatte der Keeper die Tür schon aufgestoßen . . .

Alfonsos Schrei hatte nichts Menschliches mehr an sich.

Auch John Sinclair sah es.

Auf der Fensterbank hockte ein Kopf. Ein Schrumpfkopf. Er hatte das Gesicht zur Tür gewandt, und die kleinen Augen leuchteten tückisch.

Jedoch noch schlimmer war das Bild, das sich den beiden Männern auf dem Boden bot.

Inmitten einer riesigen Blutlache lag die Serviererin Marylin Ross.

John brauchte nur das blutverschmierte Gesicht des Schrumpfkopfes zu sehen, um zu wissen, was vorgefallen war.

Das Aufnehmen all dieser gräßlichen Eindrücke hatte höchstens zwei, drei Sekunden gedauert.

Alfonso hatte die Hände zu Fäusten geballt und war unfähig, sich zu rühren.

Anders John Sinclair, der es gewohnt war, schnell und unkompliziert zu handeln.

Er stieß den schreckerstarrten Alfonso zur Seite und sprang in das kleine Zimmer.

Im selben Augenblick hüpfte der Schrumpfkopf durch das offene Fenster nach draußen in die Dunkelheit.

»Rufen Sie die Mordkommission an«, rief John dem Keeper zu und kletterte auf die Fensterbank.

Seine Augen mußten sich erst an die herrschende Dunkelheit gewöhnen, und so dauerte es einige Zeit, bis er den Schrumpfkopf entdeckt hatte.

Er hüpfte im Schatten des Gebäudes auf einen parkenden Lieferwagen zu.

Der Inspektor sprang nach draußen.

Noch während des Laufens zog er seine Waffe. Mit fünf Sätzen hatte er den gefährlichen Schrumpfkopf eingeholt.

Der Kopf drehte sich, fauchte John Sinclair an.

Der Inspektor zielte und schoß.

Der Schrumpfkopf nahm die Kugel voll, wurde von der Wucht des Einschlages zurückgeworfen und prallte gegen die Hauswand.

John sah, daß ein Auge und ein Teil des Schädels fehlten.

Doch dann geschah das Unheimliche.

In Sekundenschnelle wuchs der Schrumpfkopf wieder zusammen und ging nun seinerseits zum Angriff über. Er kreischte auf und sprang John Sinclair an. Wie ein Ball kam er vom Boden hoch.

Der Inspektor wich im letzten Moment zur Seite. Dicht vor seinem Gesicht wischte das Teufelsgeschöpf vorbei.

Instinktiv wollte John schießen, ließ aber im letzten Augenblick die Waffe sinken, da er wußte, daß es doch keinen Zweck hatte. Dem Schrumpfkopf war mit normalen Waffen nicht beizukommen. Das war ein Geschöpf der Dämonen, eine Ausgeburt der Hölle, die nur durch bestimmte wirksame Gegenmittel besiegt werden konnten.

Der Inspektor sah einige Männer um die Gebäudeecke gelaufen kommen. Er erkannte Bill Conolly.

»Zurück!« schrie John. »Bleibt da!« Wieder sprang der Schrumpfkopf.

Diesmal hatte John den Augenblick verpaßt. Die scharfen Zähne der kleinen Bestie bissen sich in seinem Jackett fest.

Stoff riß.

Blitzschnell zog John die Jacke aus, packte sie am Kragen und schleuderte sie gegen die Hauswand.

Der Schrumpfkopf landete am Boden und rollte noch ein Stück weiter.

Plötzlich durchbrachen zwei gleißende Lichtfinger die Nacht. Ein Motor brummte auf.

John wirbelte herum.

Er stand genau im Zentrum der beiden Scheinwerfer.

Der Lieferwagen wurde gestartet, nahm Fahrt auf und raste auf den Inspektor zu.

»Vorsicht!« schrie Bill Conolly, der alles mit angesehen hatte.

Johns Hechtsprung war zirkusreif. Während er auf das Pflaster knallte, heulten dicht neben ihm die Pneus des Wagens vorbei.

Der Inspektor verspürte einen schmerzhaften Stich in seiner

rechten Schulter und verwandelte den Sprung in eine Rolle. Geschmeidig kam er wieder auf die Füße.

Schon war der Schrumpfkopf zur Stelle.

Doch diesmal paßte John auf.

Ein Tritt beförderte die Bestie gegen die Wand des Rasthauses. Dadurch verschaffte sich der Inspektor für einige Sekunden Luft.

Er rannte zu seinem Jackett, hob es auf, wartete eiskalt einen neuen Angriff der kleinen Bestie ab und warf das Sakko im richtigen Augenblick.

Mitten im Sprung verfing sich der Schrumpfkopf in der Jacke und wurde von dem Gewicht wieder zu Boden gedrückt.

Verzweifelt versuchte er, sich zu befreien, zappelte wie ein Fisch auf dem Trockenen unter der Jacke.

John wußte, daß ihm nicht viel Zeit blieb, bis sich der Schrumpfkopf durch den Stoff gebissen hatte.

Seine Hand fuhr zum Rücken, wo in einer Lederscheide ein kleiner geweihter Dolch steckte. Die scharfe Waffe war aus Silber und wurde nur zum Kampf gegen Dämonen und Geister eingesetzt.

John warf sich auf die Knie, hielt mit der linken Hand die Jacke fest, zögerte noch einen winzigen Moment und stach dann zu.

Der Inspektor spürte, wie der Dolch durch den Schädel drang.

Ein verzweifeltes, gräßliches Wimmern war zu hören.

Noch einmal stach John zu.

Wieder erklang ein Schrei, der John einen Schauer über den Rücken rieseln ließ.

Der Schrumpfkopf zuckte noch ein paarmal und lag dann still.

Langsam zog John die Jacke weg.

Gebrochene Augen starrten ihn an.

Hinter seinem Rücken hörte er ein schweres Stöhnen. Dirk Cochran hatte es ausgestoßen.

»Um Himmels willen, das ist James Dickson. So hat er ausgesehen.«

»Ich wußte es«, erwiderte John leise.

Er hatte kaum den Satz zu Ende gesprochen, als mit dem Schrumpfkopf eine Veränderung vorging.

Die straffe Haut quoll plötzlich auf. Es bildeten sich Beulen, die immer größer wurden und wie Seifenblasen zerplatzten.

Was übrigblieb, war ein halbverwester Schädel, aus dem die blanken Knochen ragten.

»Ist er endgültig tot?« fragte Dirk Cochran.

»Ja.«

»Schrecklich«, flüsterte der junge Mann.

»Tun Sie mir einen Gefallen, Dirk. Besorgen Sie etwas Benzin. Ich will den Schädel verbrennen.«

»Okay, Inspektor.«

Dirk war wenige Minuten später zurück. Sein Gesicht war immer noch weiß, das konnte man selbst in der Dunkelheit erkennen.

»Sie stehen alle um die Leiche der Frau herum«, sagte er.

»Wer?«

»Die Gäste und der Keeper.«

»Gut, daß die Mordkommission gleich kommt«, sagte John und goß aus der kleinen Flasche Benzin über den Schädel. Dann hielt er ein Streichholz daran.

Die Flamme puffte auf, fand Nahrung, und kurz danach war von dem Schädel nur noch Asche übrig.

John stand auf und legte dem jungen Mann eine Hand auf die Schulter.

»Sagen Sie, Dirk, was war eigentlich mit dem Wagen, der mich beinahe überfahren hätte? Haben Sie etwas erkennen können? Das Nummernschild?«

Dirk machte ein erstauntes Gesicht. »Nein, Inspektor. Habe ich nicht. Es ging ja auch alles viel zu schnell.« Er atmete tief aus. »Jetzt wird der Spuk ja wohl vorbei sein.«

»Das glaube ich kaum«, erwiderte John. »So ein Schrumpfkopf geht nicht von allein auf Menschen los. Nein, nein, da steckt jemand dahinter, der das gesteuert hat. Ach, da fällt mir noch was ein. Wo ist eigentlich mein Freund, der Reporter Bill Conolly?«

»Ja, verflixt, Inspektor. Jetzt, wo Sie es sagen, frage ich mich das auch. Bevor der Wagen auf Sie zuraste, habe ich ihn noch gesehen. Er stand ja fast neben mir. Dann sprangen auch wir zur Seite, und hinterher war Bill Conolly verschwunden.«

Johns Gesicht wurde sehr nachdenklich. »Das ist allerdings seltsam«, murmelte er.

Bill Conollys Mut grenzte oft an Tollkühnheit.

Als der Lieferwagen den Inspektor nur um Haaresbreite verfehlte und Kurs auf Dirk Cochran und ihn nahm, sprang der Reporter zwar auch zur Seite, jedoch nur um etwa zwei Schritte.

Dann stieß er sich mit aller Kraft ab und hatte Glück.

Seine Finger bekamen den Rand der Ladeklappe zu fassen.

Im selben Moment beschleunigte der Lieferwagen.

Bills Füße schleiften über den Boden, die Arme wurden ihm fast aus den Gelenken gerissen.

Doch Bill war zäh. Verzweifelt hangelte er sich an der Klappe hoch, schwang sein linkes Bein über den Rand und zog das rechte nach.

Keuchend landete der Reporter auf der Ladefläche. Zum Glück war es ein offener Lieferwagen.

Minutenlang blieb Bill Conolly auf dem Bauch liegen, ruhte sich aus.

Dann, als er wieder einigermaßen bei Kräften war, schob er sich auf allen vieren bis zum hinteren Rand des Führerhauses vor.

Der Wagen fuhr eine gerade Strecke, so daß Bill nicht hin und her geworfen wurde.

An der Rückseite des Führerhauses befand sich ein kleines Fenster. Bill ging auf die Knie und peilte hindurch.

Er sah die Rückenpartie eines Mannes. Das war alles.

Bill Conolly ließ sich wieder zurücksinken. Der wird sich wundern, dachte er.

Der Reporter malte sich aus, was für ein Gesicht der Kerl wohl machen würde, wenn er ihm plötzlich gegenüberstand.

An die Gefahren dachte Bill Conolly nicht . . .

Inspektor Brian Shaugnessy schüttelte vorwurfsvoll den Kopf. »Wenn Sie nicht bei Scotland Yard wären, Kollege Sinclair, würde ich Sie für einen Spinner halten.«

Die beiden Beamten standen in dem kleinen Raum, in dem der grauenhafte Mord passiert war. Sie hatten sich in eine Ecke gedrängt, um den Polizeifotografen nicht bei seiner Arbeit zu stören. Außerdem wirkten noch die Spurensicherungsexperten herum. Weitere zwei Leute von Shaugnessy befragten die Gäste.

John zeigte mit der Hand auf die Spurenexperten. »Sie werden nichts finden, mein lieber Shaugnessy. Dieser Mord ist von einem Schrumpfkopf begangen worden.«

»Der sich hinterher aufgelöst hat«, vollendete Shaugnessy Johns Satz.

»Genau.«

»Nehmen Sie's mir nicht übel, Kollege, aber in diesem Augenblick zweifele ich an Ihrem Verstand. Ein Schrumpfkopf kann nicht morden. Soweit ich aus meinem Schulwissen weiß, sind Schrumpfköpfe Gebilde, die in den Urwalddörfern auf hohen Stangen stehen und als Siegestrophäen der Menschenfresser gelten. Wie sollen die jemanden ermorden können? Das ist einfach unmöglich.«

»Unmöglich ist gar nichts«, entgegnete John. »Aber ich will mich nicht in lange Erklärungen einlassen, finden Sie sich mit den Tatsachen ab, Kollege.«

Shaugnessys Beerdigungsgesicht verzog sich. Er vergrub seine Hände in den Taschen seines viel zu weiten Staubmantels und fragte ernst: »Sollten Sie nicht lieber mal zum Arzt gehen?«

»Darauf gebe ich Ihnen keine Antwort. Nur etwas verbiete ich Ihnen, Shaugnessy. Kein Wort zu der hiesigen Presse. Verstanden? Sie kommen sonst in Teufels Küche.«

»Sie haben wohl Angst, daß Sie sich mit Ihren Schauermärchen lächerlich machen, was, Sinclair?«

»Lächerlich? Ich? Nein, dazu habe ich schon viel zuviel erlebt. Ach ja, und noch etwas. Falls Sie einen Zeugen brauchen, steht Ihnen Dirk Cochran zur Verfügung. Er hat den Schrumpfkopf auch gesehen, und es ist außerdem nicht der erste Mord, den diese kleine Bestie verübt hat. Denken Sie an den Fall Angie Dickson. Falls es Sie interessiert, der Schrumpfkopf war Angies Vater.«

»Jetzt wird er ganz verrückt«, sagte Shaugnessy tonlos.

Der Polizeiarzt kam. »Das sind tatsächlich Bißwunden am Hals der Toten.«

»Und woher stammen die?« schnappte Shaugnessy.

»Von einem menschlichen Gebiß. Allerdings ein sehr starkes Gebiß. Ich wäre froh, wenn ich solche Zähne hätte.« Der Arzt lachte meckernd.

»Also doch ein Schrumpfkopf«, meinte John grinsend.

»Ach, lassen Sie mich in Ruhe«, knirschte Shaugnessy und stampfte wütend hinaus.

John folgte ihm langsam. Der Inspektor betrat das Restaurant und zündete sich eine Zigarette an. An dem größten der Tische saßen die beiden Beamten und führten die Verhöre durch.

Dirk Cochran fand John an dem langen Tresen. Der junge Mann hatte einen Whisky vor sich stehen.

Als er John sah, verzog er das Gesicht. »Ich muß die Übelkeit runterspülen, Inspektor. Was hat denn Ihr Kollege gesagt?«

»Nicht viel. Er glaubt natürlich kein Wort. Er wird Sie gleich auch noch fragen. Danach wird er uns beide für verrückt halten.« John wandte sich an den leichenblassen Alfonso, der hinter dem Tresen in einer Ecke saß. »Geben Sie mir eine Dose Bier, bitte.«

Alfonso war so nervös, daß das Bier fast bis zur Decke spritzte.

Der Keeper entschuldigte sich.

John winkte ab. »Da mein Jackett flöten ist, kann mein Hemd auch ruhig Flecken bekommen.«

Er hatte gerade den ersten Schluck genommen, als Shaugnessy antrabte. Er brummelte etwas von »Bier trinken während der Arbeitszeit« und wandte sich dann an Cochran.

Der erzählte ihm natürlich die gleiche Geschichte wie John, so daß Shaugnessy langsam Magenschmerzen bekam.

»Wenn mir noch einer diesen Quatsch erzählt, glaube ich ihn selbst«, knurrte er böse.

»Ja, wir haben noch einen dritten Zeugen«, sagte John. »Aber der ist leider momentan verschwunden. Genau wie dieser geheimnisvolle Lieferwagen, von dem ich Ihnen erzählt habe. Wie ist eigentlich die Fahndung danach verlaufen?«

»Natürlich negativ. Ist doch klar. Wir kannten die Nummer nicht, und Sie haben uns ja noch nicht einmal das Fabrikat nennen können. Da mußte es Ihnen doch klar sein, daß wir nichts finden.«

»Ich weiß nicht.« John wiegte den Kopf. »Schließlich hatte der Wagen eine offene Ladefläche. Und so viele Lieferwagen mit offener Ladefläche fahren auch nicht hier herum. Na ja, es war auch nur eine Frage.«

John blickte zur Uhr. Der Zeiger rückte schon auf Mitternacht vor. Und immer noch keine Spur von Bill Conolly.

Langsam machte sich der Inspektor Sorgen. Irgend etwas war dem Reporter passiert.

Aber was?

Unzählige Schweißperlen glitzerten auf Cyrus Quants Stirn. Mit verbissenem Gesicht hockte der Mann hinter dem Lenkrad. Seine Muskeln waren verkrampft. Sein Atem ging keuchend und schnell. Angst saß ihm im Genick.

Zum erstenmal war etwas schiefgelaufen. Jemand hatte den Schrumpfkopf besiegt. Wie war das möglich? In dem Kopf des Wesens steckte der Geist eines Dämons. Und Dämonen waren nicht zu besiegen. Nicht von Menschen.

Trotzdem . . .

Immer wieder blickte Cyrus Quant in den Rückspiegel. Doch Verfolger konnte er nicht entdecken.

Sollten sie doch den Kopf finden. Er gab ihnen keinen Hinweis auf ihn, Cyrus Quant. Die Menschen, die von seiner Existenz wußten, konnte man an einer Hand abzählen.

Quant holte aus dem Wagen raus, was er konnte. Die Scheinwerfer fraßen sich durch die nachtschwarze Dunkelheit. Gegenverkehr herrschte kaum.

Nach einigen Meilen verließ er die Schnellstraße, um in Richtung Shadow Forest zu fahren.

Er durchquerte einige Vororte und hatte schließlich die Ausläufer des Waldgebietes erreicht. Hier erst fühlte er sich richtig sicher.

Die Wege wurden schlechter, und Quant mußte die Geschwindigkeit stark drosseln.

Schließlich bog er auf den schmalen Pfad ein, der zu seinem Blockhaus führte.

Nach einigen Minuten hatte er es erreicht.

Quant fuhr den Wagen in die Garage, löschte das Licht und stieg aus.

Als er nach draußen trat, atmete er tief durch. Die würzige Waldluft tat seinen Lungen gut. Langsam beruhigten sich seine Nerven.

Quant nahm sich vor, besser aufzupassen. Solch eine Panne wie heute durfte ihm nicht noch einmal passieren.

Er wollte gerade den Schlüssel ins Schloß stecken, als sich seine Augen weiteten.

Die Tür der Blockhütte war offen!

Wie konnte das geschehen? Er hatte sie doch abgeschlossen, bevor er zu der Raststätte gefahren war.

Quants Hände zitterten, als er behutsam die schwere, aus Bohlen gezimmerte Tür aufzog.

Der dahinterliegende Raum war leer.

Aber das Regal war zur Seite geschoben und ließ die gähnende Öffnung sehen.

Man hat mein Versteck entdeckt, schoß es Quant durch den Kopf. Erst beim drittenmal gelang es ihm, ein Streichholz anzuzünden und die Petroleumlampe in Brand zu setzen, damit er besser sehen konnte.

Quant schlich durch den Raum, suchte nach Fußabdrücken.

Er fand nichts.

Das machte ihn noch mißtrauischer. Quant zögerte einen Augenblick, bevor er sich durch die brusthohe Öffnung schob.

Das unruhig brennende Licht der Fackeln drang bis hierher.

Cyrus Quant sah auch sofort weshalb.

Die Falltür war offen.

Schauer liefen dem Mann über den Rücken. Für ihn war es jetzt klar. Sein Versteck war bekanntgeworden. Und damit auch die Schrumpfköpfe.

Aber das wollte er genau wissen.

Vorsichtig stieg er die Holzleiter hinab nach unten. Er hatte die Petroleumlampe oben gelassen. Unten war es hell genug.

Die letzten beiden Stufen sprang Quant von der Leiter, drehte sich um – und . . .

Cyrus Quant fielen bald die Augen aus den Höhlen. Er hatte das Gefühl, gegen eine unsichtbare Wand gelaufen zu sein. Was er sah, durfte es einfach nicht geben.

Quant schloß die Augen und öffnete sie eine Sekunde später wieder.

Das Bild blieb.

Die acht Pfähle waren leer. Die Schrumpfköpfe verschwunden . . .

Bill Conolly hatte die Fahrt gut überstanden. Er war zwar mehrmals auf der Ladefläche herumgerollt worden und hatte sich ein paarmal arg gestoßen, aber das war nicht weiter schlimm gewesen.

Das einzige, was ihm Sorgen bereitete, war der Weg, den der Wagen fuhr.

Bill kannte sich in dieser Gegend überhaupt nicht aus. Und als der Lieferwagen schließlich in einen Wald fuhr, überkam den Reporter ein ungutes Gefühl.

Doch er hielt aus.

Schließlich wurde der Lieferwagen in eine Garage gefahren, und der Fahrer stieg aus. Bill Conolly preßte sich auf die Planken, um nicht gesehen zu werden.

Der Unbekannte dachte gar nicht daran, auf der Ladefläche nachzuschauen.

Bill hörte, wie eine Tür aufgezogen wurde und wartete sicherheitshalber noch einige Minuten. Dann sprang er katzengewandt von der Ladefläche des Lieferwagens.

Bill trat aus der engen Garage und sah sich vorsichtig um.

Linker Hand erkannte er ein Blockhaus, dessen Rückseite an einen Berg gebaut worden war. Über ihm rauschten die Kronen der hohen Bäume im leichten Nachtwind.

Irgendwo schrie ein Käuzchen.

Bill lief eine Gänsehaut über den Rücken. Er machte sich jetzt Vorwürfe, daß er alles auf eigene Faust unternommen hatte. Er hätte gemeinsam mit John den Wagen verfolgen sollen.

Aber jetzt gab es kein Zurück mehr. Gekniffen hatte Bill noch nie.

Um ihn herum war es stockdunkel. Nur aus der offenen Tür des Blockhauses drang ein schwacher Lichtschein, so daß sich der Reporter gut orientieren konnte.

Auf Zehenspitzen schlich er in Richtung Tür, blieb einen Moment lauschend stehen und peilte dann in das Innere der Blockhütte.

Bills Blick fiel direkt auf ein Regal, das zum Teil zurückgeschoben war und eine etwa brusthohe Öffnung freigab. Bill erkannte dahinter eine kleine Kammer, die durch eine brennende Petroleumlampe erhellt wurde.

Die angeborene Neugierde setzte sich bei Bill Conolly durch.

Mit vorsichtigen Schritten durchquerte er die Blockhütte und betrat das kleine Verlies.

Jetzt sah Bill auch die Falltür.

Er trat einen kleinen Schritt zur Seite, verdrehte den Kopf und peilte nach unten.

Der hin- und herzuckende Schatten eines Mannes fiel ihm auf. Außerdem sah Bill noch zwei Fackeln, die in Halterungen an den Wänden steckten.

Der Reporter wagte jetzt alles. Unendlich vorsichtig berührte sein rechter Fuß die erste Sprosse. Dann die zweite. Die dritte.

Jetzt konnte Bill auch den Mann sehen. Er wandte ihm den Rücken zu und stand so steif da, als hätte er einen Billardstock verschluckt.

Noch vier Sprossen.

Der Mann merkte nichts.

Gedankenversunken starrte er auf den Altar, der sich inmitten von acht oben zugespitzten Pfählen befand.

Bill Conolly hielt den Atem an.

Die letzten beiden Sprossen sprang er mit einem Satz herunter. Seine Füße prallten dumpf auf den Lehmboden.

Der Mann wirbelte wie von der Tarantel gebissen herum.

»Guten Abend«, sagte Bill Conolly mit belegt klingender Stimme.

Cyrus Quants Augen weiteten sich fassungslos, als er den Eindringling ansah.

Nur ein Satz schoß durch Quants Kopf. Jetzt ist alles aus. Sie haben dich entdeckt.

»Wer sind Sie?« flüsterte Cyrus Quant erstickt und ging ein paar Schritte nach hinten, so, als hätte er Angst, mit dem Fremden in Berührung zu kommen. Der Reporter lächelte eisig. Aus schmalen Augenschlitzen nahm er das Bild auf, das sich ihm bot. Der Altar, die Pfähle, die Fackeln. Bill wußte, daß er sich in einer Dämonenhöhle befand.

»Wer Sie sind, will ich wissen«, ächzte Quant.

»Ich heiße Bill Conolly, und von Beruf bin ich Reporter. Außerdem interessiere ich mich sehr für Schrumpfköpfe. Ich bin ganz begierig, den Mann kennenzulernen, der diese Mordbestien befehligt.«

»Mordbestien?« Quant lachte unecht. »Sehen Sie hier Mordbestien? Was wollen Sie eigentlich? Ich wohne hier friedlich in meiner Blockhütte, und Sie dringen einfach hier ein und beschuldigen mich der schlimmsten Dinge. Wie sind Sie überhaupt hierhergekommen?«

»Mit dem Wagen.«

Quant blickte Bill verständnislos an.

»Mit Ihrem Wagen«, erklärte der Reporter. »Ich war so frei, mich auf der Ladefläche zu verstecken. Und da Sie unterwegs kein einziges Mal angehalten haben, muß ich wohl schon auf dem Parkplatz dabeigewesen sein. Sie sehen, lügen hat keinen Zweck.«

Quant war bei Bills Worten bleich geworden. Sein Adamsapfel hüpfte an dem faltigen Hals auf und ab. Fieberhaft suchte er nach einem Ausweg. Es war ihm klar, daß er diesem Reporter körperlich unterlegen war. Vielleicht gelang ihm aber eine List.

»Was haben Sie denn mit mir vor?« fragte er leise.

»Ich werde Sie der Polizei übergeben«, erwiderte Bill. »Die interessiert sich nämlich sehr für die mordenden Schrumpfköpfe und noch mehr für den Mann, der dahintersteckt.«

Quants Blick flackerte. »Können wir uns nicht irgendwie einigen? Ich kann Sie in Geheimnisse einweihen, von denen Sie bisher nur geträumt haben. Sie treten mit Mächten in Verbindung, die stärker sind als alle Menschen.«

Bill unterbrach den Mann mit einer schroffen Handbewegung. »Gerade diese Mächte bekämpfe ich. Es hat keinen Zweck, Sie können mich nicht kaufen. Nicht auf diese Weise. Und jetzt kommen Sie mit. Ich habe keine Lust, mich hier noch länger als eben nötig aufzuhalten.«

»Freiwillig – niemals!« kreischte Quant und sprang in die hinterste Ecke der Höhle.

Bill Conolly knurrte ärgerlich. Jetzt mußte er doch noch bei dieser mickrigen Gestalt Gewalt anwenden. Es war einfach lächerlich.

»Soll ich Sie wirklich zwingen?« fragte Bill scharf und ging mit schnellen Schritten auf Cyrus Quant zu.

Quant hatte sich mit dem Rücken gegen eine Wand gepreßt. Sein Mund stand halb offen. Zischlaute drangen daraus hervor.

Bill packte den Mann am Kragen seines schmuddeligen Jacketts. »Komm schon, Bürschchen, man wartet auf dich«, brummte der Reporter.

Quant wehrte sich. Er strampelte wie ein kleines Kind und trat dem Reporter mit aller ihm zur Verfügung stehenden Kraft gegen das rechte Schienbein.

»Verdammt noch mal!« fluchte Bill, ließ Quant unwillkürlich los und hielt sich die getroffene Stelle.

Cyrus Quant sah seine Chance.

Er faltete die Hände fest zusammen und schmetterte sie Bill in den Nacken.

Der Schlag war zwar nicht sehr kräftig, reichte aber aus, um den Reporter zu Boden zu schicken.

Bill sah Sterne, und ein gräßlicher Schmerz zog sich bis in sein Rückgrat.

Der Reporter wälzte sich auf den Rücken.

Wie durch einen Schleier sah er seinen Gegner.

Quant hatte nach der Opferschale gegriffen. Jetzt hob er sie hoch über den Kopf und ließ sie mit einem Schrei auf Bill Conolly niedersausen.

Buchstäblich im letzten Augenblick zog der Reporter den Kopf zur Seite.

Trotzdem wurde er von der Schale getroffen. Sie streifte seine Schläfe, und anschließend sah Bill tausend Sonnen aufblitzen, bevor er bewußtlos wurde.

Quant stand über ihm und lachte. Triumphierend blickte der Mann auf die reglose Gestalt zu seinen Füßen.

Er hatte gesiegt, hatte es diesem Reporter gezeigt.

»Narr!« zischte Quant. »Hirnverbrannter Narr. Jetzt hast du dir dein Schicksal selbst zuzuschreiben.«

Cyrus Quant entfaltete eine fieberhafte Tätigkeit. Er stellte die Opferschale wieder auf ihren Platz, packte Bill an den Füßen und schleifte ihn ein Stück zur Seite.

Danach lief er nach oben in sein Blockhaus und holte aus einem Schrank eine flache Lampe, die er einschaltete und sich um den Hals hängte.

Schnell rannte Quant wieder nach unten.

Mit einem raschen Blick überzeugte er sich, daß der Reporter noch immer bewußtlos war.

Dann trat Quant an die hintere Wand der Höhle. Mit bloßen Fäusten schlug er gegen den Lehm.

In kürzester Zeit entstand eine Öffnung, gerade groß genug, um einen Menschen hindurchziehen zu können.

Das war Quants Geheimgang, den er sich in mühevoller Arbeit angelegt hatte.

Cyrus Quant packte Bill Conolly an beiden Fußgelenken, duckte sich und drang mit dem leblosen Körper in einen kleinen Stollen ein.

Decke und Seitenwände des Stollens waren durch Holzstempel abgestützt. Quant hatte lange gebraucht, um dieses Werk zu vollenden.

Der Stollen war nicht sehr lang. Allerhöchstens dreißig Yards.

Quant keuchte unter seiner Last. Der scharfe Strahl seiner Lampe hüpfte auf und ab.

Auf halber Strecke mußte er eine Pause einlegen, da seine Kräfte langsam schwanden.

Doch schließlich hatte er sein Ziel erreicht.

Einen zehn Yards tiefen Schacht, dessen Grund mit brackigem Wasser gefüllt war.

Quant ließ Bill Conolly am Rand des Schachtes liegen und leuchtete in die Tiefe. Der dunkle Wasserspiegel warf das Licht der Lampe zurück. Der Reporter würde dort unten nicht allein sein. Acht Leichen leisteten ihm Gesellschaft. Es waren die Leichen der echten Vermißten.

Über dem Schacht lag ein Holzbrett, da der Stollen an der anderen Seite noch weiterführte.

Quant zog das Brett zur Seite, damit er mehr Platz hatte.

In diesem Augenblick begann Bill Conolly sich zu regen. Ein tiefes Stöhnen drang aus seinem Mund.

Quant bekam es mit der Angst zu tun. Wenn er jetzt nicht schnell handelte, konnte es ihm passieren, daß es dem Reporter noch gelang, ihn zu überwältigen.

Mit aller Kraft zerrte Quant den Körper des noch Bewußtlosen zum Rand des Schachtes hin.

Noch ein kurzer Ruck, dann bekam Bill Conolly Übergewicht. Wenige Augenblicke später klatschte der Körper auf die Wasseroberfläche.

Dieses Geräusch war Musik in Quants Ohren.

»Eine gute Höllenfahrt wünsche ich dir!« schrie er und lachte teuflisch.

John Sinclair und Dirk Cochran saßen in dem Bentley und rauchten. Die Leiche der ermordeten Frau war inzwischen abtransportiert worden, und John hatte Zeit, über die ganzen Umstände nachzudenken.

Selten hatte der Inspektor einen Fall erlebt, in dem es so wenig Spuren gegeben hatte. Keine Fingerprints, keine Hinweise – nichts. John überlegte hin und her, ob nicht doch irgendwo ein Ansatzpunkt war, aber er kam zu keinem Ergebnis. Außerdem trug Bill Conollys rätselhaftes Verschwinden auch nicht gerade dazu bei, die Sache durchsichtiger zu machen.

Dirk Cochran saß neben John und starrte mit leerem Blick durch die Seitenscheibe. Seine Gefühle konnte man kaum beschreiben, denn er war ja unmittelbar betroffen worden.

»Ich komme immer mehr zu der Überzeugung, daß Bill Conolly sich auf den Lieferwagen geschwungen hat«, sagte der junge Mann, »und jetzt bestimmt in der Höhle des Löwen sitzt.«

»Da können Sie recht haben, Dirk«, meinte John und drückte seine Zigaretten aus.

Soeben verließen die Männer der Mordkommission mit Inspektor Shaugnessy an der Spitze das Restaurant. Sie stiegen in ihre Wagen und fuhren ab.

John sah einige Minuten sinnend auf das Armaturenbrett des Bentley. Dann sagte er plötzlich: »Wie war das eigentlich damals, als man den vermißten James Dickson gefunden hat? Wer hat dessen persönliche Sachen übernommen? Ich meine Möbel und andere Dinge.«

»Die Polizei, Angie und Marylin Ross«, erwiderte Dirk Cochran. »Wissen Sie, Inspektor, ich habe mich da nicht so reingemischt. Die ganze Sache war mir unangenehm.«

»Aber Angie hat auch etwas?« fragte John noch mal.

»Ja.«

»Gut, dann werden wir uns ihre Wohnung noch einmal vornehmen. Soviel ich weiß, ist da noch nichts ausgeräumt worden.«

Dirk sah den Inspektor erstaunt an. »Was versprechen Sie sich davon?«

»Einen Hinweis auf diejenige Person, die hinter den Schrumpfkopfmorden steckt. Irgendwie muß James Dickson doch mit ihr Kontakt gehabt haben.«

»Ja, das ist eine Möglichkeit«, sagte Dirk.

John startete den Wagen und fuhr in Richtung Painsley.

Die Straße, in der Angie Dickson gewohnt hatte, war wie immer um diese Zeit menschenleer. Allerdings waren jetzt Angies ehemalige Hausbesitzer da. Hinter einem Fenster brannte Licht.

John schellte.

»Wer ist da?« knurrte eine rauhe Stimme aus dem hinter der Tür liegenden Hausflur.

»Scotland Yard. Machen Sie bitte auf.«

Es dauerte fünf Minuten, bis John dem Hauswirt – einem vierschrötigen Kerl – alles erklärt hatte. Dann gingen er und Dirk nach oben.

Die Tür zu Angie Dicksons Wohnung war versiegelt.

John ging noch einmal hinunter zu seinem Bentley und ließ sich per Autotelefon mit dem nächsten Revier verbinden. Er berichtete von seinem Vorhaben.

Anschließend stieg John wieder nach oben und löste das Siegel.

Ehe er mit Dirk Cochran das Zimmer betrat, meinte er zu dem neugierig dastehenden Hauswirt: »Danke, wir brauchen Sie nicht mehr.«

Mürrisch zog der Kerl ab.

Die Männer betraten die Wohnung, in der ein leichter Blutgeruch lag. John machte Licht.

Die trübe Beleuchtung ließ die Wohnung noch leerer und karger erscheinen. Es herrschte eine beklemmende Atmosphäre.

John warf einen Blick ins Schlafzimmer. Auf dem Bett lag noch immer das blutige Laken. Dirk Cochran atmete gepreßt aus, als er dies sah.

Angie Dickson hatte zwei Zimmer gemietet. Es gab außer dem Schlafraum noch eine Küche.

Hier hatte sich das Mädchen meist aufgehalten.

Die Küche war altmodisch eingerichtet. Die Möbel waren dunkel, und hinter dem Tisch stand ein verschlissenes Sofa.

Der Schrank fesselte Johns Aufmerksamkeit.

»Hat sie hier vielleicht etwas aufbewahrt?« fragte er Dirk. »Papiere, Geld, und so weiter?«

»Keine Ahnung, Inspektor.«

John schloß die oberen Türen auf. Geschirr, Gläser und ein paar kleine Blumenvasen standen in den Fächern. Im unteren Teil des Schrankes befanden sich Töpfe und Pfannen.

Nach einer halben Stunde gaben die Männer die Suche in der Küche auf.

Dann nahmen sie sich das Schlafzimmer vor.

Und in dem schmalen Wäscheschrank, unter einem Berg Blusen versteckt, fanden sie die Kassette. Sie war noch nicht einmal so groß wie eine Zigarrenkiste, dafür aber höher.

»Wer sagt's denn«, meinte John und ging mit der Kassette in die Küche.

»Haben Sie die schon mal gesehen?«

, noch nie.«

...nn ich nur wüßte, wo der Schlüssel ist«, murmelte John.

...oment, Inspektor. Ich sehe mal in der Besteckschublade ...n. Ich meine, ich hätte dort vorhin ein paar Schlüssel gesehen.«

Dirk Cochran fand tatsächlich den richtigen Schlüssel.

John hob den Deckel der Kassette hoch und nahm den Inhalt heraus.

Es waren einige Familienbilder und etwas Geld. Ganz unten entdeckte er ein Notizbuch.

Der Inspektor blätterte es schnell durch. Die Seiten waren fast alle leer.

Bis auf eine.

Dort stand nur ein Satz.

Treffe Cyrus Quant am 18. September.

Johns Augen wurden schmal. Der Inspektor wandte sich an Dirk Cochran.

»Kennen Sie diesen Cyrus Quant?«

»Nein. Aber meinen Sie, daß der Mann der Gesuchte ist?«

John zuckte die Achseln. »Vielleicht – vielleicht auch nicht. Auf jeden Fall haben wir eine Spur . . .«

Das eiskalte Wasser brachte Bill Conolly schlagartig wieder in die Wirklichkeit zurück.

Der Reporter hatte sich während des Falls überschlagen und durchbrach mit dem Kopf voran die spiegelglatte Wasseroberfläche.

Bill Conolly tauchte fast bis zum Grund, bevor der Schwung gebremst wurde. Bills ausgestreckte Hände griffen in etwas Weiches, Nachgiebiges.

Doch sein Verstand nahm dies nicht auf, litt noch zu sehr unter der Nachwirkung des Schlages.

Der Reporter tauchte auf. Automatische Schwimmbewegungen hielten ihn an der Wasseroberfläche.

Bill hob den Kopf und blickte nach oben. Die letzten Reste eines Lichtstrahls trafen ihn, er hörte noch ein gellendes Gelächter, und dann wurde es stockfinster.

Während Bill schwamm und brackiges, stinkendes Wasser ausspuckte, kehrte ganz allmählich sein Erinnerungsvermögen wieder zurück. Der Reporter machte sich die bittersten Vorwürfe, daß er sich hatte überrumpeln lassen. Er hatte den verdammten Kerl einfach unterschätzt, von dem er noch nicht einmal den Namen wußte.

Und jetzt saß er in der Falle. Aus diesem Loch herauszukommen, war so gut wie unmöglich. Das wurde Bill mit nahezu brutaler Deutlichkeit klar.

Die absolute Dunkelheit und die Gewißheit, den Tod vor Augen zu haben, zerrten an seinen Nerven. Wie lange konnte er es hier unten noch aushalten?

Eine Stunde? Oder zwei?

Irgendwann in diesem Zeitraum würden ihn seine Kräfte verlassen, und wenn bis dahin keine Hilfe gekommen war, würde er hier elendig ertrinken.

Wie eine Ratte.

Bills Kleidung wurde immer schwerer. Sie hatte sich bis zur letzten Faser mit Wasser vollgesaugt. Und seine Schuhe schienen mit Blei gefüllt zu sein.

Während Bill mit den Beinen seine Schwimmbewegungen fortführte, versuchte er, sich aus dem Jackett zu winden. Es gelang ihm unter vielen Mühen, dabei schluckte er bald einen halben Liter Wasser, den er keuchend wieder ausspuckte.

Allein der Gedanke an diese mit Unrat vollgepumpte Brühe trieb ihm den Magen hoch.

Bill würgte und schnappte keuchend nach Luft. Zum Glück ließen die starken Kopfschmerzen, die ihn kurz nach seinem Erwachen aus der Bewußtlosigkeit geplagt hatten, langsam nach. Sein Denkapparat funktionierte wieder normal.

Dafür wurden seine Muskeln steif. Das Wasser war eisig kalt und stach wie unzählige Nadeln in seine Haut.

Um sich abzulenken, begann Bill den Schacht zu untersuchen. Er war kreisrund angelegt und hatte einen Durchmesser von ungefähr zwei Yards. Die Wände waren spiegelglatt und feucht. Sie boten keine Möglichkeit, hinaufzuklettern.

Bill Conolly erinnerte sich plötzlich daran, was seine Finger ertastet hatten. Es war irgend etwas Weiches, Nachgiebiges gewesen. Der Reporter wollte der Sache auf den Grund gehen.

Bevor er jedoch tauchte, streifte er seine lästigen Schuhe ab. Dann holte er noch einmal tief Luft, unternahm einen Vorwärtsschwung und tauchte in die Tiefe.

Bill riß die Augen weit auf und sah trotzdem nichts.

Zwei, drei Schwimmbewegungen brachten ihn bis auf den Grund. Er fühlte den Schlamm zwischen seinen Fingern – und . . .

Seine Hände krallten sich in Stoff, ertasteten einen länglichen Gegenstand.

Das Bein eines Menschen!

Ein eisiger Schreck durchzuckte den Reporter. Bevor er sich jedoch weiter orientieren konnte, mußte er auftauchen und Luft holen.

Bill Conolly tauchte insgesamt noch zehnmal. Er fand seine schlimmsten Ahnungen bestätigt. Wie viele Leichen hier unten lagen, konnte er nicht einmal genau sagen. Er schätzte die Anzahl aber mindestens auf ein halbes Dutzend. Und all die Toten hatten keinen Kopf mehr.

Welch ein Satan mußte hier am Werk gewesen sein! Dieser Schacht war nahezu ideal für eine Leichengrube. Niemand hätte wohl die Unglücklichen je entdeckt.

Aber ob es ihm überhaupt noch vergönnt war, diese Entdeckung bekanntzumachen?

Bill glaubte nicht daran.

Der Reporter schwamm unermüdlich. Ab und zu ruhte er sich dadurch aus, daß er Wasser trat. Doch immer stärker kroch die Kälte in seine Glieder.

Es war nur noch eine Frage der Zeit, wann er aufgeben mußte.

Mehrmals untersuchte Bill die Wände des Schachtes, krallte seine Fingernägel in den feuchten Lehm.

Der einzige Erfolg war, daß die Nägel brachen und er in das kalte Wasser zurückrutschte.

Irgendwann gab er auf. Er merkte, wie die Kraft seinen Körper verließ, wie ihm die Schwimmbewegungen immer mehr Mühe bereiteten.

Bill Conolly war soweit, daß er sich schon mit seinem Ende abgefunden hatte . . .

Sieben Schrumpfköpfe waren noch übriggeblieben!

Sieben mordgierige, nach Menschenblut dürstende Bestien, die von einem Wahnsinnigen geschaffen worden waren und den Geist schrecklicher Dämonen in sich trugen.

Die Schrumpfköpfe hatten es geschafft, aus dem Verlies zu

entkommen. Dabei hatte ihnen Orgozzo, Gott einer fernen Dämonenwelt, geholfen.

Der Shadow Forest kam den Köpfen wie gerufen.

Hier sah sie niemand. Und hier konnten sie ihre gnadenlose Jagd beginnen.

Lautlos verschwanden sie im Unterholz des dichten Waldes. Sie blieben immer zusammen und drangen Yard für Yard weiter vor. Eine gespenstische Invasion der Schrumpfköpfe rollte durch den Shadow Forest.

Die Tiere der Nacht flohen vor ihnen. Sie spürten instinktiv die Gefahr, die diese Bestien umgab.

Ahnungslos war dagegen das Liebespärchen, das trotz des naßkalten Wetters zwischen hohen Farnkräutern lag und nur mit sich selbst beschäftigt war.

Die Schrumpfköpfe rochen die Menschen schon von weitem.

Ihre Augen begannen zu glänzen, ihre Bewegungen wurden schneller.

Lautlos schoben sie sich durch das oft sperrige Unterholz auf die beiden Menschen zu.

Schließlich hatten sie den Platz erreicht.

Die Schrumpfköpfe stoppten und beobachteten eine Weile das Pärchen. Ihren Augen machte die Dunkelheit nichts aus. Sie konnten nachts genauso gut sehen wie die Menschen am Tage.

Die beiden Verliebten spürten nicht, daß sie in Todesgefahr schwebten.

Der erste Schrumpfkopf sprang vor.

Er hüpfte auf den Rücken des Mannes, und ehe dieser merkte, was los war, hatte sich der Kopf schon in seinem Hals verbissen.

Der Junge gurgelte auf. Seine Augen traten aus den Höhlen, seine Hände krampften sich in das Erdreich, und ein dicker Blutstrom floß von seinem Hals auf das Gesicht des liegenden Mädchens.

»Harry, was . . .«

Die nächsten Worte bekam das Mädchen nicht mehr hinaus. Ein weiterer Schrumpfkopf war ihr an die Kehle gefahren und hatte zugebissen.

Gnadenlos vollendeten die sieben Schrumpfköpfe ihr grausiges Werk.

Zum Glück hatten die beiden Menschen nicht viel zu leiden. Sie waren schon nach den ersten beiden Bissen tot.

Die Köpfe tranken das warme Blut.

Doch noch längst nicht war ihr Hunger gestillt. Wo sie die Blutmengen ließen, war rätselhaft. Sie brauchten aber den Lebenssaft, um sich immer wieder zu regenerieren.

Als sie weiterzogen, ließen sie die Leichen eines sechzehnjährigen Mädchens und eines neunzehnjährigen Jungen zurück. Das Mädchen hatte in einem Internat gewohnt, das an den westlichen Ausläufern des Shadow Forest lag. Es war von diesem Platz aus gar nicht mal sehr weit bis dorthin. Das Pärchen hatte den Weg auch zu Fuß gemacht.

Von einem grausamen Dämonengott geleitet, zogen die Schrumpfköpfe weiter. Ihre Gesichter waren jetzt blutverschmiert und sahen noch schrecklicher aus.

Irgendwann in dieser Nacht erreichten sie den Rand des Shadow Forest. Sie überquerten die Straße und verschwanden danach im hohen Gras einer Wiese.

Jetzt waren sie ihrem Ziel nah. Nur noch eine halbe Meile bis zu dem Internat, in dem über zweihundert Kinder lebten . . .

Der Hauswirt stand unten im Flur und machte ein brummiges Gesicht. Anscheinend ärgerte er sich immer noch darüber, daß er nicht mit in die Wohnung des Mädchens gedurft hatte.

Als er den Inspektor und Dirk Cochran auf dem ersten Treppenabsatz auftauchen sah, wollte er schnell hinter seiner Wohnungstür verschwinden.

»Augenblick noch, Mister«, rief John.

Der Hauswirt blieb in der halboffenen Tür stehen, drehte sich dann um, knetete seine dicke Nase und versuchte, ein unbeteiligtes Gesicht zu machen.

John nahm den letzten Treppenabsatz mit zwei Sprüngen. Dicht vor dem Hauswirt blieb er stehen und tippte ihm mit dem Finger gegen das karierte Hemd.

»Ich hätte gern ein paar Auskünfte, Mister . . .«

»Slodder«, knurrte der Hauswirt. »Aber ich kann Ihnen gleich schon sagen, Inspektor, ich weiß nichts. Ich hatte nichts mit der Puppe zu tun, obwohl sie ja verdammt gut gebaut war und unsereinen schon auf dumme Gedanken bringen konnte . . .«

»Halten Sie den Mund!« fiel Dirk Cochran dem Mann scharf ins

Wort. »Ich möchte nicht, daß dieser Kerl in meiner Gegenwart so über die Tote spricht.«

»Nun machen Sie's mal halblang, Bursche«, knurrte der Hauswirt. »So schön war sie ja auch nicht. Außerdem . . .«

Dirk ballte die Fäuste. Er stand kurz vor einer Explosion.

John legte Dirk seine Hand auf den Arm. Er konnte den Jungen gut verstehen, und auch ihm war der stiernackige Hausbesitzer unsympathisch, aber um der Sache willen mußten sie ihre Gefühle im Zaum halten.

»Sie kannten also die Tote?« fragte John sachlich.

»Ja.«

»Auch deren Vater? James Dickson?«

»Und ob. James war ein guter Kumpel von mir. Wir hatten dieselbe Stammkneipe. Durch ihn hat seine Tochter die Wohnung überhaupt erst bekommen.«

Der Inspektor horchte auf. Was der Hausbesitzer erzählte, waren völlig neue Aspekte. Er hatte also James Dickson gekannt, unter Umständen war ihm auch Cyrus Quant ein Begriff.

»Können Sie etwas mit dem Namen Cyrus Quant anfangen?« wollte John wissen.

»Nee.« Der Hauswirt schüttete zur Bestätigung seiner Worte den Kopf. »Wer soll das denn sein? Der Mörder?«

»Nein, nein. Nur ein Bekannter von James Dickson«, versicherte John schnell.

»James hatte eine Menge Bekannte«, plauderte Slodder munter darauflos. »Er war ein Kerl, mit dem konnten Sie Pferde stehlen. Auch bei den Weibern langte er immer kräftig zu. Zuletzt soll er eine Rothaarige gehabt haben. Tolles Frauenzimmer, wie erzählt wurde.«

»Haben Sie die Rothaarige schon mal gesehen?«

»Nee, Inspektor. Die hatte mir James nicht vorgestellt. Aus Angst, ich könnte sie ihm ausspannen, was?«

Der Hausbesitzer lachte lautlos.

John lächelte pflichtschuldig mit und meinte dann: »Um noch mal auf die Kneipe zurückzukommen. Wie heißt denn das Lokal, wo Sie sich immer mit James Dickson getroffen haben?«

»Das ist Perrys Bierbar.«

»Und die Adresse?«

»Wollen Sie da etwa jetzt hin?«

»Ich hatte Sie nach der Adresse gefragt, Mister Slodder.«

Nach einigem Zögern rückte der Hauswirt mit der Sprache heraus.

»Aber die haben um diese Zeit schon geschlossen«, fügte er schnell hinzu.

»Tatsächlich?« fragte John. Er sah dem Mann förmlich an, daß er log.

Slodder druckste herum. Er war kein guter Schauspieler. »Nun«, meinte er schließlich. »Es gibt da ein Hinterzimmer. Da treffen sich immer die alten – na, äh, Schluckkumpane. Man muß über den Hof gehen und anklopfen. Normalerweise dürfte ich Ihnen das ja nicht erzählen. Sie sind vom Yard, Inspektor, und . . .«

»Quatsch«, unterbrach John den Mann. »Mich interessiert es nicht, ob jemand gegen die Sperrstunde verstößt, ich will einen bestialischen Mord aufklären. Das andere sehe ich überhaupt nicht.«

»Wenn das so ist, Inspektor.«

»Also, nochmals vielen Dank für Ihre Auskünfte. Kommen Sie, Dirk, wir werden uns die Kneipe mal näher ansehen. Und was ich Ihnen noch sagen wollte, Mister Slodder, sollten Sie den Wirt anrufen und ihn warnen, bekommen Sie Ärger.«

»Wie käme ich dazu, Inspektor!«

»War ja auch nur ein gutgemeinter Rat.«

»Ich halte von dem Knaben nichts«, sagte Dirk Cochran, als die beiden Männer wieder in dem Bentley saßen.

John zuckte die Achseln. »Mir gefällt er auch nicht. Aber was will man machen. So, jetzt wollen wir doch mal sehen, ob wir in Perrys Bierbar keinen Erfolg haben.«

Die Bierbar lag nur ein paar Blocks entfernt. Inspektor Sinclair und Dirk Cochran gelangten durch eine schmale Einfahrt auf den Hinterhof.

»Wo – wo wollt ihr denn hin?« grunzte sie eine alkoholumsäuselte Stimme an.

»Den Osterhasen suchen«, erwiderte John und schob den Mann zur Seite.

»Aber wir haben doch erst noch Weihnachten«, brabbelte der Gemütsmensch hinter ihnen her.

»Mann, muß der behämmert sein«, meinte Dirk.

Über der Hintertür brannte eine trübe Lampe. Gelächter und Stimmengewirr drang bis auf den Hof.

John klopfte an.

Ein Guckloch öffnete sich, aus dem ein Auge starrte.

»Slodder hat uns den Tip gegeben, daß wir hier noch was trinken können«, sagte John und spielte den schon leicht Angesäuselten.

»Na ja, ich will mal nicht so sein«, brummte eine tiefe Stimme. »Habt ihr überhaupt Geld?«

»Für fünf Flaschen Whisky reicht's«, erwiderte John.

»Wohl im Bingo gewonnen, was?«

»So ähnlich.«

Eine Minute später waren sie in der Kneipe.

Die Beleuchtung war genauso trübe wie draußen. Man konnte gerade noch erkennen, ob das Glas voll oder leer war. Die meisten Männer nahmen von den Neuankömmlingen keine Notiz. Wer um diese Zeit kam, gehörte zu den Eingeweihten.

Der Mann, der John und Dirk Cochran geöffnet hatte, war der Wirt höchstpersönlich. Er war ziemlich klein, hatte einen kugeligen Schädel und das schwarze Haar glatt zurückgekämmt. Eine dunkle Lederschürze umspannte seinen nicht unbeträchtlichen Bauch.

Die beiden Männer enterten zwei leere Hocker.

Der Wirt kam sofort zu ihnen. »So, jetzt zeigt mal, daß ihr keine Sprüche geklopft habt.«

John ließ eine Zehnpfundnote zwischen seinen Fingern rotieren.

Der Wirt bekam glänzende Augen. »Dafür verkaufe ich euch von meinem besten Stoff.«

»Der interessiert uns aber nicht«, sagte John.

»So? Was interessiert euch denn?« fragte der Wirt und zog drohend die Augenbrauen zusammen.

John wollte den Mann nicht unnötig verärgern.

»Geben Sie uns erst mal zwei Flaschen Cola.«

»Haben wir nicht. Nur Bier und Whisky.«

»Dann eben Bier.«

Der Wirt zapfte zwei Krüge voll. Während dieser Arbeit sah er immer wieder zu John und Dirk Cochran hinüber.

Als er die beiden Krüge vor ihnen auf die Theke stellte, sagte er: »Es ist am besten, ihr trinkt aus und haut dann wieder ab.«

John nahm erst mal einen Schluck. Dirk tat es ihm nach. Dann wischte sich der Inspektor den Mund ab, griff in die Tasche und hielt dem Wirt seinen Ausweis hin.

Dem wurde auf einmal ganz anders.

»Sir«, stotterte er, »Sie werden doch nicht diese kleine Überziehung . . .«

John schnitt ihm aber mit einer Handbewegung das Wort ab. »Wann Sie Ihren Laden dichtmachen, juckt mich nicht. Wie gesagt, ich will nur ein paar Auskünfte.«

»Natürlich helfe ich Ihnen, Sir.«

Von einem der Tische wurde der Wirt gerufen. Es dauerte deshalb einige Minuten, bis er John wieder zur Verfügung stand.

»So«, sagte der Inspektor, »wie gut kannten Sie James Dickson?«

»Wie man eben einen Stammgast so kennt. Ich wußte, wo er arbeitete, daß er geschieden war, daß . . .«

»Kannten Sie seine Freunde?« unterbrach John den Mann.

»Nur die, die hier verkehrten.«

»War da auch ein gewisser Cyrus Quant dabei?«

»Cyrus Quant?« Der Wirt kratzte sich an seiner linken Schläfe. »Nein, Sir. Den Namen habe ich noch nie gehört.«

»Verdammt«, fluchte Dirk Cochran.

»Erinnern Sie sich«, drängte John. »Es ist für uns außerordentlich wichtig.«

»Tja, ich weiß nichts. Aber ich kann ja mal Slicky fragen. Der war öfter mit Dickson zusammen.«

John horchte auf. »Ist dieser Slicky hier?«

»Ja, er sitzt dahinten am Tisch und würfelt.«

»Dann holen Sie ihn her.«

Der Wirt zog ab. Er flüsterte mit den vier Männern und wies dann in Richtung Tresen.

»Hoffentlich hat er Erfolg«, sagte Dirk Cochran.

Einer der Männer stand auf. Er kam gemeinsam mit dem Wirt zurück und stellte sich neben John.

»Ich bin Slicky.«

John lächelte und bestellte dem Mann einen Whisky. »Wer ich bin, hat Ihnen der Wirt bestimmt gesagt.«

Slicky trank erst, bevor er nickte. »Normalerweise kann ich Bullen ja nicht leiden, aber ich will mal 'ne Ausnahme machen. James war ein guter Kumpel.«

Slicky trug eine braune Schlägermütze auf dem Kopf und war ansonsten dürr wie eine Zaunlatte. Er war der Typ, der alles hörte und alles sah.

John steuerte sofort sein Ziel an und fragte nach Cyrus Quant.

»Quant?« Slicke lachte auf. »Ja, diesen Kerl kenne ich. Er hat sich hier in der Kneipe an James und mich herangemacht. Er war übrigens nur einmal hier. Wollte uns unbedingt seine Blockhütte zeigen. Ich habe noch gesagt, der Kerl spinnt.«

John war wie elektrisiert. »Eine Blockhütte? Wissen Sie, wo die liegt?«

»Tja, da müßte ich mal genau überlegen.«

John schob ihm die Pfundnote hin.

Slicky strahlte. »Ah, jetzt fällt es mir wieder ein. Kennen Sie den Shadow Forest?«

»Nein.«

»Aber ich«, sagte Dirk Cochran.

»Gut, mein Junge«, grinste Slicky. »In diesem Wald soll der Kerl sich eine Blockhütte gebaut haben. War sowieso ein komischer Kauz. Hat erzählt, daß er jahrelang in Brasilien gelebt hat. Bei den Eingeborenen. Ich glaube, der war nicht mehr ganz richtig im Kopf. Ich habe immer gesagt, den wollten sogar die Menschenfresser nicht.«

Die letzten Worte interessierten John nicht mehr. Ihm reichte Brasilien. Klar, der Mann hatte unter den Eingeborenen gelebt und auch bestimmt gelernt, Schrumpfköpfe herzustellen.

Der Inspektor rutschte vom Hocker.

»Kommen Sie, Dirk. Wir dürfen keine Minute mehr verlieren.«

»Warten Sie, ich bringe Sie noch hinaus«, rief der Wirt. »Und was Sie getrunken haben, geht selbstverständlich auf meine Rechnung.«

An der Tür hielt er John noch einmal zurück.

»Sie halten doch Ihr Versprechen, Sir, oder?«

John klopfte dem Mann auf die Schulter. »Natürlich. Höchstwahrscheinlich haben wir es Ihnen sogar zu verdanken, wenn wir den Fall überhaupt aufklären können.«

Das war Musik für die Ohren des Wirtes.

Durch die Einfahrt rannten John und Dirk Cochran zu dem Bentley. »Und jetzt nichts wie weg«, sagte John, als er sich hinter das Steuer warf . . .

Mit leerem Blick starrte Cyrus Quant den Altar und die darauf befindliche Opferschale an.

Sein Lebenswerk war vernichtet. All die Jahre der Arbeit waren umsonst gewesen. Er hatte sich mit den Dämonen verbünden wollen – und verloren.

Cyrus Quant wurde in diesen Minuten klar, was viele andere schon vor ihm erfahren hatten: Man darf sich nicht mit den Höllenmächten einlassen. Der Verlierer ist immer der Mensch.

Quant fuhr sich durch sein schweißnasses Gesicht. Man hatte seine Spur gefunden – das Blockhaus war entdeckt worden. Ausgerechnet von einem Reporter. Zum Glück würde dieser Kerl nie mehr in seinem Leben etwas ausplaudern können. Aber was, zum Teufel, hatte er schon weitergegeben? Er war nicht allein auf dem Parkplatz gewesen. Ein anderer hatte den Schrumpfkopf vernichtet. Quant spürte instinktiv, daß dieser Mann sein stärkster Gegner war.

Wie wahnsinnig lachte er auf, als er an die verschwundenen Köpfe dachte. Sie hatten ihr unheimliches Verlies verlassen, hatten sich selbständig gemacht und gehorchten nur noch ihrem Trieb nach Menschenblut.

Wie viele Personen mochten schon unter ihren mörderischen Zähnen gestorben sein?

Zwei, drei . . . oder vier?

Und er, Cyrus Quant, konnte nichts dagegen machen. Wollte auch nichts machen. Zu sehr hatte ihn die Menschheit enttäuscht. Denn es waren letzten Endes Menschen gewesen, die ihn in die Einsamkeit des brasilianischen Dschungels getrieben hatten.

Der Fackelschein warf bizarre Schatten auf Quants Gesicht und gab dem Mann ein dämonisches Aussehen.

Orgozzo! Der Dämonengott fiel ihm ein. Nur er konnte ihm noch helfen.

Ja, Quant wollte versuchen, diesen unheimlichen Götzen aus einer fernen Vergangenheit anzurufen.

Vielleicht erhörte er seinen Diener.

Wieder voller Tatendrang, stieg Cyrus Quant die Leiter hoch. Noch immer verbreitete die Petroleumlampe ihren gemütlichen Schein. Quant trat an das Bücherregal und zog einen dicken, alten Wälzer hervor. Darin hatte er in jahrelanger Arbeit die Worte aufgeschrieben, die er brauchte, um mit Orgozzo in Verbindung zu treten.

Die Tür der Blockhütte stand noch offen. Quant wollte sie gerade schließen, als er zufällig einen Blick nach draußen warf.

Zwischen den Zweigen der Büsche flackerten zwei Lichtpunkte auf.

Quant dachte sofort an Taschenlampen und daran, daß man ihm jetzt auf der Spur war.

Quant huschte wieder zurück in die Hütte, öffnete hastig die Tischschublade und holte eine Pistole hervor, eine Astra, Kaliber 7,65.

Quant ließ die Waffe in seiner Jackentasche verschwinden, lief wieder zur Tür und quetschte sich durch den Spalt nach draußen.

Hier versteckte er sich in einem Gebüsch, von dem er die Blockhaustür gut beobachten konnte.

Quant nahm die Astra in seine Rechte. Ein grausames Lächeln umspielte seine Lippen.

Noch hatten sie ihn nicht. Er würde jeden gnadenlos töten, der zu ihm wollte.

Jeden . . .

»Verdammt einsame Gegend«, meinte Dirk Cochran und starrte durch die Scheibe auf die dichtstehenden Baumreihen zu beiden Seiten des Weges. »Hoffentlich sind wir hier auch richtig«, fügte er noch hinzu.

»Ich dachte, Sie kennen den Shadow Forest«, erwiderte John.

»Das schon. Aber . . .« Cochran zuckte die Achseln und verstummte.

Die Spannung zerrte an den Nerven der beiden Männer. Vielleicht gelang es ihnen noch in dieser Nacht, das Rätsel der Schrumpfköpfe zu lösen – wenn nicht, John wagte sich die Folgen nicht auszumalen.

Der Weg wurde immer schmaler. John fuhr den Bentley im Schrittempo. Die Stoßdämpfer des Wagens wurden strapaziert. Zweige und kleinere Äste peitschten gegen das Dach und die Frontscheibe.

Und dann war der Weg auf einmal zu Ende. Eine dunkle, hohe Baumgruppe versperrte die Weiterfahrt.

»Mist, verdammter!« fluchte Dirk Cochran.

John bremste.

»Und ich hatte gedacht, wir wären hier richtig.« Dirk biß sich wütend auf die Unterlippe.

Von dem Privatweg hatte er keine Ahnung.

»Es hilft alles nichts, wir müssen zu Fuß weiter«, sagte John. »Zurückfahren hat keinen Zweck.«

Der Inspektor öffnete das Handschuhfach und holte zwei Taschenlampen hervor. Eine gab er Dirk Cochran. »Hier, wir schlagen uns jetzt durch das Gelände.«

»Die einzige Möglichkeit«, sagte Dirk leise.

Sie stiegen aus.

John schloß die Tür des Wagens sorgfältig ab. Sie besprachen noch kurz die Richtung und schlugen sich dann in die Büsche.

Der Inspektor übernahm die Spitze. Der weiche Moosboden dämpfte ihre Schritte bis zur Geräuschlosigkeit.

John kam der Shadow Forest wie ein kleiner Urwald vor. Es gab keine Wege, nicht einmal einen Pfad.

Der Schein ihrer Taschenlampen tanzte über dicke Baumstämme und verwildertes Unterholz.

Dann, nachdem sie etwa zehn Minuten gegangen waren, stießen sie auf einen Weg.

»Den gehen wir jetzt mal weiter«, sagte John Sinclair.

Man konnte sehen, daß der Weg von Menschenhand angelegt worden war und nicht etwa einen Wildwechsel darstellte.

Plötzlich blieb John stehen.

Dirk, der nicht aufgepaßt hatte, wäre bald gegen ihn geprallt.

»Was ist?« flüsterte der junge Mann.

»Die Blockhütte.« John wies mit dem Arm nach vorn. »Dort liegt sie.«

Jetzt erkannte auch Dirk Cochran den dunklen Umriß eines Baues, aus dessen halbgeöffneter Tür Lichtschein fiel.

»Scheint niemand da zu sein«, flüsterte Dirk.

»Das werden wir gleich sehen. Los, kommen Sie.«

Die beiden Männer beschleunigten ihre Schritte. John hatte plötzlich das Gefühl, als käme es auf jede Sekunde an.

Trotzdem war er vorsichtig, ehe er die Hütte betrat.

Mit einem Auge peilte er in das Innere.

Kein Mensch war zu sehen.

John schlüpfte durch die Tür.

Ein fast gemütlich eingerichteter Raum bot sich seinen Augen dar. Ein Tisch, zwei Stühle, ein Bücherregal . . .

John stutzte.

Das Regal war ein Stück zur Seite geschoben worden.

Auch Dirk Cochran hatte es bemerkt. »Das ist bestimmt ein Geheimgang«, vermutete er.

»Am besten ist es, wenn Sie hierbleiben, Dirk. Ich sehe mal nach.«

»Gut, Inspektor.«

»Haben Sie eine Waffe?«

»Nein.«

John gab dem jungen Mann seine zweite Pistole. »Hier, nehmen Sie die. Aber schießen Sie nur im äußersten Notfall. Und dann auch, wenn es geht, nur einen Warnschuß.«

Der junge Mann nickte.

John lächelte ihm noch aufmunternd zu und verschwand dann durch das geöffnete Regal in dem kleinen Verlies.

Er sah sofort die geöffnete Falltür und die sich darunter befindliche Leiter.

Bevor John die Leiter nach unten stieg, peilte er in das Verlies, in dem immer noch die Fackeln brannten und deren Schein bis auf Johns Gesicht fiel. Auch dort unten konnte er keine Menschenseele entdecken.

John machte sich an den Abstieg.

Wenig später sah er die leeren Pfähle, den Altar und die Opferschale.

Inspektor Sinclair hatte genügend Erfahrung, um zu wissen, daß hier den Dämonen gehuldigt wurde. Und niemand anderer als Cyrus Quant konnte dies getan haben.

Aber wo steckte der Mann?

Lauerte er vielleicht in irgendeinem Versteck, um im günstigen Moment zuzuschlagen?

John sah sich gespannt um. Er spürte ein seltsames Kribbeln auf der Nackenhaut, das sich immer dann einstellte, wenn irgend etwas in der Luft lag.

Und wo befand sich Bill Conolly? Falls Cyrus Quant wirklich der Gesuchte war und die Blockhütte verlassen hatte, warum stand dann die Tür offen?

Und wo war der Lieferwagen?

Alles Fragen, die John zu klären hoffte. Daß der Lieferwagen jedoch in der Garage stand, hatten John und Dirk Cochran nicht bemerkt. Sie hatten sich zu sehr auf das Haus konzentriert.

John untersuchte die acht Pfähle genau. Die waren aus glattem Holz, hatten ungefähr seine Größe und waren oben zugespitzt.

Der Inspektor wußte genug über Schrumpfköpfe, um eine Erklärung zu finden.

John Sinclair sah sich die Höhle genau an und entdeckte auch den Stolleneingang, der zu dem Schacht führte, in dem der wahnsinnige Cyrus Quant den Reporter Bill Conolly geworfen hatte.

Für John Sinclair gab es kein Zögern. Er duckte sich und betrat vorsichtig den Stollen. Die eingeschaltete Lampe hielt er in der rechten Hand.

Der Stollen war zu beiden Seiten gut abgestützt, so daß keine Einsturzgefahr bestand.

Der Lampenstrahl wies John den Weg.

Eine beklemmende Stille herrschte hier. Ein unbehagliches Gefühl beschlich den Inspektor.

Plötzlich stand er vor dem Schacht, über dem Quant wieder das Brett gelegt hatte.

John ging in die Knie, stützte sich mit einer Hand ab und leuchtete in die Tiefe.

Der Strahl erreichte soeben die Wasseroberfläche – und ein dunkles Bündel, das sich nur schwach bewegte.

John Sinclair erstarrte.

Das Bündel war ein Mensch!

Sofort kam dem Inspektor Bill Conolly in den Sinn.

John legte die Lampe zur Seite, formte beide Hände als Trichter vor den Mund und rief: »Bill!«

Hohl schallte seine Stimme aus dem Schacht zurück.

Noch einmal wiederholte John seinen Ruf.

Er bekam keine Antwort.

Sollte Bill Conolly, oder wer immer es war, tot sein?

»Bill!« Wieder klang Johns Stimme auf.

Und dann zeigte sich eine Reaktion.

»John!« Es war nur der Hauch einer Stimme, der den Inspektor erreichte. Aber er wußte jetzt, daß dort unten tatsächlich der Reporter schwamm.

»Hol mich hier heraus, John. Ich bin bald am Ende.«

»Warte noch«, rief John Sinclair. »Ich laufe zum Wagen und bringe ein Seil. Gedulde dich noch einige Minuten.«

So schnell es ging, lief der Inspektor den Weg zurück. Die Angst um den Freund krampfte seinen Magen zusammen. Hoffentlich schaffte er es noch.

Johns Atem ging schnell und keuchend. Das Herz hämmerte gegen seine Rippen.

Schon eine Minute später kroch er aus dem Stollen. Der Inspektor wollte gerade die erste Stufe der Leiter nehmen, da hörte er den Schuß.

John Sinclair zuckte zusammen.

Der Schuß war oben aus der Blockhütte gekommen . . .

Interessiert blickte Dirk Cochran die vielen Buchrücken an, die sich in dem Regal reihten. Der junge Mann hatte die Pistole weggesteckt. Er glaubte nicht daran, daß ihm Gefahr drohte.

Deshalb sah er auch nicht, wie sich dem Blockhaus ein Schatten näherte und die Tür Stück für Stück aufgedrückt wurde.

Cyrus Quant war da. Und er war gekommen, um zu töten.

Er hatte die beiden Männer beobachtet, hatte sie in die Hütte hineingehen sehen und in einem den Mann erkannt, der den Schrumpfkopf erledigt hatte.

Dafür sollte er jetzt sterben.

Leise huschte Quant in die Hütte. Er lachte innerlich auf, als er sah, daß der andere jüngere Mann ihm den Rücken zuwandte und in einem Buch blätterte.

»Bewegen Sie sich nicht!« flüsterte Quant. »Ich habe eine Waffe in der Hand und werde rücksichtslos von ihr Gebrauch machen!«

Obwohl er nur leise gesprochen hatte, klangen seine Worte scharf und befehlend.

Quants Stimme hatte Dirk Cochran wie ein Schock getroffen. Vor Schreck ließ er das Buch fallen, das er gerade in der Hand gehabt hatte. Dumpf fiel es auf den Boden.

»Drehen Sie sich um!«

Dirk gehorchte.

Zum erstenmal sah er sich Cyrus Quant gegenüber. Dirk Cochran erschrak über das Aussehen des Mannes. Das war kein Mensch mehr, das war ein Teufel. Man brauchte ihm nur in die Augen zu sehen, um zu wissen, was mit diesem Mann los war.

»Kommen Sie zwei Schritte vor!«

»Wollen Sie mich erschießen?« fragte Dirk Cochran, während er dem Befehl nachkam und sich selbst wunderte, wie fest seine Stimme noch klang.

»Selbstverständlich werde ich Sie erschießen«, erwiderte Cyrus

Quant. »Genau wie Ihren Freund, mit dem Sie gekommen sind. Sagen Sie, wo steckt der eigentlich?«

»Wer?« fragte Dirk, um Zeit zu gewinnen.

Quants Gesicht wurde zu einer Grimasse. »Wollen Sie mich auf den Arm nehmen? Los, reden Sie!«

»Er sieht sich ein wenig in Ihrem Keller um. Der scheint sehr interessant zu sein.«

»Das Vergnügen will ich ihm gerne lassen, bevor er stirbt«, erwiderte Quant. »Aber vorher sind Sie dran. Ihre und die Leiche Ihres Freundes werden für immer verschwinden.«

»So wie die anderen Vermißten, nicht wahr?«

»Oh, ich sehe, Sie sind gut informiert. Kompliment. Die Polizei ist doch schlauer, als ich dachte.«

»Ich bin nicht von der Polizei.«

»Das erstaunt mich. Welchen Grund haben Sie dann, mich zu erledigen?«

»Ich war Angie Dicksons Freund«, würgte Dirk hervor, »und ich sage Ihnen eins, Quant: Vielleicht schaffen Sie es, mich zur Hölle zu schicken, aber Sie nehme ich mit.«

Quant lachte verächtlich. »Das sind große Worte. Sie werden kaum Gelegenheit haben, sie in die Tat umzusetzen.«

Dirk Cochran gab sich zwar äußerlich gelassen, doch innerlich machte er sich die bittersten Vorwürfe. Warum habe ich nicht auf den Rat des Inspektors gehört? Dirk hatte eine Pistole, spürte sogar das Gewicht in seiner Jackentasche und konnte trotzdem nicht an die Waffe herankommen.

»Wie haben Sie eigentlich meine Spur gefunden?« wollte Quant wissen.

Dirk sah, daß die Augen des Mannes immer zu dem Bücherregal hinglitten. Es schien, als erwarte der Mann jeden Augenblick John Sinclairs Rückkehr.

Dirk betete, daß der Inspektor zurückkommen würde.

Absichtlich zögerte er mit der Antwort, um Zeit zu gewinnen. Das war sein Fehler. Er hatte Quant unterschätzt, der nicht mehr mit normalen Maßstäben zu messen war.

»Sie wollen also nicht reden, junger Mann? Auch gut.«

Quant hob die Pistole ein wenig an und zog eiskalt durch.

Dirk hörte den Knall und spürte Sekundenbruchteile später den Einschlag der Kugel.

Das Geschoß hatte ihn in die Schulter getroffen, warf ihn herum und ließ ihn gegen das Bücherregal krachen.

Ein mörderischer Schmerz breitete sich in Dirks Körper aus. Er spürte, wie sein Arm bewegungsunfähig wurde und das Blut aus der Wunde strömte.

Untätig mußte er zusehen, wie Quant um den Tisch herumging, dicht vor ihm stehenblieb und noch einmal die Pistole hob. Die dunkle Mündung der Waffe glotzte den jungen Mann an.

Noch nie hatte Dirk den Tod so nah vor Augen gesehen.

»Narr!« zischte Quant und krümmte langsam den Finger . . .

»Die Waffe weg!« peitschte im selben Augenblick eine harte Stimme auf.

Quants Kopf ruckte ein Stück zur Seite. Seine Augen weiteten sich entsetzt, als er sah, daß John Sinclair in der Regalöffnung aufgetaucht war und ebenfalls eine Pistole in der Hand hielt.

Doch Quant wollte nicht aufgeben. Jetzt nicht mehr.

Er riß seine Pistolenhand herum, legte auf den Inspektor an . . .

John Sinclair schoß.

Wie ein Stück glühendes Eisen streifte die Kugel Quants Handgelenk.

Der Mann brüllte unmenschlich auf und ließ die Waffe fallen. Dann starrte er aus großen Augen auf seine Hand, von der das Blut auf den Boden tropfte.

John bückte sich und nahm blitzschnell Quants Waffe an sich.

»Alles in Ordnung, Dirk?« fragte der Inspektor.

»Es geht!« preßte der junge Mann hervor.

John trieb Cyrus Quant bis gegen die freie Wand der Blockhütte.

»Drehen Sie sich um!« befahl er.

»Wollen Sie mir in den Rücken schießen?« Quants Stimme zitterte.

»Sie sollen sich umdrehen, verdammt noch mal!«

Jetzt erst gehorchte der Mann.

John packte seine Pistole am Lauf und schlug blitzschnell und wohldosiert zu.

Mit einem leisen Stöhnen sackte Cyrus Quant in die Knie.

Dirk versuchte, sich mit dem unverletzten Arm am Tisch hochzuziehen.

»Bleiben Sie liegen«, sagte John. »Ich muß zum Wagen, ein Seil holen. Quant hat Bill Conolly in einen mit Wasser gefüllten Schacht geworfen.« Er blickte auf den bewußtlosen Mann. »Hoffentlich reicht die Dosis, die ich ihm verabreicht habe, wenn nicht . . . Können Sie noch schießen, Dirk?«

»Ich werde mir Mühe geben.«

»Gut.« John blickte auf seine Uhr. »Ich bin in wenigen Minuten wieder zurück.«

Unterdessen näherten sich die sieben Schrumpfköpfe unbeirrt der Schule.

Mitternacht war inzwischen vorüber, und in dem Internat schliefen die über zweihundert Kinder schon längst.

Die Schule selbst lag in einem kleinen gepflegten Park, in dem Apfelbäume standen und der von sauberen Kieswegen durchzogen wurde. Den Park hielten die Schüler selbst in Ordnung. Beaufsichtigt wurden sie dabei von einem Gärtner, der im Seitentrakt des Schulgebäudes seine Wohnung hatte.

Lautlos bewegten sich die Schrumpfköpfe über den fingerhoch geschnittenen Rasen.

Eine Invasion des Grauens rollte auf die ahnungslosen Kinder zu.

Die Schrumpfköpfe spürten die Nähe der Menschen, und ihre Sucht nach dem Blut wurde unermeßlich.

Bald hatten sie das Gebäude umrundet. Auf der Rückseite gab es eine Treppe, die zu den Waschräumen und Kellerräumen führte.

Die Fenster dieser Räume lagen zu ebener Erde und waren mit Eisengittern versehen.

Allerdings standen die Stäbe nicht so weit auseinander, daß die Schrumpfköpfe nicht hindurchgepaßt hätten.

Deshalb dauerte es nicht lange, bis der erste Schrumpfkopf dicht vor der Scheibe stand und mit seinen Zähnen gegen das Glas schlug.

Splitternd zerbrach die Scheibe. Die Scherben fielen nach innen in den Waschraum.

Ein kopfgroßes Loch war entstanden.

Es reichte aus, um den Schrumpfköpfen Einlaß zu gewähren.

Der Weg zu den ahnungslosen Kindern war frei . . .

Die Angst um seinen Freund peitschte John Sinclair vorwärts. Er achtete nicht auf die Zweige, die ihm ins Gesicht schlugen, sondern brach wie ein Urwelttier durch die Büsche. Die Taschenlampe hielt er dabei mit der linken Hand fest umklammert.

Einmal rutschte John auf einer glitschigen Baumwurzel aus. Er konnte sich im letzten Augenblick noch fangen, sonst hätte er einen halben Rückwärtssalto gedreht.

Endlich hatte er den Bentley erreicht.

John schloß sofort den Kofferraumdeckel auf, klappte ihn hoch und schnappte sich das sorgfältig zusammengerollte Seil. Es war kein Abschleppseil, sondern ein langes Tau, das John immer im Wagen hatte. So etwas gehörte zu seiner Grundausrüstung.

John warf sich das Seil über die Schulter, knallte den Kofferraumdeckel wieder zu und schloß die Fahrertür auf.

Der Wagen war mit Sprechfunkgerät und Telefon ausgerüstet.

Die Nummer von Inspektor Shaugnessys Büro kannte er auswendig.

»Der Inspektor ist nicht da«, hörte John eine müde Stimme.

»Dann verbinden Sie mich mit seiner Wohnung.«

»Ich weiß nicht, ob . . .«

»Wollen Sie ein Dienstverfahren am Hals haben?«

Jetzt spurte der Nachtdienstbeamte.

Shaugnessy bellte seinen Namen wie ein wütender Dackel in den Hörer.

John ließ den Inspektor erst gar nicht groß zu Wort kommen. Mit ein paar prägnanten Sätzen erklärte er die Situation und verlangte einen Großeinsatz.

Zum Glück spielte Shaugnessy mit. Er mußte sich wohl inzwischen überlegt haben, daß John Sinclair doch wohl recht haben könnte. Außerdem hatte Shaugnessy sich erkundigt, wer John Sinclair genau war. Und den Auskünften nach zu urteilen, hatte Scotland Yard keinen besseren Mann.

Shaugnessy versprach also Hilfe und legte auf.

Inspektor Sinclair rannte zurück.

Als er mit keuchendem Atem die Hütte betrat, hockte Dirk Cochran auf einem Stuhl und grinste verzerrt.

»Alles klar?«

»Alles, Inspektor.« Cochran deutete auf den noch immer bewußtlosen Cyrus Quant. »Und sollte er es noch mal versuchen – hier.«

Cochran griff neben sich und nahm die Pistole vom Tisch.

John nickte. »Seien Sie trotzdem vorsichtig. Ich habe übrigens einen Großeinsatz angeordnet. Das gesamte Gelände muß durchkämmt werden. Aber davon später.«

Schon während seiner Worte war John bereits in dem kleinen Verlies verschwunden und kletterte nach unten.

Er hängte sich die Taschenlampe an den Hosengürtel und betrat den unheimlichen Stollen.

Er hatte den tödlichen Schacht schnell erreicht.

John balancierte auf das über dem Schacht liegende Bett und stellte sich breitbeinig hin.

»Bill!«

Ganz schwach kam die Antwort.

»Halte noch ein paar Minuten aus, Bill«, rief John Sinclair. »Und hör mir zu. Ich lasse dir jetzt ein Seil herunter. Klammere dich um Himmels willen daran fest, und laß nicht los, egal, was geschieht. Verstanden?«

»Ja.«

Bills Stimme klang wieder etwas hoffnungsvoller.

John hatte schon längst festgestellt, daß das Brett sehr stabil war. Es hielt sein Gewicht ohne weiteres aus und auch noch mehr.

Der Inspektor schlang das eine Ende des Seils um das Brett und verknotete es doppelt. Er prüfte noch einmal die Festigkeit und warf das Seil dann in die Tiefe.

Er hörte, wie es ins Wasser klatschte.

Wenig später drang Bills Stimme zu ihm hoch. »Ich habe das Seil, John.«

»Wunderbar. Und jetzt halte dich unter allen Umständen fest. Ich werde versuchen, dich rauszuziehen.«

John atmete noch einmal tief durch, bückte sich dann und packte das Seil mit beiden Händen.

Es war ein mörderisches Unternehmen, ein Balanceakt mit ungewissem Ausgang.

Der Inspektor stand vornübergebeugt und mit weit gespreizten Beinen auf dem Holzbrett und zog mit nahezu unmenschlicher Kraft.

Eine falsche Bewegung nur, und er landete unweigerlich in dem verdammten Schacht.

Vor lauter Anstrengung traten John Sinclairs Halsmuskeln weit hervor.

Aber er bekam Bill aus der tödlichen Falle. Stück für Stück zog er den Freund hoch . . .

Cyrus Quant hatte einen härteren Schädel als erwartet. Und dieser Mann war raffiniert wie ein Höllenhund!

Als John zurückkehrte und kurz mit Dirk Cochran sprach, war Quant schon aus seiner Bewußtlosigkeit erwacht. Nur hatte es niemand gemerkt. Er schauspielerte wirklich perfekt.

Aus schmalen Augenschlitzen sah er, daß John nach unten verschwand. Jetzt blieb nur noch der Junge als Gegner.

Quant hatte noch längst nicht aufgegeben. Trotz seiner Handverletzung, die inzwischen verkrustet war, fühlte er sich in der Lage, mit Dirk Cochran fertig zu werden.

Dirk saß mit maskenhaft starrem Gesicht am Tisch. Die Schmerzen in seinem Arm hatten nachgelassen, dafür war er jetzt gefühllos. Zum Glück war es der linke Arm, so daß er mit rechts immer noch schießen konnte.

Cyrus Quant begann sich zu bewegen. Er stöhnte auf und zog ein Bein an.

Sofort griff Dirk zur Pistole. »Bleiben Sie liegen!« befahl er.

Unendlich mühsam, wie es schien, wälzte sich Quant auf den Rücken. Er hob ein wenig den Kopf und blickte Dirk an.

»Okay, Sie haben gewonnen«, preßte er hervor und fuhr sich stöhnend an den Kopf, der von einer Beule gezeichnet war.

»Das haben Sie sich selbst zuzuschreiben«, sagte Dirk hart. »Denken Sie an all die Opfer, die Sie auf dem Gewissen haben. Am liebsten würde ich Sie erschießen.«

Quant setzte sich hin. Mit dem Rücken lehnte er sich gegen die Wand. »Warum tun Sie's denn nicht?«

Dirk war überrascht. »Was soll ich tun?«

»Mich erschießen.«

»Wollen Sie das wirklich?«

»Warum nicht?« Quant lachte hart. »Was habe ich denn noch zu verlieren? Nichts. Mein Lebenswerk ist zerstört. Man wird mich in eine Zelle sperren in der ich für den Rest meines Lebens dahinvegetiere. Also machen Sie schon. Eine Kugel, und es ist überstanden.«

Dirk Cochran war ratlos. Noch nie im Leben war er mit solch

einer Situation konfrontiert worden. Er war noch zu jung, um die Raffinesse aus Quants Worten herauszuhören.

»Aber – aber ich kann Sie doch nicht einfach umbringen.«

»Warum nicht? Niemand wird Ihnen einen Vorwurf machen. Außerdem haben Sie ein Motiv. Ich war schließlich mitschuldig an dem Tod Ihrer Freundin. Rache ist ein gutes Motiv.«

»Trotzdem.« Dirk nagte auf seiner Unterlippe. Wenn doch nur der Inspektor da wäre, dachte er.

Quant begann sich aufzurichten. Mit der gesunden Hand stützte er sich vom Boden ab und kam langsam auf die Beine.

»Bleiben Sie sitzen!« schrie Dirk. »Ich schieße.«

Quant lachte. Er stand jetzt auf den Beinen. »Warum tun Sie es denn nicht? Ich habe es Ihnen doch vorgeschlagen. Los, drücken Sie ab. Nur eine kleine Bewegung des rechten Zeigefingers, mehr nicht. Vielleicht wird mich die erste Kugel nicht töten, aber Sie haben ja noch genügend andere Geschosse in Ihrem Magazin. Los, machen Sie endlich.«

Quant löste sich von der Wand und kam auf Dirk zu.

»Stehenbleiben!«

Cyrus Quant lachte. »Warum? Schießen Sie doch. Los.«

Dirk hob die Pistole. Sein Zeigefinger krampfte sich um den Abzug.

»Ich tu's!« schrie er. »Verdammt noch mal, ich tu's!«

Doch Cyrus Quant war cleverer. Er befand sich jetzt nur noch einen Schritt vor Dirk Cochran. Genau die richtige Entfernung.

Quants gesunder Arm fegte herum. Der Hieb traf Dirks Arm.

Es lag so viel Schwung hinter dem Schlag, daß Dirks Pistolenhand gegen den Tisch prallte.

Der junge Mann war völlig perplex. Ehe er überhaupt reagieren konnte, krallten sich zwei Mörderhände um seinen Hals und drückten erbarmungslos zu.

Die Luft wurde Dirk aus den Lungen gepreßt, die Augen traten weit aus den Höhlen. Seine Pistole, die ihm jetzt noch hätte nützen können, lag auf dem Boden.

Unerreichbar.

Dirk röchelte.

Und ihm wurde mit einemmal überdeutlich bewußt, daß er verloren war, wenn jetzt nicht etwas geschah.

Dirk saß noch immer auf dem Stuhl. Er konnte nicht umfallen, denn der schwere Tisch hielt ihn auf.

Breitbeinig stand Cyrus Quant über ihm. Sein Gesicht war nur noch eine mordlüsterne Fratze.

Dirk blieben nur noch Sekunden, um sein Leben zu retten.

Es war mehr eine reine Reflexbewegung, als er sein Knie hochriß und genau traf.

Quant brüllte unmenschlich auf.

Noch einmal trat Dirk zu.

Wieder raste eine mörderische Schmerzwelle durch Quants Körper.

Er mußte Dirks Hals loslassen.

Gierig schnappte der junge Mann nach Luft. Jetzt hätte er die Chance gehabt, Quant endgültig zu erledigen, denn der Kerl wand sich wie ein Wurm auf dem Boden.

Doch Dirk war zu sehr mit sich selbst beschäftigt, um daran zu denken.

Nur langsam verschwanden die feurigen Ringe vor seinen Augen. Seine Lungen füllten sich wieder mit Luft, arbeiteten wie Blasebälge.

Aber auch Quant erholte sich, denn dieser Teufel hatte es in seinem Leben gelernt, Schmerzen zu ertragen.

Er stand schon wieder auf den Beinen, ehe Dirk richtig klar war. Quant wankte auf das Bücherregal zu.

Dirk sah es im letzten Augenblick.

»Zurück!« gellte seine Stimme.

Quant lachte nur und ging weiter.

Dirk Cochran wurde sofort klar, wo der Mann hin wollte. In den Stollen, um John Sinclair zu erledigen.

Das mußte er verhindern.

Dirk sah die Pistole, warf sich auf den Boden, schnappte sich die Waffe, rollte zur Seite und schoß.

Dirk hatte noch nie geschossen. Der Rückschlag riß dem jungen Mann die Hand hoch. Die Kugel verfehlte ihr Ziel und knallte über Quant in das Regal.

Ehe Dirk zum zweitenmal schießen konnte, war sein Gegner verschwunden. Er hörte nur noch dessen höhnisches Lachen.

Dirk taumelte hinter Quant her. Er mußte diesen Satan aufhalten. Keuchend erreichte er die Falltür, blickte nach unten und sah gerade noch, wie Quant einen der angespitzten Pfähle aus dem Boden riß.

Wieder schoß Dirk Cochran.

Doch diesmal war der Winkel zu schlecht. Die Kugel jagte einen Yard an Quant vorbei und klatschte in die Wand.

Quant hielt den mannshohen angespitzten Pfahl bereits in den Händen, als Dirk Cochran die ersten Sprossen der Leiter berührte.

Wieder standen sich die beiden Gegner gegenüber.

Doch Dirks Position war denkbar ungünstig.

Trotzdem versuchte er es.

Dirk riß den Arm hoch, zielte diesmal genauer.

Im selben Augenblick schleuderte Quant den Pfahl.

Das Holz krachte mit mörderischer Wucht gegen die Leiter, die spitternd zusammenbrach.

Dirk kam noch nicht einmal mehr dazu, einen Schrei auszustoßen. Wie ein Brett prallte er auf den Boden. Er spürte noch einen harten Schlag am Hinterkopf und dann nichts mehr.

»Du Idiot!« kreischte Quant und schnappte sich den Pfahl.

Einen Augenblick stand er unschlüssig, überlegte, ob er Dirk den Pfahl durch die Brust rammen sollte, doch dann ließ er es bleiben.

Der andere war wichtiger.

»Du kommst auch noch dran«, flüsterte Quant, bückte sich und steckte Dirks Pistole ein.

Dann wandte er sich dem Stolleneingang zu. Den Holzpfahl hatte er unter den rechten Arm geklemmt. Licht brauchte er nicht. Schließlich hatte er den Stollen selbst angelegt und kannte sich hier bestens aus.

»Ich werde dich aufschlitzen!« flüsterte Quant haßerfüllt und stieß ein leises, irres Lachen aus . . .

John Sinclair arbeitete verbissen. Für ihn und Bill Conolly kam es auf jede Sekunde an.

Der Lichtschein seiner Lampe leuchtete in den Schacht. Noch war von Bill nichts zu sehen.

Trotz der unwahrscheinlichen Anstrengung sprach John dem Freund immer noch Mut zu.

Der Inspektor fühlte seine Hände und Muskeln kaum mehr. Er zog nur noch automatisch.

Die Schüsse hörte er im Unterbewußtsein. Es war unmöglich, daß er sich jetzt noch auf etwas anderes konzentrieren konnte. Das würde Bills Ende bedeuten.

Dann – er wußte nicht, wie lange er gezogen hatte – sah er Bills Körper auftauchen.

Noch ein, zwei Yards, und es war geschafft.

»Halt durch, Bill! Halt durch!«

Der Reporter krächzte irgend etwas, was John nicht verstand.

John Sinclair schuftete weiter, und bemerkte dabei nicht, daß das Verhängnis immer näher kam.

Bill streckte ihm bereits seine Hand entgegen, als John neben sich das irre Kichern hörte.

Der Kopf des Inspektors ruckte nach rechts.

Er sah genau in das mörderisch verzerrte Gesicht von Cyrus Quant und entdeckte den angespitzten Holzpfahl in dessen Hand.

John wußte, daß ihm höchstens zwei Sekunden blieben.

»Halt dich fest, Bill!« schrie er noch, stieß sich von dem Brett ab und hechtete fast waagrecht in den Stollen.

Der mörderische Holzpfahl verfehlte ihn nur um Millimeter.

Quant heulte vor Wut auf.

Auf einmal wurde ihm klar, daß er mit dem sperrigen Pfahl in dem engen Stollen so gut wie keine Bewegungsfreiheit hatte. Er konnte diese Waffe nicht herumreißen, um sie John Sinclair, der auf dem Boden lag, in den Körper zu rammen, dafür war der Stollen viel zu niedrig.

Johns rechte Hand krallte sich um Quants Fußknöchel.

Ein kurzer Ruck, und der Mann segelte durch die Luft. Hart schlug er neben John auf den Boden.

Zum Glück brannte die Lampe an Johns Gürtel noch, und so konnte der Inspektor sehen, wohin er schlug.

Er traf Quants teuflisch verzerrtes Gesicht.

Der Mann heulte auf und versuchte wegzukriechen.

John packte ihn am Kragen und zog ihn hoch, während er gleichzeitig auf die Beine kam.

Der Inspektor warf Quant gegen die Wand des Stollens.

»So, jetzt mal raus mit der Sprache!« keuchte John. »Was ist mit Dirk Cochran geschehen. Und wo sind die Schrumpfköpfe?«

Quant gab keine Antwort. Er lachte nur. »Sie werden sterben«, keuchte er. »Alle werden sie jetzt sterben. Die Schrumpfköpfe brauchen Blut, Blut, Blut . . .«

»John!« Bills Schrei ließ den Inspektor zusammenzucken.

Der Inspektor wandte den Kopf und sah den Reporter in einer verzweifelten Lage.

Bill hatte sich mit einem Arm um das Brett gekrallt. Er versuchte, sich mit letzter Kraft daran hochzuziehen, was ihm nicht gelang.

Bill Conolly war zu schwach.

Sein Griff wurde sogar noch lockerer, die Hand rutschte langsam ab . . .

John Sinclair überlegte keinen Augenblick.

Er ließ Quant los und war mit einem Sprung am Schacht. Seine Hände packten zu, bekamen Bills Oberarm zu fassen, und mit einem letzten Ruck zog er den Reporter auf das rettende Brett.

Cyrus Quant hatte die Situation sofort ausgenützt. Seine Hand fuhr in die Tasche und kam mit Dirk Cochrans Pistole zurück.

»Jetzt seid ihr beide dran!« keifte Quant und zielte auf Johns Kopf.

Es ging um Bruchteile von Sekunden und alles so schnell, daß man es kaum beschreiben kann.

John Sinclair warf sich vor, bekam den Holzpfahl zu fassen und riß ihn zur Seite.

Der Pfahl traf Quant an den Waden, brachte ihn aus dem Gleichgewicht, genau in dem Augenblick, in dem er abdrückte.

Donnernd hallte der Schuß durch den Stollen. Haarscharf fuhr die Kugel an Johns Kopf vorbei.

Zu einem zweiten Schuß kam Quant schon nicht mehr. Da war der Inspektor schon über ihm.

Ein harter Haken traf Quants Magen. Pfeifend entwich die Luft aus Quants Lungen. Ein weiterer Schlag, von unten nach oben gezogen, schleuderte den Mann auf den Schacht zu.

Quant brüllte wie ein Tier. Er taumelte zurück.

»Vorsicht!« schrie Bill Conolly.

Doch es war zu spät.

Quants Fuß trat plötzlich ins Leere. Maßloser Schrecken malte sich auf dem Gesicht des Mannes ab. Er warf die Arme hoch, verlor das Gleichgewicht und verschwand in der Tiefe.

»Aaaaahhhh!«

Sein gellender Schrei endete mit dem Aufprall auf der Wasseroberfläche.

»Jetzt kann er auch mal schwimmen«, keuchte John.

Der Inspektor stand am Rand des Schachtes und starrte in die Tiefe. Dann packte er Bill an der Schulter und zog ihn in Sicherheit.

Der Reporter war völlig erschöpft. Ein Mensch mit weniger guter Kondition wäre längst ertrunken.

»John!« keuchte er. »Da unten liegen die Leichen. Es – es war grauenhaft. Sie haben keine Köpfe mehr. Wir müssen . . .«

Bill verstummte erschöpft.

»Laß gut sein, Bill«, sagte der Inspektor und half seinem Freund auf die Beine.

Er mußte Bill während des Laufens stützen.

»Habt ihr – habt ihr die Schrumpfköpfe?« keuchte Bill Conolly.

»Nein«, erwiderte John leise. »Sie sind verschwunden.«

»Mein Gott«, flüsterte Bill und konnte ein Beben in seiner Stimme nicht unterdrücken.

Der Gärtner des Internats hieß Patrick Purdom. Er war vierunddreißig Jahre alt und noch immer Junggeselle. Da Purdom den Whisky mehr liebte als sonst was in der Welt, hatte er es aufgegeben, nach einer Frau zu suchen. Außerdem gefiel ihm der Job als Gärtner gut. Er war hier sein eigener Herr, und ihm konnte niemand reinreden. Kurzum, Patrick Purdom konnte man als zufriedenen Menschen bezeichnen.

Der Gärtner hatte an diesem Abend nur eine Flasche Whisky getrunken. Für ihn reichte die Menge gerade aus, um eine gewisse Bettschwere zu bekommen, zu mehr aber auch nicht.

Verärgert blickte Purdom die leere Flasche an und warf sie dann in einen Abfalleimer, wo sie splitternd zerbrach. Purdom nahm sich vor, gleich am nächsten Tag nach Glasgow zu fahren und sich dort wieder mit mindestens einem Karton des edlen Stoffes einzudecken. Vor lauter Vorfreude leckte sich der Gärtner jetzt schon die Lippen.

Er wohnte im Seitentrakt des Schulgebäudes. Seine drei Zimmer waren klein und schäbig eingerichtet. Aber das störte Purdom nicht. Er mußte ja schließlich hier wohnen.

Den Schlafzimmerschrank hatte er zweckentfremdet. Das stabile Möbelstück diente jetzt als Bar. Leider standen momentan mehr leere als volle Flaschen darin.

Patrick Purdom lag auf seinem alten Metallbett und döste vor sich hin. Ab und zu stieß er Schnarchtöne aus, über die er sich hinterher selbst erschreckte. Unruhig warf er sich von einer Seite auf die andere, blätterte dann in einem Comic-Heft und legte das

Heft schnell wieder weg, da er nicht einmal die Nerven aufbrachte, in Ruhe zu lesen.

Mitternacht war schon längst vorüber, und er hatte immer noch keinen Schlaf gefunden.

»Verdammt noch mal!« fluchte Purdom ärgerlich. »Das kommt davon, wenn man nicht genügend Whisky im Haus hat.«

Patrick Purdom war ein Bär von einem Mann, mit breiten, eckigen Schultern und dicken Armen. Er hatte viel Kraft, und in seiner besten Zeit hatte er oft nur so zum Spaß Eisenstangen verbogen. Auf seinem Kopf, den Armen und der Brust wuchs rostrotes lockiges Haar, das kaum mit einem Kamm zu bändigen war.

Wegen seiner Haare hatte Purdom auch von den Schülern den Namen Reddy bekommen.

Purdom hatte sich, als er zu Bett ging, nur die Stiefel ausgezogen. Aus einem seiner Socken, die einen bestialischen Gestank verbreiteten, lugte der große Zeh.

Außerdem trug Purdom noch eine aschgraue fleckige Hose, die durch breite Hosenträger gehalten wurde, und ein rot-schwarz-kariertes Hemd, das über und über mit Farbflecken besprenkelt war.

Plötzlich hörte Purdom das Geräusch. Es drang wie ein Messer in sein Unterbewußtsein.

Sekunden später war er hellwach.

Er setzte sich im Bett auf und lauschte.

Zum Teufel, da hatte doch eine Scheibe geklirrt.

Ein paar Herzschläge lang blieb Purdom in seiner gespannten Haltung sitzen, doch das Geräusch wiederholte sich nicht.

»Aber getäuscht habe ich mich nicht«, brummte er.

Der Gärtner schwang seine Beine aus dem Bett und schlüpfte in die Stiefel. Das Geräusch war aus den Kellerräumen gekommen, die direkt neben den seinen lagen.

Ob da wieder einer zu spät nach Hause gekommen war und nun versuchte, sich so Eintritt zu verschaffen?«

Er hatte ja nichts dagegen, wenn einer der Schüler über die Stränge schlug, aber einfach eine Scheibe einwerfen, nein, das ging zu weit. Als ob es nicht andere Möglichkeiten gäbe, in das Haus zu gelangen. Die Kameraden sollten mal ihre Phantasie spielen lassen, sie waren doch sonst nicht so dumm.

Purdom ging zu seiner Wohnzimmertür und drückte sie leise

auf. Vor ihm lag ein kahler grauer Betongang, an dessen Ende eine Treppe nach oben führte.

Doch vorher teilte sich der Gang. Links ging es weiter zu den Kellerräumen und zur Waschküche.

Purdom machte kein Licht. Er wollte dem oder den Kerlen einen gehörigen Schrecken einjagen.

Leise wie eine Katze schlich der stabile Mann weiter. An der Gangecke blieb er stehen und riskierte einen Blick um die Mauer.

Er sah nichts.

Keinen Umriß einer Gestalt, keinen Lichtstrahl, nicht einmal das Schleifen von Fußsohlen hörte er.

Dann mußte die Person bestimmt noch in der Waschküche stecken.

Schon bald stand Purdom vor der stabilen Holztür.

Behutsam drückte er die Metallklinke nach unten. Die Rückkehrer brauchten ihn nicht unbedingt schon vorher zu bemerken.

Purdom öffnete die Tür nur einen Spaltbreit und schlüpfte dann in die Waschküche.

Der Raum war groß. Die beiden Fenster zeichneten sich als hellere Vierecke von der Wand ab. Der Geruch von Feuchtigkeit und Wäsche traf Purdoms Nase. Der Gärtner konnte nicht genau erkennen, ob eines der Fenster zerbrochen war. Es schien ihm aber so.

Er fand es an der Zeit, den Burschen ein wenig Angst zu machen.

»Los, kommt her!« knurrte der Gärtner, während er gleichzeitig nach dem Lichtschalter tastete.

Er bekam keine Antwort.

Plötzlich hörte er einen singenden Ton, so, als wäre irgend jemand gegen einen Metallgegenstand gestoßen.

Also war er doch nicht allein in der Waschküche.

Na, denen werde ich es zeigen, dachte Purdom.

Seine linke Hand drehte den Schalter herum.

Sofort flackerte das grelle Licht der beiden kreisrunden Leuchtstoffröhren an der Decke auf.

Patrick Purdom kniff die Augen zusammen, da sie die Helligkeit nicht so schnell vertrugen.

Als er sie wieder öffnete, überfiel ihn das nackte Grauen.

Sieben Schrumpfköpfe hockten vor ihm auf dem Boden und starrten ihn aus haßerfüllten, glitzernden Augen an. Ihre Gesichter waren blutverschmiert, zeugten davon, daß die Köpfe an diesem Abend schon ihre Beute gehabt hatten.

Purdom begann zu zittern. So etwas hatte er noch nie gesehen.

»Ich bin doch nicht besoffen«, flüsterte er.

Er hatte den Satz kaum beendet, da sprang ihm der erste Schrumpfkopf an die Brust.

Die scharfen Zähne fetzten das Hemd auseinander und drangen tief in das Fleisch.

Der Gärtner brüllte auf.

Seine riesigen Pranken umfaßten den Schrumpfkopf, rissen ihn von seiner Brust los, und dann warf er den Kopf mit aller Macht gegen die Wand.

Doch schon sprang ihn der nächste an.

Noch in der Luft schlug Purdom mit der Faust zu. Und traf.

Der Schrumpfkopf wurde weit zurückgeschleudert.

Die anderen begannen den Gärtner einzukreisen. Auch die beiden, die er vernichtet glaubte, kamen wieder auf ihn zu. Bei einem sah Purdom ein Stück seiner eigenen Haut zwischen den Zähnen.

Das machte ihm bewußt, wie mörderisch die Wunde schmerzte. Unaufhaltsam rann das Blut an ihm herunter.

Purdom drehte durch.

Seine Beine traten nach den Bestien, wollten sie zerstampfen.

Doch die Köpfe waren schlau.

Plötzlich saß Purdom einer im Nacken.

Gleichzeitig sprangen zwei gegen seine Brust und bissen sich fest.

»Aaahhh!«

Purdom brüllte wie ein verwundeter Stier, drehte sich verzweifelt im Kreis, um die Köpfe loszubekommen.

Der Gärtner verspürte unsagbare Schmerzen, als zwei andere Schrumpfköpfe sich in seiner Schulter festbissen. Er taumelte auf die Axt zu, die in der Ecke stand.

Die linke Hand schlang er um seinen Hals und riß den Schrumpfkopf von seinem Nacken weg.

Dann packte er die Axt.

Die scharfe Schneide traf einen Kopf mitten im Sprung und spaltete ihn in zwei Hälften.

Weit flogen sie auseinander, doch dann rollten die beiden Hälften wieder aufeinander zu und fügten sich zusammen.

Der Gärtner bekam das jedoch nicht mehr richtig mit. Zu gräßlich waren die ihm zugefügten Schmerzen und Wunden.

Patrick Purdom brach blutüberströmt zusammen.

Jetzt war er eine leichte Beute für die mordenden Schrumpfköpfe. Wie Aasgeier stürzten sie sich auf ihn.

Purdom lag auf dem Rücken. Er sah einen dieser schrecklichen Köpfe auf sich zugesprungen kommen und spürte, wie ein starkes Gebiß in seine Kehle drang.

Das letzte, was der Gärtner Patrick Purdom in seinem Leben von sich gab, war ein grauenhaftes Röcheln.

Sekunden später blickten seine glanzlosen Augen starr gegen die weißgetünchte Decke der Waschküche.

Als John Sinclair mit dem völlig erschöpften Bill Conolly aus der Stollenöffnung wankte, hörten sie schon die Männerstimmen. Sie kamen von oben, aus dem Blockhaus.

»Das sind die Polizisten«, sagte John und ließ seinen Freund vorsichtig zu Boden sinken.

Danach fiel sein Blick auf die zerbrochene Leiter und auf die reglos daliegende Gestalt des jungen Mannes.

Ein heißer Schreck durchfuhr den Inspektor. Er ging neben Dirk Cochran in die Knie und fühlte nach dem Puls.

Er schlug. Zwar unregelmäßig, aber der Junge lebte. John sah auch die Schulterwunde, an der sich mittlerweile eine Blutkruste gebildet hatte. Dirk mußte sofort in ärztliche Behandlung.

Das Gesicht von Inspektor Shaugnessy tauchte oben an der Falltür auf.

»Sie machen ja ganze Völkerstämme verrückt, Sinclair«, knurrte der Beamte.

»Ich habe auch allen Grund dazu«, erwiderte John. »Lassen Sie ein paar Männer kommen, die mir hier unten helfen können.«

Shaugnessys Kopf verschwand, und wenig später sprangen vier Uniformierte nach unten in das Verlies.

»Zuerst den jungen Mann dort«, sagte John und deutete auf Dirk. »Aber passen Sie auf, er ist verletzt.«

Die Polizisten balancierten Dirk nach oben, wo ihn hilfreiche Hände in Empfang nahmen.

Dann kam der völlig erschöpfte und durchnäßte Bill Conolly an die Reihe. Er versuchte zwar zu protestieren und meinte, er wäre kein Baby, doch die Beamten nahmen seine Worte gar nicht zur Kenntnis.

John grinste. Wenn Bill wieder so reden konnte, war er fast schon auf dem Damm.

»Sie bleiben noch hier«, wandte sich Inspektor Sinclair an die vier Polizisten. »Wir werden Sie gleich noch brauchen. Ich gebe nur Inspektor Shaugnessy einen kurzen Lagebericht.«

John, der von Natur aus faul war und jede unnütze Kraftanstrengung vermied, ließ sich ebenfalls von hilfreichen Händen nach oben hieven.

»Und ich dachte immer, die jungen Kollegen wären sportlich«, empfing ihn Inspektor Shaugnessy.

»Tja«, grinste John, »das Denken . . .«

»Ich weiß, man sollte es lieber den Pferden überlassen«, ergänzte der Inspektor.

Dirk Cochran war schon abtransportiert worden. Bill Conolly saß auf einem Stuhl und bibberte trotz der warmen Decke, die man um seinen Körper gelegt hatte.

In der Hütte wimmelte es von Beamten.

»Weitere dreißig Mann sind noch draußen und durchkämmen den Shadow Forest nach Ihren Schrumpfköpfen«, sagte Shaugnessy und betonte das letzte Wort besonders stark. Er war noch immer nicht überzeugt.

John störte das nicht. Er gab einen kurzen Bericht. Erzählte von dem Stollen, dem Schacht und den darin befindlichen Leichen. »Im Moment können Ihre Beamten allerdings Cyrus Quant, den Initiator dieser Schrumpfkopfmorde, dort herausholen.«

Inspektor Shaugnessy gab an die vier unten gebliebenen Polizisten die entsprechenden Anweisungen.

Dann berichtete er. »Meine Männer durchkämmen den gesamten Wald. Lassen kein Stück aus. Natürlich kann das lange dauern, aber meiner Meinung nach werden wir keinen Erfolg haben. Die Stangen da unten sind für mich noch lange kein Beweis für die Existenz der Schrumpfköpfe. Wo sind sie eigentlich, diese komischen Dinger?«

»Wenn ich das wüßte, wäre mir auch wohler«, sagte John leise.

»Ich kam mir vor wie Tarzan«, meinte Shaugnessy bissig. »Bis wir diese Hütte erst mal gefunden hatten, und dann . . .«

Der Inspektor verstummte. Ein Beamter kam mit hochrotem

Kopf und allen Anzeichen des Entsetzens im Gesicht in die Blockhütte getaumelt.

»Sir«, keuchte er. »Wir haben soeben einen Funkspruch bekommen. Man hat zwei Leichen gefunden. Gräßlich zugerichtet.«

John Sinclair hatte das Gefühl, als wäre ihm ein Eimer mit kaltem Wasser über den Kopf gegossen worden. Er blickte Shaugnessy an. Auch dieser war weiß wie eine Leinwand.

»Da haben Sie's, lieber Kollege«, sagte John. »Die Schrumpfköpfe haben ihre ersten Opfer gefunden.« John wandte sich an den Polizisten. »Wo hat man die Leichen entdeckt?«

»Ziemlich weit von hier weg. Am Ende des Forests.«

John Sinclair überlegte. Sicher, diese Schrumpfköpfe brauchten Blut, um zu überleben. Sie würden sich schnellstmöglich der nächsten menschlichen Behausung nähern.

»Wie weit ist das nächste Dorf weg?« fragte John.

»Ein paar Meilen«, erwiderte Shaugnessy. »Bis dorthin können Sie noch nicht gekommen sein.«

»Gibt es sonst noch etwas dazwischen? Ein Bauernhof, eine Fabrik, in der nachts gearbeitet wird . . .«

Inspektor Shaugnessy faßte sich plötzlich an den Kopf. »Mein Gott, das Internat. Daß ich nicht daran gedacht habe. Es liegt genau auf dem Weg. Über zweihundert Kinder . . .«

John Sinclair reichte nur das Wort Internat. Wenn die Schrumpfköpfe dort eindrangen, gab es eine Katastrophe.

»Kommen Sie!« schrie John Inspektor Shaugnessy zu und rannte schon in Richtung Bentley.

Hoffentlich kamen sie nicht zu spät . . .

Es gab noch jemanden in der Schule, der keinen Schlaf finden konnte.

Doug Emmery, stellvertretender Direktor des Internats, saß in der Bibliothek und las in einem Buch.

Eine Stehlampe, deren Fuß aus edlem Holz geschnitzt war, verbreitete einen milchigen Schein.

Es war fast totenstill in dem großen, mit Büchern angefüllten Raum. Man hörte sogar das leise Ticken von Emmerys Armbanduhr.

Doug Emmery strich sich über die müden Augen und stand auf.

Ihn beschäftigte ein mathematisches Problem, von dem er hoffte, es durch die Lektüre des Buches lösen zu können. Doch auch damit kam er nicht weiter.

Der Lehrer ging unruhig hin und her. Schließlich blieb er am Fenster stehen. Er schob die Vorhänge ein wenig zur Seite und sah nach draußen.

Wie ein riesiger schwarzer Moloch lag die Nacht über dem Land. Kein einziger Stern funkelte am Himmel. Es schien, als wäre die Erde von einem dunklen Tuch zugedeckt worden.

Doug Emmery wollte sich gerade wieder hinsetzen, da hörte er den Schrei. Er war zwar leise, aber deutlich genug.

Emmery war zu lange im Krieg gewesen, um zu wissen, daß so nur ein Mensch in Todesangst schrie.

Lauschend blieb der Lehrer stehen. Seine Nerven waren angespannt, vibrierten.

Wieder traf der Schrei seine Ohren.

Aber diesmal war Emmery darauf vorbereitet. Er wußte jetzt, woher der Schrei gekommen war. Von unten, aus dem Keller.

Und dort wohnte der Gärtner!

Emmery war ein Mann schneller Entschlüsse. Er mußte nachsehen, vielleicht konnte er noch etwas retten.

Doug Emmery riß die schwere Tür auf, lief auf den Gang und rannte zu der breiten Treppe, die nach unten führte. Er hatte vorher das Licht eingeschaltet, und die kalte Beleuchtung spiegelte sich auf dem Steinboden der langen, hohen Gänge.

Emmery erreichte die Kellertür.

Er legte die Hand auf die Klinke und zog die Tür mit einem Ruck auf.

Im ersten Moment konnte Doug Emmery kaum fassen, was er zu sehen bekam.

Glühende Augen, etwas voneinander versetzt, starrten ihn an. Er hörte ein widerliches Fauchen, und plötzlich flog etwas auf ihn zu.

Emmery reagierte instinktiv.

Er warf sich zurück und schlug in einem Reflex die Tür wieder zu. Damit hatte er, ohne es zu wollen, den Schrumpfköpfen den Weg versperrt.

Doch eine dieser Bestien hatte es geschafft und sich in seiner Jacke verbissen.

Emmery sah auf den gräßlichen Schädel und spürte, wie unter

dem starken Gebiß der Stoff zerriß. Noch immer war der Lehrer unfähig, sich zu rühren.

Der Schrumpfkopf nutzte seine Chance.

Beißend kletterte er an der dicken Hausjacke des Mannes hoch, versuchte, an dessen Hals zu gelangen.

Doug Emmery sah das Verderben auf sich zukommen und erwachte im letzten Augenblick aus seiner Erstarrung.

Seine rechte Hand krallte sich um den Schädel der Bestie. Er riß den Schrumpfkopf von seiner Jacke ab, wollte ihn auf den Boden schmettern.

Doch der Kopf war schlau.

Blitzschnell drehte er sich in der Hand des Mannes und biß zu. Die scharfen Zähne drangen in Emmerys Fleisch.

Blut sprudelte.

Der Lehrer schrie gellend auf. Vorbei war es mit seiner Beherrschung. Er hatte nur noch einen Gedanken. Weg von hier. Weg von dem Ort des Grauens.

Die Absätze des Mannes hämmerten ein hartes Stakkato auf den Steinfliesen.

Doug Emmery rannte dem Ausgang zu. Während er lief, versuchte er, mit der freien Hand den Schrumpfkopf wegzureißen.

Er schaffte es nicht. Der Schädel hatte sich regelrecht in seiner rechten Hand verbissen.

In seiner Panik schlug Emmery seine rechte Hand gegen die Wand. Und das half.

Der Schrumpfkopf fiel zu Boden.

Emmery rannte weiter. Er bemerkte nicht, wie das Blut aus seiner Wunde lief und den Boden färbte, und er sah auch nicht den Schrumpfkopf, der sich bereits an die Verfolgung des Mannes machte.

Doug Emmery faßte mit der gesunden Hand in seine Jackentasche, fand den Schlüssel zur Ausgangstür und schob ihn ins Schloß.

Hastig drehte er ihn zweimal nach links, riß die Tür auf . . .

Dann überstürzten sich die Ereignisse.

Emmery hatte gerade die Tür aufbekommen, als ihm der Schrumpfkopf in den Rücken sprang.

Die scharfen Zähne durchdrangen den Stoff der Jacke und bohrten sich in das Fleisch.

Gleichzeitig hörte Emmery das schrille Jaulen von Polizeisirenen.

Gleißende Scheinwerferpaare erhellten den kleinen Park. Kies spritzte hoch, Bremsen kreischten.

Emmery taumelte nach draußen.

»Hilfe . . .«, röchelte er.

Wieder spürte er einen beißenden Schmerz im Rücken und brach vor der obersten Treppenstufe zusammen. Er hatte noch so viel Schwung, daß er die Stufen herunterrollte.

John Sinclair war der erste, der aus dem Wagen sprang.

Im Scheinwerferlicht sah er, wie ein Mann die Treppe herunterstürzte, und er erkannte den Schrumpfkopf, der sich in dem Rücken des Unbekannten festgebissen hatte.

Johns schlimmste Ahnungen wurden bestätigt.

Mit riesigen Sätzen rannte er los, erreichte den Schwerverletzten und krallte seine Finger um die Haare des Schrumpfkopfes.

Er riß die Mordbestie los.

John schleuderte den Schrumpfkopf von sich.

Hastige Schritte knirschten hinter ihm auf dem Kies.

»Bleiben Sie weg!« schrie der Inspektor. »Das mache ich allein!«

Blitzschnell zog John seine mit Silberkugeln geladene Pistole. Da die Scheinwerfer genügend Helligkeit verbreiteten, machte ihm das Zielen keine Schwierigkeiten.

Der Schrumpfkopf hatte sich jetzt seinem neuen Gegner zugewandt. Aus haßerfüllten Augen blickte er ihn an.

Totenstille breitete sich in dem kleinen Park aus. Es hatte den Anschein, als spürten die Anwesenden, daß hier gleich etwas Grauenvolles geschehen würde.

John biß die Zähne zusammen, hob die Waffe, zielte genau und schoß.

Die Kugel drang unterhalb der Nase in den Schrumpfkopf.

Wie von einer Riesenfaust gepackt, wurde der Kopf zur Seite gestoßen und knallte gegen die unterste Treppenstufe.

Und dann geschah das, was John schon auf dem Parkplatz erlebt hatte.

Der Kopf bekam Beulen, die sehr schnell zerplatzten, und zurück blieb ein kleiner, fast verwester Schädel mit blanken Knochen.

John steckte die Waffe ein, bückte sich, hob die Silberkugel auf und ließ sie in seiner Tasche verschwinden.

»Unglaublich«, hörte er hinter sich eine Stimme.

John wandte sich um. Inspektor Shaugnessy kam auf ihn zu. In dem Gesicht des Polizeibeamten war der Schrecken noch zu lesen. Immer wieder schüttelte er fassungslos den Kopf.

»Sind Sie nun überzeugt?« fragte John.

»Mehr als das.«

Einige Beamten transportierten inzwischen den verletzten Doug Emmery weg.

Selbstverständlich waren die Schüler in dem Internat längst wach geworden. Fast alle Fenster waren geöffnet. In wahren Trauben hingen die Jungen und Mädchen vor den Brüstungen.

Aufgeregte und völlig verstörte Lehrpersonen kamen angerannt.

»Ich bin der Rektor«, rief ein weißhaariger Mann und lief auf John und den Inspektor zu. »Ich verlange eine Erklärung.«

»Verlangen können Sie später etwas«, sagte John mit scharfer Stimme. »Sie tun aber erst, was ich Ihnen sage.«

»Wer sind Sie überhaupt?«

»Scotland Yard.«

»Oh.«

Drei Minuten später waren die Kinder von den Fenstern verschwunden und sämtliche Schlafraumtüren von außen abgeschlossen. Dann ließ sich John die Lage der Kellerräume genau erklären, denn seiner Meinung nach konnten die Köpfe nur dort hocken.

Ein Sportlehrer übernahm dies. Anschließend verlangte John, daß niemand von den Lehrpersonen in den Keller gehen sollte.

Verschüchtert zogen die Männer und Frauen ab. Sie konnten nicht begreifen, was das Ganze sollte. John hatte ihnen auch keine Erklärung gegeben.

»Und Sie, Kollege Sinclair?« fragte Inspektor Shaugnessy leise. »Sagen Sie bloß, Sie wollen allein in die Höhle des Löwen!«

»Was bleibt mir anderes übrig?« John holte seine Pistole hervor und überprüfte sie noch einmal. Dann sagte er: »Einen Gefallen können Sie mir noch tun, lieber Kollege.«

»Und der wäre?«

»Drücken Sie mir die Daumen.«

»Ich glaube, das machen wir wohl alle hier«, erwiderte Shaugnessy leise.

John Sinclair kam sich vor, als wäre er ganz allein auf der Welt.

Er wußte genau, auf was er sich da eingelassen hatte, und war sich darüber klar, wie gering seine Chancen standen.

Denn fünf Silberkugeln steckten noch in seiner Pistole. Aber er hatte es mit sechs dieser mordenden Schrumpfköpfe zu tun. Ein ungleiches Verhältnis. Außerdem mußte John mit jedem Schuß einen Kopf erledigen.

Johns Schritte hallten hohl an den kahlen Wänden des langen Ganges wider. Es war auch das einzige Geräusch in dem großen alten Bau. Selbst die Schüler verhielten sich ruhig. Vielleicht ahnten sie auch, daß etwas Grauenhaftes geschehen würde.

John Sinclair hielt seine Pistole in der rechten Hand. Schweiß sammelte sich in seinem Handteller. Und plötzlich verspürte der Inspektor eine nie gekannte Angst. Angst, diesen Bestien nicht gewachsen zu sein.

Sicher, er hatte schon gegen Vampire, Dämonen, Magier und Höllenwesen gekämpft. Aber da hatte er es höchstens mit einem oder zwei Gegnern auf einmal zu tun gehabt.

Doch hier standen ihm sechs Feinde gegenüber!

Gewaltsam schüttelte John das beklemmende Gefühl ab. Er mußte einen klaren Kopf behalten. Nur so konnte er überleben – und gewinnen.

Johns Gesicht wurde hart, als er an die Kinder in dem Internat und die beiden im Shadow Forest gefundenen Leichen dachte. Schon allein deshalb mußte er dieser Brut den Garaus machen.

Schon bald stand der Inspektor vor der Kellertür.

Der Inspektor atmete noch einmal tief durch, konzentrierte sich auf das, was unweigerlich kommen würde und . . . riß die Tür auf.

John huschte gedankenschnell durch den entstandenen Spalt, knallte die Tür sofort wieder zu und schlug gegen den Kipphebel des Lichtschalters. Kaltes Leuchtstofflicht flammte auf.

Die Köpfe hockten auf der Treppe.

Sechs Stücke waren es und jeweils auf den einzelnen Kellerstufen versetzt.

Haßerfüllte, glühende Augen starrten John an. Aus den halbgeöffneten Mäulern der Köpfe drang heiseres Fauchen.

Nicht die Schrumpfköpfe, sondern John Sinclair übernahm die Initiative.

Mit zwei gewaltigen Sätzen hatte er die Treppe hinter sich gebracht und stand nun in dem kalten Betongang des Kellers.

Die Köpfe fauchten wütend.

John hatte erreicht, was er wollte. Er hatte die Schrumpfköpfe von der Treppe weggelockt, hinein in den Keller, wo er mehr Bewegungsfreiheit hatte.

Der Inspektor zog sich noch weiter zurück, bis in die Waschküche.

Dort sah er die ausgeblutete Leiche eines Mannes. Es war ein grauenhafter Anblick.

Sekunden später wurde Johns Blick von dem ersten Schrumpfkopf gefangengenommen, der plötzlich in den Kellerraum gehüpft kam.

John Sinclair hatte seine Waffe schußbereit.

Seine Hand zitterte nicht ein bißchen, als er den Druckpunkt überwand.

Überlaut hallte der Schuß wider.

Der Schrumpfkopf wurde von der Kugel auseinandergerissen.

John konnte sich von seinem Erfolg nicht überzeugen, denn schon kamen die nächsten zwei.

Den ersten erledigte John mit einem gezielten Schuß. Doch der zweite sprang ihn an.

John witschte im letzten Moment zur Seite.

Der Schrumpfkopf hüpfte ins Leere.

Der Inspektor kreiselte herum, zielte kurz und schoß.

Wieder war eine der Bestien erledigt.

Blieben noch drei – und zwei Kugeln!

Sie, durch Johns Eingreifen gewarnt, stellten es schlauer an. Sie kreisten den Inspektor ein, kamen von drei Seiten.

John Sinclair drehte sich um die eigene Achse.

Drei vertrocknete, zusammengeschrumpfte Männergesichter starrten ihn an. Die Augen leuchteten haßerfüllt, und die kräftigen Gebisse blitzten.

Die Köpfe sprangen gleichzeitig.

John wirbelte zur Seite, übersah jedoch die Blutlache auf dem Boden und rutschte aus.

Zwei Köpfe hatten ihn verfehlt, doch einem war es gelungen, sich in seinem Jackett zu verbeißen.

John hörte, wie der Stoff unter den Zähnen riß.

Es kam auf Sekunden an und darauf, daß er die Nerven behielt.

John riß den Arm mit der Waffe hoch, preßte die Mündung gegen den mordenden Kopf und schoß.

Die Kugel fegte den Schrumpfkopf bis an die Wand.

Der Inspektor rollte sich ein paarmal über den Boden.

Keinen Augenblick zu früh.

Die beiden letzten Schrumpfköpfe befanden sich bereits in der Luft, doch sie prallten dort auf, wo John eben noch gelegen hatte.

Sofort kam der Geisterjäger auf die Beine.

Noch eine Kugel!

John glitt bis zur Wand zurück, visierte den ihm am nächsten befindlichen Schrumpfkopf an und zog durch.

Auch seine letzte Kugel traf.

Sie drang dem Kopf genau zwischen die Augen.

Blieb noch ein Gegner übrig. Der Schrumpfkopf und John Sinclair belauerte sich gegenseitig.

Kam der Kopf vor, ging der Inspektor zurück.

Mit einer schlangengleichen Bewegung streifte John sein Jackett ab.

Schon einmal hatte eine Jacke den Schrumpfkopf aufhalten können. Wie ein Torero das Tuch hält, so hielt John Sinclair seine Jacke vor dem Körper. Jede Bewegung, die der Schrumpfkopf vollführte, ahmte er mit dem Jackett nach.

Minutenlang belauerten sie sich.

Dann griff der Kopf an.

Urplötzlich stieß er sich vom Boden ab, sprang fast bis zur Decke und segelte in einem Bogen auf John zu.

Der Inspektor riß die Jacke über den Kopf.

Der Schrumpfkopf verfing sich in dem Stoff.

Sofort schleuderte John sein Jackett zu Boden, rollte es blitzschnell zusammen und trat mit dem Absatz wuchtig auf die Stelle, wo sich der Kopf befinden mußte.

John spürte, wie es unter seinem Fuß nachgab, wie sich der Kopf verformte.

Der Inspektor riß die Jacke auseinander, hoffte auf einen Erfolg.

Er hatte sich getäuscht.

Der Kopf hatte in Sekundenschnelle wieder seine alte Form angenommen und sprang John fauchend entgegen.

Der Inspektor wich zur Seite. Der Kopf konnte seinen Schwung nicht bremsen und knallte gegen die Wand.

Dadurch bekam John Sinclair Zeit. Er bückte sich und griff nach seinem Jackett.

Und plötzlich fühlten seine Finger die geweihte Silberkugel in der Außentasche.

Eine Idee zuckte gleich einem Blitzstrahl in Johns Kopf auf.

Die Kugel! Damit hatte er draußen vor dem Internat den Schrumpfkopf erledigt. Und fünf weitere Silberkugeln befanden sich hier in dem Raum. Sie waren zwar deformiert, aber hatten ihre abschreckende Wirkung behalten.

John wich geschmeidig zurück und sammelte zwei Kugeln auf. Die Jacke ließ er nicht los. Damit wollte er den Schrumpfkopf ein letztes Mal ködern.

Wieder sprang der Kopf in seine Richtung. Und wieder verbiß er sich in der Jacke.

Doch diesmal packte John zu. Er warf sich mitsamt der Jacke auf den Boden, krallte seine Hand in die Haare des Schrumpfkopfs und stieß ihm mit der anderen die beiden Silberkugeln in den weitgeöffneten Mund. Danach ließ John den Kopf sofort los und hechtete zur Seite.

Mit dem Kopf ging eine seltsame Wandlung vor. Er drehte sich plötzlich im Kreis, stieß seltsame gutturale Laute aus und begann, sich mit einer Qualmwolke zu umgeben.

Fasziniert starrte John auf den immer dichter werdenden Rauch, der sich zu einer Gestalt formte, die menschliche Konturen besaß und mit acht Köpfen bedeckt war.

Nur für eine winzige Zeitspanne war diese Gestalt zu sehen, dann löste sie sich spurlos auf.

Orgozzo, der Dämonengott, war durch den Tod des letzten Kopfes wieder in sein Reich zurückgekehrt.

Übrig blieb ein grinsender Totenschädel.

ENDE

Die Armee
der Unsichtbaren

In prunkvollen Leuchtern steckende Kerzen brannten auf den festlich gedeckten Tischen. Ober in dunkelblauen, maßgeschneiderten Smokings liefen geschäftig hin und her. Erlesene Speisen wurden auf silbernen Platten serviert. Hier und da hörte man das sanfte Klappern eines Bestecks.

Das Luxusrestaurant war fast bis auf den letzten Platz besetzt. Hier speisten nur Leute, die zu den oberen 500 der Weltstadt London gehörten. Alles war gediegen, elegant und vornehm. Eben reichte der Ober einem neu angekommenen Paar die Speisekarte. Der Mann wollte gerade einen guten Wein empfehlen, da geschah es.

Urplötzlich schwebte das scharfe Rasiermesser in der Luft, kam dicht vor der Kehle des Obers zur Ruhe und durchtrennte einen Herzschlag später die Halsschlagader des Mannes . . .

Für Sekunden war das am Tisch sitzende Paar wie gelähmt. Unfähig, diesen ungeheuren Vorfall zu begreifen.

Erst als ein Blutstrom aus der Kehle des Obers auf den Tisch schoß, entlud sich das Entsetzen der Frau in einem gellenden Schrei.

Mit panisch verzerrtem Gesicht sprang sie auf, während der Ober vornüber auf den Tisch fiel. Seine zuckenden Hände verkrallten sich in die Tischdecke und rissen sie mitsamt dem Kerzenleuchter herunter.

Zum Glück verlöschten die drei Flammen.

Auch die anderen Gäste hielt es nicht länger auf ihren Stühlen. Fassungslos und mit bleichen Gesichtern starrten sie auf das grauenvolle Schauspiel.

Mit einem letzten Stöhnen sackte der Ober zusammen. Schwer fiel er auf den mit dicken Teppichen ausgelegten Boden und blieb reglos liegen.

Noch immer schrie die Frau wie wahnsinnig. Sie hatte die Hände gegen die Ohren gepreßt und den grellgeschminkten Mund weit aufgerissen.

Ihr Mann saß unbeweglich auf seinem Platz. Er hatte die Hände auf seine Knie gelegt, und sein Gesicht war bleich wie eine Totenmaske.

All dies hatte nur eine kurze Zeitspanne gedauert.

Erst jetzt, als die anderen Gäste begriffen, was eigentlich geschehen war, brach die allgemeine Panik los.

»Ein Mord!« kreischte eine hysterische Frauenstimme. »Hilfe, ein Mord!«

Ihr Geschrei steckte die anderen an. Fluchtartig rannten die Menschen in Richtung Ausgang, versuchten alle auf einmal, das Freie zu erreichen.

Mit rudernden Armen kämpfte sich der Geschäftsführer durch die Menge.

Neben dem toten Ober ging er in die Knie.

»Einen Arzt!« brüllte er. »Herr im Himmel, gibt es denn hier keinen Arzt?«

Bestimmt war jemand unter den Gästen Mediziner, aber die zogen es vor, zu verschwinden. Mit einem Mord wollte niemand etwas zu tun haben.

»Feiges Pack«, knurrte der Geschäftsführer nicht gerade vornehm.

Behutsam drehte er den Ober auf den Rücken.

Gebrochene Augen blickten den Geschäftsführer an. Hier konnte auch ein Laie sehen, daß der Mann tot war.

Der Anblick der Leiche war grauenhaft. Mit zitternden Fingern breitete der Geschäftsführer die Tischdecke über dem Kopf des Toten aus.

Die Frau, die an dem Tisch gesessen hatte, hatte sich wieder einigermaßen beruhigt. Sie hatte wenigstens aufgehört zu schreien, aber noch immer stand die Panik in ihren Augen. Starr blickte sie den Geschäftsführer an.

Der erhob sich langsam und meinte: »Wir müssen Scotland Yard benachrichtigen. Hier ist ein Mord geschehen.«

»Mord?« wiederholte der Mann, der bisher steif auf seinem Stuhl gesessen hatte. »Es gibt keinen Mörder. Wenigstens keinen sichtbaren.«

»Wie darf ich das verstehen, Sir?«

»Am besten gar nicht. Holen Sie ruhig die Polizei. Ich werde meine entsprechenden Aussagen schon machen.«

»Aber Arthur«, flüsterte seine Frau. »Was redest du denn da?«

»Das, was ich gesehen habe. Und ich habe noch verdammt gute Augen.«

In dem allgemeinen Durcheinander hatte jedoch niemand das Messer bemerkt, das langsam in Hüfthöhe durch die Luft auf den Ausgang zuschwebte und kurz vorher zusammengeklappt wurde.

Niemand sah auch die Bewegungen auf dem Teppichboden, die entstehen, wenn jemand mit langen Schritten darübergeht.

Ein Unsichtbarer hatte sich in dem Restaurant aufgehalten!

Nach einer halben Minute kam der Geschäftsführer wieder zurück an den Tisch. Er hatte Scotland Yard alarmiert und sich einen zweistöckigen Whisky genehmigt. Man roch es an seiner Fahne.

Ein leichenblasser Ober kam herbei und brachte auf einem Tablett Whisky und Kognak.

»Das ist genau das Richtige«, sagte Sir Arthur Wittingham knapp und trank das Glas mit einem einzigen Zug leer. Seine Frau verfuhr mit dem Kognak in der gleichen Weise.

Die Minuten bis zum Eintreffen der Polizei vergingen quälend langsam. Das Personal hatte sich in eine Ecke gedrängt und tuschelte aufgeregt untereinander. Manch scheuer Blick wurde der Leiche zugeworfen.

Die Mordkommission platzte mit mehreren Leuten herein. Voran ein mittelgroßer Mann mit lichten blonden Haaren, der eine erkaltete Pfeife zwischen den Lippen stecken hatte und einen dunkelbraunen Staubmantel trug.

»Inspektor Simmons«, stellte er sich vor und wandte sich sofort an den Geschäftsführer. »Sie haben den Mord beobachtet?«

»Nein, Inspektor, es war dieser Gentleman hier.«

»Aha, Sie also.«

Simmons sprach schnell wie ein Maschinengewehr, außerdem bewegte er beim Reden kaum die Lippen.

»Dann erzählen Sie mal, Mister. – Ach, Haskell, nehmen Sie doch eben die Personalien auf.«

Sergeant Haskell war Simmons' Assistent. Er war ein noch junger Mann mit dunkelbraunem Haar und tief in den Höhlen liegenden Augen.

Er notierte sich die Namen der Anwesenden, während der Inspektor sich umsah.

»Wo sind eigentlich die anderen Gäste?« wandte er sich an den Geschäftsführer.

»Die – die haben das Restaurant verlassen.«

Dem Polizeibeamten wäre bald die Pfeife aus dem Mund gefallen. »Das gibt's doch nicht«, stöhnte er. »Mann, wie konnten Sie es zulassen, daß wichtige Zeugen so mir nichts, dir nichts verschwinden? Ja – sind Sie denn wahnsinnig?«

»Die anderen haben sowieso nichts gesehen«, sagte Sir Arthur Wittingham.

»Woher wollen Sie das wissen?«

»Weil meine Frau und ich die einzigen Zeugen waren, Inspektor. So, und nun lassen Sie mich berichten. Der Fall ist verdammt mysteriös.«

Inspektor Simmons zog die Stirn kraus und hörte zu.

Was Sir Arthur Wittingham berichtete, klang tatsächlich unglaublich. Demnach hatte plötzlich ein Rasiermesser mitten in der Luft geschwebt und dem Ober die Kehle zerfetzt.

»So und nicht anders ist es gewesen!« behauptete Wittingham.

Simmons kratzte sich seinen Schädel. »Und das soll ich Ihnen glauben?«

»Das ist Ihre Sache. Ich für meinen Teil werde diese Aussage auch vor einem Richter wiederholen. Das steht fest.«

»Und Sie haben nichts gesehen?« fragte Simmons den Geschäftsführer, weil er sich mit Wittingham auf keine Diskussion mehr einlassen wollte.

»Nein, Inspektor.«

Zwei Männer der Mordkommission suchten inzwischen den Boden ab. »Kein Messer zu finden!« meldete Sergeant Haskell.

»Dann hat es der Mörder mitgenommen.«

»Aber ein unsichtbarer Mörder«, sagte Sir Arthur.

»Entschuldigen Sie, daran kann ich nicht glauben. Der Täter muß sich unter den Gästen befunden haben.« Der Inspektor tippte dem Geschäftsführer gegen die Brust. »War es eine geschlossene Gesellschaft? Haben Sie eine Namensliste?«

»Nein.«

»Auch das noch. Himmel, das gibt eine Arbeit.«

»Aber Sie glauben doch nicht, Inspektor, daß sich unter unserem Publikum ein Mörder befindet. Hier verkehren die besten Kreise Londons. Der gesamte Hochadel war schon bei uns zu Gast. Selbst die Queen hat . . .«

Simmons winkte ab. »Ich bin lange genug in diesem Job, um mir meine eigene Meinung zu bilden.«

Er bat das Ehepaar Wittingham, Platz zu machen, damit seine Leute ungestört arbeiten konnten. Elizabeth Wittingham hatte sich wieder einigermaßen erholt. Sie bestätigte auch die Angaben ihres Mannes.

Wenig später kamen die Reporter. Wie eine Hammelherde drängten sie sich in das Restaurant.

»Inspektor Simmons!« schrie einer. »Was war los? Stimmt das, was man sich erzählt?«

»Was erzählt man sich?« Simmons stemmte angriffslustig seine Fäuste in die Hüften.

»Daß hier ein Geist gemordet haben soll.«

Die anderen Zeitungsfritzen stimmten ein wieherndes Gelächter an.

»Unsinn«, rief Simmons. »Tatsache ist, daß man hier einen Kellner auf bestialische Weise umgebracht hat. Mehr kann und will ich Ihnen nicht sagen.«

»Das reicht. Einen Mord in einem Luxusrestaurant hatten wir noch nie.«

Von draußen waren inzwischen mehrere Polizisten hereingekommen. Sie drängten die Reporter wieder ins Freie.

Nachdenklich zündete sich Inspektor Simmons seine Pfeife an. Da tippte ihm jemand auf die Schulter. Es war Sir Arthur Wittingham.

»Ich sage es Ihnen noch einmal, Inspektor. Es ist ein unsichtbarer Mörder gewesen. Und ich habe das Gefühl, daß dieser Mord nicht der einzige gewesen ist.«

»Ach, woher?« brummte Simmons. »Hinterher stellt sich Ihre Theorie bestimmt als Hirngespinst heraus.«

Doch hier irrte der gute Inspektor. Das Hirngespinst sollte bald einen gesamten Kontinent in Schrecken versetzen.

Das Zuchthaus lag nördlich der Stadt York inmitten einer menschenleeren Einöde.

Der große Gefangenenkomplex stammte noch aus den letzten Jahren des vorigen Jahrhunderts und galt als absolut ausbruchssicher.

Die hohe Mauer, die sich um das Zuchthaus zog, bestand aus dicken Quadersteinen und war zusätzlich noch durch eine Elektrofalle gesichert. Vier eckige hohe Türme, besetzt mit bewaffneten Wachtposten, taten ihr übriges, um einen Ausbruchsversuch von vornherein zum Scheitern zu verurteilen.

Das nächste Dorf lag weit weg. Zwischen ihm und dem

Zuchthaus gab es nur eine öde Sumpfgegend, in der sich höchstens die Tiere wohl fühlten.

Das traurige Novemberwetter ließ die Landschaft noch trister erscheinen. Über dem Sumpf lag eine leichte Nebeldecke, die sich in den Herbstmonaten nie auflöste und wie ein milchiger Film wirkte. Das war genau das Wetter für Gemütskranke. Die Selbstmordquote in dem Zuchthaus stieg dann schlagartig an.

Zu dem Zuchthaus führte nur eine Straße, die diese Bezeichnung kaum verdiente. Es war ein besserer Feldweg, gerade breit genug, um einem Lastwagen Platz zu bieten.

Wenige Minuten nach elf Uhr morgens fuhr ein 200er Mercedes Diesel über den schmalen Weg in Richtung Zuchthaus. Der Wagen war alt und schien nur noch durch den Rost zusammengehalten zu werden. Das wenigstens war der erste Eindruck. Doch bei einer genaueren Inspektion hätte man feststellen können, daß dieses nur der äußerliche Schein war. In Wirklichkeit lief der Mercedes ausgezeichnet.

Hinter dem Steuer saß Dr. Moron. Dieser Mann war in jedem Fall außergewöhnlich. Er stammte aus Argentinien, war aber schon im Alter von sechs Jahren nach England gekommen und hatte dort auch die Naturwissenschaften studiert.

Nach dem Studium war Dr. Moron nach Australien ausgewandert und hatte sich dort ungestört seinen Forschungen gewidmet. Nach genau 24 Jahren hatte er es dann geschafft.

Er, Dr. Moron, hatte das erfunden, wovon alle Wissenschaftler träumten: ein Gerät, mit dem man sich unsichtbar machen konnte oder andere unsichtbar werden ließ. Er selbst hatte es allerdings noch nicht probiert, sich unsichtbar zu machen. Das Risiko einer unvollständigen Rückkehr war noch zu groß.

Dr. Moron hatte die Todesstrahlen erfunden!

Wäre dies einem anderen Wissenschaftler gelungen, hätte die Welt aufatmen können. Aber bei Dr. Moron war diese Waffe genau in den falschen Händen. Er wollte Macht! Macht über andere und die ganze Welt.

Viele Tage und Nächte hatte Dr. Moron an seinem Plan gearbeitet, hatte jedes Detail vorher genau durchkalkuliert und war nun sicher, daß nichts schiefgehen konnte.

Dr. Moron war überdurchschnittlich groß, sehr hager und hatte eine blasse, ungesunde Gesichtsfarbe. Die Augen verdeckte er meist hinter einer dunkelgetönten Brille. Sein Haaransatz war schon etwas zurückgewichen und ließ die ersten kahlen Stellen sehen. Seine Nase war schmal und gerade. Darunter befanden sich zwei strichdünne Lippen und ein brutal wirkendes Kinn.

Dr. Moron fuhr nicht schneller als 20 Meilen in der Stunde. Seine Augen hinter der dunkelgetönten Brille waren starr geradeaus gerichtet, und um seine Lippen lag ein zynisches, verächtliches Lächeln.

Das Wichtigste jedoch lag auf dem Beifahrersitz. Der Strahlenaktivator war nicht größer als ein Fotoapparat und steckte in einer Lederhülle, an der ein langer Riemen befestigt war. In diesem Gerät steckte die Forschungsarbeit seines Lebens.

Der Dieselmotor des Wagens lief ruhig und satt. Die Federung war gut, so daß die Schlaglöcher kaum zu spüren waren.

Dr. Moron blickte auf seine Armbanduhr. Noch fünf Meilen, dann hatte er sein Ziel erreicht.

In dem Zuchthaus saßen nur Schwerverbrecher. Mörder, Kindesentführer und Totschläger. Männer, die für einen Penny ihre eigene Mutter umbringen würden.

Und das war es, was Dr. Moron wollte. Typen, für die kein Gesetz existierte.

Schließlich tauchten aus dem Dunst, der über dem Moor lag, die Umrisse des Zuchthauses auf. Dr. Moron sah die hohen Türme und die dicke, stabile Steinmauer. Er wußte, daß sie oben noch durch einen Kranz von haarfeinen Elektrodrähten gesichert war, aber die würden auch kein Hindernis sein.

Das Tor des Zuchthauses bestand aus bestem Stahl, der selbst einem Granatbeschuß standhalten konnte.

Dr. Moron fuhr bis dicht vor das Tor und drehte den Wagen, so daß er mit der Kühlerschnauze wieder in Fahrtrichtung stand. Dann stieg der Wissenschaftler aus und klappte die Tür zu. Den Strahlenaktivator hatte er sich um den Hals gehängt.

Man hatte die Ankunft des Mannes schon bemerkt.

Eine Klappe wurde innerhalb des Tores geöffnet, und das rötliche Gesicht eines Mannes erschien.

»Sie wünschen, Sir?«

Dr. Moron grüßte höflich und griff in die Brusttasche. Er zog seine Brieftasche hervor und entnahm dieser ein amtliches Schreiben, das er dem Wärter durch die Türklappe reichte.

»Das ist die Erlaubnis zum Betreten des Zuchthauses«, erklärte Dr. Moron.

»Einen Augenblick.«

Das Gesicht verschwand, und die Klappe wurde wieder geschlossen.

Dr. Moron übte sich in Geduld. Er wußte, es würde einige Minuten dauern, bis das Formular überprüft worden war. In der Zwischenzeit sah sich Dr. Moron die Mauern des Zuchthauses genauer an.

Sie waren feucht und verwittert. Zwischen den Fugen wuchsen Moos und wildes Gras. Morons Blick glitt hinauf zum Westturm. Er sah die Umrisse eines Maschinengewehrs und eines Wächters, der mit einem Fernglas den Innenhof beobachtete.

Dann wurde die Klappe wieder geöffnet.

»Alles in Ordnung, Sir. Sie können hereinkommen.«

Ein Schlüssel drehte sich zweimal im Schloß. Anschließend ging eine Tür quietschend auf. Sie war ebenfalls in das Tor eingelassen, und in ihrem oberen Drittel befand sich auch die Klappe.

Ein mittelgroßer breitschultriger Mann in einer dunkelblauen Uniform trat auf Dr. Moron zu. Er grüßte zackig und schnarrte: »Ich bin Sergeant Snyder. Ich habe die Ehre, Sie zu begleiten.«

»Vielen Dank.«

Der Wissenschaftler streckte dem Sergeant die Hand hin, der diese ergriff und kräftig drückte.

»Wie ich aus den Unterlagen entnehme, kommen Sie vom Justizministerium, Sir.«

»Sehr richtig.« Dr. Moron nickte. »Der Justizminister persönlich hat mich damit beauftragt, mich einmal um die Sicherheit unserer Zuchthäuser und Gefängnisse zu kümmern.«

»Da können Sie bei uns ganz sicher sein, Sir. Hier ist noch niemand ausgebrochen.«

»Ich weiß, Sergeant. Aber irgendwo muß ich ja anfangen.«

»Verstehe.«

Du verstehst gar nichts, du Esel, dachte Dr. Moron.

»Leider ist unser Direktor im Moment auf einer Tagung«, sagte der Sergeant. »Er hätte Sie sonst selbst begrüßt und Ihnen auch die Anlage gezeigt.«

»Das wäre gar nicht notwendig gewesen. Mein Rundgang wird in spätestens einer Stunde beendet sein. Wie gesagt, Ihr Zuchthaus gilt als ausbruchssicher, und für mich ist diese Besichtigung praktisch nur ein Alibi.«

Der Sergeant fühlte sich geschmeichelt und wuchs um einige Zentimeter.

»Was möchten Sie zuerst sehen, Sir?«

»Wenn es Ihnen nichts ausmacht – den Turm.«

»Aber ganz im Gegenteil. Kommen Sie. Das ist übrigens eine gute Idee, Sir. In fünfzehn Minuten haben die Gefangenen ihren Mittagsrundgang. Sie können von dort oben alles sehr gut beobachten.«

»Das hatte ich mir auch gedacht.«

Sie gingen über den mit Pflastersteinen bedeckten Innenhof des Zuchthauses. Der Mauer gegenüber lag der Gebäudekomplez. Dr. Moron sah die unzähligen Gitterfenster, an die sich manchmal bleiche Gesichter quetschten.

Der Aufgang zum Turm wurde unten durch eine Tür versperrt. Daneben war in der Wand ein kleines Sprechgerät eingelassen.

Sergeant Snyder nahm den Hörer, betätigte den Kontakt, bekam Verbindung und meldete seine und die Ankunft des Besuchers.

Sekunden später wurde die Metalltür aufgedrückt.

»Bitte, Sir«, sagte der Sergeant. »Treten Sie ein.«

Dr. Moron nickte dankend.

Über eine eiserne Wendeltreppe ging es nach oben. Dr. Moron hatte vorhin richtig gesehen. Auf der Spitze des Turms befand sich nur ein Posten. Er hatte ein Fernglas umgehängt und stand neben dem auf einer drehbaren Lafette aufgebauten Maschinengewehr.

Er nahm Haltung an, als er die beiden Männer sah.

Wie ein Automat schnarrte der Posten seine Meldung herunter.

Sergeant Snyder nickte würdevoll.

Dr. Moron hörte gar nicht hin. Er sah sich seine Operationsbasis genauer an.

Der Turm maß ungefähr zwei Meter im Quadrat. Die dicken Steinwände reichten bis zum Bauchnabel. Einen halben Meter über dem Kopf spannte sich das Dach, von vier kleinen Betonpfeilern gestützt.

Man hatte von hier einen märchenhaften Ausblick, falls es nicht dunstig war. Und das kam höchstens dreimal im Jahr vor.

»Bald müßten die Gefangenen kommen«, sagte Sergeant Snyder. »Sie werden dann eine halbe Stunde unten im Hof herumgeführt.«

»Reicht das denn aus?«

Der Sergeant stutzte. Dann lachte er. »Natürlich, für die schon.

Was meinen Sie, Sir, was hier untergebracht ist. Der Abschaum, den man noch nicht einmal in Dartmoor will. Nein, Sir, diese Typen können nicht hart genug bestraft werden.«

Vom modernen Strafvollzug hast du auch keine Ahnung, dachte Dr. Moron. Trotzdem, für sein Vorhaben waren die Leute ideal.

Unauffällig öffnete Dr. Moron die Klappe seiner Ledertasche. Etwas Ähnliches wie das Objektiv einer Kamera kam zum Vorschein.

»Fotografieren ist hier verboten, Sir«, sagte der Sergeant.

Dr. Moron lächelte. »Das habe ich auch gar nicht vor, Mister.«

Mit einemmal war nichts mehr von Verbindlichkeit in seinem Gesicht zu lesen. Dr. Morons Hand fuhr zum Kopf und nahm die Brille ab.

Fast hellblaue, aber dennoch unergründliche Augen kamen zum Vorschein.

Die Augen eines Hypnotiseurs.

Sie strahlten eine ungebändigte Kraft aus. Eine Kraft, der die beiden Männer nicht widerstehen konnten.

Der Sergeant wollte noch etwas sagen, stockte aber, ehe er den ersten Satz herausgebracht hatte. Sein Gesicht nahm einen seltsam starren Ausdruck an, und dann folgte der Mann dem hypnotischen Befehl, sich in eine Ecke des Turms zu stellen.

Dem Wächter widerfuhr das gleiche.

Dr. Moron atmete auf. Plan eins hatte geklappt.

Er blickte nach unten in den Innenhof und sah soeben eine Anzahl von Gefangenen auf den Platz einbiegen. Sie gingen in Zweiergruppen nebeneinander und hielten die Köpfe gesenkt. Begleitet wurden sie von zwei Aufpassern.

Dr. Moron konzentrierte seinen Willen auf diese beiden Männer. Hart traten die Schläfenadern in seinem Gesicht hervor, so sehr strengte ihn diese Hypnose an.

Die Aufpasser blickten nach oben, stutzten und standen Sekunden später unter Dr. Morons Bann.

Der Weg war frei!

Dr. Moron faßte mit beiden Händen seinen Strahlenaktivator, hielt ihn in Kopfhöhe und visierte die beiden letzten Gefangenen an.

Ja, so mußte es klappen.

Dr. Moron ließ das Gerät wieder sinken. Statt dessen zwang er die Gefangenen durch hypnotischen Befehl, nach oben zu blicken.

Jetzt stand einer Hypnose nichts mehr im Weg.

Wenig später waren sie Dr. Morons Sklaven.

Das gleiche geschah mit den anderen Gefangenen. Schließlich hatte der Unheimliche sämtliche Männer hypnotisiert. Es war einfach unfaßbar, welch eine Kraft in diesem Mann steckte. Er mußte mit dem Teufel im Bunde stehen.

Die Männer gingen weiter, als sei nichts geschehen. Niemand merkte, daß sie und auch ihre Wärter keinen eigenen Willen mehr besaßen.

Bliebe nur noch der Posten am Tor, der Dr. Moron unter Umständen Schwierigkeiten bereiten konnte. Aber das Risiko ging er ein.

Wieder hob Dr. Moron seinen Strahlenaktivator.

Jetzt kam es darauf an!

Sein rechter Zeigefinger drückte auf einen kleinen, silbrig schimmernden Knopf.

Und plötzlich waren zwei der Gefangenen verschwunden!

Dr. Moron visierte die nächsten beiden an.

Wieder lösten sie sich auf unerklärliche Weise auf.

Es war gespenstisch, wie sich die Reihe der Männer lichtete. Und die anderen merkten nichts. Zu stark war der hypnotische Einfluß.

Zum Schluß waren zehn Gefangene verschwunden.

Dr. Moron blickte auf seine Uhr. Das ganze Spiel hatte nicht länger als fünf Minuten gedauert.

Sein Großversuch hatte geklappt. Ein irrer Mörder, der seinen Opfern immer mit einem Rasiermesser die Kehlen durchschnitten hatte, war das erste Opfer des verbrecherischen Wissenschaftlers gewesen. Dieser Mann hatte in einem vollbesetzten Luxusrestaurant einem Ober die Kehle durchgeschlitzt. Das war schon über eine Woche her, und die Polizei suchte noch immer nach Spuren.

Dr. Moron lachte lautlos, als er daran dachte.

Mit langsamen Schritten ging er die Treppe hinunter. Auf seinen Befehl hin folgte ihm Sergeant Snyder.

Die beiden Männer gingen zum Tor.

Unterwegs dachte Dr. Moron an die Unsichtbaren, die sich noch immer auf dem Hof befinden mußten. Obwohl sie nicht zu sehen waren, standen sie doch unter seinem Einfluß.

Der Sergeant und Dr. Moron erreichten den Torwächter. Während Snyder mit dem Mann sprach, blickte Dr. Moron zu den anderen drei Türmen hinauf. Sie waren tagsüber nicht besetzt. Die Männer mußten im Innern des Blocks Dienst machen, weil dort das Personal verdammt knapp war.

Auch so etwas gab es.

Noch immer sprach Snyder mit dem Torwächter. Und plötzlich drehte der Sergeant durch. Er riß den Gummiknüppel von seinem Koppel, und ehe sich der Wächter versah, wurde er durch ein halbes Dutzend Hiebe zu Boden geprügelt.

Blutüberströmt und bewußtlos blieb er liegen.

Dr. Moron lächelte zynisch.

Das würde noch mehr Unsicherheit verbreiten, wenn der Mann hinterher erzählte, wer ihn niedergeschlagen hatte.

Dr. Moron nahm das Schlüsselbund und schloß die kleine Tür auf. Dann drehte er sich dem Innenhof zu und befahl den Unsichtbaren, das Zuchthaus zu verlassen.

Und sie kamen.

Eine lautlose Invasion von Mördern und Gewaltverbrechern. Das Regiment des Schreckens verließ das Zuchthaus.

Dr. Moron sah sie nicht, sondern spürte nur, wie sie an ihm vorbeigingen und ins Freie traten.

Er verließ als letzter den Komplex, schloß die Tür von außen ab und warf die Schlüssel in ein Gebüsch.

Dann setzte er sich in seinen Wagen und startete.

Noch vor den Unsichtbaren fuhr er den Weg zurück in Richtung Dorf.

Nach einer Meile hielt er an. In einem Gebüsch hatte er einen Lastwagen versteckt, auf dessen verdeckter Ladefläche sich Pritschenbänke befanden.

Er mußte einige Zeit warten, ehe die hypnotisierten Unsichtbaren den Wagen erreicht hatten.

Es war unheimlich anzusehen, wie sich das Gras unter ihren Füßen bog und sie trotzdem nicht zu sehen waren.

Hintereinander kletterten sie auf die Ladefläche und zogen die Plane von innen wieder zu.

Dr. Moron setzte sich hinter das Steuerrad und startete. Den Mercedes ließ er stehen. Er war nur geliehen.

Und außerdem würde es Stunden dauern, bis man seine Spur entdeckte.

Die Bombe platzte zwei Stunden später.

Bis dahin hatte niemand etwas von dem Verschwinden der zehn Männer bemerkt. Die beiden Wärter taten ihren Dienst wie immer. Sie, die genau wie Sergeant Snyder ebenfalls unter Hypnose standen, reihten sich automatisch in den tagtäglichen Zuchthausablauf ein.

Doch dann fand man den Torwächter.

Es war einer der ›normalen‹ Beamten, der den Mann entdeckte. Er wollte dem Wärter nur eben Zigaretten bringen und entdeckte ihn inmitten einer geronnenen Blutlache.

Sekunden später heulten die Sirenen.

Eine fieberhafte Hektik geisterte durch das Zuchthaus. Pfeifen schrillten, Zellentüren wurden knallend geöffnet, und die Gefangenen mußten raustreten.

Sie versammelten sich unten in dem großen Flur. Ein Stockwerk höher, auf den langen Fluren, standen Wärter, deren Maschinenpistolen nach unten wiesen und die sofort losrattern würden, wenn irgend jemand der Gefangenen eine verdächtige Bewegung machte.

Die Zuchthäusler selbst wußten zum Teil gar nicht, worum es eigentlich ging. Diejenigen, die unter Hypnose standen, hatten das Verschwinden ihrer Mitgefangenen noch gar nicht bemerkt. Und die anderen hielten den Mund.

Der Torwärter war inzwischen in das Krankenrevier geschafft worden. Dort wurde festgestellt, daß er eine schwere Gehirnerschütterung hatte.

Harold Sanderson, der stellvertretende Gefängnisdirektor, trat in Begleitung von zwei Wachbeamten in den unteren Flur. Einer der Beamten war Sergeant Snyder.

Sanderson blieb vor der Reihe der Gefangenen stehen. Seine beiden Aufpasser standen seitlich versetzt.

Die Augen des stellvertretenden Direktors glitten prüfend über die Reihen der Zuchthäusler. Manch einer der Männer senkte den Blick.

Sanderson war nicht beliebt. Er war der Typ des englischen Kolonialbeamten. Hart, unbeugsam und kalt. Dazu kam noch eine gewisse Arroganz, die diesen Mann im negativen Sinn auszeichnete. Für Sanderson gab es nur seine Arbeit.

»Abzählen!« schnarrte er.

»Eins, zwei, drei . . .«

Die Stimmen der Zuchthäusler knallten die Zahlen durch den Bau.

Und plötzlich wurde Sanderson blaß. Es fehlten zehn Gefangene.

»Noch mal durchzählen!«

Es blieb bei dem Ergebnis.

Sanderson drehte sich um.

»Wilkens, Robbins, Morton, Jackelton und McDide! Geben Sie Alarm. Zehn Gefangene sind ausgebrochen.«

Die Zuchthausmaschinerie begann anzulaufen. Wieder gellten Pfeifen und Sirenen. Gittertüren begannen bestimmte Bereiche innerhalb des Komplexes abzusperren, und heisere Befehle wurden gebrüllt.

In die Reihen der Zuchthäusler schlich sich die Ratlosigkeit. Sie begriffen einfach nicht, daß zehn ihrer Mitgefangenen geflohen waren und daß niemand etwas bemerkt hatte. Etwas war hier faul. Das spürte jeder, auch die Beamten.

Ein Wärter kam mit einer Gefangenenliste angerannt. Atemlos überreichte er sie Sanderson.

Während draußen schon die ersten Suchtrupps losmarschierten und in den nächstliegenden Polizeirevieren die Alarmglocken schrillten, las Sanderson mit schriller Stimme die Namen der Gefangenen vor.

So etwas war noch nie passiert. Dieses Zuchthaus galt als absolut ausbruchssicher. Noch nie hatte jemand überhaupt einen Versuch unternommen, von hier zu fliehen.

Und jetzt das.

Für Sanderson brach eine Welt zusammen.

Auf seiner Stirn sammelten sich die Schweißperlen zu dicken Tropfen.

»Tatsächlich«, sagte er mit rauher Stimme. »Es fehlen zehn Mann.« Anschließend las er die Namen vor.

»Wer hat mit diesen Leuten auf den Zellen gewohnt?«

Es meldeten sich 20 Personen.

»Raustreten!« kommandierte Sanderson. »Die anderen zurück in ihre Zellen.«

Einer der beiden Wachbeamten, die Sanderson begleitet hatten, brachte die Meute weg.

Sanderson, der im Laufe der Zeit ein Gefühl für gewisse Situationen bekommen hatte, merkte, daß die Gefangenen von dem Ausbruchsversuch selbst überrascht waren. Außerdem waren die Entflohenen fast willkürlich ausgesucht, sah man davon ab, daß sie durch die Bank Schwerverbrecher waren. Aber daß sie während ihres Zuchthausaufenthaltes immer zusammen gewesen waren oder eine Bande gebildet hatten, war auch nicht der Fall.

Trotzdem fragte Sanderson: »Wer hat von dem Ausbruch gewußt?«

Niemand meldete sich.

»Ihr bekommt Hafterleichterung!«

Wieder blieben die Männer stumm.

Sanderson biß die Zähne zusammen. Nur mühsam konnte er seine Wut und den aufkeimenden Ärger unterdrücken.

»Ihr könnt mir doch nicht weismachen, von nichts gewußt zu haben. Die ganze Sache muß während der Pause passiert sein. Also, raus mit der Sprache. Ihr hört doch sonst die Flöhe husten.«

»Wir wissen nichts, Sir«, sagte einer.

»Schön, ihr wißt nichts.« Sanderson lächelte zynisch. »Aber eins will ich euch sagen. Wenn wir die Kerle wieder eingefangen haben, und es stellt sich heraus, daß ihr doch Bescheid gewußt habt, dann gnade euch Gott. Zehn Mann sind leicht zu fangen. Außerdem werden sie in dieser Moorgegend gar nicht weit kommen. Es kann sich höchstens um eine Stunde handeln, dann haben wir sie wieder.«

Einer der Gefangenen meldete sich zu Wort.

»Wir haben nichts gesehen!«

Entweder sind die verrückt oder ich, dachte Sanderson. Diese stereotypen Antworten, so was habe ich ja noch nie erlebt.

Sandersons Blick glitt über die Gesichter der Leute. Und erst jetzt sah er die Augen der Männer richtig.

Sie wirkten seltsam leer und abweisend.

Sanderson hatte mal in einem Kabarett einen Hypnotiseur erlebt. Genauso hatte dessen Medium ausgesehen.

»Was sagen Sie dazu, Snyder?«

Der Sergeant gab keine Antwort.

»Snyder! Ich habe Sie was gefragt, zum Teufel!«

»Ich habe nichts gesehen, Sir.«

Jetzt war es mit Sandersons Fassung vorbei. Entsetzt wankte er zwei Schritte zurück und blickte Snyder an.

Der Sergeant hatte den gleichen Ausdruck in den Augen wie die Gefangenen.

»Ich bin doch nicht verrückt«, stammelte der stellvertretende Gefängnisdirektor. »Das ist doch nicht möglich.« Ein schrecklicher Verdacht keimte in ihm auf. Er hatte vorhin sämtliche Zuchthäusler vor sich gehabt. Aber nicht alle besaßen diesen Blick. Nur die Männer, die um die Mittagsmahlzeit Ausgang gehabt hatten. Dabei mußte etwas Unglaubliches passiert sein.

Jemand hatte die Männer hypnotisiert!

Es gab keine andere Möglichkeit.

Wieder gellte die Stimme des stellvertretenden Direktors auf. Sekunden später kamen vier Wärter angelaufen. In strammer Haltung blieben sie vor Sanderson stehen.

Harold Sanderson sah die Männer an. Nein, diese waren normal. Der Beamte atmete auf.

»Schaffen Sie diese Leute in den Aufenthaltsraum, und morgen sorgen Sie dafür, daß niemand ausbrechen kann.«

Wenig später waren sie verschwunden.

Sanderson wandte sich an Snyder. »Und Sie kommen mit in mein Büro.«

Der Sergeant folgte seinem Vorgesetzten wie ein Hund.

Sandersons Büro lag in einem kleinen Seitentrakt, wo auch die Wäscherei und die Duschräume sowie das Krankenrevier untergebracht waren.

Das Büro war spartanisch einfach eingerichtet und paßte zu Sanderson. An einer Wand hing das Bild der Queen.

Sergeant Snyder blieb in strammer Haltung vor dem dunkelbraun gebeizten Schreibtisch stehen. Sanderson, der sich gesetzt hatte, ließ seinen Blick über die Uniform des Sicherheitsbeamten wandern.

Und plötzlich stutzte der stellvertretende Direktor. Seine Augen hatten sich an dem Gummiknüppel festgesaugt.

Die Schlagwaffe war voller Blut. Sanderson konnte sogar noch einzelne Haare erkennen.

Ein furchtbarer Verdacht keimte in ihm auf.

Der Torwärter war niedergeschlagen worden. Sollte Sergeant Snyder der Täter gewesen sein?

Harold Sanderson stand langsam auf. Seine Lippen bewegten sich lautlos auf und ab. Plötzlich wurde ihm klar, wer die Gefangenen befreit hatte. Aber warum und auf wessen Befehl?

Sergeant Snyder stand noch immer bewegungslos vor dem Schreibtisch.

Harold Sanderson war klar, daß er aus diesem Mann kein weiteres Wort mehr herausbekommen würde. Für einen Moment war er ratlos. Doch dann fuhr seine rechte Hand unter den Schreibtisch, zog die Schublade auf und holte einen Coltrevolver hervor. Langsam richtete er die Waffe auf Sergeant Snyder.

»Sie rühren sich nicht vom Fleck!« befahl Sanderson. Dann beugte er sich über die Sprechanlage auf seinem Schreibtisch, schaltete sie ein und rief: »Robbins, Morton! Sofort zu mir ins Büro!«

Während dieses Vorgangs blieb die Waffe stets auf Sergeant Snyder gerichtet.

Die beiden Gerufenen erschienen nach zwei Minuten. Ihre Augen weiteten sich ungläubig, als sie Sanderson sahen, der ihren direkten Vorgesetzten mit einer Waffe bedrohte.

»Nehmen Sie diesen Mann fest«, sagte Sanderson.

»Aber Sir . . .«

»Tun Sie, was ich sage!« schrie Sanderson.

Die beiden gehorchten. Snyder wehrte sich nicht.

Der stellvertretende Direktor wischte sich mit der freien Hand den Schweiß aus der Stirn. »Bringt ihn in eine leere Zelle«, sagte er leise. »Anschließend erwarte ich sämtliche Beamten zu einem Appell auf dem Flur in Block eins.«

Die Beamten gingen. Sergeant Snyder hielten sie in der Mitte.

Jetzt endlich kam Sanderson dazu, sich eine Zigarette anzuzünden. Dabei sah er, daß seine Finger zitterten.

Zehn Minuten später ging er hinüber zu Block eins. Sein Gang war nicht mehr so straff wie sonst. Sanderson schien in den letzten Minuten um Jahre gealtert.

Das Personal hatte sich fast vollständig versammelt. Nur die Männer der Suchtrupps fehlten.

Sanderson sah sich jeden einzelnen genau an. Und er entdeckte noch zwei hypnotisierte Beamte. Es waren die beiden, die auch während des Mittagsganges draußen bei den Gefangenen gewesen waren.

»Bringt sie ebenfalls in die Arrestzelle. Aber nicht zu Snyder.«

Vier Wärter nahmen sich der Männer an. Als sie wieder zurückkamen, erklärte Sanderson die Lage. Seine Rede dauerte noch nicht einmal zehn Minuten. Keiner der Beamten sagte einen Ton. Sie schauten ihren Vorgesetzten nur fassungslos an.

»Und was soll jetzt werden, Sir?« fragte ein grauhaariger Wärter, der schon bald vierzig Jahre im Zuchthaus seinen Dienst versah.

Harold Sanderson zögerte ein wenig mit der Antwort. Doch schließlich meinte er: »Es bleibt mir nichts anderes übrig. Ich muß Scotland Yard informieren . . .«

Sheldon & Bannister konnte man ohne Übertreibung als eines der ältesten und renommiertesten englischen Bankhäuser bezeichnen. Die Tradition reichte über dreihundert Jahre zurück, ging bis in die Zeit der Hanse.

Das Bankhaus hatte nur exklusive Kunden. Zum größten Teil stammten sie aus den englischen Adelsgeschlechtern. Neureiche nahm Sheldon & Bannister gar nicht erst auf. Schließlich hatte man eine gewisse Tradition zu bewahren.

Wer bei Sheldon & Bannister arbeitete, mußte sich einer genauen Prüfung unterziehen. Und die war schlimmer als die des Geheimdienstes. Nur wer keinen auch nur grauen Flecken auf der Weste hatte, wurde eingestellt.

Das Bankhaus lag mitten in der Londoner City und war ein altes, an der Außenseite mit allerlei Stuckornamenten verziertes Gemäuer. Eine breite Steintreppe führte zu dem gläsernen Portal.

An diesem Tag hatte Conan Rafferty den Dienst des Empfangschefs übernommen. Bei Sheldon & Bannister war es seit langem üblich, daß er sich wochenweise mit einem Kollegen ablöste. In der anderen Zeit arbeitete Rafferty in der Registratur.

Conan Rafferty war schon über dreißig Jahre bei Sheldon & Bannister. Er war ein im Dienst ergrauter Angestellter, ein Typ vom alten Schlag.

Sein Gesicht war hager und die Augenbrauen hochgezogen, was ihm einen gewissen hochmütigen Ausdruck gab. Auf Raffertys Oberlippe wuchs ein sorgfältig gepflegter eisgrauer Schnäuzer. Der Empfangschef trug einen dunkelblauen Anzug, ein weißes Hemd und eine dezente Krawatte.

Seine Empfangsloge befand sich links neben der großen Eingangstür. Sie war von innen mit Teakholz ausgestattet und beherbergte eine stilvolle Sitzgarnitur von erlesener Qualität.

Rafferty selbst saß vor einer modernen Schaltanlage, von der er durch Knopfdruck jede Abteilung erreichen konnte.

Der Betrieb begann nur langsam anzulaufen. In zwei Stunden

waren nur drei Kunden gekommen, und Conan Rafferty war das recht, denn er fühlte sich gar nicht wohl. Schon seit der letzten Nacht plagten ihn stechende Kopfschmerzen.

Conan Rafferty schluckte gerade die zweite Tablette an diesem Morgen, als er sah, daß die gläserne Eingangstür aufgestoßen wurde.

Sofort spritzte der Empfangschef hoch, um dem Ankömmling entgegenzueilen.

Aber da war niemand.

Rafferty blieb stehen. Verwirrt wischte er sich über die Augen. Er hatte doch deutlich gesehen, wie sich die Tür geöffnet hatte und noch immer offenstand.

Jetzt erst schwang sie langsam zurück.

Eine Gänsehaut rieselte über den Rücken des Empfangschefs. Wird wohl der Wind gewesen sein, dachte er.

Aber draußen war es so gut wie windstill.

Im selben Augenblick fühlte Conan Rafferty eine kalte Hand an seinem Hals.

Erschreckt kreiselte er herum.

Niemand war zu sehen.

Gleichzeitig hörte er ein leises Lachen. Es klang so, als würde ihn jemand verhöhnen.

Conan Rafferty verlor die Nerven. Fluchtartig rannte er zurück in seine Empfangsloge.

Schwer stützte er sich auf die Platte seines Schreibtisches. Sein Atem ging unregelmäßig und keuchend.

Da stimmte etwas nicht. Irgend jemand war gekommen. Und er, Conan Rafferty, hatte ihn nicht gesehen.

Die Augen des Empfangschefs glitten durch die Halle bis zu der kostbaren Marmortreppe hinüber, die mit wertvollen Orientteppichen ausgelegt war.

Plötzlich weiteten sich Raffertys Augen vor Schreck.

Deutlich erkannte er, wie der Teppich auf den verschiedenen Stufen eingedrückt wurde.

Das geschah nur, wenn jemand über die Treppe ging.

Conan Rafferty begriff das alles nicht. Er war mit seinen Nerven ziemlich am Ende.

In diesem Augenblick betrat Sir John D. Sheldon das Bankhaus. Der Besitzer und Direktor der Bank trug einen eleganten Tuchmantel und einen dunklen Bowler.

Rafferty sah seinen Chef und rannte aus der Loge.

Unwillig hob Sir John D. Sheldon die Augenbrauen. »Aber Rafferty«, tadelte er den Empfangschef.

»Sir«, keuchte dieser. »Es ist was Schreckliches geschehen. Vor wenigen Minuten haben unsichtbare Personen die Bank betreten. Ich habe es genau gesehen. Ich . . .«

»Seien Sie still, Rafferty«, erwiderte Sir Sheldon. »Ich habe keine Lust, mir Ihre Scherze anzuhören; dafür ist die Finanzlage viel zu angespannt.«

»Aber Sir. Es war so, wie ich es Ihnen gesagt habe.«

»Unterbrechen Sie mich nicht. Ich habe Sie bis zum heutigen Tag für einen normalen Menschen gehalten. Aber nun muß ich wohl meine Meinung revidieren. Verschonen Sie mich in Zukunft mit solchen Sachen, oder Sie müssen die Konsequenzen ziehen.«

»Schon gut, Sir«, flüsterte Rafferty und wankte zurück.

Kopfschüttelnd ging Sir John D. Sheldon auf die Marmortreppe zu, um hinauf in sein Büro zu gelangen.

Er hatte gerade die erste Stufe berührt, als ihn ein gellender Schrei zusammenzucken ließ. Er war von oben gekommen.

Der Bankdirektor wurde blaß.

Sein Kopf ruckte herum.

Sir John D. Sheldon sah seinen Empfangschef, der vor der Loge stand und kreidebleich war.

Für den Bankdirektor gab es kein Halten mehr. So schnell ihn seine Beine trugen, rannte er die Stufen hinauf.

Die Tür zu dem großen Schalterraum stand offen. Das Bild, das sich seinen Augen bot, war gespenstisch.

Wie festgeleimt klebten seine Angestellten auf ihren Plätzen. Sir John D. Sheldon sah Geldpakete durch die Luft schweben und wieder verschwinden. Die Frau, die geschrien hatte, lehnte totenbleich an der Wand.

Es dauerte nur Sekunden, bis Sheldon diese Eindrücke verdaut hatte.

Mit Riesenschritten lief er in die Schalterhalle, dann seitlich um den Tresen herum, um an einen der Alarmknöpfe zu gelangen.

Ein mörderischer Schlag ins Gesicht warf ihn zurück. Seine Lippen platzten auf, und ein Blutstrom schoß aus seiner Nase. Die Worte, die er aussprechen wollte, wurden ihm buchstäblich in den Hals zurückgeschlagen.

Der Hieb war mit soviel Wucht geführt worden, daß Sheldon mit dem Kreuz gegen den Tresen fiel und dort zusammenbrach. Einer der Angestellten sprang hinzu, holte sein Taschentuch hervor und wischte seinem Chef das Blut aus dem Gesicht.

»So ist es uns allen ergangen, Sir. Ich meine, so ähnlich. Wir konnten nichts tun. Es ist schrecklich. Es ist unfaßbar. Wir sehen die Gangster nicht.«

»Schon gut«, ächzte Sheldon.

Er streckte seine Hand aus und zog sich an der Kante des Banktresens hoch.

Noch immer wanderten Geldbündel durch die Luft und verschwanden auf unerklärliche Weise. Alles ging völlig lautlos vonstatten. Keiner der Angestellten wagte ein Wort zu sagen. Der heiße Schreck war ihnen in die Glieder gefahren.

Ganz plötzlich erscholl eine herrische Stimme. Sie klang brutal und befehlsgewohnt.

»Ihr habt gesehen, wozu wir in der Lage sind. Wir sind praktisch unbesiegbar. Behaltet alles gut und erzählt es haargenau der Polizei. Es ist dies das zweite Mal, daß die Armee der Unsichtbaren zugeschlagen hat. Weitere Taten werden folgen. Erst dann wird das Motiv unserer Aktionen bekanntgegeben. Und damit ihr seht, daß wir keinen Spaß verstehen, werden wir ein Exempel statuieren. Sir John D. Sheldon! Kommen Sie in die Mitte der Schalterhalle!«

Die Worte trafen den Bankdirektor wie Keulenschläge. Verzweifelt irrte sein Blick durch die Halle. Angst fraß sich in sein zerschlagenes Gesicht.

»So tut doch was!« schrie er. »Los, macht irgend etwas!«

Doch keiner der Angestellten rührte sich.

»Sheldon!«

Der Bankdirektor begann zu zittern. Er spürte, daß sich etwas auf ihn zubewegte.

Auch der Angestellte, der ihm geholfen hatte, mußte dies geahnt haben. Fluchtartig trat er einige Schritte zurück.

Sheldons Augen saugten sich an der Ausgangstür fest.

Flucht! war sein einziger Gedanke.

Es war zu spät.

Zwei unsichtbare Hände rissen seine Arme nach hinten. Und plötzlich schwebte ein Rasiermesser vor ihm in der Luft.

Von Geisterhänden dirigiert, bewegte es sich auf sein Gesicht zu.

»Neiiinnn!« kreischte Sheldon.

Sein Herz spielte verrückt. Rasend hämmerte es gegen seine Rippen. Das Blut staute sich in seinem Gehirn.

Und dann wurde John D. Sheldon in dem unsichtbaren Griff schlaff.

Der Bankdirektor war tot. Gestorben an einem Herzschlag.

Die Geisterhände ließen den Toten los. Dumpf fiel er auf den Marmorboden.

Wieder klang die metallische Stimme auf. »Er hätte durch das Messer sterben sollen. Nun – der andere Tod war vielleicht für ihn besser. Aber trotzdem, denkt an meine Warnung.«

Sekunden später war das Messer verschwunden. Gleichzeitig verließ auch die Armee der Unsichtbaren die Schalterhalle.

Zurück blieb das Grauen.

John Sinclair trudelte abends gegen neunzehn Uhr in London ein. Der Inspektor kam aus Schottland und hatte gerade ein gefährliches Abenteuer überstanden, das sogar fast schiefgegangen wäre. Denn acht mordende Schrumpfköpfe hatten seinem Leben ein Ende bereiten wollen.

Mit von der Partie war sein Freund Bill Conolly gewesen. Der Reporter war allerdings schon einen Tag früher zurückgefahren, da er zu Hause von seiner Frau sehnlichst erwartet wurde.

John steuerte seinen silbergrauen Bentley durch die Riesenstadt London. Er wollte direkt zu seiner Wohnung fahren, sich richtig ausschlafen und erst am anderen Tag dem Yard einen Besuch abstatten. Dort würde er dann seinen Bericht über den letzten Fall schreiben.

John stellte seinen Wagen in der Tiefgarage ab und fuhr mit dem Lift hinauf in sein Zweieinhalb-Zimmer-Apartment. Vorher hatte er noch die Post aus seinem Briefkasten geholt.

Oben angekommen, zog John Sinclair sich aus, drehte die Dusche auf und ließ die heißen, nadelspitzen Strahlen auf seinen Körper prasseln.

Zehn Minuten stand der Inspektor unter der Brause. Mal heiß, mal kalt. Es war herrlich.

John Sinclair hatte trotz seiner zweiunddreißig Jahre bei Scotland Yard ein Erfolgskonto aufzuweisen wie kein anderer Beamter. Er war Spezialist für außergewöhnliche Fälle. Immer da, wo mit normalen Mitteln nichts zu machen war, wurde John Sinclair eingesetzt. Und er hatte bisher noch jeden Fall gelöst.

John drehte die Dusche ab und die Stereoanlage auf. Pfeifend frottierte er sich ab und dachte gerade daran, sich noch ein anständiges Steak zu gönnen, als das Telefon schrillte.

»Mist!« fluchte er.

John tappte durch die kleine Diele in sein Wohnzimmer. Während er sich die Haare abtrocknete, nahm er den Hörer von der Gabel.

»Bin nicht zu Hause«, knurrte er in die Muschel.

»Reden Sie keinen Quatsch«, tönte es zurück.

»Ach du Schreck.« John machte ein langes Gesicht. »Der hohe Chef persönlich. Wollen Sie mich zum Abendessen einladen, oder sind aus dem Londoner Zoo Vampire ausgebrochen? Sollte dies allerdings zutreffen, bin ich erst morgen zu sprechen. Das Abendessen je . . .«

»Halten Sie doch mal Ihren Mund, verdammt noch mal!« schimpfte Superintendent Powell, Johns direkter Vorgesetzter. »Ich habe für Ihre Späße wirklich nichts übrig.«

»Ich halte ja schon«, erwiderte John und hielt auch vorsichtshalber den Hörer ein Stück vom Ohr weg. Gleichzeitig kerbte sich eine schmale Falte auf seine Stirn. So hatte der Alte noch nie mit ihm gesprochen. Demnach mußte irgend etwas Schreckliches passiert sein.

»Wann können Sie hier im Yard sein?« schnarrte Powell.

»In dreißig Minuten.«

»Sagen wir fünfzehn.«

»Sir, ich habe noch nichts gegessen.«

»In fünfzehn Minuten, Inspektor.«

»In Gottes Namen, ja. Sagen Sie, was ist denn passiert?«

»Eine ganz unglaubliche Schweinerei. Aber das werden Sie schon früh genug erfahren.«

Damit hängte Superintendent Powell ein.

»Und ich hatte angenommen, ich hätte mal Pause«, sagte John und schaltete wütend seine Stereoanlage aus.

»Dicke Luft«, raunte der Beamte unten am Empfang, als John das Gebäude von New Scotland Yard betrat.

Der Inspektor grinste. »Ich werde es überstehen.«

Trotz dieser leichten Worte machte sich bei John ein ungutes Gefühl in der Magengegend breit, als er mit dem Lift nach oben gondelte.

Inspektor Sinclair steuerte sofort Superintendent Powells Büro an.

Sogar die Sekretärin des Alten war noch da. Sie hatte einen hochroten Kopf und sagte nur: »Die Gentlemen warten im kleinen Konferenzraum.«

»Halten Sie sich tapfer, Mädchen«, erwiderte John und verschwand.

Der kleine Konferenzraum lag auf derselben Etage. Er hatte eine Doppeltür, und außerdem waren die Wände noch schalldicht isoliert.

Auf dem Flur patrouillierten zwei Uniformierte.

Da scheint wirklich die Scheune zu brennen, dachte John.

»Inspektor Sinclair?« fragte einer der Beamten.

»In Lebensgröße.«

»Ihren Ausweis, bitte.«

»Wenn ich den jetzt vergessen habe, darf ich dann nach Hause gehen?« erkundigte sich John.

Der Polizist gab keine Antwort. Er schien einer von der todernsten Sorte zu sein.

John zeigte ihm seine Legitimation.

Der Beamte prüfte sie genau und sagte dann: »In Ordnung, Sir. Sie dürfen passieren.«

John öffnete die beiden Doppeltüren und betrat den kleinen Konferenzsaal.

Außer Superintendent Powell saßen noch vier Männer an dem ovalen Tisch. Wie an der Schnur gezogen, ruckten die Köpfe der Gentlemen in Richtung Tür.

»Weitermachen! Keine Meldung«, sagte John zur Begrüßung, was Sir Powell mit einem wütenden Blick zur Kenntnis nahm.

»Nehmen Sie Platz, Inspektor«, sagte er.

John faltete sich auf einen freien Stuhl, schlug die Beine übereinander und ließ seinen Blick schweifen.

Zwei der vier Männer kannte er.

Da war einmal der Vertreter des Innenministers, der immer den ängstlichen Blick eines Hundes hatte. Neben ihm saß ein hoher Beamter vom Secret Service, dem Geheimdienst Ihrer Majestät.

Der Mann hieß Doug Vandermeere und war ein knochentrockener Schreibtischstratege.

Die anderen beiden Männer stellte Superintendent Powell vor. John erfuhr, daß sie Sanderson und Bannister hießen. Sanderson war stellvertretender Zuchthausdirektor und Bannister einer der Mitinhaber des Bankhauses Sheldon & Bannister.

Dann machte Superintendent Powell John Sinclair bekannt.

»Sie sind demnach also der berühmte Geisterjäger«, stellte der Mann vom Secret Service ironisch fest.

»Wie richtig Sie kombinieren«, erwiderte John, der diese Leute fast so gern wie Magenschmerzen hatte.

Ehe der Geheimdienstbeamte noch eine spitze Frage hinzufügen konnte, übernahm Superintendent Powell die Initiative. In groben Zügen berichtete er von dem Auftreten der Geisterarmee. Anschließend gingen Sanderson und Bannister ins Detail.

Während ihres Berichtes kam Superintendent Powell immer mehr ins Schwitzen. Schließlich, nachdem die Männer mit ihren Ausführungen fertig waren, sagte er: »Wir müssen davon ausgehen, daß ein Heer von Unsichtbaren unter uns weilt.«

»Aber das ist doch Unsinn«, widersprach der Geheimdienstmann. »So etwas gibt es einfach nicht. Ich sage Ihnen, da hat man mit Hypnose gearbeitet. Das ist alles.«

»Wieviel Geld ist denn geraubt worden?« wandte sich John an den Bankmenschen und überging Vandermeeres Bemerkung völlig.

»Achthunderttausend Pfund«, stöhnte Bannister.

»Ein hübscher Batzen. Damit kann man schon einiges anfangen. Um noch mal auf Ihre Antwort zurückzukommen, Mister Vandermeere, wenn diese Bankbeamten hypnotisiert gewesen sind, wer hat dann das Geld weggeschafft?«

»Eben einer von den Mitarbeitern.«

»Es waren aber noch alle da, als die Polizei eintraf.«

»Na und? Die Zuchthausbeamten sind auch hypnotisiert worden.«

»Ja, aber nur zu einem bestimmten Zweck. Damit der oder die Leute die Gefangenen in aller Gemütsruhe unsichtbar machen konnten. Raffiniert ausgeklügelt, das muß ich schon sagen. Was ist überhaupt mit den Beamten?«

»Sie sind in ärztlicher Behandlung. Ich habe sie nur kurz gesprochen. Sie konnten sich an nichts erinnern. Einzig der

Torwächter gab uns einen kleinen Anhaltspunkt. Nach seinen Aussagen hat ein großer, hagerer Mann mit einer dunklen Brille das Zuchthaus besucht, einen Sonderausweis vorgezeigt und ist dann von dem Sicherheitsbeamten hineingelassen worden. Und noch etwas ist dem Torwächter aufgefallen. Der Unbekannte trug Handschuhe.«

»Groß, hager und Brillenträger«, überlegte John. »Damit läßt sich eigentlich etwas anfangen.«

»Das paßt auf viele«, warf der Secret-Service-Mann ein.

»Sicher. Aber wir können den Kreis einengen. Wenn dieser Mann wirklich andere Menschen unsichtbar machen kann, geschieht das bestimmt mit Hilfe von Strahlen.«

»Sie denken an die Todesstrahlen«, sagte Superintendent Powell.

»Richtig. Diesem Mister X muß es gelungen sein, die Todesstrahlen zu erfinden.«

Der Vertreter des Innenministers, der bisher noch nichts gesagt hatte, räusperte sich. »Darf ich da um eine Erklärung bitten?«

»Aber sicher doch«, erwiderte John. »Passen Sie auf. Ein alter Traum der Menschheit ist es, sich unsichtbar machen zu können. Seit Urzeiten haben Magier, Alchimisten und Giftmischer daran gearbeitet. Gelungen ist es bisher nicht, wenigstens nicht offiziell. Ich könnte Ihnen allerdings aus meiner Praxis Fälle erzählen, bei denen Ihnen die Haare zu Berge stehen. Aber lassen wir das. Sollte nun ein Mann diese Strahlen erfunden haben, muß er ein Genie sein oder mit anderen Mächten in Verbindung stehen. Ich habe allerdings den Verdacht, daß ein ganz normaler Mensch diese Strahlen erfunden hat. Man sieht es daran, daß er zum Beispiel eine Bank beraubt. Dämonen sind nicht hinter Geld her. Welches Motiv allerdings dahintersteckt, müssen wir abwarten.«

»Sie meinen, es kommt noch zu weiteren Überfällen?« fragte Superintendent Powell.

»Durchaus. Der Mann hat sich erst mal Startkapital besorgt.«

»Aber das ist ja beängstigend«, sagte der Regierungsvertreter.

»Leider«, erwiderte Inspektor Sinclair.

»Und was schlagen Sie vor?« erkundigte sich Superintendent Powell.

»Im Augenblick bin ich auch ratlos«, erwiderte John. »Es gibt allerdings eine Möglichkeit. Vielleicht finden wir etwas in unserem Spezialarchiv.«

»Und was versteht man darunter?« fragte Vandermeere.

»Dort sind sämtliche Personen aufgeführt, die sich mit großen Verbrechen und übernatürlichen Dingen beschäftigen. Das Archiv wird laufend ergänzt. Alle Meldungen werden mit Hilfe eines Computers ausgewertet und sortiert. Es kann sein, daß ich da Glück habe.«

Superintendent Powell erhob sich. »Haben Sie einen besseren Vorschlag, Gentlemen?«

»Nein«, lautete die allgemeine Antwort.

»Schön, dann heißt es erst einmal abwarten. Inspektor Sinclair, ich möchte Sie doch bitten, nachher noch einmal in mein Büro zu kommen.«

John nickte. »Gut. Ich bin dann unten.«

Mit dem Lift fuhr der Geisterjäger in den Kellerraum, wo die klimatisierten Computerräume des Yards liegen. Alles ist aufs modernste eingerichtet.

Zum Glück traf John Dr. Foster, einen der leitenden Chefs, noch an.

»Na, wieder einen Dämon gekillt?« wurde der Inspektor begrüßt.

Foster war ein kugelrunder Mann mit unzähligen Lachfältchen im Gesicht. Er hatte nie schlechte Laune und war bei allen Kollegen beliebt.

John Sinclair erklärte ihm sein Problem.

Dr. Foster wiegte den Kopf. »Viel ist es ja nicht, aber ich werde sehen, was sich machen läßt. Wie lange haben Sie Zeit?«

»Bis die Ergebnisse kommen.«

»Dann holen Sie sich mal 'ne Luftmatratze.«

John lachte. Er wußte, daß Dr. Foster Spaß gemacht hatte. Dieser Mann würde sein Möglichstes tun.

Die Wartezeit verkürzte John sich mit Kaffee und Zigaretten. Er war verdammt aufgeregt. Wenn ein Unbekannter wirklich die Todesstrahlen erfunden hatte und man ihn nicht sofort fing, konnte er machen, was er wollte.

Eine schreckliche Vorstellung.

Selten hatte John solch einen Horror vor einem Fall gehabt.

Die Zeit verging quälend langsam. Nach fast zwei Stunden kam Dr. Foster zurück. In der Hand hielt er eine Reihe Karten. Es waren insgesamt acht Stück. Jetzt brauchten nur noch in den

Archivschränken zu den entsprechenden Daten die Personalien herausgesucht zu werden.

Nach weiteren fünfzehn Minuten war auch dies geschehen.

John blätterte die Steckbriefe durch. Vier Männer fielen von vornherein flach. Sie waren inzwischen gestorben. Einen davon hatte John sogar selbst erledigt. Von der anderen Hälfte wohnten zwei in Asien und einer in den Vereinigten Staaten.

Blieb noch eine Karte übrig.

Dr. Foster tippte mit dem Zeigefinger auf das Foto. »Das könnte er sein. Dr. Kelford, ein Physiker, der in einer Atomforschungsanlage gearbeitet hat, durch irgendwelche Strahlen wahnsinnig geworden ist, in eine Heilanstalt gesteckt wurde und dort ausgebrochen ist.«

John nickte. »Eingefangen hat man ihn bisher nicht.«

Dr. Foster zuckte mit den Schultern.

»Der Ausbruch war vor vier Jahren. Vielleicht ist er auch tot.«

»Kann ich das Bild haben?«

»Selbstverständlich.«

»Danke.«

John wollte schon gehen, als ihn Dr. Foster am Ärmel festhielt. »Sagen Sie ehrlich, Inspektor, dieser Mann, ist er so schlimm?«

»Noch schlimmer, Doc«, erwiderte John Sinclair leise.

Die alte leerstehende Fabrik lag östlich von London. Es war ein großes Backsteingebäude, das wie ein unförmiger Klumpen aus der Wiesenlandschaft ragte.

Vor Jahren hatte man in dem Gebäude noch Metalleimer hergestellt, doch als der Kunststoffboom immer größer wurde, war die Produktion eingestellt worden.

Um die Fabrik hatte sich niemand gekümmert. Sie war mehrmals zum Kauf angeboten worden, lag aber verkehrsmäßig so ungünstig, daß sich kein Käufer gefunden hatte.

In den zwölf Jahren war das Gebäude vom Zahn der Zeit angenagt worden und diente nur noch den Ratten als Unterschlupf.

Bis Dr. Moron auf die Fabrik aufmerksam geworden war. Sie wurde für ihn zum idealen Schlupfwinkel.

Der Wissenschaftler hatte sich Geld besorgt und die große Halle nach seinen Vorstellungen umbauen lassen. Er hatte sie praktisch in zwei Räume geteilt. In einen großen und einen wesentlich kleineren.

Unter der Decke des größeren Raumes hatte er eine Anzahl Duschen befestigt, die den gesamten Raum besprühen konnten. Diese Anlage war für seine Arbeiten äußerst wichtig.

Der kleine Raum war durch eine schußsichere Glasscheibe von dem anderen getrennt. Und dahinter saß auch Dr. Moron. Er hatte sich ein Bedienungspult aufgebaut, ähnlich wie es die Manager in den Industriegebieten hatten. Es gab sogar mehrere Monitore. Die dazugehörigen Fernsehkameras beobachteten mit ihren künstlichen Augen die gesamte Umgebung.

Natürlich war Dr. Moron schon oft gestört worden. Er hatte dann immer entsprechende Ausreden zur Hand, so daß die Leute nicht weiter mißtrauisch geworden waren. Außerdem war das nächste Dorf zwei Meilen entfernt, und selbst Kinder kamen nicht auf die Idee, sich die Fabrik als Spielplatz auszusuchen.

Zehn unsichtbare Männer hatte Dr. Moron in die Fabrik gebracht. Er war mit ihnen quer durch halb England gefahren, und niemand hatte sie aufgehalten.

Eine Meisterleistung.

Wieder saß Dr. Moron hinter seinem Pult. Die Unsichtbaren hielten sich in dem großen Raum auf. Sie spürten, daß gleich etwas geschehen würde. Unruhe hatte sie erfaßt. Nicht alle waren mit ihrem Schicksal fertig geworden. Sie waren nervös und gereizt.

Dr. Moron hatte das wohl bemerkt. Jetzt war es an der Zeit, einige passende Worte zu sagen.

Und deshalb wollte er seine Verbündeten wieder sichtbar machen.

Dr. Moron drückte auf einen der vielen Knöpfe.

Sekunden später begannen in dem großen Raum die Duschen zu rauschen.

Tausende von feinen Wasserstrahlen rieselten dem Boden entgegen. Das Unmögliche geschah.

Die Männer wurden sichtbar.

Zuerst schälten sich nur die Konturen aus den Wassermassen, doch dann nahmen sie Gestalt an und wurden nach kurzer Zeit wieder zu normalen Menschen.

Dr. Moron wußte, daß es bei den Todesstrahlen eine schwache Stelle gab.

Eben das Wasser.

Lautlos öffnete sich im Hintergrund des Raumes eine kleine Stahltür.

Leise Schritte klangen auf, die dicht neben Dr. Moron verstummten. Der Wissenschaftler brauchte sich erst gar nicht umzudrehen, um zu wissen, wer da gekommen war.

Jorge, sein Diener und Leibwächter, hatte den Raum betreten.

Dieser Mann war eine Mischung aus Killer und Sadist. Er liebte das Töten, es war für ihn ein Hobby. Sein krankhaftes Gehirn sann nach immer neuen Methoden. Und das Schlimme war, Jorge war seinem Herrn nahezu hündisch ergeben, was Dr. Moron eiskalt und erbarmungslos ausnutzte.

Mit Jorge hatte Dr. Moron sein erstes Experiment durchgeführt, und er war es auch gewesen, der den Ober umgebracht hatte.

Dabei entsprach Jorge überhaupt nicht dem Typ eines Killers. Er war nur mittelgroß und etwas gedrungen. Sein Haar war schwarz, und er trug es zu einer Bürste geschnitten. Die dicken Augenbrauen wuchsen über der Nasenwurzel fast zusammen und gaben den Augen einen stechenden Blick. Das Gesicht war breit und kantig, trotzdem wirkte es nichtssagend.

Jorge blieb neben Dr. Moron stehen. Auch er sah die zehn nassen Zuchthäusler, die darauf warteten, daß Dr. Moron etwas sagte.

In ihren Augen standen Angst und Misstrauen. Der hypnotische Einfluß war langsam von ihnen gewichen, und sie mußten erst mit der neuen Situation fertig werden.

»Was meinst du, Jorge, sind sie brauchbar?«

Jorge schürzte die Lippen. »Das wird sich immer erst hinterher herausstellen. Aber wir müssen es versuchen.«

»Genau.«

Und damit setzte Dr. Moron die Lautsprecher in Betrieb, die in dem größeren Teil der Halle aufgebaut worden waren. Er zog ein Mikrofon aus der Halterung und begann zu sprechen.

»Ihr wundert euch sicher, daß ihr hier in einer Fabrikhalle, weit weg von dem Zuchthaus, aufgewacht seid. Aber die Erklärung ist ganz einfach. Ich habe euch hypnotisiert, euch dann durch die von mir erfundenen Strahlen unsichtbar gemacht und anschließend hierhergebracht.«

Dr. Moron machte eine Pause, damit seine Worte wirken konnten.

Unter den Zuchthäuslern machte sich Unruhe breit. Zuerst

sahen sie sich fassungslos an, doch dann begannen sie zu schreien.

Schimpfworte wurden gerufen, und einige von den Kerlen wollten Dr. Moron sogar lynchen.

Dieser ließ sie toben.

Schließlich rannten zwei Männer zu der Ausgangstür. Sie hatten sie jedoch kaum berührt, als die beiden sich mit einem Schmerzensschrei zurückwarfen, auf den Boden krachten und wild zuckend liegenblieben.

»Die Tür steht unter Strom«, lautete Dr. Morons knapper Kommentar.

Als die anderen sahen, was ihren Kollegen widerfahren war, wurden sie merklich ruhiger.

Dr. Moron nickte zufrieden.

»Ich hoffe, wir können jetzt vernünftig miteinander reden«, schallte seine Stimme durch die Halle. »Und zu eurer Information: Die beiden sind nicht tot. Sie werden gleich wieder aufwachen und nicht mehr daran denken, ohne meinen ausdrücklichen Befehl wegzurennen.«

Gelassen zündete sich der Wissenschaftler eine Zigarette an. Mit Zufriedenheit bemerkte er, daß sich in die Augen der Zuchthäusler mittlerweile Interesse gestohlen hatte. Schlimmer als sie es vorher gehabt hatten, konnte es nicht kommen.

Wieder begann Dr. Moron zu reden. »Natürlich habe ich euch nicht umsonst aus dem Zuchthaus geholt, das ist klar. Ihr werdet mir dafür einen gewissen Preis zahlen. Aber wenn ihr bedenkt, was ihr dafür bekommt, ist dieser Preis lächerlich. Wir werden bald die stärkste Gangstergruppe der Welt sein, das verspreche ich. Wir werden die Macht übernehmen, und niemand kann uns daran hindern. Nicht die Polizei, nicht die Regierungen und auch nicht die Geheimdienste, denn ich habe die Todesstrahlen erfunden, die Strahlen, die Materie verschwinden lassen. Nicht nur anorganische Materie wie Steine, Sand, Erze und so weiter, sondern organische. Dazu zähle ich . . .«, Moron machte eine kleine Kunstpause, »auch den Menschen.«

Abermals ließ der Wissenschaftler seine Worte wirken.

»Beweisen Sie uns das!« rief einer.

Der Satz drang klar und deutlich an Dr. Morons Ohren, da in der größeren Halle mehrere versteckt angebrachte Mikrofone installiert waren.

»Sicher werde ich es euch beweisen. Seht her!«

Dr. Moron griff nach dem kleinen Kasten, der einem Fotoapparat ähnelte und vor ihm auf dem Schaltpult lag. Er stand auf und öffnete innerhalb der großen Scheibe ein kleines Fenster von etwa einem halben Yard Durchmesser.

Dr. Moron hielt den Apparat an die Öffnung und visierte einen der am Boden liegenden Männer an.

»Paßt genau auf«, rief er. »Durch diesen Aktivator werden Strahlen ausgesandt, die in der Lage sind, euren Kumpan unsichtbar zu machen. Er wird einfach verschwinden.«

Dr. Moron drückte auf den bewußten Knopf.

Unsichtbare Wellen verließen den Aktivator, rasten auf den bewußtlosen Mann zu, drangen in den Körper und begannen, ihn langsam aufzulösen.

Zuerst wurde die Gestalt durchsichtig, dann waren nur noch die Konturen zu erkennen, und schließlich hatte sie sich ganz aufgelöst.

Die Männer sprang das nackte Entsetzen an. Aus weit aufgerissenen Augen starrten sie ungläubig auf die Stelle, wo eben noch einer von ihnen gelegen hatte.

»Das ist unmöglich«, flüsterte einer. »Das ist Hexerei.«

Dr. Moron hatte die Worte wohl verstanden. »Es ist keine Hexerei, sondern ein Triumph der Technik. Ihr alle wart schon unsichtbar. Nur habt ihr da unter Hypnose gestanden und sogar eine Bank ausgeraubt. Das Geld habe ich. Es ist unser Startkapital. Von nun an werdet ihr soviel Geld bekommen, wie ihr wollt. Wir werden reich sein und die Welt regieren.«

Dr. Moron lachte teuflisch. Für ihn war die große Stunde gekommen. Jahrelang hatte er darauf gewartet. Jetzt konnte er der Menschheit zeigen, wer er war.

»Seid ihr jetzt überzeugt?«

Die Männer nickten. Sie standen noch zu sehr unter dem Schock des eben Erlebten. Doch langsam stahl sich ein gewisser fanatischer Glanz in ihre Augen. Die Gier nach Geld und Besitz hatte dies bewirkt. Dafür würden sie alles geben.

Dr. Moron hatte richtig kalkuliert.

»Es gibt allerdings noch ein Problem«, sagte er. »Aber bei unserer jetzigen Stärke dürfte dies keine Schwierigkeiten bereiten, es aus der Welt zu schaffen. Wie ich schon erwähnte, habe ich lange genug an meinem Plan gearbeitet. Ich habe mir auch meine möglichen Gegner angesehen und sie genau studiert. Es gibt einen Mann hier in London, der uns unter Umständen gefährlich werden kann. Und dieser Mann heißt . . . John Sinclair!«

Dr. Morons Blicke tasteten die Männer ab. Doch er sah bei ihnen keine Reaktion. Anscheinend hatten sie noch nichts von dem Geisterjäger gehört. Um so besser. Damit konnten sie dann ohne Vorurteile in den Kampf ziehen.

»Wir werden zuerst diesen Mann erledigen müssen. Er ist Inspektor bei Scotland Yard und ein regelrechter Bluthund. Zwei von euch werden reichen. Ihr werdet als unsichtbare Gegner zu seiner Wohnung fahren, ihn dort abfangen, überwältigen und zu mir bringen. Es wird mir persönlich ein Vergnügen sein, ihn zu töten. Jorge, mein Diener, wird die beiden Männer, die ich bestimme, begleiten.«

Dr. Moron deutete auf zwei besonders kräftige Typen, denen ihr gesamter schmutziger Charakter schon im Gesicht geschrieben stand.

»Du – und du! Ihr bringt mir diesen verdammten Inspektor!« zischte Dr. Moron haßerfüllt.

Für ihn war John Sinclair schon so gut wie tot.

Bill Conolly war freier Reporter und immer dort zu finden, wo etwas los war. Er hatte, wie man in Fachkreisen sagt, die richtige Nase, und um seine Berichte rissen sich die größten Magazine der Welt. Es gab nichts, worüber Bill nicht schon geschrieben hatte. Dabei galt sein Hauptinteresse dem Bereich des Mystischen und Okkulten.

Im Gegensatz zu seinen anderen Kollegen hatte Bill Conolly einen großen Pluspunkt.

John Sinclair, der Geisterjäger, war sein bester Freund. Die beiden Männer hatten schon manche Schlacht gegen Dämonen und Geister überstanden, sehr zum Kummer von Bills hübscher, junger Frau Sheila, die ihren Mann lieber zu Hause gesehen hätte und aus eigener Erfahrung wußte, wie haarscharf Bill und John Sinclair oft mit dem Leben davongekommen waren.

Doch in diesem Punkt redete sie bei Bill gegen eine Wand. Außerdem hatte der Reporter immer das Glück, die richtigen Fälle zu erwischen.

Obwohl das letzte gemeinsame Abenteuer mit John Sinclair erst eine Woche zurücklag, war Bill schon wieder voller Tatendrang. Und als dieser mysteriöse Bankraub passierte, hielt ihn nichts mehr auf seinem Schreibtischstuhl.

Wie die Feuerwehr zischte Bill Conolly los. Die Informationen, die er bekam, waren allerdings nur spärlich. Der zuständige Inspektor zuckte nur mit den Schultern und verwies auf eine später stattfindende Pressekonferenz.

Aber ohne mich, dachte Bill, rannte in den nächsten Pub und rief bei John Sinclair an, der mittlerweile wieder in London sein mußte.

Doch bei John meldete sich niemand.

Nach zwei Stunden erreichte Bill Conolly seinen Freund endlich im Yard.

»Jetzt hör mal zu, alter Geisterfresser«, sagte er. »Was war eigentlich bei diesem komischen Bankraub los? Da ging doch etwas nicht mit rechten Dingen zu. Keiner will etwas sagen. Angestellte sprechen hinter vorgehaltener Hand von unsichtbaren Bankräubern. Was ist nun wirklich daran?«

»Bill, ich kann dir nichts sagen. Tut mir leid.«

»Jetzt hör aber auf. Du weißt, wenn ich etwas nicht schreiben will, dann lasse ich es auch. Mach also nicht solch einen Wind.«

John atmete dreimal tief durch. »Versteh mich, Bill, ich muß die Klappe halten.«

»Also hängst du drin.«

»Ja.«

Bill lachte. »Immerhin etwas. Kombiniere, wenn der große Geisterjäger mitmischt, geht es rund. Folglich ist der liebe Bill wieder am Ball. Wann sehen wir uns?«

»Heute nicht mehr. Ich muß noch zu einer Besprechung zum Chef.«

»Die wird sowieso nicht lange dauern«, meinte Bill Conolly. »Ich warte dann bei dir zu Hause. Zum Glück habe ich ja einen Schlüssel.«

»Bill, ich . . .«

Doch da hatte der Reporter schon eingehängt. Händereibend ging er zu seinem Porsche. Das würde wieder ein brandheißer Fall werden.

Bill Conolly ahnte nicht, daß ihn in John Sinclairs Wohnung das Grauen erwartete . . .

Vergnügt vor sich hinpfeifend, wirbelte Bill Conolly den Schlüssel zu Johns Apartment um den Finger. Der Reporter hatte seinen Porsche in einer noch freien Box der Tiefgarage abgestellt und machte, da er genügend Zeit hatte, den kleinen Umweg durch den Vordereingang des modernen, für London an sich typischen Apartmenthauses.

Der in einer blaugrauen Uniform steckende Portier winkte Bill leutselig zu, als er die Halle betrat. Der Portier kannte den Reporter und war auch einem Schwätzchen nicht abgeneigt. Die beiden Männer rauchten eine Zigarette und unterhielten sich über die letzten Fußballergebnisse.

Nach zehn Minuten ging Bill zum Lift und gondelte nach oben in die achte Etage, auf der Johns Zweieinhalbzimmerwohnung lag.

Die Fahrstuhltüren hatten sich gerade hinter dem Reporter geschlossen, als ein dunkelroter Volvo auf dem Parkstreifen vor dem Haus stoppte.

Unsichtbare Hände öffnete die beiden hinteren Türen, die wenig später wieder sanft zugedrückt wurden.

Dann rollte der Volvo an und fuhr in Richtung Tiefgarage, wo er dicht vor der Ausfahrt parkte.

Die beiden Unsichtbaren betraten durch die halb offenstehende Glastür die Halle und gingen auf die Fahrstuhltür zu. Da es in der Halle keine Teppiche gab, deuteten auch keine Abdrücke auf die Anwesenheit der Unheimlichen hin.

Bill Conolly hatte inzwischen Johns Wohnung erreicht und es sich in dem gemütlich eingerichteten Wohnzimmer bequem gemacht. Wo der Whisky stand, wußte er, das war für ihn die Hauptsache. Bill flegelte sich in einen Sessel und gab sich ganz seinen Gedanken hin. Er spürte das berühmte Kribbeln in den Fingerspitzen, das immer dann eintrat, wenn ein ganz besonderer Fall in der Luft lag.

Das Summen der Klingel schreckte ihn aus seinen Gedanken.

Zum Teufel, wer konnte das sein? John? Nein, der hatte einen Schlüssel.

Bill Conolly war mißtrauisch. John Sinclair hatte zu viele Feinde. Vielleicht stand ungebetener Besuch vor der Tür.

Wieder klingelte es.

»Wird schon nicht so schlimm sein«, murmelte der Reporter und öffnete die Tür.

Doch da war niemand!

»Verdammt, da hat sich einer einen Scherz erlaubt«, knurrte Bill, sah noch einmal nach links und rechts in den Flur und zog sich kopfschüttelnd in die Wohnung zurück.

Der Plan der Unsichtbaren war genau aufgegangen.

Ärgerlich über die Störung, ging Bill wieder zurück in das Wohnzimmer.

Und da sah er es!

Zwei Totschläger schwebten in der Luft!

Ungläubig riß Bill Conolly die Augen auf.

»Das gibt's doch nicht«, flüsterte er.

Obwohl er in verdammt vielen gefährlichen und unheimlichen Situationen gesteckt hatte, raubte ihm diese jedoch für einen Augenblick den Atem.

Bill dachte an ein Trugbild. Er wischte sich über die Augen, doch die Totschläger blieben.

Sie bewegten sich in seine Richtung! Nahmen ihn von zwei Seiten in die Zange!

Bill wich zurück. Er stand ungünstig zur Tür, so daß eine Flucht kaum möglich war.

Er mußte mit dem Problem eben so fertig werden.

Der erste Totschläger pfiff durch die Luft.

Blitzschnell zog Bill den Kopf ein.

Haarscharf sauste die gefährliche Waffe an seinem Schädel vorbei. Doch gleichzeitig fegte der andere Totschläger auf ihn zu.

Der Reporter konnte zwar zurückweichen und dem Schlag die Kraft nehmen, wurde aber noch am Kinn erwischt.

Bills Zähne krachten aufeinander. Er selbst machte einige Schritte rückwärts und fiel gegen die Wand.

Wieder sauste ein Totschläger auf ihn zu.

Bill riß den Arm hoch.

Die Schlagwaffe knallte gegen seinen Knochen. Ein glühender Schmerz fraß sich durch Bills Arm, behinderte das Reaktionsvermögen des Reporters.

Der zweite Totschläger krachte gegen seine Schläfe.

Aufstöhnend rutschte Bill Conolly zusammen.

Abermals schlugen die Unheimlichen zu. Bill mußte die Schläge nehmen, bis er bewußtlos liegenblieb.

Sekunden später warten die Totschläger verschwunden.

»Das wäre erledigt«, sagte der eine. »Los, faß mit an, wir schaffen ihn zum Wagen.«

Die beiden hoben den Reporter hoch. Einer packte ihn an den Beinen, der andere an den Armen.

»Verdammt, ist der Kerl schwer. Wußte gar nicht, daß ein Bulle soviel wiegt.«

Die beiden Unsichtbaren bewegten sich in Richtung Tür. Es war ein groteskes Bild. Bill Conolly schien förmlich in der Luft zu schweben und sich in Richtung Ausgang zu bewegen.

Der erste Unsichtbare wollte gerade die Tür öffnen, als sich ein Schlüssel im Schloß drehte.

John Sinclair kam zurück . . .

Jorge hatte den Volvo gesteuert. Im Augenblick saß er unten in der Tiefgarage und rauchte eine Zigarette. Der blaugraue Qualm zog träge durch die geöffneten Seitenfenster nach draußen.

Jorge dachte an die Zukunft. Er malte sich aus, was er alles anfangen würde, wenn er erst mal das richtige Geld besaß. Es waren grausame Gedanken, die sich da in seinem Hirn festsetzten.

Ein Wagen rollte die geschwungene Einfahrt der Garage hinunter. Für Sekunden erfaßten die eingeschalteten Scheinwerfer des Neuankömmlings den Volvo.

Jorge kniff unwillkürlich die Augen zusammen. Sein Gesicht verzerrte sich. Wenn er etwas nicht leiden konnte, dann war es Helligkeit.

Der Wagen rollte vorbei und fuhr in eine der Boxen.

Jorge wandte sich um und erkannte, daß soeben aus dem Bentley ein Mann ausstieg.

Dieser Mann war niemand anders als John Sinclair.

Der Inspektor wollte schon gerade zu dem Fahrstuhl gehen, als er stutzte.

In einer Parknische stand ein roter Porsche.

So einen Wagen fuhr Bill Conolly.

John verglich das Nummernschild. Stimmt. Es war Bill.

Hoffentlich hat der Kerl noch was von meinem Whisky übriggelassen, dachte John, als er nach oben fuhr.

In der Zwischenzeit wurde Jorge langsam nervös. Verdammt

noch mal, die beiden hätten längst wieder zurück sein müssen. Da war bestimmt etwas schiefgelaufen.

Jorge war ein Mann schneller Entschlüsse.

Er stieg aus dem Wagen und steuerte den zweiten Lift an. Zum Glück wußte er, in welchem Stockwerk der Bulle wohnte.

Während der Killer nach oben fuhr, überprüfte er noch einmal seine Pistole.

Sie war wie immer in Ordnung.

John Sinclair drehte den Sicherheitsschlüssel im Schloß, stieß die Tür auf . . . und blieb wie vom Donner gerührt stehen.

In der kleinen Diele lag Bill Conolly!

Der Reporter lag halb auf der Seite. Beulen zierten seine Stirn. Er hatte die Hände ausgestreckt und die Fingernägel in den Teppich gekrallt.

John nahm diese Eindrücke innerhalb von Sekunden auf.

Bill Conolly war niedergeschlagen worden. Aber von wem? Und hier in der Wohnung? Waren die Unbekannten etwa noch da? Wenn ja, wie waren sie hereingekommen? John besaß nämlich, gekoppelt mit dem Türschloß, eine moderne Alarmanlage, deren Funktion nur Bill Conolly kannte.

Er mußte die Schläger reingelassen haben.

John drückte leise die Tür ins Schloß und ging neben seinem Freund in die Knie. Er fühlte dessen Puls und atmete erleichtert auf. Bill war nur bewußtlos.

In dem Augenblick, als John sich aufrichten wollte, spürte er den Luftzug.

Reaktionsschnell nahm er den Kopf zur Seite.

Fingerbreit strich der Totschläger über seinen Haaransatz und krachte gegen die Wand.

Eine blitzschnelle Rolle rückwärts und ein kräftiger Schwung brachten den Inspektor wieder auf die Beine.

Deutlich sah er die beiden Totschläger im Raum schweben.

Doch im Gegensatz zu Bill Conolly konnten ihn diese beiden Waffen nicht erschrecken. John steckte schon zu sehr in dem Fall drin. Allerdings wußte er nicht, wie er diese Unsichtbaren bekämpfen sollte. Aber gab es überhaupt ein Mittel, das sie wieder sichtbar machen konnte?

Im Gegensatz zu seinem Freund übernahm John Sinclair die Initiative.

Er griff an.

Mit zwei Sätzen stand er neben dem ersten Unsichtbaren, packte den Totschläger und riß ihn dem Unheimlichen aus den Fingern.

Ein Wutschrei ertönte.

Dann knallte eine Faust in Johns Nacken.

Der Inspektor fiel gegen den Rahmen der Wohnzimmertür. Im selben Moment schlug der zweite Kerl auf ihn ein.

John entging dem Schlag mit einer raschen Drehung und schlug aber gleichzeitig seine totschlägerbewehrte Hand gegen die Waffe des anderen.

Johns Schlag war zu überraschend gekommen.

Der zweite Totschläger wirbelte durch die Luft und fiel genau in den Spiegel, der klirrend zerbrach.

Tausende von Scherben spritzten durch die Luft und auf den Teppich. Zwischen ihnen lag der Totschläger.

John wollte sich gerade danach bücken, da ging die Türklingel.

Hart und fordernd schrillte es durch die Wohnung.

Ehe John öffnen konnte, zog einer der Unsichtbaren sie auf.

Ein schwarzhaariger finsterer Bursche stand auf der Schwelle, der gar nicht erst fragte, sondern schoß.

Schalldämpfer, dachte John noch, als er zurück in das Wohnzimmer flog.

Über ihn pfiffen die Bleistücke hinweg und bohrten sich splitternd in das Türholz.

»Los, nehmt ihn mit!« befahl der Schwarzhaarige. »Ich kümmere mich um den anderen.«

»Jetzt wird's ernst«, murmelte John und verfluchte sich selbst, weil er seine Waffe im Schlafzimmer liegen hatte.

John hörte kaum die Schritte des Mannes, als er sich der Wohnzimmertür näherte. So ging nur ein Killer.

Der Inspektor suchte fieberhaft nach einem Ausweg. Die beiden schweren Sessel fielen ihm ein. Sie hielten bestimmt auch Kugeln ab.

Lautlos nahm John hinter einem der Sessel Deckung. Der erbeutete Totschläger lag gut in seiner Hand.

Schon stand der Killer in der Tür.

Der Inspektor lugte hinter der Rückenlehne hervor.

Er hatte den Burschen noch nie gesehen. Nicht persönlich und auch nicht in der Kartei. Doch der Kerl schien einer von der brutalen und skrupellosen Sorte zu sein, einer, für den ein Leben nichts zählte.

John sah das mordlüsterne Funkeln in den Augen des Mannes und wußte, daß er geliefert war, wenn er ihm in die Hände fiel.

Wenn . . .

Mit lautlosen Schritten durchquerte der Killer das Zimmer, näherte sich der Couchgarnitur. Die Waffe mit dem Schalldämpfer hielt er in der rechten Hand.

Langsam schwenkte sie in Johns Richtung.

Im selben Augenblick schleuderte der Inspektor den Totschläger. Die Schlagwaffe flog pfeilschnell auf den Kerl zu, drehte sich in der Luft, und bevor der Killer überhaupt begriff, was geschehen war, knallte ihm der Totschläger gegen die Pistolenhand.

Doch jetzt zeigte der Mann seine Klasse.

Während andere ihre Waffe hätten fallen lassen, hielt er sie krampfhaft fest – und schoß sogar.

»Plopp!« machte es, und die Kugel zog John einen Scheitel nach.

Doch dann war er am Mann. Quer über den Tisch hechtend, jagte er dem Killer seinen Kopf in den Magen.

Der Kerl schrie auf und kippte nach hinten. Erst der Wohnzimmerschrank hielt ihn auf. Augenblicklich riß der Killer die Waffe hoch.

Diesmal nahm John die Handkante. Rücksicht durfte er nicht mehr kennen.

Heulend ließ der Killer die Pistole fallen. Sein Gesicht war schmerzverzerrt und seine Augen blutunterlaufen.

Trotzdem gab er nicht auf. Sein rechtes Knie schoß vor. John konnte gerade noch abdrehen, wurde jedoch an der Hüfte getroffen und knickte zusammen. Für Sekunden regierte der Schmerz.

Jorge nahm diesen Vorteil eiskalt wahr. Er schlug mit der linken geballten Faust nach unten, ein Schlag, der einen Ochsen umwerfen konnte.

John, halb gebückt, ließ sich einfach fallen. Jorge hämmerte ins Leere. Der Schwung warf ihn nach vorn, genau in Johns hochgerissene Beine hinein.

Die Fußspitzen des Inspektors knallten gegen Jorges Kiefer und rüttelten den Kerl durch bis in die Fußsohlen.

Wie ein angeschlagener Stier wankte er zurück.

John, der keine Lust hatte, sich länger herumzuprügeln, hob die Pistole auf und richtete die Mündung auf den Killer.

»Ich glaube, das war's, mein Freund!«

Jorge sah John Sinclair an, dann die Pistole – und drehte plötzlich durch.

Er flog auf dem Absatz herum und rannte in die Diele.

John hob die Waffe und ließ sie sofort wieder sinken. Nein, er konnte keinem Mann in den Rücken schießen.

John rannte hinterher, hatte allerdings durch dieses Manöver wertvolle Sekunden verloren. Mit Riesenschritten durchquerte er die Diele, stand schon auf dem Flur und sah den Killer soeben in einem der Lifte verschwinden, die nach unten in die Tiefgarage fuhren.

Ausgerechnet jetzt war der zweite Aufzug nicht da.

John fluchte.

Blieb ihm nur noch die Treppe, denn bis der Lift wieder oben war, konnten Minuten vergehen.

Vier, fünf Stufen nahm John auf einmal. Vier Etagen weiter hatte er schon einen Drehwurm.

Dann stand er endlich vor der Tür zur Tiefgarage. Hastig riß er sie auf.

Jemand aus dem Haus hatte das Licht eingeschaltet. Die Leuchtstoffröhren warfen ihren kalten Schein auf den glatten Betonboden.

John sah gerade noch den Killer auf einen dunklen Wagen zurennen. Hohl hallten seine Schritte von den Wänden wider.

Der Killer war mindestens achtzig Yards entfernt. Er hatte schon die Wagentür aufgerissen, als John sich in Bewegung setzte.

Ein Motor röhrte, Reifen jaulten, dann jagte der Wagen in die Kurve.

Und jetzt erkannte John auch das Fabrikat.

Sekunden später hatte John seinen Bentley erreicht. Er riß die Tür auf, wollte sich hinter das Lenkrad werfen und bekam im selben Moment einen mörderischen Schlag auf den Hinterkopf.

Inspektor John Sinclair sah bunte Sterne aufplatzen, und das letzte, was er wahrnahm, war ein höhnisches Lachen.

Dann wußte er nichts mehr.

Während John Sinclair mit Jorge kämpfte, hatten die beiden Unsichtbaren Bill Conolly nach unten in die Tiefgarage geschafft. Es war mit Jorge vorher so besprochen worden, daß sie den Bullen hier in den Wagen verfrachten sollten.

Als Jorge einstieg, saß einer der Unsichtbaren bereits auf dem Beifahrersitz. Der andere wollte gerade in den Wagen klettern, da entdeckte er John Sinclair.

Der Mann wußte sofort, was er zu tun hatte.

Er hetzte durch die Garage und kümmerte sich nicht um den startenden Volvo.

Nie hätte John Sinclair damit gerechnet, daß man ihm hier auflauern würde.

Deshalb hatte der Hieb auch voll gesessen.

Der Unsichtbare lief wieder zurück. Wie durch Zauberei verschwand der Totschläger, den er noch von oben aus der Wohnung mitgenommen hatte.

Der Volvo wartete an der ersten Kurve mit laufendem Motor. Der Unsichtbare öffnete die rechte hintere Tür und ließ sich auf den Rücksitz fallen, direkt neben den bewußtlosen Bill Conolly.

»Hat alles geklappt?« fragte Jorge.

Der Unsichtbare lachte. »Und ob. Dieser Kerl wußte gar nicht, wie ihm geschah.«

»Warum hast du ihn nicht umgelegt?« knurrte Jorge und fädelte sich bereits auf der Straße in den fließenden Verkehr ein.

»Wir sollten doch keine Toten hinterlassen.«

»Quatsch. Der Inspektor dahinten sollte noch nicht krepieren. Bei anderen ist das doch egal«, erwiderte Jorge gefühllos. Dann meinte er: »Ich möchte nur mal wissen, wer dieser Kerl war. Kämpfen konnte er. Hätte mir fast den Arm abgeschlagen.«

»Vielleicht war's ein Kollege von Sinclair«, vermutete der auf dem Beifahrersitz hockende Unsichtbare.

»Möglich«, gab Jorge zu. »Aber das soll uns nicht weiter aufregen.«

Auf das Naheliegendste kamen die Verbrecher nicht.

Der Volvo rumpelte mit abgeblendeten Scheinwerfern über den mit Schlaglöchern übersäten Weg.

Jorge war zufrieden. Er hatte den verhaßten Bullen geschafft.

Jetzt würde sich Dr. Moron mit dem Kerl beschäftigen, und anschließend hatte er dann freie Bahn.

Jorge grinste in sadistischer Vorfreude.

Bill Conolly war noch immer bewußtlos. Er lag auf dem Rücksitz und atmete ab und zu schwer auf.

Die Nacht war ziemlich hell. Ein blasser Halbmond und unzählige Sterne glitzerten am Himmel.

Wie eine schwarze Wand ragte das Fabrikgebäude aus der Dunkelheit. Der Wagen fuhr auf ein großes Eisentor zu, das sich durch einen fotoelektrischen Kontakt lautlos zur Seite bewegte.

Jorge steuerte den Volvo in eine Halle, drehte ihn wieder der Ausfahrt zu und stieg dann aus.

Die beiden Unsichtbaren folgten. Einer beugte sich noch mal in den Wagen, packte Bill Conollys Beine und zog den Reporter nach draußen.

Bevor Bill mit dem Hinterkopf aufschlagen konnte, fing der andere ihn auf. »Schafft ihn in die Halle!« befahl Jorge.

Durch eine schmale Tür gelangten sie in den großen Raum.

Dr. Moron saß noch immer hinter seinem Pult. Mit zusammengekniffenen Augen sah er auf den in der Luft schwebenden Bill Conolly.

Die anderen, noch sichtbaren Männer bildeten eine Gasse, durch die der Bewußtlose getragen wurde.

Dr. Moron stand auf. Durch eine versteckt angebrachte Tür betrat er den größeren Teil der Halle.

Die Männer hatten Bill inzwischen auf den Boden gelegt. Einer hatte einen Eimer Wasser geholt, den er soeben über dem Reporter auskippte.

Der Schwall klatschte Bill ins Gesicht.

Ein Teil des Wassers spritzte zur Seite und benetzte die Unsichtbaren.

Etwas Seltsames geschah. Die Körperteile, die mit dem Wasser in Berührung gekommen waren, wurden auf einmal sichtbar. Man sah den rechten Fuß eines Mannes und ein Stück Oberschenkel. Bei dem anderen war nur eine Hand zu erkennen.

Es war ein makabres Bild.

Unwillkürlich wichen die sichtbaren Männer zurück, bis sie Dr. Morons Lachen einhalten ließ.

»Seid ihr denn Memmen? Ich habe euch doch ge . . .«

Dr. Moron verstummte wie abgeschnitten. Seine Augen weiteten sich ungläubig. Fassungslos sah er auf den am Boden liegenden Bill Conolly. Erst jetzt konnte Dr. Moron den Mann richtig erkennen.

Das Gesicht des verbrecherischen Wissenschaftlers lief blaurot an, wurde zur Grimasse.

»Ihr verdammten Idioten!« keifte er mit sich überschlagender Stimme. »Seid ihr denn des Teufels? Wißt ihr, wen ihr da mitgebracht habt?«

Dr. Moron ging langsam auf den zurückweichenden Jorge zu, in dessen Augen sich die nackte Angst stahl.

»Wir haben – wir . . .«

»Ihr habt den Falschen erwischt!« brüllte Dr. Moron. »Das ist nicht Inspektor Sinclair.«

Die Männer erschraken. Sie wußten, was das bedeutete. Der Inspektor war jetzt gewarnt.

»Ich verlange eine Erklärung«, sagte Dr. Moron, der sich wieder einigermaßen beruhigt hatte.

Stockend und noch sichtlich unter dem Schock des Erlebten stehend, erzählte Jorge von der Entführung.

»Oh, ihr Idioten«, flüsterte Dr. Moron, »der andere, das war John Sinclair.«

Jorge senkte betreten den Kopf. »Und wer ist das?« fragte er.

»Ich weiß es nicht. Du«, Dr. Moron deutete auf einen der Männer, »gib mir seine Brieftasche.«

Der Angesprochene bückte sich und holte Bills Brieftasche hervor.

Dr. Moron riß sie ihm fast aus der Hand.

Hastig blätterte er die Papiere durch, bis er den Personalausweis gefunden hatte. Er steckte direkt neben dem Führerschein.

Dr. Moron las halblaut vor. »Bill Conolly!«

Der Wissenschaftler stutzte. Wo habe ich den Namen schon mal gehört? fragte er sich.

Plötzlich hellte sich sein Gesicht auf. Natürlich. Bill Conolly war Reporter und John Sinclairs bester Freund. Ein Mann, der fast immer in Sinclairs Begleitung war und der mit dem Inspektor schon manches gefährliche Abenteuer erlebt hatte.

Dr. Moron lachte glucksend. Dieser Reporter war ein wertvoller Trumpf in seinem Spiel. Fast so wertvoll wie der Inspektor selbst.

Dr. Moron steckte Bill die Brieftasche wieder in das nasse Jackett. Dann wandte er sich an die umstehenden Männer. »Ihr könnt gehen. Jorge wird euch die Unterkünfte zeigen. Schlaft, denn ich werde euch bald brauchen.«

Die Männer gingen. Die beiden Unsichtbaren, besser gesagt, die, von denen nur einige Körperteile zu sehen waren, bekamen von Jorge eine Wasserdusche.

Minutenlang blickte Dr. Moron auf den regungslosen Bill Conolly. Schließlich wurde es ihm zu bunt.

Drei-, viermal schlug er Bill ins Gesicht.

»Ja, ja, ist schon gut«, knurrte der Reporter.

Dr. Moron sprang zurück. So reagierte kein Mensch, der eben erst aus einer Ohnmacht erwacht. Dieser Conolly mußte schon eine ganze Weile wieder wach gewesen sein und hatte alles mitangehört.

Das gab er auch gleich zu. »Interessantes Gespräch, was Sie gerade geführt haben, Mister . . . Wie war doch noch der Name?«

»Moron, Dr. Moron. Merken Sie ihn sich gut, Conolly. Denn ich werde derjenige sein, der Sie tötet.«

Bill setzte sich auf. »Das haben schon viele versucht. Oh, verdammt, mein Kopf. Ihre Brut hat ganz schön zugeschlagen, Doc. Na, das zahle ich Ihnen zurück.«

»Dazu wird es nicht mehr kommen, Mister Conolly. Sie haben nur noch eine Aufgabe.«

»Und die wäre?«

»Sie werden John Sinclair herlocken.«

»Aha. Und wer ist das, wenn ich fragen darf?«

Morons Gesicht verzerrte sich. »Tun Sie nicht so scheinheilig. Ich habe Sie lange genug beobachtet, um über Sie beide genau im Bilde zu sein.«

»Deshalb haben Sie mich auch durchsucht, nicht wahr?«

Bills Schnoddrigkeit verschlug Dr. Moron den Atem. Der Wissenschaftler wußte plötzlich, daß er es mit Männern zu tun hatte, die nicht so einfach zu besiegen waren.

»Wie möchten Sie denn sterben, Conolly? Langsam oder schnell?«

»Am liebsten überhaupt nicht.«

»Das wird leider nicht gehen. Sie werden jetzt Ihren Freund anrufen und sagen, er soll herkommen. Allein, verstehen Sie? Wenn nicht, werden Sie ins Gras beißen.«

»Glauben Sie denn, daß mein Freund, wie Sie ihn so schön nennen, in diese Falle rennt?«

»Da bin ich ganz sicher.«

Bill zuckte mit den Schultern. »Ich könnte Sie zum Beispiel jetzt überwältigen, wegschaffen und in die Themse werfen. Kein Hahn würde nach Ihnen krähen.«

»Wenn Sie nur einen Arm heben, sind Sie tot«, erwiderte Moron gelassen.

Bill ahnte, daß hier ein verbrecherisches Genie vor ihm stand, daß dieser Mann in der Lage war, ganz London zu vernichten. Und er würde es auch tun. Man brauchte nur in Dr. Morons Augen zu sehen, um zu wissen, daß man einen gefährlichen Psychopathen vor sich hatte. Kein leichter Job, diesen Mann unschädlich zu machen.

»Stehen Sie auf!« befahl Dr. Moron.

Bill erhob sich ächzend. In seinem Kopf drehte es sich, und es dauerte etwas, bis er die Nachwirkungen der Schläge verdaut hatte und wieder normal stehen konnte.

Jorge, der schwarzhaarige Killer, betrat die Halle.

Dr. Moron zeigte auf Bill Conolly. »Er wird John Sinclair anrufen. Aber vorher habe ich noch ein kleines Experiment vor. Paß du auf ihn auf, Jorge.«

Dr. Moron lächelte noch einmal zynisch und verschwand. Wenig später tauchte er hinter der großen Glasscheibe wieder auf.

»Was soll das geben, wenn es fertig ist?« fragte Bill.

Jorge gab keine Antwort. Stumm hielt er eine großkalibrige Pistole auf den Reporter gerichtet.

Durch einen Wink gab Dr. Moron Jorge zu verstehen, daß er zur Seite treten solle.

Jorge gehorchte grinsend. Er ahnte, was kommen würde.

Dr. Moron öffnete eine Klappe in der Glaswand. Mißtrauisch beobachtete Bill, wie der Wissenschaftler nach einem fotoapparatähnlichen Gerät griff, das auf dem Schaltpult lag.

Langsam führte Dr. Moron das Gerät an die Augen.

Wie festgenagelt stand der Reporter auf dem Betonboden. Er hatte das Gefühl, das unbekannte Gerät würde immer größer werden, und plötzlich . . .

»Sehen Sie an sich hinunter!« rief Dr. Moron.

Bill senkte langsam den Kopf.

Im selben Augenblick packte ihn das Entsetzen.

Der untere Teil seines Körpers war verschwunden . . .

Wie lange John Sinclair geistig weggetreten war, wußte er nicht zu sagen. Auf jeden Fall summte es in seinem Kopf wie in einem Bienenhaus. Als John seine bleischweren Augenlider öffnete, stellte er fest, daß er neben seinem Bentley und halb in einer Öllache lag.

Die Tür des Wagens stand offen.

Ächzend zog sich John daran hoch. Sofort begann sich in seinem Kopf ein Karussel zu drehen. John atmete tief durch, und nach einiger Zeit fühlte er sich wieder in Ordnung.

Den Überfall hatte kein Mensch bemerkt. Vielleicht hatte man ihn auch nicht sehen wollen. Das konnte man nie so genau sagen.

John sah die Pistole, die er dem schwarzhaarigen Killer abgenommen hatte und die jetzt auf dem Boden lag. Der Inspektor nahm ein Taschentuch aus seiner Hosentasche, wickelte es um seinen Handteller und hob die Pistole auf. Mit dieser Waffe sollten sich die Experten im Yard beschäftigen. Vielleicht waren verwertbare Fingerabdrücke darauf.

Durch das Bücken begann wieder der Bienenschwarm in Johns Kopf zu summen.

»Verfluchter Mist«, knurrte der Inspektor, schloß den Bentley ab und ging mit leicht wankenden Schritten auf die Fahrstuhltür zu.

Wenig später betrat John sein Apartment. Er sah auf den zerbrochenen Spiegel und stieß einen lautlosen Fluch durch die Zähne. Das Ding war gar nicht mal so billig gewesen.

Dann wählte John die Nummer von Scotland Yard und ließ sich sofort mit der zuständigen Stelle verbinden. Mit knappen Sätzen erklärte er die Situation. Man versprach, sofort zwei Männer vorbeizuschicken, die die Pistole abholten.

Johns Gedanken kreisten um Bill Conolly. Er war völlig sicher, daß die Entführung ihm, dem Inspektor, gegolten hatte. Jetzt hatten die Gangster den Falschen erwischt, der zudem noch wertlos für sie war. Was man mit solchen Personen anstellte, war bekannt. Meist fand man sie Tage später in der Themse.

Das Telefon schrillte.

Sheila, Bills Frau, war am Apparat.

»Weißt du, wo mein Göttergatte steckt, John?«

Lügen hatte keinen Sinn. Sheila hatte für so etwas einen Riecher. Also sagte John die Wahrheit.

»Mein Gott«, flüsterte die hübsche blonde Frau am anderen Ende der Leitung. »Hört das denn nie auf? Er hat mir doch versprochen, sich nicht mehr in gefährliche Abenteuer einzumischen.«

»Bill trifft keine Schuld«, sagte John. »Es war einfach eine Verwechslung. Hör zu, Sheila, wenn die Männer merken, daß sie den Falschen erwischt haben, werden sie Bill ganz einfach wieder laufenlassen. Morgen früh ist er wieder da.«

John hatte versucht, so überzeugend zu sprechen, wie es ging. Trotzdem glaubte ihm Sheila Conolly nicht.

Schließlich hängte sie ein, nachdem John ihr das Versprechen gegeben hatte, sie auf dem laufenden zu halten.

Sekunden später schrillte die Türklingel. Die zwei Beamten vom Yard waren gekommen.

John gab ihnen die Waffe. »Ich möchte noch über die Ergebnisse Bescheid haben.«

»Wir tun, was in unseren Kräften steht, Sir.«

Nachdem die beiden verschwunden waren, nahm John eine heiße Dusche, um sich die letzten Nachwirkungen des K.o.-Schlages abzuspülen.

Er hatte sich kaum abfrottiert, da schrillte wieder das Telefon.

»Sinclair.«

»John, ich bin's.«

Der Inspektor versteifte sich. »Mein Gott, Bill, was ist los? Rede! Was hat man mit dir gemacht?«

»Ich muß mich kurz fassen, John«, sagte der Reporter schnell. »Außerdem kann ich nicht so sprechen, wie ich will. Ich werde irgendwo gefangengehalten.«

John hörte im Hintergrund jemand flüstern.

Dann war wieder Bill Conolly dran. »Die Adresse ist . . . Nein, John, komm nicht. Es ist eine Falle. Die Unsichtbaren! Sie haben mich gekascht. Ihr Anführer ist Dr. Mo . . . Ahhh!«

Ein gurgelnder Aufschrei beendete das Gespräch. John hörte noch ein widerliches Klatschen, und dann wurde der Hörer aufgelegt.

Für Augenblicke stand John Sinclair da wie gelähmt. Seine Annahme hatte sich also bestätigt. Bill Conolly war in der Gewalt der Unsichtbaren. Aber wo hielt er sich auf? Wo war das Hauptquartier der Bande? Und wie hieß der Anführer? Dr. Mo . . .?

Das konnte alles bedeuten, aber man hatte immerhin einen Anhaltspunkt. Alles Weitere mußten die Computer erledigen.

Für John gab es jetzt kein Halten mehr. In Windeseile zog er sich an, steckte seine Waffe ein und fuhr nach unten. Niemand hielt ihn auf, als er sich in seinen Bentley schwang.

Während er die Tiefgarage verließ, rief er über Autotelefon den Yard an.

Er gab die ersten beiden Buchstaben des Namens der Computerabteilung an. »Er ist höchstwahrscheinlich ein irrer Wissenschaftler«, fügte John noch hinzu. »Also, konzentriert euch auf dieses Gebiet.«

John hängte den Hörer wieder in die Halterung und gab Gas. Er hatte es auf einmal schrecklich eilig . . .

»Dieser verdammte Bastard«, knurrte Jorge und blickte auf den am Boden liegenden Reporter. »Fünf Sekunden später, und er hätte dem Bullen alles verraten.«

Jorge steckte die Pistole, mit der er zugeschlagen hatte, wieder ein. Wütend gab er Bill noch einen Tritt in die Seite. Als er zum zweitenmal ausholte, hielt ihn Dr. Moron zurück.

»Laß das. Wir haben jetzt andere Sachen vor. Der stört uns nicht mehr. Ich habe inzwischen schon umdisponiert. Ich glaube, ich war bisher nicht hart genug. Das soll sich jetzt ändern.«

»Wie soll ich das verstehen?« fragte Jorge.

»Später. Schaff erst den Kerl weg.«

Bill Conolly war nicht bewußtlos. Er hatte jedes Wort verstanden. Wenn ihn auch die Schmerzen plagten, die intervallweise in seinen Schädel strömten, so arbeitete sein Verstand doch klar und präzise.

Jorge bückte sich und warf sich den Reporter über die Schulter. Für einen Moment roch Bill den heißen Atem des Killers. Er ekelte sich.

Jorge schaffte den Reporter in einen Kellerraum, der unter der eigentlichen Fabrikhalle lag. Es war ein unheimliches Bild, als der Mann mit Bill Conolly losmarschierte, von dem nur der Oberkörper zu sehen war, denn die Beine und ein Stück der Hüfte waren verschwunden.

Jorge ließ Bill kurzerhand auf den Boden fallen. Der Aufprall dröhnte dem Reporter bis in den letzten Knochen. Wieder tanzten Sterne vor seinen Augen. Bill hörte, wie die Tür abgeschlossen wurde, und dann umgab ihn Stille.

Minutenlang ruhte sich Bill Conolly aus. Erst nachdem sich sein Körper wieder erholt hatte, versuchte er, vorsichtig auf die Knie zu kommen.

Es ging besser, als er gedacht hatte.

Bill griff in seine Jackentasche und fand ein Feuerzeug. Er schnippte es an, und die kleine Flamme erhellte flackernd die Dunkelheit.

Wieder erschrak Bill Conolly, als er an sich hinabblickte. Sich selbst ohne Beine zu sehen, schockierte ihn immer wieder aufs neue.

Und dabei konnte er gehen wie ein normaler Mensch!

Welche Strahlen hatte dieser Satan erfunden, und welch eine Macht lag nun in seinen Händen!

Der Reporter untersuchte sein Gefängnis. Es war ein rechteckiger Kellerraum, nicht allzu groß und mit zwei Fenstern ausgestattet, die durch faustdicke Eisengitter gesichert waren. An der einen Kellerseite liefen drei Rohre von der Decke nach unten und verschwanden im Boden. Die Tür war aus Metall und absolut ausbruchssicher, falls man kein Werkzeug besaß.

Bill schluckte. Er hatte sich in eine verdammte Lage hineinmanövriert. Im Augenblick sah er keinen Ausweg.

Der Reporter fand noch drei Zigaretten in einer verknautschten Schachtel. Er zündete sich ein Stäbchen an und rauchte. Dann begann er, seine Lage zu überdenken.

Plötzlich zuckte Bill zusammen.

Er hatte Stimmen gehört.

Der Reporter erhob sich aus seiner sitzenden Stellung und lauschte angestrengt.

Kein Zweifel, er hatte sich nicht getäuscht. Die Stimmen kamen von oben.

Aber wieso konnte er sie hören?

Die Rohre fielen dem Reporter ein. Das mußte die Lösung sein. Die Dinger waren aus Metall und gute Schalleiter.

Die Fenster des Kellers lagen zu ebener Erde, und es fiel genügend Mondlicht in den Raum, um die Umrisse der Rohre erkennen zu lassen.

Bill Conolly preßte sein Ohr gegen die Rohre und lauschte. Was er zu hören bekam, war erschreckend und beängstigend zugleich.

Dr. Moron war dabei, sein Vorhaben für den nächsten Tag bekanntzugeben. Es war ein mörderischer Plan.

Deutlich hörte Bill die Stimme des verbrecherischen Wissenschaftlers.

»Man nimmt uns noch nicht ernst genug«, rief Dr. Moron. »Und deshalb werden wir noch ein Exempel statuieren. Heute morgen fährt um sechs Uhr der Schottland-Express von London nach Glasgow. Ihr werdet unter den Reisenden sein, aber unsichtbar. Als einzig Sichtbarer wird Jorge mit von der Partie sein. Er erhält über Sprechfunk meine Befehle. Zwischen Leeds und Newcastle wird der Zug entgleisen. Es wird Tote geben. Tote, die die Welt aufrütteln. Und dann sind wir an der Reihe. So, nun zu den Einzelheiten.«

Dr. Moron senkte seine Stimme, so daß Bill nichts mehr hören konnte. Aber er hatte auch so schon genug mitbekommen. Ein ungeheurer Massenmord war geplant, und er allein wußte als Außenstehender davon.

Bill Conolly stockte der Atem. Verzweifelt umfaßte er seinen Kopf. Tränen der Hilflosigkeit, der Wut traten in seine Augen. Er mußte unter allen Umständen den Plan durchkreuzen. Der Zug durfte nicht abfahren.

Aber wie sollte er aus diesem verdammten Gefängnis herauskommen? Die Wände und die Tür waren zu dick. Durch die Kellerfenster konnte er sich nicht zwängen. Die Stäbe standen viel zu dicht beieinander.

Probehalber umklammerte Bill sie mit beiden Fäusten, versuchte, sie aus ihrem Fundament zu reißen.

Zwecklos. Sie saßen zu fest.

Bill Conolly blickte auf seine Uhr. Fast Mitternacht.

Noch sechs Stunden bis zur Abfahrt des Schottland-Express. Sechs Stunden Galgenfrist . . .

Die Zeit tropfte dahin. Langsam und doch viel zu schnell, wie es Bill Conolly erschien.

Unruhig ging er in seinem Gefängnis auf und ab. Sein Gehirn arbeitete fieberhaft. Fluchtgedanken, nur dieses Thema beschäftigte ihn. Er hatte schon mehrmals versucht, die Gitterstäbe durchzubiegen. Doch ohne Erfolg.

Stunde um Stunde verging. Und mit jeder Minute wurde die innere Unruhe quälender. Hier zu sitzen und zur Untätigkeit verdammt zu sein, ging fast über seine Kräfte.

Er mußte einfach etwas tun.

Mit beiden Fäusten hämmerte er verbissen gegen die stabile Tür. Sie gab nicht nach, hing fest in ihrer Verankerung.

Resigniert wischte sich Bill den kalten Schweiß von der Stirn. Auf einmal kam ihm alles sinnlos vor.

Der Reporter hockte sich in eine Ecke und brütete dumpf vor sich hin.

Wie lange er so gesessen hatte, wußte er nicht zu sagen. Auf jeden Fall drangen plötzlich Stimmen an seine Ohren.

Sie kamen von draußen, nicht wie vor einigen Stunden von oben.

Bill stellte sich auf die Zehenspitzen und preßte sein Gesicht gegen die Gitterstäbe.

Er vernahm Schritte, hörte Männer, die sich halblaut unterhielten, doch sehen konnte er nichts.

Natürlich, sie waren unsichtbar.

Bill trat von dem Fenster zurück und blickte auf seine Uhr.

Vier Uhr morgens.

In zwei Stunden fuhr der Zug ab. Dann war das Unglück nicht mehr aufzuhalten.

Die Stimmen wurden leiser und waren schließlich gar nicht mehr zu hören. Wenig später brummten zwei Automotoren auf.

Die Unsichtbaren hatten sich in Bewegung gesetzt.

Bill ballte die Fäuste. Mehr denn je kam ihm seine aussichtslose Situation zum Bewußtsein. Was hatten sie mit einem lästigen Zeugen wie ihm vor?

Es gab nur eine Möglichkeit. Abknallen.

Aber noch lebte er. Bill schwor sich, bis zum letzten zu kämpfen.

Wieder hörte Bill Männerstimmen. Diesmal kamen sie jedoch aus dem Innern der Fabrikhalle.

Die Stimmen näherten sich seiner Gefängnistür.

Bill spannte die Muskeln.

»Ein feuchtes Grab in der Themse bekommt nicht jeder«, hörte er jemanden sagen.

Ein anderer lachte.

Bill sah seine Ahnung bestätigt. Sie wollten ihn also umlegen.

Die Tür wurde aufgeschlossen. Zwei starke Taschenlampen warfen ihre hellen Lichtfinger in das Verlies.

Bill kniff die Augen zusammen, um nicht geblendet zu werden.

»Los, komm raus, Kamerad, jetzt gibt es eine Freifahrt in die

Hölle. Aber keine Tricks, sonst pumpen wir dich schon gleich voll Blei.«

Bill Conolly hielt seine Hände vor das Gesicht, während er nach draußen in den Gang trat.

Die Kerle dirigierten ihn in die große Fabrikhalle. Unterwegs sprachen sie kein Wort.

Bill mußte sich unter eine der Duschen stellen.

Sekunden später prasselten die Wasserstrahlen auf ihn nieder. Tausende von Tropfen glitzerten im Licht der beiden Scheinwerfer.

»Da ist ja unser Junge wieder«, sagte einer der Killer.

Aus schmalen Augenschlitzen sah Bill an sich hinab. Tatsächlich. Wie durch Zauberei erschienen seine Beine wieder.

»Umdrehen!« befahl eine harte Stimme.

Bill gehorchte. Er wurde sicherheitshalber noch nach Waffen abgeklopft, ehe ihn die Männer nach draußen führten.

In dicken Schwaden lag der Morgennebel über dem Land. Bill kam sich vor wie in einer Waschküche. Er hatte Nebel bisher noch nie gemocht, vielleicht war er diesmal jedoch sein Lebensretter.

Die herrschende Kühle traf den pudelnassen Reporter wie ein Schock. Unwillkürlich klapperten seine Zähne aufeinander. Eine Lungenentzündung war bestimmt fällig. Komisch, welche Gedanken einem durch den Kopf gehen, dachte Bill.

»Geh immer geradeaus«, sagte hinter ihm eine Stimme. »Und schön langsam, damit wir dich gut im Auge behalten können.«

Bill setzte sich in Bewegung. Er wandte halb den Kopf und sah die beiden Lichtkreise der Taschenlampen nur als verwaschene Flecken.

Mechanisch setzte der Reporter einen Fuß vor den anderen. Unter seinen Füßen gluckste es.

Sumpf oder Flußgegend, rekapitulierte der Reporter.

Die zweite Möglichkeit war richtig. Je mehr sie sich dem Themseufer näherten, um so dichter wurde der Nebel. Wie ein grauweißer Schwamm vermischte er sich mit der Dunkelheit.

Hinter Bill fluchten die beiden Männer. Sie schienen sich auch über das Wetter aufzuregen.

Die beiden trugen Pistolen. Bill hatte die Waffen kurz gesehen, als er unter der Dusche gestanden hatte.

Das Gelände wurde abschüssig. Die Männer hatten Mühe, auf dem glitschigen Boden nicht auszurutschen.

Und das war Bills Chance.

Urplötzlich ließ er sich fallen. Mit dem Bauch zuerst kam er auf, schlug noch eine Rolle und rutschte den Hang hinab.

Kurz hintereinander blafften in seinem Rücken die Pistolen auf. Sengend heiß strich das Blei über seinen Kopf hinweg.

Bill wollte seinen Fall bremsen, doch es gelang ihm nicht. Mit dem Kopf voran rutschte er dem Flußufer zu.

Wieder schossen die Gangster.

Etwa zwei Yards von Bill entfernt klatschten die Kugeln in das Erdreich.

»Du rechts, ich links«, hörte er eine dumpfe Stimme. »Wir nehmen das Schwein in die Zange.«

Jetzt wurde es böse für den Reporter. Wenn die Kerle genügend Munition bei sich hatten, konnten sie ihn abknallen wie einen Hasen.

Plötzlich hatte Bills Rutschfahrt ein Ende. Seine Fingerspitzen wühlten im Kies. Wasser schwappte glucksend über seine Handrücken.

Bill warf sich sofort auf die Seite, seine Augen starrten in die milchige Dunkelheit.

Die verwaschenen Lichtkreise der beiden Taschenlampen kamen bedrohlich näher. Es war höchstens eine Frage von Sekunden, dann mußten die Männer über ihn stolpern.

Bill blieb nur noch eine Flucht nach vorn.

Behutsam glitt er in das eiskalte Wasser der Themse. Mit den Beinen zuerst.

Und da hatten sie ihn.

Schemengleich huschte der Lichtstrahl über seinen Kopf hinweg.

»Ich hab' ihn, Petey!« schrie eine Stimme.

Einen Herzschlag später peitschten die Schüsse auf. Rasend schnell fuhren die Kugeln aus dem Magazin. Bill drehte sich verzweifelt um seine eigene Achse. Neben ihm spritzte der Kies hoch, knallte gegen sein Gesicht – und . . .

Ein mörderischer Schlag traf seine Schulter.

Bills Schrei ging in einem Gurgeln unter, als der Reporter in die kalten Fluten tauchte.

Mit einer verzweifelten Beinbewegung stieß er sich ab zur Mitte des Flusses.

Jetzt nahm ihn der andere Kerl unter Feuer.

Zum Glück lagen die Kugeln schlecht. Eine Armlänge neben Bill peitschten sie die Wasseroberfläche auf.

Bill wollte vorwärts schwimmen und merkte auf einmal, daß er seinen linken Arm nicht mehr bewegen konnte.

Ein heißer Schreck durchzuckte den Reporter. Die Kugel mußte irgendeinen Nervenstrang getroffen haben.

Zu dieser Verletzung kam noch der Luftmangel. Bill mußte auftauchen.

Zwei, drei Beinbewegungen brachten ihn an die Oberfläche.

Gierig schnappte er nach Luft.

Am Ufer hörte er das Schreien der beiden Gangster. Bill war schon zu weit entfernt, als daß sie ihn in diesem Nebel hätten sehen können.

Doch die Killer gaben nicht auf. Immer wieder jagten sie das Blei auf die Wasseroberfläche. Munition mußten sie genug haben.

Bill holte noch einmal tief Luft und tauchte. Unter Wasser schwamm er in die entgegengesetzte Richtung, weg von der Fabrik.

Länger als eine Minute konnte es der Reporter nicht aushalten. Dann mußte er wieder auftauchen.

Da er nur die Beine bewegen konnte, hatte er nicht viel geschafft. Er zuckte zusammen, als dicht neben ihm eine Kugel ins Wasser klatschte.

Bill legte sich auf den Rücken, hielt den verletzten Arm steif an seinen Körper gepreßt und schwamm, so gut es ging, weiter.

Schon nach wenigen Minuten spürte er die Kälte, die wie tausend Nadeln in seinen Körper stach. Unwillkürlich mußte Bill Conolly an sein letztes Abenteuer denken, als man ihn in einen mit Wasser gefüllten Kohlenschacht geworfen hatte.

Längst war seine Kleidung schwer wie Blei. Bill merkte, wie ihn langsam die Kräfte verließen.

Er mußte ans Ufer.

Zum Glück gab es in diesem Teil der Themse keine allzu große Strömung. Es gelang dem Reporter schon beim ersten Versuch, das Ufer zu erreichen.

Minutenlang blieb er völlig ausgepumpt liegen. Von seinen beiden Verfolgern war nichts mehr zu sehen und zu hören.

Keuchend überwand Bill Conolly die Uferböschung. Es war ein schwieriges Unterfangen, da er ja nur einen Arm gebrauchen konnte.

Doch Bill schaffte es.

Noch immer lag die Dunkelheit über dem Land, und noch immer wußte der Reporter nicht, wo er sich befand.

Er marschierte aufs Geratewohl los. In der Hoffnung, irgendein Dorf oder eine Farm zu finden.

Wie ein Roboter setzte er einen Fuß vor den anderen. Mechanisch, nur von dem Gedanken beseelt, Hilfe zu holen.

Irgendwann drang das Gekläff eines Hundes an seine Ohren.

Wo ein Hund ist, da sind auch Menschen!

Hoffnung keimte in Bill auf.

Er ging schneller, paßte nicht auf und fiel hin. Hart knallte er auf den Boden. Wie glühende Lava schoß der Schmerz durch seinen verletzten Arm.

Verbissen rappelte sich Bill hoch. Weiter, nur nicht schlapp machen.

Das Gebell wurde lauter, und dann tauchte der Umriß eines spitzgiebeligen Gebäudes vor ihm auf.

Jetzt hatte er es geschafft.

Im selben Moment drang eine harte Männerstimme an seine Ohren. »Stehenbleiben! Oder ich füttere Sie mit Schrot.«

»Ich . . .«, keuchte Bill und streckte den unverletzten Arm aus, als er einen Mann auf sich zukommen sah.

Das war aber auch schon alles. Bill merkte, wie sich auf einmal die Welt um ihn herum drehte und er zu Boden fiel. Er hörte noch, wie jemand schrie: »Der ist ja verletzt«, und dann nichts mehr.

Hilfreiche Hände trugen den Reporter in das Haus und legten ihn auf eine bequeme Couch.

Erst jetzt kam Bill wieder zu sich. Er blickte in ein faltendurchfurchtes Gesicht, das ihn besorgt musterte.

»Vielen Dank, Mister«, flüsterte Bill. »Sagen Sie mir, haben Sie Telefon?«

»Ja.«

»Gott sei Dank. Ich – ich muß sofort telefonieren.«

»Langsam, langsam. Erst mal ruhen Sie sich aus. Ich werde Ihre Verletzung provisorisch verbinden und dann einen Arzt holen.«

»Später, Mister, später. Ich muß wirklich telefonieren. Es geht um Leben und Tod.« Bill richtete sich auf. »Wie spät ist es eigentlich genau?«

Bills Retter zog eine flache Uhr aus seiner Westentasche. »Genau acht Minuten nach sechs.«

»Um Himmels willen«, rief Bill, »dann ist alles zu spät!«

Der Mann blickte den Reporter nur verständnislos an.

Wütend starrten die beiden Killer in den grauweißen Nebel. Ihr Opfer war entkommen, und was das bedeutete, konnten sie sich an zwei Fingern abzählen.

Dr. Moron würde sie fertigmachen. Gnadenlos.

Petey, ein hohlwangiger Bursche mit dunklem Bartschatten, sah seinen Kumpan aus zusammengezogenen Augenschlitzen an.

»Was sagen wir denn, Burt?«

Burt zuckte mit den Schultern. »Wir haben unseren Auftrag natürlich ausgeführt.«

Petey grinste. »Das gleiche wollte ich auch vorschlagen. Vielleicht säuft der Kerl ab, und alle Aufregung war umsonst.«

»Genau.« Burt stampfte los. Ächzend erklomm er die Uferböschung. Petey hielt sich fluchend hinter ihm. »Schiefgehen kann sowieso nichts mehr«, meinte er keuchend. »Außerdem sind wir so stark, daß keine Armee der Welt uns aufhalten kann. Wer kämpft schon gegen Unsichtbare?«

Die beiden Killer lachten. Doch ihre Heiterkeit klang gekünstelt. Tief in ihrem Innern glaubten sie selbst nicht an die Worte.

Dr. Moron erwartete die beiden Killer hinter seinem Schaltpult. Bedächtig nahm er die dunkelgetönte Brille ab, als die Männer eintraten. Gletscherkalte Augen wurden sichtbar, aus denen er Petey und Burt scharf fixierte.

»Nun?«

Mehr sagte der Wissenschaftler nicht. Aber schon dieses Wort reichte, um die beiden Killer zusammenzucken zu lassen.

»Es ist alles in Ordnung«, haspelte Petey schnell. »Der Kerl liegt in der Themse, mit mindestens fünf Kugeln im Balg. Das überlebt der nie.«

Dr. Moron nickte. »Gut, dann wäre dieses Problem auch aus der Welt geschafft.«

Die beiden Killer atmeten auf. Nie hätten sie gedacht, daß alles so glatt verlaufen würde.

»Nun zu unseren weiteren Plänen«, sagte Dr. Moron. »Neun Leute sind unterwegs zur Londoner Central Station. Sie werden am

Hauptbahnhof in den Glasgow Expreß einsteigen. Jorge und Ken Silver sind als einzige sichtbar, da die beiden die Wagen fahren mußten. Die anderen werden als blinde Passagiere mitfahren und auf meine Befehle warten, die ich per Funk geben werde. Ihr beide bleibt hier zu meinem persönlichen Schutz. Sollte irgend jemand in die Nähe der Fabrik kommen, jagt ihn weg. Egal wie.«

Petey und Burt nickten.

Gelassen zündete sich Dr. Moron ein Zigarillo an. Über die zerfasernden Rauchringe hinweg blickte er seine beiden Kreaturen an.

»Wenn die Sache mit dem Zug erledigt ist, wird hier in England der Teufel los sein. Und dann werden wir gemeinsam versuchen, diesen verdammten Sinclair zu schnappen.« Dr. Moron machte eine Kunstpause und sah den blaugrauen Qualmwolken nach. »Dieser Mann ist nämlich wirklich gefährlich«, sagte er leise.

Bei Scotland Yard herrschte Hochalarm!

Der Krisenstab war zusammengetreten. John Sinclairs Bericht hatte wie eine Bombe eingeschlagen.

Noch wußte nur ein kleiner ausgewählter Kreis von den schrecklichen Ereignissen, die auf das Land zukommen konnten, aber wenn erst die Bevölkerung davon Wind bekam, war eine Panik nicht mehr zu stoppen.

Dazu durfte es erst gar nicht kommen.

Die Computer in der ID-Abteilung arbeiteten auf Hochtouren. Johns Angaben wurden kontrolliert, verglichen und ausgewertet.

Wenige Minuten vor vier Uhr morgens lagen die Ergebnisse auf dem Tisch.

Vier der ranghöchsten Beamten des Yards hatten sich in einem abhörsicheren und schalldichten Konferenzraum versammelt. Die Leitung hatte Superintendent Powell. Zu seiner Rechten saß John Sinclair.

Der Inspektor hatte dunkle Bartschatten im Gesicht. Ein von Kippen überquellender Aschenbecher stand vor ihm. John hatte sein Jackett ausgezogen und die Ärmel des modernen Hemdes hochgekrempelt. Er sah müde aus, doch seine Augen blickten klar und scharf wie immer.

Superintendent Powell ging es nicht besser. Die Hiobsbotschaft war ihm auf seinen sowieso schon angegriffenen Magen geschlagen. Eine Karaffe mit Wasser und eine Packung mit Magentabletten standen vor ihm. Scotland Yard hatte schon Vorsorge getroffen. Sämtliche Polizeireviere in Groß-London waren gewarnt. Banken und öffentliche Gebäude standen unter unauffälligem Schutz. Allerdings wußten die Beamten nicht, um was es ging. Man hatte von geplanten Anschlägen irischer Terrororganisationen gesprochen.

Die herausgefundenen Ergebnisse waren in einem dünnen Schnellhefter gesammelt worden. Langsam blätterte Superintendent Powell die Seiten durch.

Die anderen Männer sahen ihn gespannt an.

Schließlich räusperte sich Powell und sagte: »Unsere Identifizierungsabteilung hat, wie mir scheint, ein kleines Wunder vollbracht. Aus Ihren Angaben, Inspektor, haben sie herausgefunden, daß es sich bei diesem Wissenschaftler nur um einen gewissen Dr. Moron handeln kann. Dr. Moron ist britischer Staatsangehöriger, hat aber jahrelang in Australien gelebt. Dr. Moron ist im Alter von sechs Jahren aus Argentinien mit seinen Eltern nach England eingewandert und hat auch hier studiert, bevor er nach Australien ging. Wir haben sogar seine Fingerabdrücke in der Kartei. Sie wurden ihm damals abgenommen, als er auswanderte.«

»Ist der jetzige Wohnort bekannt?« wollte einer der Beamten wissen.

»Nein.«

»Aber er befindet sich in England?«

»Natürlich«, sagte John Sinclair. »Schließlich hat er ja den Auftrag gegeben, mich umbringen zu lassen.«

»Aber die Adresse müßte doch herauszubekommen sein«, meinte der Beamte.

John lächelte schmal. »Sicher können wir das. Angemeldet haben wird er sich ja nicht. Und deshalb wird es einige Zeit dauern, bis wir seine Adresse herausbekommen. Und Zeit ist das einzige, was wir im Augenblick nicht haben.«

Die Diskussion der Männer zog sich noch einige Zeit hin. John erinnerte auch an Bill Conolly, der ja von den Unsichtbaren entführt worden war.

Der Inspektor hatte kaum ausgesprochen, da summte das auf dem Tisch stehende grüne Telefon.

Superintendent Powell hob ab. Er lauschte einige Sekunden und gab den Hörer dann an John Sinclair weiter.

»Sinclair.«

»Bill hier. Hör zu, John, ich habe nicht viel Zeit.«

Mit einem kurzen Druck auf den Knopf schaltete John die Sprechanlage ein, die mit dem Telefon verbunden war. Jetzt war Bills Stimme im gesamten Raum zu hören.

»Ich bin den verdammten Killern entkommen«, keuchte der Reporter. »Augenblicklich befinde ich mich auf einer Farm östlich von London. Die Farm gehört noch zu dem Ort Erith. Hier in der Nähe liegt auch der Schlupfwinkel von Moron und Genossen. Aber das ist jetzt Nebensache. Wichtig ist folgendes: Die Unsichtbaren befinden sich in dem Glasgow Expreß. Sie wollen ein Exempel statuieren und den Zug entgleisen lassen oder irgend etwas anderes anstellen. John, du mußt sofort los.«

»Okay, Bill«, rief der Inspektor. »Wann fährt der Zug ab?«

»Er ist schon weg. Um sechs Uhr ist er aus London abgefahren. Es gibt nur eine Möglichkeit: Du mußt ihn vor Birmingham stoppen. Sie wollen zwischen Birmingham und York ihren Plan durchführen. Und noch etwas, die Unsichtbaren kannst du mit Wasser bekämpfen. Das wäre alles, John. Hinterher kannst du dir Dr. Moron schnappen. Ich – verdammt . . . Ah . . .«

»Was ist mit dir, Bill?« schrie der Inspektor.

»Nichts. Die Schweine haben mir in den Arm geschossen. Wäre bald schiefgegangen. Zum Glück ist der Arzt schon unterwegs. Also, John, mach's gut.«

Damit hängte Bill Conolly ein.

Die übrigen Männer sahen sich entsetzt an. In den Augen stand der Schrecken zu lesen.

Superintendent Powell faßte sich als erster. »Was schlagen Sie vor, Inspektor?«

»Auf keinen Fall eine Großaktion. Die Gangster wären gewarnt und würden in ihrer Panik etwas machen, was wir unter keinen Umständen verantworten könnten. Ich werde die Sache allein durchstehen. Sollte ich Erfolg haben, sind Sie an der Reihe.«

Superintendent Powell räusperte sich. »Ihre Meinung, Gentlemen?«

Die Herren waren einverstanden.

John stand auf und zog sein Jackett an. »Dann brauche ich jetzt einen Hubschrauber. Ich werde in Birmingham zusteigen.«

Schrill gellte die Pfeife des Fahrdienstleiters auf. Die letzten Türen knallten zu, und der Glasgow Expreß verließ langsam die Halle des Londoner Bahnhofs.

Dreiundsechzig Reisende befanden sich in dem Zug. Unter ihnen waren auch Jorge und Ken Silver. Dazu kamen noch sieben Unsichtbare, deren Ziel es war, auf einen bestimmten Befehl hin eine Katastrophe auszulösen.

Langsam ging Jorge, der schwarzhaarige Killer, durch die Wagen. Er warf nur jeweils einen kurzen Blick in die Abteile, um sich zu überzeugen, daß auch keine Polizisten, die ihn von früher her kannten, in dem Zug waren.

Das war nicht der Fall.

Zufrieden kehrte Jorge in das Abteil zurück, das er für sich und Ken Silver reserviert hatte.

»Alles klar?« fragte Ken.

Jorge nickte.

Silver grinste. Er war ein vierschrötiger Kerl mit einer breiten Nase und hochstehenden Wangenknochen. Er war von Natur aus sehr schweigsam. Er hatte auch damals kein Wort gesagt, als man ihn wegen zweifachen Mordes zu lebenslangem Zuchthaus verurteilt hatte. Silver galt als Einzelgänger und als besonders brutal. Deshalb hatte Dr. Moron ihn auch für den Job ausgesucht.

Der Schaffner kam.

»Die Fahrkarten, bitte.«

Jorge und Ken Silver griffen in die Tasche. Sie hatten sich ihre Fahrausweise kurz vor der Fahrt besorgt.

Der Schaffner überprüfte die Karten genau, warf den Männern noch einen mißtrauischen Blick zu und verließ das Abteil.

»Ob er etwas gemerkt hat?« fragte Ken Silver.

»Unsinn«, knurrte Jorge. »Vielleicht hat ihm nur dein Gesicht nicht gefallen.«

Silver gab keine Antwort, sondern brütete weiter dumpf vor sich hin.

Er hatte ein komisches Gefühl. Schließlich waren er und seine Kumpane aus dem Zuchthaus befreit worden, und jeder Polizist auf der Insel kannte bestimmt ihre Namen. Silver wünschte sich, wieder unsichtbar zu sein.

Nach einer Weile stand Jorge auf. »Ich geh' mal zu den anderen«, sagte er.

Die anderen – das waren die Unsichtbaren.

Sie hatten sich in einem der beiden Postwagen versteckt. Und zwar in dem, wo keine Beamten arbeiteten. Dieser Wagen beförderte nur Pakete. Briefe und Päckchen wurden in dem anderen sortiert.

Jorge hatte den Gepäckwagen erreicht. Durch die Scheibe warf er einen Blick nach innen.

In der einen Hälfte des Wagens stapelten sich die Pakete. Die andere Hälfte war leer, das jedenfalls mußte man annehmen. In Wirklichkeit befanden sich dort die Unsichtbaren und warteten auf ihren Einsatz.

Vorsichtig zog Jorge die Tür auf.

Vom Nebenwagen her drangen Stimmen an seine Ohren. Dort waren die Postbeamten bereits bei der Arbeit.

»Alles in Ordnung?« fragte Jorge. Er brauchte sich gar nicht zu bemühen, leise zu sprechen, denn das Rattern der Räder übertönte fast jedes Geräusch.

»Sicher ist alles klar«, wurde ihm geantwortet. »Das einzige, was uns fehlt, ist Whisky.«

»Morgen könnt ihr in Alkohol baden«, erwiderte Jorge. »Verhaltet euch noch einige Stunden ruhig. Ich komme vorbei, wenn es soweit ist.«

Mit diesen Worten verschwand Jorge wieder nach draußen.

Er hatte gerade die Tür zugezogen, als plötzlich der Schaffner von vorhin neben ihm stand.

»Waren Sie da drin?« fragte der Beamte und zeigte mit dem Daumen auf den Gepäckwagen.

Jorge musterte den Uniformierten verächtlich. »Was sollte ich für ein Interesse daran haben? Aber damit Sie beruhigt sind, ich habe mir nur mal den Zug angesehen. Zufrieden?«

»Sicher, Sir.«

Jorge verschwand wieder in Richtung Abteil. Als er eintrat, schlief Ken Silver. Er wurde durch das Schlagen der Tür aufgeschreckt.

»Und?«

»Alles klar. Die Jungs warten auf den Einsatz.«

Sie flogen der Morgendämmerung entgegen.

Fern im Osten ging gleich einem riesigen Feuerball die Sonne auf und verscheuchte die Dunkelheit der Nacht. Ein herrlicher Spätherbsttag kündigte sich an.

Der Pilot verstand sein Handwerk. Er war einer der besten beim Yard und beherrschte den Hubschrauber wie manche Ehefrau ihren Mann. Fast lässig saß der Mann in seinem Ledersitz. All seine Bewegungen sahen spielerisch leicht aus.

Anders John Sinclair, der auf dem Kopilotensitz Platz genommen hatte.

Das Gesicht des Inspektors war so ernst wie selten. Tausend Gedanken durchstreiften seinen Kopf. Dieser verdammte Fall hatte es in sich. Er war anders gelagert als die Fälle in der Vergangenheit. Diesmal gab es keine Vampire, Dämonen oder Schrumpfköpfe. Hier hatte John es mit knallharten Gangstern zu tun, die durch die Hand eines Satans in Menschengestalt zu unsichtbaren Mordmarionetten umfunktioniert worden waren.

Der Pilot wandte seinen Kopf. John sah eine Reihe schneeweißer Zähne blitzen.

»Wir sind gleich da, Inspektor. Dort unten sind schon die ersten Vororte von Birmingham.«

John blickte durch das breite Seitenfenster in die Tiefe. Es war inzwischen hell geworden. John sah auf den Straßen Autoschlangen dahinkriechen. Der Berufsverkehr war in vollem Gang. Fabriken, Industriebetriebe und Wohnsiedlungen huschten unter ihnen hinweg.

»Können wir in der Nähe des Bahnhofs landen?« rief John gegen den von den Motoren verursachten Lärm an.

»Sicher. Auf dem Parkplatz der Post ist immer Platz. Die Kameraden wissen bereits Bescheid. Ich habe mich per Funk mit ihnen in Verbindung gesetzt. Aber sagen Sie mal, Inspektor, worum geht es eigentlich?«

Johns Gesicht blieb weiterhin ernst, als er antwortete: »Das darf ich Ihnen leider nicht sagen. Nur soviel sei erwähnt: Drücken Sie mir die Daumen.«

»Mach' ich.« Der Pilot grinste jungenhaft.

Dann zog er den Hubschrauber in einer sanften Kurve nach unten. John sah ein höheres, rechteckiges, graues Gebäude auftauchen. Das Postgebäude.

Der Pilot umrundete es einmal und setzte dann auf dem Hof zur Landung an.

Einige Männer, die dort unten arbeiteten, liefen erschreckt zur Seite.

Wie eine riesige Libelle senkte sich der Hubschrauber auf den Hof. Es gab einen sanften Ruck, und dann stand er.

John nickte dem Piloten zu. »Vielen Dank für die prompte Bedienung. Wenn alles ausgestanden ist, genehmigen wir uns einen Schluck.«

»Das soll ein Wort sein.«

John sprang aus dem Hubschrauber und lief gebückt unter den noch immer kreisenden Rotorblättern hinweg. Der Luftzug wirbelte seine Haare durcheinander.

Ein älterer Mann in der Uniform eines Bahnpolizisten kam John entgegen.

»Inspektor Sinclair?«

»Ja.« John zückte sicherheitshalber seinen Ausweis.

Der Mann prüfte ihn und gab ihn John zurück. »Darf ich Sie jetzt bitten, mitzukommen.« Der Mann sah auf die Uhr. »Wir haben nicht mehr viel Zeit. Der Glasgow Expreß läuft in zehn Minuten hier ein.

Durch einen unterirdischen Gang, der in der Regel nur für den Transport von Paketwagen gedacht war, führte der Bahnbeamte John auf den Bahnsteig und verabschiedete sich mit einem kräftigen Händedruck.

Inspektor Sinclair sah sich um, ließ die Atmosphäre des Bahnhofes auf sich einwirken.

Auf dem Bahnsteig, an dem der Glasgow Expreß hielt, standen etwa dreißig Menschen. Noch immer kamen Reisende, die den Zug mitbekommen wollten.

John preßte die Lippen zusammen. Der Glasgow Expreß war fast immer voll besetzt. Das würde seine Aufgabe nicht gerade erleichtern.

Der Inspektor warf einen Blick zu der großen Normaluhr. Noch drei Minuten bis zur Einfahrt des Zuges.

John zündete sich eine Zigarette an. Seine Nerven vibrierten. So ging es ihm immer, wenn er kurz vor einem entscheidenden Schlag stand. Hinterher war er dann die Ruhe selbst.

Schon kam die Lautsprecheransage durch. Es hieß, der Expreß habe fünf Minuten Verspätung.

John trat die Zigarette aus. Noch einmal ging er alle Möglichkeiten durch. Es bestand die Gefahr, daß man ihn erkannte. Aber das Risiko mußte er auf sich nehmen. Man hatte auch die Möglichkeit in Erwägung gezogen, den Zug räumen zu lassen, sie aber auf Johns Rat hin verworfen, denn dann wären die Unsichtbaren gewarnt und hätten Zeit gehabt, sich in aller Ruhe ein neues Objekt auszusuchen.

Nein, so wie er es vorhatte, war es schon besser.

Dann lief der Zug ein.

John versteckte sich hinter einem Kiosk. Er wollte nicht jetzt schon gesehen werden.

Die Bremsen des Zuges kreischten. Türen wurden aufgestoßen. Hektik erfüllte den Bahnsteig.

Wieder dröhnte die Stimme des Ansagers.

Es stiegen nur wenige Menschen aus. John wartete, bis sämtliche neu angekommenen Fahrgäste eingestiegen waren, und lief dann auf den letzten Wagen zu.

Der Fahrdienstleiter gab gerade das Signal, als John die Wagentür von innen zuschlug.

Die Höllenfahrt konnte beginnen . . .

Parallel zu Johns Einsatz lief eine Großaktion des Yards. Man hatte inzwischen herausgefunden, wo Bill Conolly untergeschlüpft war. Zwanzig Beamte, verteilt auf fünf Wagen, waren unterwegs zu der Farm.

Das Gebäude sollte als vorläufiges Hauptquartier dienen.

Superintendent Powell persönlich leitete den Einsatz.

Die Wagen fuhren im Schutz der Morgendämmerung. Der Einsatz ging lautlos, fast geisterhaft über die Bühne.

Der Farmer, er hieß Ted Palmer, erwartete die Wagenkolonne vor seiner Scheune, deren Tor weit offenstand.

»Sie können die Wagen hier reinfahren«, rief er. »Platz ist genügend vorhanden.«

Zehn Minuten später war alles erledigt. Die Beamten verteilten sich auf der Farm, blieben dabei in sicherer Deckung.

Superintendent Powell betrat mit zwei weiteren Männern das Wohnhaus.

Bill Conolly lag auf der Couch. Ein Arzt aus Erith hatte seinen Arm notdürftig verbunden und ihm eine schmerzstillende Spritze gegeben. Die Gattin des Farmers, eine etwas verhärmt aussehende Frau, hatte Bill einen Spezialtee zubereitet, der auch einen Toten geweckt hätte.

»So, Conolly, und nun noch mal von vorn«, sagte Superintendent Powell.

Bill erzählte. Er ließ keine Einzelheit aus. Schilderte haargenau die Funktion der Todesstrahlen und womit man sie bekämpfen konnte.

»Deshalb bat ich Sie ja, Wasserwerfer mitzunehmen. Damit packen Sie die Burschen.«

Powell knetete sein Kinn. »Wir haben zwar keine Wasserwerfer, aber dafür ähnliche Geräte.«

»Das wird zur Not auch reichen«, meinte Bill.

Langsam ging John Sinclair durch den ersten Wagen. Er sah in jedes Abteil, konnte aber nichts Auffälliges entdecken.

Im dritten Wagen kam ihm ein Kontrolleur entgegen.

»Ihre Fahrkarte, Sir?«

John zog einen von der Bahn ausgestellten Sonderausweis aus der Tasche und lüftete gleichzeitig sein Inkognito.

»Scotland Yard?« wunderte sich der Beamte.

»Ja.«

Ehe der Kontrolleur irgendwelche Fragen stellen konnte, sagte John: »Es ist durchaus möglich, daß es zu einer Auseinandersetzung mit gewissen Personen kommt. Sagen Sie den Schaffnern Bescheid, daß sie eine eventuelle Panik bei den Reisenden unterdrücken sollen.«

Das Gesicht des Kontrolleurs wurde bleich. »Was ist los, Inspektor?«

»Das zu erklären, hat keinen Sinn. Ich sage nur soviel, behalten Sie um Himmels willen die Nerven.«

Der Kontrolleur nickte.

John ging weiter.

Er näherte sich dem Speisewagen in der Mitte des Zuges. Die Holztür war in der Mitte mit einem Glaseinsatz versehen. Sicherheitshalber warf John einen Blick in den Wagen, bevor er die Tür aufstoßen wollte.

Und plötzlich zuckte der Inspektor zusammen.

An einem Zweiertisch, direkt am Fenster, saßen zwei Männer.

Einen kannte John. Es war der Kerl, der ihn in seiner Wohnung beschossen hatte. Der zweite Mann, der mit dem Rücken zu John saß, war ihm unbekannt.

Zum Glück hatte Jorge ihn nicht entdeckt.

John zog sich zwei Schritte zurück. Seine Gedanken arbeiteten fieberhaft.

Er konnte Jorge unmöglich in dem vollbesetzten Speisewagen packen. Es würden zuviel Unschuldige in die Sache mit hineingezogen werden. Außerdem war da noch der zweite Mann. Aber wo befanden sich die Unsichtbaren?

Es gab nur eine Möglichkeit. John mußte warten, bis Jorge selbst was unternahm und ihn zu den Unsichtbaren hinführte. Dann erst konnte er zuschlagen.

Die Möglichkeit ergab sich früher, als er gedacht hatte.

Jorge stand plötzlich auf, sagte irgend etwas zu seinem Kumpan und näherte sich der Tür.

Sofort verschwand John Sinclair in dem Gang.

Die Tür des Speisewagens wurde aufgestoßen.

John hörte Jorge husten, riskierte einen Blick und sah, daß der schwarzhaarige Killer die Toilettentür aufzog.

Das war die Chance.

Mit drei lautlosen Schritten war John hinter dem Killer, packte ihn am Kragen und stieß den Kerl in die enge Toilette.

Jorge wußte erst, was geschehen war, als John bereits die Tür von innen abschloß.

Doch dann weiteten sich seine Augen in jähem Erschrecken.

John Sinclair lächelte schmal.

»Überrascht?«

Jorge zog pfeifend die Luft durch die Nase. »Wenn ich ehrlich bin – ja.«

John fixierte den Killer genau. Trotz seiner Überraschung machte er einen ruhigen, ja selbstsicheren Eindruck. Etwa in der Art: Mir kann keiner.

John wußte zwar, daß die anderen noch die besseren Trümpfe in der Hand hielten, aber er durfte sich keine Blöße geben.

Ruhig sagte er: »Das Spiel ist aus. Wir sind über Dr. Moron und seine Geisterarmee informiert. Ihr habt keine Chance mehr.«

Als John den Namen Dr. Moron erwähnte, zuckte der Killer kurz zusammen. Doch dann begann er zu lachen.

»Bluff, Sinclair!« zischte er. »Nichts als Bluff. Ihnen ist doch klar, daß die Unsichtbaren hier in dem Zug eine Hölle entfesseln werden und daß Sie dagegen nichts machen können. Wir sind unbesiegbar. Ich mache Ihnen einen Vorschlag. Schlagen Sie sich auf unsere Seite. Sie werden es nicht bereuen. Dr. Moron und seine Truppe werden bald die Weltherrschaft haben. Doch vorher müssen wir unsere Gegner vernichten.«

John schüttelte den Kopf. »Sie glauben doch nicht im Ernst, daß ich darauf eingehe. Nein, mein Freund, Sie werden mir jetzt sagen, wo sich die Unsichtbaren aufhalten, und dann wird diesem ganzen Spuk ein Ende bereitet.«

»Ein Ende?« echote Jorge. »Das können Sie haben.«

Einen Herzschlag später griff er an. Wie ein Dampfhammer schoß seine rechte Faust vor und bohrte sich in Johns Magengrube.

Im letzten Augenblick war es dem Inspektor gelungen, seine Bauchmuskeln anzuspannen. Trotzdem raubte ihm der Schlag die Luft.

Mit dem Rücken zur Tür sackte John zusammen.

Jorge lachte und zog mit einer fließenden Bewegung seine Pistole.

In diesem Moment fuhr der Zug in eine Kurve. Jorge, nicht darauf gefaßt, kippte nach rechts weg. Unwillkürlich suchte er Halt. Der Lauf der Pistole zeigte gegen die Decke.

Aus seiner gebückten Stellung heraus rammte John dem Killer seinen Kopf in den Magen.

Jorge gurgelte auf und dröhnte mit dem Rücken gegen das kleine Handwaschbecken.

Er verlor die Übersicht.

John Sinclair setzte nach. Ihm war klar, er durfte keine Rücksicht nehmen. Zuviel stand auf dem Spiel.

Klatschend traf seine Faust das Gesicht des Killers und riß dessen Kopf in den Nacken.

Blut schoß aus Jorges Nase.

Noch einmal schlug John zu. Diesmal jagte er dem Kerl einen Leberhaken in den Körper.

Der Killer ächzte, sackte zusammen.

Am Kragen seines Jacketts riß John ihn hoch.

»Rede!« zischte der Inspektor. »Wo sind die anderen?«

Jorge verzog das blutige Gesicht zu einem Grinsen. »Such sie doch, du Bullenschwein. Du kannst – kannst uns doch nicht mehr aufhalten.«

Angewidert ließ John den Killer los. Nur mit äußerster Willensanstrengung hielt sich Jorge auf den Beinen.

John bückte sich blitzschnell und hob die Waffe des Mörders auf.

»Willst du wirklich für deinen Boß sterben?« fragte John Sinclair lauernd. Er packte Jorges Arm, riß den Kerl zu sich heran und preßte ihm die kalte Pistolenmündung gegen die Schläfe. »Ich will dir mal etwas sagen«, flüsterte John. »Das Leben von mindestens hundert unschuldigen Menschen steht auf dem Spiel. Du glaubst doch nicht im Ernst, daß ich dich schonen werde. Einer gegen hundert – denk daran.«

Natürlich hatte John nur geblufft. Nie hätte er es fertiggebracht, einen Wehrlosen zu erschießen, auch wenn der Mann eine Bestie wie Jorge war. Aber nur so sah er eine Möglichkeit, den Killer zum Reden zu bringen.

»Ich werde reden«, keuchte er.

John stellte die Fragen. Fünf Minuten später wußte er alles. Wußte, wo sich die Unsichtbaren befanden, wie der Name des Killers war und wie sein Kumpan hieß, mit dem er im Speisewagen zusammen gesessen hatte.

Der Inspektor ließ Jorge los. Kraftlos sackte er zu Boden.

John griff hinter seinen Rücken und löste die Handschellen von seinem Hosengürtel.

Mit einem leisen ›Klick!‹ sprang die stählerne Acht um die Handgelenke des Killers.

Dann durchsuchte John blitzschnell die Taschen des Mannes und stieß im nächsten Moment einen überraschten Laut aus.

Er hatte ein Walkie-talkie gefunden!

Jetzt war ihm alles klar. Per Sprechfunk würde Jorge von Dr. Moron den Einsatzbefehl bekommen.

Raffiniert ausgeklügelt, das mußte er ehrlich zugeben.

Jorges Blick verschleierte sich, als er sah, was John gefunden hatte.

Inspektor Sinclair lächelte eisig. »Damit haben Sie wohl nicht gerechnet?«

»Fahr zur Hölle!« zischte der Killer.

John gab keine Antwort. Er hatte vor, einen der Schaffner zu alarmieren, damit er die Toilettentür abschloß. Ein besseres Gefängnis gab es für den Killer gar nicht.

Der Inspektor entriegelte die Tür, zog sie auf und wollte in den Gang treten.

Im selben Augenblick raste ein Messer auf ihn zu . . .

Langsam wurde Ken Silver unruhig. Jetzt war Jorge schon seit über zehn Minuten verschwunden. Das war wider alle Spielregeln. Er hatte nicht gesagt, daß er in den Gepäckraum gehen wollte, sondern er wollte nur eben kurz die Toilette besuchen.

Schließlich wurde es Silver zu bunt.

Er stand auf, schob sich durch den vollbesetzten Speisewagen, wich einem Ober aus, zog die Tür auf und stand schließlich im Gang.

Er wandte sich nach rechts.

Über der Toilettentür brannte eine rote Lampe.

Das Besetztzeichen.

Silver überlegte einen Augenblick und drückte dann entschlossen die Klinke herunter.

»Besetzt!« klang eine Stimme auf.

Silver zuckte zusammen. Verdammt, die Stimme gehörte nicht Jorge.

Ken Silver überlegte. Vielleicht war Jorge auf eine andere Toilette gegangen.

Mit schnellen Schritten lief der Mann durch den anschließenden Wagen und stand wenig später vor der nächsten Toilettentür.

Frei!

Jetzt war Silver alles klar. Jorge befand sich in Gefahr. Er spürte dies, wie ein Hund den Knochen riecht.

Silver überlegte nur Sekunden. Dann wußte er, was er zu tun hatte.

Die anderen. Sie mußten alarmiert werden.

Mit hastigen Schritten rannte Silver durch den Zug, stieß einige Leute, die auf den Gängen standen, kurzerhand zur Seite und erreichte schließlich außer Atem den Gepäckraum.

Hastig zog er die Tür hinter sich zu.

Zum Glück war keiner der Postbeamten zu sehen.

»Zwei Mann müssen mit mir«, sprudelte Silver die Worte hervor. »Jorge ist in Gefahr.«

Zwei Stimmen meldeten sich.

Es hörte sich unheimlich an, als die Männer sprachen und doch niemand zu sehen war.

Plötzlich öffnete sich die Tür des anderen Gepäckwagens.

»Ist da jemand?« fragte einer der Beamten.

Aber da waren Ken und die beiden Unsichtbaren schon verschwunden.

Kopfschüttelnd wandte sich der gute Mann wieder seiner Arbeit zu.

Ken Silver und die beiden Unsichtbaren hasteten durch die Wagen. Schließlich standen sie vor der bewußten Toilettentür.

Ken Silver warf noch einen Blick in den Gang. Zum Glück kam niemand. Nur in Höhe des letzten Wagenfensters stand ein junger Mann und rauchte eine Zigarette.

»Los!« zischte Ken Silver den Unsichtbaren zu.

Sekunden später blitzten zwei Messer in der Luft. Und dann wurde die Toilettentür aufgezogen . . .

Durch eine gedankenschnelle Drehung des Kopfes entging John dem mörderischen Messerstoß.

Wuchtig rammte sich der Stahl im Holz der zurückschwingenden Toilettentür fest.

John Sinclair war blitzschnell auf den Gang gehechtet.

Sofort schoß das andere Messer auf ihn zu.

Der Inspektor tauchte weg.

Der Messerstoß ging ins Leere.

Erst jetzt sah John Sinclair Ken Silver. Der Gangster stand in der Nähe der Wagentür und hatte die Fäuste geballt.

Als er entdeckte, daß John Sinclair die gefährlichen Attacken abgewehrt hatte, griff er selbst an.

Wie von selbst schien ihm die Pistole in die Hand zu springen.

Blitzschnell erfaßte John die höllische Situation. Aus dem Stand heraus hechtete er vor. Von unten her dröhnte seine Handkante gegen den Pistolenarm des Killers.

Wie vom Katapult abgefeuert, wurde Silver der Arm nach oben geschleudert. Der Schuß löste sich, und die Kugel jaulte singend gegen die Blechverkleidung des gewölbten Wagendachs.

John war in voller Fahrt gegen die Tür geknallt. Ehe er sich herumwerfen konnte, schickte ihm Silver eine mörderische Linke in die Rippen.

Dabei schrie Silver etwas.

Aber diese Worte rissen auch John aus seiner Lähmung, befreiten ihn von seiner Lethargie.

Aus seiner geduckten Stellung heraus wirbelte er herum. Seine Fäuste fegten Ken Silver zur Seite, schleuderten ihn bis gegen die andere Tür. Dabei rutschte Silver noch über die Pistolen aus, die er verloren hatte.

Menschen kamen den Wagengang entlanggelaufen, sahen mit weit aufgerissenen Augen, daß ein Messer in der Luft schwebte und auf einen halb geduckt kauernden Mann zustieß.

Zwei Frauen schrien gellend auf. Zu grauenhaft war das, was sie sahen.

John Sinclair wütete wie ein Tornado.

Er unterlief den Messerstoß und hechtete eine Sekunde später schon wieder Ken Silver entgegen, der sich soeben aufgerappelt hatte.

Johns Fäuste klatschten gegen den Hals des Mörders.

Wieder rutschte Silver zusammen.

John kreiselte herum, sah, wie sich abermals die scharfe Schneide des Messers näherte und wie plötzlich Silvers Pistole vom Boden hochgehoben wurde.

Es war ein unheimliches Schauspiel, als sie in der Luft schwebte und sich die Mündung langsam in John Sinclairs Richtung drehte.

Keiner der Umstehenden wagte sich zu rühren. Sie alle waren von dem makabren Schauspiel gefesselt.

Sekunden dehnten sich zu Ewigkeiten.

Und jetzt bewies John Sinclair, daß er Nerven wie Drahtseile hatte.

Ehe sich ein unsichtbarer Finger um den Abzugshahn krümmen konnte, warf sich John auf die Toilettentür zu, riß sie auf und ließ sich kurzerhand in den kleinen Raum fallen.

Er landete genau auf Jorge, der erstickt aufschrie.

»Schießt doch!« kreischte Ken Silver von draußen.

Schüsse peitschten!

Das Holz der Tür bekam plötzlich Löcher.

John Sinclair machte sich so klein wie möglich, wollte so gut wie kein Ziel bieten.

»Paßt doch auf, ihr . . . Ahhh!«

Jorges Schrei erstickte in einem gräßlichen Röcheln. Über seinem linken Auge klaffte plötzlich ein Loch, aus dem ein Blutstrom schoß.

Jorge, der sich trotz der Gefahr hingekniet hatte, brach wieder zusammen. Das Schießen verstummte. Anscheinend waren die Unsichtbaren darüber, daß sie ihren eigenen Kumpan getroffen hatten, zu sehr geschockt.

Da brüllte Silver auch schon los. »Ihr habt Jorge umgelegt, ihr Scheißkerle. Ihr . . .«

Eine Litanei der schrecklichsten Schimpfworte folgte.

Günstig für John, denn so hatte er etwas Zeit, seine nächsten Handlungen vorzubereiten.

Das Waschbecken erregte seine Aufmerksamkeit. Darunter befand sich ein kleiner Schrank mit Papierhandtüchern.

Johns Idee kam wie ein Blitz. Er riß die Papiertücher hervor und faltete in Sekundenschnelle einige Dreiecktüten. Sie sahen fast so aus wie Kaffeefilter.

Mit der linken Hand pumpte John den Fußhebel für den kleinen Messinghahn über dem Waschbecken auf und nieder.

Bogenförmig schoß das Wasser aus der Öffnung.

John richtete sich auf die Knie und füllte mit dem Wasser eine Papiertüte.

Das gleiche machte er mit zwei weiteren.

Wie hatte Bill Conolly noch gesagt? Nur mit Wasser kann man die Unsichtbaren bekämpfen.

John Sinclair mußte es jetzt darauf ankommen lassen.

Er paßte höllisch auf, daß nicht zuviel Wasser aus den provisorischen Tüten lief. Draußen beratschlagten die Männer noch immer. Da sie nicht sehr laut sprachen, nahm John an, daß sie dicht nebeneinanderstanden.

Das konnte für ihn nur von Vorteil sein.

Vorsichtig stieg der Inspektor über den toten Jorge hinweg bis dicht vor die durch Kugellöcher gezeichnete Tür.

Die drei Tüten hielt er in der rechten Hand. Mit der linken zog er behutsam die Tür auf.

Im selben Moment wurde Ken Silver aufmerksam. Er schrie eine Warnung, doch da war es bereits zu spät.

Johns rechter Arm vollführte eine kreisende Bewegung. Das Wasser aus den Tüten wurde im hohen Bogen durch den Gang geschleudert, kam wie eine kleine Sintflut über die Unsichtbaren.

Die Wirkung war frappierend.

Arme, Körperteile und Einzelheiten von Gesichtern wurden sichtbar.

John sah die obere Hälfte eines Gesichts, während der Hals und die Brust nicht zu sehen waren. Dafür aber wieder das rechte Bein und der rechte Arm mit der Pistole.

Bei dem anderen war der gesamte Unterleib zu sehen und die Hand, die das Messer hielt.

Die Reisenden, die sich erst zurückgezogen hatten und jetzt wieder vorgekommen waren, überfiel das nackte Entsetzen. Unbegreiflich waren diese grauenhafte Vorgänge.

John Sinclair hatte keine Sekunde gezögert. Sobald er die Tüten losgelassen hatte, war seine Rechte unter dem Jackett verschwunden und mit der Pistole wieder zum Vorschein gekommen.

Die erste Kugel fegte das Messer aus der schwebenden Hand. Ein gellender Schrei hallte durch den Wagen. Blut tropfte plötzlich auf den Boden.

Johns Pistole ruckte herum.

Die zweite Kugel traf das auf dem Boden stehende Bein. Wie abgeschnitten knickte der Teil des Körpers zusammen. Ein Blutrinnsal lief bis zum Fußknöchel.

Doch der Kerl hielt die Pistole fest, wollte sogar auf den Inspektor schießen.

John drückte noch einmal ab. Das Geschoß durchschlug den Arm des Mannes. Die Pistole wurde ihm aus den Fingern geprellt und knallte auf den Boden. Der halb Unsichtbare brach zusammen. Aus dem Mund in der unteren Gesichtshälfte drangen unartikulierte Schreie, die in ein leises Wimmern übergingen.

John kümmerte sich nicht darum. Noch war Ken Silver nicht erledigt.

Er stand mit dem Rücken gegen die Wagentür gepreßt, war bleich wie die Wand und beobachtete aus weit aufgerissenen Augen, was mit seinen Kumpanen geschehen war.

John wollte gerade auf ihn zugehen, als sich plötzlich das Walkie-talkie in seiner Brusttasche meldete.

»Jorge!« quäkte eine Stimme.

John entschied sich blitzschnell für einen gewagten Bluff.

Mit der freien Hand holte er das Sprechgerät hervor, schaltete es ein und sagte: »Ja?«

»Die Aktion kann starten, Jorge. Du weißt Bescheid. Nehmt euch sämtliche Abteile vor.«

»Auch Frauen und Kinder?« fragte John.

»Was dachtest du denn, du Idiot. Das haben wir schließlich . . . Jorge . . .?«

Die Stimme stockte. Anscheinend war der Sprecher mißtrauisch geworden. Für John war klar, daß dies Dr. Moron gewesen war.

Der Inspektor schaltete das Gerät aus. In seinem Magen krampfte sich etwas zusammen, sein Gesicht verhärtete sich.

Zwei Schritte ging er auf Ken Silver zu.

»Los, dreh dich um!« befahl John.

Ken Silver gehorchte.

Mit den Handflächen stützte er sich gegen die Scheibe der Tür ab.

Plötzlich begann er am gesamten Körper zu zittern. Sogar die Zähne schlugen aufeinander.

»Nicht schießen!« wimmerte er. »Nicht schießen . . .«

Der Lauf von Johns Waffe dröhnte dem Mann in den Nacken.

Ken Silver seufzte noch einmal auf und sackte dann spiralenförmig vor der Wagentür zu Boden.

John wischte sich den Schweiß aus dem Gesicht. Als er sich umdrehte, starrte er in das angstverzerrte Gesicht des Kontrolleurs, der zwar alles mitbekommen hatte, aber nicht begreifen konnte. Genau wie die anderen Reisenden.

John steckte seine Pistole ein. Mit leiser Stimme wandte er sich an den Beamten. »Sie haben gesehen, was vorgefallen ist. Es befinden sich immer noch einige Unsichtbare im Zug.«

»Und wo?« Die Frage des Beamten war nur ein Hauch.

»Im Gepäckwagen«, erwiderte John. »Wir müssen jetzt gemeinsam eine Möglichkeit finden, die Unsichtbaren auszuschalten. Wir werden . . .«

In diesem Augenblick verlor eine ältere Frau die Nerven. »Noch mehr?« kreischte sie. »Nein. Ich will hier raus. Ich will hier raus!«

Ehe sie jemand aufhalten konnte, quetschte sich die Frau in ihr Abteil.

John ahnte Schreckliches.

Doch er konnte nicht mehr eingreifen.

Zwei Sekunden später zog die Frau die Notbremse.

Der mörderische Ruck, der durch den gesamten Zug ging, überraschte auch die Unsichtbaren. Sie, die zwar nicht zu sehen waren, aber doch gewissen physikalischen Gesetzen unterlagen, wurden wild durcheinandergewirbelt. Die überraschten Aufschreie der Unsichtbaren gingen in dem Kreischen der Bremsen unter.

Pakete und Postsäcke segelten durch den Wagen, platzten teilweise auf, und der Inhalt wurde weit über den Boden verstreut.

Niemand von den Unsichtbaren wußte genau, wer die Notbremse gezogen hatte. Sie nahmen jedoch an, daß es Jorge gewesen war und daß diese Aktion praktisch der Beginn ihres Überfalls war.

Die Beamten im zweiten Gepäckwagen hatte die urplötzliche Bremsung wie ein Blitz aus heiterem Himmel getroffen.

Aufbrüllend flogen die Männer durcheinander. Ein nicht gut genug befestigtes Regal kippte um. Es landete hart auf den Beinen eines schon älteren Mannes, so daß dieser durch den plötzlichen Schmerz ohnmächtig wurde.

»Los, zwei packen das Regal an, die anderen helfen Joe darunter weg«, sagte einer der Beamten und befühlte seine Stirn, auf der langsam, aber sicher eine Beule anschwoll.

Doch die Männer kamen nicht mehr dazu.

Plötzlich hörten sie in ihrem Rücken Stimmen.

»Keiner rührt sich vom Fleck! Los, an die Wand!«

Die Beamten zuckten zusammen wie unter Peitschenschlägen. Ein Überfall, natürlich. Jetzt war auch klar, warum die Notbremse gezogen wurde. Aber, zum Teufel, sie hatten doch nichts Wertvolles geladen. Ein Postraub lohnte sich nicht.

»An die Wand, habe ich gesagt!«

Jetzt erst setzten sich die Männer in Bewegung. Mit weichen Knien begaben sie sich dorthin, wo vorher das Regal gestanden hatte.

Langsam wandten sie sich um . . . und erstarrten.

In der Luft schwebten sechs Pistolen!

Stimmen begannen gellend zu lachen, weideten sich an dem Erstaunen der Bahnbeamten.

Die Pistolen fächerten auseinander. Jemand sagte: »Wird Zeit, daß sich Jorge sehen läßt. Man will schließlich wissen, wie es weitergeht.«

»Hör auf mit deiner Flennerei. Verdammt, wann kommt denn Jorge endlich?«

Als wäre dies ein Zeichen gewesen, wurde plötzlich die Tür des anderen Gepäckwagens aufgezogen. Quietschend schwang sie zur Seite. Von draußen her drangen aufgeregte Stimmen und Rufe an die Ohren der Männer.

»Ist alles in Ordnung?« rief der Mann, der in den Wagen geklettert war. Es war Lester Merrit, der Lokführer. Mit schweren Schritten stampfte er auf den zweiten Gepäckwagen zu. »Also, wenn ich den Kerl erwische, der die Notbremse . . .«

»Was dann?«

Der Lokführer hatte plötzlich das Gefühl, in einem Irrenhaus gelandet zu sein. Ungläubig starrte er auf die in der Luft schwebenden Pistolen.

»Was ist denn . . .?«

Blitzschnell drehte er sich um, wollte wegrennen.

Da traf ein knallharter Schlag seinen ungeschützten Nacken.

Eine Sekunde später lag der Lokführer bewußtlos am Boden.

Die in Schach gehaltenen Bahnbeamten atmeten gepreßt. Noch immer standen sie mit erhobenen Armen vor den schußbereiten Mündungen der Pistolen.

Worauf warteten die Unsichtbaren? Was war ihr Ziel?

Zwei, drei Minuten vergingen. Und plötzlich dröhnte eine Stimme auf, durch ein Megaphon vielfach verstärkt.

Die Worte gaben den Beamten Hoffnung, ließen die Unsichtbaren jedoch in einem plötzlichen Schrecken erstarren. Innerhalb von Sekunden wurde ihnen bewußt, daß sie jetzt auf sich allein gestellt waren.

Eine Riesenfaust schien John Sinclair zu packen und durch die Luft zu wirbeln.

Der Inspektor knallte mit dem Hinterkopf gegen eine scharfe Kante und verlor für Sekunden jedes Zeitgefühl. Weit entfernt hörte er die Schreie der Reisenden und das Kreischen der Bremsen.

Dann wurde John wieder klar.

Der Zug stand.

John rappelte sich auf. Jetzt erst merkte er, daß er gegen die gegenüberliegende Wagentür geschleudert worden war. Er betastete seinen Körper. Gebrochen hatte er sich nichts.

In dem Zug herrschte ein unbeschreibliches Durcheinander. Schrille Frauenstimmen gellten durch die Wagen, Männer fluchten, und Kinder kreischten. Viele Reisende lagen in den Gängen.

Eben kam der Kontrolleur auf die Beine. Außer einer Platzwunde an der Stirn schien ihm nichts passiert zu sein.

John erreichte den Mann mit zwei Schritten.

»Los, wir müssen hier raus, zum Gepäckwagen!«

»Ja, ja«, erwiderte der Mann, immer noch nicht ganz auf der Höhe.

John Sinclair riß kurzentschlossen die Wagentür auf und sprang nach draußen.

Kalte, aber sonnige Spätherbstluft empfing ihn.

Endlich hatte er den Gepäckwagen erreicht. John sah, daß die Schiebetür in der Mitte offenstand.

Der Kontrolleur lief weiter bis zur Lokomotive.

John wartete ab, überlegte sein weiteres Vorgehen. Im Schutz der Wagenwand schlich er bis zur Tür, peilte in das Innere des Gepäckwagens.

John sah nichts außer einem heillosen Durcheinander von Paketen, Päckchen und Briefen.

Sollten die Unsichtbaren den Wagen bereits verlassen haben?

Der Kontrolleur kam wieder angerannt. In einer Hand ein Megaphon.

Schweratmend blieb der Beamte neben John stehen.

Der Inspektor deutete auf das Megaphon. »Warum haben Sie das mitgenommen?«

»Ich wollte die Reisenden auffordern, sich ruhig zu verhalten. Das Ding gehört zu unserer Standardausrüstung.«

»Wunderbar.« John war eine Idee gekommen. Doch vorher erkundigte er sich noch, ob der Kontrolleur Alarm geschlagen hatte.

»Ja. Die nächste Station ist Pettinghurst. Dort wissen sie jetzt Bescheid.«

»Gut.«

Dann erläuterte John flüsternd seinen Plan.

Der Kontrolleur starrte den Inspektor ungläubig an. »Meinen Sie, daß Sie damit Erfolg haben?«

»Man kann es wenigstens versuchen!«

»Ich wünsche Ihnen viel Glück.«

Während der Kontrolleur einige Schritte zurückging und das Megaphon an die Lippen setzte, kletterte John in den Wagen.

So geräuschlos wie möglich schwang er sich hinein.

Im selben Augenblick dröhnte auch schon die Stimme des Kontrolleurs auf.

»Geben Sie auf!« schallte es aus dem Megaphon. »Ihre beiden Komplicen sind festgenommen worden! Werfen Sie Ihre Waffen nach draußen.«

Ein Hohngelächter war die Antwort. Und dann erklang eine kalte Stimme: »Ihr Idioten! Was denkt ihr euch denn, wer wir sind? Wir sind unschlagbar, und wir haben Geiseln. Ein paar Bahnbeamte, unter ihnen ist der Lokführer. Einer dieser Idioten hat schon unser Blei zu fressen bekommen. Wir sind es, die Vorschläge machen. Der Lokführer kommt bald wieder zu sich. Und wenn es soweit ist, werden wir weiterfahren. Genau wie es vorgeschrieben ist. Und niemand wird uns daran hindern. Verstanden?«

Der Kontrolleur schwieg. Schließlich sagte er: »Gut, es bleibt uns ja wohl nichts anderes übrig.«

»Das kann man wohl sagen.«

John Sinclair hatte sich inzwischen hinter das umgefallene Regal geduckt. Der ältere Beamte, der darunterlag, war noch immer bewußtlos.

Der Inspektor grinste hart. Daß die Unsichtbaren nicht aufgeben würden, war ihm von vornherein klar. Aber das Ablenkungsmanöver hatte bestens geklappt. John war ungesehen in den zweiten Gepäckwagen gelangt. Jetzt kam Teil zwei des Planes an die Reihe. Bis der Zug abfuhr, mußten die beiden Gepäckwagen von den übrigen abgekoppelt worden sein. Der Kontrolleur hatte versprochen, das in die Hand zu nehmen.

Aus dem anderen Wagen hörte John Stimmen. Die Unsichtbaren unterhielten sich halblaut. Anscheinend wußten sie selbst nicht genau, wie sie vorgehen sollten.

Die Lokomotive mit den beiden Gepäckwagen dahinter wurde immer schneller.

Scharf pfiff der Wind durch die offenstehende Tür. John wagte nicht, sie zu schließen, aus Angst, die Unsichtbaren könnten das quietschende Geräusch hören.

Es kam jetzt darauf an, daß die Polizei in Verbindung mit dem Militär richtig schaltete. Zum Glück lag in der Nähe von Pettinghurst, der nächsten Station, eine Einheit Pioniere. Sie sollte alarmiert werden, um mit Wasserwerfern anzurücken. Das alles hatte John vor seinem Einsatz dem Kontrolleur aufgetragen.

Die Minuten flogen dahin. Schnell war eine halbe Stunde vergangen.

Der bewußtlose Mann unter dem Regal begann leise zu stöhnen.

John ging in die Knie und legte seinen Zeigefinger auf die Lippen.

Der Mann starrte ihn verständnislos an. Dann verzog sich sein Gesicht. Er mußte gräßliche Schmerzen haben.

»Halten Sie um Himmels willen noch aus, Mann«, zischte John. »Es sind höchstens noch ein paar Minuten.«

Der Beamte brachte ein Nicken zustande.

Ab und zu hörte John aus dem anderen Gepäckwagen Gesprächsfetzen. Verstehen konnte er jedoch nichts. Der in den Wagen pfeifende Wind machte dies unmöglich.

Plötzlich stieß die Lokomotive einen Pfiff aus.

Das Zeichen!

In wenigen Minuten mußte Pettinghurst erreicht sein.

Der Zug wurde langsamer. Die draußen vorbeihuschende Landschaft nahm Gestalt an. John konnte Bäume, Felder und einzeln stehende Gehöfte erkennen.

Auch die Unsichtbaren mußten gemerkt haben, daß der Zug an Fahrt verlor.

Sie schrien sich gegenseitig an. John konnte sogar einzelne Worte verstehen. Keiner der Männer wußte, was los war.

Bis jemand den anderen Wagen betrat.

John sah im letzten Augenblick die Pistole in der Türöffnung auftauchen und legte sich hinter das umgestürzte Regal flach auf den Boden. Davor hatte er einen noch heilen Postsack aufgebaut.

Die Pistole verschwand in Nähe der Tür.

Der Unsichtbare schien sich nach draußen zu lehnen.

Und plötzlich schrie er auf.

»Verdammt, die Schweine haben uns abgehängt!« Seine Stimme wurde leiser. Er war wieder in dem anderen Wagen verschwunden.

Ruckartig kam der Zug zum Stehen.

Atemlose Stille breitete sich aus.

John riskierte einen Blick über seine Deckung.

Soweit er durch die offenstehende Tür erkennen konnte, stand der Zug auf freier Strecke. Aber noch etwas anderes sah John.

Soldaten!

Sie waren mit mehreren Wagen gekommen und hatten neben dem Gleis in den Büschen und Sträuchern Deckung gefunden.

Es hatte also gut geklappt.

In dem anderen Wagen schrien sich die Unsichtbaren gegenseitig an. Einer war dafür, sofort die Geiseln zu erledigen. Andere wollten erst abwarten.

John hielt es für an der Zeit, einzugreifen.

Waffenlos stand er plötzlich auf der Türschwelle. Mit einem Blick überflog er das Innere des Gepäckwagens.

Die Geiseln waren in einer Ecke zusammengedrängt worden. Bewacht wurden sie von zwei Unsichtbaren, deren Pistolen in Hüfthöhe in der Luft schwebten.

John war nicht sofort bemerkt worden, bis einer der Unsichtbaren schrie: »Verdammt, das ist . . .«

»Ja, ich bin Inspektor Sinclair! Halt, nicht schießen!« rief John, als er sah, daß vier Waffen in seine Richtung schwenkten. »Ich habe euch ein Angebot zu unterbreiten.«

Nach Johns Worten herrschte Stille. Nur das schwere Atmen der Unsichtbaren und der Geiseln war zu hören.

Die Sekunden tropften dahin.

»Ach, legen wir den Bullen doch einfach um«, keifte einer.

»Das würde ich euch nicht raten«, erwiderte John.

»Und warum nicht, du Klugscheißer? Wir haben die besseren Trümpfe in der Hand.«

»Nein«, erwiderte John ruhig. »Das mag im ersten Augenblick so aussehen, aber wenn man die Sache genauer betrachtet, kommt man zu einem anderen Ergebnis. Hört zu! Wir haben euren Boß, einen gewissen Dr. Moron«, log John.

»Bluff!« schrie wieder der Anführer. »Laßt euch doch von dem Kerl nicht fertigmachen.«

»Soll ich euch die Lage der Fabrik beschreiben?« fragte John.

Die Unsichtbaren schwiegen.

Der Inspektor merkte, daß er langsam an Boden gewann. Er redete weiter. Versuchte mit Worten, das Leben der Geiseln zu retten. Noch nie in seiner Laufbahn hatte sich John so auf eine Rede konzentriert.

Vier Pistolenmündungen glotzten ihn an. Vier Finger warteten darauf, die Stecher durchzuziehen. Es war ein Nervenspiel ohne Beispiel.

John spürte, wie sich der Schweiß in seinem Nacken sammelte. Er durfte sich nicht anmerken lassen, wie nervös er letzten Endes doch war.

»Ein Satan in Menschengestalt hat euch aus dem Zuchthaus geholt, euch dann mit Strahlen beschossen und unsichtbar gemacht. Wir haben Dr. Moron festgenommen, oder vielmehr meine Kollegen haben es getan. Er wird kein Unheil mehr anrichten können. Und ihr? Wollt ihr auf eigene Faust morden und plündern? Menschen umbringen, die euch nichts getan haben? Wenn ihr jetzt weitermacht, werdet ihr alle am Galgen enden! Überlegt es gut. Eine Minute Zeit gebe ich euch noch.«

John blickte auf seine Uhr. Er wunderte sich wieder einmal, wie ruhig er plötzlich war.

Nach dreißig Sekunden sagte der Inspektor in die Stille hinein: »Was ihr jetzt verbrochen habt, wird übrigens nicht auf die Strafe angerechnet. Ich hoffe, daß euch dieses die Entscheidung leichter macht.«

John warf einen Blick zu den in der Wagenecke stehenden Geiseln. Hoffnung und Angst schimmerten in ihren Augen. Sie hatten die Blicke fest auf den Inspektor gerichtet.

Die Unsichtbaren begannen zu tuscheln. Einige waren dagegen, auf Johns Vorschlag einzugehen, doch die Mehrzahl war dafür.

Zwei Minuten waren seit Johns Ultimatum vergangen, als eine Stimme sagte: »Sie haben gewonnen, Inspektor. Wir geben auf.«

Eine Zentnerlast fiel John vom Herzen. Er sah, wie die Geiseln aufatmeten und sich schluchzend in die Arme fielen. Zu groß war die Nervenanspannung gewesen.

Sechs Waffen fielen auf den Boden.

»Gehen Sie jetzt hinaus«, sagte John zu den Bahnbeamten.

Eng an die Wand gepreßt, drückten sich die Männer aus dem Wagen. Der letzte hatte kaum den Fuß auf die Erde gesetzt, als ein Dutzend Soldaten mit schußbereiten Waffen den Wagen stürmte.

John Sinclair wandte sich blitzschnell um und schloß die Tür ab. Der Anführer der Soldaten war ein Sergeant.

»Es ist alles in Ordnung«, sagte John. »Holen Sie die Wasserwerfer.«

»Wir machen es mit Schläuchen, Sir«, sagte der Sergeant.

»Mir auch egal. Aber passen Sie auf. In dem anderen Wagen liegt auch noch ein Verletzter.«

Fünf Minuten später rauschten Wassermassen in den Gepäckwagen. Sechs Gestalten schälten sich aus dem Wasserregen. Sie waren klatschnaß und erinnerten in keiner Weise mehr an die Unsichtbaren, die den grauenhaften Terror verbreitet hatten.

Aber das alles bekam John Sinclair nicht mit. Er war zu einem Hubschrauber geeilt und ließ sich über Funk Verbindung mit dem Yard geben.

Dort wartete man bereits auf seinen Anruf.

»Sagen Sie den Männern, sie sollen noch nicht angreifen«, rief John. »Ich selbst möchte dabeisein.«

»Die Leitung der Aktion hat Superintendent Powell. Er muß das entscheiden.«

John Sinclair wurde ungemütlich. »In zwei Stunden bin ich da«, rief er. »Wo die Farm liegt, weiß ich ungefähr.«

»Ich werde es Superintendent Powell mitteilen«, sagte der Beamte von der Einsatzleitung. »Versprechen kann ich nichts.«

Der Mann unterbrach die Verbindung.

John wandte sich an den Piloten. »In zwei Stunden bis London, schaffen Sie das?«

Der Pilot zog die Mundwinkel nach unten. »Das müßte eigentlich reichen, Inspektor.«

»Dann nichts wie los.«

Die Scotland-Yard-Beamten saßen in dem Farmhaus wie auf glühenden Kohlen.

Am nervösesten war Superintendent Powell. Er hatte schon die zweite Flasche Mineralwasser geleert, trotzdem ging es seinem Magen nicht besser.

Draußen war es klar geworden. Nicht ein Nebelfetzen lag mehr über dem Land. Nur über der Themse schwebte noch ein leichter Dunstschleier.

Sogar oben unter dem Dach saßen die Beamten und beobachteten aus starken Ferngläsern die Fabrik, in der Dr. Moron sein Hauptquartier errichtet hatte.

Schließlich platzte Superintendent Powell der Kragen. »Ich warte noch genau eine halbe Stunde. Ist bis dahin nichts geschehen, greifen wir an.«

Bill Conolly, der auf der Couch lag und einen dicken Verband um die Schulter trug, grinste. »Warum sind Sie denn so nervös? Was John Sinclair in die Hand nimmt, klappt. Das müssen Sie doch wissen.«

Powell warf dem Reporter einen undefinierbaren Blick zu.

Die Zeit verging.

Und dann, genau achtzehn Minuten später, kam die Meldung, auf die alle gewartet hatten.

Als das Telefon schrillte, flog Superintendent Powells Arm zum Hörer.

Der Beamte von der Funkzentrale im Yard war dran.

In kurzen Sätzen erstattete er Bericht.

Powell stellte noch einige Fragen und legte dann zufrieden auf. Gespannt sahen ihn seine Männer an.

»Inspektor Sinclair hat es geschafft«, sagte er beinahe feierlich.

Man konnte die Erleichterung auf den Gesichtern der Beamten förmlich fühlen.

»Dann können wir ja angreifen«, sagte einer.

Superintendent Powell schüttelte den Kopf. »Wir werden noch zwei Stunden warten. Inspektor Sinclair möchte gern dabeisein. Und das hat er sich meiner Auffassung nach auch verdient. Oder ist jemand anderer Meinung?«

»Da unten ist es«, sagte John und deutete auf das – von oben gesehen – streichholzgroße Gebäude, das wie ein brauner Tupfer in der sonst grünen Landschaft klebte.

Dicht neben dem Haus landete der Hubschrauber auf einer kleinen Wiese.

John sprang sofort hinaus.

Superintendent Powell kam dem Inspektor bereits entgegengelaufen.

»Na, endlich«, rief Johns Chef erleichtert aus. »Wir hatten Sie fast schon abgeschrieben.«

»Unkraut vergeht nicht«, erwiderte John grinsend.

Während sie durch das feuchte Gras auf das Haus zustapften, berichtete John Sinclair in knappen Sätzen von den unheimlichen Vorgängen im Zug.

Superintendent Powell zeigte sich äußerst zufrieden.

Im Wohnraum der Farm traf John auch seinen Freund Bill Conolly.

Der Reporter labte sich gerade an einem Whisky.

Zeit, um persönliche Worte zu wechseln, hatten sie nicht. Denn noch war Dr. Moron nicht gefangen.

John zündete sich erst einmal eine Zigarette an und meinte, während er den Rauch durch die Nasenlöcher ausstieß: »Ich werde es allein versuchen.«

»Kommt gar nicht in Frage«, widersprach Superintendent Powell.

»Johns Vorschlag ist wirklich besser«, ließ sich Bill Conolly vernehmen.

»Sie mischen sich da nicht ein«, sagte Powell scharf.

Bill winkte ab. »Regen Sie sich doch nicht künstlich auf. Ich wollte ja nur an die Fernsehkameras erinnern, mit deren Hilfe Dr. Moron die Umgebung beobachten läßt. Was meinen Sie, wie der sich freut, wenn alle anrücken. Der kann die Leute ja reihenweise abknallen.«

Superintendent Powell überlegte. Seine Augen hinter den dicken Brillengläsern zogen sich zu schmalen Schlitzen zusammen.

John drückte seine Zigarette aus. »Okay, ich gehe also allein.«

Eine Viertelstunde sprachen die Männer noch über ihren Plan, bis sich plötzlich der Beobachtungsposten auf dem Dach meldete.

»Soeben hat ein Wagen die Fabrik verlassen. Es war ein dunkler Ford. Amerikanisches Fabrikat.«

John wechselte einen blitzschnellen Blick mit seinem Chef.

»Haben Sie gesehen, wieviel Männer darin saßen?« fragte der Inspektor den Beamten, der die Meldung gebracht hatte.

»Soviel ich erkennen konnte – zwei.«

»Das waren die beiden Leibwächter«, rief Bill.

Superintendent Powell gab knappe Anweisungen. Sechs Männer bekamen den Auftrag, den Wagen zu stoppen und die Insassen festzunehmen.

John lief inzwischen auf die leerstehende Fabrik zu.

Der Inspektor duckte sich hinter einen kniehohen Strauch. Langsam glitten seine Augen über die verdreckten Mauern. John sah auch, daß das große Schiebetor, das zum Innenhof führte, offenstand.

Der Inspektor wollte sich gerade in Bewegung setzen, als eine Gestalt den Innenhof betrat. Dr. Moron!

Daran gab es keinen Zweifel. John hatte von Bill Conolly die Beschreibung bekommen.

Noch hatte Dr. Moron John Sinclair nicht entdeckt. Der Inspektor stellte fest, daß der irre Wissenschaftler immer wieder auf seine Uhr blickte.

Und da peitschten die Schüsse.

Aus der Entfernung hörte man nur ein lautes Knattern, ähnlich wie beim Zerplatzen einer Knallfroschkette.

Auch Dr. Moron hatte die Schüsse gehört.

Seine Haltung spannte sich wie eine Bogensehne.

Lautlos glitt John Sinclair aus seiner provisorischen Deckung und rutschte mehr, als er ging, den grasbewachsenen Hügel hinunter.

Noch immer stand Dr. Moron auf dem Innenhof. Er wußte wohl nicht, wie er reagieren sollte. Noch hatte er John Sinclair nicht entdeckt.

Der Inspektor hatte etwa die Hälfte der Strecke geschafft, als Dr. Moron ihn sah.

»Stehenbleiben!« schrie er und riß den Strahlenaktivator hoch.

Mit einem letzten Sprung schaffte John den Hügel, landete auf allen vieren und stand etwa zwanzig Yards vor Dr. Moron.

»Wer sind Sie?« keuchte der Wissenschaftler.

John grinste schmal. »Der, den Sie schon immer gesucht haben. Inspektor Sinclair.«

Ein satanisches Lachen gellte aus der Kehle Morons. »Sinclair!« kreischte er. »Ja, auf dich habe ich gewartet. Einen Druck auf den kleinen Knopf, und du bist nicht mehr.«

»Mag sein«, erwiderte John, »aber da ich häufig dusche, ist Ihr komischer Apparat absolut unwirksam.«

»Das werden wir sehen«, brüllte Moron und riß den Strahlenaktivator in Augenhöhe.

Seine Finger drückten den Knopf herunter. Die scharfgebündelten Strahlen verließen den Aktivator.

John warf sich mit einem Riesensatz zur Seite. Dort, wo er eben noch gestanden hatte, war der Grasteppich verschwunden.

Immer noch lachte Dr. Moron. Schon schwenkte er den Aktivator herum.

Doch John hatte bereits mit einer blitzschnellen Bewegung seine Pistole gezogen.

Und Schießen lernt man beim Yard.

Noch während er auf dem Boden lag, peitschte der Schuß auf. Die Kugel traf genau.

Sie raste in dem Augenblick in Dr. Morons Schulter, als dieser zum zweitenmal den Knopf betätigen wollte.

Der Apparat wurde dem verrückten Wissenschaftler förmlich aus der Hand geschleudert. Wie ein Stück glühendes Eisen ließ er ihn fallen und griff sich mit der freien Hand an die Schulterwunde, aus der das Blut sickerte und den weißen Kittelärmel rot färbte.

Mit ein paar Sätzen hatte John den Mann erreicht. Sofort packte er den Aktivator und schleuderte ihn einige Yards weg.

Der richtete kein Unheil mehr an.

Dr. Moron sah mit weitaufgerissenen Augen, was mit seinem Lebenswerk geschah. Und plötzlich drehte er durch.

Ohne Vorwarnung und ohne auf seine Schulterwunde zu achten, sprang er John an die Kehle.

»Du Bastard!« kreischte Moron.

Scharfe Fingernägel drückten in Johns Fleisch. Der Inspektor wurde zurückgedrängt, fiel auf den Boden.

Keuchend lag Dr. Moron über ihm. John sah die weit aufgerissenen Augen des Wissenschaftlers und erkannte den irren Glanz darin.

Nein, dieser Mann war nicht mehr normal. Er gehörte in eine Irrenanstalt.

Immer noch preßte Dr. Moron seine Hände um Johns Kehle. Gleichzeitig bohrte sich sein rechtes Knie in den Magen des Inspektors.

Längst bekam John keine Luft mehr.

Da griff er zum letzten Mittel.

Seine Hände fuhren zwischen den würgenden Armen hindurch und packten die kleinen Finger des Wissenschaftlers.

John riß sie zur Seite.

Ein gräßlicher Schrei entrang sich Dr. Morons Kehle. Der Druck um Johns Hals war von einer Sekunde zur anderen verschwunden. Frische Luft strömte wieder in die Lungen des Inspektors.

Dr. Moron war zur Seite gekippt. Schmerzverkrümmt wälzte er sich auf dem Boden.

John stand auf, zog ein Paar neue Handschellen von der Gürtelschnalle und ließ sie um Dr. Morons Gelenke schnappen.

Das war das endgültige Aus des irren Wissenschaftlers. Er wollte die Welt regieren und würde in der Zelle einer Irrenanstalt landen.

Rufe erreichten Johns Ohren.

Der Inspektor drehte den Kopf und sah einige Beamte über den Hügelrücken gerannt kommen.

John winkte ihnen zu.

Eine halbe Minute später wurde Dr. Moron, der Gift und Galle spuckte, abtransportiert.

Den Strahlenaktivator nahm John persönlich mit. Vor dem Farmhaus stand Superintendent Powell und nuckelte zufrieden an einer Zigarre. Etwas, was John eigentlich noch nie bei ihm gesehen hatte.

»Sie rauchen, Sir?«

»Geschenkte immer«, erwiderte Superintendent Powell und kniff John Sinclair ein Auge zu.

»Na ja, dann hätten wir die Sache mal wieder geschafft«, sagte John, als er sich mit seinem Freund Bill Conolly einen Schluck gönnte.

Es kam, wie John Sinclair es sich schon gedacht hatte. Dr. Moron wurde in eine Heilanstalt eingewiesen. Der Strahlenaktivator verschwand in den Tresoren von Scotland Yard. Da war er am besten aufgehoben.

John Sinclair aber hatte sehr bald schon wieder einen neuen Fall am Hals. Der sollte ihn auf die Insel der Skelette führen.

Aber das ist eine andere Geschichte . . .

Der Inspektor erfuhr, daß die anderen Gangster, die in dem Wagen gesessen hatten, sich nicht ergeben hatten. Bei der darauffolgenden Schießerei war einer getötet worden, der andere war schwer verletzt. Ein Beamter hatte einen Streifschuß abbekommen, sonst war den Polizisten nichts passiert.

ENDE

Die Insel
der Skelette

Sorgenvoll betrachtete der alte Clint McIntosh den düsteren Himmel.

»Es wird Regen und Sturm geben«, sagte er mit seiner tiefen, wohlklingenden Stimme.

Patrick, sein Sohn, der mit beiden Händen das Steuer des kleinen Kutters umklammert hielt, nickte bestätigend.

»Bis es losgeht, sind wir längst im Hafen«, meinte er leichthin.

Clint McIntosh wischte sich mit dem Handrücken über den Mund, holte seine kurze Stummelpfeife aus der Tasche und begann, sie mit bedächtigen Bewegungen zu stopfen.

McIntosh hatte Sorgen. Die Fischschwärme zogen weiter von den Inseln weg und suchten das offene Meer. Den Familien, die vom Fischfang lebten, ging es immer schlechter. Es war leicht auszurechnen, wann sie sich nach einem anderen Broterwerb umsehen mußten. Die jungen Männer gingen sowieso aufs Festland. Dort hatten sie bessere Chancen und konnte mehr verdienen.

Der alte McIntosh blickte seinen Sohn von der Seite her an. Er sah einen hochgewachsenen jungen Mann mit dunkelbraunem Haar und markantem Gesicht. Besonders hervorstehend war das eckige Kinn. Es war ein Merkmal, das alle McIntosh' besaßen.

Heute war Patricks letzte Fahrt. Übermorgen wollte er die St.-Kilda-Inseln verlassen und nach Schottland gehen. In Glasgow hatte er Arbeit bekommen. Niemand konnte es Patrick McIntosh verdenken, daß er so dachte. Auch sein Vater nicht, der ab morgen auf sich allein gestellt sein würde.

Plötzlich hob Patrick den rechten Arm. »Sieh doch, Vater, da ist wieder dieses Licht.«

Clint McIntosh folgte der Richtung des Armes. Im Westen, dort, wo sich Coony Island befand, glühte das blutrote Licht auf.

Der alte McIntosh schlug ein Kreuzzeichen und bekam eine Gänsehaut. Er senkte den Blick, um nicht in dieses Licht sehen zu müssen.

»Bald ist es soweit«, flüsterte er nun. »Der Teufel – er braucht ein neues Opfer. Vier Leute hat er sich schon geholt. Jetzt ist wieder einer dran. Möge der Herr uns beistehen.«

Patrick McIntosh lachte spöttisch. »Du glaubst doch diesen Kram nicht etwa?«

»Glauben,« murmelte sein Vater. »Was heißt glauben. Ich weiß es.«

Patrick gab keine Antwort. Er kannte die alten Geschichten, die über diese Insel erzählt wurden. Er tat alles mit dem Wort Seemannsgarn ab . . .

Geister sollte es dort geben. Richtige Geister. Patrick nahm sich vor, bei seinem ersten Urlaub der Insel einmal einen Besuch abzustatten.

Die Luft war schwer und grau. Der Wind frischte auf. Dicke Wolken trieben am Himmel.

Patrick packte das Steuer fester. Das Meer war in Bewegung geraten. Schaumkronen blitzten auf den Wellenkämmen. Die ersten Tropfen klatschten gegen das kleine Ruderhaus. Bald wurde ein regelrechter Sturzregen daraus.

»Ich geh' mal nach hinten«, rief der alte McIntosh gegen das Brausen des Windes an.

Sein Sohn nickte nur. Er mußte sich voll auf das Steuern des Bootes konzentrieren.

Der Wind riß Clint McIntosh beinahe die Tür aus der Hand. Der Alte zog den Südwester fest auf den Kopf und stapfte vorwärts.

Am Heck des kleinen Kutters lag ihr heutiger Fang. Es waren Heringe. Die großen Holzkisten waren jedoch nur zur Hälfte gefüllt. Einige der grausilbernen Fische zappelten noch in den Netzen.

Regenböen peitschten McIntosh ins Gesicht. Der alte Kutter schaukelte bedrohlich, McIntosh mußte höllisch aufpassen, damit er nicht ausrutschte und gegen die Reling geschleudert wurde. Wie leicht konnte man da über Bord gehen.

Der Alte bückte sich und wuchtete die schweren Holzdeckel der Kisten hoch. Sie lagen übereinander.

McIntosh schaffte es nicht beim erstenmal.

Er fluchte verbissen, nahm dann jeden Deckel einzeln.

Clint McIntosh war so in seine Arbeit vertieft, daß er nicht das Grauen bemerkte, das sich unaufhörlich dem kleinen Kutter näherte.

Etwas schob sich an der äußeren Bordwand hoch.

Eine Knochenhand!

Es folgte ein Arm, ein Stück Schulter, ein Schädel.

Sekunden später kletterte ein Skelett über Bord. Die blanken Knochen glänzten. Aus den Augenhöhlen des Totenschädels tropfte Wasser.

Unbeweglich stand das Skelett auf dem Kutter. Sturm und Regen schienen ihm nichts auszumachen.

Langsam näherte es sich dem gebückt stehenden Alten.

McIntosch hatte gerade die letzte Kiste verschlossen, als ihn etwas an der rechten Schulter berührte.

Ruckartig wandte der alte Fischer den Kopf.

Seine Augen weiteten sich in ungläubigem Staunen, begriffen nicht, was sie zu sehen bekamen.

Da packte das Skelett zu.

Mörderisch war der Griff der Knochenhände, mit dem sie die Kehle des unglücklichen Fischers zusammenpreßten.

Clint McIntosh riß den Mund zu einem Schrei auf, doch die schwachen Laute, die über seine Lippen kamen, fegte der Wind mit sich.

Mit weit aus den Höhlen tretenden Augen starrte McIntosh auf den gräßlichen Totenschädel, aus dessen halbgeöffnetem Mund die Zähne wie kleine gelbe Stummel hervorlugten.

Unbarmherzig drückte das Monster zu.

Verzweifelt ruderte Clint McIntosh mit den Armen, doch seine Bewegungen wurden von Sekunde zu Sekunde schwächer. Schließlich gaben seine Knie nach, und er sackte unter den würgenden Händen zu Boden.

Das Skelett stieß ein triumphierendes Fauchen aus. Es hatte die Aufgabe erfüllt. Opfer Nummer fünf war ihm sicher . . .

Patrick McIntosch ahnte nicht, welch ein grausiges Geschehen sich hinter seinem Rücken abspielte. Für ihn kam es im Moment darauf an, den Kutter sicher durch die schwere See zu steuern. Er fluchte fast sein halbes Repertoire herunter, als er sah, daß sich die Wolken noch mehr zusammenballten. In der Ferne zuckten sogar Blitze über den grauen Himmel.

Doch irgendwann wurde Patrick unruhig. Was hatte sein Vater nur so lange am Heck zu suchen?

Der junge Mann wandte den Kopf. Die Tür des kleinen Ruderhauses wurde vom Wind noch immer hin und her geworfen.

Patrick überlegte, ob er das Schiff für einen Moment sich selbst überlassen konnte, um schnell die Tür zu schließen. Dabei konnte er gleichzeitig auch nach seinem Vater sehen.

Patrick McIntosh stellte das Ruder fest und war mit zwei langen Schritten an der Tür.

Ehe er sich ins Schloß drückte, warf er einen Blick nach draußen.

Schemenhaft nur sah er durch den dicken Regenschleier die beiden Gestalten.

Zwei Männer?

Da stimmte was nicht.

Patrick war ein Mann schneller Entschlüsse. Er packte eines von den an der Kajütenwand befestigten höllisch scharfen Fischmessern und stürzte nach draußen.

Nach drei Schritten blieb er stehen, als wäre er vor eine Wand gerannt.

Zu grauenvoll war das, was sich seinen Augen bot.

Sein Vater lag auf dem Boden. Und über ihm kniete . . . ein Skelett! Die Knochengestalt hatte beide Hände um die Kehle seines Vaters gelegt.

Mit einem wilden Schrei stürzte Patrick vor. Er wußte nicht, ob sein Vater noch lebte oder ob er nur bewußtlos war. In diesem Moment war ihm alles egal. Nur eins wollte er: das Skelett vernichten.

Das Fischmesser hatte eine unterarmlange Schneide. Der mit ungeheurer Wucht geführte Stoß pfiff durch die Luft. Die spitze Klinge traf den blanken Schädel des Skeletts, rutschte ab – und bohrte sich in den Hals des alten McIntosh.

Als wäre das Messer aus glühendem Eisen, so schnell ließ Patrick es los. Der junge Mann sprang zurück, starrte aus weit aufgerissenen Augen auf seinen am Boden liegenden Vater und auf die gräßliche Halswunde, aus der ununterbrochen ein Blutstrom quoll, der jedoch von dem Regen sofort verwischt wurde.

Das Skelett lachte teuflisch. Langsam stand es auf und kam auf den immer noch erstarrt stehenden Patrick McIntosh zu. Der junge Mann merkte nicht, wie das Schiff schlingerte, er sah das Skelett, das auf ihn zukam, und ahnte, daß ihm das gleiche Schicksal widerfahren sollte wie seinem Vater.

Diese Erkenntnis riß Patrick McIntosh aus seiner Erstarrung.

Ehe der Knochenarm zupacken konnte, wirbelte Patrick herum und rannte auf das kleine Ruderhaus zu.

Im selben Augenblick klatschte von Backbord her ein Brecher

gegen den Kutter, schüttelte ihn durch, und die überspritzenden Wassermassen fegten Patrick zu Boden.

Er knallte genau mit dem Kopf gegen die Tür des Ruderhauses. Für einen Moment blitzten Sterne vor seinen Augen auf, und als er wieder klar denken konnte und sich auf die Seite warf, war das Skelett schon da.

Drohend stand es vor ihm.

Die leeren Augenhöhlen glotzten auf ihn herab.

Wieder entrang sich der Kehle des Skeletts ein schepperndes Lachen.

Die Knochenarme schossen vor. Die langen Finger wurden zu gekrümmten Krallen . . .

Patrick McIntosh brüllte auf.

Einen Herzschlag später berührten die Totenhände seine Kehle, wurden zu einer gnadenlosen Stahlkammer, die dem jungen Mann die Luft abdrückte.

Patrick McIntosh würgte und röchelte.

Wieder schäumte ein Brecher über Bord. Das Wasser warf Patrick und das Skelett bis in das Ruderhaus hinein, doch die Finger des Unheimlichen lösten sich nicht von seinem Hals.

Patrick hatte schon mit dem Leben abgeschlossen, da geschah etwas Seltsames.

Plötzlich war das blutrote Licht direkt über dem Schiff, hüllte alles in einen roten Schleier.

Einen Herzschlag später ließ das Skelett die Kehle des jungen Mannes los.

Frische, klare Luft strömte in Patricks Lungen.

Vier, fünf Sekunden atmete der junge Mcintosh ruhig durch. Dann rappelte er sich auf.

Doch er fiel sofort wieder auf die Knie. Der Kampf hatte ihn zu sehr geschwächt.

Auf allen vieren robbte Patrick zur Tür, stieß sie mit der rechten Hand auf – und . . .

Der Schrei, der aus seiner Kehle kam, hatte nichts Menschliches mehr an sich.

»Vaaater!« brüllte Patrick auf.

Ein letztes Mal sah er seinen Vater, der soeben von dem Skelett über Bord gezogen wurde und in den Fluten versank.

Wenig später war Patrick McIntosh ohnmächtig, und der Kutter wurde zum Spielball der Wellen.

»Das ist doch der Kahn vom alten Clint«, brummte Mock Dublin, als er den kleinen Kutter auf der Dünung treiben sah.

Der Wind war abgeflaut. Das Meer hatte sich beruhigt. Mock Dublin hatte die Gelegenheit genutzt, um hinüber nach Schottland zu fahren und dort seine Waren aufzufrischen. Dublin war Kaufmann. Er besaß auf der westlichsten der St.-Kilda-Inseln ein Geschäft, in dem man fast alles, was man zum Leben brauchte, bekommen konnte. Dublin hatte drei Verkäuferinnen, denn sein Laden florierte. Er galt, gemessen an Kildaschen Verhältnissen, als reich.

Dublin griff zu seinem Feldstecher, der vor seiner Brust baumelte, und führte ihn an die Augen. Er stellte die Optik ein wenig nach und hatte bald den Kutter im Blickfeld.

Auf dem Deck des kleinen Fischtrawlers befand sich keine Menschenseele, das sah Dublin sofort, oder . . .

Der Kaufmann zuckte plötzlich zusammen.

Zwei Beine waren in sein Blickfeld geraten.

Dublin drehte den Kopf ein wenig nach links, doch das kleine Ruderhaus versperrte ihm die weitere Sicht.

»Da schlag doch einer lang hin«, knurrte der Kaufmann und steuerte den alten Kutter an.

Er drehte erst bei, als er dicht davor war.

Jetzt sah Dublin alles genau. Auf dem Deck des Kutters lag Patrick McIntosh. Er lag auf dem Bauch und hatte die Arme ausgestreckt. Verletzungen konnte der Kaufmann nicht entdekken, aber wo war der alte McIntosh?

Mock Dublin konnte ihn nirgends entdecken.

Daß etwas passiert war, war dem Kaufmann sofort klar. Er verlor auch keine weitere Zeit.

Dank seines modernen Funkgerätes hatte er schnell die Küstenwache alarmiert. Dort versprach man, sofort zu kommen, nachdem Mock Dublin die ungefähre Position angegeben hatte.

Er mußte über eine halbe Stunde warten, ehe das Rettungsboot angerauscht kam. Für die geübten Beamten war es kein Problem, an Bord des Kutters zu gelangen. Vorsichtig hievten sie den bewußtlosen Patrick McIntosh auf ihr Schiff.

Der Kommandant des Rettungskreuzers kam dann auch zu Mock Dublin. Er tippte grüßend an seine Mütze und ließ sich noch einmal eingehend den Hergang schildern.

»Sie kennen demnach die Familie McIntosh«, sagte er zum Schluß.

Mock Dublin nickte.

»Gut?«

»Was man so gut nennt. Der Alte hat bei mir immer seinen Tabak geholt, und auch der junge McIntosh ist ab und zu gekommen. Aber daß wir befreundet waren, kann man nicht sagen. Mir kommt das alles verdammt komisch vor. Wo ist der alte McIntosh? Sein Sohn ist noch nie allein hinausgefahren, und außerdem wollte er St. Kilda sowieso verlassen. Ich glaube, sogar morgen oder übermorgen schon.«

Der Kommandant des Rettungskreuzers, ein hagerer, sechzigjähriger Mann, zuckte die Schultern. »Wir werden das alles schon herausbekommen, wenn dieser Patrick aus seiner Bewußtlosigkeit erwacht. Vorerst vielen Dank für Ihre Hilfsbereitschaft.«

»Nichts zu danken, war ja Menschenpflicht. Ach, was ich noch fragen wollte, was geschieht denn jetzt mit dem Kutter?«

»Wir schleppen ihn nach St. Kilda in den Hafen.«

»Dann ist für mich also die Sache erledigt.«

»Ja. Vorläufig jedenfalls.«

»Wissen Sie, ich muß nämlich rüber, Waren holen. Das ist eine Terminsache.«

»Wir halten Sie nicht auf.«

Der Kommandant tippte an seinen Mützenschirm und ging wieder an Bord seines Schiffes.

Wenig später tuckerten die beiden Boote in entgegengesetzte Richtungen davon.

Auf dem Rettungsboot hatte man Patrick McIntosh auf eine Liege gelegt und flüchtig untersucht.

Als der Kommandant den kleinen Raum betrat, war der Sanitäter gerade fertig.

»Ich kann keine Verletzungen feststellen«, sagte er. »Außer einer kleinen Beule am Kopf. Der Mann muß sich irgendwo gestoßen haben.«

»Und die anderen Symptome? Herz- und Pulsschlag?«

»Alles normal.«

Der Kommandant schob seine Mütze in den Nacken. »Dann frage ich mich ernsthaft, wieso der Mann bewußtlos ist. Irgend etwas ist auf diesem verdammten Kutter passiert, denn der Alte ist verschwunden.«

»Wir hatten vor einigen Stunden schweren Seegang. Vielleicht ist er da über Bord gespült worden«, gab der Sanitäter zu bedenken.

Der Kommandant schüttelte den Kopf. »Daran glaube ich nicht. Der Alte war ein Fuchs. Der ist fast sein gesamtes Leben aufs Meer gefahren, den wirft so leicht keine Brise um. Nee, da ist was anderes vorgefallen. Na ja, wir werden es bald erfahren.«

Als wäre dies das Stichwort gewesen, begann sich der junge Mann auf der Liege zu bewegen.

Er stöhnte tief auf und faßte nach seinem Kopf.

»McIntosh«, sagte der Kommandant eindringlich, »können Sie mich hören?«

Patrick McIntosh gab keine Antwort.

Der Kommandant versuchte es mehrmals. Und immer hatte er keinen Erfolg.

Bis Patrick McIntosh von allein zu sprechen begann: Aber es waren auch nur Satzfetzen, die aus seinem Mund kamen.

»Vater!« schrie er plötzlich. »Nein, Vater, ich helfe dir. Das Messer . . . ich – ich komme . . .«

»Er meint das Fischmesser, das wir auf dem Deck gefunden haben«, flüsterte der Kommandant.

»Was ist mit Ihrem Vater?« fragte der Sanitäter leise. »Reden Sie bitte.«

»Vater – er ist . . .«

»Ja?«

Plötzlich bäumte sich der Körper des jungen Mannes auf. »Ein Skelett!« schrie Pat McIntosh mit sich überschlagender Stimme. »Ein Skelett. Es kommt an Bord. Es – es . . . holt . . . Vater!«

Das Schreien des Fischers endete in einem verzweifelten Stöhnen. Dicker Schweiß stand auf Patricks Gesicht. Seine Augen glänzten fiebrig. Seine Haare waren verklebt. Der Atem ging flach und stoßweise.

Der Sanitäter und der Kommandant sahen sich besorgt an. Beide dachten das gleiche.

Patrick McIntosh ist wahnsinnig. Die Worte – sie konnten nur einem kranken Hirn entsprungen sein. Vielleicht hatte Patrick seinen Vater sogar selbst über Bord gestoßen. Der Kommandant war fast überzeugt, daß es so gewesen sein mußte.

Auf jeden Fall mußte der junge Fischer in ärztliche Behandlung.

»Geben Sie ihm noch eine Beruhigungsspritze«, sagte der

Kommandant und verließ die kleine Kajüte, um nach oben zu gehen und den Fall in das Logbuch einzutragen.

Patrick McIntosh kam in ein Krankenhaus. Doch die Ärzte konnten mit ihm auch nicht viel anfangen. Er erzählte immer das gleiche. Sprach nur von einem Skelett, das aus dem Meer gestiegen war und den Kutter betreten hatte.

Schließlich überwies man ihn in eine Heilanstalt. Sollten sich doch die Psychiater mit dem Mann beschäftigen.

Und langsam geriet Patrick McIntosh in Vergessenheit. Nur auf St. Kilda, wo die Geschichte ihre Runde gemacht hatte, glaubte man seinen Erzählungen.

Aber niemand wagte, laut etwas darüber zu sagen.

London.

Vom Big Ben schlug die Uhr zwölfmal.

Mitternacht.

Fast ausgestorben lag die Riesenstadt unter der bleichen Scheibe des Mondes. Nur am Piccadilly Circus herrschte noch reger Betrieb. Hier gaben sich Touristen, Nutten, Zuhälter und Dealer ein Stelldichein.

Still lag dagegen der Pavillon. Er befand sich in einem der vielen kleinen Parks, die London verschönten. Durch den Park führte nur ein Weg, und dieser war noch von dichten Buschgruppen flankiert.

Sechs Männer hatten sich in dem Pavillon versammelt. Sie saßen um einen runden Tisch, der eine schwarze Onyxplatte hatte. Darauf waren magische Zeichen eingraviert, die in der sonst absoluten Finsternis gründlich phosphoreszierten.

In der Mitte des Tisches lag ein Buch. Es war aufgeschlagen, und bei genauerem Hinsehen konnte man seltsame Zeichen auf den Seiten erkennen.

Es war das Buch des Teufels. Uralt schon und im fünfzehnten Jahrhundert von einem Mann namens Coony wiederentdeckt. Dieser Mann hatte sich eingehend mit dem Studium des Buches beschäftigt und schließlich seine Seele dem Teufel verkauft.

Als Lohn hatte er die Unsterblichkeit bekommen. Er konnte allerdings nur bei Vollmond seine normale Gestalt annehmen. Die übrige Zeit war er ein Skelett.

Auch die sechs Männer wollten die Unsterblichkeit erlangen, ahnten jedoch nicht, was auf sie zukommen würde.

Heute sollte es endlich soweit sein. Nachdem man sich monatelang mit dem Buch des Teufels beschäftigt hatte, würden sie noch an diesem Tag den Lohn bekommen.

Still wie in einem Grab war es in dem Raum. Die Männer wagten kaum zu atmen. Ihre Gesichter sahen durch das geheimnisvolle Leuchten wie grüne verwaschene Flecke aus.

Die Minuten tropften dahin. Bereits fünf Minuten nach Mitternacht.

Würde es heute überhaupt noch klappen?

Und plötzlich erfüllte ein Brausen die Luft. Die Tischplatte begann stäıker zu leuchten, veränderte sich.

Ein Bild entstand.

Eine Landschaft! Wild, felsig, zerklüftet.

Das Bild verwischte wieder. Klar und deutlich schälte sich Sekunden später eine Insel hervor, in deren Mitte sich ein mit Blut gefüllter See befand.

Die sechs Männer hielten den Atem an.

Jeder kannte diese Insel aus den Beschreibungen des Buches. Jetzt sahen sie sie genau vor sich.

Ein geheimnisvolles rotes Leuchten legte sich auf einmal über den See. Die Oberfläche begann zu brodeln.

Dämpfe stiegen auf.

Und aus den wogenden Dämpfen schälte sich ein Skelett, an dessen blanken Knochen das Blut herabtropfte.

Das Skelett stieg höher, verließ den Blutsee – und . . . es stand plötzlich in dem kleinen Pavillon.

Erst das Höllengelächter schreckte die Männer aus ihrem Bann auf.

Aus weit aufgerissenen Augen, in denen das Weiße leuchtete, starrten sie die unheimliche Erscheinung an.

Das Skelett begann zu reden. »Ihr wollt eure Seele an den Teufel verkaufen. Ja, ihr könnt es. Asmodis, Fürst der Finsternis, hat euch erhört und mich, seinen Diener, geschickt, um euch die Geheimnisse der Unsterblichkeit mitzuteilen. Es ist ganz einfach. Ich werde einige magische Worte sprechen und euch dann an der Stirn berühren. Ihr dürft alles, nur keine Fragen stellen.«

Das Skelett schwieg.

Sekundenlang dauerte die Pause. Eine Zeitspanne, die den Männern wie eine Ewigkeit vorkam.

»Nun gut«, fuhr das Skelett fort. »Ich sehe, ihr habt keine Einwände.«

Die Knochenhände fuhren über den Tisch und packten das Buch des Teufels.

Bald darauf drangen dumpfe Worte aus dem Mund des Knöchernen. Es war eine Sprache, die niemand der Männer verstand, geschweige denn je im Leben gehört hatte. Und doch lief ihnen allen bei jeder Silbe ein kalter Schauer über den Rücken. Dieses hatte etwas Endgültiges an sich, etwas, was nicht mehr rückgängig zu machen war.

Das Skelett legte das Buch wieder zur Seite. Und dann spürte jeder die kalte Knochenhand an seiner Stirn. Alle sechs zuckten sie wie unter einem Peitschenschlag zusammen. Sie fühlten, daß ein kalter Strom ihren Körper durchfuhr. Ein Strom, der bis in ihren letzten Nerv drang.

Wieder lachte das Skelett höllisch auf. »Ihr Narren!« rief es. »Ihr hirnverbrannten Narren. Jetzt habt ihr mit dem Satan einen Bund geschlossen, und es gibt kein Zurück mehr. Ihr habt die Unsterblichkeit – ja. Aber seht mich an. Vor vielen hundert Jahren war ich auch so verrückt wie ihr, doch in kurzer Zeit schon werdet ihr so sein wie ich. Skelette! Hahaha! Das ist der Preis für das ewige Leben!«

Die letzten Worte des Skeletts waren leiser geworden, hatten sich angehört, als wäre der Sprecher meilenweit entfernt. Und plötzlich war das Skelett verschwunden. Auch der Tisch hatte wieder seine normale Oberfläche angenommen.

Die sechs Männer sahen sich an. Überdeutlich wurde ihnen bewußt, was sie sich da eingebrockt hatten.

Keiner wollte es zugeben, aber jeder spürte, wie sich das Grauen bei ihm festsetzte . . .

Vierzehn Tage vergingen, in denen nichts geschah, was mit der damaligen Zusammenkunft der sechs Männer in einem unmittelbaren Zusammenhang stand.

Dann kam der 21. November.

Es war ein regnerischer Spätherbstabend. Der Wind fegte die

letzten Blätter von den Bäumen und wirbelte feine Dunstschleier durcheinander.

Auch das Ehepaar Mary und Paul Cassidy ärgerte sich über das Wetter, denn es war für heute abend auf einer Party eingeladen.

Für Paul Cassidy war dies ein wichtiges Ereignis. Er traf dort Leute, mit denen er sich Geschäftskontakte erhoffte.

Paul Cassidy stellte Spielwaren her. Er besaß in London eine moderne Fabrik, in der über fünfzig Mitarbeiter beschäftigt waren. Die Geschäfte liefen in der letzten Zeit schlechter, und Cassidy war schon gezwungen gewesen, Angestellte zu entlassen.

Nichtsdestotrotz wohnte er mit seiner Frau in einer Achtzehnzimmervilla, obwohl sie an und für sich nur vier Räume benötigten.

Paul Cassidy war der Typ eines Businessman. Das schwarze, eng am Kopf liegende Haar war schon leicht ergraut und hatte Geheimratsecken Platz gemacht. Cassidys Augen waren schmal und dunkel. Sein Gesicht von der Höhensonne immer leicht gebräunt.

Mary Cassidy war schon seit zwanzig Jahren mit ihrem Mann verheiratet. Sie hatte die Vierzig inzwischen auch schon überschritten und war Stammkundin in den Londoner Kosmetikstudios. Momentan trug sie eine Langhaarperücke, die sie tatsächlich um einige Jahre jünger aussehen ließ.

Paul Cassidy rauchte ungeduldig eine Zigarette. Wie immer war seine Frau noch nicht fertig. Und gerade heute wollte er pünktlich sein.

»Ich hol' schon mal den Wagen«, rief er.

»Ja, ist gut.«

Paul Cassidy warf die Zigarette in einen Ascher und ging nach draußen. Sofort stellte er den Kragen seines eleganten Tuchmantels hoch, da ihm der Nieselregen in den Nacken fuhr.

Zur Garage führte ein mit Platten belegter Weg.

Paul Cassidy hievte das linke Tor der Doppelgarage hoch und schloß die Tür eines Rolls-Royce auf.

Aufatmend setzte er sich hinter das Lenkrad.

Cassidy wollte gerade den Schlüssel in das Zündschloß führen, als er das Ziehen an seiner rechten Hand zum erstenmal bemerkte.

Der Fabrikant zog die Hand zurück und schaltete die Innenbeleuchtung ein.

Dann besah er sich seine Rechte genauer.

Die Haut hatte sich gestrafft. Wenn er die Finger umknickte, hatte er das Gefühl, das Fleisch würde ihm wegplatzen.

»Komisch«, murmelte er.

An die Worte des Skeletts dachte er nicht . . .

»Paul!« hörte er die Stimme seiner Frau. »Komm endlich. Glaubst du, ich will mir hier draußen den Tod holen?«

»Halt die Klappe, alte Ziege«, knurrte Cassidy. Und in Gedanken fügte er hinzu: Irgendwann lasse ich mich scheiden, darauf kannst du dich verlassen.

Mary Cassidy nörgelte während der gesamten Fahrt. Sie hatte mal wieder ihre Launen. Paul erwiderte nichts. Es war das beste, was er tun konnte.

Die Fahrt ging in den Londoner Vorort Kensington. Natürlich machte Mary ihrem Mann mal wieder Vorwürfe, daß sie hier nicht wohnten. Und zum x-ten Mal erklärte Paul seiner Frau, daß es nicht möglich war, hier noch ein Grundstück zu bekommen.

Die Villa der Gastgeber – gebaut im viktorianischen Stil – lag inmitten eines gepflegten Parks. Eine gewundene Auffahrt führte zu dem prächtigen Eingangsportal.

Als die Cassidys ausstiegen, wurden sie sofort von einem Dienerpaar mit aufgespannten Regenschirmen in Empfang genommen. Den Rolls fuhr ein anderer Diener auf den Parkplatz.

Die Cassidys waren mit die letzten Gäste. Die meisten waren ihnen vom Ansehen bekannt. Man brauchte sich nicht erst groß vorzustellen.

Mary Cassidy sonderte sich schnell von ihrem Mann ab. Sie hatte einige Damen entdeckt, die den neuesten Klatsch aus dem Königshaus zu berichten wußten.

Paul Cassidy widmete sich inzwischen seinen zukünftigen Geschäftspartnern.

Zwischen einigen Cocktails wurden schon erste Verhandlungen geführt.

Paul Cassidy griff soeben nach seinem fünften Drink, als er zufällig auf seine Hand blickte.

Das kalte Entsetzen sprang ihn an.

Über den Knöcheln seiner Rechten war die Haut aufgeplatzt. Weiß traten die einzelnen Knochen hervor.

Mit einem satten Geräusch zerplatzte das gefüllte Glas auf den Parkettboden. Da die Kapelle eben eine Pause eingelegt hatte, war das Geräusch gut zu hören.

Einige Gäste drehten sich um.

Cassidys Geschäftspartner blickten amüsiert auf den Fabrikanten, der mit hochrotem Kopf dastand und auf den Boden starrte.

Einer klopfte ihm auf die Schulter. »Nehmen Sie das doch nicht tragisch, mein lieber Cassidy. Das kann jedem passieren.«

Inzwischen war auch ein Diener herangeeilt, der die Scherben und die Flüssigkeit aufwischte.

Paul Cassidy lächelte gezwungen.

Ein anderer Livrierter reichte ihm ein neues Glas.

Der Fabrikant lehnte ab.

»Nanu, ist Ihnen der Schreck so in die Glieder gefahren«, rief der Gastgeber lachend, der die kleine Szene beobachtet hatte.

»Es ist mir wirklich peinlich«, erwiderte Paul Cassidy gezwungen.

Während seiner Worte war er immer bemüht, die rechte Hand hinter seinem Rücken zu verstecken.

Er spürte plötzlich, wie er am ganzen Körper anfing zu zittern. Der kalte Schweiß sammelte sich in seinem Nacken und lief langsam den Rücken hinab. Schwindelgefühl erfaßte ihn.

»Was ist denn auf einmal los, Mister Cassidy?« hörte er wie aus weiter Ferne die Stimme seines Geschäftspartners.

Paul Cassidy wischte sich über die Augen. »Nichts Besonderes. Mir ist nur plötzlich schlecht geworden. Die Luft, wissen Sie . . .« Der Fabrikant brach ab.

»Haben Sie was mit Ihrer Hand?« wurde er gefragt.

»Warum? Nein!« schnappte Paul Cassidy.

»Sie halten sie immer auf dem Rücken.«

»Ach so!« Cassidy lachte unecht. »Eine alte Angewohnheit von mir. Noch aus den Kriegszeiten.«

»Ah, Sie waren Offizier?«

»Ja, bei der Luftwaffe.«

Paul Cassidy war froh, daß das Gespräch in eine andere Richtung gelenkt worden war.

Etwa dreißig Minuten vergingen. Paul Cassidy hielt seine rechte Hand jetzt immer in der Hosentasche. Er hatte sich wieder gefangen und war ein blendender Erzähler. Das Ziehen auf seinem Handrücken beachtete er nicht.

Bis er zufällig die Hand aus der Tasche zog.

Paul Cassidy dachte, ihn träfe der Schlag.

Auf dem gesamten Handrücken war die Haut weggeplatzt. Die

blanken Knochen lagen vor ihm. Selbst das Fleisch war nicht mehr vorhanden.

Paul Cassidy hatte Mühe, einen Schrei zu unterdrücken. Mit einer hastig gemurmelten Entschuldigung ließ er seine Gesprächspartner stehen und suchte einen der Waschräume auf.

Der Waschraum war luxuriös eingerichtet. An den Wänden befanden sich kostbare Kacheln, und auf dem Boden lag ein dicker Teppich. Natürlich hatten die Becken vergoldete Hähne, das war ja bei einer gewissen Schicht heute so üblich.

Doch Paul Cassidy hatte für diese Dinge keinen Blick. Er taumelte zu einem Waschbecken und stützte sich schwer auf. Seine Augen starrten die rechte Hand an.

Sie hatte nichts Menschliches mehr an sich, war zu einer Totenklaue geworden.

Langsam zog Paul Dassidy mit der Linken den Ärmel seines Jacketts hoch. Dann öffnete er den Manschettenknopf und krempelte den Hemdsärmel um.

Der Knochenfraß war schon bis zum Ellenbogen vorgedrungen.

»Ich werde wahnsinnig«, flüsterte Paul Cassidy. »Ich – ich . . . Das gibt es nicht. Verdammt, das gibt es nicht!«

Der Fabrikant begann zu schreien und endete in einem Schluchzen.

Wie im Fieber schlugen seine Zähne aufeinander. Langsam hob er den Kopf und blickte in den über dem Waschbecken hängenden Spiegel.

Das Grauen traf ihn wie ein Vorschlaghammer.

Sein Gesicht – es war ebenfalls von dem Knochenfraß betroffen. Über den Augen, am unteren Ende der Stirn war die Haut weggeplatzt. Knochen lugten hervor.

Und jetzt erst fiel Paul Cassidy die Szene in dem kleinen Pavillon wieder ein. Klar und deutlich erinnerte er sich an die Worte des Skeletts.

»In kurzer Zeit werdet ihr genauso sein wie ich. Das ist der Preis für die Unsterblichkeit.«

Paul Cassidy hatte diesen Preis gezahlt.

Behutsam fuhr er sich mit der linken Hand über das Gesicht, erreichte die Stelle, an der die Haut abgeblättert war, und konnte feststellen, daß er sich die Haut einfach vom Gesicht ziehen konnte.

Wie Pergament.

Bis zu dem Mundwinkel lagen von seiner rechten Augenbraue aus die blanken Knochen vor ihm.

Es war ein gräßliches Bild.

Seltsamerweise erschrak Paul Cassidy nicht mehr vor seinem eigenen Anblick. Ein anderes Gefühl machte sich in ihm breit.

Der Haß!

Haß auf all die, die anders aussahen als er.

Immer stärker wurde das Gefühl. Und mit jeder Minute platzte mehr Fleisch von seinen Knochen.

Nur noch die untere Gesichtshälfte war so wie früher.

Paul Cassidys Lippen verzogen sich zu einem grausamen Lächeln. Aus leeren Augenhöhlen starrte er auf seine linke Hand, die ebenfalls schon skelettiert war.

Paul Cassidy wurde auf einmal bewußt, daß er keine Augen mehr hatte, aber trotzdem sehen konnte.

Welche höllischen Kräfte mußten hier ihre Hände im Spiel haben!

Der Fabrikant wandte sich um. Mit steifen Bewegungen stakste er zur Tür.

Heftig zog er sie auf.

Im selben Augenblick sah ihn ein Diener.

Der Mann, der ein volles Tablett in der Hand trug, riß den Mund zu einem Schrei auf. Das Tablett rutschte ihm aus der Hand. Die Gläser klatschten auf den Teppich.

Paul Cassidy handelte rein automatisch.

Ehe der Mann den Schrei ausstoßen konnte, war er bei ihm und umklammerte mit seinen Knochenfingern den Hals des Dieners.

Töte ihn! schrie eine Stimme in seinem Innern. Töte ihn!

»Ja!« keuchte Paul Cassidy und drückte noch fester zu . . .

Die ungeheure Kraft des Skeletts erstickte den Widerstand des Obers schon im Keim.

Die Augen des Livrierten quollen aus den Höhlen, das Gesicht verzerrte sich zu unsagbarer Qual.

Paul Cassidy spürte, daß es ihm Spaß machte, sein Opfer langsam zu töten.

Aus dem Mund des Dieners drang nur noch ein schwaches Röcheln. Sekunden höchstens, dann war es aus mit ihm.

In diesem Augenblick fuhr der gellende Schrei einer Frau Paul

Cassidy durch Mark und Bein. Der Schrei war hinter seinem Rücken aufgeklungen.

Das Skelett wirbelte herum, ließ sein schon sicher geglaubtes Opfer los.

Apathisch blieb der Diener auf dem Rücken liegen.

Paul Cassidy – sein Gesicht war jetzt völlig skelettiert – sprang aus seiner kauernden Haltung hoch.

Zwei Meter vor ihm stand eine Frau.

Seine Frau!

Sie hielt beide Hände eine Handbreit vor dem Gesicht und schrie ihren ganzen Schrecken hinaus.

Sie mußte ihren Mann erkannt haben.

Paul Cassidy hechtete vor. Seine gekrümmten Totenfinger krallten sich um Marys Hals.

Das Schreien erstarb wie abgeschnitten.

»Paul, ich . . .«, würgte Mary hervor. Die restlichen Worte blieben ihr im Hals stecken.

Durch die breite Doppeltür am Ende des Flures kamen Menschen gerannt und blieben wie angewurzelt stehen, als sie die unheimliche Szene sahen.

Noch immer krallte Paul Cassidy seine Hände um Marys Hals. Gnadenlos drückte er zu. Die Frau wand sich unter seinem Griff, schlug mit den Armen und riß in ihrer wahnsinnigen Verzweiflung Paul Cassidys Jackett auf, das nur so um seinen Körper schlotterte.

Endlich hatten auch einige der anderen Gäste ihren Schock überwunden.

Drei, vier beherzte Männer sprangen vor, stürzten sich auf das Skelett.

Paul Cassidy wurde von diesem Angriff überrascht. Die Männer rissen ihn hoch und schlugen nach seinem kahlen Schädel.

Schmerz spürte Paul zwar keinen, aber die Wucht der Schläge trieb ihn doch zurück.

Er krachte gegen die Wand.

Die Männer setzten nach. Mit wutverzerrten Gesichtern drangen sie auf das Ungeheuer ein.

Die Arme des Skeletts arbeiteten wie Windmühlenflügel. Seine Schläge hatten eine ungeheure Kraft. Wenn er einmal richtig traf, flogen die Angreifer weg wie Puppen.

Die Hiebe rissen den Gästen die Gesichter auf, zerfetzten ihnen die Kleidung.

Doch viele Hunde sind des Hasen Tod.

Das merkte auch Paul Cassidy.

Du mußt weg! Eine innere Stimme trieb ihn zu diesem Entschluß.

Mit einer letzten kreisenden Bewegung schüttelte Paul Cassidy drei Männer ab und rannte auf die große Schiebetür zu.

Schreiend machten die Frauen, die dem Kampf entsetzt zugesehen hatten, Platz.

Das Skelett hetzte durch die festlich geschmückte Halle, erreichte, ohne daß es aufgehalten wurde, die Ausgangstür.

Hinter sich hörte Paul Cassidy das Schreien der Verfolger.

Er lachte teuflisch. Die würden ihn niemals bekommen.

Mit einem Ruck riß er die Tür auf und rannte hinaus in die Nacht. Zum Glück hatte er sich gemerkt, in welcher Richtung der Parkplatz lag. Mit langen Schritten hetzte er darauf zu. Noch während des Laufens fuhren seine Knochenfinger in die Smokingtasche und rissen die Wagenschlüssel hervor, die ihm der Diener wiedergegeben hatte.

Eine Buschreihe schützte von drei Seiten den Parkplatz.

Paul Cassidy sprang darüber hinweg und landete auf dem Beton. Sein Wagen stand günstig, das sah er mit einem Blick.

Das Skelett hastete auf den Rolls zu, schob den schmalen Schlüssel ins Schloß, zog die Tür auf und warf sich hinter das Steuer. Den Wagen anlassen und die Automatik auf Drive stellen war fast ein einziger Vorgang.

Einen Herzschlag später warfen die großen Scheinwerfer ihre Lichtbahnen in den Park.

Als Cassidy mit kreischenden Pneus startete, hielt er genau auf die aus dem Haus stürmenden Verfolger zu.

Einigen gelang es nur im letzten Augenblick, sich in Sicherheit zu bringen.

Über den gewundenen Weg fuhr Cassidy in Richtung Ausfahrt. Der Kies spritzte unter den Reifen weg, so hart riß er den Rolls in die Kurven.

Schon hatte er das Tor erreicht.

Es war offen.

Ein Livrierter tauchte im Scheinwerferlicht auf. Er hielt die

Hände schützend vor das Gesicht, als der Wagen auf ihn zugerast kam.

Ein Verrückter! schoß es ihm noch durch den Kopf, da wurde er bereits von dem rechten Kotflügel gepackt, durch die Luft geschleudert und gegen das kleine Wärterhäuschen geworfen, wo er bewußtlos liegenblieb.

Während das Skelett in die stille Straße einbog, warf es einen Blick in den Rückspiegel.

Scheinwerfer leuchteten durch die Nacht. Man hatte also die Verfolgung aufgenommen.

Das Skelett lachte. Nie würden sie ihn kriegen. Aber gleichzeitig kam Paul Cassidy die Erkenntnis, daß er sich jetzt verstecken mußte.

Und das war das Problem.

Die Idee kam ihm nach einer Meile heißer Fahrt.

Seine Fabrik! Ja, ein idealeres Versteck gab es eigentlich nicht.

Paul Cassidy lachte wieder.

Warum war er nicht schon früher darauf gekommen? Sofort lenkte er seinen Wagen in die gewünschte Richtung.

Mehrere Frauen kümmerten sich um die bewußtlose Mary Cassidy und den ebenfalls schwer angeschlagenen Ober.

Während der Ober mit dem Rücken zur Wand saß und sich seinen schmerzenden Hals rieb, war Mary Cassidy immer noch nicht zu sich gekommen.

Die Frauen blickten sich ratlos an. Sie wußten nicht, was sie unternehmen sollten. Bisher waren sie, die sich zu den oberen Tausend der Londoner Gesellschaft zählten, nie mit derartigen Situationen konfrontiert worden.

Schließlich schob sich eine Küchenhilfe, eine energische, etwa fünfzigjährige Frau, durch die ratlosen Ladys.»Fassen Sie mal mit an«, sagte sie. »In der Bibliothek steht eine Liege.«

Drei Frauen trugen die Bewußtlose in den genannten Raum.

Vorsichtig legten sie Mary Cassidy auf die dicken Lederpolster.

»Ich hole einen nassen Umschlag und Riechsalz«, sagte die Küchenhilfe und verschwand.

Unterdessen hatte sich der Ober mit Hilfe von zwei Kollegen wieder aufgerappelt. Sein Atem ging immer noch pfeifend, und der Magen schien ihm im Hals zu hängen.

»Ein Skelett«, würgte er. »Es war ein Skelett, das mich fertigmachen wollte. Himmel, das gibt's doch nicht. Ich habe doch nicht geträumt, oder?«

Mit flackerndem Blick sah er seine beiden Kollegen an.

»Ich war nicht dabei«, sagte der eine. »Du – Ken?«

Ken nickte zögernd. Auch ihm stand der Schrecken im Gesicht geschrieben.

»Paddy hatte recht«, bestätigte er, »es war ein Skelett.«

Sein Kollege enthielt sich einer Antwort. Er wollte die beiden nicht verärgern.

»Und was sollen wir nun machen?« fragte Ken.

»Wir müssen Scotland Yard alarmieren«, erwiderte Paddy schwer atmend. »Das – das war ein Mordversuch.«

In diesem Augenblick kam die Küchenhilfe vorbei. Sie hatte die letzten Worte verstanden.

»Ihr braucht euch gar nicht zu bemühen. Ich habe schon den Yard alarmiert.«

»Hast du was von dem Skelett gesagt?« wollte Ken wissen.

»Hältst du mich für verkalkt? Denkst du, mir hätte man geglaubt? Das sollen Paddy und die Lady selbst sagen.«

»Wie geht's denn der Frau?« fragte Ken. »Ist sie . . .?«

»Sie lebt. Sie ist nur bewußtlos.« Die Küchenhilfe sah auf die Riechsalzflasche in ihrer Hand. »Verflixt, ich muß ja zu ihr. Und ihr Blödmänner haltet mich auf.«

Die Beamten vom Yard kamen wenig später. Sie waren zu dritt, und man sah ihnen an, daß ihnen der Job verdammt nicht schmeckte. Zuerst nahmen sie den Ober in die Mangel.

Als der zuständige Inspektor – er hieß Bulmer – die Geschichte von dem Skelett hörte, wurde er sauer.

»Wollen Sie mich auf den Arm nehmen?« schnauzte er den Ober an.

»Nee, dazu sind Sie mir viel zu schwer. Aber was ich gesagt habe, dabei bleibe ich auch.«

Ehe Inspektor Bulmer einen Wutanfall kriegen konnte, brachten zwei Frauen Mary Cassidy. Sie hatte sich wieder ein wenig erholt, mußte allerdings noch gestützt werden.

Sie bestätigte die Angaben des Obers. Genau wie die anderen Gäste, die von der erfolglosen Verfolgung zurückkamen.

Aber auch das konnte Inspektor Bulmer nicht überzeugen. Er

war erst vor kurzem von Manchester nach London versetzt worden und galt unter Kollegen als ziemlich aggressiv.

Energisch wischte er mit der Hand durch die Luft. »Da wird sich jemand einen Scherz erlaubt haben. Es gibt doch so eng anliegende Anzüge, auf die ein Skelett gepinselt ist, zu kaufen. Außerdem gibt es Gummitotenköpfe, die aussehen, als wären sie echt. Das wird es gewesen sein.«

»Nein!« widersprach der Ober mit fester Stimme. »Das Skelett war echt!«

Inspektor Bulmer wußte, daß auf dieser Party einflußreiche Leute versammelt waren, deshalb hielt er sich zurück. Aber seine Augen redeten eine deutliche Sprache.

Schließlich schob sich ein weißhaariger Mann durch die Reihe der Gäste. Dicht vor dem Inspektor blieb er stehen.

»Ich möchte mich ja nicht in Ihre Angelegenheiten mischen, Inspektor, aber Sie sollten die Worte nicht auf die leichte Schulter nehmen. Es gibt mehr Dinge im Leben, als wir mit unserem kleinen Verstand begreifen können. Ich hatte einen guten Freund, einen gewissen Gerald Hopkins. Dieser Mann ist auch mit einer unheimlichen Situation konfrontiert worden. Er hat sogar damals sein Leben lassen müssen. Und einer Ihrer Kollegen, Inspektor, hatte den Fall aufgeklärt. Es ist allerdings schon ein Jahr her.«

»Und wie heißt mein Kollege?« fragte Bulmer bissig.

Der Weißhaarige lächelte schmal. »Dieser Name müßte Ihnen eigentlich ein Begriff sein. Es ist Inspektor Sinclair, auch der Geisterjäger genannt . . .«

Die Spielzeugfabrik lag im Grünen. Zwei große Aluminiumhallen beherbergten die Produktionsanlagen. Ein flaches einstöckiges Gebäude war für die Büros vorgesehen.

Um das gesamte Gebäude zog sich ein Zaun, der im oberen Drittel durch Stacheldraht gesichert war.

Als Eingang diente ein Schiebetor, das der Portier von seinem kleinen Häuschen aus in Bewegung setzen konnte, wenn es mal tagsüber geschlossen war.

Man konnte es aber auch mit einem Schlüssel aufschließen.

Und Paul Cassidy besaß solch einen Schlüssel. Schließlich war er der Eigentümer dieser Fabrik.

Über die Hampstead Road erreichte Cassidy Camden Town, den Ort, in dem seine Fabrik lag.

Das Skelett hinter dem Steuer fiel immer wieder in teuflisches Lachen. Niemand hatte bisher bemerkt, von wem der Rolls gefahren wurde. Einmal hätte er fast angehalten, als ein Mädchen am Straßenrand gestanden hatte und mitgenommen werden wollte.

Doch die Fluchtgedanken überwogen die Gier nach Mord.

Endlich tauchte das Fabrikgelände vor ihm auf. Schon huschten die Scheinwerferfinger über den Zaun und blieben schließlich an dem grüngestrichenen Tor hängen.

Das Skelett stieg aus.

Während es den Schlüssel in das Schloß steckte, dachte es an den Nachtwächter. Sollte er etwas bemerken, hatte er Pech gehabt.

Paul Cassidy schob das Tor auf. Es gab kaum ein Geräusch. Es hatte sich gelohnt, hier etwas zu investieren.

Die direkt hinter dem Tor befindliche Portierloge war unbesetzt. Demnach mußte der Nachtwächter unterwegs sein.

Ohne Licht fuhr Paul Cassidy auf das Fabrikgelände. Der Motor des Rolls schnurrte leise wie eine zufriedene Katze und war kaum zu hören.

Cassidy stellte den Wagen neben dem flachen Bürogebäude ab. Er verschloß ihn sorgfältig und machte sich auf den Weg zu einer der Hallen. Hier wollte er sie verstecken.

Die Hallen waren über hundert Yards lang. Es gab ein großes Eingangstor und einen kleineren Notausgang.

Darauf spekulierte Paul Cassidy.

Die Tür ließ sich sowohl von außen als auch von innen öffnen. Nach fünf Sekunden stand Paul Cassidy im Innern der Fabrikhalle. Jetzt erst schaltete er die Taschenlampe ein, die er aus dem Handschuhfach mitgenommen hatte.

Er deckte den Strahl mit der Hand ab. Das Licht reichte gerade aus, um den nächsten Schritt unbesorgt machen zu können.

Paul Cassidy wollte sich soeben in Bewegung setzen, als er das Quietschen des großen Tores vernahm.

Der Nachtwächter!

Er war bei seiner nächtlichen Runde.

Das Skelett ging hinter einem Stapel Kartons in Deckung. Vorsichtig peilte es durch einen großgeratenen Schlitz zwischen den Kartons in die Halle.

Fließbänder, Tische, Werkbänke und kleinere Maschinen gerieten in sein Blickfeld. Nur den Nachtwächter sah er nicht.

Dafür hörte er seine Schritte. Sie waren zwar noch ziemlich weit weg, aber doch deutlich zu vernehmen.

Paul Cassidy wußte, der Nachtwächter war eine gewissenhafte Person. Er würde auch hinter den Kisten nachsehen.

Cassidy faßte die schwere Taschenlampe fester. Er hatte vor, sie dem Mann über den Schädel zu schlagen.

Daß der arme Mann mehrere Kinder hatte, daran dachte das Skelett nicht.

Paul Cassidy hörte, wie der Nachtwächter ein Liedchen pfiff. Anscheinend hatte er gute Laune.

Das Skelett blickte auf die Taschenlampe. Die gute Laune würde ihm bald vergehen.

Das Skelett zog sich etwas zurück. Es brauchte mehr Bewegungsfreiheit um besser ausholen zu können.

Langsam hob es den knöchernen Arm.

Im selben Augenblick bog der Nachtwächter um den Kartonstapel.

Die lustige Melodie wurde ihn von den Lippen gerissen, als er das unheimliche Monstrum vor sich sah.

Da sauste die schwere Taschenlampe schon herunter, zielte auf die Schläfe des Mannes.

Vielleicht war es Instinkt, vielleicht auch nur der reine Selbsterhaltungstrieb, der den Nachtwächter dazu zwang, sich gegen den Stapel zu werfen.

Der mörderische Schlag verfehlte ihn um Haaresbreite. Der Kartonstapel wankte und fiel dem Skelett entgegen.

Für Sekunden hatte Paul Cassidy mit den fallenden Kartons zu tun.

Diese Zeitspanne reichte dem Nachtwächter.

Auf dem Absatz machte er kehrt und rannte so schnell es ging den langen Mittelgang entlang. Er hatte noch gar nicht richtig verdaut, was er dort gesehen hatte. Ihm war nur eins klar: Er mußte die Polizei arlarmieren.

Das Telefon befand sich im Pförtnerhaus.

Der Nachtwächter riß die Eingangstür der Halle auf. Dadurch verlor er wertvolle Sekunden. Als er einen kurzen Blick zurückwarf, sah er, daß das Skelett die Verfolgung aufgenommen hatte.

Der Nachtwächter war nicht mehr der Jüngste. So schnell ihn

seine Beine tragen konnten, lief er über das freie Gelände dem kleinen Häuschen zu.

Das Skelett holte auf. Der Satan selbst trieb den Unheimlichen an.

Die Schritte des Nachtwächters wurden schwerfälliger. Sein Atem ging rasselnd.

Endlich tauchte das Haus vor ihm auf.

Im Laufen zog der Nachtwächter den Türschlüssel hervor. Fast wäre er gegen die Tür geprallt, soviel Schwung hatte er noch.

Zum Glück gelang es ihm, das Schlüsselloch schon beim ersten Versuch zu finden.

Der Nachtwächter warf sich förmlich in das Pförtnerhaus. Er knallte die Tür hinter sich zu und schloß ab.

Durch die großen Scheiben konnte er das Skelett herankommen sehen.

Der Nachtwächter knipste das Licht an und wählte mit fliegenden Fingern die Notrufnummer.

Es schien ihm eine Ewigkeit zu dauern, bis auf der anderen Seite abgehoben wurde.

»Polizeistation Camden«, hörte er eine Stimme, die leicht verschlafen klang.

»Hier ist der Nachtwächter der Cassidy-Spielzeugfabrik. Bitte kommen Sie . . .«

In diesem Augenblick zerschlug das Skelett die große Frontscheibe des Portierhäuschens.

Klirrend und krachend fielen unzählige Splitter in den kleinen Raum.

Der Nachtwächter ließ vor Schreck den Hörer fallen. Seine Augen weiteten sich entsetzt.

»Hallo, hallo, so melden Sie sich doch«, quäkte es aus dem Hörer, der an seiner Schnur neben dem Tisch hin und her schwang.

Der Nachtwächter gab keine Antwort. Er stand mit dem Rücken gegen die Wand gepreßt und hatte beide Arme abwehrend ausgestreckt.

Das Skelett stieg in das Portierhaus. Es tat dies mit langsamen Bewegungen.

Der Nachtwächter war durch das Grauen halb gelähmt. Er begriff nicht, was seine Augen sahen.

Die Knochenfinger packten den herabbaumelnden Hörer und legten ihn auf die Gabel.

Das Rufen des Polizisten verstummte.

Jetzt hatte auch der Nachtwächter seinen Schrecken überwunden. Die Todesangst verlieh ihm eine Kraft, die er sonst nie in sich gespürt hatte.

Mit beiden Händen packte er die Lehne eines Stuhles, schwang das Möbelstück hoch über seinen Kopf und ließ es auf den Schädel des Skeletts krachen.

Die Wucht, mit der der Schlag geführt worden war, fegte den Unheimlichen zurück. Er krachte bis gegen die Wand und riß einen kleinen Beistelltisch mit um.

Flucht! Das war der einzige Gedanke des Nachtwächters.

Mit einem verzweifelten Sprung hechtete er durch die zersprungene Scheibe. Feststehende Glassplitter rissen ihm die Uniformjacke an der Seite auf, drangen in sein Fleisch.

Er achtete nicht darauf, spürte nicht einmal das Brennen, das die Wunden verursachten.

Das kalte Grauen beschleunigte seine Schritte. Der Nachtwächter rannte auf die ihm am nächsten liegende Halle zu. Er wußte, daß es in jeder Halle an der Außenwand eine Leiter gab, über die man auf das Dach klettern konnte. Hier war dann eine Luke angebracht, durch die man auch in die Halle kam. Es war sozusagen ein Notausstieg, und der Nachtwächter hoffte auch, daß bis dahin die Polizei erschienen war.

Seine Finger klammerten sich um die kalten Sprossen der Leiter, Sprosse für Sprosse kletterte er nach oben. Er hatte noch keinen Blick zurückgeworfen, doch als er jetzt über seine Schulter sah, erkannte er, daß das Skelett ebenfalls die Leiter erreicht hatte und mit schnellen Bewegungen hinaufkletterte.

Die Panik drohte den armen Mann bald aufzufressen. Er hatte sich selbst in eine Rattenfalle manövriert, hatte die Schnelligkeit des Skeletts unterschätzt.

Der Nachtwächter erreichte mit fliegendem Atem den Dachrand und ließ sich kurzerhand auf das Dach rollen.

Er hatte kaum noch die Kraft, auf die Beine zu kommen. Unendlich mühsam quälte er sich hoch.

In seinem Rücken hörte er die Geräusche, die das Skelett verursachte, als es die Leiter hochstieg.

Das trieb den Nachtwächter wieder voran.

Er wußte, wo sich die Klappe befand.

Mit taumelnden Schritten lief er auf die Stelle zu, sah den großen Haken, an dem man die Klappe hochziehen konnte.

Der Nachtwächter warf sich auf die Knie, packte den Griff mit beiden Händen, zog daran – und fiel schreiend nach vorn.

Die Klappe war zu.

In diesem Augenblick betrat Paul Cassidy das Dach.

Das Skelett sah sich um. Der Totenschädel ruckte nach rechts und links.

Da hatte es sein Opfer erspäht.

Ein grausames Lachen entrang sich dem Mund des Skeletts. Er brauchte sich nicht mehr zu beeilen. Der Mann war ihm sicher.

Gemächlich fast ging es auf den Nachtwächter zu, der in seiner ohnmächtigen Verzweiflung noch immer an dem Griff rüttelte.

Schließlich sah er ein, daß dies keinen Sinn hatte. Er quälte sich hoch, drehte sich um und sah dem Skelett entgegen.

Der Rückzug zur Leiter war ihm abgeschnitten.

Ihm blieb nur noch der Kampf.

Der Nachtwächter wußte genau, daß er dem Unheimlichen unterlegen war, daß seine Kräfte nicht reichen würden, gegen diese Ausgeburt der Hölle zu bestehen.

Trotzdem versuchte er es und griff an.

Seine Fäuste fuhren gegen den Knochenschädel. Der Nachtwächter hatte das Gefühl, gegen Beton geschlagen zu haben. Die Haut über den Handknöcheln platzte auf.

Dann traf ihn die Knochenfaust mit mörderischer Wucht.

Der Nachtwächter flog zurück, fiel auf den Rücken und knallte mit dem Kopf gegen das harte Metall.

Für eine Sekunde schien in seinem Schädel ein Feuerwerk zu explodieren. Er verlor die Übersicht.

Da war das Skelett über ihm. Mit einem Ruck zog es den Nachtwächter hoch.

Der Mann sah den gräßlichen Totenschädel dicht vor sich, die Klauenhände näherten sich seinem Hals.

In einer letzten, verzweifelten Anstrengung warf der Mann sich herum. Der Stoff seiner Uniformjacke riß über der Brust auf. Der Nachtwächter kam frei, torkelte zur Seite.

Doch genau in einen zweiten Schlag hinein, der von einem teuflischen Lachen begleitet wurde.

Der Nachtwächter flog bis zum Dachrand, drehte sich ein

paarmal um die eigene Achse und hörte plötzlich im Unterbewußtsein das Jaulen einer Polizeisirene.

Du bist gerettet, schoß es ihm durch den Kopf.

Doch ehe er diesen Gedanken beenden konnte, wurde er hochgerissen und durch die Luft gewirbelt.

Die Halle war etwas über neun Yards hoch. Einen Sturz aus dieser Höhe überlebte kaum jemand.

Der Schrei des Nachtwächters endete wie abgeschnitten, als der Körper auf den harten Betonboden krachte. Der Mann spürte noch einen mörderischen Schmerz durch seine Brust flammen und dann nichts mehr.

Das Skelett hatte gesiegt. Der Nachtwächter war tot.

Für einen kurzen Moment lugte der Mond hinter den dicken Wolken hervor und goß sein bleiches Licht über die Erde.

Dicht vor dem Dachrand stand das Skelett. Das Jaulen der Polizeisirene war lauter geworden. Das Geräusch schien das Skelett nicht zu stören.

Im Gegenteil. Ein teuflisches Lachen gellte weit in die Nacht.

Und das Mondlicht beleuchtete mit seinem silbernen Schein die bleichen Knochen des Schädels.

Diese Nacht wurde zum Triumph der Hölle . . .

Das kleine Gartenhäuschen diente schon seit einigen Monaten als Liebesnest.

Die Laube lag inmitten eines Schrebergartengebiets, das aber nicht mehr gepflegt wurde, da die Stadt London das Gelände aufgekauft hatte, um dort einen Wohnblock zu errichten. Das Areal war jetzt natürlich eine Hochburg für Penner, die jeden Tag beteten, die Stadt möge ihr Bauvorhaben noch um einige Jahre zurückstellen, damit sie ein gutes Leben hatten. Vor allen Dingen im Winter.

Die bewußte Laube wurde zur Zeit von der Prostituierten Lorna Grey bewohnt. Die dreißigjährige rotgefärbte Strichbiene war aus dem Bordell herausgeflogen, weil sie einen Kunden bestohlen hatte. Durch Zufall hatte sie die Laube entdeckt und wohnlich eingerichtet. Das heißt, eigentlich stand nur ein großes Bett darin. Mit den Pennern hatte sie einen Vertrag geschlossen, damit sie bei ihrer »Arbeit« nicht gestört wurde.

In dieser Nacht hatte sie keinen Kunden auftreiben können. Sie war mit ihrem kleinen Fiat durch halb London kutschiert, doch niemand hatte angebissen.

Ziemlich sauer war Lorna nach Mitternacht in ihre Laube zurückgekehrt und hatte sich erst einmal einen Kaffee aufgebrüht, der so stark war, daß der berühmte Löffel fast darin steckenblieb.

Lorna setzte sich auf die Bettkante und trank den Kaffee in kleinen Schlucken. Dabei rauchte sie eine filterlose französische Zigarette.

Der Heizstrahler gab genügend Wärme ab, um es auch ohne Kleidung in der Laube aushalten zu können.

Lorna trug allerdings noch ihre Berufskleidung. Minirock knapp über das Gesäß reichend und einen ärmellosen Pullover, der ihre durch Spritzen hochgepäppelten Brüste voll zur Geltung brachte.

Draußen und in der kleinen Laube war es still. Die Stille in der Laube wurde allerdings manchmal durch Lornas Schlürfen unterbrochen. Sie mußte vorsichtig trinken, damit sie sich nicht die Lippen verbrannte. Denn das war schädlich fürs Geschäft.

Schließlich stellte Lorna die Tasse weg und warf sich so, wie sie war, rücklings aufs Bett.

Sie zündete sich noch eine Zigarette an und rauchte gedankenverloren. Dabei starrte sie gegen die mit dicken Flecken übersäte Decke.

Plötzlich hörte sie ein Geräusch!

Sofort sprang Lorna auf. Das Geräusch war von draußen gekommen und hatte sich angehört, als knackten Zweige.

Wahrscheinlich wieder einer dieser Penner, die mich nackt sehen wollen, dachte Lorna.

Sie schob die Gardine vor dem kleinen Fenster zur Seite und peilte in die Dunkelheit.

Zu sehen war nichts. Auch als sie im Innern der Laube das Licht ausknipste.

Lorna Grey wußte nicht, daß ein zweites Skelett unterwegs war und durch die Schrebergartenanlagen schlich.

Das leichte Mädchen streifte den Pulli über den Kopf und zog ihren Rock aus. Drunter trug sie nur noch einen Slip, dessen Gummi vom häufigen Abstreifen schon ausgeleiert war.

Lorna knallte sich wieder auf das Bett und rollte sich in die Decken.

Sie war kurz vor dem Einschlafen, da hörte sie abermals das komische Geräusch.

»Also, jetzt reicht's mir aber«, rief Lorna, sprang auf, schlüpfte in ihren Bademantel und eilte zum Fenster.

Wütend zog sie es auf.

»Welcher Hurenbock ist denn so scharf?« rief sie. »Bei mir kostet es immer noch ein Pfund, und ich bin . . . Ahhh . . .«

Lornas Schimpfen endete in einem gräßlichen Schrei.

Zwei Knochenhände umklammerten plötzlich ihren Hals und zogen sie brutal durch das Fenster.

Die Öffnung war zwar klein, aber trotzdem schaffte das Skelett es, die Dirne da hindurchzuziehen.

Der Bademantel ging in Fetzen. Haut platzte auf.

Dann lag Lorna vor der Laube auf dem Boden. Das Skelett drückte noch fester zu, obwohl das Mädchen schon tot war.

Dann schlug sich die unheimliche Erscheinung in die Büsche.

Zehn Minuten geschah nichts. Nach wie vor lag die Tote unter dem offenen Fenster.

Doch plötzlich wurden die Zweige eines Busches zur Seite gebogen. Das unrasierte Wermutgesicht eines Penners tauchte auf. Arme und Körper folgten.

Der Penner trug einen alten Mantel und ein am Hals offenstehendes Hemd. Seine Augen blickten entsetzt auzf die Leiche. Vorsichtig näherte sich der Penner der Toten. Er fühlte nach Puls- und Herzschlag.

Da war nichts mehr zu machen.

Der Landstreicher überlegte. Sollte er die Tote wegschaffen und verstecken? Aber irgendwann würde die Polizei sie finden, Nachforschungen anstellen, und dann fanden sie bestimmt die Spur zu diesem Schrebergarten.

Nein, es war besser, wenn er die Polizei informierte.

Der Penner hatte genau beobachtet, was vorgefallen war. Er hatte das Skelett gesehen und sich aus Angst verkrochen. Aber würden die Bullen ihm glauben?

Trotzdem, wenn er jetzt anrief, konnte er sich vielleicht eine gute Nummer bei der Polizei verschaffen. Die hatte er nämlich nötig.

Der Penner schlug sich wieder in die Büsche. Er mußte ungefähr zwei Meilen laufen, bis er an eine Telefonzelle kam. Ein paar Münzen klimperten zum Glück noch in seiner Tasche. Die mußten ihm die Bullen ersetzen.

Nach einer halben Stunde erreichte der Penner die Zelle. Er war immer in Deckung der Büsche geblieben, aus Angst, das Skelett könnte ihn sehen.

Die Nummer der Polizei stand groß angeschlagen.

Der Penner wählte bedächtig. Es war das erstemal, daß er die Bullen anrief.

Nach zweimaligem Tuten wurde abgenommen. Der Penner schluckte erst dreimal, ehe er seinen Bericht durchgab.

Das Gespräch dauerte drei Minuten. Zum Schluß sagte der Beamte: »Wenn Sie uns belogen haben, mein Freund, können Sie sich auf was gefaßt machen. Und die Sache mit dem Skelett schlagen Sie sich mal aus dem Kopf.«

Der Penner lachte. Wenn die wüßten . . .

Urlaub im November!

So etwas konnte einem auch nur beim Yard passieren. Aber was soll's. John Sinclair hatte seine Koffer gepackt und war für vierzehn Tage nach Acapulco geflogen. Dort sollte es ja angeblich die schönsten Mädchen der Welt geben. Aber nicht nur angeblich, wie John sich überzeugen konnte.

Natürlich hatte er sich auch mit Geistern herumgeschlagen. Allerdings mit Weingeistern, und das nicht zu knapp. Trotz dickem Kopf und Blei in den Knochen waren John die Weingeister wesentlich sympathischer.

Und noch etwas hatte John gefallen. Er war nicht aus dem Urlaub zurückgeholt worden, wie es schon mal passiert war. So hatte er die vierzehn Tage ungestört genießen können. Und das zu Recht. Der Fall mit den Unsichtbaren hatte ihm auch allerlei abverlangt. John Sinclair war das As beim Yard. Normale Kriminalfälle gingen ihn nichts an. Sein Einsatz kam immer dann, wenn übernatürliche Kräfte mit im Spiel waren. Und damit hatte der Inspektor verdammt oft zu tun. Manchmal war es nur haarscharf an seinem eigenen Leben vorbeigegangen. John dachte ab und zu daran, daß seine Glückssträhne irgendwann mal ein Ende haben würde – und dann . . .

John Sinclair war knapp über dreißig, ziemlich groß, hatte blondes Haar und stahlblaue Augen. Er war überzeugter Junggeselle und hatte praktisch nur ein Hobby: seinen Beruf.

Momentan lag John Sinclair im Bett und schlief den Schlaf des Gerechten. Der Rückflug war kein Vergnügen gewesen, und auch der regnerische Empfang in London hatte nicht gerade dazu beigetragen, seine Kondition zu verbessern.

John hatte sich vom Flughafen direkt zu seiner Wohnung bringen lassen, in einem Restaurant noch eine Kleinigkeit gegessen und war dann gegen einundzwanzig Uhr in die Falle gehüpft.

Als das Telefon schrillte, hatte er das Gefühl, erst wenige Minuten geschlafen zu haben.

Zuerst wollte John gar nicht drangehen, doch schließlich siegte sein Pflichtgefühl.

Nach dreimaligem Tasten fand er den Hörer.

»Bin nicht zu Hause. Ich habe noch Urlaub«, sagte er zur Begrüßung.

»Machen Sie keinen Wind, Inspektor. Die Sache ist ernst. Verdammt ernst.«

John stöhnte auf. Superintendant Powell war der Anrufer. Er hätte es sich auch denken können. Wann ließ ihn sein direkter Vorgesetzter schon mal in Ruhe.

»Ich höre, großer Meister«, sagte John und schwang sich schon halb aus dem Bett.

»Folgende Sachlage, Inspektor. Ich erhielt soeben einen Anruf unserer Bereitschaftsabteilung. Ein gewisser Sir Humphrey Cunningham hat sich dort gemeldet. Ich hoffe, der Name ist Ihnen ein Begriff, Inspektor.«

»Aber sicher doch.«

Der Stahlknacker, dachte John.

»Sir Humphry Cunningham hatte heute abend eine Gesellschaft gegeben.«

»Gestern abend«, sagte John und warf einen Blick auf die Uhr.

»Wie meinen Sie? Ach so, sicher, gestern abend. Aber unterbrechen Sie mich nicht immer, Inspektor. Also hören Sie zu. Während dieser Party hat sich einer der Gäste in ein Skelett verwandelt.«

»Der wird sich einen Scherz erlaubt haben«, meinte John.

»Nein. Wir haben Zeugen.«

John fuhr sich mit der Hand durch sein kurzgeschnittenes Haar. »Und was soll ich dabei tun?«

Ein Schnaufen, das an das Atem ein Walrosses erinnerte, drang durch die Leitung.

»Was Sie da sollen, Inspektor? Sich um den Fall kümmern, zum

Teufel! Es sind prominente Leute mit hineingezogen worden. Der Fall kann ungeahnte Kreise ziehen. Machen Sie sich . . .«

»Kommen Sie auch hin?« unterbrach John den Superintendenten.

»Nein.«

»Dann wünsche ich Ihnen eine angenehme Nachtruhe, Sir. Wenn Sie mir jetzt die Adresse geben würden?«

John bekam sie.

Zehn Minuten später war er schon wieder angezogen, fuhr in die Tiefgarage und holte seinen Bentley aus der Box.

Die Nacht war kalt und feucht. Der Asphalt glänzte regennaß. John schaltete die Heizung und das Gebläse ein. Er ärgerte sich, daß er den Mantel zu Hause gelassen hatte.

John fuhr zügig und hatte bald die stille Seitenstraße im Vorort Kensington erreicht. Als der Bentley auf das Grundstück bog, mußte er einem Krankenwagen ausweichen, der ebenfalls durch die Ausfahrt wollte.

Der Inspektor fuhr bis vor das Portal und parkte dort, wo schon zwei Wagen standen. An den Antennen erkannte John Polizeifahrzeuge.

Die große Eingangstür war nicht verschlossen. John betrat eine elegant eingerichtete Diele und sah durch eine offenstehende Flügeltür in den Saal, in dem die Menschen in Gruppen zusammenstanden und erregt diskutierten.

John erkannte seine Kollegen schon auf den ersten Blick. Sie trugen als einzige normale Straßenanzüge und sahen ansonsten ziemlich sauer aus. Und daß Inspektor Bulmer die Untersuchung leitete, schmeckte John auch nicht. Er hatte genug über Bulmer gehört.

John hatte gerade einige Schritte getan, als man ihn entdeckte. »Sie müssen Inspektor Sinclair sein«, rief ein weißhaariger Mann und kam schnell auf John zu.

»In Lebensgröße«, erwiderte der Inspektor und grinste.

Der Weißhaarige war so nervös, daß er sogar vergaß, sich vorzustellen.

»Inspektor, ich habe Sir Cunningham dazu geraten, sich mit Superintendent Powell in Verbindung zu setzen. Schließlich sind die beiden gut miteinander bekannt. Außerdem kenne ich von früher her Gerald Hopkins, der ja damals . . .«

John winkte ab. »Das ist ja alles schön und gut, aber was hat das mit dem Fall zu tun? Was ist überhaupt vorgefallen?«

»Ich glaube, das kann ich Ihnen besser sagen, lieber Kollege«, sagte neben ihm eine Stimme.

John Sinclair drehte den Kopf. Inspektor Bulmer stand neben ihm. Er hatte die Hände in beiden Hosentaschen vergraben, und zwischen seinen Lippen klebte eine kalte Zigarre.

»Bulmer«, stellte er sich vor.

»Meinen Namen kennen Sie ja schon.«

Bulmer nickte. Dann kam er zur Sache. »Eigentlich hätten Sie im Bett bleiben können, Sinclair. Was hier gespielt wird, ist nichts weiter als ein übler Scherz. Ein Skelett ist aufgetaucht, um es mal mit einem Satz zu sagen. Ich meine, jemand hat sich verkleidet, den Leuten Angst eingejagt und ist dann verschwunden.«

John nickte. »Das ist Ihre Meinung, werter Kollege. Nun darf ich mal einige Fragen stellen. Wie heißt dieser angeblich Verkleidete?«

»Paul Cassidy.«

»Schön.« John Sinclair zündete sich eine Zigarette an. »Paul Cassidy ist also Amok gelaufen. Wen hat er angegriffen?«

»Seine Frau und einen Ober oder Diener«, erwiderte Inspektor Bulmer. Man sah ihm an, daß er auf John sauer war, weil dieser anscheinend eine andere Meinung vertrat.

»Und danach ist Paul Cassidy geflohen. Womit?«

»Mit seinem eigenen Wagen«, erwiderte Bulmer. »Wir haben natürlich eine Fahndung eingeleitet. Bis jetzt allerdings ohne Erfolg.«

»Wen hat man da vorhin mit dem Krankenwagen weggefahren?« wollte John wissen.

»Einen Torwärter. Er ist von Cassidy angefahren worden.«

»Schwer verletzt?«

»Es geht.«

John blickte sich um. »Darf ich wohl mal mit dem Ober sprechen, der von dem Skelett angegriffen worden ist?«

Zehn Minuten lang fragte John den guten Mann aus. Der Ober blieb bei seiner Meinung, daß er von einem Skelett angefallen worden war.

»Ich sage Ihnen nochmals, Inspektor. Der Kerl hatte keine Gummimaske auf. Das war ein echter Totenschädel. Ich konnte sogar noch einige Hautfetzen sehen, die an seinen Knochen herunterhingen. Nee, danke. Mir reicht es. Und wenn die Frau nicht geschrien hätte, das Monster hätte mich glatt erwürgt. Hier, sehen Sie meinen Hals, Inspektor.«

Er knöpfte sich das Hemd auf und zeigte mit beiden Händen auf die Abdrücke.

John sah sie sich sehr genau an. Er hatte schon viele Würgemale gesehen, aber eins war sicher: Diese stammten auf keinen Fall von normalen Händen.

»Ist schon gut«, sagte John Sinclair.

»Und was gedenken Sie zu unternehmen, Sinclair?« erkundigte sich Bulmer lauernd.

John lächelte verschmitzt. »Weiterfragen. Und zwar Mrs. Mary Cassidy.«

»Da werden Sie kein Glück haben. Die Lady fühlt sich indisponiert.«

»Das macht nichts.« John drückte seine Zigarette, die inzwischen verglimmt war, in einem kristallenen Ascher richtig aus. Dann grinste er Bulmer entwaffnend an. »Wetten, daß die Lady für mich Zeit hat?«

Ehe Bulmer eine Antwort geben konnte, kam ein Diener angelaufen. »Inspektor, Telefon für Sie.«

John warf Bulmer einen bedauernden Blick zu und ging mit schnellen Schritten zu dem Apparat, der auf einer kleinen Kommode stand. John konnte noch nicht ahnen, daß dieser Anruf eine Kettenreaktion auslösen würde . . .

Der Streifenwagen näherte sich mit heulender Sirene der Spielzeugfabrik. Die beiden Beamten waren voll konzentriert. Sie wußten, daß der Anruf keine Finte gewesen war. Nicht bei Ed Fisher, dem Nachtwächter.

»Hoffentlich erwischen wir den oder die Kerle noch«, meinte der Fahrer, ein baumlanger Kerl mit blondem Igelschnitt. Der zweite Mann erwiderte nichts. Er war erst zwanzig Jahre alt und noch relativ unerfahren. Die heutige Streifenfahrt war erst sein dritter Einsatz.

Das Fabriktor tauchte auf. Es war zurückgeschoben.

Corporal Dean Helm pfiff durch die Zähne. »Teufel, das ist verdächtig.«

Mit kreischenden Pneus jagte Helm den Wagen auf das Gelände. Neben der Portiersloge kam er zum Stehen.

Beide Beamte sprangen hinaus.

Ihre Taschenlampen blitzten auf.

Sie sahen die Bescherung mit einem Blick. Die eine Glaswand der Loge war völlig zerstört. Die Glassplitter lagen überall herum.

»Wenn ich nur wüßte, wo Ed Fisher ist«, murmelte Dean Helm.

»Vielleicht in einer der Hallen«, vermutete sein Kollege.

»Sehen wir nach.«

Die beiden Polizisten liefen mit zügigen Schritten über das Gelände.

Plötzlich blieb Dean Helm stehen. »Wem gehört wohl der Wagen?« Er zeigte mit der Rechten auf den Rolls-Royce.

Sein junger Kollege zuckte mit den Schultern. Er war inzwischen einige Schritte weitergegangen und ließ den starken Schein seiner Taschenlampe kreisen.

»Verdammt, da liegt einer«, rief er plötzlich.

Dean Helm kreiselte herum. »Wo?«

Jetzt sah er auch den dunklen Gegenstand, der von dem Schein der Lampe gerade gestreift wurde. Man konnte erkennen, daß es die Umrisse eines menschlichen Körpers waren.

Die Beamten liefen los.

Dean Helm beugte sich über den Leblosen.

»Ja«, sagte er leise. »Es ist Ed Fisher, der Nachtwächter.«

Dean Helm richtete sich auf. Er sah seinen Kollegen an, der dastand und die Lippen zusammengepreßt hatte.

»Er muß vom Dach gefallen sein«, sagte Dean Helm mit rauher Stimme.

»Es kann ihn aber auch jemand hinuntergestoßen haben«, meinte sein Kollege.

»Möglich. Wir wollen vorsichtshalber die Mordkommission alarmieren. Wenn ich nur wüßte, welch ein Schwein so einen alten Mann umbringt. Ed hat in seinem ganzen Leben nie einer Fliege etwas zuleide getan. Und jetzt dies. Na, den werden wir auch noch erwischen.«

Dean Helm machte auf dem Absatz kehrt und ging zu dem Streifenwagen zurück. Der jüngere Kollege folgte ihm langsam. Er hatte diesen Anblick des zerschmetterten Körpers immer noch nicht überwunden.

Dean Helm hatte schon fast den Streifenwagen erreicht, als Eric Jenkins – so hieß der junge Polizeibeamte – sich ebenfalls den

Rolls-Royce ansah. Zufällig warf er auch einen Blick auf die Nummernschilder.

Plötzlich zuckte er zusammen.

Verflixt, die Nummer kannte er doch. Sie war erst vor einer knappen Stunde von der Zentrale durchgegeben worden. Eine dringende Fahndung. Bestand etwa ein Zusammenhang zwischen der Fahndung und dem Mord an dem Nachtwächter?

Eric Jenkins rannte. Mit hastigen Worten berichtete er Corporal Dean Helm von seiner Entdeckung.

Der schaltete sofort, und verlangte eine Verbindung mit der Scotland-Yard-Zentrale. Er wußte, daß in diesem Fall ein gewisser Inspektor Bulmer oder aber Inspektor Sinclair informiert werden sollte.

Zwei Minuten später hatte Corporal Dean Helm seine Meldung durchgegeben. Er hatte gerade den Hörer wieder aufgelegt, als ihn die Stimme seines Kollegen herumfahren ließ.

»Da, sehen Sie doch, Corporal. Auf dem Dach der Halle.«

Corporal Helm wandte den Kopf. Seine Augen weiteten sich. Sein Verstand begriff nicht, was sich in seinem Blickfeld abspielte.

Auf dem Hallendach stand ein Skelett!

Das bleiche Mondlicht ließ die Knochen silbern aufleuchten.

Dean Helm schluckte. Er wischte sich über die Augen, dachte an ein Trugbild.

Das Skelett blieb. Es hob sogar den Arm und deutete in die Richtung der beiden Beamten.

Dann klang ein grausiges Gelächter auf, das weit über das Land hallte und aus der Hölle selbst zu kommen schien.

Dean Helm und Eric Jenkins sahen sich an. Sie konnten beide nicht verhindern, daß ihnen eine Gänsehaut über den Rücken lief.

Die Reifen kreischten, als der Streifenwagen vor der Telefonzelle stoppte.

Sergeant Mulligan riß die Tür auf und sprang nach draußen.

Der Penner stand im Schatten der Zelle. Zögernd ging er jetzt auf den breitschultrigen Polizisten zu.

»Wo liegt die Tote?« schnauzte Mulligan.

Der Penner zog die Nase hoch. »Nicht hier. Drüben in den Anlagen.« Er zeigte mit der Hand über die Schulter des Polizisten.

»Okay«, sagte Mulligan. »Dann fahren wir hin. Steigen Sie ein, mein Freund.«

Der Penner schüttelte den Kopf. »Das geht nicht. Wir müssen laufen. Die Wege sind zu schmal.«

Mulligan verzog das Gesicht. Er war in seiner langen Dienstzeit ziemlich bequem geworden. Mit einem Kopfnicken wandte er sich an seinen noch im Streifenwagen sitzenden Kollegen.

»Warten Sie hier solange.«

Der Sergeant und der Penner stampften los. Die schmalen Wege waren mit Unkraut überwuchert, und man mußte aufpassen, daß man nicht ausrutschte. Nasse Zweige streiften die Gesichter der Männer. Dem Landstreicher machte das nichts aus. Der Sergeant fluchte erbärmlich.

»Also wenn Sie mich angelogen haben, stecke ich Sie für ein Jahr hinter Gitter«, schnaufte der Polizist.

»Nein, nein, Officer, es stimmt alles.«

»Wir werden ja sehen«, erwiderte der Uniformierte keuchend.

Nach fünfzehn Minuten hatten sie die Laube erreicht. Die Tote lag noch immer an derselben Stelle.

Der Sergeant zog eine Taschenlampe hervor und leuchtete die Leiche ab. Er umkreiste sie langsam.

»Kein Zweifel. Die Frau ist erwürgt worden.« Der Polizist rieb sich sein Kinn und blickte auf den Penner, der ein paar Schritte abseits stand.

»Sie haben sie doch nicht selbst umgebracht?«

»Gott bewahre, Sir. Hätte ich Sie sonst alarmiert?«

»Hm, man hat schon Pferde kotzen sehen.«

Der Sergeant ging in die Knie und betrachtete die Würgemale am Hals der Toten. Selbst im Licht der Taschenlampe sah er die roten Streifen. Sie waren schmal, anders als bei normalen Händen.

Der Sergeant richtete sich wieder auf. »Und Sie sagen, es wäre ein Skelett gewesen?«

Der Penner nickte ängstlich.

»Wieviel haben Sie denn getrunken?« wollte der Polizist wissen.

»Gar nichts, Officer. Keinen Tropfen. Ich schwöre es bei allem, was mir heilig ist.«

»Was ist dir schon heilig?«

Der Sergeant war in die Duzform übergegangen, was er bei kleineren Gaunern immer tat.

Dann winkte er mit dem rechten Arm. »Komm, wir gehen wieder zurück. Ich muß die Mordkommission verständigen.«

Der Rückweg ging schneller. Wenigstens kam es dem Polizisten so vor.

Schließlich erreichten sie den Weg, auf dem auch der Streifenwagen stand. Sie sahen die beiden hellen Augen der Scheinwerfer und die Gestalt, die torkelnd auf sie zugelaufen kam.

Der Sergeant begann zu rennen. Nach wenigen Sekunden schon erkannte er in der Gestalt seinen Kollegen.

»Sergeant«, keuchte dieser. »Sergeant – ich . . .«

Der Beamte verstummte keuchend.

Der Sergeant faßte seinen Kollegen an beide Schultern. »Was, zum Teufel, ist denn geschehen?«

»Ich – ich saß nichts ahnend in dem Wagen. Alles war ruhig, und plötzlich hörte ich ein schleifendes Geräusch. Als ging jemand über – über . . . Kies. Ich sah aus dem Fenster, und . . .«

»Was sahen Sie? Herrgott, reden Sie doch!«

»Ich sah . . . ein Skelett!«

Für Sekunden sagte niemand ein Wort. Nur der keuchende Atem des Polizisten war zu hören.

Und plötzlich – ganz unmotiviert – fing der Penner an zu lachen.

»Ich habe es Ihnen gesagt, Officer. Immer wieder. Es war ein Skelett!«

»Halten Sie den Mund!« schrie der Sergeant. Er wischte sich mit dem Ärmel der Uniformjacke den Schweiß aus der Stirn.

»Ich glaube, die sind alle verrückt geworden«, sagte er leise. »Aber nicht mit mir. Nee, da soll sich Scotland Yard drum kümmern. Die wissen ja auch sonst immer alles besser.«

John Sinclairs Gesicht war hart, als er den Hörer auf die Gabel legte.

Bulmer, der dem Inspektor gefolgt war, blickte ihn prüfend an. »Was ist geschehen?«

»Soeben ist ein Anruf an unsere Zentrale gegangen. Zwei Polizisten haben ein Skelett gesehen.«

»Und wo?«

»Auf dem Gelände einer Spielzeugfabrik.«

Bulmer lachte.

John Sinclair blickte seinen Kollegen an. »Verdammt, mir ist nicht nach Scherzen zumute. Diese Spielzeugfabrik gehört Paul Cassidy, dem Mann, der sich angeblich in ein Skelett verwandelt hat. Verstehen Sie nun?«

Bulmers Lachen endete wie abgeschnitten. Er wollte etwas sagen, aber John war schon auf dem Weg zur Tür. Erst im Garten holte Bulmer ihn ein.

»Ich fahre natürlich mit, Kollege Sinclair.«

»Meinetwegen.«

John schloß seinen Bentley auf. Er saß noch nicht ganz, da hatte er den Wagen schon gestartet. Die Adresse der Spielzeugfabrik war ihm durchgegeben worden.

»Wieviel Beamte wurden zu dem Einsatz abkommandiert?« wollte Bulmer wissen.

»Keiner. Wir werden die Sache allein durchstehen. Nur die Männer, die das Skelett entdeckt haben, beobachten das Gelände weiter. Je weniger Aufsehen gemacht wird, um so besser.«

»Wie Sie meinen«, erwiderte Bulmer.

Der Inspektor hatte sich inzwischen von seinem Kollegen Sinclair ein wesentlich besseres Bild gemacht. Wie schnell dieser Mann Entscheidungen traf, das war schon anerkennenswert. Und langsam war Bulmer auch davon überzeugt, daß dieses Skelett existierte.

Die Londoner Straßen waren zum Glück leer. Noch besser voran kamen sie auf der Ausfallstraße nach Camden Town. Es gab sogar Hinweisschilder, die auf die Spielzeugfabrik aufmerksam machten.

John fuhr langsamer und erkannte schließlich im Licht der breiten Scheinwerferbahnen das Eingangstor der Fabrik.

Der Inspektor stoppte neben dem Streifenwagen.

Als er ausstieg, kam ein Unformierter auf ihn zu.

»Corporal Helm«, stellte er sich vor. »Mein Kollege befindet sich weiter auf dem Gelände.«

John nickte. »Gut, Corporal, erzählen Sie.«

Der Beamte berichtete in knappen Sätzen. Zum Schluß meinte er: »Wahrscheinlich hält sich das Skelett noch auf dem Hallendach auf. Ich habe es auf jeden Fall nicht herunterklettern sehen.«

In diesem Augenblick kam Eric Jenkins angelaufen.

»Das Skelett«, keuchte er, »es steigt vom Dach!«

John schaltete sofort. »Welche Halle ist es?«

»Da, die erste«, erwiderte Corporal Helm.

Inspektor Sinclair rannte los. Er lief um die Halle herum und entdeckte auch die Leiter, die auf das Dach führte.

Das Skelett stand schon auf dem Boden. Es sah John Sinclair sofort.

Der Totenschädel ruckte herum, die leeren Augenhöhlen starrten dem Inspektor entgegen.

John blieb stehen.

Dafür setzte sich das Skelett in Bewegung. Wie eine an unsichtbaren Fäden gezogene Marionette.

John trat zwei Schritte nach rechts, weg von der Hallenwand. Der Mond war wieder hinter einer Wolke hervorgekommen und beleuchtete die bleichen Knochen des Unheimlichen.

Fünf Yards trennten John Sinclair noch von dem Skelett.

Langsam, fast bedächtig zog John seine Pistole.

Es war eine besondere Waffe. Sie war mit geweihten Silberkugeln geladen und hatte ihrem Besitzer schon manchen Dienst erwiesen.

John hob den Arm, visierte genau.

Noch zwei Yards.

Trocken peitschte der Schuß.

Die Kugel drang dem Skelett in die rechte Augenhöhle. Es war ein Meisterschuß.

Der Unheimliche ruderte verzweifelt mit den Knochenarmen, versuchte irgendwo Halt zu finden.

John hatte die Waffe sinken lassen. Gebannt beobachtete er das Schauspiel.

Das Skelett kippte auf die Seite. Die Arme schlugen wie Dreschflegel auf den Beton. Noch einmal heulte das Höllenwesen auf. Dann lag es still.

Langsam trat John näher.

Und dann geschah das Unheimliche. Plötzlich, wie aus dem Nichts, formte sich wieder das Fleisch über die Knochen. Augen, Mund, Nase entstanden. Alles geschah völlig lautlos. Johns Silberkugel hatte den höllischen Bann gebrochen.

So etwas hatte John Sinclair noch nie erlebt. Er fühlte, wie ihn das Grauen überkam.

Zwei Minuten später lag ein normaler Mann vor ihm auf dem Boden. John hatte Paul Cassidy nie gesehen, nahm aber an, daß nur er es sein konnte.

Der Inspektor bückte sich und tastete nach dem Handgelenk des Mannes.

Die Haut war kalt.

John fühlte keinen Pulsschlag. Der Mann vor ihm war tot.

Hinter seinem Rücken hörte John Sinclair ein pfeifendes Geräusch, so, als würde jemand den Atem zwischen den zusammengepreßten Zähnen einziehen.

John wandte den Kopf und sah Inspektor Bulmer, der sich mit einer Hand an die Hallenwand gestützt hatte.

»Ich habe alles mit angesehen. Oder fast alles«, keuchte Bulmer. »Ich kann es immer noch nicht begreifen. Wie ist das möglich?«

John zuckte mit den Schultern. »Das weiß ich auch nicht. Hoffe, es aber bald herauszufinden. Bis dahin müssen Sie sich noch gedulden, lieber Kollege. Aber jetzt kommen Sie. Wir müssen den Toten wegschaffen lassen.«

Die Beamten hatten kaum den Bentley erreicht, da wurde John durch sein Autotelefon von der Zentrale angerufen. Von dort teilte man ihm mit, daß ein zweites Skelett aufgetaucht sei und bereits einen Mord begangen habe . . .

Mary Cassidy erwartete John Sinclair in der Bibliothek.

Das Gesicht der Frau war blaß. Ihre Augen waren vom Weinen gerötet. Die Schminke hatte braunschwarze Bahnen über die Wangen gezogen.

Man sah Mary Cassidy an, daß sie die vergangenen schrecklichen Minuten noch nicht überwunden hatte.

Als John das große Zimmer betrat, brannte nur eine Stehlampe. Sie verbreitete ein warmes Licht. Überhaupt machte die Bibliothek einen sehr gemütlichen, anheimelnden Eindruck. Man konnte sich hier wohl fühlen.

Mary Cassidy setzte sich auf, als John auf sie zutrat. Der Inspektor hatte die Tür geschlossen. Ein beruhigendes Lächeln lag auf seinem Gesicht.

John Sinclair stellte sich kurz vor, nahm einen gepolsterten Stuhl und setzte sich der Frau gegenüber.

Der Inspektor war von der Fabrik aus sofort wieder hierher gefahren. Er hielt es für wichtig, mit Mary Cassidy zu reden. Seine Kollegen vom Yard suchten inzwischen die Schrebergartenanlage nach dem zweiten Skelett ab.

Mary Cassidy spielte mit dem leeren Kognakschwenker in ihrer Hand. Schließlich setzte sie ihn auf dem kleinen Beistelltisch, der neben der Liege stand, ab.

»Mrs. Cassidy«, begann John vorsichtig. »Ich möchte Ihnen gern einige Fragen stellen. Es sind sehr wichtige Fragen. Sowohl für uns als auch für Sie. Ich nehme an, daß Sie sicherlich an der Aufklärung dieser unheimlichen Ereignisse interessiert sind.«

Mary Cassidy nickte. »Fragen Sie, Inspektor«, sagte die Frau leise.

John Sinclair ließ sich alles noch einmal von vorn erzählen. Mary Cassidy sprach mit flüsternder Stimme, die manchmal in einem trockenen Schluchzen erstickte.

Dann, als sie alles berichtet hatte, fragte sie plötzlich: »Was ist mit meinem Mann, Inspektor? Bitte, sagen Sie es mir. Ist er wirklich ein – ein Skelett?«

»Ihr Mann, Mrs. Cassidy, ist tot«, erwiderte John ernst. »Wir haben ihn in der Fabrik gestellt und seine Leiche ins Schauhaus gebracht. Sie werden Ihren Gatten später noch identifizieren müssen.«

Mary Cassidy zog scharf die Luft ein. »Ich hatte es geahnt, Inspektor«, sagte sie mit gepreßter Stimme. »Ich hatte es geahnt. Aber es war doch ein Skelett. Stimmt das? Ich will alles wissen.«

»Er war ein Skelett, das ist richtig. Er hat, soweit wir das beurteilen können, auch den Mord an einem Nachtwächter auf dem Gewissen, falls man hier von Gewissen reden kann. Aber Ihr Mann war für seine Taten nicht verantwortlich. Er stand unter einem Bann. Unter dem Bann des Satans. Er hat die Handlungen ihres Mannes dirigiert.«

John Sinclair wunderte sich, wie ruhig und gefaßt die Frau blieb. Trotz ihrer schweren Situation.

»Er hat sich also mit Satan verbündet«, sagte Mary Cassidy leise. Wie unabsichtlich schüttelte sie den Kopf. »Aber das ist noch keine Erklärung, weshalb er sich in ein Skelett verwandelt hat. Das verstehe ich nicht.«

»Ich auch nicht«, gab John offen zu. »Oder vielmehr noch nicht«, schränkte er ein. »Der Körper Ihres Mannes wird im Gerichtsmedizinischen Institut untersucht.«

»Sie meinen das Skelett, Inspektor!«

John schüttelte den Kopf. »Nein, Mrs. Cassidy. Als ich dem Skelett eine Silberkugel durch den Schädel schoß, regenerierte es sich wieder. Entwickelte sich zurück. Der Körper nahm seine frühere Gestalt und sein früheres Aussehen an. Es ist unbegreiflich, ich weiß das selbst. Aber es ist eine Tatsache.«

Mary Cassidy blickte John aus weit aufgerissenen Augen an. »Das ist doch nicht möglich«, flüsterte sie. »Das kann ich einfach nicht glauben. Vielleicht war alles nur ein böser Traum. Vielleicht ist gar nichts geschehen.«

Bei den letzten Worten war Mary Cassidy aufgesprungen. Sie wollte zur Tür rennen.

John erwischte sie im letzten Moment.

Hart faßte er ihre beiden Oberarme an. »Ihr Mann ist tot, Mrs. Cassidy. Und niemand wird ihn wieder zum Leben erwecken. Sie müssen sich einfach damit abfinden.«

John Sinclair drückte die Frau auf die Liege zurück. Mary Cassidy hatte sich einigermaßen beruhigt. Sie schüttelte nur immer wieder in stummer Verzweiflung den Kopf.

John ließ der Frau fünf Minuten Zeit, sich wieder zu erholen. Einen Kognak lehnte sie ab.

»Darf ich Ihnen noch einige Fragen stellen, Mrs. Cassidy!«

»Natürlich, Inspektor. Verzeihen Sie. Aber das, was Sie gesagt haben – es war zuviel für mich.«

»Schon gut.«

John bot ihr eine Zigarette an, die sie mit zitternden Fingern nahm.

Dann meinte er: »Erzählen Sie mir doch etwas von Ihrem Bekanntenkreis. Mit wem verkehrten Sie oder Ihr Mann?«

Mary Cassidy zog hastig an ihrer Zigarette, ehe sie redete. »Da gibt es an sich nicht viel zu erzählen, Inspektor. Mein Mann und ich – wir führten eine ganz normale Ehe. Vielleicht sahen wir uns nicht so oft wie andere Paare. Das lag aber bestimmt an Pauls Beruf. Die Fabrik – sie verschlang sehr viel Zeit. Ich habe mich um diese Angelegenheiten nie gekümmert. Und wenn wir zusammen weggingen, dann auf Gesellschaften wie heute. Meistens ging es da auch noch um Geschäfte.«

»Hatte Ihr Mann denn keine privaten Interessen?« fragte John.

»Kaum. Es sei denn, seinen Klubabend.«

»Klub?«

»Ja. Soviel ich weiß, trafen sie sich dort einmal in der Woche. Sechs Männer.«

»Und wo war das?«

John Sinclair spürte instinktiv, daß sich hier eine Spur aufgetan hatte.

Mary Cassidy, die bisher den Kopf gesenkt hatte, blickte auf. »Ja, jetzt wo Sie mich so intensiv danach fragen, werde ich auch mißtrauisch. Paul hat nie viel von diesem Klub erzählt. Er hat nur einmal gesagt, bald würde es mir bessergehen. Aber wo dieser Treffpunkt war, darüber hat Paul nie gesprochen.«

»Überlegen Sie genau, Mrs. Cassidy. Jeder kleine Hinweis, mag er auch noch so unbedeutend erscheinen, kann sehr wichtig sein.«

»Tja, wenn ich das wüßte. Paul hat nur einmal von einem Park gesprochen. Es muß irgendein kleiner Park hier in London sein. Er hat noch nicht mal einen Namen. Und dann steht da noch ein Gartenhaus oder Pavillon in dem Park. Ich habe zufällig den Teil eines Telefongespräches mitbekommen, in dem Paul dieses erwähnt hat.«

»Na, das ist doch immerhin etwas.« John lächelte zuversichtlich. Er war mit dem Ergebnis zufrieden. Allerdings würde es große Schwierigkeiten bereiten, diesen gewissen Park zu finden. Der Inspektor wurde das Gefühl nicht los, daß er dort das Geheimnis dieses rätselhaften Falles lüften konnte . . .

Das Skelett hastete durch die Nacht.

Es hatte gemordet. Eine Frau war ihm zum Opfer gefallen. Das Skelett spürte kein Bedauern. Jegliche Gefühle dieser Art waren ausgeschaltet worden.

Aber es war auch gesehen worden. Von einem Polizisten. Der Mann hatte sich furchtbar erschrocken. Erst hatte das Skelett vorgehabt, ihn auch noch umzubringen, aber eine unsichtbare Stimme hatte davon abgeraten.

Das Skelett ging nur durch stille Seitenstraßen. Sobald Menschen kamen, verschwand es in irgendeiner Hausnische oder Toreinfahrt.

Bis jetzt war es noch nicht gesehen worden. Auch nicht von Autofahrern, deren Wagenscheinwerfer mit ihren hellen Lichtfingern oft über die Bürgersteige strichen.

Das Skelett hatte ein Ziel.

Es wollte nach Hause. Nur da fühlte es sich sicher. Es mußte dort den Tag verbringen, denn erst in der nächsten Nacht wollten sie sich alle in dem kleinen Pavillon treffen.

Meile um Meile näherte sich das Skelett seiner Wohnung. Es wohnte in einem modernen Bungalow, nicht weit von der Themse entfernt.

Es hatte wieder angefangen zu nieseln. Das Wetter vertrieb auch die letzten Nachtbummler. Günstiger konnte es für das Skelett gar nicht kommen.

Die Gegend wurde ländlicher, die Straßen breiter, und zwischen den einzelnen Häusern gab es oft weite Grünflächen.

Schließlich hatte das Skelett die Bungalowsiedlung erreicht. Sein Haus befand sich ziemlich am Anfang, es war das zweite in der langen Reihe.

Ob seine Frau schon schlief? Wahrscheinlich. Für sie würde es ein schreckliches Erwachen geben. Das Skelett lachte leise bei diesem Gedanken.

Um das Grundstück zog sich eine kniehohe Mauer, unterbrochen von einem grüngestrichenen kleinen Eisentor, an dem auch der Briefkasten befestigt war.

Das Skelett übersprang die Mauer. Aus leeren Augenhöhlen starrte es die Hauswand an.

Alles war dunkel. Kein Licht brannte hinter den Fenstern. Demnach war seine Frau schon im Bett.

Das Skelett huschte auf das Haus zu, stand jetzt neben der Tür.

Cohen Masters, das war er. Ein geachteter Bürger, Abteilungsleiter in einem großen Kaufhaus.

Aber das lag zurück. Jahre schon, wie es ihm vorkam.

Das Skelett griff in die Tasche seines Anzuges, der um die bleichen Knochen schlotterte, und zog den Haustürschlüssel hervor.

Leise öffnete er das Schloß.

Die Haustür sprang auf, ohne zu quietschen. Sie war gut geölt.

Behutsam drückte das Skelett die Tür wieder zu. Sekundenlang blieb es lauschend in der Diele stehen.

Nichts rührte sich.

Das Skelett ging weiter. Auf dem mit Teppich belegten Boden waren die Schritte kaum zu hören.

Das Schlafzimmer lag im unterkellerten Teil des Bungalows. Leise stieg das Skelett die Treppe hinunter.

Vor der Naturholztür blieb es lauschend stehen.

Es hörte die schweren Atemzüge seiner Frau.

Vorsichtig legte sich eine Knochenhand auf die Klinke der Schlafzimmertür, drückte sie hinunter . . .

Langsam schwang die Tür auf.

Das Skelett huschte in das Zimmer.

Durch das Fenster fiel etwas Helligkeit. Die Vorhänge waren nicht zugezogen.

Nach zwei Schritten hatte das Skelett das Ehebett erreicht, setzte sich auf die Matratze.

In diesem Moment begann sich die Frau in der anderen Hälfte des Bettes zu bewegen.

Sie atmete schwer aus, reckte beide Arme und murmelte: »Bist du es, Cohen?«

»Ja.«

»Warum kommst du so spät? Wo warst du? Ich habe mir Sorgen gemacht.«

Das Skelett lachte. »Du brauchst dir keine Sorgen mehr zu machen. Nie mehr, verstehst du.«

»Cohen!« Die Frau setzte sich auf. Ihre Finger suchten den Schalter der Nachttischlampe.

Das Skelett wandte den Kopf. Es war gespannt, wie seine Frau auf den Anblick reagieren würde. Nichts tat ihm mehr leid. Schon an seinem Arbeitsplatz hatte die Verwandlung eingesetzt. Daraufhin hatte er sich in seinen Wagen geschwungen und war geflohen. Zu der Schrebergartenanlage. Und da war es dann über ihn gekommen.

Endlich hatte die schlaftrunkene Frau den Knopf der Lampe gefunden.

Das Licht flammte auf.

»Cohen, ich möchte wissen . . . Aaaahhh . . .!«

Das Grauen riß der Frau die letzten Worte von den Lippen. Sie hatte den Kopf gewandt, sah auf das Bett ihres Mannes. Und sah den fürchterlichen Totenschädel, der sie unverwandt anstarrte.

Sekunden später erlag die Frau einem Herzschlag.

John Sinclair hatte nur zwei Stunden geschlafen. Um acht Uhr morgens saß er schon wieder in seinem Büro.

Auf dem Schreibtisch lagen die Vernehmungsprotokolle der vergangenen Nacht. John blätterte sie kurz durch, legte den

Papierkram, der ihn sowieso anwiderte, zur Seite und ließ sich einen Kaffee kommen.

Er trank die heiße Brühe in langsamen Schlucken. Es war Automatenkaffee und das Aroma dementsprechend. Nachdem der Inspektor die Tasse geleert hatte, gönnte er sich eine Morgenzigarette.

Sein Blick glitt aus dem Fenster. Ein trüber Morgen lag über der Millionenstadt, der alles noch grauer aussehen ließ, als es ohnehin schon war.

Stück für Stück dachte Inspektor Sinclair den Fall noch einmal durch. Das eigentliche Problem lag ganz woanders.

Wenn er die Informationen, die er erhalten hatte, addierte, mußte er zwangsläufig zu folgendem Schluß kommen: Sechs Männer hatten sich zu einem Klub zusammengefunden, wahrscheinlich, um sich mit dämonischen Dingen zu beschäftigen. Und das mit Erfolg, denn zwei der Männer waren bereits zu Skeletten geworden. Aber was war mit den anderen vier? Sie mußten sich auch verwandeln. Das war logisch. Noch waren keine neuen Hiobsbotschaften eingetroffen. Mehr als zwei Skelette waren bisher nicht aufgetaucht. John hoffte inständig, daß es so blieb.

Selbstverständlich waren alle Maßnahmen in die Wege geleitet worden, um diesen gewissen Park zu finden. Jede kleine Grünfläche in London wurde von Beamten durchkämmt. Sollte der bewußte Park mit dem Pavillon gefunden werden, war alles weitere John Sinclairs Sache. Kein Beamter durfte irgendwie voreilig handeln.

John Sinclair stand auf, verließ sein Büro und ging über den kahlen Gang zu Superintendent Powells Zimmer. Die Vorzimmerelfe war nicht da, und so stürmte John unangefochten das Allerheiligste seines Chefs.

Als er die Tür öffnete legte Superintendent Powell gerade den Telefonhörer auf die Gabel.

Powells Eulenkopf ruckte herum. Die Augen hinter der dicken Brille zwinkerten nervös.

»Ich hatte gerade versucht, Sie anzurufen, Inspektor. Nächstens melden Sie sich vorher an.«

John sah sofort, daß sein ›spezieller Freund‹ schlecht geschlafen hatte. Oder der Fall lag ihm im Magen. Aber davon konnte er an und für sich noch nicht viel wissen.

»Eigentlich brauche ich mal 'ne Gehaltserhöhung«, meinte John, ließ sich auf einen Stuhl fallen und schlug die Beine übereinander.

Jetzt ärgerte sich Powell noch mehr. »Sie wissen, daß Sie Beamter sind und schon bezahlt werden wie ein Oberinspektor. Reicht Ihnen das nicht?«

»Das Leben ist teuer.«

»Dann werden Sie solider.«

»Das sagen Sie so einfach.« John grinste. »Tja, Sir«, sagte er leichthin, »da haben Sie mir ja wieder eine schöne Sch . . . – ich will das Wort lieber nicht aussprechen – eingebrockt«, meinte John, als er das entsetzte Gesicht seines Vorgesetzten sah. »Moderne Skelette – mal was Neues.«

Superintendent Powell nahm einen Schluck von seinem Magenwasser. »Wenn das in London bekannt wird, du lieber Himmel, das gibt eine Panik. Tun Sie, was in Ihren Kräften steht, Inspektor Sinclair.«

»Das sagen Sie jedesmal.«

Daraufhin warf Powell John einen bitterbösen Blick zu.

John Sinclair war der einzige im ganzen Yard, der sich diese Bemerkungen erlauben durfte. Die anderen zitterten vor Powell.

Der Superintendent blätterte in einem Schnellhefter herum. »Das sind die Vernehmungsprotokolle. Ich habe mich nach besten Möglichkeiten informiert. Ich habe in der vergangenen Nacht auch noch persönlich mit einigen Gentlemen, die an der Gesellschaft teilgenommen haben, gesprochen.«

John nickte innerlich anerkennend. Soviel Initiative hätte er dem Alten gar nicht zugetraut.

»Haben Sie schon einen Plan für heute, Inspektor?« wollte Powell wissen.

»Eigentlich nicht. Wir müssen abwarten, was die Durchforstung der Parks ergibt. Ich werde mich in der Zentrale aufhalten und jede Meldung abfangen.«

»Die Idee ist gut«, erwiderte Powell. »Sollten Sie etwas Konkretes herausfinden, sagen Sie mir Bescheid.«

»Wird gemacht.«

John verabschiedete sich mit einem Grinsen. Er sah nicht mehr das zufriedene Gesicht seines Vorgesetzten, der diesen Fall in den besten Händen wußte.

In der Funkzentrale war schon alles vorbereitet. John bekam eine kleine Glaskabine zugeteilt, in der sein Reißbrett stand, worauf ein übergroßer Stadtplan von London befestigt war. In einem Steckkissen steckten rote und gelbe Fähnchen.

Die Beamten hatten sich in vier Gruppen geteilt. Sie durchkämmten die Riesenstadt in allen Himmelsrichtungen. Dabei arbeiteten Uniformierte und auch Zivile Hand in Hand.

Die Zeit verging.

Fast in jeder Minute tropften Meldungen ein. Alle negativ. John bezeichnete jeweils die durchgekämmten Anlagen mit gelben Fähnchen.

Die Mittagszeit verstrich. Dann – gegen vierzehn Uhr – stellte sich der erste Erfolg ein.

Im Nordosten von London gab es einen kleinen Park, in dessen Zentrum eine Art Pavillon stand.

John suchte auf der Karte, fand die Fläche und versah sie mit einem roten Fähnchen.

Dreißig Minuten später der zweite Erfolg.

Diesmal kam die Meldung aus Lambeth, einem kleinen Vorort dicht an der Londoner City.

Wieder trat ein Fähnchen in Aktion.

Die letzte Meldung kam aus Chelsea. Hier hatten die Beamten ebenfalls einen Park mit Pavillon gefunden.

Eine Stunde später war der Einsatz beendet. John fuhr mit den drei Namen sofort hoch zu Superintendent Powell. Das Jagdfieber hatte den Inspektor gepackt.

Powell sah sich die drei Parks auf der Karte an. Dann meinte er: »Die Männer werden sich nicht gerade einen Fleck ausgesucht haben, der außerhalb der City liegt. Der Anmarschweg wäre zu weit. Ich tippe auf Chelsea.«

John Sinclair nickte. »Die Vermutung ist nicht schlecht. Ich werde mir diesen Park als ersten vornehmen.«

In diesem Augenblick schrillte das Telefon. Powells Sekretärin meldete einen Anruf für ihren Chef.

»Stellen Sie durch.«

Mary Cassidy war am Apparat. Sie verlangte John Sinclair zu sprechen.

Powell gab John den Hörer.

»Mister Sinclair«, hörte der Inspektor die Stimme der Frau. »Ich habe überall versucht, Sie zu erreichen.«

»Was gibt es denn so Wichtiges?«

»Mir ist eben eingefallen, daß heute der Tag ist, an dem sich mein Mann immer mit seinen Freunden getroffen hat. Das ist mir in der Aufregung ganz entgangen.«

John hatte Mühe, einen leisen Pfiff zu unterdrücken. Dann sagte er: »Ich glaube, Mrs. Cassidy, Sie haben uns da einen sehr großen Dienst erwiesen. Ich bedanke mich nochmals für Ihren Anruf.«

John legte den Hörer auf. In kurzen Worten informierte er Superintendent Powell über das Gespräch. Anschließend hielt ihn nichts mehr.

John Sinclair hatte eine Spur gewittert.

Cohen Masters verließ das Haus, als es schon dunkel war. Heute war Sonntag. Der Tag, an dem sie sich immer trafen.

Vorsichtig schlich Masters zu der Garage, die an der rechten Hausseite angebaut worden war.

Wenn ihn jetzt jemand entdeckte . . .

Aber bei dem Wetter war kaum ein Mensch draußen und schon gar nicht in der kleinen Bungalowsiedlung.

Masters klappte das Garagentor hoch.

Seltsam, er hatte noch die gleichen Empfindungen wie ein normaler Mensch, dachte und fühlte genau wie früher.

Und doch war etwas anders geworden. Er war ein Skelett. Eine Horror-Gestalt.

Der Motor des Austins kam sofort. Langsam fuhr der Wagen aus der Garage. Das Tor zur Straße stand schon offen. Die Garagentür schloß Masters nicht mehr. Er wollte nicht noch einmal aussteigen und das Risiko eingehen, doch noch gesehen zu werden.

Seine tote Frau hatte er im Bett liegengelassen. Es machte ihm nichts aus, er würde bestimmt nicht mehr hierher zurückkehren. Und Nachbarn würden sie irgendwann schon finden.

Cohen Masters merkte oder wollte nicht merken, daß sich doch etwas in ihm verändert hatte.

Für ihn gab es nicht mehr Gut oder Böse – sondern nur das Böse.

Er hatte in den letzten Stunden oft gefühlt, wie ihn ein Mordrausch überfallen hatte. Nur mit Mühe hatte er sich beherrschen können. Er durfte nicht auffallen.

Noch nicht . . .

Was hinterher war? Nun, heute abend würde es sich entscheiden, wenn der Fürst der Finsternis seinen Diener schickte . . .

Der kleine Park lag westlich eines Kasernengeländes, direkt an einer Eisenbahnlinie. Die Linie war stark befahren, es war nicht weit bis zur Victoria Station, dem großen Londoner Bahnhof.

John Sinclair traf während der Dämmerung ein. Zuerst suchte er nach einem geeigneten Parkplatz für seinen Bentley. Er fand ihn zwischen zwei leerstehenden Holzbaracken, dicht an den vielen Gleisen.

John schob noch eine handliche Lampe in die rechte Tasche seines Trenchcoats und stieg dann aus.

Es war dunkel und diesig. Die Bogenlampen an den Gleisen waren oft nur als verwaschene Flecken zu erkennen.

Irgendwo pfiff eine Lokomotive. Dann ratterte ein Zug vorbei. Der Fahrtwind zerrte an Johns Haaren. Die Gleise und Signalanlagen glänzten naß.

Menschen konnte der Inspektor nicht sehen. Noch nicht einmal das nächste Stellwerk. So weit reichte die Sicht gar nicht.

John stemmte die Hände in die Seitentaschen seines Trenchs und näherte sich dem Park von der Ostseite.

Sträucher bildeten die Begrenzung zu den Bahnanlagen hin.

John Sinclair nahm beide Hände zu Hilfe und quälte sich durch das Gebüsch. Trotzdem konnte er nicht verhindern, daß die nassen Zweige sein Gesicht streiften. Einige schon welke Blätter blieben an seiner Haut kleben. John wischte sie ab.

Nach kurzer Zeit hatte er den Buschgürtel durchquert und sah vor sich ein Stück Rasen liegen, an das ein Weg grenzte.

John konnte alles nur deshalb erkennen, weil in der Nähe eine Laterne brannte. Sie schien die einzige im Park zu sein.

John überquerte den feuchten Rasen und blieb auf dem matschigen Weg einen Augenblick stehen.

Er mußte sich orientieren.

Wie gelangte er am besten zu dem Pavillon?

John entschied sich dafür, nach links zu gehen, weg von der Laterne.

Schon bald hatte die Dunkelheit den Inspektor verschluckt.

Wieder ratterte ein Zug an dem Park vorbei. Die Geräusche wurden zwar von den Büschen zum Teil gedämpft, hörten sich jedoch – in Verbindung mit der gesamten Atmosphäre des Parks – unheimlich an.

John blickte oft zurück, um nach eventuellen Verfolgern

Ausschau zu halten, doch nichts war zu erkennen. Nur die Dunkelheit, die wie Watte über dem Park lag.

Der Nieselregen tropfte auf Johns imprägniertem Trench ab. Nur seine Haare waren schon naß.

Der Weg machte einen Knick, lief auf den Mittelpunkt des Parkes zu.

John blickte auf die Uhr. Die Ziffern leuchteten grün in der Dunkelheit.

Sieben Minuten war er unterwegs. Er zündete sich eine Zigarette an, rauchte sie aber in der hohlen Hand.

Der Weg wurde etwas breiter und endete in einem kleinen Rondell.

Und genau dort stand der Pavillon.

John sah ihn nur als dunklen Umriß. Vorsichtig näherte er sich dem Gebäude.

Ob die anderen schon da waren?

Eigentlich unwahrscheinlich. Er hätte bestimmt etwas gehört.

Trotzdem . . .

Der Pavillon war in Form eines Sechseckes gebaut und bestand aus dicken Steinquadern.

John holte seine Taschenlampe hervor und ließ sie kurz aufblitzen.

Er erkannte – von ihm aus gesehen an der Vorderseite – eine Tür. John trat näher und leuchtete sie an.

Die Tür bestand aus massivem Holz. Anstelle einer Klinke hatte sie einen Knauf, der metallisch glänzte.

John drehte vorsichtshalber daran.

Der Knauf ließ sich nicht bewegen. Damit hatte John auch gerechnet. Immer mehr kam der Inspektor zu der Überzeugung, daß er sich genau an dem richtigen Pavillon befand.

Der Pavillon, die verlassene Gegend, die verschlossene Tür – alles paßte wunderbar zusammen.

Inspektor Sinclair schlug sich seitwärts in die an die Mauern angrenzenden Büsche.

Jetzt hieß es warten.

Nur langsam verging die Zeit. John wagte es nicht, sich eine zweite Zigarette anzuzünden. Zu leicht hätte man ihn bemerken können.

An das Rattern der vorbeifahrenden Züge hatte er sich längst gewöhnt. So gut sogar, daß er auch andere Geräusche unterscheiden konnte.

Wie das Brummen eines Automotors.

Johns Haltung straffte sich. Er zog sich tiefer in das Gebüsch zurück.

Sollte es soweit sein?

Das Brummen wurde lauter.

Scheinwerfer blitzten auf, strichen für Bruchteile von Sekunden über die Büsche und die Mauern des Pavillons. Dann waren sie nicht mehr zu sehen.

War der Wagen vorbeigefahren?

Nein. John hörte schon das Schmatzen der Reifen auf dem schlammigen Boden.

Die Kühlerschnauze eines Austin geriet in sein Blickfeld. Der Wagen fuhr ohne Licht, wurde an dem Pavillon vorbeigelenkt und stoppte vor einem Gebüsch.

Das Motorengeräusch erstarb. Der Austin federte noch einmal nach. Eine Tür klappte.

Jetzt würde es sich herausstellen, ob John auf der richtigen Spur war.

Der Inspektor neigte sich ein wenig nach vorn und bog einige Zweige zur Seite.

Eine Gestalt kam auf den Pavillon zu.

Noch konnte John nichts erkennen. Er sah den Neuankömmling nur schemenhaft.

Dicht vor der Tür blieb die Gestalt stehen, wandte den Kopf . . .

Ein Totenschädel starrte John entgegen!

Der Inspektor sah die hellen regennassen Knochen und duckte sich unwillkürlich.

Gewaltsam schüttelte er eine Gänsehaut ab. Er hatte also recht gehabt. Die Skelette waren unterwegs.

Und dann geschah etwas Seltsames.

Das Skelett hob den Arm und klopfte gegen die Tür.

Kurz, kurz, lang!

Wie auf geheimen Befehl schwang die stabile Holztür nach innen. Für Sekunden sah John einen Gang, in dem ein rotes Licht brannte. Dann wurde die Tür wieder geschlossen.

Der Inspektor atmete scharf aus. Er hätte nicht gedacht, daß er so schnell das Geheimnis des Pavillons entdecken würde. Aber noch ahnte John nicht, was ihm in naher Zukunft bevorstand.

Seine Gedanken wurden von der Ankunft des zweiten Wagens abgelenkt.

Wieder entstieg diesem ein Skelett. Es war makaber anzusehen, wie die Kleidung um die bleichen Knochen schlotterte.

Innerhalb der nächsten zwanzig Minuten kamen noch drei weitere Wagen. Und sämtliche Fahrer, die dort ausstiegen, hatten sich in Skelette verwandelt.

Das Grauen hatte sich in dem Pavillon eingefunden.

John Sinclair rechnete nach. Sechs Personen, so hatte Mary Cassidy gesagt, hatten sich immer in dem Pavillon getroffen. Paul Cassidy fehlte. John hatte ihn selbst vernichtet. Bleiben fünf übrig. Und diese fünf waren jetzt vollständig.

John wunderte sich, daß die Unheimlichen keine Wache aufgestellt hatten. Aber wahrscheinlich fühlten sie sich zu sicher.

Vorsichtig schlängelte sich John aus seiner Deckung. Die mit Silberkugeln geladene Pistole steckte er in seine rechte Manteltasche. So hatte er sie immer griffbereit.

Dann stand der Inspektor vor der Tür.

Das Klopfzeichen! Er hatte es nicht vergessen.

Kurz, kurz, lang!

John Sinclair hob den Arm. Gewaltsam mußte er eine innere Nervosität unterdrücken. Er wußte, er würde in wenigen Minuten mit dem Grauen konfrontiert werden, mit Geschöpfen, die es eigentlich nicht geben durfte.

Würde er Sieger bleiben?

John schüttelte die Gedanken ab wie ein nasser Hund die Wassertropfen.

Der Knöchel seines rechten Mittelfingers pochte gegen das Holz.

Kurz, kurz, lang!

Sofort zog John die Hand zurück, ließ sie in der Manteltasche verschwinden und umklammerte die Pistole.

Ein kaum wahrnehmbares Summen ertönte. Es gab ein leises »Klick«, und dann schwang die Tür zurück.

Lautlos.

Inspektor Sinclair schlüpfte blitzschnell in den dahinterliegenden kurzen Gang.

Rotes Licht umspielte seinen Körper.

Die Tür schwang zu. Ohne ein Geräusch.

Auf Zehenspitzen ging John weiter, atmete nur durch den

Mund. Er hielt die Arme vom Körper gestreckt, um sich durch das Rascheln des Mantels nicht zu verraten.

Der Gang mündete in einen Raum. Er war sechseckig, genau wie der Grundriß des Pavillons.

John blieb stehen.

Jetzt haben sie dich entdeckt, schoß es ihm durch den Kopf.

Doch nichts geschah. Wider alle Erwartungen.

Zwei, drei Sekunden stand der Inspektor unbeweglich, prägte sich das Bild ein, das sich seinen Augen bot.

Die fünf Skelette saßen um einen runden Tisch, auf dessen Oberfläche geheimnisvolle Zeichen eingraviert waren, die grünlich leuchteten. Drei der Skelette saßen so, daß sie John sehen mußten.

Der Inspektor hielt den Atem an. Instinktiv spürte er, daß diese Skelette in Trance waren, daß gleich etwas passieren mußte.

Plötzlich erlosch das rote Licht.

Von einem Herzschlag zum anderen stand John Sinclair in der absoluten Finsternis. Nur die magischen Zeichen auf dem Tisch leuchteten.

Johns Kehle wurde trocken. Seine rechte Hand, die die Pistole umklammerte, war schweißnaß.

Noch immer saßen die Skelette wie festgeleimt auf ihren Plätzen.

Langsam zog John die Hand mit der Waffe aus der Tasche. Urplötzlich hatte er seine Chance erkannt. Wenn es ihm gelang, die fünf Skelette mit fünf Kugeln zu töten, dann . . .

John Sinclair kam nicht mehr dazu, sein Vorhaben durchzuführen. Der Satan selbst riß ihm die Handlung aus den Fingern.

Urplötzlich erfüllte ein gewaltiges Brausen die Luft. Die Wände des Pavillons begannen zu zittern, die magischen Zeichen auf dem Tisch veränderten sich, leuchteten intensiver, wurden dann verschwommen und verschwanden ganz.

Statt dessen stiegen dicke gelbe Dämpfe aus der Tischplatte hervor, hüllten die Skelette ein, und dann hatte John das Gefühl, der Teufel selbst wäre gekommen.

Ein riesiges, mit Blut beschmiertes Skelett schob sich langsam aus den Qualmwolken hervor . . .

Dicht über dem Tisch schwebte das Skelett in der Luft. Die Qualmwolken fächerten auseinander, wurden zu Schleiern und waren schließlich vollständig verschwunden – wie durch einen unsichtbaren Abzug.

John Sinclair hatte sich gegen die Wand gepreßt. Noch immer atmete er flach und durch den Mund. Aus zusammengekniffenen Augen starrte er das Skelett an, beobachtete jede seiner Bewegungen.

Die bleichen Knochen schienen zu leuchten. Blut lief an dem gräßlichen Körper herab. Und Blut tropfte aus den Augenhöhlen und der Mundöffnung.

Das Skelett hob beide Arme. Die langen Totenfinger waren gespreizt. Die fünf knöchernen Diener blickten ihren Meister und Gebieter an.

Das Skelett begann zu sprechen. Mit lauter, hohler Stimme, die in jeden dunklen Winkel des Raumes drang.

»Brüder! Ihr habt euch dem Teufel verschworen! Habt den Eid des Satans abgelegt und dafür die Unsterblichkeit bekommen. Doch ihr seid anders geworden, habt für dieses Geschenk doch bezahlen müssen, und das ist gut so. Denn Asmodis, der große Fürst der Finsternis, braucht Sklaven, die ihm in alle Ewigkeiten dienen. Ihr seid die Ausgesuchten. Die Insel der Skelette wartet auf euch. Folgt mir!«

Das Skelett begann auf einmal Worte zu sprechen, die John nicht mehr verstand. Sie mußten zu irgendeiner magischen Sprache gehören, die jenseits unserer Dimensionen gesprochen wurde.

Es waren abgehackte Wortfetzen. Sie hörten sich guttural und fremd an.

Und wieder begannen von der Tischplatte her dicke Schwaden hochzuziehen, die sich wie ein Mantel um das Skelett legten.

Die Tischplatte veränderte ihr Bild. Die magischen Zeichen verschwanden, etwas Fremdes, Unglaubliches war zu sehen.

Eine ferne Insel.

Felsen, Meer, Berge!

Die Insel der Skelette!

Langsam glitt das Skelett tiefer, tauchte zuerst mit den Füßen in die Tischplatte, dann mit den Beinen, der Hüfte, dem Oberkörper, und zum Schluß mit dem knöchernen Schädel.

Das Tor zum Dämonenreich hatte das Skelett verschlungen. Die Zeitschranke war durchbrochen worden!

John Sinclair stand wie festgeleimt auf seinem Platz. Seine Gedanken konnten das so schnell gar nicht verarbeiten, was er zu sehen bekommen hatte.

Etwas Unmögliches war geschehen.

Jemand hatte Raum und Zeit überwunden.

Es war nicht das erstemal, daß John mit diesem Phänomen konfrontiert wurde. Doch immer wieder schockte und erschreckte es ihn aufs neue.

Jetzt erst erwachten die anderen Skelette aus ihrer Erregung. Wie an der Schnur gezogen standen sie von ihren Stühlen auf. Die Schädel senkten sich. Aus den leeren Augenhöhlen starrten sie die Tischplatte an, auf der immer noch das Bild der Insel zu sehen war.

Im selben Augenblick sprang John Sinclair vor, riß die Pistole aus der Manteltasche.

»Halt!« gellte seine Stimme.

Die Skelette ruckten herum. Fünf Augenhöhlen waren auf den Inspektor gerichtet. Augenhöhlen, die zwar leer waren, aber doch alles sahen.

Und da erkannte John, daß er einen Fehler gemacht hatte. Fünf Gegner, die zu allem entschlossen waren, konnte er so schnell nicht bezwingen.

Vielleicht, wenn er mehr Raum und Licht gehabt hätte – aber so . . .

Schon fegte eine Knochenhand heran und knallte auf sein Handgelenk.

Der Pistolenarm wurde John nach unten geschlagen, und ehe er ihn wieder in die Schußrichtung bringen konnte, warf sich das Skelett auf ihn.

John Sinclair flog bis in den kleinen Gang, prallte auf den Rücken und schlug mit dem Hinterkopf auf.

Für Sekunden sah er Sterne.

Zeit, die dem Skelett reichte.

Zwei gespreizte Knochenfinger zielten auf Johns Augen. Dicht über seinem Gesicht befand sich der gräßliche Schädel.

Im letzten Augenblick nahm John den Kopf zur Seite.

Die Finger streiften ihn an der Schläfe und rissen ein paar Fetzen Haut weg.

Blitzschnell zog John Sinclair die Beine an. Er hatte soviel Platz, daß er dem Skelett die Füße gegen den knochigen Brustkorb dreschen konnte.

Es knirschte, als der Knöcherne zurückflog.

John hechtete vor, suchte nach seiner Pistole, fand sie jedoch in der Dunkelheit nicht.

Dann griff das unheimliche Skelett wieder an. John ahnte die Schläge mehr, als er sie kommen sah.

Er war immer bestrebt, auszuweichen, was ihm nur mit äußerster Mühe gelang. Einmal bekam er die Knochenfaust in den Magen, John hatte das Gefühl, er wäre von einem Pferd getreten worden.

Der Inspektor krümmte sich zusammen.

Das Skelett sah seine Chance.

Wieder waren es Johns Beine, die den Knöchernen zurückstießen, so daß er fast gegen den Tisch fiel.

John quälte sich auf die Füße, warf einen Blick auf den Tisch und sah gerade noch die ausgestreckte Hand des letzten Skeletts verschwinden.

Die vier Diener hatten ebenfalls die Zeitschranke durchbrochen.

Auch das fünfte Skelett hatte dies mitbekommen und wußte, daß es jetzt blitzschnell folgen mußte, sonst war der Zauber verschwunden.

Zwei Schritte brachten es bis an die Tischplatte.

John setzte sich gleichfalls in Bewegung.

Der Schrei, den das Skelett plötzlich ausstieß, schien aus der Hölle zu kommen. Er war so grauenhaft, daß John Sinclair sich die Ohren zuhielt.

Eine Sekunde später sah er den Grund dieses Schreis.

Die Tischplatte hatte wieder ihr normales Aussehen angenommen.

Das Skelett kreiselte herum. Die leeren Augenhöhlen waren auf John Sinclair gerichtet.

Flucht! Das war der einzige Gedanke des Knöchernen.

Ehe John es verhindern konnte, war das Skelett in dem Gang verschwunden.

Blitzschnell nahm der Inspektor die Verfolgung auf. Nach zwei Schritten stieß er mit der Fußspitze an einen harten Gegenstand.

Seine Pistole.

Die Zeit, sich zu bücken und die Waffe aufzuheben, hatte John immer.

Augenblicke später stand er schon draußen in dem Park. Er sah gerade noch, wie das Skelett in den dicht beieinanderstehenden hohen Büschen verschwand.

Mit Riesensätzen hetzte John hinterher.

Mit Brachialgewalt tobte er durch die Büsche. Er mußte das Ungeheuer stellen, ehe es erneuten Schaden anrichten konnte.

Direkt hinter dem Park begannen die Gleisanlagen. Sie waren durch einen hohen Maschendrahtzaun abgesichert.

Das Skelett sprang gerade an der anderen Seite herunter, als John den Zaun erreichte.

Ein Schuß peitschte.

Doch John hatte während des Laufens geschossen, da war ein Zielen so gut wie unmöglich.

Die Kugel fegte eine Armlänge an dem Skelett vorbei.

Blitzschnell ließ John die Pistole in der Manteltasche verschwinden. Er krallte beide Hände in den Maschendrahtzaun und begann, daran hochzuklettern.

Der Zaun bedeutete für den durchtrainierten Inspektor kein großes Hindernis.

Mit einer halben Flanke ließ er sich oben über den Zaun fallen und landete auf nassem Lehmboden.

Das Skelett rannte in Richtung der Gleisanlagen. Dort, wo die Güterwagen standen.

»Stehenbleiben!«

Johns Stimme gellte durch die Nacht.

Er hätte sich die Mühe sparen können.

Auch zu schießen hatte bei diesen schlechten Sichtverhältnissen keinen Sinn.

Der Regen fegte John Sinclair schräg ins Gesicht, während er vorwärts rannte. Mit der Geschwindigkeit eines Artisten sprang John über Gleise und rutschige Schotterstreifen.

Langsam holte er auf.

Das Skelett rannte jetzt auf einem Gleis entlang, sprang von Schwelle zu Schwelle.

John merkte sofort den Grund.

Der Boden wurde glitschig. Schmiere und Lehm hatten in Verbindung mit dem Regen eine Rutschbahn gebildet.

Irgendwo pfiff eine Lokomotive. Der Pfiff war kurz und schrill.

Eine Warnung . . .

Das Skelett rannte weiter.

Johns Lungen arbeiteten wie Blasebälge. Er selbst keuchte. Der Magen schien ihm im Hals zu hängen.

Die Scheinwerfer einer Lokomotive tauchten wie übergroße Augen aus der Dunkelheit auf.

Der Schnellzug kam!

John ahnte die Gefahr mehr, als daß er sie sah.

Schon vibrierten die Schienen. Der Schnellzug fuhr genau auf dem Gleis, auf welchem John das Skelett verfolgte.

Die Scheinwerfer wurden größer, erfaßten das Skelett.

John schrie und wußte im selben Augenblick, daß es keinen Zweck hatte.

Da war der Zug heran!

Im letzten Augenblick warf sich John zur Seite. Er sah noch, wie das Skelett durch die Luft flog, und einen Sekundenbruchteil später ratterte der Schnellzug an dem Inspektor vorbei.

Instinktiv rollte sich John Sinclair in der Luft wie ein Igel zusammen, kam mit der Schulter auf und krachte mit dem Rücken gegen einen harten Gegenstand.

Der Sog des fahrenden Zuges riß an seiner Kleidung. John preßte den Kopf in beide Armbeugen, wartete . . .

Dann war der Spuk vorbei.

Ächzend kam der Inspektor auf die Füße, bog seinen schmerzenden Rücken durch.

Zum Glück war nichts gebrochen. John wandte den Kopf und sah die Rücklichter des Zuges in der Ferne verschwinden.

Um Haaresbreite war John Sinclair dem Tod entgangen. Eine Sekunde später – und . . .

John durfte gar nicht daran denken.

Aber was war mit dem Skelett geschehen? Warf es tot? Konnte man es überhaupt töten?

John glaubte nicht daran. Er machte sich auf die Suche.

Soviel er hatte erkennen können, war das Skelett zur anderen Seite geschleudert worden. Er hatte sich nach links geworfen.

John übersprang die Schienen und griff in seine linke Manteltasche.

Die Lampe! Sie war noch heil, hatte den Sturz gut überstanden.

John knipste sie an.

Der Strahl tanzte über den Boden. Stück für Stück ging John weiter. Er mußte das Skelett finden.

Plötzlich sah er den Schädel.

Der gräßliche Totenkopf lag genau neben einer Weiche.

Es war ein makabres Bild. Selbst für John Sinclair, der verdammt viel gewohnt war.

Er beschrieb mit dem Lichtstrahl einen Bogen und sah als nächstes einen Arm und ein Bein zwischen den Schienen liegen. Die bleichen Knochen glänzten.

John leuchtete wieder den Schädel an.

Und auf einmal bewegte der Totenkopf den Mund. Die Worte, die er ausstieß, waren abgehackt und voller Qual.

»Erlös mich!« keuchte der Schädel. »Bitte! Ich kann nicht sterben. Satan selbst hat mir die Unsterblichkeit verliehen. Ich werde als Totenschädel weiterleben. Ich . . .«

»Gut«, unterbrach ihn John hart. »Ich werde dich erlösen. Aber zuerst mußt du mir einige Fragen beantworten.«

»Was willst du wissen?«

John spürte, daß sein Hals pulvertrocken war. Die unheimliche Szene hier auf den Gleisen sprengte fast die Grenzen seiner Nervenkraft.

»Was ist das für eine Insel?«

»Es ist die Insel der Skelette. Sie liegt hoch oben im Atlantik, wo Sturm und Kälte regieren. Dort leben die Unsterblichen. Von dort aus wird der Fürst der Finsternis wiederkommen und die Menschen in sein Schattenreich ziehen. Niemand kann sich retten. Niemand . . .«

»Wie heißt die Insel?«

»Ich werde dir den Namen sagen, aber auch du wirst in Asmodis Gewalt geraten. Coony Island. Merke dir den Namen gut. Coony Island. Es wird dein Grab werden. Diese Insel ist auf keiner Karte eingezeichnet. Aber viele Menschen kennen und fürchten sie.«

»Wer kennt diese Insel?«

»Die Menschen auf St. Kilda Island. Sie haben Angst, denn schon oft hat Asmodis einen aus ihrer Mitte geholt.«

Plötzlich begann der Schädel zu lachen. Schrill gellte das Gelächter in Johns Ohren.

Der Inspektor zog seine Waffe. Er hatte genug gehört.

John zielte genau.

Und mitten in das Gelächter hinein peitschte ein Schuß. Die Kugel drang durch die Mundhöhle in den Schädel.

Wie unter einem Stromstoß zuckte der Totenkopf zusammen. Und dann geschah wieder dieses Unfaßbare.

Die Haut bildete sich zurück. Dunkle Haare sprossen auf der kahlen Schädeldecke. Die leeren Augenhöhlen füllten sich. Nase und Mund entstanden. Ohren wuchsen.

Eine Minute dauerte die Verwandlung. Danach lag ein normaler Männerkopf vor John Sinclair.

Asmodis hatte wieder einen Diener weniger!

Minutenlang starrte John auf den Kopf des Mannes. Er spürte nicht den feinen Regen, der noch immer gegen sein Gesicht peitschte. Er dachte an die verschwundenen Skelette und daran, was sie noch für Gefahren bringen konnten. Schon einmal hatte John es mit Asmodis, dem Fürsten der Finsternis, zu tun gehabt. Damals war der Unheimliche in Gestalt eines Ghouls auf den Inspektor gestoßen, und John hatte den Kampf nur mit viel Glück gewinnen können.

Ein Name hatte sich in seinem Gehirn eingeprägt.

St. Kilda Island.

John wußte ungefähr, wo die Inselgruppe lag. Hoch im Atlantik, nordwestlich von Schottland, es war dort eine wilde, rauhe Gegend, beherrscht von Stürmen und Unwettern.

John kannte den Mann nicht, dessen Kopf vor ihm lag.

Aber das herauszufinden war nicht seine Sache. Die Kollegen von der Spurensicherung würden sich darum kümmern.

John ging einige Schritte weiter und sah sich nach den anderen Skeletteilen um.

Die Knochen waren noch genauso blank wie vorher. Kein Fleisch, keine Haut hatte sich zurückgebildet.

Mit schweren Schritten stampfte John zurück zu seinem Bentley und ließ sich eine Verbindung mit dem Yard geben. Er berichtete in kurzen Sätzen. Man versprach, sofort die Spurensicherung zu schicken.

Dann rief der Inspektor Superintendent Powell an. Der Alte war blitzschnell am Apparat. Wahrscheinlich hatte er neben dem Telefon gelauert.

»Ich habe alles überstanden, Sir«, sagte John ein wenig bissig.

»Das ist ja gut. Damit haben wir den Fall also abgeschlossen!«

»Abgeschlossen?« John lachte leise. »Im Gegenteil. Es geht jetzt erst richtig los.«

Nach dieser Antwort entstand eine sekundenlange Pause. John

stellte sich vor, daß der Alte erst mal einen großen Schluck von seinem Magenwasser nehmen mußte.

»Erzählen Sie, Inspektor«, kam dann schließlich seine gepreßte Stimme.

John redete fünf Minuten. Er erwähnte natürlich auch die Insel und fragte im gleichen Atemzug, wann er eine Maschine bekommen konnte.

»Ich rufe zurück, Inspektor. Bleiben Sie dran.«

John hängte ein und verkürzte sich die Wartezeit mit einer Zigarette.

Drei Minuten später leuchtete die rote Lampe.

»Sinclair.«

»Heute nacht ist nichts mehr drin«, hörte John Superintendent Powells Stimme. »Morgen früh können Sie eine Propellermaschine zur Insel Skye bekommen. Von dort müssen Sie dann mit dem Hubschrauber weiter.«

»Gut, daß ich an Ärger gewohnt bin«, erwiderte John. Er fragte noch nach Einzelheiten und hängte dann auf.

Inspektor Sinclair ging noch einmal zurück in den Pavillon. Die Holztür stand offen. Sie schwang im Wind hin und her. John wollte eigentlich nach dem Kontakt suchen, der durch das Klopfzeichen ausgelöst wurde, ließ es aber bleiben. Darum sollten sich auch andere kümmern.

Im Pavillon war es stockfinster. Selbst das schummerige rote Licht brannte nicht.

John ließ seine Taschenlampe aufleuchten. Er schwenkte den Lichtstrahl zu dem Tisch hinüber.

Eine glatte schwarze Platte bot sich seinem Blick. Es gab keine dämonischen Zeichen mehr – nichts. Alles sah völlig normal aus. Asmodis hatte seinen Stützpunkt aufgegeben.

John durchsuchte noch den Pavillon, fand aber nichts von Bedeutung.

Ein paar Minuten später befand sich der Inspektor bereits auf dem Heimweg. Er wollte vor dem Finale noch eine Mütze voll Schlaf nehmen . . .

Superintendent Powell hatte wirklich alles bestens organisiert. Auf einem Nebenfeld des Londoner Flughafens wartete bereits eine frisch aufgetankte zweimotorige Piper. Den Piloten fand John in der Kantinenbaracke bei einer Tasse Kaffee.

Als der Inspektor eintrat, schlug ihm die bullige Wärme entgegen.

Der Pilot war der einzige Gast. »Sie sind bestimmt Inspektor Sinclair.«

»Genau.«

»Freut mich, Sir. Ich heiße Kirk Douglas. Nicht verwandt und nicht verschwägert mit dem berühmten Filmschauspieler.«

John lachte.

Douglas trug bereits seine Fliegerkombination. Er war ein untersetzter, etwas stämmiger Typ mit einem runden Gesicht.

»Wir werden böses Wetter kriegen«, meinte der Pilot, als er neben John über das Rollfeld stampfte. »Die Wettermeldungen für da oben lauten auf Nebel und Schneeregen. Wahrscheinlich kommt auch noch Sturm hinzu. Ist nicht gerade 'ne Spazierfahrt, Inspektor.«

»Ich bin Kummer gewöhnt.«

»Na denn.«

Sie starteten wenig später. Die Piper kam gut hoch, und auch während des Fluges gab es keinen Ärger. Kirk Douglas war ein ausgezeichneter Pilot.

Sie flogen dicht an der Westküste entlang. In Glasgow mußten sie zum Tanken runter. Dadurch verging eine halbe Stunde. Schließlich war es früher Nachmittag, als sie auf der Insel Skye eintrafen.

Der Flugplatz war hier nicht mehr als ein Acker, über den ein schneidender Wind fegte. Als John aus der Maschine kletterte, merkte er den Temperaturunterschied.

»Das ist 'ne Sache, was?« meinte Kirk Douglas grinsend.

John verzog das Gesicht. »Sagen Sie mal, wo steht eigentlich der Hubschrauber?«

»Bestimmt im Hangar.«

»Und wer wird ihn fliegen?«

»Ich natürlich, Inspektor. Sie müssen wissen, Douglas kann alles. Fliegen, Auto fahren, boxen, Mädchen verführen . . .«

»Danke, danke«, lachte John. »Schätze, das reicht.«

Der Hubschrauber stand tatsächlich im Hangar. Er war vom Typ Bell Air. Die Kanzel bestand aus durchsichtigem Kunststoff.

»Und damit gurken wir jetzt zu den Inseln rüber«, meinte Douglas frohgelaunt. »Das wird Spaß machen.«

Die Männer mußten erst noch die Formalitäten erledigen, ehe sie starten konnten.

Und es wurde ein Spaß. Der Wind auf See machte mit dem Hubschrauber, was er wollte. John war nur froh, nicht soviel gegessen zu haben, sonst hätte ihm der Magen schon längst guten Tag gesagt.

Kirk Douglas schien das nichts auszumachen. Er steuerte wie ein junger Gott, und nach zwei Stunden tauchte unter ihnen die aus drei Inseln bestehende Gruppe von St. Kilda auf.

»Auf der rechten müssen wir landen!« schrie Kirk Douglas. »Ungewöhnlicher Platz.«

John nickte nur.

Hier bestand der Flugplatz aus einer großen Wiese, auf der wohl sonst Schafe weideten.

Die Männer wurden bereits erwartet. Ein Uniformierter stand im Windschatten eines kleinen Steinhauses.

Als John mit ziemlich käsigem Gesicht auf ihn zukam, streckte der Beamte die Hand aus.

»Ich bin Konstabler O'Donell.«

John stellte sich vor.

Scotland Yard hatte seinen Besuch bereits angekündigt. Worum es aber ging, hatte man dem Polizeiposten nicht gesagt. Das wollte John selbst tun.

O'Donell war ein schon älterer Mann, mit einem Gesicht wie aus Leder. Zwei kleine hellblaue Augen funkelten darin.

»Mein Wagen steht nur ein paar Schritte weiter«, sagte der Konstabler.

Das Fahrzeug war ein museumsreifer Kombi, der erst beim dritten Versuch ansprang.

Über eine schmale, nur spärlich asphaltierte Straße fuhren sie in den einzigen Ort der Inselgruppe.

Die Häuser waren klein und windschief. Sie duckten sich eng aneinander. Die Dächer bestanden aus Gras und Torf. Aus zahlreichen Schornsteinen quoll Rauch, der aber sofort vom Wind weggefegt wurde.

»Komfortabel ist es hier nicht, Inspektor!« überschrie O'Donell das Geräusch des knatternden Motors. »Aber was will man machen. Wir sind die Stiefkinder der Regierung.«

Sie hielten vor einem roten Backsteinhaus.

»Die Polizeistation«, erklärte der Konstabler. Stolz schwang in seiner Stimme mit, da dieses Haus besser aussah als die meisten anderen.

»Gibt es hier eigentlich auch ein Gasthaus?« fragte Kirk Douglas.

Der Konstabler, der schon ausgestiegen war, nickte. »Ja, gleich hier die Straße hoch. Das dritte Haus auf der rechten Seite. Sie können es gar nicht verfehlen.«

Kirk Douglas grinste. »Man dankt.«

Dann wandte er sich an John. »Inspektor, Sie wissen, wo Sie mich finden können.«

Der Pilot machte auf dem Absatz kehrt und ging mit schnellen Schritten davon.

John und der Konstabler betraten die kleine Polizeistation. Es war mollig warm. Den beiden Fenstern gegenüber stand ein Schreibtisch, in dem sicherlich die Holzwürmer nisteten. Eine ebenso alte Schreibmaschine fristete ihr trauriges Dasein. An der Wand stand ein schmaler Aktenschrank und daneben eine braungestrichene Holzbank. Der Kalender an der Wand war vergilbt und vom vorigen Jahr. Nur das Telefon erinnerte daran, daß man im zwanzigsten Jahrhundert lebte.

Der Konstabler holte aus dem Nebenraum noch einen Stuhl, den er John anbot.

Der Inspektor nickte dankend.

O'Donell nahm hinter seinem Schreibtisch Platz und sah John gespannt an.

»Worum geht's denn, Inspektor? Sie werden verstehen, daß ich neugierig bin. In meiner langen Dienstzeit ist es mir noch nicht passiert, daß sich jemand von Scotland Yard um unser Insel gekümmert hat. Hat sich hier ein Verbrecher versteckt?«

John lächelte schmal. »Nein, Konstabler, es geht um etwas ganz anderes.«

John Sinclair berichtete dem Konstabler ausführlich, was er vermutete.

Das Gesicht des Beamten wurde immer verschlossener. Schließlich stahl sich sogar eine gewisse Angst hinein. John, der ein guter Beobachter war, blieb das natürlich nicht verborgen. Er sagte aber nichts.

»Das genau ist der Grund meines Besuchs«, meinte der Inspektor zum Schluß.

Konstabler O'Donell wischte sich den Schweiß aus der Stirn. In seinen Augen flackerte es. Er setzte ein paarmal zum Sprechen an, bekam aber keinen Ton heraus. Schließlich räusperte er sich und meinte: »Um es kurz zu sagen, Inspektor: Wenn ich Ihnen einen guten Rat geben kann, fahren Sie zurück nach London. Noch heute. Es ist besser.«

»Da müßten Sie mir aber erst den genauen Grund nennen, Konstabler.«

»Wie Sie schon erwähnten. Hier ist es nicht ganz geheuer. Der Teufel geht um.«

»Wo? Auf St. Kilda Island?«

»Nicht genau. Aber es gibt noch eine Insel. Sie liegt nordwestlich von hier. Es ist nur ein ganz kleiner Flecken. Die Insel heißt Coony Island. Genannt nach einem Mann namens Gerald Coony.«

»Erzählen Sie mir mehr von diesem Mann, Konstabler.«

»Ich weiß nicht so recht.« Der Beamte druckste herum. »Es sind mehr Legenden, die man sich so erzählt.«

»Mich interessieren sie aber.«

»Also gut. Im fünfzehnten Jahrhundert ist ein gewisser Gerald Coony von dieser Insel hier rübergefahren. Die Sage erzählt, daß dort der Teufel selbst hausen würde und man auf der Insel die Unsterblichkeit erlangen könnte. Coony ist also rübergefahren, und wir haben ihn nie wiedergesehen. Wenigstens nicht so, wie er war.«

»Was heißt das?«

»Gerald Coony ist einigen Fischern erschienen. »Der Konstabler machte eine kleine Pause. »Als Skelett«, fügte er flüsternd hinzu.

»Und – was geschah?«

»Jeder, der Coony gesehen hatte, war des Todes. Er hat sie alle geholt. Auf die Insel. Dort sind sie zu Skeletten geworden. Seither heißt sie Insel der Skelette.«

»Verschwinden denn immer noch Menschen?« wollte John wissen.

»Sicher. Es ist noch gar nicht so lange her, da hat sich Coony wieder ein neues Opfer geholt. Den alten Clint McIntosh. Sein Sohn hat es selbst mit ansehen müssen. Er hat sogar mit dem Skelett gekämpft, konnte aber nichts machen.«

»Und wo ist der Sohn jetzt?«

»Patrick? Man hat ihn nach Schottland in eine Heilanstalt geschafft. Dort war er drei Wochen, dann hat man ihn laufenlassen. Er ist wieder hierher zurückgekehrt. Doch er ist ein anderer Mensch geworden. Sitzt nur in seinem Zimmer und grübelt. Geht überhaupt nicht mehr vor die Tür. Ich habe zweimal mit ihm gesprochen. Aber er wollte nichts sagen. Doch jetzt habe ich Gerüchte gehört, die besagen, daß er zu der Insel hin will. Er hat in den letzten Tagen sein Boot in Ordnung gebracht.«

John knetete seine Wangen. Was der Konstabler da erzählte, war sehr interessant.

Der Inspektor stand auf. »Bringen Sie mich zu dem jungen McIntosh.«

Konstabler O'Donell bekam vor Staunen große Augen. »Sie wollen wirklich . . . ?«

»Ja, was dachten Sie denn? Ich reise nicht ab. Nicht eher, bis ich diese verdammte Brut vernichtet habe.«

»Und wenn Sie selbst dabei umkommen?«

»Das ist mein Risiko. Ich habe mir den Beruf ja selbst ausgesucht.«

Konstabler O'Donell war immer noch perplex. Das war ihm noch nie passiert. Aus den Augenwinkeln beobachtete er den Inspektor aus London.

So wie dieser Mann aussah und sich gab, konnte er schon eine Chance haben, den Kampf zu gewinnen. Er selbst würde auf keinen Fall zu der verhexten Insel fahren.

Der Konstabler zog seinen Mantel über, nahm das Schlüsselbund vom Schreibtisch und nickte John zu.

»Gehen wir, Inspektor.«

Als John Sinclair und der Konstabler aus dem Haus traten, hatte sich das Wetter verändert. Dunkle Wolkenberge bedeckten den grauen Himmel. Der Wind war stärker geworden. Er pfiff durch die Dorfstraße und rüttelte an den Fensterläden.

»So ist es immer um diese Jahreszeit«, meinte O'Donell.

Die Männer stemmten sich gegen den Wind an.

Erste Tropfen fielen. Dick und schwer klatschten sie in die Gesichter der beiden Beamten.

»Ist es weit?« fragte John.

»Fast am Ende des Ortes. Direkt am Hafen.«

Zehn Minuten dauerte der Fußweg. Zum Glück nahm der Regen nicht zu. Anscheinend war es zu windig.

Die Männer bogen in eine Seitenstraße ein. Rechts konnte John den kleinen Hafen liegen sehen.

Eine Anzahl Schiffe lag vor Anker. Meist waren es altmodische Kähne, die auf den Wellen schaukelten. John fragte sich, ob wohl alle schon mit einem Motor ausgerüstet waren.

Ein Stück weiter sah er die Brandung meterhoch gegen die Klippen gischten. Es war ein herrliches Schauspiel, wie das Wasser mit Urgewalt gegen die schroffen Felsen geschleudert wurde.

Die schmale Gasse, in der sich das Haus der McIntosh' befand, war mit Kopfsteinen gepflastert. Teilweise fehlten sie auch, und große Löcher, in denen sich Regenwasser gesammelt hatte, bildeten tiefe Pfützen.

Das Haus der McIntosh' war windschief. Außerdem fiel die Straße noch leicht ab.

Vor der grüngestrichenen Eingangstür, von der die Farbe schon fast abgeblättert war, blieben die Männer stehen.

John sah, daß sich hinter einem kleinen Fenster eine Gardine bewegte. Folglich war ihre Ankunft schon beobachtet worden.

Konstabler O'Donell schlug mit der Faust gegen die Tür. »Anders ist es nicht zu machen«, meinte er.

Schlurfende Schritte näherten sich, dann wurde die Tür aufgezogen.

Ein mißtrauisches Augenpaar starrte die Männer an.

»Dürfen wir reinkommen, Mary?« fragte der Konstabler.

Eine magere Hand schoß vor und zeigte auf John. »Wer ist das?« fragte die Frau.

»Ein – ein . . .«

»Ich komme aus London, Madam«, half John dem Konstabler aus der Verlegenheit. »Ich möchte mich gern mit Ihrem Sohn unterhalten.«

»Der will niemanden sprechen!« zischte die Frau und wollte die Tür zuschlagen.

»Einen Augenblick noch.« Blitzschnell klemmte O'Donell seinen Fuß zwischen Tür und Angel. »Wenn der Gentleman sagt, er will deinen Sohn spechen, dann spricht er ihn auch. Verstanden?«

Die Augen in dem verlebten Gesicht der Frau blitzten. »Ihr habt es nötig. Monatelang habt ihr uns gemieden wie die Pest. Die Verfluchten, hieß es. Und jetzt . . . Auf einmal kommt sogar ein

Fremder her und will meinen Sohn sprechen. Wollt ihr ihn wieder mitnehmen? In die Anstalt? Und hinterher feststellen, daß er gar nicht verrückt ist. Ihr seid doch . . .«

»Madam, ich bin von Scotland Yard«, unterbrach John die Frau.

Mary McIntosh' Kopf ruckte herum. Sekundenlang sah sie John ins Gesicht.

Dann sagte sie plötzlich: »Ja, Sir, Sie haben gute Augen. Ich sehe so etwas sofort bei einem Menschen. Kommen Sie herein.«

Mary McIntosh zog die Tür auf.

Die Männer gelangten direkt in die Küche. Ein alter gußeiserner Herd spendete mollige Wärme. Die große Standuhr in der Ecke tickte überlaut. Roh gezimmerte Stühle luden zum Sitzen ein. Über dem gesamten Raum lag ein leichter Fischgeruch.

Mary McIntosh bot den Männern Platz an.

Sie hatte die Hände ineinander verschränkt und lächelte scheu. »Warten Sie, ich hole meinen Sohn.«

»Nicht nötig«, sagte plötzlich eine rauhe Stimme von der Tür her. »Ich bin schon da. Und wenn die zwei Schnüffler nicht innerhalb von einer Minute verschwunden sind, spicke ich sie mit Schrot . . .«

Überrascht wandten John Sinclair und der Konstabler die Köpfe. Auf der Türschwelle stand ein junger Mann. Seine sehnigen Fäuste umklammerten eine doppelläufige Schrotflinte. Die beiden Mündungen zielten genau zwischen John und den Konstabler.

Der junge Mann war kräftig gebaut und hatte ein eckiges Kinn. Welliges braunes Haar wuchs bis dicht an den Nacken.

Mary McIntosh sprang auf. »Nicht, Pat«, rief sie, »die Gentlemen sind von der Polizei. Dieser Herr ist sogar aus London gekommen.«

Sie zeigte auf John Sinclair.

Pat McIntosh schürzte verächtlich die Lippen. »Glaubst du das? Du brauchst dir doch nur unseren lieben Konstabler anzusehen. Der lügt doch immer. Damals war er einer derjenigen, die dafür gesorgt haben, daß ich in der Heilanstalt landete. Wer dem Kerl traut, ist selber schuld.«

»Mach keinen Unsinn, Pat«, sagte der Konstabler leise und stand auf. Er wollte auf den jungen McIntosh zugehen, doch ein scharfer Befehl hielt ihn zurück.

»Stehenbleiben!«

Der Konstabler zuckte zusammen. Er verharrte in angespannter Haltung.

John Sinclair hatte bisher schweigend dagesessen und nur beobachtet. Man konnte es Patrick McIntosh förmlich ansehen, wie nervös er war. In seinen Augen flackerte die Unruhe. Seine Mundwinkel zuckten.

Und nervöse Gegner sind unberechenbar.

Konstabler O'Donell ließ sich wieder auf seinen Stuhl fallen.

»Pat, ich bitte dich«, rief Mary McIntosh, »mach dich um Himmels willen nicht unglücklich. Der Gentleman will dir helfen. Wirklich.«

»Ich werde jetzt in meine Brusttasche greifen und einen Ausweis hervorholen«, sagte John Sinclair mit ruhiger Stimme. »Ich hoffe, Sie schießen nicht, junger Mann, denn auch ich hänge an meinem Leben.«

John wartete die Antwort des jungen McIntosh gar nicht erst ab. Noch während er gesprochen hatte, war sein rechter Arm unter der Jacke verschwunden.

Als seine Hand wieder zum Vorschein kam, hielt sie einen in einer Plastikhülle steckenden Ausweis.

John nahm die Legitimation zwischen Daumen- und Zeigefingerspitze und warf sie über den Tisch auf Pat McIntosh zu.

Dicht vor dem jungen Mann fiel der Ausweis zu Boden.

McIntosh bückte sich und hob den Ausweis auf. Jeder Profi hätte dies nicht gemacht, denn normalerweise hätte John ihn bei diesem Manöver überrumpeln können.

Pat McIntosh bewegte beim Lesen kaum die Lippen.

»Zufrieden?« fragte John nach einer Weile.

»Nicht ganz. Was machen Sie überhaupt hier oben?«

»Das wollte ich Ihnen ja gerade erklären, aber Sie ließen mich nicht zu Wort kommen«, erwiderte John Sinclair lächelnd. »Ich schlage vor, wir setzen uns mal zusammen und reden über die Sache.«

Mutter und Sohn tauschten einen kurzen Blick.

»Bitte, Pat.«

Pat McIntosh nickte entschlossen. »Einverstanden«, sagte er dann und stellte die Schrotflinte an die Wand.

Er warf dem Konstabler noch einen undefinierbaren Blick zu und setzte sich John gegenüber.

»Also, Inspektor, was wollen Sie wissen?«

»Alles. Vor allen Dingen interessiert es mich, was in der Nacht geschehen ist, als Ihr Vater starb.«

Pat McIntosh bekam einen roten Kopf. »Aber das habe ich doch schon allen möglichen Leuten gesagt. Niemand hat mir geglaubt. Wollen Sie sich über mich lustig machen?«

»Im Gegenteil«, antwortete John. »Ich glaube Ihnen.«

Pat McIntosh' Gesicht nahm einen erstaunten Ausdruck an. »Wieso denn das?«

»Weil ich mit den Skeletten auch schon böse Erfahrungen gemacht habe. Aber davon später mehr. Jetzt sind Sie erst mal an der Reihe.«

»Wenn Sie meinen.«

Und wieder berichtete Pat McIntosh haarklein, was sich in der bewußten Nacht ereignet hatte, als sein Vater von einem Skelett geholt worden war. Er ließ keine Einzelheit aus, fügte aber auch nichts hinzu. Man merkte, daß er diese Geschichte schon x-mal erzählt hatte.

»Glauben Sie mir immer noch, Inspektor?«

Mary McIntosh hatte inzwischen heißen Tee gemacht. John nahm einen Schluck und nickte. »Ob Sie es glauben oder nicht, Pat, ich nehme Ihnen die Geschichte ab. Und ich glaube auch an die Existenz der Skelette auf der Insel. Ich bin sogar hier, um sie zu vernichten.«

Pat McIntosh schluckte. Sein Adamsapfel hüpfte aufgeregt von oben nach unten.»Dann haben wir beide ja das gleiche Ziel.«

»Ich weiß.« John lächelte. »Deshalb bin ich ja zu Ihnen gekommen. Ich brauche jemanden, der mich zu dieser verdammten Insel fährt.«

»Ja, Inspektor, den haben Sie in mir gefunden.« Dann wandte sich der junge McIntosh an den Konstabler, der sich bisher nicht an der Unterhaltung beteiligt hatte. »Sehen Sie, man glaubt mir doch.«

O'Donell zuckte mit den Achseln. Er wollte etwas sagen, schwieg aber dann.

John bot Zigaretten an. Pat McIntosh nahm ein Stäbchen. Nachdem die Männer die ersten Züge genommen hatten, fragte der junge McIntosh: »Wann soll es denn losgehen?«

»Meinetwegen sofort. Es kommt drauf an, wie weit Sie Ihr Boot in Schuß haben.«

McIntosh winkte ab. »Das ist kein Problem. Ich kann jede Minute auslaufen.«

»Das ist natürlich gut«, sagte John. Er sah auf seine Uhr. Die Dämmerung mußte draußen bereits eingesetzt haben. »Wie lange brauchen wir denn bis Coony Island?«

Pat McIntosh wiegte den Kopf. »Wenn nichts dazwischenkommt, etwa zwei Stunden.«

»Das ist gar nicht schlecht. Was meinen Sie denn mit Dazwischenkommen?«

»Sturm, zum Beispiel.«

»Und wie sehen die Wettervorhersagen aus?«

»Keine Ahnung. Ich habe mich in letzter Zeit nicht darum gekümmert.«

»Aber ich weiß es«, meldete sich der Konstabler. »Sturm wird es nicht geben. Aber Regen, vielleicht auch Schnee. Wenigstens wurde keine Sturmwarnung durchgegeben.«

»Dann sollten wir es eigentlich schaffen«, meinte John. Er stand auf. »So, jetzt werden wir uns erst mal Rückendeckung verschaffen.«

Die anderen sahen ihn verständnislos an.

John lächelte schmal. »Ich bin nicht allein gekommen. In dem Gasthaus wartet der Hubschrauberpilot, der mich hergeflogen hat. Mit ihm habe ich noch einiges zu besprechen. Ach ja, da fällt mir etwas ein. Können Sie mir kurz eine Skizze anfertigen, wo die Insel liegt, Pat?«

»Sicher.«

Pat McIntosh stand auf und ging zu dem alten Küchenschrank. Er holte Papier und Bleistift und zeichnete mit kurzen Strichen die Lage der Insel. Sogar Entfernungen hatte er angegeben.

John steckte die Skizze ein. Dann sagte er: »Ich komme ungefähr in einer Stunde wieder vorbei. Sorgen Sie schon für die Ausrüstung, Pat.«

»Geht in Ordnung, Inspektor.«

Als John Sinclair nach draußen trat, peitschte ihm beißender Schneeregen ins Gesicht. Es war auch inzwischen dunkel geworden, und auf der Straße befand sich kaum noch ein Mensch.

John stellte den Kragen seines Trenchs hoch, rammte beide Hände in die Manteltaschen und stapfte in Richtung Gasthaus.

Schon jetzt fuhr ihm der Wind durch die Kleidung. Der

Inspektor hoffte nur, daß Pat McIntosh wetterfestes Ölzeug parat hatte.

Vor dem Gasthaus schaukelte eine Laterne im Wind. Drinnen schien es hoch herzugehen, denn das Gelächter der Gäste hörte man schon auf der Straße.

John stieß die Tür auf.

Qualm und bullige Hitze empfingen ihn. Die kleine Gaststube war proppenvoll. An einem ovalen Tisch saßen zahlreiche Fischer. Und mitten unter ihnen . . . Kirk Douglas. Er riß einen Witz nach dem anderen, brachte Leben in die Bude.

»He, Inspektor!« schrie Douglas, als er John entdeckt hatte. »Kommen Sie, trinken Sie einen mit.«

John, der inzwischen den Tisch erreicht hatte, schüttelte den Kopf.

»Tut mir leid, daß ich Sie aus der gemütlichen Runde reißen muß, Douglas. Aber ich muß Sie sprechen.«

»Wie der Meister befehlen«, sagte der Pilot grinsend, schob seinen Stuhl zurück und stand auf.

Die beiden Männer verdrückten sich in eine Ecke der Gaststube, neugierig von den Gästen und dem Wirt beobachtet.

»Ich hoffe, Sie haben keinen über den Durst getrunken«, sagte John. »Sie gefährden sonst unser ganzes Unternehmen.«

»Aber Inspektor. Ich bin doch Antialkoholiker. Wäre ich sonst so lustig? Nee, besaufen ist bei mir nicht drin. Also, worum geht's denn?«

John erläuterte in kurzen Worten seinen Plan.

Das Gesicht des Piloten begann immer mehr zu strahlen. »Na, wenn das mal keine runde Sache ist«, meinte er und schlug die geballte Linke in die Handfläche. »Endlich ist mal was los. Aber sicher werde ich Sie und den Jungen da rausholen. Wird mir direkt ein Vergnügen sein.«

»Ob das ein Vergnügen wird, daran glaube ich kaum«, erwiderte John. »Und hier ist übrigens eine Skizze von der Insel.« John griff in die Tasche und reichte die Zeichnung dem Piloten.

Der sah sie sich kurz an und nickte. »Damit kann man sogar was anfangen.«

»Schön.« John sah auf seine Uhr. »Es bleibt also bei dem besprochenen Termin.«

»Sie können sich auf mich verlassen, Inspektor.«

»Was anderes hatte ich auch gar nicht erwartet.«

Dunkle, schwere Wolken brauten sich über Coony Island zusammen. Schwefelgelb leuchtete die Luft. Kein Windhauch regte sich auf der Insel. Es schien, als halte die Natur den Atem an.

Wild und zerklüftet sahen die Krater aus, die das kleine Eiland bedeckten. Giftige Dämpfe stiegen aus den Öffnungen. Niemand, der diese Insel sah, dachte daran, daß irgendwer darauf leben würde.

Und doch war sie bewohnt.

Asmodis, der Fürst der Finsternis, hatte sie zu seinem Wohnsitz erkoren.

Nicht der Höllenfürst selbst lebte hier, sondern einer seiner ersten Diener.

Gerald Coony, der Mann, der vor einigen Jahren den Pakt mit dem Satan geschlossen hatte, hatte hier sein Reich.

Tief im Innern der Insel hauste er in einem finsteren Gewölbe, bewacht von den unzähligen Skeletten, die mit ihm darauf warteten, die Erde in ihre Gewalt bringen zu können.

Asmodis erste Garnitur war bereit!

Und während über der Insel rote Blitze zuckten, saß Gerald Coony auf seinem steinernen Thron und hatte das Buch des Teufels vor sich liegen.

Mit lauter Stimme las er daraus vor, machte sich dadurch die Hilfe der Hölle zunutze.

»Das Blut der Hölle wird über die Menschen kommen und sie vernichten. Nichts kann uns mehr aufhalten. Nichts . . .«

Nach diesen Worten gellte ein schauerliches Gelächter durch das riesige Gewölbe . . .

Pat McIntosh wartete schon ungeduldig auf John Sinclair. Der junge Mann ging nervös in der Wohnstube auf und ab. Ein Zigarillo verqualmte zwischen seinen Lippen.

Mary McIntosh beobachtete ihren Sohn besorgt. Sie hatte große Angst, daß ihm etwas passieren konnte. Erst der Vater – dann der Sohn . . .

Die Frau durfte gar nicht daran denken.

Sie wollte gerade etwas sagen, da klopfte es gegen die Haustür.

»Das wird er sein«, sagte Mary McIntosh leise.

Patrick hörte seine Mutter nicht. Er lief mit schnellen Schritten zur Tür und öffnete sie hastig.

»Ein Glück, daß Sie da sind, Inspektor.«

John lächelte. »Wieso, ich hatte Ihnen doch gesagt, daß ich wiederkomme.«

»Das schon. Aber man kann nie wissen.«

Mit den Worten »Sie haben wohl schlechte Erfahrungen gemacht«, betrat John die Wohnstube.

Patrick McIntosh hatte das Ölzeug über den Tisch gelegt. Es war ein wetterfester Umhang und Drillichkleidung.

John Sinclair zog sich um. Die Drillichkleidung paßte ihm wie angegossen. John verteilte seine Waffen in den zahlreichen Taschen und nahm den Umhang über den Arm.

Mary McIntosh war aufgestanden. Sie hatte sich auf den Küchentisch gestützt und sah die beiden Männer aus tränenfeuchten Augen an.

»Gott beschütze euch«, sagte sie leise.

Dann ging die Frau zu ihrem Sohn und umarmte ihn. John konnte sich vorstellen, wie es in der alten Frau aussah.

Als sie nach draußen traten, wurden sie sofort vom Wind gepackt. Steif blies er in ihre Gesichter.

»Habt ihr immer solch einen Sturm?« fragte John.

»Sturm? Daß ich nicht lache. Das ist doch nur ein Lüftchen. Sie müßten mal erleben, wenn hier ein Orkan tobt. Dann ist was los.«

»Nein, danke.«

Zum Glück hatte der Regen nachgelassen. Der Wind hatte teilweise die Fassaden der Häuser trockengefegt. Auf der Straße waren wieder mehr Menschen zu sehen.

»Was ich Sie noch fragen wollte, Inspektor, sind Sie eigentlich seefest?«

»Das will ich hoffen.«

»Na ja, so schlimm wird es ja auch nicht.«

Sie näherten sich dem kleinen Hafen. Eine Anzahl Schiffe lag vertäut an einem provisorischen Kai. Die Boote bewegten sich auf und nieder. Ab und zu stießen sie gegeneinander. Dadurch gab es immer schabende Geräusche. Ein paar Laternen verbreiteten milchiges Licht.

Pat McIntosh' Kahn war nicht sehr groß. Auf dem Deck befanden sich ein Mast und ein windgeschützes Ruderhaus, das aus rohen Holzbohlen gezimmert war.

John Sinclair war froh, daß der Kahn auch einen Motor hatte. Einem Segel hätte er nicht getraut.

»Sie können schon an Bord gehen, Inspektor«, sagte Pat McIntosh. »Ich löse nur eben die Leinen.«

John sprang mit einem Satz auf Deck. Schon jetzt schaukelte der Kahn gefährlich.

Einige alte Fischer beobachteten, wie der junge McIntosh das Boot lostäute und dann ebenfalls an Bord sprang. Die Fischer steckten die Köpfe zusammen und tuschelten. Es mußte sich schon herumgesprochen haben, was die Männer vorhatten.

Der Motor sprang gut an.

»Frisch überholt«, gab Pat McIntosh seinen Kommentar. Geschickt manövrierte er den Kahn aus dem kleinen Hafen.

Auf See war der Wind noch schlimmer. Die Wellenberge hatten gischtende Kronen und rollten schwer gegen das Schiff an. Pat MacIntosh mußte sein gesamtes seemännisches Können aufbieten, um den Gewalten zu trotzen.

»Sie kennen den genauen Kurs?« sagte John, der neben Pat in dem kleinen Ruderhaus stand.

»Ja. Das ist keine Schwierigkeit.«

Hinter ihnen verschwand St. Kilda Island. John hatte das Gefühl, mit dem Kahn ganz allein auf dem Atlantik zu sein.

Sie fuhren eine halbe Stunde. Der Wind fegte die dicken Wolken über den Himmel. Ab und zu kam der Mond durch und erhellte mit seinem Schein die Dunkelheit.

Plötzlich zuckte Pat McIntosh zusammen. »Da, sehen Sie doch, Inspektor. Das rote Licht.«

Johns Blick folgte der angewiesenen Richtung. Er wußte, dort lag Coony Island. Also mußte das Licht auch von der Insel kommen. Es zuckte in unregelmäßigen Abständen auf.

»Genau wie damals, als sie Vater holten. Erst das Licht, und dann kam das Skelett.«

»Das diesmal eine Überraschung erleben wird«, sagte John Sinclair grimmig.

»Sind Sie so sicher, Inspektor?«

»Natürlich. Ich . . .«

John konnte die weiteren Worte nicht mehr aussprechen. Die Überraschung traf ihn wie ein eiskalter Wasserguß.

Vor ihm stand nicht mehr Pat McIntosh, sondern ein Skelett!

Die Knochenfinger hielten das Steuerrad umklammert.

John Sinclair schluckte. Tausend Gedanken wirbelten in seinem Kopf herum.

»So ist das also«, sagte er leise.

Das Skelett lachte. »Ja, Inspektor. Sie sind mir in die Falle gegangen. Jetzt bin ich am Drücker. Sie sind Asmodis schon lange ein Dorn im Auge. Doch nun hat er Sie.«

»Noch nicht«, erwiderte John und bemühte sich, die Fassung zu bewahren.

»Wer sollte Sie hier retten?«

»Ich, Mister McIntosh. Oder sind Sie gar nicht der, für den Sie sich ausgeben.«

»Doch, mein Lieber. Das schon. Nur liegt die Sache etwas anders. Als ich damals aus der Heilanstalt entlassen wurde, hat mich mein Vater eines Nachts besucht. Ich habe ihn nur an der Stimme erkannt. Mein Vater hatte eine Bitte. Wenn er nicht schwer leiden sollte, mußte ich Asmodis'Diener werden. Ich überlegte nicht lange, stellte aber eine Bedingung. Daß ich mich jederzeit wieder in einen normalen Menschen zurückverwandeln könne. Diese Bedingung wurde mir gewährt. Ja, Asmodis hielt es sogar noch für besser. So kann ich mich unerkannt den Leuten nähern, die auf seiner Liste stehen. Und es stehen viele Namen darauf, das kann ich Ihnen sagen, Inspektor. Berühmte Namen. Wissenschaftler, Politiker, Industrielle. Sie alle werden in Asmodis' Bann gezogen. Ausgangspunkt ist eine kleine Insel im Atlantik, die noch nicht mal kartographisch erfaßt worden ist.«

John Sinclair nickte anerkennend. »Ich gebe zu, Sie haben mich überlistet. Das ist nicht jedem gelungen. Sie haben zwar gute Karten in der Hand, doch ich habe die Trümpfe!«

Das Skelett lachte. »Da bin ich aber gespannt.«

»Sehen Sie her!«

Mit einem blitzschnellen Griff hatte John seine mit Silberkugeln geladene Pistole gezogen. Die Mündung zeigte auf den Körper des Skeletts.

Pat McIntosh wandte kurz den Totenschädel. »Das wird Ihnen auch nicht helfen. Sehen Sie lieber mal zur Tür.«

John drehte den Kopf.

Im selben Augenblick wurde die Tür aufgestoßen. Der Wind heulte in das kleine Stuerhaus. Und dann sah John die beiden Skelette, die auf der Türschwelle standen.

»Nun, Inspektor?« fragte Pat McIntosh.

»Okay«, erwiderte John. »Sie wollen es nicht anders.«

Ehe die Skelette sich in Bewegung setzen konnten, drückte John ab.

Zweimal.

Das Ruderhaus brach unter den Detonationen fast zusammen.

Beide Kugeln hatten ihr Ziel gefunden. Sie waren den Skeletten in die Brust gedrungen. Die unheimlichen Gerippe wurden zurückgeschleudert, landeten auf den Decksplanken.

»Das wär's«, sagte John und kreiselte herum.

Wieder zuckte er wie unter einem Peitschenhieb zusammen. Und diesmal stand der echte Pat McIntosh am Steuer.

Für einen winzigen Moment hielt John das alles für einen Traum, doch dann drang McIntosh's Stimme an seine Ohren.

»Sie haben doch vorhin von Trümpfen gesprochen, Inspektor. Ihre Trümpfe waren Bluff. Ich habe mir erlaubt, als Sie sich umzogen, die Silberkugeln aus Ihrer Waffe in normale Bleigeschosse umzutauschen. Sie haben es nicht bemerkt. Ihr Fehler, Inspektor. Sagen Sie selbst, wer hat nun die besseren Karten? Ich brauche Ihnen wohl nicht erst zu erklären, daß meine beiden Freunde wieder da sind, um Ihnen endgültig den Garaus zu machen.«

Nein, das brauchte dieser Teufel nicht. John Sinclair spürte, wie sich sein Magen zusammenzog. Er hörte die Schritte der Skelette und wußte, daß es jetzt ums nackte Überleben ging . . .

Blitzschnell ließ der Inspektor die Waffe verschwinden. Noch war er nicht geschlagen.

Mit einem Ruck zog sich John die hinderliche Jacke vom Leib.

Im nächsten Moment griff das erste Skelett an.

Der Inspektor fegte dem Knöchernen die Jacke entgegen. Sie verfing sich in dem Gerippe und lenkte es für einen Augenblick ab.

Aber schon war das zweite Skelett heran. Die beiden Knochenhände packten zu.

John tauchte unter den mordenden Händen weg, hatte für eine Sekunde freie Bahn und rannte hinaus auf Deck.

Der Wind empfing ihn mit ungeheurer Wucht. Er war inzwischen zum Sturm geworden, und John hatte Mühe, die Balance zu halten. Das Mondlicht ließ alles fast taghell erscheinen.

Breitbeinig stand John da. Seine Rechte glitt in die Seitentasche der Drillichhose und holte das Reservemagazin hervor.

Daran hatte Pat McIntosh nicht gedacht. Noch hatte er sechs Silberkugeln zur Verfügung.

Aber John kam nicht mehr dazu, es in die Waffe zu schieben.

Die Skelette waren zu schnell. Von zwei Seiten griffen sie ihn an.

John warf sich zurück, fing den Sturz mit der Schulter ab und rollte sich sofort herum.

Neben seiner rechten Seite spürte er eine Taurolle. John packte das freie Ende und sprang hoch.

Eine Knochenhand traf sein Gesicht. Der Schlag war mörderisch und riß dem Inspektor ein Stück Haut auf.

John verbiß sich den Schmerz und nahm auch noch einen anderen Hieb hin.

Doch dann ging er zum Gegenangriff über. Mit einer blitzschnellen Bewegung schnürte er das Stück Tau um den Körper des angreifenden Skeletts, preßte dem Knöchernen die Arme zusammen.

Und John zog weiter an der Rolle.

Viermal schlang er das Seil um den Körper. Es war wirklich reines Glück, daß ihm dies bei der wild wogenden See gelang.

Das Skelett wehrte sich verbissen, versuchte, das Seil abzuschütteln, doch John ließ nicht locker.

Alles hatte nur Sekunden gedauert. Dann griff das zweite Skelett an.

Fauchend stürzte es John entgegen.

Der Inspektor blieb eiskalt.

Er warf das gefangene Skelett dem zweiten genau gegen den knöchernen Körper. Dabei wickelte sich immer mehr Tau von der Rolle ab.

Beide Skelette stürzten zu Boden.

John gewann kostbare Sekunden. Zeit, die wichtig war, um die Pistole aufzuladen.

Er schaffte es, während die Skelette noch auf dem Boden lagen.

Wieder bellten zwei Schüsse auf.

Trotz des hohen Seegangs traf der Inspektor die beiden Knochenmänner. Schreckliche Schreie gellten über das Wasser. Der Mond, der genügend Licht verbreitete, zeigte jede Einzelheit der Regeneration.

John wandte sich ab.

Mit drei Schritten war er bei dem Ruderhaus, riß die Tür auf und drückte dem überraschten Pat McIntosh die Mündung der Pistole in die Seite.

»Sie haben den Joker übersehen«, sagte John leise. »Ich hatte noch ein Reservemagazin.«

Pat McIntosh wandte langsam den Kopf. John sah es in seinen Augen aufleuchten und drückte einfach ab.

Die Kugel drang Pat McIntosh in den Rücken.

Der junge Mann brach zusammen. Er fiel auf die Knie und stieß noch im Sterben wilde Flüche aus.

John ging einige Schritte zurück.

Das Grauen hielt ihn wie eine eiserne Klammer umfangen, als er den Todeskampf des Mannes sah.

Kein Blut quoll aus der Wunde. Nur aus dem halbgeöffneten Mund drang ein qualvolles Ächzen. Dann ruckte der Kopf noch einmal hoch, der glanzlose Blick der Augen suchte Johns Gesicht.

»Asmodis wird mich rächen – ah!«

Pat McIntosh' Körper bäumte sich ein letztes Mal auf und fiel dann zusammen.

Jetzt erst war Pat McIntosh endgültig erlöst.

Mit einer müden Bewegung steckte John die Waffe weg. Noch immer war seine Lage hoffnungslos. Er war allein auf dem Boot. Um ihn herum die tobende See. Und vor ihm die Insel der Skelette.

John kam gar nicht mehr groß dazu, über seine hoffnungslose Lage nachzudenken, denn in diesem Augenblick bäumte sich das Schiff hoch auf, fiel wieder zurück und krachte gegen eine Felsklippe.

John Sinclair wurde zum Spielball der Gewalten. Wie ein Torpedo flog er durch das kleine Ruderhaus, krachte mit dem Kopf gegen die Wand, sah plötzlich riesige Wassermengen auf sich zukommen, hörte noch das Splittern von Holz und merkte, wie ein ungeheurer Sog ihn aus dem Ruderhaus zog, und dann gar nichts mehr.

Inspektor Sinclair hatte das Bewußtsein verloren. Asmodis konnte doch noch triumphieren . . .

Das Erwachen war eine scheußliche Tortur. John verspürte am gesamten Körper Schmerzen. Es schien keine Stelle zu geben, die nicht in Mitleidenschaft gezogen worden war.

John Sinclair lag auf dem Bauch. Sandkörner waren in seinen offenen Mund gedrungen und knirschten zwischen den Zähnen.

Unendlich mühsam stemmte sich der Inspektor hoch. Als er schließlich eine kniende Stellung erreicht hatte, mußte er verschnaufen.

Erst jetzt kam die Erinnerung zurück. Da war der Kampf mit den Skeletten, dann hatte er Pat McIntosh erledigt – und dann . . .

John erinnerte sich nur noch an ein gewaltiges Splittern und Krachen, wie er in dem Ruderhaus hin und her geworfen wurde und dann hier wieder zu sich gekommen war.

Das Boot mußte auf ein Riff gelaufen sein.

John wischte mit dem feuchten Drillichärmel seiner Jacke den Sand aus dem Gesicht. Spaltbreit öffnete er die Augen.

Die Umgebung wirkte drohend und düster zugleich, obwohl das bleiche Mondlicht sie in einen hellen Schein tauchte.

John Sinclair war auf einen winzigen Sandstrand gespült worden. Vor ihm ragten schroffe Felsen auf. Himmelhoch, wie es ihm schien. In seinem Rücken hörte er das Rauschen der Brandung. Ab und zu leckten kleinere Wellen nach seinen Füßen. Neben sich erkannte John einige Schiffsplanken, die bestimmt von Pat McIntosh' Boot stammten.

Trotz allem hatte er unverschämtes Glück gehabt. Er war noch am Leben. Nur das zählte.

Aber wie lange? Hilflos war John Sinclair den finsteren Mächten ausgeliefert.

Oder . . .?

Johns Rechte fuhr in die Drillichtasche. Seine Finger fühlten den kühlen Griff der Pistole.

Sie war also noch da. Und in dem Magazin steckten noch drei Kugeln.

Nässe konnte der Pistole nichts anhaben. Wie bei allen modernen Waffen war dieses Übel abgestellt worden.

Der Inspektor robbte einige Schritte weiter. Bis zu einem Felsblock.

An ihm zog er sich ächzend hoch. Er mußte sich stützen, um nicht wieder hinzufallen.

Nach einigen Minuten ging es ihm besser. Der Schwindel ließ nach, und er fühlte, wie neue Kraft in seinen Körper strömte.

John blickte zum Himmel. Unzählige Sterne funkelten dort

oben. Die Luft war klar und rein. Selbst der Wind hatte nachgelassen.

John fror in seiner Kleidung wie ein Schneider. Er machte einige Turnübungen, um sich einigermaßen aufzulockern.

John Sinclair ahnte nicht, daß er beobachtet wurde. Sie hockten zwischen den Felsen.

Acht Skelette!

Asmodis' Helfer!

Wie auf ein geheimes Zeichen hin schoben sie sich plötzlich vor. Von drei Seiten tauchten sie auf.

Einige der unheimlichen Gestalten gingen über den mondbeschienenen Strand.

Es war ein gespenstisches Bild, als sich die Knöchernen dem Inspektor näherten.

Und John merkte nichts – noch nichts.

Bis ihn ein leises Lachen herumfahren ließ.

Zwei, nein drei gräßliche Totenschädel starrten ihn an.

Höhnisch, triumphierend, wie es schien.

John wandte den Kopf, griff gleichzeitig zur Waffe – und zog die Hand sofort wieder aus der Tasche.

Auch auf dieser Seite standen die Knöchernen.

Sekundenbruchteile später wußte John, daß sie ihn eingekreist hatten. Daß er keine Chance mehr besaß.

John ließ die Arme sinken. Er wollte den Skeletten die Initiative überlassen.

Eine Knochenhand griff nach seinem Arm. Die gräßlichen Finger preßten sein Fleisch zusammen.

Der Inspektor verbiß sich den Schmerz.

Das Skelett zog ihn mit. John spürte, welch ungeheure Kraft in dem Knöchernen steckte.

Der makabre Zug verschwand zwischen den großen Felsblökken. John war von den Skeletten regelrecht eingekeilt. Er roch den Verwesungsgeruch, der scharf in seine Nase drang.

Übelkeit wallte in ihm hoch.

Das Grauen war perfekt!

Immer tiefer ging es in den Felswirrwarr hinein.

Und plötzlich tat sich eine Höhle auf. Drohend und dunkel gähnte der Eingang.

Die Skelette zogen John hinein in die pechschwarze Finsternis.

Jetzt könnten sie dich umbringen, schoß es ihm durch den Kopf.

Doch nichts geschah.

Der Weg wurde abschüssig. Er war glatt. Kein Stein lag herum. Die Skelette blieben stumm. John wagte es auch nicht, eine Frage zu stellen.

Selten hatte er sich in einer solch aussichtslosen Situation befunden. Wenn nicht ein Wunder geschah, war sein Leben verwirkt. Dann würde er auch zu einem Skelett werden und als Diener Asmodis' herumlaufen.

John hatte die Augen weit aufgerissen. Auf einmal glaubte er, einen rötlichen Schimmer wahrzunehmen.

Licht!

Die Skelette wurden unruhig. Sie sprachen seltsame Worte in einer John unverständlichen Sprache.

Das Licht wurde intensiver, brach sich sogar an den Höhlenwänden.

Und dann erreichten sie das riesige Gewölbe.

Es war eine gewaltige Felsenhalle. In der Mitte stand ein riesiger, fast bis an die hohe Decke reichender Quader, zu dem eine steile Steintreppe hinaufführte.

Oben auf der Plattform des Quaders stand ein steinerner Thron, auf dem ein Skelett saß.

Gerald Coony, der Mann, der die Unsterblichkeit erlangen wollte!

Er war in ein blutrotes Gewand gehüllt, das mit Zeichen aus der Schwarzen Magie bestickt war.

Auf dem Schoß des Skeletts lag ein Buch.

Das Buch des Teufels. Von Asmodis selbst verfaßt.

Unwillkürlich war John stehengeblieben.

Stück für Stück tasteten Johns Augen die in rotes Licht getauchte Halle ab.

Er sah eine dunkle Flüssigkeit an den Wänden herablaufen. John blickte genauer hin und wußte mit einemmal, woraus diese Flüssigkeit bestand.

Aus Blut!

John Sinclair zog scharf die Luft ein. Der Geruch in diesem Gewölbe ließ ihn leicht schwindelig werden. Er spürte, wie ihm der kalte Schweiß auf die Stirn trat.

Die Skelette hatten ihn losgelassen. Sie hatten sich hinter ihm in einem Halbkreis aufgebaut. Warteten auf einen Befehl ihres Meisters.

Gerald Coony, der Herrscher dieser Insel, erhob sich von seinem steinernen Thron. Gebieterisch streckte er die Arme aus. Dabei lag das Buch des Teufels auf den Knochenhänden.

»Ich habe dich erwartet, John Sinclair!«

Die Stimme des Skeletts dröhnte nun durch das Gewölbe. Es sprach ein Englisch, wie es vor einigen hundert Jahren modern gewesen war.

John mußte sich anstrengen, um jeden Satz verstehen zu können.

»Niemand ist so mächtig wie Asmodis, der Fürst der Finsternis. Und ich, sein erster Diener, habe den Auftrag bekommen, all seine Feinde zu vernichten und sie dem Reich des Höllenfürsten zuzuführen. Auch dich, John Sinclair!«

. . . Sinclair . . . Sinclair . . .

Die Echos hallten schaurig durch das gewaltige Gewölbe.

»Du wirst ebenfalls die Unsterblichkeit bekommen und als Skelett weiterleben, genau wie die anderen, die sich Asmodis verschrieben haben. Niemand wird dich retten können. Niemand . . .«

Das Skelett ging wieder einige Schritte zurück und ließ sich langsam auf seinem Trhon nieder.

»Komm herauf zu mir!«

John zögerte. Ihm kam alles wie ein böser Traum vor. Ein Alptraum, aus dem er gleich erwachen würde – und . . .

Eine Knochenhand stieß hart gegen seinen Rücken.

Nein, das war kein Traum. Das war Wirklichkeit.

John setzte sich in Bewegung. Er spürte, daß er am gesamten Körper zitterte.

Es war die Feuchtigkeit seiner Kleidung – aber auch die Angst!

Stufe für Stufe ging er dem Thron entgegen. Und während er sich dem Skelett näherte, erwachte sein Widerstandswille.

Nein, so einfach würde er es der Schreckensgestalt nicht machen. Er würde kämpfen bis zum Letzten.

John Sinclair ballte die Fäuste. Vergessen waren die Schmerzen, die er noch vor wenigen Minuten gespürt hatte. Die Muskeln lockerten sich. der Wille zum Überleben wurde übermächtig.

Die letzte Stufe!

Dann stand John vor dem Skelett. Sah in die leeren Augenhöhlen des jahrhundertealten Totenschädels.

Die Plattform hier oben auf dem Thron war relativ groß. John hatte sie von unten nicht erkennen können. Er hatte also genügend Bewegungsfreiheit.

Das Skelett öffnete den gräßlichen Mund, setzte zum Sprechen an.

»Ich werde dich berühren, John Sinclair, und wenn ich dies getan habe, wirst du dich in einen der Unseren verwandeln.«

John hatte die Augen zu Schlitzen geschlossen, beobachtete jede Bewegung des Unheimlichen.

Die Knochenhände schlugen das Buch auf.

Engbeschriebene Seiten waren zu sehen.

»Das Buch des Teufels«, rief das Skelett. »Das Buch, das vor Urzeiten geschrieben wurde, um Asmodis den Weg auf die Welt zu ebnen. Es wird auch dich vernichten, John Sinclair. Du wirst eintauchen in den riesigen Blutsee und als Unsterblicher wieder erscheinen.«

Ehe John es verhindern konnte, las das Skelett mit lauter Stimme magische Verse aus der Dämonensprache vor.

Sie hörten sich beschwörend und grausam an. Das Böse selbst schien aus ihnen zu kommen.

Und plötzlich schwoll ein gewaltiges Brausen durch die Höhle. Nach Schwefel riechende Dämpfe wallten auf, verwischten die Erscheinung des Skeletts. Die Wände rückten zusammen, die Decke des Gewölbes bekam Risse, platzte auseinander.

Höllenkräfte waren am Werk.

Vom Boden der Höhle drang ein gewaltiges Rauschen an Johns Ohren. Von den Wänden strömte immer mehr Blut, bildete einen See, dessen Pegel schnell anstieg.

Der Blutsee!

John Sinclair taumelte. Die Schwefeldämpfe machten ihm zu schaffen. Ohne es zu wollen, näherte er sich dem Rand der Plattform.

Und aus den Dämpfen tauchte das Skelett auf. Übergroß, wie es John erschien.

Die Knochenhand schoß vor. Gekrümmte Finger näherten sich dem Inspektor.

Verzweifelt wehrte sich John gegen das Schwindelgefühl. Er schwankte wie ein Halm im Wind.

Näher und näher kam die Hand, schwebte dicht vor seinen Augen.

Wieder wich John zurück, kämpfte verzweifelt gegen die alles erdrückende Übelkeit an.

Der Pegel des Blutsees stieg noch schneller, hatte schon die Hälfte der Treppe erreicht. Das Blut schwappte über die Stufen. Blasen bildeten sich. Die Decke des Gewölbes war weggeplatzt. Steine und Geröll flogen durch die Luft, wurden nach allen Seiten hin weggeschleudert.

Ein riesiger Krater war entstanden.

Wind fegte hinein, vertrieb die Qualmwolken.

Für Sekunden hatte John freie Sicht, sah, daß er sich am Rande der Plattform befand und erkannte mit brutaler Deutlichkeit das gräßliche Skelett, das bereit war, ihm den Todesstoß zu versetzen . . .

»Kinder, jetzt wird's Zeit für mich«, sagte Kirk Douglas und schlug mit der flachen Hand auf den Holztisch. Ein paar Gläser gerieten bedrohlich ins Wanken. »Es tut mir ja leid, daß ich eure Gesellschaft verlassen muß, aber Dienst ist Dienst, na, ihr kennt das ja.«

Kirk Douglas stand auf und reckte sich, daß die Gelenke knackten.

»Wo wollen Sie denn hin?« fragte einer der am Tisch sitzenden Männer.

»Zu der komischen Insel. Coony Island heißt das Ding.«

»Was?«

Die Bewegungen der munteren Zecher erstarrten. Blässe überzog plötzlich ihre Gesichter. Angst stahl sich in ihre Augen. Manch einer wandte seinen Blick ab.

Kirk Douglas' Grinsen zerfaserte. »Was habt ihr denn auf einmal? Stimmt was nicht?«

Die Männer schwiegen. Auch die anderen Gäste in der kleinen Gaststube waren ruhig geworden.

Verdammt noch mal, bin ich denn hier in einem Affenzirkus? Will mir denn kein Mensch eine richtige Auskunft geben?«

Der Pilot stemmte beide Fäuste in die Hüften und sah sich wild um.

Schließlich räusperte sich der Wirt. Dann meinte er leise: »Die Insel – sie ist verhext.«

»Verhext?« echote der Pilot. »Tausend wilde Höllenschwänze,

daß ich nicht lache.« Er schüttelte den Kopf, konnte nicht verstehen, daß die Menschen an so etwas noch glaubten. »Ich kenne nur eine Art von Hexerei. Wenn ich mit 'ner anständigen Puppe im Bett liege. Dann bin ich echt verhext. Hahaha.«

Douglas' Lachen brach ab. Sein Witz hatte keine Reaktion hervorgerufen.

Der Pilot zuckte mit den Schultern. »Dann eben nicht, liebe Freunde.« Mit schweren Schritten ging er in Richtung Ausgang.

Kurz vorher stellte sich ihm der Wirt in den Weg. »Sie haben vergessen zu zahlen, Mister.«

»Mach' ich, wenn ich zurück bin.«

»Glauben Sie denn, daß Sie noch einmal zurückkommen?«

»Das ist doch . . .«

Der Pilot verstummte, als er das Gesicht des Wirtes sah. Wütend zahlte er seine Zeche, und hart knallte er die Tür hinter sich zu.

»Verhext, so ein Quatsch«, murmelte er. »Was diese Dorfbewohner sich alles einbilden . . .«

Im allerletzten Augenblick warf John sich zur Seite. Der nach seinem Kopf gezielte Schlag ging ins Leere.

Das Skelett – schon siegessicher gewesen – kreischte wütend auf und wirbelte gleichzeitig herum.

Die Bewegungen waren fließend, nicht hölzern oder torkelnd.

Aber auch John Sinclair konnte kämpfen. Nicht umsonst beherrschte er verdammt viele Kampfarten. Und die noch perfekt.

Aus seiner gebückten Haltung ließ er sein Bein vorschnellen. Die schwere Schuhspitze krachte gegen das angreifende Skelett.

Es saß sehr viel Wucht hinter diesem Tritt. Das Skelett wurde zurückgefegt. Haltlos ruderte es mit den Armen.

Wieder wallte der Qualm auf, breitete die schwefelgelben Schwaden über die Plattform aus.

John riß seine mit Silberkugeln geladene Pistole aus der Tasche. Drei Schuß hatte er noch – und dann . . .

John krümmte den Zeigefinger, zielte mitten in die Qualmwand, jagte die drei Kugeln in das Zentrum, dorthin, wo er das Skelett vermutete.

Gräßliche, spitze Schreie drangen an seine Ohren.

John Sinclair hatte getroffen. Sein größter Feind war besiegt.

Oder . . .?

Der Inspektor warf einen raschen Blick nach rechts. Was er zu sehen bekam, ließ ihn bis ins Mark erstarren.

Der Blutsee war bedrohlich angestiegen. Die Oberfläche brodelte, warf dicke Blasen, die mit lautem Blubbern zerplatzten und überall ihre Blutspritzer verteilten. Ein ekelhafter Geruch stieg aus dem heißen See, machte das Atmen zu einer unmenschlichen Qual.

Johns Blick wurde wieder abgelenkt, denn soeben taumelte das Skelett aus der Rauchwand.

Es war ein gräßlicher Anblick. Der weite Mantel war zerrissen. Stoffetzen klebten an den Knochen, die weich wurden und auseinanderliefen.

Das Skelett brach in die Knie. Flehend streckte es die Arme aus, so als wolle es John um etwas bitten.

Der Inspektor hatte die Waffe sinken lassen. Unsagbares Grauen erfüllte ihn. Aus brennenden Augen sah er dem Todeskampf des unheimlichen Skeletts zu.

Der Oberkörper kippte vornüber. Schwer klatschte der Schädel auf die Plattform. Ein letztes gewaltiges Kreischen entrang sich dem geöffneten Mund. Die Knochen zerflossen zu einer graugrünen Masse. Das Kreischen erstickte in einem dumpfen Ton.

Dann war alles vorbei.

Nur noch eine Lache lag vor John auf dem Boden.

Sekunden stand der Inspektor wie festgebannt. Dann ließ ihn ein fürchterliches Heulen herumfahren.

Die anderen Skelette!

Sie schwammen an der Oberfläche des kochenden Blutsees, wandten sich in wilden, konvulsivischen Zuckungen. Blut schwappte über ihre Schädel, drang in die Münder, in die leeren Augenhöhlen und klaffenden Nasenlöcher.

Und immer höher stieg das kochende Blut!

Entsetzt sah John dem Tod der Skelette zu. Mit Gerald Coonys Tod war auch der Bann gebrochen, der sie gefangengehalten hatte.

Schon überschwemmte die erste Blutwoge die Plattform.

John wich zurück. Das Atmen wurde immer unerträglicher. Johns Gesicht war verzerrt und schweißgebadet.

Er hatte die Skelette bezwungen, doch an den Dämpfen würde er ersticken.

Sein Blick fiel nach oben.

Unendlich weit schien ihm die Krateröffnung. Und doch waren es nur einige Yards.

Die ersten Wellen umspülten seine Füße, hatten jetzt die Plattform überschwemmt und . . .

Das Buch des Teufels!

John sah, wie es weggespült wurde und in dem Blutsee verschwand.

Die Chance, das Buch zu vernichten, war vorbei.

Ein Hustenanfall schüttelte den Inspektor. John wankte wie eine Gliederpuppe.

Und plötzlich drang ein anderes Geräusch an seine Ohren.

Motorengeräusch.

Der Hubschrauber!

John Sinclair riß den Mund auf. Sein verzweifelter Schrei gellte der Krateröffnung entgegen.

Durch die Rauchschwaden konnte er die Silhouette des Hubschraubers erkennen.

Flieg nicht vorbei! schrie es in John. Flieg nicht vorbei! Bitte!

Der Hubschrauber flog auf der Stelle. Laut klatschten die Rotorblätter, bildeten einen Luftwirbel.

Die Dämpfe wurden auseinandergetrieben.

Für Augenblicke sah John alles klar und deutlich.

Eine Strickleiter fiel ihm entgegen.

Die Rettung!

Der Inspektor packte zu, krallte beide Hände um die Holzsprosse, so fest, als wolle er nie mehr loslassen.

Der Hubschrauber stieg höher. Ein gewaltiger Ruck schien Johns Arme aus dem Körper zu reißen.

Der See verschwand unter ihm. Die Krateröffnung tauchte auf, der Himmel, schwarz, mit Sternen übersät. Mondlicht brach sich auf der durchsichtigen Kanzel des Hubschraubers.

John blickte nach oben, sah ein Gesicht.

Kirk Douglas machte ihm Zeichen. Hochklettern sollte das bedeuten.

Während John die Sprossen hinaufkletterte, wurde auch die Leiter langsam angehievt.

Fünf Minuten später war alles vorbei. Zusammengerollt und völlig erschöpft lag Inspektor John Sinclair auf dem engen Kopilotensitz.

Kirk Douglas konnte nur den Kopf schütteln. »Was ist denn geschehen, Inspektor?«

»Später«, keuchte John. »Fliegen Sie so schnell weg wie möglich. Los, es geht um Leben und Tod.«

»Na, wie Sie wünschen. Viel hält mich sowieso nicht hier.«

Schon wenig später hatten sie die Insel hinter sich gelassen.

»Also warum Sie es so eilig gehabt haben, Inspektor, kann ich nicht begreifen, denn . . .«

Ein gewaltiges Donnern ließ Douglas verstummen. Der Pilot und John wandten die Köpfe.

Eine riesige Flammenwand erhellte die Nacht. Tonnen von Gestein wurden in den Himmel geschleudert. Der Druck fegte den Hubschrauber wie ein welkes Blatt dem Meer entgegen. Douglas konnte ihn nur mit Mühe abfangen.

Er war blaß geworden. »Mein Gott, was war das?«

John Sinclair lächelte verzerrt. »Asmodis hat seinen Stützpunkt aufgegeben. Er hat die Insel in die Luft gesprengt.«

»Wer ist Asmodis?«

»Asmodis ist – ach, lassen wir das. Sie würden es doch nicht glauben.«

Der Rest des Fluges verlief schweigend. Jeder hing seinen Gedanken nach. Und Kirk Douglas dachte tief in seinem Innern, daß an den Erzählungen der Männer von St. Kilda Island doch was dran war.

John Sinclair dachte an etwas ganz anderes. Ihm fiel das Buch des Teufels ein, das in dem kochenden Blutsee verschwunden war.

Ob es endgültig zerstört war? Es war zu hoffen, denn irgendwann würde es ein anderer finden und wieder versuchen, Gewalt und Schrecken zu verbreiten.

Zwei Tage später befand sich John wieder in London. Er hatte einen Bericht geschrieben, der zwanzig Seiten umfaßte. Sie landeten in den Panzerschränken von Scotland Yard. Die Identität der in London aufgetretenen Skelette war auch inzwischen geklärt worden. Man hatte auch die Leiche einer gewissen Jane Masters gefunden. Die Frau war an einem Herzschlag gestorben. Weshalb – das blieb für immer im dunkeln.

John Sinclair bekam Sonderurlaub. Etwas, was noch nie

dagewesen war. Superintendent Powell persönlich überbrachte ihm diese Nachricht.

»Da werden Sie mich drei Wochen nicht zu sehen bekommen«, sagte John, »und wenn tausend Geister auftauchen.«

»Das glauben Sie doch selbst nicht, Inspektor.«

»Was?«

»Daß Sie zu Hause bleiben, wenn es brennt.«

»Darüber wollen wir lieber gar nicht erst diskutieren«, erwiderte John und verließ fluchtartig sein Büro.

Eigentlich wollte er mal früh schlafen gehen, doch in seinem Apartment wartete eine Überraschung.

Sheila und Bill Conolly, Johns beste Freunde.

Aber die ganz große Überraschung kam noch. Bill Conolly hielt plötzlich drei Schiffskarten in der Hand.

»Eine davon gehört dir, John.«

»Und . . . was soll ich damit?«

»Wir machen eine Seereise. Mit allem Drum und Dran. Ich sage dir, das wird 'ne Schau. Einverstanden?«

John überlegte einen Augenblick. Dann sagte er: »Einverstanden.«

Er ahnte nicht, daß schon dieses Wort der Beginn eines neuen, gefährlichen Abenteuers war . . .

ENDE

Der Blutgraf
FF 93

Die Tür knarrte häßlich, obwohl sie behutsam aufgezogen wurde. Doch die junge Frau in dem breiten Holzbett hörte von diesem Geräusch nichts. Sie schlief ruhig weiter. Tiefe, regelmäßige Atemzüge hoben und senkten ihre Brust.

Durch die spaltbreit geöffnete Tür huschte eine dunkel gekleidete Gestalt in das Zimmer. Sie verschmolz fast völlig mit der Finsternis. Die Gestalt blieb stehen, lauschte.

Der Blick der stechenden Augen glitt durch den Raum. Erkennen konnte die Gestalt kaum etwas. Nur das kleine Fenster zeichnete sich als etwas helleres Rechteck ab.

Noch immer schlief die junge Frau tief und fest. Sie ahnte nicht einmal die Gefahr, in der sie schwebte.

Der unbekannte Eindringling wandte das Gesicht dem schlafenden Mädchen zu und öffnete unendlich langsam den Mund.

Zwei nadelspitze Vampirzähne kamen zum Vorschein . . .

In diesem Augenblick drehte sich die Schlafende auf den Rücken, stöhnte leicht auf und legte den Kopf dann auf die rechte Seite.

Dadurch war der Hals frei!

Etwas Günstigeres konnte es für den Vampir gar nicht geben. Seine Augen, inzwischen an die Dunkelheit gewöhnt, saugten sich an dem zarten Frauenhals fest. Er hörte förmlich das Blut unter der Haut pochen.

Erregung überkam den Vampir. Eine Erregung, die heiß in ihm aufstieg und nur durch eins gelöscht werden konnte: durch Blut!

Weit beugte der Vampir seinen Oberkörper herunter, legte die Hände links und rechts flach neben den Kopf des Mädchens, öffnete den Mund noch weiter, um keinen Blutstropfen zu verlieren.

Jetzt mußte er zustoßen!

Plötzlich flog mit ungeheurer Gewalt die Tür auf. Ein halbes Dutzend Männer quoll in das kleine Zimmer. Sie hielten Fackeln in den Händen und einfache Holzkreuze. Stumm und drohend standen sie da.

Der Vampir war zurückgefahren und hatte den Kopf gedreht. Seine Augen waren schreckgeweitet und suchten verzweifelt nach einem Ausweg. Der Fackelschein beleuchtete die gräßliche Vampirfratze in allen Einzelheiten.

Da wurde das Mädchen wach. Es schreckte aus dem Bett hoch,

begriff im ersten Moment nicht, was los war, und begann dann, gellend zu schreien.

»Hör auf, Ilona«, sagte eine harte Männerstimme. »Wir haben den Vampir geschnappt. Wir werden ihn vernichten. Endgültig.«

Der Sprecher hob das einfache Holzkreuz.

»Sieh dieses Kreuz, Untoter, das mir die Kraft gibt, dir zu widerstehen. Durch die Kraft des . . .«

»Aaahh.«

Der gräßliche Schrei riß dem Mann die Worte von den Lippen. Der Vampir hatte ihn ausgestoßen. Er war plötzlich aufgesprungen und hechtete auf das Fenster zu.

Klirrend zerbrach die Scheibe.

Ehe die Männer überhaupt wußten, was eigentlich richtig geschehen war, ließ sich der Vampir an der anderen Seite schon hinaus auf die nasse Erde fallen.

Er landete auf allen vieren.

Gehetzt sah er sich um.

Vorne vom Haus hörte er die Stimmen der Männer, die aus der Haustür quollen. Es dauerte noch einige Sekunden, bis die Häscher an der Rückseite waren.

Der Vampir schlüpfte in den Garten. Geduckt hetzte er durch die Gebüsche, versuchte, die rettende Dunkelheit zu erreichen.

Doch die Häscher standen überall. Sie hatten einen Ring um das Haus geschlossen.

Ein junger kräftiger Mann sprang dem Vampir in den Weg. Sein Gesicht war noch als heller Fleck zu erkennen. Schreiend stürzte er dem Vampir entgegen. In der Rechten schwang er eine Lanze.

»Ich hab' ihn! Ich . . .«

Mit aller Kraft schleuderte der Mann die gefährliche Mordwaffe.

Doch der Vampir war schnell. Der Instinkt, eine Gefahr sofort zu erkennen, ließ ihn blitzartig reagieren.

Ein gewaltiger Sprung brachte ihn bis an den morschen Gartenzaun.

Die Lanze zischte ins Leere.

Der Wutschrei des Mannes gellte dem Untoten in den Ohren.

Weiter! Nur weiter! Er mußte das Schloß erreichen! Mußte Graf Tomaso warnen.

An den hinteren Teil des Gartens grenzte eine Wiese, die in einem kleinen Wäldchen mündete.

Wenn er das erreichte. Wenn . . .

Der Vampir rannte.

Seine Füße stampften durch das nasse Gras. Er riskierte es, einen Blick zurückzuwerfen.

Die Meute war ihm auf den Fersen.

Die Fackeln leuchteten gespenstisch. Der rotgelbe Schein zuckte durch die Dunkelheit, ließ die Schatten der laufenden Männer über den Boden tanzen.

Die Verfolger feuerten sich gegenseitig an. »Los, schneller! Laßt ihn nicht entkommen! Wir kriegen ihn!«

Diese und ähnliche Worte drangen durch die stockfinstere Nacht.

Der Wald rückte immer näher. Schon hatte der Vampir die ersten Bäume erreicht. Hier, zwischen den Stämmen der hohen Fichten und Tannen, war die Dunkelheit noch intensiver. Man konnte nicht mehr die Hand vor Augen sehen.

Der Vampir lachte lautlos. Er hatte es geschafft, hatte den Wald erreicht. Hier konnten sie ihm nicht folgen, es sei denn, sie löschten die Fackeln. Denn einen Waldbrand würde wohl kaum jemand riskieren.

Aber dann war es finster. Und die Dunkelheit war sein Verbündeter.

Tatsächlich stoppten die Männer vor dem Waldrand. Es dauerte einige Zeit, bis sich ihr Atem beruhigt hatte und sie überlegen konnten, wie es nun weiterging.

»Der ist bestimmt zum Schloß«, sagte einer. »Los, wir laufen hin und schneiden ihm den Weg ab.«

Brüllend und johlend zogen die Männer weiter. Sie wollten ihr Opfer. An Aufgeben dachte niemand.

Das Schloß lag auf einem Hügel. Ringsum von Wald umgeben, wirkte es wie eine stumme Drohung aus uralter Zeit. Die Mauern waren dick und dunkel. Zwei Türme ragten in den Himmel. Die Ostseite des Schlosses war zerstört. Die vor einigen hundert Jahren ins Land eingefallenen Türken hatten dies auf dem Gewissen.

Zum Schloß führte nur ein schmaler Weg. Wie eine Schlange ringelte er sich durch den dichten Wald.

Dieser Wald war auch tagsüber dunkel und unheimlich. Hohe, dichte Baumkronen filterten das Sonnenlicht, ließen kaum einen Strahl durch. Kein Vogel nistete in den Ästen der Bäume.

Alles wirkte verlassen, öde und unheimlich.

Die Männer blieben am Anfang des Weges stehen. Sie zögerten, den unheimlichen Wald zu betreten. Manch einer wünschte, weit fort zu sein.

»Los, verdammt noch mal!« schrie der Anführer der Gruppe, ein hochgewachsener bärtiger Mann. »Wir haben es angefangen und bringen es auch zu Ende. Diese verdammte Vampirplage muß aufhören. Sollen unsere Frauen und Mädchen denn immer weiter in Angst und Schrecken leben?«

Zustimmendes Gemurmel wurde laut. Die Worte, hart und laut ausgesprochen, hatten ihre Wirkung nicht verfehlt. Ein unsichtbarer Ruck schien durch die Vampirjäger zu gehen.

Wie auf ein geheimes Kommando setzten sie sich in Bewegung, nur von dem einen Ziel besessen.

Dem Vampir endgültig den Garaus zu machen!

Der Vampir rannte um sein Leben, hatte die Mauern des Schlosses längst vor den Häschern erreicht.

Das große, eisenbeschlagene Tor stand offen. Der Vampir huschte hindurch, lief über den mit Moos und Unkraut bewachsenen Innenhof und blieb vor dem verwitterten Schloßportal stehen.

Er sah sich um.

Noch war von den Verfolgern nichts zu hören, aber er war sicher, daß sie kommen würden, um ihn zu vernichten.

Der Vampir blickte zum Himmel. Kein einziger Stern funkelte an dem nachtschwarzen Firmament.

Es war, als halte selbst die Natur den Atem an.

Mit beiden Fäusten trommelte der Vampir gegen das Portal. Der Graf mußte ihn hören, falls er nicht schon längst wußte, was überhaupt los war.

Das Echo der Schläge hallte über den verlassenen Schloßhof.

Erschöpft hielt der Vampir inne. Warum kam der Graf nicht? Hatte er ihn nicht gehört? Oder wollte er nicht kommen? Vielleicht hatte er ihn schon längst abgeschrieben.

Diese Erkenntnis trieb dem Vampir heiße Angstschauer über den Rücken.

Aber er sollte sich getäuscht haben.

Graf Sandor Tomaso kam!

Sandor Tomaso! Herrscher über das Vampirreich! Nachfolger Draculas.

Heftig wurde das Portal aufgerissen. Flackernder Kerzenschein drang nach draußen, erhellte für Augenblicke das angstverzerrte Gesicht des Vampirs.

»Komm rein«, sagte der Graf.

Seine Stimme klang dunkel. Sie schien direkt aus einer Gruft zu kommen.

Taumelnd schritt der Vampir über die Schwelle des Schlosses.

»Es ist soweit«, keuchte er. »Sie sind mir auf der Spur. Sie werden bald hier sein. Es gibt keine Rettung mehr. Keine . . .«

»Ich weiß«, sagte Graf Tomaso. »Aber wir, die Untoten, sind stärker. Wir sind unsterblich!«

Der Vampir sah seinen Meister an.

Graf Sandor Tomaso hielt in der rechten Hand einen aus Holz geschnitzten Leuchter, in dem drei schwere schwarze Kerzen steckten. Die Flammen brannten unruhig, warfen zuckende Schattenmuster über Tomasos Gesicht.

Der Graf war schon alt. Hunderte von Jahren lebte er bereits, doch das Blut der Menschen gab ihm immer wieder die Kraft, die er brauchte, um existieren zu können.

Graf Sandor Tomaso, gezeugt in einer Teufelsnacht, war ein hochgewachsener Mann mit schlohweißem Haar. Sein Gesicht war kantig, wirkte hart, aber auch männlich, was besonders vielen Frauen zum Verhängnis geworden war. Unter seinen dichten Augenbrauen funkelten Augen, die an schwarze Diamanten erinnerten. Diese Augen konnten einen das Grauen lehren. Der Graf besaß lange, kräftige Hände, die gnadenlos zupacken konnten und ihr Opfer nie mehr losließen.

Graf Tomaso trug über seinem dunklen Anzug einen schwarzen Umhang, der innen mit blutroter Seide gefüttert war. Er wirkte dadurch wie eine riesige Fledermaus, wenn er seine Arme ausgebreitet hatte.

»Nun?« fragte der Graf.

»Du mußt mich verstecken«, keuchte der Vampir. »Das heißt – nein, wir müssen uns verstecken. Sie – sie werden uns töten. Sie . . .«

»Niemand wird mich töten«, erwiderte der Graf und betonte dabei besonders das Wort ›mich‹. Dem Vampir fiel dies jedoch nicht auf. Er hatte zu sehr mit seinen eigenen Sorgen und Ängsten zu tun.

»Was – was machen wir denn jetzt?« ächzte er angsterfüllt.

Graf Tomaso verzog die Lippen zu einem grausamen Lächeln. »Du warte hier«, sagte er. »Ich werde die Mächte der Finsternis anrufen, um diesem Spuk ein Ende zu bereiten. Die Jäger werden eingehen in den Schlund der Hölle, verlaß dich darauf!«

Graf Tomaso trat ein paar Schritte zur Seite und stellte den Leuchter auf einen kleinen Tisch. Dann ging er auf eine kleine, im Hintergrund der Halle befindliche Tür zu. Noch einmal warf er einen Blick zurück auf den Vampir, der mit verkrampften Muskeln in der Halle stand.

Dann war der Graf verschwunden.

Er trat an eine bis zur Decke reichende mit Schnitzereien verzierte Holzwand, drückte auf eine bestimmte Stelle und wartete ab.

Während ein Teil der Wand langsam zur Seite glitt, gellten draußen die Stimmen der Verfolger auf.

Der Graf lächelte diabolisch. Sie würden ihr Opfer bekommen . . .

Die Wand hatte eine Treppe freigelegt, die in die unteren Gewölbe der Burg führte.

Graf Tomaso fand sich auch im Dunkeln zurecht. Sicher nahm er die Stufen.

Drei Gänge zweigten in dem nachtschwarzen Gewölbe ab. Der Graf nahm den mittleren. Er endete vor einer Steinwand. Doch sie stellte kein Hindernis dar.

Ein verborgener Mechanismus ließ auch sie zur Seite gleiten.

Eine kleine Kammer tat sich auf. Eine Kammer, in der sich ein großer Gegenstand befand.

Ein Sarkophag!

Es war ein prächtiges Stück. Reich verziert mit Zeichen und Symbolen der Schwarzen Magie. Der schwere Deckel war zur Hälfte zurückgeschoben. Die Innenwände des Sarkophags waren mit schwarzem Samt bedeckt. Ein ebenfalls schwarzes Samtkissen lag am Kopfende des Sarkophags.

Eine in der Ecke stehende rote Öllampe verbreitete mattes Licht. Es reichte gerade aus, um die Konturen des Sarkophags sehen zu können.

Der Eingang hatte sich wieder automatisch hinter dem Graf geschlossen. Nichts verriet von außen, daß sich hier eine Grabkammer befand. Die Tarnung war perfekt.

Langsam stieg Graf Tomaso in den Sarkophag. Er legte sich auf den Rücken und die Hände auf der Brust zusammen. Vorher zog er jedoch den schweren Deckel zu. Es geschah bei ihm alles mit einer spielerischen Leichtigkeit.

Graf Tomaso würde schlafen. Wenn es sein mußte, Jahrhunderte. Aber irgendwann würde jemand kommen und ihn finden. Dann war seine Stunde gekommen.

Vampire waren unsterblich . . .

Keuchend standen die Vampirjäger vor dem großen Eingangsportal der Burg. Ihre Augen waren weit aufgerissen. Die Gesichter glänzten schweißnaß.

Das Jagdfieber hatte die Männer gepackt.

»Wir brauchen eine Ramme!« schrie der Anführer der Jäger. »Das verdammte Tor ist zu!«

Drei Männer rannten los, zurück in den Wald.

Die anderen warteten. Immer noch brannten die Fackeln. Sie durften auch nicht verlöschen, denn die Männer wollten das verfluchte Schloß in Brand stecken, es dem Erdboden gleichmachen.

Die Minuten verrannen.

Endlich, als die Wartenden schon ungeduldig wurden, kamen die anderen Männer zurück. Sie schleppten einen halben Baumstamm mit sich, den sie im Wald gefunden hatten.

Die vier Kräftigsten packten an. Die anderen mußten die Fackeln halten.

Die Männer liefen zurück, nahmen einen gewaltigen Anlauf.

Dumpf krachte das Ende des Baumstammes gegen das Portal.

Die große Tür splitterte, wölbte sich nach innen.

»Noch mal!«

Wieder nahmen die Männer Anlauf, rammten den Baumstamm auf die gleiche Stelle.

Holzsplitter flogen davon, die Eisenbeschläge bogen sich zur Seite.

»Noch einmal, dann haben wir es geschafft!« schrie eine sich überschlagende Männerstimme.

Der Mann hatte recht. Beim dritten Rammstoß brach die Tür. Sie krachte in den Angeln. Ein Loch war entstanden, groß genug, um einem Mann Durchschlupf zu gewähren.

Die vier Männer ließen den Baumstamm fallen. Mit bloßen Fäusten rissen sie jetzt die Tür endgültig aus den Angeln.

Schreiend stürzten sie in die Halle.

Der Vampir sah ihnen entgegen. Sein Gesicht war nur noch eine Fratze. Die Augen waren weit aufgerissen. Gefährlich schimmerten die beiden Vampirzähne.

Der Untote hatte sich mit dem Rücken gegen die Wand gepreßt. Einen Meter vor ihm blieben die Männer stehen. Die Fackeln tauchten die Halle in ein gespenstisches Licht.

Einer der Häscher trat aus dem Kreis hervor. Er hielt ein Holzkreuz in der Hand.

»Sterben sollst du, Untoter! Du, der du das Grauen und das Unheil über uns gebracht hast, sollst verrecken. Deine Asche wird der Wind zerstreuen.«

Das Kreuz!

Zeichen des Guten! Es war stärker als die Kraft des Vampirs.

Wie unter Stromstößen zuckte der Untote zusammen. Gräßliche Laute entrangen sich seiner Kehle.

Warum hatte er sich nicht verkrochen? Jetzt war es zu spät. Und der Graf? Wo war er? Er . . .

Die Gedanken des Vampirs stockten.

Der Mann, der draußen mit der Lanze nach ihm gezielt hatte, war vorgetreten.

Er hielt die Waffe in der rechten Hand. Höhnisch schien das zugespitzte Ende den Vampir anzugrinsen.

Er wollte weglaufen, sich irgendwo verkriechen, doch das Kreuz bannte ihn auf der Stelle.

Das Gesicht des Lanzenträgers war verzerrt. Die Augen funkelten in gnadenlosem Haß. Ein Vampir hatte seine Schwester genommen.

Jetzt würde er sich rächen!

Der Mann zielte genau, sah nur die Brust des Vampirs, die er gar nicht verfehlen konnte.

Dann stieß er zu.

Die Holzlanze pfiff durch die Luft, drang mit ungeheurer Wucht in den Körper des Vampirs, nagelte diesen förmlich an der Wand fest.

Ein grauenhafter Schrei, der den Männern das Blut in den Adern gefrieren ließ, entrang sich der Kehle des Vampirs. Verzweifelt krallte er seine Hände um den Lanzenschaft, wollte die Waffe aus seiner Brust ziehen.

Er schaffte es nicht.

Röchelnd sackte er zu Boden.

Eine schwarze Flüssigkeit quoll in einem dicken Strahl aus der Wunde.

Vampirblut!

Noch einmal bäumte sich der Körper des Vampirs auf. Geifer tropfte aus dem geöffneten Mund.

Dann sackte der Untote zusammen, begann zu verfaulen und war Minuten später nur noch Staub.

Atemlos hatten die Häscher dem Todeskampf des Vampirs zugesehen. Auch sie hatte das Grauen gepackt. Alle hatten damit gerechnet, daß es schlimm werden würde. Aber so schrecklich . . .

»Los, wir müssen Tomaso finden!« schreckte die Stimme des Anführers die Vampirjäger auf.

Sie begannen mit der Durchsuchung des Schlosses. Sahen in den Türmen und Kellern nach, doch von Graf Sandor Tomaso fanden sie nicht die geringste Spur.

Nach zwei Stunden brachen die Vampirjäger die Suche ab. Sie versammelten sich wieder unten in der Halle.

»Der Graf ist verschwunden«, bemerkte einer und sprach das aus, was alle schon wußten. Sie hatten zwar einen Vampir erledigt, aber das Grundübel nicht ausgerottet.

Noch einmal durchstreiften die Männer das Schloß. Wieder ohne Erfolg.

Es war in den Morgenstunden, als sie endlich die Suche abbrachen. Trotzdem wollten die Vampirjäger auch das letzte versuchen.

Sie steckten die Burg in Brand.

Himmelhoch schlugen die Flammen in den dunklen Himmel. Das Gebälk fing sofort Feuer. Krachend stürzten Mauern und Decken zusammen. Funken stoben auf. Alle Einwohner des nächsten Dorfes hatten sich versammelt und sahen dem grandiosen Schauspiel zu. Die Vampire waren besiegt. Es würde wieder Ruhe eintreten.

Dies alles geschah im Jahre 1852, zu einer Zeit, da überall im Land noch der Aberglaube regierte.

Über hundert Jahre später jedoch sollte die gesamte Geschichte auf grauenvolle Weise noch einmal aufgerollt werden . . .

Schier endlos zog sich die Straße durch das bewaldete Hügelland in Richtung Westen, der Grenze entgegen.

Der graue VW-Bus fuhr nur mit mäßigem Tempo. Es gab zu viele Kurven und überraschende Hindernisse, die plötzlich auftauchen konnten. Einmal hätte der Bus bald einen Jauchekarren gerammt. Im letzten Moment gelang jedoch noch eine Vollbremsung.

Ein kühler Ostwind fegte durch die Hügel, entriß den Bäumen die letzten Blätter.

Novemberwetter!

Zum Glück regnete es nicht. Die nicht asphaltierten Wege wären eine einzige Schlammstrecke geworden.

»Jetzt noch die Burg des Grafen Tomaso, dann haben wir es hinter uns«, sagte Dr. Fulmer, der Mann, der den VW-Bus steuerte.

Dr. Hank Fulmer war der Leiter der Expedition. Der Wissenschaftler unterrichtete normalerweise Archäologie und Ethnologie an der Universität in Miami. In diesem Sommer und Herbst hatte er jedoch seinen Job sausen lassen und eine Expedition zusammengetrommelt, um sich europäische Schlösser und Burgen anzusehen. Da interessierte ihn besonders der Balkan.

Rumänien und ein großer Teil von Ungarn lagen schon hinter ihnen. Sie näherten sich bereits der österreichischen Grenze, und nur eine Burg wollten sie noch mitnehmen.

Sie – das waren ferner Seymour Destry, Fulmers Assistent, und Susan Miller, ebenfalls Assistentin bei Fulmer.

Seymour Destry hockte auf dem Beifahrersitz und hatte die Karte auf den Knien liegen. Mit einem Bleistift hatte er die Fahrtroute des Wagens markiert.

»Noch ungefähr zehn Meilen, Doc.«

Dr. Fulmer nickte. »Okay, wir werden dann in dem Ort, wie heißt er noch gleich?«

»Szöllny.«

»Ja, richtig Szöllny. Komischer Name übrigens. Wir werden also dort übernachten. Morgen statten wir der Schloßruine einen Besuch ab.«

»Warum denn nicht schon heute abend?« wollte Susan Miller wissen. »Wir hätten Zeit gespart.«

»Glaubst du, ich möchte im Dunkeln in der Ruine rumkriechen«, brummte Seymour Destry. »Nee, morgen ist auch noch ein Tag.«

Seymour Destry galt im allgemeinen als verschlossener Typ. Er redete nie viel und starrte oft dumpf brütend vor sich hin. Destry war vierundzwanzig Jahre als. Er hatte pechschwarzes Haar und ebenso dunkle Augen, die er meist etwas zusammengekniffen hatte.

Das Gegenteil von ihm war Susan Miller. Blond, hübsch und temperamentvoll. Ihr war nie etwas zuviel. Susan war ein Mädchen, mit dem man Pferde stehlen konnte. Meistens lief sie in verwaschenen Jeans und den entsprechenden Pullovern herum. Sie erinnerte mehr an eine Tramperin als an eine wissenschaftliche Assistentin.

Am farblosesten wirkte Dr. Fulmer. Er hatte ein schmales Gesicht und trug eine dunkel getönte Brille. Sein schütteres Haar war nach hinten gekämmt. Es reichte bis auf den Kragen seiner beigen Windjacke. Ein normaler Beobachter hätte nie geahnt, welche Energie in diesem Mann steckte.

Susan Miller, die auf der Rückbank des VW-Busses saß, drehte an den Knöpfen eines Radios herum. Irgendein Sender brachte Zigeunermusik.

»Passend für Ungarn, findet ihr nicht auch?« rief sie und wiegte ihren Kopf im Takt der Melodie.

»Sie sind und bleiben eine Romantikerin«, erwiderte Dr. Fulmer lachend.

»Na und? Romantik ist in.«

Seymour Destry sagte nichts. Stur blickte er auf die Karte.

Die Straße wurde belebter. Trecker und Pferdegespanne kamen dem Bus entgegen. Man konnte merken, daß das Dorf nicht mehr weit war.

Die Reise der drei Wissenschaftler hatte sich über drei Monate hingezogen. Sie hatten manch wertvolles Requisit aus vergangenen Zeiten erstehen können. Die Sachen standen gut verpackt auf der Ladefläche des Busses. Einige größere Stücke waren schon nach Amsterdam geschafft worden. Von hier aus sollte es mit dem Schiff bis nach Florida gehen, wo die Sachen dann zwecks einer genauen Untersuchung an die Universität gebracht werden sollten.

Das Dorf tauchte auf. Wie fast überall war das Wahrzeichen ein großer Ziehbrunnen, vor dem eine Schafherde friedlich graste.

Die Menschen auf den Straßen sahen den VW-Bus kaum an. Sie waren es gewohnt, daß oft Touristen herkamen und auch übernachteten.

Dr. Fulmer stoppte vor einer Pension. Mit steifen Gliedern stiegen die drei Wissenschaftler aus.

Einige Kinder kamen angelaufen. Sie drückten ihre Nasen an den Scheiben des Busses platt, um einen Blick in das Innere erhaschen zu können.

Der Pensionsinhaber, ein pausbäckiger Mann mit einer roten Baskenmütze auf dem Kopf, trat vor die Tür. Er strahlte wie das berühmte Honigkuchenpferd.

»Die Herrschaften möchten Zimmer?« fragte er in gebrochenem Deutsch.

Dr. Fulmer, der die Sprache einigermaßen gut verstand, nickte. »Drei Zimmer.«

»Haben wir frei, mein Herr. Haben wir frei.« Der Wirt deutete eine leichte Verbeugung an. »Bitte kommen Sie herein. Meine Frau und ich werden uns um Sie kümmern.«

Die drei Amerikaner waren von der Freundlichkeit der Menschen nicht mehr überrascht. Auf ihrer gesamten Reise hatte es keinen Streit gegeben.

Die Gaststube war gemütlich eingerichtet. Die Wände waren mit Holz verkleidet, und von der ebenfalls getäfelten Decke hingen die Gewürze des Balkans. Rote und grüne Paprikaschoten und kleine, scharfgewürzte Salamis verbreiteten einen eigenartigen Duft. Auf den Tischen lagen bunt bestickte Decken. Alles sah freundlich und warm aus. Zwei Tische waren nur besetzt. Die Männer dort kümmerten sich nicht um die Neuankömmlinge.

Die Amerikaner setzten sich in die Nähe des Fensters. Der Wirt brachte unaufgefordert eine Karaffe Rotwein und drei Gläser.

»Ein Begrüßungsschluck auf Kosten des Hauses«, sagte er.

Der Wein war kühl und schmeckte leicht harzig.

»Setzen Sie sich doch ein wenig zu uns«, meinte Dr. Fulmer, der die Erfahrung gemacht hatte, daß in solchen Dörfern die Wirte am meisten wußten.

»Ich weiß nicht so recht, mein Herr. Sie wollen sicherlich etwas essen, und da . . .«

»Aber erst später.«

»Dann bitte schön.«

Der Wirt holte sich auch noch ein Glas, schenkte ein und nahm einen tiefen Schluck. »Das tut gut«, meinte er und verdrehte die Augen.

Dr. Fulmer und Seymour Destry hatten sich inzwischen Zigaretten angezündet. Susan rauchte nicht.

Dem Wirt stand die Neugierde im Gesicht geschrieben. »Sind Sie aus einem besonderen Grund in unser Dorf gekommen?« platzte er auch schon hervor.

»Richtig«, erwiderte Dr. Fulmer. »Um es kurz zu machen, wir sind Amerikaner und von Beruf Archäologen. Wir interessieren uns besonders für die Vergangenheit Ihres Landes. Für alte Schlösser, Burgen und auch für die Sagen und Legenden, die noch hier herumgeistern.«

Der Wirt bekam große Augen. »Oh, meine Herrschaften, dann sind Sie hier richtig.«

»Wieso?« fragte Susan Miller, obwohl sie wußte, worauf der Wirt anspielte.

Der Wirt senkte seine Stimme. »Es gibt hier ein Schloß. Oder vielmehr es gab hier ein Schloß. Jetzt sind nur noch die Grundmauern davon übrig. Vor hundert Jahren war es noch bewohnt von einem gewissen Graf Sandor Tomaso. Und dieser Graf war«, der Wirt legte eine bedeutungsvolle Pause ein, »war ein Vampir!«

Er nickte noch mal zur Bestätigung seiner Worte.

»Ein Vampir also«, sagte Susan Miller. »Was hat er denn so getrieben?«

»Sie sollten meine Worte nicht so einfach auf die leichte Schulter nehmen, mein Fräulein. Graf Tomaso hat existiert. Man nannte ihn nur den Blutgraf.«

»Und was ist mit ihm geschehen?«

Der Wirt hob die Schultern. Seine Stimme wurde noch leiser. »Niemand weiß es. Als die Männer damals sein Schloß anzündeten, war der Graf verschwunden. Man hat nur seinen Diener erwischt. Ihn hat man gepfählt.«

»Woher wissen Sie das so genau?« fragte Susan.

»Weil es mein Urgroßvater gewesen war, der dies getan hat. Er hat dem Vampir damals eine Lanze durch die Brust gerammt.«

»Und es weiß wirklich niemand, was mit dem Grafen geschehen ist?« mischte sich Dr. Fulmer ein.

»Nein, ich sagte es Ihnen ja schon.«

Dr. Fulmer blickte seine Kollegen an. Sie waren Wissenschaftler, glaubten nicht an Vampire oder Werwölfe. Trotzdem konnten sie sich eines gewissen Unbehagens nicht erwehren.

»Kann man die Ruinen der Burg denn besichtigen?« fragte Dr. Fulmer.

Der Wirt nickte eifrig. »Selbstverständlich. Sie brauchen gar nicht mal weit zu fahren.«

In wenigen Sätzen erklärte er ihnen den Weg.

»Sollen wir nicht doch noch heute nacht . . .?« fragte Susan.

»Nein, morgen ist auch ein Tag«, erwiderte Dr. Fulmer. »Wir haben eine lange Reise hinter uns. Wir werden gut essen und uns anschließend hinlegen.«

Der Wirt stand auf. »Nun, da Sie von essen sprechen. Ich werde meiner Frau Anweisung geben, Ihnen einen echt ungarischen Gulasch zuzubereiten. Ihnen wird das Wasser im Mund zusammenlaufen. Niemand macht Gulasch so gut wie meine Ilonka.«

Der Wirt redete noch einige Zeit über die Kochkünste seiner Frau und verschwand dann in der Küche.

Die drei Amerikaner sprachen dem Wein zu und hatten schon eine leichte Bettschwere, als der Gulasch serviert wurde.

Der Wirt hatte wirklich nicht übertrieben. Das Fleisch war scharf und feurig, dabei zerging es auf der Zunge. Die Gäste langten kräftig zu. Zum Nachtisch wurde noch einer Flasche Wein der Hals gebrochen. Gesättigt und voll zufrieden legte man sich schlafen.

Morgen würde es wieder an die Arbeit gehen.

Das Wetter hatte sich gehalten. Eine goldene Herbstsonne stand am Himmel und tauchte das Land in einen warmen Schein.

Die drei Amerikaner waren schon früh unterwegs. Der Wirt hatte ihnen noch einmal den Weg erklärt, und sie fanden die Ruinen der Burg auch ohne Schwierigkeiten.

Wald umgab die ausgebrannte Burg. Ein seltsam düsterer Wald, der in den Wissenschaftlern ein beklemmendes Gefühl erzeugte. Fröstelnd wand sich Susan enger in ihren Parka. Ob an den Geschichten des Wirts doch etwas dran war? Nur Seymour Destry war schweigsam wie immer. Er warf nur hin und wieder einen Blick nach draußen.

Sie hielten auf dem alten Schloßhof. Trümmer der Burg waren mit einer dunkelgrünen Moosschicht überzogen. Nirgendwo zwitscherte ein Vogel. Verkohlte Holzbalken versperrten den Weg. Die Amerikaner mußten darüberklettern, um in das Innere der Burg zu gelangen.

»Seltsam, als wäre alles erst gestern abgebrannt«, meinte Susan. Sie sah zu dem hohen Ostturm hoch, der als einziger noch stehengeblieben war. Raben flatterten mit heiserem Gekrächz darüber hinweg.

»Ob es hier Geheimgänge gibt?«

Seymour Destry zuckte mit den Schultern. »Wir können ja mal nachsehen.«

Jetzt nahmen sie die Ruine genauer unter die Lupe. Es war noch soviel erhalten, daß sie sich eine Vorstellung machen konnten, wie es früher ausgesehen hatte.

»Hier führt eine Treppe in die Tiefe«, rief Susan plötzlich.

Die anderen beiden kamen angelaufen.

»Wo sind die Taschenlampen?« fragte Dr. Fulmer.

»Hier.« Seymour Destry zog unter seinem Parka zwei Lampen hervor. Eine bekam Susan, die andere gab er Dr. Fulmer.

Die beiden gingen auch voraus. Nach fünf Stufen mußten sie die Lampen einschalten.

Schon bald hatten sie die Treppe hinter sich gelassen. Der Lampenschein tanzte durch ein kleines Verlies, von dem drei Gänge abzweigten.

»Wir nehmen zuerst den rechten«, entschied Dr. Fulmer.

Der Gang war so hoch, daß sie nicht die Köpfe einzuziehen brauchten.

Der Lampenschein glitt über feuchtes Gestein, aus dessen Ritzen allerlei Getier kroch. Aufgeschreckt flatterten einige Fledermäuse davon.

Und dann war der Gang zu Ende. Eine Steinwand verhinderte ein Weitergehen.

»Wir haben ja noch zwei vor uns«, meinte Dr. Fulmer.

Sie gingen wieder zurück und nahmen sich nun den mittleren Gang vor.

Er war nicht so lang wie der erste, aber auch er endete an einer Steinwand.

Susan Miller strich sich über ihr kurzgeschnittenes Haar. »Ist auch nicht gerade aufregend, immer nur vor einer Wand zu stehen«, meinte sie. »In den Gruselgeschichten, die ich früher gelesen habe, kam immer ein Geheimgang vor. Meistens mußte man auf eine bestimmte Stelle an der Mauer klopfen, dann wurde er freigelegt.«

»Du kannst es ja mal versuchen«, meinte Seymour Destry.

Susan sah ihn an. »Du wirst lachen, das mach ich auch. Hier, halt mal die Lampe.«

Susan bückte sich und begann systematisch die Wand abzuklopfen. Sie suchte nach einer hohlen Stelle oder einem verborgenen Mechanismus.

Die anderen sahen ihr skeptisch zu. Wäre es nach Seymour Destry gegangen, so hätten sie das Schloß längst wieder verlassen. Aber so . . .

Susan Miller gab nicht auf.

Wahrscheinlich werden sie mich auslachen, dachte sie, aber wenn ich . . .

Ihre Gedanken stockten.

Ein leises Knarren war an ihre Ohren gedrungen.

Susan erhob sich aus ihrer gebückten Haltung und trat zwei Schritte zurück. Unwillkürlich umfaßte sie Dr. Fulmers Arm.

»Ist was, Susan?«

»Ich habe ein Knacken gehört. So als . . . Da, sehen Sie doch. Die Wand. Sie bewegt sich.«

Tatsächlich! Susan Miller hatte sich nicht getäuscht. Mit einem lauten Ratschen drehte sich ein Teil der Wand nach innen.

Die drei Amerikaner waren unwillkürlich zurückgewichen. Niemand von ihnen hatte mit dieser Überraschung gerechnet.

Die Wand war zur Ruhe gekommen. Eine mannshohe Öffnung war geblieben.

Dr. Fulmer hob den Arm mit der Lampe. Er konnte nicht vermeiden, daß seine Hand zitterte.

Der Schein drang in ein altes Verlies, aus dem modrige Luft strömte.

Dr. Fulmer drehte die Hand mit der Lampe ein wenig – und . . .

»Mein Gott, ein Sarkophag«, flüsterte Susan erstickt.

Das Mädchen hatte recht. Der Lampenstrahl hatte einen steinernen, prächtig verzierten Sarkophag erfaßt.

»Welch eine großartige Entdeckung«, hauchte Dr. Fulmer. Seine Stimme klang beinahe andächtig. »Kommen Sie, Seymour.«

Er und Seymour Destry betraten das Verlies. Susan Miller folgte zögernd.

Vor dem Sarkophag blieben die Männer stehen.

»Ob jemand darin liegt?« meinte Destry.

»Wir werden ja sehen.«

»Wollen Sie den Sarkophag öffnen, Doc?«

»Ja.«

Dr. Fulmer steckte sich die Taschenlampe in den Hosengürtel. »Fassen Sie mit an, Seymour. Hoffentlich ist der Deckel nicht zu schwer.«

»Mal sehen.«

Die beiden Männer arbeiteten mit vereinten Kräften. Schweiß trat ihnen auf die Stirn.

Aber sie schafften es.

Millimeterweise ruckte der schwere Deckel zur Seite. Eine kleine Öffnung entstand, jedoch groß genug, um in das Innere des Sarkophages leuchten zu können.

Dr. Fulmer zog die Lampe aus seinem Hosenbund.

Susan Miller war inzwischen näher getreten, starrte mit fiebernden Augen auf die Öffnung.

Dr. Fulmer drehte die Lampe herum. Der Strahl tanzte über den Deckel, erreichte die Öffnung.

Im gleichen Augenblick schrie Susan Miller gellend auf.

In dem Sarkophag lag ein Mann!

Doch das war es nicht, was Susan so entsetzte. Es waren die beiden Vampirzähne, die aus dem Oberkiefer des ›Toten‹ hervorlugten.

Sonderurlaub!

So etwas hatte John Sinclair, Inspektor bei New Scotland Yard, noch nie erlebt. Und dabei hatte er vor einigen Tagen erst seinen Jahresurlaub beendet, dann war der unheimliche Fall mit den Skeletten dazwischengekommen – und nun dies.«

John Sinclair hatte sich bei seinem Chef, Superintendent Powell, noch einmal genau erkundigt, ob das auch keine Ente war. Es war keine, wie Powell versicherte. Er hatte sogar von höchster Stelle die Anweisung bekommen, John diesen Sonderurlaub zu gewähren.

Ganz wohl war John Sinclair allerdings bei der Sache nicht. Aber anscheinend hatten Geister und Gespenster mal eine Ruhepause eingelegt.

Aber John sollte sich irren . . .

Gerade zur rechten Zeit waren Bill Conolly und seine Frau Sheila gekommen. Die beiden hatten drei Karten für eine Schiffsreise zu den Bahamas.

Selbstverständlich hatte John zugesagt. Die Koffer brauchte er gar nicht erst auszupacken.

An einem Freitagmorgen sollte die Fahrt losgehen. Allerdings von Amsterdam aus.

Diese Strecke wollten die drei Freunde mit dem Zug fahren.

John wollte gerade noch eine Dusche nehmen, als das Telefon klingelte.

Murrend hob der Inspektor ab.

»Na, alter Geisterjäger«, hörte er Bill Conollys Stimme. »Schon im Reisefieber?«

»Was willst du«, brummte John. »Denk daran, daß ich Junggeselle bin und packen muß. Bei dir erledigt das ja deine Frau. Aber unsereins –«

»Hör auf zu stöhnen. Du brauchst doch nicht zu packen. Ich habe übrigens einen Freund heißgemacht, der . . .«

»Du bist doch nicht etwa verkehrt herum geworden?«

»Wieso?«

John lachte. »Ich meine, Freund heißgemacht und so.«

Bills Knurren hörte sich an wie das Liebesgeflüster eines Pumas. »Wenn wir uns ja nicht so gut kennen würden, also dann . . .«

». . . würdest du mir mitteilen, was du mir sagen wolltest.«

»Natürlich. Paß auf. Wir brauchen nicht mit dem Zug nach Amsterdam. Ein Freu . . . Bekannter fliegt uns mit seinem Privatjet rüber. Du kannst also noch an der Matratze horchen. Wir kommen morgen früh um vier Uhr bei dir vorbei. Das wär's. Gruß von Sheila. Sie freut sich besonders, daß mal keine Geister auf uns warten.«

Doch da sollte sich die hübsche Sheila Conolly gewaltig irren . . .

»Graf Tomaso«, flüsterte Dr. Fulmer. Noch immer lag der grelle Lichtschein der Lampe auf dem Gesicht des Vampirs.

Obwohl der unheimliche Graf schon seit über einem Jahrhundert ›tot‹ war, war sein Gesicht weder verwest noch zersetzt. Das schlohweiße Haar lag eng am Schädel, und sein Gesicht wirkte wie aus Stein gehauen. Der Mund mit den beiden Vampirzähnen war leicht geöffnet.

Langsam wandte Dr. Fulmer den Kopf. Neben ihm stand Susan Miller. Sie hatte beide Hände vor den Mund gepreßt, als fürchte sie, noch einmal aufzuschreien.

Auch Seymour Destry war nervös. Er hatte den Blick gegen die Wand des Verlieses gerichtet, um nicht in den Sarkophag sehen zu müssen.

Dr. Fulmer faßte nach Susans Schulter.

»Kommen Sie, mein Kind.«

Die drei Amerikaner gingen nach draußen. Erst auf dem Schloßhof wurde ihnen die Tragweite ihrer Entdeckung bewußt.

»Es gibt also doch Vampire«, sagte Susan leise. Dabei wandte sie den Kopf und sah hinüber zu dem dichten Wald. Vielleicht hatte sie Angst, daß dort jemand auftauchen konnte.

»Ja, es gibt Vampire.« Dr. Fulmer vergrub sein Gesicht in beide Hände. Dann fragte er plötzlich: »Was machen wir nun?«

»Ich weiß es nicht«, erwiderte Susan Miller.

»Und Sie, Seymour?«

Destry zuckte mit den Schultern. Er kickte mit der Fußspitze gegen einen kleinen Stein, der daraufhin ein Stück über den Schloßhof tanzte und erst von der Mauer abgebremst wurde. Seymour Destry hatte sich als erster wieder gefangen. Er war der Mann mit den besten Nerven.

»Ich meine, wir haben doch hier eine phantastische Entdeckung gemacht. Etwas, was noch nie geschehen ist. Wir haben die Existenz eines Vampirs nachgewiesen. Sämtliche Sagen und Legenden würden bestätigt. Gerade in unserer heutigen Zeit, wo sich die Leute nach Nervenkitzel sehnen, wo Exorzistenfilme Mode sind, wo . . .«

»Drücken Sie sich klarer aus, Seymour«, sagte Dr. Fulmer leicht verärgert.

»Okay, Doc. Wir sollten den Vampir mit in die Staaten nehmen.«

»Sie sind verrückt.«

Destry kreiselte herum. »Sagen Sie das nicht, Doc. Dieser Vampir bringt uns eine Menge Geld ein. Denken Sie nur an den Film über King-Kong. Der Riesenaffe wurde in New York ausgestellt. Wir könnten ebenfalls . . .«

»Nein, zum Teufel!« Dr. Fulmers Stimme klang endgültig.

»Ach, Sie wollen nicht, Doc?«

»Genau, ich will nicht!«

»Aber ich, Doc.« Seymour Destry hatte die Haltung eines sprungbereiten Raubtieres angenommen. In seinen Augen flakkerte es wild. Gier hatte ihn gepackt. »Ich lasse mir diese Chance nicht entgehen. Ob Sie wollen oder nicht, Doktor Fulmer, Sie hängen mit drin. Und Sie machen mit!«

Dr. Fulmer, der sich auf einen Felsblock gehockt hatte, sprang auf.

»Ich sage es Ihnen zum letzten Mal: Der Sarkophag wird verschlossen, und der Vampir bleibt hier. Ich lade mir keinen Ärger auf den Hals.«

Urplötzlich begann Seymour Destry zu lachen. »Sie hirnverbrannter Narr, Sie . . .«

Ansatzlos schlug er zu. Seine geballte Faust traf die Nase des Wissenschaftlers.

Dr. Fulmer stieß einen Schrei aus und wurde ein paar Meter zurückgeschleudert. Blut schoß über sein Gesicht. Die Brille war verrutscht.

Seymour Destry wollte nachsetzen.

Doch da wurde Susan, die in der gesamten Zeit dem Dialog wie erstarrt zugehört hatte, aktiv.

Sie sprang auf und fiel Destry in den Arm.

»Bist du verrückt geworden, Seymour? Du kannst doch nicht . . .«

»Laß mich!«

Mit einer knappen Armbewegung schleuderte Destry Susan von sich. Der junge Mann war nicht mehr wiederzuerkennen. Machte sich bereits der Einfluß des Bösen bemerkbar?

Wutschnaubend stürzte er Dr. Fulmer entgegen. Am Kragen seiner Jacke zog er den Wissenschaftler zu sich heran.

»Bist du jetzt überzeugt?«

Dr. Fulmer nickte.

»Okay.« Destry ließ den Mann los. »So, ab heute bin ich der Boß. Es wird getan, was ich befehle. Wir werden den Sarkophag wieder verschließen und anschließend ins Dorf zurückfahren, um uns ein paar kräftige Männer zu besorgen. Sie werden uns helfen, den Sarkophag in den Bus zu laden. Platz ist noch vorhanden. Zu niemandem ein Wort, daß in dem Sarkophag Graf Tomaso liegt. Wer doch etwas sagt, den bringe ich um.«

Den letzten Satz glaubten Dr. Fulmer und Susan ihm aufs Wort. Dr. Fulmer hatte inzwischen ein Taschentuch hervorgeholt und reinigte sich das Gesicht. Er wußte, daß er gegen die rohe Gewalt seines Assistenten nicht ankam. Er mußte einfach gehorchen. Vorläufig jedenfalls.

Dr. Fulmer und Seymour Destry gingen wieder in das Verlies und zogen den Deckel über den Sarkophag. Susan wartete inzwischen auf dem Schloßhof.

»Na?« fragte der Wirt der kleinen Pension, »etwas gefunden?«

»Kaum«, erwiderte Destry, »nur einen Sarkophag.«

»Sarkophag? Wo denn?« Der Wirt war echt erstaunt.

»In einem Verlies, tief im Keller der Burg.«

»Komisch. Davon weiß ich gar nichts. Und ich war oft dort oben an der Ruine.«

»Wir haben den Gang auch nur durch Zufall gefunden. Aber worum ich Sie bitten möchte. Dieser Sarkophag ist sehr schwer. Könnten uns wohl einige Männer aus dem Dorf helfen, ihn hochzutragen?«

Der Wirt wiegte den Kopf. »Das wird schwer sein. Außerdem traut sich kaum jemand in die Nähe der Ruine.«

»Die Leute brauchen es ja nicht umsonst zu tun.« Destry zog einige Scheine aus der Tasche. »Das sind Dollarnoten.«

»Wenn die Sache so aussieht, kann ich mir das noch mal überlegen«, meinte der Wirt. Ein leicht gieriger Glanz stahl sich in seine Augen.

»Na also«, sagte Seymour Destry und schlug dem Wirt auf die Schulter. »Ich sehe, wir verstehen uns.«

Dr. Fulmer und Susan Miller standen etwas abseits. »Wenn das nur gut geht«, flüsterte der Wissenschaftler besorgt . . .

Es war eines der letzten großen Passagierschife, die noch die Meere befuhren. Das Schiff hieß CORMORAN und bot jeglichen Komfort, den man sich denken konnte.

Das fing bei einem Kinosaal an, ging weiter zu einem Spielsalon, eleganten Barräumen, in denen bekannte Bands spielten, und mehreren geheizten Swimming-pools. Nicht zu vergessen waren die Galadinners, die der Kapitän zu Ehren seiner Gäste gab.

Die CORMORAN war ungefähr 180 Meter lang, etwa dreiundzwanzig Meter breit und hatte ein Fassungsvermögen von fünfundzwanzigtausend BRT. Das Schiff bot knapp achthundert Passagieren Platz, die Erster und Zweiter Klasse wohnen konnten. Die CORMORAN hatte auch vier große Laderäume, die auf jeder Fahrt ausgenutzt waren.

Es war die letzte Nacht vor dem Auslaufen. Der Proviant und die Ladung waren schon an Bord geschafft worden. Noch war es ruhig. Erst morgen würde der Ansturm der Passagiere beginnen.

Die Laderäume waren im Vorschiff untergebracht. Sie waren in zwei Etagen aufgeteilt und jeweils noch einmal untereinander geteilt, so daß im Endeffekt vier Kammern entstanden.

Die Gegenstände der amerikanischen Archäologen waren im linken oberen Laderaum gestapelt. Die wertvollen Zeugen der Vergangenheit waren in große Kisten verpackt worden. Schwierigkeiten mit dem Zoll hatte es nicht gegeben. Die entsprechenden Genehmigungen waren schon vorher ausgestellt worden.

Nur etwas konnte nicht in eine Kiste verpackt werden.

Der Sarkophag!

Fast verlassen stand er an der Wand des Raumes, eingekeilt zwischen zwei mannshohen Holzkisten, damit er auch bei schwerem Seegang nicht umkippen konnte.

Über ein Jahrhundert hatte der Vampir in seinem selbstgewählten Gefängnis gelegen. Dann war jemand gekommen und hatte den Sarkophag geöffnet.

Der Vampir war aus seinem tiefen Schlaf erwacht. Die Blutgier hatte ihn erfaßt. Niemand würde ihn halten können.

Es war die Nacht vor dem Auslaufen, als der Vampir abermals erwachte. Langsam öffnete er die Augen, so, als könne er die völlige Schwärze, die ihn umgab, durchdringen.

Ein Ächzen entrang sich der Brust des Vampirs. Langsam hob er die Hände, stemmte seinen flachen Handteller gegen den Sarkophagdeckel.

Es klappte sofort. Millimeterweise hob sich der schwere Deckel. Der Vampir schien übernatürliche Kräfte zu besitzen.

Knirschend bewegte sich der Deckel nach vorn. Schon fühlte der Vampir die nach Öl riechende Luft über sein Gesicht streichen. Er verzog die Lippen. Diese Luft war widerlich. Was er brauchte, war der Geruch von frischem Blut.

Der Vampir legte eine genügend große Öffnung frei, um aus

dem Sarkophag steigen zu können. Er verursachte dabei kaum ein Geräusch. Er war wie ein Schatten.

Graf Tomaso blieb stehen und lauschte.

Gedämpfte Laute, die das Gehör eines Menschen kaum vernehmen konnte, drangen an sein Ohr.

Stimmen. Sie gehörten Menschen. Und wo Menschen waren, da gab es auch Blut.

Frisches Blut, wonach er über ein Jahrhundert gedürstet hatte.

Der Vampir schlich auf die große Tür zu. Es war erstaunlich, wie gut er sich zurechtfand.

Die schwere Eisentür war offen. Sie würde erst kurz vor dem Auslaufen geschlossen werden, da es oft vorkam, daß man in letzter Sekunde noch Waren mitnehmen mußte.

Aber Graf Tomaso hatte gar nicht vor, wieder in seinen Sarkophag zurückzukehren. Er wollte sich auf dem Schiff eine Macht aufbauen. Hunderte von Menschen sollten ihm gehorchen. Und wenn das Schiff in Florida anlegte, wäre eine große Anzahl von Vampiren bereit, Amerika zu überschwemmen.

Der Vampir zog an dem schweren Türgriff. Lautlos glitt die Tür zur Seite.

Graf Tomaso hielt sie an und huschte dann durch den entstandenen Spalt.

Leise klappte hinter ihm die Tür wieder zu.

Der Graf trug noch immer seine Kleider. Sie waren nicht verwest oder zersetzt. Auch eines der ungelösten Rätsel.

Graf Tomaso stand in einem Gang. Neben sich erkannte er einen Fahrstuhlschacht, der hinauf aufs Deck führte.

Ein grüner Knopf leuchtete durch den matt erhellten Gang.

Der Vampir zögerte einen Augenblick, drückte aber dann entschlossen auf den Knopf.

Er mußte einen Augenblick warten, bevor der Fahrstuhl kam. In der Kabine war Licht aufgeflammt. Zum Glück lief der Fahrstuhl leise, so daß das Geräusch kaum gehört werden konnte.

Er zog die Tür auf. Sie klemmte ein wenig, auch beim Schließen.

In Kopfhöhe befand sich eine Schalttafel an der Wand. Der Vampir las die Bezeichnungen und wurde nicht schlau daraus. Er betätigte irgendeinen Knopf.

Es war genau der, den er haben wollte. Selbst der Zufall war sein Verbündeter.

Ruhig surrte der Lift nach oben.

Nach wenigen Sekunden hielt er mit einem Ruck. Wieder stieß der Vampir die Tür auf.

Frische Nachtluft wehte ihm entgegen. Er hatte es geschafft und befand sich jetzt auf dem Vordeck.

Niemand war zu sehen. Graf Tomasos Augen schweiften über das Deck. Rechter Hand sah er das schwere Ankergeschirr mit den vielen Rollen. Einige Positionslampen brannten. Sie verbreiteten einen milchigen Schein. Der Vampir konnte noch soeben die Umrisse der Kommandobrücke erkennen.

Er wandte sich nach rechts, dem Bug zu. Leise, nur auf den Zehenspitzen laufend, huschte er voran.

Das schwere Ankergeschirr war durch ein Gitter gesichert. Es reichte dem Untoten bis zur Brust.

Langsam strichen die knochigen Hände des Grafen über das Gitter. Er spürte die Kälte, die dieses Metall ausströmte, und mit einemmal erwachte in ihm wieder der Drang nach Blut.

Er wandte sich um. Irgendwo mußte es doch Menschen geben. Auf jedem Schiff war eine Wache, das war früher so und heute . . .

Graf Tomasos Gedanken stoppten.

Er hatte Schritte gehört. Schritte, die in seine Richtung kamen. Überlaut dröhnten sie in den empfindlichen Ohren des Vampirs.

Blitzschnell sah sich der Untote nach einem Versteck um. Der Matrose, oder wer immer es war, durfte ihn nicht so schnell bemerken.

Die Ladeklappe! Sie schien ihm am besten für sein Vorhaben geeignet. Hüfthoch ragte sie aus den normalen Deckplanken hervor.

Der Vampir duckte sich, ging auf alle viere nieder.

Die Schritte wurden lauter. Der Mann schien gute Laune zu haben, denn er pfiff ein Lied vor sich hin.

Graf Tomaso lächelte bösartig. Er zog seine Oberlippe hoch. Spitz traten die beiden dolchartigen Zähne hervor.

Noch kauerte der Untote in seiner Deckung.

Das Opfer war ahnungslos.

Plötzlich blieb der Mann stehen. Er kramte in seiner Jackentasche und suchte nach Zigaretten.

Graf Tomaso verkrampfte sich. Wenn der Mann jetzt wegging, wenn . . .

Ein Zündholz flammte auf, beleuchtete für Sekunden das wettergegerbte Gesicht des Seemannes.

Der Matrose stieß den würzigen Rauch durch die Nase aus, vergrub beide Hände in seine Hosentaschen und schlenderte mit der Zigarette im Mundwinkel weiter.

Noch zwei Schritte.

Graf Tomaso spannte die Muskeln.

Noch einen Schritt.

Jetzt!

Wie ein Raubtier sprang der Untote den Matrosen an. Der Mann kam zu keiner Gegenwehr, wußte überhaupt nicht, was mit ihm geschah.

Zwei Klauenhände umspannten wie Stahlklammern seinen Hals, drückten ihm gnadenlos die Luft ab.

Mehr als ein Röcheln drang nicht aus der Kehle des Gepeinigten.

Langsam erlahmte seine Kraft. Schwindel erfaßte ihn.

Da ließen die würgenden Hände plötzlich los. Doch einen Augenblick später schmetterte ihn ein gnadenloser Hieb auf die Planken.

Der Matrose war sofort bewußtlos.

Der Untote hatte freie Bahn.

Ein kurzer Blick zeigte ihm, daß dieser Vorfall von niemandem beobachtet worden war.

Graf Tomaso zog sein Opfer in den Schatten der Ladeluke und drehte es auf den Rücken.

Mit einem Ruck fetzte er dem Mann das Hemd unter der Jacke auf.

Jetzt lag der Hals vor ihm.

Mit einer nie gekannten Sucht nach Blut stürzte sich der Vampir über sein Opfer, grub die spitzen Zähne in die Halsschlagader.

Erst nach Minuten ließ er von ihm ab.

Als der Vampir sich aufrichtete, war der untere Teil seines Gesichtes blutverschmiert. Er bot einen gräßlichen Anblick.

Doch sein Hunger war gestillt. Wenigstens vorläufig. Frische Kräfte kehrten zurück. Kräfte, die er brauchte.

Schnell schleifte der Vampir sein Opfer bis zur Reling. Mit Leichtigkeit hob er den Mann hoch und warf ihn über Bord.

Klatschend schlug der Körper ins Wasser.

Geduckt huschte der Untote über das Deck. Jetzt mußte er sich ein Versteck suchen. Er hatte an eine Kabine gedacht, die von einer alleinstehenden Person bewohnt wurde.

Niemand sah Graf Tomaso, als er nach mittschiffs ging, dorthin, wo die Kabinen lagen. Er nahm nicht die erstbeste, sondern suchte sorgfältig unter den Einzelkabinen aus.

Nummer acht, die schien ihm geeignet.

Graf Tomaso merkte sich die Zahl und schlich dann wieder hinauf auf Deck, um sich in einem Rettungsboot zu verstecken, bis das Schiff auf hoher See war.

Die Kabine, die sich der Vampir ausgesucht hatte, war von einer Frau gemietet worden.

Von Susan Miller . . .

Seymour Destry konnte nicht schlafen. Immer wieder mußte er an den letzten Fund denken.

Sie würden einen echten Vampir mit in die Staaten bringen. Wenn das keine Sensation war!

Unruhig wälzte sich Destry in seinem viel zu engen Bett herum. Das Zimmer, das er in einem billigen Hotel in der Amsterdamer Altstadt gemietet hatte, war nicht viel größer als eine Sardinenbüchse. Nur gab es in einer Sardinenbüchse kein Bett und keinen Kleiderschrank.

Seymour Destry stand auf. Automatisch tastete er nach seinen Zigaretten, zündete sich ein Stäbchen an.

Dann ging er ans Fenster und sah hinaus in die Nacht. Lichtreklamen zuckten über den Himmel. Autohupen drang an seine Ohren. Irgendwo johlten Betrunkene. Verdammt, hier war wirklich kein angenehmes Wohnen.

Destry drückte seine Zigarette aus und verließ das kleine Zimmer.

Der Flur war eng und muffig. Zimmertür reihte sich an Zimmertür. Hinter vielen hörte er das Schnarchen der Gäste.

Susan Miller schlief zwei Zimmer weiter.

Vor ihrer Tür blieb Destry stehen. Er überlegte einen Moment, sah, daß ein schmaler Lichtschein durch das Schlüsselloch fiel und klopfte.

»Wer ist da?«

Susans Stimme klang nervös.

»Ich, Seymour.«

»Was willst du?«

»Mach auf«,flüsterte der junge Mann rauh. »Ich muß mit dir reden.«

»Ich wüßte nicht, was ich dir zu sagen hätte. Du weißt, daß wir geschiedene Leute sind.«

Destry grub die Zähne in die Unterlippe. Ein widerliches Grinsen stahl sich um seine Mundwinkel.

»Okay, Susan«, sagte er, »vergiß es.«

Die Dielenbretter knarrten unter seinen Füßen, als er wieder zurück in sein Zimmer ging.

Destry warf sich auf sein Bett und verschränkte die Arme hinter dem Kopf.

»Du wirst dich wundern, Mädchen«, flüsterte er, »warte nur, laß uns mal auf dem Schiff sein.«

Mit den Gedanken an seine Rache schlief Seymour Destry ein. Den Vampir hatte er längst vergessen . . .

Amsterdam empfing John Sinclair und die beiden Conollys nicht gerade von der freundlichsten Seite.

Es war naßkalt. Man spürte, daß der Winter vor der Tür stand.

Über dem kleinen Rollfeld, das direkt an den Großflughafen Schipol grenzte, pfiff ein scharfer Wind. Er schnitt wie ein Messer in die Gesichter der drei Menschen.

»Nur gut, daß es in wärmere Gefilde geht«, meinte Bill und rieb sich die klammen Hände.

Er und Sheila trugen pelzgefütterte Wildlederjacken. Sheila hatte ihr blondes Haar unter einer braunen Fuchskappe versteckt. Warme, geschmeidige Stiefel reichten bis über ihre Waden.

Bill schleppte die beiden Koffer. Sie waren überdurchschnittlich groß und wurden fast ausschließlich von Sheilas Sachen beansprucht.

»Wie weit ist es denn noch bis zu diesem verdammten Ausgang«, stöhnte Bill.

John Sinclair, der die Spitze übernommen hatte, drehte sich um und grinste.

»Du wirst es noch schaffen, mein Freund. Und keine Angst, ich bin ja bei dir. Solltest du allerdings zusammenbrechen, garantiere ich für nichts. Du weißt, daß mir Sheila schon immer gefallen hat. Hättest du sie nicht geheiratet, dann . . .«

Bills Knurren kam tief aus der Kehle. »Wenn du nicht sofort aufhörst, schlage ich dich ungespitzt in die Piste. Dann kannst du sehen, was aus deiner Reise wird.«

Zum Glück kam gerade einer der kleinen Passagierbusse vorbei, der die drei mitnahm.

John Sinclair warf seinen Koffer in das Gepäcknetz und sah nachdenklich aus dem Fenster. Irgendein komisches Gefühl machte sich in seinem Inneren breit. Das Gefühl einer drohenden Gefahr.

Du spinnst, sagte sich der Inspektor. Anscheinend war er von Geistern und Dämonen schon so beeinflußt, daß er an gar nichts anderes mehr denken konnte.

»He, träumst du?« fragte Bill Conolly, der John gegenüber saß.

»Was ist?« John schreckte hoch.

»Gib mir mal Feuer, Mensch.«

John Sinclair griff in die Tasche seines Trenchs. Er ließ das Feuerzeug aufschnappen. Bill bot ihm auch eine Zigarette an, doch John lehnte ab.

»Sag bloß, du denkst schon wieder an deine Geister«, sagte Sheila. »Wenn ja, dann laß dich begraben.«

»Unsinn«, erwiderte John.

»Na, ich weiß nicht.«

Sheila war argwöhnisch. Sie hatte schon einige ›schlechte Erfahrungen‹ mit den beiden Männern gemacht.

»Ein kleines Abenteuer wäre an und für sich mal wieder drin«, meinte Bill.

»Untersteh dich!« zischte Sheila. »Du willst doch mal mit mir silberne Hochzeit feiern.«

Die Augen der jungen Frau blitzten. Bill kannte seine bessere Hälfte gut genug, um jetzt den Mund zu halten. Ergeben zuckte er mit den Schultern.

John mußte grinsen.

»Wenn du mal verheiratet bist, geht es dir genauso«, murmelte Bill.

Conolly war freier Reporter. Durch seine abenteuerlichen Geschichten war er weltweit bekannt geworden. Für seine Artikel und Berichte boten die Agenturen Höchstpreise. Und dadurch, daß Bill noch die Erbin eines Chemie-Konzerns geheiratet hatte, war er auch finanziell unabhängig. Der Konzern lag allerdings nach dem Tod von Sheilas Vater in der Hand einiger Manager, die ihre Sache blendend machten.

Der Bus stoppte in der Nähe der Paßkontrolle. Die Formalitäten gingen reibungslos über die Bühne.

»Und jetzt nichts wie ein Taxi«, sagte Bill.

Sie bekamen auch eins. Das Gepäck wurde verstaut, und dann ging es ab in Richtung Hafen.

»Wir können direkt bis auf den großen Pier fahren«, sagte der Taxifahrer, da John ihm den Namen des Schiffes genannt hatte.

Nun, der Fahrer hatte leicht übertrieben. Auf dem Pier herrschte ein Gewimmel wie bei einem Jahrmarkt. Das Auslaufen eines Passagierschiffes war wohl noch immer eine Sensation.

Eine Holzgangway, zu beiden Seiten durch Geländer gesichert, führte an Bord.

Unten standen zwei Offiziere der Schiffsbesatzung und prüften die Tickets. Danach wurde das Gepäck der Passagiere mit einer Nummer versehen und geradewegs von Matrosen in die entsprechenden Kabinen gebracht. Ein guter Service.

Noch eine halbe Stunde bis zum Auslaufen. Vor der Gangway hatte sich eine Schlange gebildet.

Sheila Conolly hatte bereits Kontakt gefunden. Sie sprach mit einer jungen Frau, die sich als Susan Miller vorstellte. Zu ihr gehörten noch zwei Männer, von denen einer ein finster dreinblickender Bursche war.

John, der die meisten an Körpergröße überragte, ließ seine Blicke schweifen. Plötzlich entdeckte er in dem Menschenwirrwarr einige Polizeiuniformen.

John sah genauer hin. Die Beamten rannten – so kam es ihm wenigstens vor – ziemlich konfus umher.

Das war keine normale Kontrolle. Da war etwas passiert.

Johns Neugierde wurde angeheizt.

Er konnte es kaum erwarten, bis sie an der Reihe waren. Nachdem die Tickets kontrolliert worden waren, hielt John seinen Freund an der Schulter zurück.

»Geht schon mal vor. Ich komme später nach.«

»Aber was ist denn . . .«

»Gar nichts, wirklich. Ich habe nur einen Bekannten entdeckt.«

»Kenn' ich den?« Bill wurde neugierig.

»Nein.«

John ließ sich auf keine längere Diskussion mehr ein. Er schob sich durch die Menschenmenge und sah schon bald den Streifenwagen, der zusammen mit einem Ambulanzwagen auf dem Pier parkte.

Dicht vor sich sah John den schnittigen Bug der CORMORAN aufragen. Man hatte das Gefühl, das Schiff würde bis in den Himmel reichen.

Einige Meter weiter standen an einer Steintreppe ein paar Polizisten. Die Treppe führte in die Tiefe, hinab zur Wasseroberfläche.

John riskierte einen Blick.

Auf der letzten Stufe, über die schon die Wellen leckten, standen ebenfalls zwei Beamte. Sie zogen mit langen Stangen einen leblosen Körper zu sich heran.

Einen Ertrunkenen.

In seinem Rücken hörte John Stimmen. Er wandte den Kopf.

Der Kapitän und ein Polizeioffizier sprachen aufeinander ein. John konnte einiges verstehen.

»Ja«, sagte der Kapitän. »Dieser Mann ist von unserem Schiff. Es war ein Matrose.«

»Ich glaube Ihnen ja auch, Käpt'n. Aber sollte ein Mord vorliegen, laufen Sie nicht aus.«

»Ein Mord? Ja, das glauben Sie doch selbst nicht. Der arme Kerl ist über Bord gegangen, das ist alles. Wahrscheinlich war er betrunken.«

Der Polizist kniff die Augen zusammen. »Verkaufen Sie mich nicht für dumm. Die Seeleute kennen schließlich ihren Kahn. Und da können sie noch so besoffen sein.«

»Warten wir es ab.«

John hatte dem Gespräch mit Interesse gelauscht. Da schien sich etwas anzubahnen. Hatte ihn sein Gefühl doch nicht getrogen?

John warf einen Blick über die Kaimauer. Soeben wurde die Leiche die Treppe hochgeschleppt. Der Polizeibeamte und der Kapitän traten an den Rand des Piers.

Immer mehr Schaulustige fanden sich ein. Sie mußten zurückgedrängt werden.

Auch John war dabei.

Ein Arzt untersuchte noch einmal den Angeschwemmten, um schließlich doch dessen Tod festzustellen.

Der Doktor erhob sich und zuckte die Schultern.

»Können Sie feststellen, woran er gestorben ist?« fragte der Polizist.

»Ertrunken, was sonst. Mehr kann ich wirklich nicht sagen. Ich muß die Leiche erst untersuchen.«

»Und wir laufen aus«, sagte der Kapitän.

Der Polizeibeamte stimmte zu. Er hatte schließlich auch keine äußeren Verletzungen feststellen können.

Der Ertrunkene wurde auf die Bahre gelegt.

Zwei Träger hoben sie hoch. Sie kamen dicht an John Sinclair vorbei.

Das Tuch, das sie über den Toten gelegt hatten, war verrutscht. Man konnte das Gesicht und einen Teil des Halses sehen. Der Kopf lag ein wenig auf der Seite.

Plötzlich zuckte John Sinclair zusammen. Seinem scharfen Blick waren die beiden roten Punkte am Hals des Mannes nicht entgangen.

John hielt den hinteren Träger am Ärmel fest.

»He, was soll das.«

»Bleiben Sie bitte einen Augenblick stehen«, sagte John.

Unwillkürlich gehorchten die Träger.

John ging leicht in die Knie und sah sich den Hals des Ertrunkenen genau an.

Diese beiden Punkte. Sie sahen aus wie Bißstellen.

Bißstellen eines Vampirs!

»Sind Sie verrückt«, hörte John plötzlich die Stimme des Polizeibeamten. ›Sie können doch nicht einfach die Leute hier aufhalten.«

»Entschuldigen Sie.« John richtete sich wieder auf.

Der Beamte scheuchte die beiden Träger mit einer Armbewegung weiter.

Dann tippte er John mit dem Finger gegen die Brust. Er war wesentlich kleiner als der Scotland-Yard-Inspektor und mußte sich fast auf die Zehenspitzen stellen, um John ins Gesicht sehen zu können.

»Also, nun mal raus mit der Sprache. Was fanden Sie an der Leiche so interessant?«

»Gar nichts.«

Der Polizist zog drohend die Augenbrauen zusammen. »Wer sind Sie überhaupt? Am besten ist es, Sie begleiten mich auf das Revier. Dann können wir in Ruhe reden.«

»Aber das Schiff. Es läuft in fünfzehn Minuten aus. Ich habe gebucht.«

Der Polizist suchte wohl einen Sündenbock. »Dann muß der Kahn eben ohne Sie auslaufen. Tut mir leid.«

John merkte, daß es dem Mann ernst war. Deshalb machte er kurzen Prozeß. Er holte seinen Ausweis, den er immer bei sich trug, aus der Tasche. Der holländische Polizeibeamte prüfte ihn genau. Dann verzog sich sein Gesicht zu einem freundlichen Lächeln.

»Das ist natürlich etwas anderes, Kollege. Entschuldigen Sie mein Verhalten von vorhin, aber Sie hätten bestimmt genauso gehandelt.«

»Natürlich«, erwiderte John und lächelte ebenfalls.

Der Beamte war beruhigt. Die beiden wechselten noch einige belanglose Worte und dann mußte sich John beeilen, um pünktlich aufs Schiff zu kommen.

Er entdeckte Sheila und Bill in der Menschentraube an der Reling. John klemmte sich noch zwischen die beiden.

»Mann«, sagte Bill. »Wir dachten schon, du hättest es dir anders überlegt und wolltest wieder nach London.«

Ehe John antworten konnte, meinte Sheila: »Oder hast du mal wieder einen Dämon entdeckt?«

John erwiderte nichts. Zum Glück legte das Schiff auch ab. Das Manöver war so interessant, daß Sheila ihre Frage vergaß.

Die schwere Maschine begann zu vibrieren, und die Reise ins Grauen konnte starten.

Nur ahnte niemand etwas davon . . .

Der Vampir stand in einer engen Kammer. Sie war vollgestopft mit frisch gewaschener Bettwäsche und Tischdecken. Der strenge Waschmittelgeruch widerte den Untoten an.

Graf Tomaso hatte sich, kurz bevor das Schiff ausgelaufen war, hier versteckt. Er wollte in der Nähe der Kabinen sein, um so schnell wie möglich sein erstes Opfer finden zu können.

Das Summen der schweren Diesel drang kaum an seine Ohren, obwohl die Kabinen mittschiffs und direkt über dem Maschinenraum lagen. Aber es war alles sehr gut isoliert.

Die Zeit verging. Auf dem Gang hörte der Untote aufgeregte Stimmen, dazwischen Frauenlachen. Ab und zu greinte ein Kind.

Der übliche Trubel kurz nach dem Auslaufen.

Kabinentüren knallten, wurden wieder aufgerissen und abermals zugeworfen. Jemand rief nach dem Steward.

Der Vampir hoffte, daß niemand auf die Idee kam und die Kammertür öffnete. Dann würde er töten müssen.

Der Gedanke hatte sich kaum in seinem Hirn eingenistet, als die Hoffnung zerplatzte.

Blitzschnell wurde die Klinke nach unten gedrückt und die Tür aufgezogen.

Lichtschein flutete in die Kammer.

Der Vampir duckte sich.

Zwei Kindergesichter schauten in das Dunkel.

»Du, Jimmy«, wisperte einer der Jungen. »Da ist einer.«

Der Vampir spannte die Muskeln. Auch wenn es Kinder waren, er kannte kein Gefühl, mußte töten.

»Jimmy, Harry! Kommt sofort her!« rief eine übernervöse Frauenstimme.

»Verdammt«, fluchte der mit Jimmy angeredete. »Aber die Kammer sehen wir uns heute abend an.«

»Jimmy! Harry!«

»Ja doch.«

Die Tür wurde zugeknallt.

Der Vampir lächelte. Glück mußte man haben.

Er hatte sich auch inzwischen andere Kleider besorgt, unterschied sich jetzt nicht von den anderen Passagieren. Graf Tomaso trug einen dunkelblauen Anzug mit Nadelstreifen. Dazu ein blaugetöntes Hemd, das am Hals offenstand. Man mußte ehrlich zugeben, daß diese Kleidung dem Vampir stand.

Und das war das Schlimme. Er konnte jetzt überall untertauchen. Niemandem würde er auffallen. Seine Opfer liefen wie von selbst in die Falle.

Graf Tomaso wartete noch ungefähr drei Stunden. Dann erst öffnete er die leichte Sperrholztür der Kammer einen Spaltbreit.

Vorsichtig lugte er nach draußen.

Die Kammer befand sich am Ende eines langen Ganges, der momentan leer war.

Ein roter Sisalteppich dämpfte die Schritte. Die einzelnen Kabinentüren waren aus Holz und dunkelbraun gebeizt.

An der freien Seite des Ganges gab es in Hüfthöhe ein Geländer, an dem man sich bei schwerem Seegang festhalten konnte. Es mußte solch eine Griffstange geben, trotz der Stabilisatoren.

An der mit Holz getäfelten Wand brannten in Abständen kleine Kugellampen. Das Glas war braun gefärbt. Dadurch wirkte das Licht anheimelnder. Zwischen den Lampen hingen kleine Bilder. Sie zeigten zumeist Motive aus der Seefahrt.

Die Zeichen standen für den Vampir günstig. Blitzschnell verließ er die enge Kammer.

Für einen Augenblick blieb er unbeweglich stehen. Die Gewißheit, hier in der Nähe Menschen zu finden, regte seinen Blutrausch an.

Er brauchte ein Opfer!

Und er wußte auch schon, wen er sich holen würde.

Die Frau aus Kabine acht.

Vor dieser Tür blieb der Vampir stehen. Noch zögerte er.

Ehe er einen Entschluß fassen konnte, wurde die bewußte Tür aufgezogen.

Gleichzeitig tauchten am anderen Ende des Ganges zwei Männer auf.

Der Vampir entschied sich blitzschnell.

Ehe ihn die Frau ansehen konnte, hatte er sich herumgedreht und sah sich eines der an der Wand hängenden Bilder an.

Die beiden Männer gingen hinter seinem Rücken vorbei. Sie schenkten Graf Tomaso keinen Blick.

Als er kurz den Kopf wandte, sah er gerade noch, wie die Frau aus Kabine acht am Ende des Ganges verschwand.

Der Vampir unterdrückte nur mühsam einen Fluch. Er mußte die Frau haben. Koste es, was es wolle.

Aus der Jackentasche holte er ein Stück Draht. Er hatte ihn oben auf Deck gefunden und ihn sich zurechtgebogen. Noch ein kurzer Blick nach links und rechts, und dann führte Graf Tomaso den gebogenen Teil des Drahtes behutsam in das Schlüsselloch.

Es klappte beim zweiten Versuch.

Die Tür sprang auf.

Der Vampir huschte in die Kabine.

Die Einrichtung in dem Raum wirkte teuer und geschmackvoll. Eine schmale Tür führte in den anschließenden Duschraum.

Ein bis zur Decke reichender Wandschrank fesselte die Aufmerksamkeit des Untoten.

Ein idealeres Versteck gab es gar nicht.

Der Vampir schloß die Tür auf und trat hinein. Er mußte noch ein paar Kleider zur Seite schieben, ehe er bequem stehen konnte.

Jetzt würde ihm sein Opfer nicht mehr entrinnen . . .

Im ersten Augenblick hatte sich Susan Miller über den hochgewachsenen Mann gewundert, der sich so schnell umgedreht hatte. Sein Gesicht war in dem kurzen Augenblick nicht zu erkennen gewesen. Ob der was von ihr gewollt hatte?

Ach, war ja egal. Der würde sich schon wieder melden.

Susan Miller wollte sich trotz des nicht gerade freundlichen Wetters ein wenig auf Deck umsehen. In der Kabine hatte sie Platzangst bekommen.

Ihre Kabine lag in der zweiten Etage des Passagiertraktes. Um an Deck zu gelangen, mußte sie über zahlreiche Treppen gehen. Höflich grüßende Besatzungsmitglieder begegneten ihr. Manch verstohlener Blick tastete schnell ihre Figur ab.

Susan Miller trug lange Hosen und einen engen, aber warmen Pullover.

Den brauchte sie auch, denn auf Deck herrschte eine steife Brise.

Langsam schlenderte sie bis zur Reling. Susan war nicht die einzige, die den Wunsch gehabt hatte, hier oben zu sein. Es herrschte reger Betrieb. Stewards eilten mit Getränken umher. Die Stimmung war prächtig.

Noch ahnte niemand etwas von der Katastrophe.

Eine attraktive Frau mit langen blonden Haaren hatte ihre Arme auf das weiß gestrichene Geländer gestützt und blickte hinaus aufs Meer. Als sie für einen kurzen Moment den Kopf wandte, erkannte Susan in ihr die Dame, mit der sie kurz vor der Abfahrt gesprochen hatte.

Auch Sheila hatte Susan entdeckt. Sie winkte ihr zu.

»Haben Sie es auch in der Kabine nicht ausgehalten?« fragte Susan Miller.

Sheila lachte. »Nein, so ist das gerade nicht. Aber mein Mann hat sich bereit erklärt, die Koffer auszupacken, und wenn ich dageblieben wäre, hätte er es sich vielleicht noch anders überlegt.«

Ein Steward bot heißen Grog an.

Die Frauen nahmen jede ein Glas.

»Machen Sie die Reise zu Ihrem Vergnügen, Miss . . .«

»Miller. Ich heiße Susan Miller. Und Sie?«

»Sheila Conolly.«

»Um auf Ihre Frage zurückzukommen, Mrs. Conolly, teils teils. Ich bin wissenschaftliche Assistentin in einem archäologischen Institut in Miami. Wir waren in Europa unterwegs. Eine reine Forschungsreise. Wir haben alte Burgen und Schlösser durchstöbert und manches wertvolle Stück mitbringen können. Deshalb auch die Schiffsreise. Mit dem Flugzeug hätten wir das schwerlich transportieren können.«

»Es gibt aber Transportmaschinen«, meinte Sheila.

»Dr. Fulmer, der Leiter unserer kleinen Expedition, war dagegen.«

»Ist das der Herr mit der Brille?« Sheilas weibliche Neugierde war erwacht.

»Genau.«

»Er macht einen verschlossenen Eindruck, finden Sie nicht auch?«

Susan senkte den Kopf. »Ja, seit dieser komischen Geschichte ganz am Schluß der Reise.«

»Wieso? Was ist geschehen? Ich meine, wenn Sie nicht darüber reden wollen, dann . . .«

»Ganz im Gegenteil, Mrs. Conolly. Ich bin ja froh, daß ich jemanden gefunden habe, mit dem ich sprechen kann. Das war so . . .«

Susan erzählte von der Entdeckung des Sarkophags. Daß darin allerdings ein Vampir gelegen hatte, davon sagte sie nichts.

Sheila Conolly hörte aufmerksam zu. Bei dem Wort Sarkophag zuckte sie unwillkürlich zusammen. Sie beschloß, auf keinen Fall den beiden Männern davon zu erzählen, denn die würden bestimmt einen Fall wittern.

»Und wo steht dieser Sarkophag?« fragte Sheila.

»Im Laderaum.«

»Kann man da hinein?«

»Nur mit Genehmigung des Kapitäns oder des Lademeisters. Weshalb fragen Sie? Haben Sie Interesse an dem Sarkophag?«

»Vielleicht.«

In Susans Augen blitzte es auf. »Wir könnten ja mal den Kapitän fragen.«

»Nein, um Himmels willen. So war es nicht gemeint.«

Sheila trank ihr Glas leer. Die beiden Frauen unterhielten sich noch über alles mögliche. Hinterher machte Sheila den Vorschlag, sich doch abends an der Bar zu treffen. Schließlich seien sie ja zu dritt, und da ein gewisser John Sinclair noch immer Junggeselle war, konnte sich eventuell etwas anbahnen. Sheila wollte John immer noch unter die Haube bringen, und sie nahm jede sich bietende Gelegenheit wahr.

Susan Miller sagte erfreut zu. Sie war froh, ein paar nette Reisebekanntschaften geschlossen zu haben. Somit konnte sie wenigstens Seymour Destry abschütteln.

Nach einer Stunde wurde es den Frauen zu kalt. Gemeinsam gingen sie wieder nach unten in den Kabinentrakt. Die Conollys hatten ihre Kabine auf dem obersten Deck, direkt neben der von John Sinclair.

Restlos mit sich und der Welt zufrieden, lief Susan den Gang zu ihrer Kabine hinab. Während des Laufes holte sie den Schlüssel aus der Hosentasche.

Sie wollte sich nur noch duschen und dann umziehen. Der Abend versprach, nett zu werden. Und was diesen gewissen John Sinclair anbetraf, Susan hatte ihn zwar nur kurz gesehen, aber sie konnte sich vorstellen, daß ihr dieser Mann nicht unsympathisch war.

In all diese für sie schönen Gedanken versunken, schloß Susan die Tür auf.

Sie warf den Schlüssel in einen der Sessel und zog sich den Pullover über den Kopf. Dann streifte sie die Hose ab. BH und Slip folgten.

Leise vor sich hinsummend, betrat Susan die Dusche und drehte den Heißwasserhahn auf.

Sie merkte nicht, wie sich ganz langsam die Schranktür öffnete und eine klauenartig vorgestreckte Hand zum Vorschein kam . . .

Wie Tausende von glühenden Nadeln prasselten die heißen Strahlen aus der Dusche auf Susans makellos gewachsenen Körper.

Das dampfende Wasser tat gut. Es belebte den Kreislauf und verscheuchte die aufgekommene Müdigkeit.

Die Duschkabine war klein. Außer dem quadratisch gefliesten Becken stand dicht neben der Tür noch ein kleiner, mit Fell überzogener Hocker.

Ein Plastikvorhang trennte das Duschbecken vom übrigen Teil des kleinen Baderaumes.

Susan Miller hatte sich eine rotgesprenkelte Badehaube über die blonden Haare gestreift. Das Mädchen wand sich wie ein Aal unter den Strahlen. Sie hatte sich eingeseift, und das warme Wasser spülte den Schaum in dicken Bahnen ab.

Susan drehte den anderen Knopf der Brause herum. Er war mit einem blauen Punkt versehen.

Der schlagartige Wechsel von heiß auf kalt ließ Susan erschauern. Doch nur Sekunden, dann hatte sie sich daran gewöhnt.

Ihre Gedanken schweiften ab. Wieder dachte sie an den hochgewachsenen blonden Mann namens Sinclair.

Susan Miller war so in ihre Vorstellungen vertieft, daß sie nicht die Hand sah, die den Plastikvorhang berührte.

Der Vampir war bereits nahe.

Er hatte die Zähne gefletscht, so daß sein Gesicht einer dämonischen Fratze glich.

Bald war es wieder soweit.

Noch ahnte Susan nichts.

Soeben drehte sie die Brause ab und griff nach dem Badetuch. Mit einer gekonnten Bewegung schlang sie es sich um den Oberkörper.

Mit der rechten Hand faßte sie das eine Ende des Plastikvorhangs, zog ihn zur Seite, machte einen Schritt vor und – erstarrte.

Der Schrei blieb in ihrem Hals stecken. Das nackte Entsetzen klammerte Susan die Kehle zu.

Vor ihr stand der Mann aus dem Sarkophag!

Pfeifend sog Susan die Luft ein. Weit traten ihre Augen aus den Höhlen.

Sie starrte den Mann an wie ein Gespenst, sah die überlangen Eckzähne und begriff in dieser für sie schrecklich langen Sekunde die grausame Wahrheit.

Der Vampir war gekommen, um sie zu holen.

»Komm her!« sagte der Untote und streckte seine Hand aus.

Sie stieg über den Beckenrand und näherte sich dem unheimlichen Grafen.

Seltsam, dachte Susan. Ich gehorche ihm sogar.

Dieser ging weiter zurück, lockte die Frau in die Kabine.

In der Mitte des Zimmers blieb er stehen.

Auch Susan stoppte. Ihre großen Augen waren auf den Mann

gerichtet. Sie spürte keine Angst mehr, nur ein seltsames Verlangen, diesen Mann zu besitzen, ihm ganz zu gehören.

Langsam ließ Susan das Badetuch vom Körper gleiten. Ein verheißungsvolles Leuchten lag in ihren Augen.

Im selben Moment schrie der Vampir gellend auf.

Er wurde wie unter einem unsichtbaren Hieb zu Boden geschleudert, bedeckte mit dem rechten Arm sein Gesicht und streckte den linken vor.

»Das Kreuz«, ächzte er. »Nimm das Kreuz weg!«

Erst jetzt wurde Susan bewußt, was er meinte. Ihr kleiner Talisman, der an einer silbernen Kette vor der Brust hing.

Hastig streifte sich Susan die Kette über den Kopf und warf sie mitsamt Talisman angewidert in das Duschbecken.

Es gab ein klirrendes Geräusch.

»Ist es gut so?« fragte Susan flüsternd.

»Ja.«

Der Vampir stand auf. Doch noch immer flackerte Angst in seinem Blick.

»Es ist nicht mehr da, Meister«, sagte Susan.

Sie wunderte sich nicht einmal, wie glatt ihr das Wort Meister über die Lippen kam.

Der Vampir hatte seine Fassung wiedergefunden. Der Blutrausch war zurückgekehrt.

Das nackte Mädchen war nicht mehr Herr seiner Sinne. Wie in einem Taumel kreiselte Susan herum, warf sich auf das Bett und erwartete den Vampir mit ausgestreckten Armen.

Graf Tomaso beugte sich über sie.

Höllisch spitze Zähne näherten sich dem glatten Hals des Mädchens. Zwei Fingerkuppen strichen über die samtene Haut.

Susan stöhnte. Sie drehte ein wenig den Kopf.

Ihr Blick brach sich in den Augen des Vampirs. Susan hatte das Gefühl, in einen unendlich tiefen See hineingezogen zu werden und zu ertrinken.

Die beiden spitzen Stiche spürte sie nur im Unterbewußtsein. Blut sprudelte aus ihrer Halsschlagader.

Hellroter Lebenssaft, der von dem Untoten gierig aufgesaugt wurde.

Und Susan? Sie wehrte sich nicht, konnte sich auch nicht wehren, denn das Zimmer begann um sie herum zu schaukeln. Farbige Bälle tauchten auf und zerplatzten.

Und dann gab es nur noch die Dunkelheit. Die alles verzehrende Finsternis, die der Sendbote des Todes ist.

Irgendwann wurde Susan Miller wach. Noch immer lag sie nackt auf dem Bett.

Verstört richtete sie sich auf. Ihr Blick traf das Bettuch. Eine rote Lache hatte sich darauf ausgebreitet.

Blut!

»Mein Gott«, flüsterte Susan, »wie kommt das hierher?«

Ob der Unbekannte noch hier war? Vielleicht im Duschraum?

Auf Zehenspitzen schob sich Susan durch die Tür.

Der Raum war leer. Aber das Becken war noch feucht, auch das nasse Stück Seife klebte noch unter dem Magnethalter.

Susan ging einen weiteren Schritt vor.

Da sah sie ihr Amulett.

Es lag in dem Becken. Das Licht der Deckenlampe brach sich in dem Silber.

»Nein!« Susan fuhr zurück. Der Anblick des Amuletts schien ihr körperliche Schmerzen zu bereiten.

Das Waschbecken war in die Wand eingebaut. Susan zog die beiden Holztüren auseinander, wollte nach ihren Haaren fassen und stieß plötzlich einen spitzen Schrei aus.

Ihr Spiegelbild war nur noch ein verwaschener Fleck.

Die Erkenntnis traf sie wie ein Keulenschlag. Mit beiden Händen wischte Susan verzweifelt über die glatte Fläche des Spiegels, doch sie änderte nichts.

Mit herabhängendem Kopf und aufgestützt auf das Becken verharrte sie.

Warum gab der Spiegel nicht ihr Bild zurück?

Susan wandte sich ab. Sie hatte die Hände gegen das Gesicht gepreßt und taumelte auf einen Sessel zu. Schwer ließ sie sich hineinfallen.

Susan Miller hörte nicht die Stimmen draußen auf dem Gang, bekam nicht das Lachen fröhlicher Menschen mit, sie befand sich in einem festen Schlaf.

Erst nach Stunden wachte Susan wieder auf. Mit einem schnellen Blick auf die Uhr stellte sie fest, daß sie sich beeilen mußte, um rechtzeitig zum Dinner zu kommen.

Susan machte sich innerlich Vorwürfe, daß sie eingeschlafen war. Wie hatte das nur passieren können?

Sie wollte gerade gehen, da spürte sie plötzlich ein seltsames Gefühl in sich hochsteigen.

Eine Art Hunger.

Aber nicht auf Speisen, sondern auf etwas ganz anderes.

Auf Blut! Zuerst erschrak Susan bei dem Gedanken, doch dann freundete sie sich damit an. Es gab keinen Zweifel, sie brauchte Menschenblut.

Graf Tomasos teuflische Saat war aufgegangen.

Susans Hand fuhr an den Mund. Ihr Zeigefinger glitt über die Vorderzähne und . . .

Ein wohliger Schauer rieselte über Susan Millers Rücken.

Sie hatte die beiden Vampirzähne gefühlt, die ihr gewachsen waren.

Sie war bereits eine Tochter der Finsternis.

Tief aus ihrer Kehle kam ein Fauchen. Der lange Schlaf hatte die Verwandlung zum Vampir noch beschleunigt. Jetzt gab es kein Zurück mehr. Sie würde auf Jagd gehen. Sie mußte auf Jagd gehen. Menschen sollten ihre Opfer werden.

In diesem Augenblick klopfte es an der Tür.

Susan zuckte zusammen. Nur mühsam konnte sie sich beherrschen.

Wieder klopfte es. Diesmal ungeduldiger.

»Ja. Wer ist da?« Susan hatte ihre Stimme gut unter Kontrolle.

»Ich bin's, Seymour. Ich muß mit dir reden, Susan. Unbedingt. Bitte, mach auf!«

Susan Miller überlegte einen Augenblick. Dann ging sie zur Tür und drehte den Schlüssel herum. Leise, so daß man es draußen nicht hören konnte.

»Was ist denn, Susan?«

»Komm nur herein, Seymour. Es ist offen. Ich habe dich bereits erwartet.«

Es klappte alles ausgezeichnet. Das erste Opfer kam sogar freiwillig . . .

»Mensch, irgend etwas stimmt doch mit dir nicht, John«, knurrte Bill Conolly und trank sein Glas mit einem Schluck leer.

»Wieso?«

Der Inspektor drehte sich um. Sein Gesicht zeigte einen erstaunten Ausdruck.

Bill Conolly zuckte ein wenig hilflos mit den Achseln. »Du bist anders als sonst, verschlossener. Mir scheint, dich bedrückt etwas.«

John Sinclair nagte an der Unterlippe. Gedankenverloren zündete er sich eine Zigarette an. Die beiden Männer befanden sich in Johns Kabine. Sheila wollte noch Make-up auflegen, und da hatte ihr Mann es vorgezogen, zu verschwinden.

John Sinclair stieß den Rauch durch die Nase aus. »Bill, du bist ein guter Beobachter. Mir geht auch einiges im Kopf herum.«

»Raus damit. Vielleicht kann ich dir helfen.«

»Ich habe heute morgen vor der Abfahrt einen toten Matrosen gesehen. Man hat ihn aus dem Hafenbecken gefischt. Er stammt von der Besatzung der CORMORAN.«

»Was ist da besonders schlimm dran? Für den Matrosen schon, sicher.« Bill lachte gekünstelt.

John verzog das Gesicht. »Gar nichts, Bill. Aber hör weiter zu. Zwei Männer trugen die Bahre dicht an mir vorbei. Und dann verrutschte das Tuch, das man über die Leiche gelegt hatte. Der Hals des toten Matrosen wurde sichtbar. Und jetzt wird's interessant, Bill. Ich entdeckte zwei mir gut bekannte Zeichen. Zwei kleine Punkte nur, die jedoch einiges aussagen.«

Bill wurde bleich. »Verdammt, du denkst an Vampire?«

»Ja, Bill.«

Der Reporter schüttelte den Kopf. »Das ist doch nicht möglich. Wo sollen die denn herkommen?«

»Keine Ahnung. Vielleicht sind sie schon auf dem Schiff.«

Bill wurde bleich. »Verdammt, das kann natürlich lustig werden. Vampire – ahoi, sozusagen.«

John Sinclair verzog nur die Lippen. Ihm war nicht nach Scherzen zumute. Er nahm sich sein Smoking-Jackett und schlüpfte hinein. »Und kein Wort zu Sheila, Bill. Ich erledige die Sache allein.«

»Ja, ja, schon gut.«

Bill schüttelte den Kopf. »Wenn ich da noch an letztes Jahr denke, an diesen . . . na, wie hieß er doch gleich?«

»Dr. Barow.«

»Ja, Dr. Barow. Da steht uns ja noch einiges bevor.«

»Noch ist nichts bewiesen, Bill«, sagte John. Dann schlug er seinem Freund auf die Schulter. »Komm, wir wollen Sheila nicht länger warten lassen, sonst wird sie schon wieder mißtrauisch.«

»Du hast mich erwartet?« fragte Seymour Destry überrascht und schloß die Tür hinter sich.

»Ja.«

Mehr sagte Susan nicht. Sie bemühte sich krampfhaft, ihre Vampirzähne zu verbergen.

»Komisch.« Seymour Destry ließ sich in einen Sessel fallen. »Ich dachte erst, du wolltest von mir gar nichts mehr wissen. Nach diesen Vorfällen damals.«

»Das ist doch Unsinn. Im Gegenteil, ich bin froh, daß du das getan hast.«

Destry beugte sich vor. »Sag mal, spinne ich oder du. Das ist doch nicht dein Ernst, was du da eben behauptet hast.«

»Doch, mein voller Ernst.«

»Das mußt du mir erklären.«

»Später.« Susan hatte ihre Stimme gesenkt. Sie hatte jetzt den Tonfall, der Seymour immer so verrückt machte.

Aufgeregt leckte er sich die Lippen. Teufel noch mal, er hatte das Gefühl, daß es ihm heute nacht endlich gelingen würde, mit Susan zu schlafen. Versucht hatte er es immer.

Susan hatte den Schreibtisch erreicht. Für einen Augenblick sah sie nach draußen auf die graugrünen Wellenkämme. Dann irrte ihr Blick ab und blieb auf einem spitzen Brieföffner hängen, der auf dem Schreibtisch lag.

Entschlossen krallten sich ihre Finger um den Griff.

Sie würde Seymour mit dem Brieföffner töten. Schon stellte sie sich vor, wie das Blut sprudelte, wie . . .«

»Susan!« Seymours Stimme klang rauh, als er ihren Namen aussprach.

Sie hörte, daß der Mann aufstand, sich ihr näherte.

Eine Hand legte sich auf ihre Schulter.

Jetzt!

Susan Miller kreiselte herum. Die Hand mit dem Brieföffner befand sich in Hüfthöhe.

Blitzschnell stieß sie zu. Bis zum Heft drang die spitze Waffe in den Körper des Mannes.

Für einen Moment stand Seymour Destry unbeweglich. Dann kam der heiße Schmerz. Ein mörderisches Brennen schien seine Eingeweide auseinanderreißen zu wollen. Seymours Augen weiteren sich entsetzt. Ein Ächzen entrang sich seiner Kehle. Er taumelte zurück.

»Susan . . .«

Mit zwei Schritten hatte Susan Miller ihr Opfer erreicht. Mit einem schnellen Griff zog sie den Öffner aus der Wunde und stieß noch einmal zu.

Seymour Destry brach in die Knie. Es gab einen dumpfen Laut, als er auf den Teppich fiel. Ein hellroter Blutstrom quoll aus der Wunde.

Blut! Lebenssaft, den Susan brauchte, um existieren zu können.

Breitbeinig stand sie über dem Sterbenden. Sie hatte die Oberlippe zurückgezogen. Wie zwei Dolche standen die Vampirzähne hervor. Gnadenlos blickten ihre Augen auf den Mann, der sich in Todeskrämpfen auf dem Boden wand.

Er würde ihr nicht mehr entkommen.

Susan stieß einen wilden Fauchlaut aus. Sie warf sich über ihr Opfer.

Blut, Blut! Sie konnte kaum genug bekommen.

Der grauenvolle Rausch dauerte lange. Susan Miller führte genau das zu Ende, was sie sich vorgenommen hatte.

Schließlich ließ sie von der Leiche ab.

Ihr Gesicht, ihr Hals, ihr Kleid, alles war blutverschmiert. Aber ihr Hunger war gestillt. Sie hatte sich an dem Blut satt getrunken.

Seymour Destry war das erste Opfer. Weitere würden folgen. Der Meister konnte mit ihr zufrieden sein.

Susan Miller lächelte grausam. Ihr war ein Gedanke gekommen. Sie wußte genau, wer das nächste Opfer sein würde.

Ein gewisser John Sinclair . . .

Die drei saßen in dem eleganten Speisesaal des Schiffes. Die Sessel waren mit rotem Samt überzogen. An der holzgetäfelten Decke hing ein prächtiger Lüster, und eine Band intonierte leise Melodien.

Die Garderobe entsprach dem äußeren Rahmen des Saales. Die Herren trugen Abendanzüge, während die Damen ebenfalls nicht nachstehen wollten. Man sah viel Schmuck und viel Haut.

Sheila hatte ihr blondes Haar zu einer kunstvollen Frisur hochgesteckt. Dazu trug sie ein grünes langes Kleid, das wie eine zweite Haut um ihre Figur lag. Eine mit Brillanten besetzte Silberkette funkelte an ihrem Hals.

Die Vorspeise kam. Ober in mittlernachtsblauen Smokings servierten sie.

Es gab echten Lachs, Toast und Butter.

Während es sich die Männer schmecken ließen, rührte Sheila keinen Bissen an.

»Wo sie nur bleibt?« murmelte Sheila.

»Wer?« fragte Bill kauend.

»Susan Miller natürlich.«

Bill hob die Schultern.

Sheila wurde immer unruhiger. Sie wandte sich auf ihrem Stuhl um und ließ die Blicke durch den Saal schweifen.

Sämtliche Tische waren besetzt. Die Passagiere waren mit ihrem Essen beschäftigt, nahmen keine Notiz von der Umgebung.

Schließlich entdeckte Sheila Doktor Fulmer. Der Wissenschaftler saß vier Tische weiter. Allein.

Dann war also der andere Mann auch nicht da, denn die beiden freien Plätze waren für ihn und Susan Miller reserviert.

Hoffentlich war nichts passiert.

Sheila machte sich Sorgen. Susan Miller war einfach nicht der Typ, der eine Versprechung machte und sie dann nicht hielt.

»Du solltest ruhig etwas essen«, unterbrach Bills Stimme ihre Gedanken.

»Danke, aber ich habe noch keinen Hunger.«

»So kenne ich dich ja gar nicht«, meinte John. »Ist es wegen dieser Susan Miller?«

»Genau. Ich mache mir echte Sorgen.«

»Vielleicht hat sie inzwischen einen netten Bekannten gefunden«, sagte Bill.

»Das glaube ich nicht.«

Sheila stand auf.

»Wo willst du denn hin?« fragte Bill.

»Nachsehen. Ich gehe zu ihrer Kabine.«

»Aber . . .«

»Ich bin gleich wieder zurück.«

Mit diesen Worten strebte Sheila dem Ausgang zu.

»Verstehst du das, John?«

Das Gesicht des Inspektors hatte einen nachdenklichen Ausdruck angenommen. »Sheila hat irgend etwas. So kenne ich sie eigentlich nicht. Na, wir werden sehen.«

»Nun werde du nicht auch noch nervös«, brummte Bill.

Inzwischen ging Sheila Conolly über die Mahagonitreppe in den mittleren Kabinentrakt. Es begegnete ihr kaum jemand. Die meisten waren beim Essen. Susans Worte fielen ihr wieder ein. Sie hatte von einem Sarkophag gesprochen, der im Laderaum stand.

Komisch, warum mußte sie jetzt daran denken? Ich hätte den Männern doch davon erzählen sollen, dachte sie.

Nummer acht. Ja, das war Susans Kabinentür.

Sheila Conolly klopfte an.

»Wer ist da?«

Sheila atmete auf. Gott sei Dank, Susan war noch in ihrer Kabine.

»Ich bin's, Sheila Conolly.«

»Ach so, ja einen Augenblick, bitte.«

Nach ein paar Sekunden wurde die Tür aufgezogen. »Kommen Sie doch herein, Sheila.«

»Danke.«

Blitzschnell ließ Sheila ihren Blick durch die Kabine gleiten. Doch Susan war allein, wie es schien. Einigermaßen beruhigt setzte sich Sheila in den Sessel.

»Warum sind Sie nicht gekommen, Susan?«

Susan Miller lächelte etwas verlegen. »Ich – ich habe es einfach verschlafen. Ich war plötzlich so müde. Und als ich aufwachte, war es zu spät.«

»Unsinn.« Sheila schüttelte den Kopf. »Sie kommen jetzt mit und damit fertig.«

»Aber ich bin nicht angezogen. Pullover und Hose ist wohl nicht gerade der richtige Aufzug.«

»Ich könnte Ihnen ein langes Kleid geben«, schlug Sheila vor.

»Nein, nein, das ist nicht nötig«, wehrte Susan heftig ab. »Ich habe auch gar keinen Hunger.«

Sheila Conolly war eine Frau schneller Entschlüsse. Und wenn ihr etwas nicht paßte, steuerte sie direkt auf ihr Ziel los.

»Irgend etwas stimmt mit Ihnen nicht, Susan.«

»Wieso?«

Susans Gesicht nahm plötzlich einen abweisenden Ausdruck an. Ihre Lippen preßten sich zusammen.

Sheila merkte das wohl, sagte aber nichts. Statt dessen meinte sie: »Wir kennen uns zwar noch nicht lange, aber ich war immer stolz darauf, mir schnell ein Bild von meinem Gegenüber machen zu können. Und Sie, Susan, habe ich in ganz anderer Erinnerung.«

»So? In welcher denn?« Susans Stimme klang lauernd.

»Sie waren lebenslustiger. Haben sich auf das Essen gefreut. Auch auf Mister Sinclair, wie ich . . .«

Sheila brach plötzlich ab. Ihr Blick war auf den Teppich gefallen. Der dunkle Fleck sprang ihr förmlich ins Auge.

»Was ist das denn?«

»Das, das ist, das ist . . .« Susan geriet ins Stottern.

»Etwa Blut?«

Für eine Augenblick stand Susan Miller wie versteinert. Dann sagte sie: »Ja, es ist Blut.«

»Aber wie kommt das auf den Teppich? Haben Sie sich verletzt?«

»Nein, ich nicht. Ein anderer ist verletzt worden. Oder besser gesagt umgebracht worden. Und ich habe es getan.«

Sheila hatte das Gefühl, von einem Keulenschlag getroffen worden zu sein.

Sie versuchte zu lächeln, doch es wurde nur eine Grimasse daraus. »Das erzählen Sie mir nur. Sie lügen doch, Susan.«

»Nein, ich lüge nicht. Ich habe Seymour Destry umgebracht. Wollen Sie ihn sehen?«

»Ja«, sagte Sheila, die wirklich wissen wollte, was an Susan Millers Worten dran war.

»Kommen Sie, Sheila, Sie werden Ihre Überraschung erleben.«

Susan Miller öffnete die Tür zum Duschraum.

Sheila stand langsam auf. Mit einem heftigen Ruck zog Susan den Plastikvorhang zur Seite.

»Da liegt er.«

Sheila Conolly schluckte. Sie sah direkt in das grauenhaft verzerrte Gesicht des Toten. Blutspritzer hatten das Brausebecken benetzt.

»Es ist also wahr«, flüsterte Sheila. »Sie haben ihn umgebracht.«

»Ja, ich sagte es Ihnen doch. Und er wird nicht mein einziges Opfer bleiben. Ich werde sie alle töten. Alle!«

Die letzten Worte weckten Sheila Conolly aus ihrer Erstarrung. Sie wirbelte herum.

Susans Gesicht hatte sich verwandelt.

Eine Vampirfratze starrte Sheila an. Die mörderischen Eckzähne blitzten. Zwei Arme schossen vor. Krallenhände griffen nach Sheilas Schultern.

»Du wirst mir dein Blut geben«, keuchte Susan. Mit einem Ruck zog sie Sheila zu sich heran, wollte ihre Zähne in den Hals der Frau bohren.

Doch Sheila Conolly hatte schon einiges erlebt. Sie war mehrmals mit dem Grauen konfrontiert worden, und deshalb behielt sie in diesem entscheidenden Moment die Nerven.

Ehe die Zähne die Haut ihres Halses berühren konnten, riß Sheila ihren rechten Arm hoch und stieß gedankenschnell zwei gespreizte Finger in die Augen der Untoten.

Die Wirkung war frappierend.

Susan heulte auf. Ihre Hände lösten sich von Sheilas Körper. Sie wankte zurück in den Wohnraum der Kabine hinein.

Die Schreie der Untoten gellten in Sheilas Ohren. Sie wußte, daß sie jetzt nicht nachgeben durfte. Susan Miller war kein Mensch mehr. Sie war durch was auch immer zu einem Vampir geworden.

Sheila sprang vor. Ihre Hände verkrallten sich in Susans Haaren. Mit einer gewaltigen Kraftanstrengung schleuderte sie die Untote herum, daß sie gegen die Wand der Kabine krachte und wimmernd daran herunterrutschte.

Viel Zeit blieb Sheila nicht mehr. Durch reine Schläge konnte sie die blutsaugende Bestie nicht vernichten. Sie brauchte einen angespitzten Gegenstand, den sie Susan durch das Herz rammen konnte.

Susan Miller hatte die Schläge überstanden. Sie stand schon wieder auf den Beinen.

Ein gräßliches Fauchen drang aus ihrem halb geöffneten Mund. Mit irrem Blick stierte sie ihr vermeintliches Opfer an.

»Komm!« kreischte sie. »Ich werde es dir zeigen! Du sollst nur dem Meister gehören!«

Susan Miller bot einen schrecklichen Anblick. Sie hatte die Arme weit vorgestreckt und die Hände gespreizt. Ihr Gesicht hatte nichts Menschliches mehr an sich. Die blonden Haare hingen ihr wirr in die Stirn. Die Sucht nach frischem Blut hatte sie gepackt.

Sheila Conolly wich zurück. Sie wunderte sich, wie kalt sie auf einmal war. Jegliches Angstgefühl war verflogen. Sie wußte genau, daß sie mit dieser Untoten fertig werden würde.

»Ja, komm nur«, lockte Sheila. »Nicht du wirst mich vernichten, sondern ich dich.«

Susan fauchte wild. Die Worte hatten sie getroffen, machten sie unvorsichtig.

Mit ausgebreiteten Armen warf sie sich vor, versuchte Sheila zu packen.

Doch ihr vermeintliches Opfer wich mit einer gedankenschnellen Bewegung aus und drehte sich um die eigene Achse.

Der Angriff ging ins Leere. Wild warf sich die Untote herum. Sie wollte nicht aufgeben. Noch war nichts verloren.

In diesem Augenblick wurde die Tür aufgestoßen.

Fast synchron ruckten die Köpfe der beiden Frauen herum.

Ein Mann stand in der Kabine.

Graf Tomaso!

Mit sorgenvollem Gesicht schob Bill Conolly den erst halb leer gegessenen Teller zur Seite. Ein Ober, der dies sah, zog pikiert die Augenbrauen in die Höhe.

»Schmeckt es Ihnen nicht, Sir?«

»Nein, verdammt.«

Bill blickte seinen Freund John Sinclair an, der sich soeben eine Zigarette angezündet hatte. Auch er hatte nichts gegessen, außer der Vorspeise.

»Sheila bleibt verflixt lange, John. Da stimmt etwas nicht.«

Der Inspektor beugte sich vor. »Die beiden Frauen werden sich unterhalten. Vielleicht ist Susan Miller auch noch nicht fertig. Es gibt viele Gründe für ihr Wegbleiben.«

Der Reporter lachte spöttisch. »Daran glaubst du doch selber nicht.«

Mit dieser Vermutung hatte Bill allerdings recht. Auch John machte sich inzwischen Sorgen. Wenn er es sich auch noch nicht anmerken ließ.

»Ich sehe mal nach«, sagte Bill entschlossen. »Sheila hat mir zum Glück die Kabinennummer der Frau gesagt.«

Der Reporter wollte gerade aufstehen, als sein Blick für einen kurzen Augenblick John Sinclair streifte.

Der Inspektor schien seinen letzten Satz gar nicht mitbekommen zu haben. Er starrte interessiert in Richtung Eingangstür.

Auch Bill wandte jetzt den Kopf.

Ein Mann in der blauweißen Uniform eines Schiffsoffiziers schob sich langsam durch die einzelnen Schiffsreihen. Daran war an sich nichts besonderes, wenn nur nicht der Blick gewesen wäre, mit dem er die Passagiere anstarrte.

»John, was ist . . .«

Der Inspektor winkte ab. Langsam erhob er sich von seinem Stuhl. »Kümmere du dich um Sheila, Bill. Los, mach, es ist besser.«

»Und du?«

»Rede nicht! Geh!«

Johns Stimme klang scharf. Selten hatte Bill seinen Freund so erlebt. Aber er wußte auch, daß dann immer etwas losgewesen war.

Entschlossen wandte sich der Reporter um und strebte mit hastigen Schritten dem Ausgang zu.

John Sinclair löste sich von seinem Tisch und schnitt dem Mann in der Uniform den Weg ab. Der Scotland-Yard-Inspektor, auch Geisterjäger genannt, hatte einen Blick für Menschen, wie dieser war.

Der Mann stand unter einem fremden Einfluß. Er bewegte sich wie eine Marionette.

Die anderen Gäste merkten nichts. Sie waren mit ihrem Essen beschäftigt. Ab und zu lachte eine Frau schrill auf. Scherzworte wurden gewechselt.

Ein unbeschwertes Treiben. Und niemand ahnte, daß das Grauen schon unterwegs war.

Noch drei Tische trennten John und den Uniformierten voneinander. Tische, die alle besetzt waren.

An einem saß eine ganze Familie. Ein Elternpaar mit ihren zwei halberwachsenen Töchtern.

Und da geschah es!

Wie ein Tier stürzte sich der Uniformierte plötzlich auf eines der Mädchen. Er krallte den Arm um seine Schulter und riß das Mädchen mitsamt Stuhl zu Boden.

Alles hatte nur Sekunden gedauert. Eine Zeitspanne, in der die Umhersitzenden wie gelähmt waren.

Dann erst gellte der Schrei der Unglücklichen auf.

Blitzschnell sprang der Vater auf, wollte sich auf den Unhold stürzen.

Ein Faustschlag fegte ihn zurück.

Noch immer lag das Mädchen schreiend auf dem Boden.

Brutal riß ihr der Unbekannte das Oberteil des Kleides herunter und stürzte sich mit einem Fauchen auf das Opfer.

Ober und beherzte Männer rannten zu dem Tisch.

Doch noch schneller war John Sinclair.

Wie eine Rakete fegte er durch die Luft und krachte dem Uniformierten in den Nacken, riß ihn damit von dem Mädchen weg.

Für Sekundenbruchteile sah John den Hals des Opfers und die beiden Bißstellen.

Damit wußte er endgültig Bescheid. Es waren Vampire auf dem Schiff.

Die beiden Kämpfenden prallten gegen den nächsten Tisch, rissen ihn um und wurden unter Schüsseln und Tellern begraben.

Normalerweise hätte das komisch gewirkt, doch diese Situation war verdammt ernst.

Die Männer waren gleichzeitig wieder auf den Beinen.

Der Uniformierte hatte den Mund aufgerissen. John sah die beiden Vampirzähne, von deren Spitzen Blut tropfte.

Der Vampir sprang auf John zu, wollte auch sein Blut haben.

Doch Inspektor Sinclair war mit allen Wassern gewaschen. Mitten in der Luft schmetterte er dem Unhold die Faust gegen den ungeschützten Kopf.

Der Schlag war mit solcher Wucht geführt worden, daß normalerweise die Schädeldecke zertrümmert sein mußte.

Nicht bei dem Vampir. Der Hieb stoppte ihn zwar, warf hin auch zu Boden, aber aufhalten konnte er ihn nicht.

Mit zwei, drei Bewegungen hatte sich der Untote um die eigene Achse gedreht und schleuderte noch im Liegen einen Stuhl gegen John Sinclairs Brust.

Der Inspektor kippte zurück. Er hatte das Gefühl, sein Brustkorb wäre in einen Fleischwolf geraten. Pfeifend zog er die Luft ein.

Irgend jemand fing John auf. Die Menschen hatten einen Kreis gebildet, der jetzt von dem davonrennenden Vampir durchbrochen wurde.

Zwei, drei Frauen stieß er brutal zur Seite. Männer, die sich ihm entgegenstellen wollten, wurden ebenfalls weggefegt.

John rannte hinter dem Untoten her.

»Halt!« gellte plötzlich eine sonore Stimme. »Mensch, Parkinson, sind Sie verrückt?«

John sah einen etwas kleineren Mann in der Uniform eines Kapitäns in den Saal stürmen. Es war derselbe, den er auch am Hafen gesehen hatte.

Parkinson, der Vampir, hörte nicht. Er warf noch einen Mann zur Seite und war dann verschwunden.

Jetzt war die Verwirrung erst vollkommen. Ein paar Frauen fielen in Ohnmacht, alles schrie durcheinander, und John Sinclair mußte sich förmlich durch die Menschenleiber hindurchwühlen.

Der Vampir gewann Vorsprung.

Irgendwann erreichte auch John den Ausgang. Aber wohin jetzt?

Mehrere Gänge zweigten ab. Besatzungsmitglieder kamen wild diskutierend angelaufen. Die Szene mußte sich im Nu herumgesprochen haben.

Promenadendeck, las John auf einem Schild, an dem ein Pfeil angebracht worden war.

Da sollte er es mal versuchen. Vielleicht hatte er Glück.

Eine ziemlich breite Treppe führte hinauf. Sie endete vor einer Glastür.

Die beiden Doppeltüren waren noch in leichter Bewegung. Das konnte vom Wind kommen, oder aber . . .

John zog die eine Hälfte der Tür auf, schlüpfte hindurch auf das Deck.

Der Wind fegte über die freie Fläche und rüttelte an den vier Rettungsbooten, die in den Ecken standen.

Das Deck war menschenleer. Ein paar Lampen brannten. Ihr Schein reichte gerade aus, um einigermaßen etwas erkennen zu können.

Mit angespannten Sinnen ging John Sinclair weiter. Das Rauschen des Windes übertönte jedes Geräusch. Er hörte nicht einmal, wie die Wellen unten gegen die Bordwand klatschten.

Natürlich hatte der Inspektor keine Waffe bei sich, mit der er den Vampir hätte bekämpfen können. Wer denkt bei einer Urlaubsreise schon an solche Überraschungen.

Johns Blick kreiste.

Die Rettungsboote! Wenn sich jemand dort verstecken konnte, dann da.

Die Boote waren mit einer graugrünen Persenning bedeckt. Regenwasser hatte sich bei dem ersten Boot, das John in Augenschein nahm, in einer kleinen Mulde gesammelt.

Der Inspektor prüfte die Verschnürung. Sie war unversehrt.

Das nächste Boot.

Zeit genug hatte der Vampir gehabt, sich hier zu verstecken.

Wieder hatte John Pech.

Langsam näherte er sich dem dritten Boot. Plötzlich verharrte er!

Die Verschnürung war an einer Seite gelöst worden. Und der Inspektor war auf einmal seiner Sache hundertprozentig sicher, daß in diesem Boot der Vampir stecken mußte.

Das Stück losgelöster Persenning wurde vom Wind hin und her gezerrt. Die Bänder klatschten gegen den Bootsrumpf.

John hielt die Persenning mit der linken Hand fest. Drei, vier Sekunden zögerte er.

»Kommen Sie raus!«

Gleichzeitig riß er die Persenning hoch.

Eine häßliche Vampirfratze starrte ihn an. Deutlich sah John die beiden Zähne. Unwillkürlich zuckte er zurück.

Das faßte der Vampir als Schwäche auf. Er hatte in dem Boot gekniet und auf seine Chance gelauert.

Jetzt flog er hoch, hechtete über die Bordwand, und ehe John ausweichen konnte, packte der Untote ihn am Smoking-Kragen.

Beide krachten auf das Deck.

Unglücklicherweise kam der Inspektor unten zu liegen. Hart drückte ihm der Untote das Knie in den Magen, preßte ihm dabei die Luft aus den Lungen und hackte mit den Zähnen nach Johns Hals.

Der Inspektor kannte fast jeden Trick. Sein Kopf fuhr hoch. Mit der Stirn knallte er gegen den halboffenen Mund des Vampirs. Haut platzte John weg. Aber er hatte Erfolg.

Der Vampir wurde nach hinten gerissen. Sein Griff lockerte sich.

Sofort setzte der Inspektor nach. Mit einem trockenen Schlag gegen den Hals des Untoten schaffte er sich Luft. Dann eine schnelle Drehung, und er hatte sich befreit.

»So«, keuchte John. »Jetzt wollen wir mal miteinander . . .«

Ein Fauchlaut riß ihm das Wort vom Mund.

Auf dem Boden hatte sich der Vampir noch herumgeworfen, war wieder auf die Beine gelangt und rannte auf die Glastür zu.

Johns Hechtsprung war zirkusreif. Seine Hände krallten sich in den Stoff der Hosenbeine. Der Untote vollführte einen halben Salto und krachte aufs Gesicht.

Für einige Augenblicke blieb er liegen.

Die Zeit reichte John. Er zog den Untoten hoch und zerrte ihn zur Reling.

Hart preßte er ihn gegen das Geländer. Mit der rechten Hand

hielt er dabei die Kehle des Untoten umklammert, so daß dieser sich nicht rühren konnte.

»So, jetzt mal raus mit der Sprache!« zischte John. »Wer hat dich zum Vampir gemacht?«

Ein gellendes Gelächter war die Antwort.

John preßte die Zähne zusammen.

»Ich werde den Pfahl holen«, flüsterte er heiser, »und ihn dir durch die Brust rammen, bis dein verfluchtes Leben vorbei ist!«

In den Augen des Vampirs flackerte es. Der Pfahl und das Kreuz. Das waren die Waffen, die Untote am meisten fürchteten.

»Noch mal, wer hat dich zum Vampir gemacht?«

Der Untote wand sich in Johns Griff. Vergeblich. Eisern hielt der Inspektor fest.

»Es – es ist der Meister«, keuchte der Vampir. »Ich habe ihn erst vorhin getroffen. Er hat Großes vor. Ich war erst der Anfang. Das ganze Schiff wird unter seine Kontrolle geraten. Alle werden sie zu Vampiren und nur ihm gehorchen.«

»Wer ist der Meister? Los, spuck es aus!«

»Ich kenne ihn nicht mit Namen. Du mußt ihn schon selbst suchen. Er ist auf dem Schiff. Jeder kann es sein. Jeder!«

Es wurde John überdeutlich bewußt, in welch ungeheurer Gefahr die Passagiere und die Besatzung der CORMORAN schwebten. Wenn diese Vampirseuche um sich griff, dann . . .

»Wer ist noch sein Diener?« knirschte John.

»Eine Frau. Eine hübsche Frau.«

»Wie heißt sie?«

»Ich kenne sie nicht. Aber sie hat blonde Haare, und sie wird dem Meister viele Männer bringen.«

John Sinclair zuckte zusammen. Susan Miller hatte laut Sheilas Beschreibung auch blonde Haare.

Sollte etwa ein Zusammenhang bestehen? Es sah ganz so aus. Und wenn, dann schwebten Sheila und Bill in höchster Gefahr. Falls Sheila nicht schon . . .

John durfte gar nicht daran denken.

»Du wirst mich jetzt zu dieser blonden Frau bringen«, flüsterte John. »In ihre Kabine, und dort werden wir gemeinsam auf den Meister warten.«

»Ich mache nichts«, erwiderte der Vampir. »Du kannst mich nicht töten. Du hast keine geweihte Kugel, keinen Pfahl – nichts! Ich werde dich töten!«

»Das wollen wir doch mal sehen!«

Mit einem Ruck zog John den Vampir zu sich heran, kreiselte gleichzeitig herum und bog ihm den rechten Arm nach oben.

»Ich werde dich zwar nicht mit dem Pfahl töten, aber ich werfe dich ins Meer, denn die Schiffsschraube genügt, um dir den Garaus zu machen.«

»Neiinnn!« heulte der Vampir, der genau wußte, wie nah sein Ende war.

Doch John trieb ihn gnadenlos voran. Hier Rücksicht walten zu lassen wäre Selbstmord gewesen.

Der Vampir prallte mit der Brust gegen die Reling. John bückte sich blitzschnell und griff nach den Beinen des Untoten. Ein Ruck genügte, dann . . .

»Lassen Sie den Mann los, Mister!« peitschte plötzlich eine Stimme hinter Johns Rücken auf. »Oder wollen Sie eine Kugel?«

»Endlich!« kreischte Susan Miller.

Sie stürzte Graf Tomaso entgegen, riß ihn einfach zur Seite und stieß dann den Arm vor.

»Das ist dein nächstes Opfer! Nimm sie dir! Trinke ihr Blut bis auf den letzten Tropfen! Und ich will dabei sein, will sehen, wie du sie zu deiner Sklavin machst.«

Sheila Conolly erkannte in diesen schrecklichen Augenblicken die ganze grausame Wahrheit. Sie brauchte nur die funkelnden Zähne des Mannes zu sehen, um zu wissen, was hier gespielt wurde. Er war der Meister, und sie, Sheila Conolly, würde nicht die Kraft haben, sich gegen ihn zu wehren.

Die junge Frau spürte die Panik in sich hochsteigen. Ihre Knie begannen zu zittern. Die Augen füllten sich mit Tränen.

Nur leise vernahm sie Susans zischende Stimme. »Los, hol sie dir, o Meister! Sie gehört dir. Dir ganz allein.«

»Nein!«

Wie das Echo eines Peitschenschlages hallte dieses Wort durch die Kabine.

»Ich werde diese Frau zu meiner Dienerin machen. Aber nicht sofort. Ich nehme sie mit in mein Versteck. Vielleicht kommt irgendwann mal der Zeitpunkt, wo ich eine Geisel gebrauche, und da kommt sie mir gerade recht.«

»Das kannst du nicht machen!« kreischte Susan. »Mit ihr soll das gleiche geschehen wie mit mir. Ich sehe nicht ein, daß . . .«

Wild zerrte sie an Graf Tomasos Arm.

Mit einer knappen Bewegung schleuderte der Vampir die tobende Susan von sich.

»Halte dich still!« befahl er. »Oder ich werde dich vernichten. Opfer bekomme ich genug.«

Mit gleitenden Schritten ging er auf Sheila zu.

Bills Frau wollte ausweichen, doch der Vampir hatte beide Arme ausgestreckt und ihr den Fluchtweg versperrt.

»Du hast keine Chance«, knurrte er kehlig. »Wenn du dich wehrst, mache ich dich sofort zu meiner Dienerin.«

Nie gekannte Angst preßte Sheilas Herz zusammen. Die Worte des Grafen tönten wie Hammerschläge in ihrem Kopf.

Eine Hand legte sich auf ihre Schultern. Sie spürte die kalten Finger auf ihrer Haut und schauderte unwillkürlich zusammen.

Graf Tomaso griff mit der anderen Hand unter ihr Kinn, drehte den Kopf so, daß Sheila den Vampir ansehen mußte.

Wie tiefe Kohlenschächte kamen ihr die Augen vor. Schächte, in die man hineinfallen konnte und endgültig verloren war.

»Du tust genau, was ich dir sage«, hörte sie die Stimme des Vampirs.

Sheila nickte. Ihr kam es vor, als spräche der Graf aus unendlicher Ferne.

»Ja, ich mache alles, was du willst.«

Sheila Conolly merkte nicht, daß sie sich bereits in einer Hypnose befand. Gehorsam streckte sie die Hand aus, umklammerte die Finger des Grafen und ließ sich willig zur Tür ziehen.

Susan Miller hatte sich inzwischen wieder aufgerafft. Sie lehnte mit dem Rücken an der Wand und starrte aus brennenden Augen den beiden nach.

Mit einem dumpfen Ton fiel die Tür ins Schloß.

Susan Miller ballte die Fäuste. Die Sucht nach frischem Blut machte sie verrückt. Wenn sie nicht bald etwas bekam, würde sie auf den Gang rennen und den nächstbesten anfallen.

»Und ich kriege dich doch, Sheila Conolly!« keuchte Susan Miller . . .

Mit Riesensätzen hetzte Bill Conolly durch das Schiff. Die Angst um seine Frau trieb ihn voran. Er nahm keine Rücksicht auf Entgegenkommende. Manches Schimpfwort wurde ihm nachgerufen. Ein Steward, der ihn aufhalten wollte, machte Bekanntschaft mit Bills rechter Faust. Der gute Mann war immer noch bewußtlos.

Endlich hatte Bill den Gang erreicht, auf dem auch Susan Millers Kabine lag.

Nummer zwei, vier, sechs . . .

Bill verlangsamte seine Schritte.

Nummer acht!

Zwei Sekunden blieb Bill stehen. Sein Atem flog. Schweiß bedeckte seinen Körper.

Wenn ihr nun gar nichts geschehen ist? Wenn ihr . . .

»Nein!« preßte Bill hervor. Er schüttelte die Gedanken ab wie ein Hund die Wassertropfen.

Entschlossen legte er die Hand auf den Türknauf, drehte ihn herum und riß die Kabinentür auf.

Hart knallte die Tür gegen die Wand, prallte sofort wieder zurück und schnappte ins Schloß.

Doch da stand Bill bereits in der Kabine.

Susan Miller kreiselte herum. Spitz stachen ihre beiden Vampirzähne hervor. Sie sah Bill Conolly, der breitbeinig vor der Tür stand, und ein wohliger Schauer rieselte über ihren Rücken.

Ein neues Opfer.

Bill brauchte nur die Frau zu sehen, um zu wissen, was gespielt wurde. Es war nicht das erste Mal, daß er einem Vampir gegenüberstand.

Allerdings war er diesmal waffenlos.

»Wo ist Sheila Conolly?« flüsterte Bill heiser, aber laut genug, daß Susan Miller ihn auch verstehen konnte.

Die Untote kicherte hämisch. »Du wirst sie nie wiedersehen. Der Meister hat sie mitgenommen.«

»Wo ist Sheila?«

Bill stapfte vor. Er hatte jegliches Gefühl ausgeschaltet. Er wußte nur, daß er seine Frau finden und die Untote töten mußte. Egal wie.

»Such sie doch!«

Bill drehte durch. Mit einem Wutschrei warf er sich vor und schmetterte der Untoten seine Faust ins Gesicht.

Der Schlag war mit voller Wucht geführt worden. Susan Miller wurde zurückgeschleudert, krachte gegen die Tür zum Duschraum und hatte noch soviel Fahrt, daß die Tür unter dem Gewicht aufgerissen wurde und die Untote in die Dusche schlitterte.

Bill Conolly setzte blitzschnell nach. Er zwängte sich durch die Tür, bückte sich, wollte die Untote packen – und erstarrte.

In dem kleinen Duschraum lag eine Leiche.

Der Tote sah grauenhaft aus.

Bill mußte schlucken. Sein Gesicht wurde bleich. Er paßte einen Moment nicht auf.

Schon griff Susan Miller an.

Sie sprang hoch, und ehe sich der Reporter versah, rissen ihm fünf Fingernägel das Hemd auf.

Blutige Streifen zeichneten seine Haut.

Das machte die Untote verrückt.

Fauchend versuchte sie, die Zähne in Bills Brust zu hacken.

Der Reporter konnte nur mit einer Reflexbewegung ausweichen und ging zum Gegenangriff über.

Ein knallharter Schlag schleuderte Susan Miller zurück. Sie stolperte und fiel in das Duschbecken. Über der Leiche blieb sie liegen.

Bill hetzte zurück in die Kabine. Er wußte, daß er der Untoten nicht beikommen konnte. Er mußte eine Waffe finden, einen spitzen Gegenstand, den er ihr in die Brust rammen konnte.

Aber wo?

Die Augen des Reporters irrten umher. Nirgendwo war ein Pfahl oder irgendeine ähnliche Waffe zu finden.

Da fiel sein Blick auf den Schrank. Bill sprang hin und riß ihn auf.

Ein Waschbecken, zwei Handtücher – und ein Spiegel verbargen sich dahinter.

Bill sah den Spiegel, und die Idee zuckte wie ein Blitz in seinem Kopf auf.

Er lief ein paar Schritte zurück und schnappte sich den marmornen Aschenbecher, der auf dem Tisch stand.

Aus der Duschkabine hörte er das irre Kichern der Untoten, die ihr Opfer schon sicher glaubte.

Bill hob den rechten Arm. Einen Herzschlag später zischte der schwere Aschenbecher durch die Luft.

Bill hatte die rechte obere Ecke des Spiegels anvisiert und traf genau.

Klirrend ging das schwere Stück zu Bruch. Allerdings zerfiel es nicht in tausend kleine Splitter, sondern es blieben noch genügend handtellergroße Stücke übrig, die man als Waffe benutzen konnte.

Genau das hatte Bill gewollt.

Er riß eines der Handtücher vom Haken, wickelte es sich um seine rechte Hand und riß die längste Scherbe aus der Spiegelfassung.

In diesem Augenblick verließ Susan Miller die Duschkabine.

Bill wirbelte herum. Die Hand mit der Scherbe versteckte er hinter seinem Rücken.

Die Untote ging leicht gebückt. Sie hatte die Arme ausgestreckt. Ihr Mund war aufgerissen, und ihr Körper dürstete nach Blut.

»Du entkommst mir nicht!« hechelte sie. »Du nicht!«

Der Reporter ließ sie herankommen. Nur wenn er jetzt die Nerven behielt, konnte er den Kampf gewinnen.

Noch zwei Schritte.

Die Untote stieß einen Triumphschrei aus.

Jetzt!

Susan Miller warf sich vor, wollte Bill packen, ihn mit ihrer ungeheueren Kraft niederreißen.

Bills Rechte wischte hinter dem Rücken hervor, die Scherbe blitzte einen Herzschlag lang auf und drang dann der Untoten genau in Höhe des Herzens in die Brust.

»Aaaahhhh!«

Der grauenhafte Schrei drang dem Reporter durch Mark und Bein. Er ließ die Scherbe los, warf das Handtuch weg und sprang angeekelt zurück.

Susan Miller brach zusammen. Es gab einen dumpfen Laut, als sie mit dem Rücken auf den Teppich fiel.

Ein rotschwarzer Blutstrom schoß aus der Wunde, welche die Spiegelscherbe gerissen hatte. Susans Hände zuckten wie im Krampf. Sie wollte die Scherbe fassen, sie aus der Brust herausreißen, doch ihre Arme fielen kraftlos zur Seite.

Ein letztes, langgezogenes Stöhnen drang aus ihrer Brust. Dann war es vorbei.

Susan Miller, die Untote, hatte den endgültigen Tod gefunden. Sie war erlöst, so paradox sich dies anhört.

Auf ihrem Gesicht lag jetzt wieder ein friedlicher Ausdruck. Die Augen waren zur Decke gerichtet.

Bill kniete nieder und zog die Augendeckel über die Pupillen.

»Du hast es geschafft«, flüsterte er heiser.

Der Reporter warf einen Blick durch die offenstehende Tür in die Duschkabine. Er sah die Beine des toten Mannes dort in dem Duschbecken.

Welches grauenvolle Drama mußte sich hier abgespielt haben.

Als der Reporter nach seinen Zigaretten griff, merkte er, wie seine Hände zitterten. Er schaffte es erst beim dritten Versuch, das Stäbchen aus der Packung zu klopfen.

Das Feuerzeug schnippte zu. Überlaut drang dieses Geräusch durch die Stille.

Bill wischte sich über das Gesicht. Eine Untote hatte er erledigen können – aber Sheila, seine Frau, war immer noch verschwunden. Sie befand sich in den Klauen eines blutsaugenden Monsters. Würde er sie überhaupt noch einmal wiedersehen . . .?

Der Inspektor versteifte sich.

Jetzt sind Sheila und Bill verloren, war sein erster Gedanke.

Automatisch gehorchte er dem Befehl des Unbekannten hinter seinem Rücken und ließ den Vampir los, der sofort zur Seite sprang und sich in einer dunklen Stelle verbergen wollte.

»So ist es gut, Mister!« hörte John wieder die befehlsgewohnte Stimme. »Und nun drehen Sie sich langsam um. Dabei heben Sie die Arme hübsch in Schulterhöhe.«

Zähneknirschend kam John dem Befehl nach. Ihm war klar, wenn er jetzt nicht überzeugend genug argumentierte, konnten unter Umständen sämtliche Menschen auf dem Schiff verloren sein.

Drei Männer starrten John an. Unter ihnen befand sich auch der Kapitän. Er stand in der Mitte. Zwei Offiziere mit schußbereiten Pistolen flankierten ihn.

Der Kapitän trat einen Schritt vor. Er kniff die Augen leicht zusammen und betrachtete John Sinclair genauer.

»Haben wir uns nicht schon einmal gesehen, Mister?«

»Das ist durchaus möglich, Käpt'n. Aber jetzt . . .«

»Halten Sie Ihren Mund!« zischte der Kapitän. »Auf meinem Schiff redet nur derjenige, dem ich Fragen stelle.«

Dieser Mann schien ein scharfer Hund zu sein. Von der Verbindlichkeit anderer Seelords, die große Passagierdampfer führten, war nichts zu merken. Der Kapitän war im Gegensatz zu oft geschilderten Romanhelden aus seinem Beruf klein und mit einem Ansatz zum Hängebauch, über den sich die Uniformjacke straff spannte. Sein Gesicht war rund und übersät mit hektischen, roten Flecken. Das konnte John einigermaßen gut erkennen, da durch die gläserne Tür genügend Licht fiel. Der Inspektor schätzte auch, daß unter der schmucken Kapitänsmütze strohblondes Haar wuchs.

Der Seelord stemmte die Arme in die Hüften. »Ich bin Kapitän van Heeren. Sie sind vorläufig festgenommen, Mister. Dieses steht mir Kraft meines Amtes zu!«

Im Gegensatz zu seinem Äußeren hatte van Heeren eine tiefe Stimme, die einem ängstlichen Menschen Angst einjagen konnte.

Aber nicht John Sinclair.

»Hören Sie, Käpt'n«, erwiderte der Inspektor scharf. »Ich habe jetzt keine Zeit, um noch große Reden zu halten. Lassen Sie sich jedoch eins gesagt sein, wenn wir jetzt nicht handeln, ist das gesamte Schiff mit seiner Besatzung und den Passagieren verloren.«

»Sie sind ein Spinner!«

John winkelte den rechten erhobenen Arm an und schob ihn unter das Revers seines Smokings.

»Lassen Sie das!« Dieser Befehl war von einem der Offizere gekommen.

John verharrte. Aus den Augenwinkeln sah er, daß der Vampir versuchte, sich von dem Deck zu schleichen.

»Achten Sie auf ihn«, sagte John.

»Bleiben Sie stehen, Parkinson«, sagte der Offizer, der auch John gerade angeschnauzt hatte. »Und Sie, Mister, nehmen wieder den Arm hoch.«

»Nein!« Johns Antwort klang bestimmt. »Passen Sie gut auf, meine Herren. Ich habe keine Waffe bei mir. Ich möchte Ihnen nur etwas zeigen. Hier!«

Mit zwei Fingern zog John seine Brieftasche hervor, klappte sie auf und ließ seinen in einer Plastikhülle steckenden Ausweis herausrutschen.

Er warf ihn dem Kapitän zu, der das Dokument geschickt auffing.

Fast eine Minute starrte van Heeren auf den Ausweis. Dann ruckte sein Kopf hoch. Er nahm die Mütze ab und strich über sein schütteres Haar.

John bemerkte, daß er mit seiner Vermutung recht behalten hatte. Das Haar war tatsächlich strohblond.

Van Heeren kam auf John zu und gab ihm den Ausweis zurück. »Tut mir leid, Inspektor. Ich habe nicht gewußt, daß Sie Polizeibeamter sind. Deshalb also dieses außergewöhnliche Interesse an dem Toten unten am Hafen. Aber sagen Sie eins: Sind Sie dienstlich hier? Und was ist mit Parkinson, dem Dritten Offizier?«

»Langsam, Käpt'n. Immer der Reihe nach.« John wies auf den Vampir, der sich ängstlich gegen die Reling gepreßt hatte. »Dieser Mann dort ist ein Untoter.«

»Ein was?« Titus van Heeren, eingefleischter Seelord, der die Weltmeere wie seine Westentasche kannte, zweifelte an seinem Verstand. So etwas hatte er noch nie gehört.

»Er ist ein Untoter«, wiederholte John, »oder ein Vampir, falls Ihnen das mehr sagt.«

»Ja, von Vampiren habe ich gelesen«, erwiderte van Heeren. »Aber die gibt es doch nur in Büchern.«

»Haben Sie eine Ahnung. Ich werde Ihnen jetzt und hier beweisen, daß Vampire existieren.«

»Wie wollen Sie das denn machen?«

»Geben Sie mir eine Pistole.«

»Wie Sie meinen.«

Der Kapitän befahl einem der Offiziere, die Pistole abzugeben. John wog die Waffe gemächlich in der Hand. Ein bitteres Lächeln hatte sich in seinem Gesicht eingekerbt. Im Prinzip widerte ihn diese Demonstration an, aber hier mußte es sein.

Die Waffe in Hüfthöhe haltend, ging John auf den Vampir zu. Der Untote stand genau zwischen zwei Beleuchtungskörpern, und John Sinclair sah das Weiße in den weitaufgerissenen Augen des Mannes leuchten.

Der Vampir hatte Angst.

Drei Schritte vor ihm blieb John stehen.

Der Mund des Untoten war halb geöffnet. Wie zwei weiße Dolche klebten die Spitzen der Zähne auf der Unterlippe.

Der Inspektor hob den rechten Arm, zielte und drückte zweimal hintereinander ab.

Beide Geschosse fegten dem Vampir in die Brust.

Der Untote brüllte auf, jedoch nicht vor Schmerz, sondern mehr aus Schrecken, denn die Wucht der Einschläge hatte ihn gegen das Geländer gepreßt.

John Sinclair ließ die Waffe sinken. Er drehte ein wenig den Kopf nach links.

»Nun, meine Herren, haben Sie alles verfolgt?«

»Verdammt, ja«, ächzte Titus van Heeren, der Kapitän. »Die Kugeln sind ihm beide in die Brust gefahren, und . . . oh, verdammt.«

»Es waren eben keine Silberkugeln«, erklärte John. »Damit wäre der Vampir jetzt ausgelöscht.«

Auch die beiden Offiziere sahen sich betreten an. »Ich habe einen silbernen Talisman«, sagte einer von ihnen. »Können Sie damit etwas anfangen, Sir?«

»Ist dieser Talisman geweiht?« stellte John die Gegenfrage.

»Nein.«

»Dann ist er wertlos. Aber ich weiß trotzdem, wie wir den Vampir vernichten können.« John ließ die Pistole in die Außentasche seines Smokings gleiten. Die Waffe war ihm jetzt nur hinderlich. Dann trat der Inspektor noch einen Schritt vor.

Der Vampir verzog das Gesicht. Ein hämisches Kichern kam aus seinem Mund.

»Du kannst mich nicht töten, denn du hast keine Waffe bei dir. Keinen Pfahl und . . .«

John ließ den Untoten nicht erst ausreden. »Und doch kann ich dich töten. Ich werde das nachholen, was ich vorhin vorgehabt habe.«

Mit einem gedankenschnellen Schlag rammte John dem Untoten die flache Hand unter das Kinn und packte gleichzeitig den Hosengürtel des Vampirs.

Ein kurzer Ruck, und der Blutsauger schwebte in der Luft.

Verzweifelt strampelte der Untote mit den Beinen. Aus seinem Mund drangen gräßliche Schreie.

John kannte kein Pardon. Durfte es nicht kennen, denn diese Brut der Untoten mußte ausgerottet werden.

Der Inspektor bog den Oberkörper weit zurück und warf den Vampir im hohen Bogen über die Reling.

Ein langgezogener Schrei drang aus dem Mund des Blutsaugers, der abrupt verstummte, als der Körper auf die Wasseroberfläche klatschte.

Die tonnenschwere Schiffsschraube würde ihr übriges tun.

Der Inspektor wandte sich um.

Drei bleiche Gesichter starrten ihn an.

»Mußte das sein?« fragte der Kapitän rauh. »Gab es keine andere Möglichkeit?«

John schüttelte den Kopf. »In diesem speziellen Fall nicht.«

Titus van Heeren schluckte. Er öffnete den Mund zu einer Frage, schien sich aber nicht zu trauen, den Satz auszusprechen.

»Sie wollen sicher wissen, ob er der einzige Vampir gewesen ist?«

»Ja.«

»Da kann ich Ihnen leider auch keine genaue Auskunft geben. Aber lassen Sie sich gesagt sein, einen Vampir wird es bestimmt noch auf dem Schiff geben.«

»Mein Gott«, flüsterte der Kapitän. »Dann schweben wir tatsächlich alle in großer Gefahr.«

»Genau. Und wir müssen was dagegen tun.«

»Sehen Sie denn eine Möglichkeit, Inspektor?«

»Vielleicht. Aber darüber möchte ich mit Ihnen allein reden.« Und zu den beiden Offizieren gewandt, sagte John: »Ich wünsche, daß Sie über diese Vorfälle strengstes Stillschweigen bewahren. Es darf auf keinen Fall an Bord zu einer Panik kommen. Verstanden?«

»Ja«, lautete die einstimmige Antwort.

»Ich schlage vor, wir gehen in Ihre Kabine, Käpt'n«, sagte John Sinclair. »Dort sind wir ungestört.«

Die Männer wollten sich gerade auf den Weg machen, als hinter der Glastür ein Mann auftauchte, hastig einen Türflügel aufriß und auf John zugestürzt kam.

Der Mann war Bill Conolly. Die Haare hingen ihm wirr in die Stirn, das Hemd war aufgerissen, und sein Gesicht war naß von Schweiß.

John Sinclair ahnte Schreckliches, als er Bill so sah.

Sein Blick hing wie eine unsichtbare Frage an dem Gesicht des Reporters.

»Sheila!« keuchte Bill Conolly. »Sie . . . sie ist verschwunden. Ein Vampir hat sie geholt!«

Einen Herzschlag lang schloß John die Augen. Obwohl er es irgendwie geahnt hatte, traf ihn die Nachricht doch wie ein Keulenschlag.

Der Inspektor hatte seinen Freund noch nie so deprimiert

gesehen. Bill hatte den Kopf gesenkt. Tränen schimmerten in seinen Augen.

»Einen Vampir habe ich umbringen können. Aber Sheila – sie ist . . . John, ich glaube nicht, daß wir sie noch retten können . . .«

Niemand hatte Graf Tomaso auf seinem Gang durch das Schiff beachtet. Auch Sheila Conolly schenkte keiner große Aufmerksamkeit. Sie schien einfach zu dem Grafen zu gehören.

Jetzt trieb sich der Vampir mit dem Mädchen in den unteren Laderäumen herum. Er suchte nach einem geeigneten Versteck für Sheila Conolly – und nach neuen Opfern.

Noch lag eine lange Nacht vor ihm. Eine Nacht, in der die Menschen auf dem Schiff das Grauen kennenlernen sollten.

Tomaso hatte wohl etwas von der Hektik gespürt, die das plötzliche Auftauchen des Vampirs in dem Speiseraum zur Folge gehabt hatte. Aber das war erst der Anfang.

Sheila Conolly folgte dem Blutsauger wie ein treuer Hund seinem Herrn. Bills Frau war nur noch eine Marionette. Dank seiner teuflischen Fähigkeiten hatte Tomaso ihr den eigenen Willen aufgezwungen.

Und wie so oft kam auch diesmal dem Vampir der Zufall zu Hilfe.

Graf Tomaso hörte plötzlich Schritte. Die mit kleinen Metallplatten versehenen Absätze knallten dumpf auf dem Boden.

Der Graf verharrte, zog Sheila dicht an sich.

Sie standen in einem schmalen Gang und hatten sich zusätzlich mit dem Rücken gegen die Wand gepreßt.

Eine Tür wurde geöffnet. Sie quietschte erbärmlich in den Angeln.

»Verdammt noch mal«, knurrte eine rauhe Stimme. »Die Scheißtür . . .« Der Rest der Worte ging in unverständliches Gemurmel über.

Ein Lichtstrahl blitzte auf. Er kam von einer Taschenlampe, die der Ankömmling in der Hand hielt.

Die Tür fiel ins Schloß.

Jetzt tanzte der Lichtschein durch den Gang, erfaßte die beiden Wände – und . . .

»Was machen Sie denn da?« zischte der Mann und hielt die Lampe so, daß sie Graf Tomaso blendete.

Doch der Vampir ließ sich nicht beirren.

Er trat einen halben Schritt vor. Dadurch konnte der Mann mit der Lampe Sheila Conolly sehen.

»Aha«, sagte er, »ein Schäferstündchen zu zweit. Tut mir leid, daß ich . . .«

Weiter kam er nicht. Graf Tomaso hatte zugepackt.

Schraubstöcken gleich preßten sich seine Hände um die Kehle des Opfers. Wild warf der Vampir den Unglücklichen herum, knallte ihn gegen die Wand des Ganges.

Die Lampe fiel dem Mann aus der Hand, brannte aber weiter.

Graf Tomaso war besessen. Er würgte sein Opfer so lange, bis kein Laut mehr aus dessen Kehle kam. Dann erst ließ er von ihm ab.

Langsam sackte der Mann zu Boden.

Der Vampir fühlte nach dessen Puls. Er schlug noch.

Graf Tomaso winkte Sheila heran. »Heb die Lampe auf!« befahl er.

Sheila gehorchte.

Der helle Strahl fiel auf einen Schlüsselbund, der am Gürtel des Ohnmächtigen hing.

In den Augen des Vampirs blitzte es auf. Genau das hatte er gehofft.

Er löste den Schlüsselbund und ging damit zu der Tür, hinter der auch sein Sarkophag stand.

Der fünfte Schlüssel paßte. Sheila leuchtete dem Vampir bei dieser Arbeit mit der Lampe.

Die Tür schwang zurück.

Muffige Luft strömte aus dem Lagerraum. Der Vampir gab Sheila die Lampe, ging zu dem Bewußtlosen und schleifte ihn in den Lagerraum.

Dann schloß er die Tür von innen.

Graf Tomasos Augen leuchteten auf, als er den Mann vor sich auf dem Boden liegen sah. Wieder packte ihn der heiße Blutrausch.

Mit einem Knurren stürzte sich der Graf auf das wehrlose Opfer. Und Sheila Conolly beleuchtete die grausige Szene.

Endlich ließ der Vampir von seinem Opfer ab. Blutverschmiert war seine Mundpartie, und in seinen Augen stand zu lesen, daß sein Rausch noch längst nicht verflogen war.

Der Vampir sah den Sarkophag und blickte dann auf Sheila, seine wertvolle Geisel.

Ja, das war genau das Versteck für sie.

Der Untote packte Sheila an ihrem rechten Handgelenk und zog sie zu dem Sarkophag.

Graf Tomaso schob den Deckel zurück.

Die dunkle Öffnung gähnte ihn an. »Steig ein!«

Sheila übergab ihrem Meister die Lampe und gehorchte.

Kratzend schloß sich der Deckel über dem wehrlosen Mädchen. Ihre Körperfunktionen waren zwar auf das Minimalste beschränkt, aber lange konnte sie es in diesem Gefängnis nicht aushalten.

Sheila Conolly würde elendig ersticken . . .

Die Kabine des Kapitäns war geräumig und mit Mahagoni getäfelt. Aus dem gleichen Material waren auch die beiden hohen Einbauschränke an der linken Wand des Raumes.

»Setzen Sie sich«, sagte Titus van Heeren und deutete auf eine moosgrüne Polstergarnitur.

John Sinclair und Bill Conolly nahmen Platz.

Bevor sie hierher gekommen waren, war die Kabine Nummer acht versiegelt worden. Sie hatten die Toten ungesehen weggeschafft, und John hatte erste Spuren gesichert. Dr. Fulmer, Chef der kleinen Expedition, wußte noch von nichts. Ihn wollten sie erst später informieren.

»Möchten Sie etwas trinken?« fragte der Kapitän.

John und Bill einigten sich auf Whisky. Dem Reporter stand noch immer der Schrecken im Gesicht geschrieben. Und das sollte etwas heißen, denn Bill war ein verdammt harter Brocken.

Die ersten Gläser tranken sie auf einen Zug. Während der Kapitän nachschenkte, berichtete Bill noch einmal ausführlich, was er erlebt hatte. Als er auf Sheila zu sprechen kam, begann seine Stimme zu zittern.

John Sinclair zündete sich eine Zigarette an. »Es ist natürlich klar. Wir müssen so schnell wie möglich entscheidende Maßnahmen treffen. Und zwar noch in dieser Nacht.«

»Vielleicht sollten wir einen Hafen anlaufen«, schlug van Heeren vor.

»Das hätte wenig Sinn. Denken Sie nur daran, Käpt'n, es würde einem Vampir gelingen, an Land zu kommen. Die Folgen wären nicht auszudenken. Nein, nein, die Sache muß hier auf dem Schiff bereinigt werden.«

»Wissen Sie denn schon, wie?« fragte van Heeren.

»Im Augenblick noch nicht. Aber was Sie mir geben oder besorgen können, wäre ein Plan von Ihrem Schiff.«

»Das läßt sich machen, Inspektor. Und zwar sofort.«

Titus van Heeren ging zu dem Einbauschrank und holte eine zusammengefaltete Karte hervor. Sie war so groß, daß er sie auf dem Boden ausbreiten mußte.

Die Karte zeigte die Vorder-, Drauf- und Seitenansicht der CORMORAN.

Die Männer beugten sich über die Karte.

»Jetzt meine Frage, Käpt'n. Wo kann man sich auf diesem Schiff gut verstecken?«

Titus van Heeren knetete sein Kinn. »Das ist schwer, Inspektor. Wir haben eine große Besatzung, und es sind eigentlich überall Leute.«

»Aber ich bitte Sie. Es gibt doch irgendwelche Räume. Vielleicht Lagerräume, die sich als Versteck eignen.«

»Im Prinzip schon. Nur – die sind abgeschlossen.«

»Während der gesamten Fahrt?«

»Eigentlich ja. Allerdings werden sie zweimal am Tag kontrolliert. Meistens vom Lademeister oder dessen Stellvertreter. Es kann durchaus sein, daß trotz Stabilisatoren bei hohem Wellengang ein Teil der Ladung verrutscht. Dann müssen wir für gewisse Beschädigungen aufkommen.«

»Man kann aber in diese Laderäume hineinkommen«, sagte John Sinclair.

»Ja. Aber wie gesagt, den Schlüssel hat der Lademeister.«

»Und wie ist es mit den Ladeluken oben auf Deck?« wollte Bill Conolly wissen.

»Die sind fest verschlossen und verriegelt. Also von dort aus ist es unmöglich.« Titus van Heeren erhob sich ächzend. »Aber warum hängen Sie sich immer an den Laderäumen fest, zum Teufel? Es gibt doch noch andere Verstecke.«

»Das kann ich Ihnen sagen, Käpt'n«, erwiderte Bill. »Der Vampir muß irgendwie aufs Schiff gekommen sein. Und meine verschwundene Frau hat eine gewisse Susan Miller kennengelernt, die Mitglied einer Drei-Personen-Forschungsgruppe war. Die haben die alten europäischen Schlösser im Donaugebiet durchstöbert und verschiedene wertvolle Gegenstände aus vergangenen Zeiten mitgebracht. Und deshalb nehmen wir an, daß sich darunter etwas befunden haben muß, wodurch der Vampir an Bord gekommen ist.«

»Das kann nur eine Kiste sein«, sagte John.

Titus van Heeren legte seine Stirn in nachdenkliche Dackelfalten. »An dieser Vermutung ist was dran. Das beweist allein die Tatsache, daß einer meiner Matrosen auf mysteriöse Weise ums Leben gekommen ist. Als das geschah, war die Ladung nämlich bereits auf dem Schiff.«

»Da haben wir's«, meinte John.

»Und nun wollen Sie sich wohl die Laderäume ansehen?«

»Richtig geraten, Käpt'n.«

Van Heeren griff zu dem grauweißen Telefon, das auf dem kleinen Holztisch neben der Couch stand.

»Lagermeister Johnson, bitte!«

Der Kapitän deckte die Sprechmuschel mit der Hand zu. »Augenblick noch, sie holen den Mann gerade. Johnson ist übrigens Engländer. Ein sehr zuverlässiger Mann. Ja?« Der Kapitän lauschte wieder in den Hörer. Sein Gesicht nahm dabei innerhalb von Sekunden eine knallrote Farbe an, doch dann wurde es bleich. »Das gibt es doch nicht!« knurrte van Heeren. Er hörte noch einige Sekunden zu und sagte dann: »Ist gut, ich werde entsprechende Maßnahmen in die Wege leiten.«

Langsam drehte sich van Heeren zu John und Bill um.

»Was ist geschehen?« fragte der Inspektor.

Der Kapitän mußte dreimal schlucken, ehe er antworten konnte. »Der Lademeister ist schon seit einer halben Stunde nicht aufzutreiben. Niemand weiß, wo er sich befindet.«

»Verdammt«, flüsterte der Inspektor. »Jetzt haben wir den Salat.«

Auch Bill Conolly war bleich geworden. »Ob sich der Vampir da unten im Lager eingenistet hat?«

»Es ist anzunehmen. Wahrscheinlich hat er den Lademeister in seine Gewalt gebracht, Käpt'n.« Johns Stimme klang scharf wie ein Rasiermesser. »Ich brauche zwei Dinge. Erstens Knoblauch und zweitens einen angespitzten Holzpfahl. Können Sie das innerhalb der nächsten Minuten besorgen?«

»Das wird zu machen sein.«

Titus van Heeren verließ mit schnellen Schritten die Kabine.

»Und ich?« fragte Bill. »Welche Aufgabe hast du mir zugedacht?«

»Du bleibst erst mal in deiner Koje«, erwiderte John. »Du hast genug mitgemacht.«

»Aber Sheila. Sie wird . . .«

»Gerade deshalb. Bill, dir fehlt jetzt in deinem Zustand die Übersicht. Versteh mich doch.«

Es dauerte noch einige Minuten, bis John seinen Freund überredet hatte.

Da war auch schon der Kapitän zurück. Er hatte das Gewünschte besorgt. Sogar einen Kranz aus Knoblauchzehen hatte er mit.

»Das ist genau richtig«, sagte John und hängte sich den Kranz um den Hals. »Knoblauch hat die Untoten schon immer geschreckt.« Dann blickte er auf den Holzpfahl. Er lag schwer und griffig in seiner Hand.

»Okay denn«, sagte John. »Drückt mir die Daumen, daß ich es schaffe.«

Die beiden Männer nickten.

John Sinclair verließ die Kabine. Wieder einmal stellte sich der Geistertöter den finsteren Mächten zum Kampf . . .

In dem großen Speiseraum lief alles wieder seinen normalen Gang. Die Passagiere hatten ihr Dinner beendet, und nur ab und zu flackerte der störende Vorfall in den Gesprächen auf.

Dr. Fulmers Blick glitt durch den Speiseraum. Die Tische waren nur noch zur Hälfte besetzt. Die meisten Passagiere hatten gewechselt und waren in die Bars gegangen, wo sie nach einschmeichelnder Musik das Tanzbein schwingen konnten.

Susan Miller und Seymour Destry waren nirgends zu sehen.

Der Wissenschaftler wandte sich um.

Im nächsten Augenblick entdeckte er den Kapitän. Er kam mit einem anderen Mann den Gang hinab. Die beiden waren in ein heftiges Gespräch vertieft.

»Entschuldigen Sie, Käpt'n. Aber ich muß Sie unbedingt sprechen«, sagte Dr. Fulmer. »Es ist da eine rätselhafte Sache passiert, die ich . . .«

Van Heeren wehrte ab. »Bedaure, ich habe heute keine Zeit. Kommen Sie doch morgen zu mir.«

Er wollte weitergehen.

»Moment mal!«

Bill Conolly hatte diese Worte gesagt. Mit gerunzelter Stirn blickte er Dr. Fulmer an.

»Gehören Sie nicht zu Susan Miller und . . .«

Der Wissenschaftler nickte heftig. »Genau.«

Das Gesicht des Kapitäns nahm sofort einen anderen Ausdruck an. »Das ist selbstverständlich etwas anderes. Wir haben ebenfalls nach Ihnen gesucht. Kommen Sie, wir setzen uns an einen freien Tisch.«

Die drei Männer nahmen Platz. Ein Ober brachte Getränke.

Dr. Fulmer drehte unschlüssig sein Whiskyglas in der Hand. »Ich weiß nicht, wie ich anfangen soll, aber meine beiden Assistenten sind verschwunden, und ich fürchte, daß ihnen etwas zugestoßen ist.«

Van Heeren nickte. Sein Gesicht war dabei sehr ernst. »Es ist ihnen etwas zugestoßen, Doktor. Aber das kann Ihnen Mister Conolly besser erzählen.«

Noch einmal berichtete Bill über seine Erlebnisse. Die Augen des Wissenschaftlers wurden hinter den Brillengläsern immer größer. Schweiß trat auf seine Stirn. Seine Hände begannen zu zittern. Er krampfte die Finger so fest um das Glas, daß es zerbrach. Bill gab ihm sein Taschentuch, damit er sich das Blut abwischen konnte.

»Und ich bin an allem schuld«, flüsterte Dr. Fulmer erstickt. »Der Tod dieser beiden Menschen geht auf meine Kappe.«

»Unsinn«, sagte Bill. »Sie haben doch am wenigsten mit der Sache zu tun gehabt.«

Der Wissenschaftler lachte bitter.

»Das sagen Sie. Aber ohne mich wäre der Vampir doch gar nicht auf das Schiff gekommen.«

»Das verstehe ich nicht. Sie, Käpt'n?«

Titus van Heeren schüttelte den Kopf. »Nein, ist mir auch unbegreiflich.«

»Dann will ich Ihnen die Geschichte erzählen, die uns vor etwas über einer Woche in Ungarn passiert ist. Es klingt zwar unwahrscheinlich, was ich sage, aber es ist tatsächlich so geschehen.«

Zehn Minuten hörten Bill Conolly und der Kapitän schweigend zu. Schließlich starrten sie den Wissenschaftler fassungslos an.

»Verstehen Sie nun, weshalb ich mir die Schuld gebe?« fragte Dr. Fulmer.

»Zum Glück gibt es jemanden, der noch schlauer ist als dieser Untote. John Sinclair, der Geisterjäger. Ich habe ja vorhin von ihm gesprochen. Mister Sinclair ist dem Vampir bereits auf den Fersen. Aber daß wir hier nur rumsitzen sollen, das sehe ich auch nicht ein. Was meinen Sie, Käpt'n?«

»Da kennen Sie mich schlecht, Mister Conolly. Beteiligen wir uns an der Jagd.«

»Ich glaube, ich kann Ihnen eine große Hilfe sein. Schließlich weiß ich, wo der Sarkophag steht.«

»Der Doc hat recht«, sagte van Heeren. »Wir hätten sonst erst die Frachtpapiere durchwühlen oder die falschen Lagerräume durchstöbern müssen. Kommen Sie mit uns, Dr. Fulmer.«

Bill war auch einverstanden. »Aber wir gehen nicht waffenlos«, schränkte er ein.

»Sie meinen, wir sollen uns Holzpflöcke mitnehmen, Mister Conolly?«

»Genau, Käpt'n.« Bill stand auf. »Kommen Sie mit in meine Kabine. Wir schrauben die Beine von dem Duschhocker ab und spitzen sie an, so lächerlich sich dieses auch anhört.«

Sie standen auf und eilten durch die Gänge. Ein scharfes Messer führte der Reporter immer bei sich. Die Waffen herzustellen war kein Problem.

»So«, sagte Bill, als sie jeder einen Pflock in der Hand hielten. »Wir wollen doch mal sehen, ob wir nicht stärker sind als diese verdammte Teufelsbrut.«

Sie verließen die Kabine. Der Kapitän ging als erster. Er kannte sich schließlich auf dem Schiff aus.

Doch es sollte alles ganz anders kommen.

Ein Matrose rannte plötzlich auf die Männer zu.

»Käpt'n!‹ schrie er schon von weitem. »Käpt'n, Sie müssen sofort kommen!«

»Was ist denn los, zum Teufel?«

Schweratmend blieb der Matrose stehen. In seinen Augen flackerte die Angst. Er zitterte am gesamten Körper.

»Käpt'n, auf der Brücke – es ist . . . der Lademeister. Er wütet wie ein Irrer. Wir haben geschossen, doch die Kugeln . . . sie . . . sie töten ihn nicht!«

Minuten später kam Johnson, der Lademeister, zu sich. Im ersten Augenblick wußte er nicht, wo er sich befand. Dann sah er eine brennende Lampe am Boden liegen und erkannte seine Umgebung.

Er war im Lagerraum.

Johnson stand auf. Eine nie gekannte Kälte hatte sich in seinem Körper breit gemacht, aber gleichzeitig spürte er auch die Sucht, die in ihm aufstieg.

Die Sucht nach Blut.

Johnson leckte sich die Lippen. Seine Zungenspitze stieß gegen die beiden Vampirzähne.

Seltsam, ihm machte es nichts aus, zum Vampir geworden zu sein. Im Gegenteil, er freute sich darüber.

Johnsons Blick glitt über den Sarkophag. Irgendwie kam er ihm vor wie ein alter Freund.

Dann sah er die Tür. Dort war der Ausgang.

Die Augen des Vampirs blitzten, als er die Tür ansteuerte. Sie ließ sich leicht aufziehen.

Ein dunkler Gang nahm ihn auf. In einer kleinen Nische befand sich die Notbeleuchtung.

Johnson drückte den Kippschalter.

Trübes Licht erhellte daraufhin den Gang.

Der Lademeister erreichte die Treppe, stieg sie Stufe für Stufe nach oben.

Männer kamen ihm entgegen. Sie gehörten zur Besatzung des Maschinenraumes.

Abermals überfiel ihn die Sucht nach Blut. Aber ein Instinkt hielt ihn davon ab, diese Männer anzufallen. Es waren zu viele.

Der Vampir konnte sich im letzten Augenblick noch verstecken.

Dann schlich er nach oben.

Ungesehen erreichte er das Deck.

Der Wind pfiff durch seine dünne Uniformjacke, doch der Vampir spürte keine Kälte mehr. Er war immun gegen Gefühle dieser Art. Etwas anderes war es mit der Kälte des Todes. Die steckte in ihm, machte ihn sogar glücklich.

Wie leergefegt lag das Deck.

Unten, aus den Bars und Vergnügungsräumen hörte er das Lachen der Menschen.

Der Vampir kicherte. Bald würden sie nicht mehr lachen.

Doch vorher mußte er einen bestimmten Auftrag erfüllen. Einen Auftrag, den ihm der Meister gegeben hatte.

Das Schiff mußte in die Gewalt der Untoten gebracht werden. Und er war dafür ausersehen.

Johnson hatte diese Befehle auf hypnotischem Weg während seines Tiefschlafs erhalten.

Jetzt wollte er sie ausführen.

Er erreichte die Eisentreppe, die zur Brücke hochführte. Ein Schild warnte Unbefugte vor Betreten der Brücke.

Es interessierte den Lademeister nicht.

Langsam stieg er höher. Seine Tritte verursachten fast kein Geräusch.

Dann hatte der Vampir das Ende der Treppe erreicht. Durch die Scheiben sah er in die Kommandozentrale der CORMORAN.

Der Steuermann und die Offiziere waren in ihre Arbeit vertieft. Ein grünliches Licht lag über dem Raum. Die Männer dort drinnen blickten durch die große Panoramascheibe nach draußen, auf das offene Meer.

Auf den Radarschirmen lief der Peilstrahl seinen ewigen Kreis.

Alles war normal.

Noch . . .

Der Vampir schlich ein Stück zurück und öffnete eine der Türen. Sie schwang lautlos nach innen.

Kalte Luft strömte in die Kommandozentrale, strich über den Nacken des Funkers.

Irritiert wandte der Mann den Kopf.

»Aber Johnson, was machen Sie denn hier?«

Da war der Vampir schon bei ihm.

Der Funker sah nur noch eine grausame Fratze und die beiden höllischen Vampirzähne.

Ehe er einen Schrei ausstoßen konnte, drangen die mörderischen Hauer in das Fleisch seines Halses . . .

John Sinclair mußte dreimal fragen, ehe er den Weg zu den Lagerräumen gefunden hatte.

Über Treppen, Stiegen und Eisenleitern ging es tiefer. Dieser

Teil des Schiffes sah nicht so prächtig aus. Hier unten gab es keinen Luxus, hier wurde gearbeitet.

Zwei Männer kreuzten plötzlich Johns Weg. Die beiden waren kräftig gebaut, trugen weite Cordhosen und graue Unterhemden. Ihre Gesichter zeigten Schmutz und Ölspuren. John vermutete, daß die Männer Arbeiter aus dem Maschinenraum waren.

»Stop«, sagte einer mit kratziger Stimme. »Hier ist Unbefugten der Zutritt verboten. Sie müssen umkehren, Sir.«

John Sinclair schluckte. Verdammt, das paßte ihm überhaupt nicht in den Kram, daß diese beiden Kerle ihm die Schau stehlen wollten.

Der Inspektor setzte sein freundlichstes Lächeln auf. »Ich habe aber die Erlaubnis vom Kapitän. So, und jetzt lassen Sie mich durch.«

Die Männer lachten. »Und ich bin der Klabautermann«, grinste der größere von ihnen. »Hauen Sie endlich ab, Mann.«

»Nein!«

Die Kerle bekamen Augen so groß wie Teller. »Sie wollen sich also weigern?«

»Von weigern kann keine Rede sein, Jungs, versteht mich doch. Ich muß zu den Lagerr umen, zum Teufel noch mal.«

»Zum Teufel werden wir dich schicken«, knurrte der Größere und umspannte mit seinen Wurstfingern den Knochlauchkranz um Johns Hals.

Okay, der Inspektor war ein friedlicher Mensch. Aber hier half keine Überzeugung durch Worte, diese Leute verstanden nur eine Sprache, die der Fäuste.

»Paß mal auf«, lächelte John den Kerl an, der sich so für seine Knoblauchkette interessierte, und schlug blitzschnell zu.

Johns Faust traf wie ein Dampfhammer den ungeschützten Magen des Mannes. Der verdrehte die Augen, machte kurz ›Uff‹ und setzte sich auf den Hosenboden.

Inzwischen hatte sich John schon den zweiten gepackt. Zwei blitzschnelle Karatetritte an die richtigen Stellen schickten auch ihn ins Reich der Träume. Der, der den Magenhaken abbekommen hatte, legte sich gleich daneben.

»Keine Kondition mehr, die guten Fahrensleut«, murmelte John und stieg über die sanft Entschlummerten.

Hier unten an den Lagerräumen brannte nur eine trübe

Notbeleuchtung, die gerade soviel erkennen ließ, daß man nicht irgendwo gegenrannte.

Schließlich gelangte John an eine grau gestrichene Eisentür. Es war der Eingang zu einem der Lagerräume. Der Gang, der zu der Tür führte, war eng. John entdeckte eine kleine Nische, in der ein Sicherheitskasten stand.

Der Inspektor legte die Hand auf die Klinke. Wahrscheinlich war sowieso abgeschlossen, aber man konnte es ja immerhin versuchen.

Doch die Tür schwang auf.

Auf Zehenspitzen betrat John den dahinterliegenden Lagerraum. Eine fast greifbare Stille umgab ihn, nur ab und zu von irgendwelchen knarrenden Geräuschen unterbrochen, die entstanden, wenn eine Kiste rutschte oder gegern irgendeinen anderen Gegenstand stieß.

John schloß die Tür hinter sich, stand minutenlang in der Dunkelheit. Lauschte.

Nichts. Kein Mensch war in der Nähe.

Aber Vampire atmen nicht!

John fühlte, wie eine Gänsehaut seinen Rücken hinunterlief. Die Vorstellung, plötzlich aus der Finsternis von einem Blutsauger angesprungen zu werden, war nicht gerade erhebend.

Johns Rechte glitt in die Hosentasche.

Dort steckte seine Bleistiftlampe. Eine kleine aber wirkungsvolle Lampe, die ihm schon manchen guten Dienst erwiesen hatte.

John schob den Kontrollknopf hoch.

Wie eine Lanze bohrte sich der dünne Strahl durch die Dunkelheit. Staubpartikel tanzten in dem schmalen Lichtstreifen.

Vorsichtig ging John Sinclair weiter. Der Lagerraum war größer, als er angenommen hatte. Und er war vollgestopft mit Frach.

Die riesigen Kisten stapelten sich bis zur Decke. Zum Glück waren sie gut vertäut, daß es auch bei schwerem Seegang kaum möglich war, daß sie umkippten.

Aber es gab auch kleinere Kisten. Sie standen einfach auf dem Boden. Dann entdeckte John einige Maschinenteile. Sie waren überhaupt nicht verpackt, sondern nur mit Ölpapier umwickelt.

Doch von dem Vampir entdeckte der Inspektor nicht die geringste Spur.

Was hatte der Kapitän noch zu ihm gesagt? Es gibt vier Lagerräume. Also noch drei Dinger dieser Größe. John hatte das unbestimmte Gefühl, daß die Suche ihn eine ganze Nacht kosten würde. Und dann war es noch nicht sicher, daß er den Vampir auch gefunden hatte.

Plötzlich zuckte der Inspektor zusammen.

Der Lichtstrahl war auf einem Gegenstand hängengeblieben, den John hier nie vermutet hätte.

Es war ein Sarkophag!

Langsam trat John näher, ließ den bleistiftdünnen Strahl über die Wände des Sarkophags wandern.

Das Stück mußte uralt sein. Der Stein war im Laufe der Zeit angenagt worden. Es zeigten sich schon die ersten Risse.

Sollte John die Lösung des Rätsels gefunden haben? Hatte vielleicht hier der Vampir gelegen?

Der Inspektor ahnte nicht, wie nahe er der Wahrheit kam.

Oder lag der Vampir etwa jetzt noch darin? Das war durchaus möglich. Wenn ja, konnte ihm John unbesorgt den Pflock in die Brust rammen.

Erregung packte den Inspektor.

Er klemmte sich die schmale Taschenlampe zwischen die Zähne und packte mit beiden Händen den schweren Deckel.

John stemmte sich dagegen.

Mein Gott, war der Deckel schwer.

Schweiß trat dem Inspektor auf die Stirn. Verbissen arbeitete er weiter.

Da! Der Deckel bewegte sich. Das Knirschen drang schmerzhaft in Johns Ohren.

Jetzt, wo der Deckel einmal in Bewegung geraten war, ging es leichter.

Dann hatte John es geschafft. Der schwere Sarkophagdeckel war zur Hälfte weggezogen worden.

Mit der rechten Hand tastete Inspektor Sinclair nach dem Pflock. Er war auf alles vorbereitet.

Er nahm die kleine Lampe aus dem Mund, drehte sie.

Der dünne Strahl fiel auf den Boden, glitt höher an den Sarkophagwänden vorbei – und . . .

Eine eiskalte Hand schien John Sinclairs Herz zusammenzupressen.

In dem Sarkophag lag Sheila Conolly!

Sekundenlang stand der Inspektor unbeweglich, starte in Sheilas bleiches Gesicht.

Die junge Frau hatte die Augen geschlossen. John konnte nicht erkennen, daß sie atmete.

War Sheila Conolly bereits ein Opfer des Vampirs?

Allein der Gedanke daran raubte John fast den Verstand. Wenn ja, dann durfte er keine Rücksicht kennen, dann mußte er Sheila den Pflock in die Brust rammen, um sie zu erlösen.

Der kalte Schweiß lag auf Johns Stirn. Das Blut pochte heiß in seine Adern.

Und wie würde Bill die Nachricht aufnehmen? Was sollte er ihm überhaupt sagen?

John Sinclair streckte die Hand aus. Den Pflock hatte er auf den Sarkophagdeckel gelegt.

Johns Fingerspitzen berührten Sheilas Haut. Sie war kalt. Ein weiteres Zeichen, daß die Frau nicht mehr lebte.

Johns Finger fuhren höher, bis zu Sheilas Oberlippe, zogen sie zurück.

Ein Stöhnen drang aus John Sinclairs Mund.

Sheila Conolly war kein Vampir!

Der Lichtstrahl beleuchtete eine glatte Reihe ebenmäßiger Zähne.

Für Sekunden atmete John auf. Aber gleichzeitig durchzuckte ihn eine andere Erkenntnis.

Vielleicht war Sheila tot?

John nahm ihren Arm, fühlte nach dem Pulsschlag.

Ganz schwach kam die Reaktion. Für John war es der schönste Augenblick seit langem.

Ein tiefer Atemzug entrang sich seiner Brust. Wahrscheinlich stand Sheila nur unter einer Art Hypnose, aber das konnte man wieder hinbekommen.

John Sinclair steckte sich die Taschenlampe wieder zwischen die Zähne und faßte nach den Schultern der jungen Frau. Vorsichtig zog John Sheila Conolly hoch. Er wollte sie erst in Sicherheit bringen, ehe er weiter nach dem Vampir suchte.

Sheila war schwer. John hatte Mühe, sie aus dem Sarkophag zu heben.

Doch schließlich hatte er es geschafft. Wie ein Kind lag Sheila auf seinen ausgebreiteten Armen.

In diesem Augenblick schwang die Tür zurück. Von draußen aus dem Gang fiel ein trüber Lichtstreifen in den Lagerraum.

John wandte den Kopf.

Auf der Türschwelle stand eine Gestalt. Groß, wuchtig, dunkel.

John hatte den Vampir noch nie gesehen, trotzdem wußte er, daß kein anderer dort in der Tür stand.

Die Tür schlug zu. Das Geräusch war dumpf, klang irgendwie endgültig.

Wieder wurde es dunkel. Der dünne Strahl der Bleistiftlampe leuchtete in eine andere Richtung.

John hörte den Vampir näher kommen und wußte, daß ihm der alles entscheidende Kampf bevorstand . . .

Kapitän van Heeren, Dr. Fulmer und Bill Conolly kamen zu spät. Viel zu spät.

Auf der Brücke herrschte das Chaos.

Sekundenlang blieben die drei Männer an der Tür stehen, nahmen das gräßliche Bild, das sich ihren Augen bot, auf.

Johnson, der Lademeister, mußte gewütet haben wie ein Tier. Zwei Offiziere lagen auf dem Boden. Der Funker hing mit seltsam verrenkten Gliedern auf seinem Stuhl.

Nur der Steuermann war noch bei Sinnen. Er hielt eine Pistole in der Hand, deren Mündung jedoch auf den Boden zeigte. Das nackte Grauen stand in seinem Blick. Die Angst hatte ihn auf seinem Platz festgenagelt.

Der Vampir kam auf ihn zu. Ein heiseres Fauchen drang aus seinem Mund. Er wollte auch noch das letzte Opfer.

In diesem Moment griff Bill ein.

Er sprang vor. Seine Stimme gellte auf.

»Halt!«

Der Vampir zuckte zusammen und kreiselte gedankenschnell herum, um sich augenblicklich auf seinen Gegner einzustellen.

Bill hob den angespitzten Pflock.

Aus vollem Lauf stieß er ihn dem Vampir in die Brust. Der Schlag war mit solch einer Wucht geführt worden, daß der Holzpflock bis zur Hälfte im Körper des Untoten stecken blieb.

Ein tierisches Brüllen drang aus dem Mund des Blutsaugers. Die Spitze des Pflocks hatte haargenau sein Herz durchbohrt.

Der Vampir wankte zurück, fiel gegen den wie immer noch erstarrt dastehenden Steuermann. Beide krachten zu Boden.

Wie ein Wurm wand sich der Untote. Er hatte beide Hände um den Pflock geklammert, versuchte, ihn aus seiner Brust zu reißen.

Ohne Erfolg. Es fehlte ihm einfach die Kraft.

Die jahrhundertealten Methoden bewährten sich auch hier.

Plötzlich lag der Vampir still. Sein Gesicht, vor Sekunden noch eine Fratze, hatte einen zufriedenen Ausdruck angenommen. Johnson war erlöst.

»Mein Gott«, flüsterte der Steuermann und kam ächzend wieder auf die Füße. Er schüttelte in panischem Schrecken den Kopf, konnte nicht fassen, was er soeben erlebt und gesehen hatte.

»Mister Conolly!«

Van Heerens Schrei ließ Bill herumfahren.

Der Funker, der vorher wie leblos dagelegen hatte, war aufgesprungen. An ihm hatte sich als erstem das grauenvolle Erbe des Vampirs erfüllt.

Kreischend drang er auf den entsetzten Dr. Fulmer ein.

»Stoßen Sie zu!« schrie Bill. »Himmel, nehmen Sie den Pfahl!«

Dr. Fulmer reagierte nicht. Der Schrecken hatte ihn paralysiert.

Da griff van Heeren ein.

Der Kapitän umklammerte mit beiden Fäusten den Pflock, riß ihn hoch und stieß ihn dem Funker in den Rücken, gerade als dieser seine Zähne in die Halsschlagader des Wissenschaftlers hacken wollte.

Der wuchtige Stoß riß den Vampir um die eigene Achse. Er taumelte von Dr. Fulmer weg. Die Waffe hatte ein großes Loch in seinen Körper gerissen, doch kein Blut quoll aus der Wunde.

Der Vampir war angeschlagen, aber nicht erledigt.

»Sie müssen ihn ins Herz treffen!« brüllte Bill und lief auf den Untoten zu.

Der Vampir bemerkte die Gefahr, wollte sich seinem Gegner entgegenwerfen, doch da war Bill schon heran.

Er ließ sich sogar die Zeit und zielte genau.

Das Schreien des Vampirs endete wie abgeschnitten, als der Pfahl sein Herz durchbohrte.

Keuchend warf sich Bill herum. Noch immer lagen zwei Männer auf dem Boden.

»Was ist mit ihnen?« fragte Bill den Steuermann.

Der gab keine Antwort.

»Mensch, reißen Sie sich zusammen. Denken Sie, für uns wäre dies ein Kinderspiel? Also los, was ist geschehen? Sind diese Männer auch angefallen worden?«

»Ich weiß es nicht genau. Es ging alles so schnell. Plötzlich war die Hölle los.«

»Ist schon gut«, sagte Bill und ging neben dem ersten am Boden liegenden in die Knie.

Er drehte ihn auf den Rücken.

Der Mann hatte den Mund weit geöffnet. Zwei spitze Zähne waren ihm gewachsen.

»Nein!« stöhnte der Kapitän, der neben Bill stand. Der Untote war einer von den Männern, die den Kapitän begleitet hatten, als sie John Sinclair festnehmen wollten.

»Es muß sein!« sagte Bill und setzte die Spitze des Pfahls genau in Herzhöhe auf die Brust des Mannes.

Dann stieß er zu.

Kein Laut kam über die Lippen des Untoten. Der Körper bäumte sich noch einmal auf und lag dann still.

»Und der andere?« fragte der Kapitän leise.

»Ich weiß nicht.« Bill zuckte mit den Schultern und stand auf. »Wollen Sie es machen, wenn . . .?«

»Nein, Mister Conolly. Übernehmen Sie das bitte.«

»Okay.«

Der andere Offizier lag auf dem Rücken. Bill zog ihm die Oberlippe zurück.

Dann atmete er befreit auf.

»Nichts. Dieser Mann ist so normal wie wir auch.«

Zum ersten Mal nach langer Zeit konnte Titus van Heeren wieder lächeln. Er ging auf den Reporter zu und hielt ihm die Hand hin.

»Ich danke Ihnen, Mister Conolly. In meinem Namen und im Namen der Besatzung.«

Bill nahm die dargebotene Hand und sagte aber gleichzeitig: »Noch ist nicht alles überstanden. Denken Sie an John Sinclair.«

Das Gesicht des Kapitäns verschloß sich. »Mein Gott, sicher. Wir müssen in den Laderaum.«

Bill schüttelte den Kopf. »Nicht Sie – sondern ich werde gehen.« Der Reporter machte eine weite Armbewegung. »Sie müssen hier für Ordnung sorgen.«

»Das sehe ich ein.«

Bill wandte sich ab.

»Mister Conolly?«

»Ja?«

»Viel Glück.«

»Danke, das kann ich brauchen.«

Dem Reporter ging es nicht anders als John. Er brauchte ziemlich lange, bis er den Weg zu den Lagerräumen gefunden hatte. Immer mehr Zweifel packten ihn, ob John es überhaupt geschafft hatte.

Wie ein Schatten huschte der Reporter durch die Gänge. Seine Lippen waren zusammengepreßt. Eiserne Entschlossenheit kennzeichnete sein Gesicht.

Und Bill fand den richtigen Weg.

Er gelangte in den schwach erleuchteten Gang, sah die Eisentür, die in den bewußten Laderaum führte.

Die Tür war nicht ganz zu.

Und dann hörte Bill eine schrille Stimme. »Jetzt werde ich dich und die Frau töten!«

In diesen alles entscheidenden Sekunden dachte Inspektor John Sinclair nur an eins. Du mußt Sheila Conolly in Sicherheit bringen! Sie dem Unhold nicht in die Finger fallen lassen.

Und deshalb wich der Inspektor mit der wie tot auf seinen Armen liegenden Sheila zurück, tauchte unter in das Dunkel des Laderaumes.

Ein teuflisches Lachen drang an seine Ohren. »Du entkommst Graf Tomaso nicht! Ich werde mir holen, was mir zusteht.«

Davon bin ich noch gar nicht überzeugt, dachte John, während er gleichzeitig Sheila Conolly auf den schmutzigen Boden legte.

Johns Augen bohrten sich in die Dunkelheit. Seine Hände umklammerten jetzt den angespitzten Holzpflock. Graf Tomaso sollte nur kommen, er würde sein blaues Wunder erleben.

Doch Johns Optimismus war verfrüht.

Die Tür wurde plötzlich wieder aufgedrückt. Für einen Augenblick sah John Sinclair zwei Gestalten in den Lagerraum huschen.

Graf Tomaso bekam Verstärkung!

John schluckte. Jetzt hatte er es schon mit drei Vampiren zu tun. Ein verflixt ungleiches Verhältnis.

Die beiden Neuankömmlinge waren im Dunkel des Laderaumes untergetaucht, saßen hinter irgendwelchen Deckungen und lauerten auf ihre Chance.

Johns kleine Lampe lag noch immer auf dem Sarkophag. Er

ärgerte sich, sie nicht mitgenommen zu haben wie den Holzpfahl, seine im Moment wichtigste Waffe.

Johns Finger glitten über den staubigen Boden, ertasteten ein kleines Stück Holz.

Der Inspektor wog es ein paar Sekunden prüfend in der Hand und warf es dann im hohen Bogen in die Dunkelheit.

Das Holz klatschte gegen eine Kiste und klapperte dann auf den Boden.

Überlaut klang das Geräusch durch die Stille.

»Da ist er!« Graf Tomasos Stimme drang durch die Dunkelheit.

Ein kompakter Schatten bewegte sich auf die Stelle zu, von wo das Geräusch aufgeklungen war.

John Sinclair machte sich sprungbereit.

Jetzt hatte er eine Chance.

Der Inspektor hetzte mit zwei langen Sätzen durch die Dunkelheit, hielt den Pflock wie eine Ramme vor sich.

Er spürte den Vampir mehr, als er ihn sah. Dann hörte John den Aufschrei.

Im selben Moment stieß er zu.

Er hatte hoch gehalten, um die Brust zu treffen.

Der Holzpflock drang dem Vampir seitlich durch die Rippen und von unten her ins Herz.

Sofort sprang John Sinclair zurück.

Der Untote jaulte auf, drehte sich um seine Achse. Dabei schlug er wild mit den Armen um sich, ohne jedoch seinen Gegner zu treffen. Schließlich krachte er zu Boden. Ein letztes, grauenvolles Stöhnen entrang sich seiner Brust. Dann war der Mann erlöst.

Sekundenlang herrschte eine tiefe Stille. John Sinclair atmete nur durch den Mund.

Was würden seine Gegner als nächstes unternehmen?

Der Gedanke war noch nicht ganz in Johns Hirn verklungen, da spürte er neben sich eine Bewegung.

Der zweite Vampir!

John wollte herumwirbeln, den Pflock zum tödlichen Stoß heben – zu spät.

Mitten in der Drehung erwischte ihn ein mörderischer Schlag.

Ein mit Eisen beschlagener Huf schien an John Sinclairs Kopf zu explodieren.

Der Inspektor flog zurück und krachte gegen eine Kiste. Ein

zweiter Schlag traf seinen rechten Arm. Der angespitzte Pflock wurde ihm aus den Fingern gewirbelt und fiel irgendwo zu Boden.

Dicht vor Johns Gesicht erklang das mörderische Fauchen, das er so gut kannte und bis aufs Blut haßte.

Der Vampir griff an. Zwei gnadenlose Hände preßten Johns Schultern gegen die Kiste. Ein hochgezogenes Knie explodierte im Bauch des Inspektors.

Übelkeit wallte in John Sinclair hoch. Die Dunkelheit vor seinen Augen wurde durch rote Schleier ersetzt. Johns malträtierte Lungen pumpten verzweifelt die Luft in den Körper.

Ratschend ging der Stoff seines Hemdes entzwei.

Der Hals lag frei!

Zwei, drei Sekunden höchstens noch, dann würde der Vampir zubeißen!

Im selben Augenblick stieß John den Kopf vor. Es war eine verzweifelte instinktmäßige Reaktion.

Johns Stirn krachte gegen das Gebiß des Vampirs. Zähne splitterten. Ein wildes Heulen entrang sich der Kehle des Untoten. Sein Griff wurde lockerer.

John riß beide Hände hoch und sprengte endgültig die Klammer des Blutsaugers. Sofortiges Nachsetzen ließ den Untoten zurücktaumeln.

Doch plötzlich erstarrte John Sinclair zu Eis. Überdeutlich wurde ihm sein großer Fehler bewußt. Ihn zu korrigieren blieb keine Zeit.

Da hörte er auch schon Tomasos Stimme. Unbeschreiblicher Triumph schwang darin. Er sonnte sich in dem Gefühl, doch noch gesiegt zu haben.

»Ich habe die Frau, Fremder!« schrie Tomaso. »Und dieses Faustpfand werde ich nicht aus der Hand geben. Dir bleibt nur noch die Chance, dich zu ergeben und mein Diener zu werden!«

»Den Teufel werde ich«, knurrte John und schlich gleichzeitig in die Richtung, aus der die Stimme kam.

Graf Tomaso lachte höhnisch auf. »Du willst es also nicht anders. Gut, jetzt werde ich dich und die Frau töten!«

Die Tür wurde abermals aufgestoßen. John kam gar nicht mehr dazu, sich erst noch groß auf die neue Situation einzustellen, denn eine harte Männerstimme peitschte wie ein Gewehrschuß durch den Raum.

›Gar nichts wirst du, Tomaso! Ich werde dich in die Hölle schicken!«

Groß und wuchtig stand Bill Conolly in dem hellen Türviereck. Der Pflock in seiner Hand hob sich als Schatten ab.

Bill war bereit, den Vampiren den Rest zu geben!

Gleichzeitig reagierte auch John Sinclair. Während Bill in den Lagerraum stürmte, ihm der Weg zu Tomaso jedoch von dem anderen Vampir abgeschnitten wurde, hetzte John auf die Stelle zu, wo er den Grafen vermutete.

Und er hatte recht.

Ein gräßliches Stöhnen drang an sein Ohr.

Hatte der Vampir Sheila bereits in seinen Klauen? War er zu spät gekommen?

Durch die offenstehende Tür fiel jetzt genügend Licht in den Raum, um wenigstens die Umrisse erkennen zu können. John sah, wie dieser Tomaso dabei war, Sheila wegzuschleifen. Wie eine Puppe zog er die junge blonde Frau über den Boden.

John Sinclair warf sich vor.

Seine Hände bekamen die Haare des Vampirs zu fassen. Mit einem gewaltigen Ruck zog er den Kopf zurück und schmetterte dem Unhold den Fuß in den Rücken.

Der Vampir ließ Sheila los.

Er krümmte sich für Sekundenbruchteile zusammen und wirbelte dann fauchend herum.

John sah trotz der Dunkelheit die blutunterlaufenen Augen des Unholds und die beiden mörderischen Zähne, die spitz und grausam aus dem Oberkiefer hervorragten.

Sheila lag wie tot auf dem Boden.

Um sie konnte sich John im Augenblick nicht kümmern. Er mußte den Vampir vernichten, der durch einen schrecklichen Zufall wieder zum Leben erweckt worden war.

»Du bist waffenlos, Fremder!« zischte Tomaso. »Du bist . . .«

In diesem Augenblick verstummte er. Sein Gesicht verzerrte sich zur Grimasse. Abwehrend streckte er die Arme vor.

Für einige Augenblicke war John verblüfft. Doch dann wußte er des Rätsels Lösung.

Die Knoblauchkette, die unter seinem Smokingkragen gehangen hatte und erst durch den Kampf mit dem Vampir wieder zum Vorschein gekommen war, trieb Graf Tomaso zurück.

»Geh!« knirschte der Untote. »Geh endlich weg!«

John schüttelte den Kopf. »Nein, Tomaso, diesmal gibt es keine

Chance. Jetzt bin ich an der Reihe, und ich werde dich auch vernichten.«

Tomasos Antwort konnte John nicht verstehen, denn sie ging im Heulen des zweiten Vampirs unter, dem Bill Conolly soeben seinen Pflock durch das Herz gestoßen hatte.

Das Heulen wurde zu einem Winseln und erstarb schließlich.

Sekunden später flammte das Licht auf. Bill hatte es eingeschaltet.

Zwei Schritte trennten John nur noch von seinem Gegner. Der Inspektor sah in ein graues Gesicht, das von Panik gezeichnet war und in dem nur die rotumränderten Augen glühten.

»Den Pfahl, Bill!« rief John Sinclair.

Der Reporter warf seinem Freund das Gewünschte zu. John fing die Waffe geschickt auf.

»Ich habe es dir versprochen, daß ich keine Gnade kenne!« sagte John Sinclair leise, aber laut genug, um von dem Vampir verstanden zu werden. »Der Fluch, den du über einige Menschen gebracht hast, wird dich härter als die anderen treffen!«

»Nein!« heulte der Vampir. »Nein! Mach's nicht. Ich gebe dir alles, was du haben willst. Wir werden unsterblich, du wirst unsterblich, du . . .«

»Du widerst mich an«, knurrte John.

Der Vampir brach in die Knie. Die Hände wirkten wie Skelettfinger. Die bleichen Knochen schimmerten durch. Der Knoblauch hatte bereits den Prozeß der Verwesung eingeleitet.

Der Vampir hob den Kopf. Namenloses Entsetzen sprach aus dem Blick, mit dem er John ansah.

Dicht vor dem Untoten blieb John stehen.

»Steh auf!« befahl er.

Der Vampir, nur noch ein Bündel Angst, zitterte um sein erbärmliches Leben.

Da zog John ihn hoch, preßte ihn dabei gegen seinen Körper.

Der Vampir brüllte auf, er hatte Bekanntschaft mit dem Knoblauchkranz gemacht.

Mit der linken Hand hielt John Sinclair Tomaso fest, um dem Untoten dann blitzschnell den Holzpflock in das Herz zu stoßen.

»Ahhh!«

Gellende, kurz hintereinander ausgestoßene Schreie des Untoten drangen durch den Laderaum. Eine tiefschwarze Flüssigkeit strömte aus der Wunde und benetzte den Boden.

Graf Tomaso brach zusammen, fiel mit dem Körper in die Blutlache.

Der Untote lag auf dem Bauch. John wollte ihn auch nicht herumdrehen, denn das, was jetzt kam, kannte er schon.

Er bekam nur mit, wie die Hände des Vampirs anfingen zu faulen, wie die bleichen Fingerknochen dalagen und dann auch diese zu Staub wurden.

Schließlich lagen nur noch die leeren Kleidungsstücke am Boden. Von dem Vampir war nichts übriggeblieben.

John Sinclair wandte sich ab. Sein Blick streifte die beiden anderen Vampire, die ebenfalls aus ihrem Untotendasein erlöst worden waren.

John kannte die Männer. Es waren die beiden, die ihn auf dem Gang nicht hatten weitergehen lassen wollen. Graf Tomaso hatte in den Bewußtlosen eine leichte Beute gefunden.

»Jetzt sind wir wohl endgültig von der Plage befreit«, sagte John und ging mit langsamen Schritten auf Bill Conolly zu, der wie eine Standfigur dastand und Sheila auf den Armen hielt.

John runzelte die Stirn. »Was ist, Bill? Fehlt dir was? Oder . . . Sheila . . .«

»Rühr sie nicht an!« schrie der Reporter.

John zuckte unwillkürlich zurück. »Jetzt werde aber nicht kindisch. Los, sag mir, was vorgefallen ist!«

Bill schüttelte in unsagbarer Verzweiflung den Kopf. »Was vorgefallen ist, John? Wir sind zu spät gekommen. Er hat Sheila schon in seinen Klauen gehabt. Da, sieh selbst!«

John Sinclair sah auf den Hals der wachsbleichen Sheila Conolly. Fast überdeutlich sprangen ihm die beiden Bißstellen ins Auge. Bißstellen, die nur von einem Vampir stammen konnten . . .

Pfeifend stieß der Inspektor die Luft aus. Er wußte, was das zu bedeuten hatte.

Sheila Conolly war ein . . .

»Sprich es um Himmels willen nicht aus!« schrie Bill. »Ich weiß selbst, was du jetzt denkst. Und glaube nur nicht, daß du sie töten kannst, das mache ich . . .«

»Bill!« Johns Stimme klang beruhigend. »Niemand hat etwas von Töten gesagt. Vielleicht ist es gar nicht so schlimm. Ich habe die beiden Male vorhin noch nicht gesehen. Warte einen Moment, ehe du dich aufregst.«

John trat dicht an Sheila heran und untersuchte ihren Hals genau.

Plötzlich ruckte sein Kopf hoch. »Bill, es besteht noch eine Chance. Aber wir müssen uns beeilen. Sheila braucht eine Bluttransfusion. Los, nichts wie weg.«

»Aber was ist . . .«

»Erkläre ich dir später, Mann. Jetzt ist erst der Schiffsarzt wichtig.«

Zum Glück führte die CORMORAN Blutkonserven mit an Bord. Sheila kam auf die Krankenstation in ein Isolierzimmer. Dann konnte man nur noch warten. Warten und hoffen . . .

John Sinclair und Bill Conolly saßen auf einer Bank im Gang der Krankenstation. Immer wieder blickten sie auf ihre Uhren.

»Ich verstehe nur noch nicht, wieso du darauf gekommen bist, daß Sheila noch zu retten ist.«

»Ganz einfach«, erwiderte John Sinclair. »Der Vampir hat Sheila zwar angegriffen, sie aber nicht in die Halsschlagader gebissen. Er hat praktisch genau daneben gezielt, und seine Zähne nur in ihr Fleisch gehackt. Dadurch ist nur wenig Blut ausgesaugt worden. Außerdem bist du gekommen und hast ihn ebenfalls gestört. Das war es, was mich hoffen ließ.«

Bill nickte. Und dann sagte er: »Entschuldige meinen Ausbruch vorhin, John, aber verdammt noch mal, ich war so fertig, daß ich einfach nicht anders konnte.«

John lächelte. »Schon vergessen.«

Schritte klangen auf. John und Bill wandten die Köpfe.

Der Kapitän und Dr. Fulmer kamen über den Gang. Beide Männer machten ernste Gesichter. John Sinclair hatte sie über die Lösung des Falles informiert. Alles weitere wollte er dem Kapitän überlassen.

»Nun, Käpt'n«, sagte John. »Haben Sie schon einen Ausweg gefunden?«

Titus van Heeren zuckte unbehaglich mit den Schultern. »Ich bin in einer verdammten Zwickmühle. Abblasen, das hieße in unserem Fall einen Hafen anlaufen, kann ich die Reise unmöglich. Das Schiff ist fast ausgebucht. So etwas kommt so gut wie nie vor. Die Reederei würde mich aus meinem Job feuern. Nein, ich muß mit den Problemen anders fertig werden. Die Männer, die den Tod gefunden haben – nun ich werde es wie Unglücksfälle aussehen lassen, was sie letzten Endes auch waren«, fügte er noch leise hinzu.

»Ich kann Sie verstehen, Käpt'n«, meinte John. »Außerdem haben die Passagiere so gut wie gar nichts von den Vorfällen mitbekommen, und wenn man ihnen auch die Tatsachen schildern würde – glauben würden sie es nicht.«

»Da bin ich Ihrer Meinung, Mister Sinclair«, sagte Dr. Fulmer. »Auch ich werde den wahren Sachverhalt über den Tod meiner beiden Mitarbeiter nach Möglichkeit verschweigen. Eine Ausrede wird mir schon einfallen.«

Nach diesen Worten schwiegen die Männer. Jeder hing seinen Gedanken nach. Gut, die Reise wurde fortgesetzt, aber das Grauen, das darüber gelegen hatte, konnte niemand wegwischen.

John Sinclair hatte wieder einen Sieg über die Mächte der Finsternis errungen, aber es war ein verdammt bitterer.

Erst nach einer halben Stunde wurde die Tür der kleinen Isolierstation geöffnet.

John und Bill sprangen auf.

Der Arzt sah sie einige Sekunden schweigend an. Doch dann huschte ein Lächeln über sein faltiges Gesicht.

»Die Patientin wird durchkommen«, sagte er leise. »Sie können sogar mit ihr sprechen.«

Die Gefühle, die in diesem Augenblick Bill Conolly beherrschten, spiegelte sein Gesicht wider. Es war ein Ausdruck, den man nicht beschreiben kann.

Dann stürzte der Reporter in das Zimmer.

John schloß hinter ihm die Tür. »Ich glaube, wir lassen die beiden allein«, sagte er zu den anderen. »Die haben sich bestimmt mehr zu sagen als wir.«

Womit John Sinclair wieder einmal recht hatte. Allein kehrte er zurück in seine Kabine. Er zog sich um und ging in eine der Bars, die um diese Zeit fast leer war.

Er bestellte bei dem Mixer einen dreifachen Kognak und trank das Glas in einem Zug leer.

Er hatte es sich redlich verdient.

ENDE

Das
Höllenheer

Irgendwann in der Nacht kam Mary-Lou Nikuta nach Hause.

Sie schloß die Tür des kleinen Einfamilienhauses auf und streifte zuerst die Schuhe von den Füßen. Durch den dunklen Wohnraum ging sie zu der kleinen Treppe, die in das Obergeschoß führte.

Ihre rechte Hand umfaßte das Geländer – und . . .

Mary-Lous Herz machte einen Sprung.

Die Frau schluckte. Ekel überfiel sie. Sie wandte sich um und hastete zum Lichtschalter, drückte ihn herunter . . .

Der sternförmige Leuchter an der Decke flammte auf. Mary Lou starrte auf ihre Hand.

Sie war blutverschmiert . . .

Wie lange Mary-Lou unbeweglich auf einem Fleck gestanden hatte, wußte sie nicht.

Erst später überfiel sie das Grauen.

Ihr Schrei gellte durch das verlassene Haus und endete in einem leisen Wimmern.

Wie magnetisch wurde ihr Blick von dem blutigen Geländer angezogen.

Das Blut zog sich wie ein dunkelroter Film über den gesamten Handlauf, bis zu dem ersten Knick, der den Beginn eines Ganges anzeigte.

»Ich – ich kann nicht mehr!« stöhnte die Frau und schlug beide Hände vor das Gesicht.

Die blutige, rechte Handfläche schmierte über ihre Haut. Mary-Lou spürte die klebrige Flüssigkeit und riß die Hände angewidert zurück.

Schluchzend sank sie zusammen. Sie fiel auf den mit dicken Teppichen belegten Boden und vergrub ihr Gesicht in den angewinkelten Armen.

Sie hatte es geahnt! Der gräßliche Fluch der Kalhori war Wirklichkeit geworden. Erst hatte sie es nicht wahrhaben wollen, aber jetzt . . .

Mary-Lou Nikuta hatte sich zum Spaß dieser Sekte angeschlossen. Einer Sekte, die eine schreckliche Dämonengöttin aus dem fernen Tibet verehrte.

Mary-Lou hatte eigentlich nur vorgehabt, etwas anderes, Außergewöhnliches zu erleben. Ihr ganzes Dasein war nach dem Tod ihres Mannes sinnlos geworden. Langeweile kroch in ihr Leben. Dann war sie durch Zufall auf die Sekte gestoßen. Jetzt hatte sie wieder eine Aufgabe gehabt. Sie war eingeweiht worden in geheimnisvolle fernöstliche Rituale, hatte sich mit den Lehren der Dämonengöttin Kalhori befaßt und war schließlich zu einer Dienerin der Göttin geworden.

Doch dann verlangte man von ihr das erste Opfer.

Sie sollte einen Menschen töten.

Ein junges Mädchen!

Mary-Lou Nikuta hatte abgelehnt. Und ihr war bewußt gewesen, daß dies einem Todesurteil gleichkam. Denn die Rache der Göttin war grauenhaft.

Zwei Wochen waren seitdem vergangen. Wochen, in denen sich nichts ereignet hatte.

Bis zu der heutigen Nacht.

Langsam hob die Frau ihren Kopf. Noch immer stierte sie aus weit geöffneten Augen auf das blutverschmierte Treppengeländer, und ihr wurde überdeutlich bewußt, daß sie Kalhoris Rache nicht entgehen konnte.

Plötzlich hörte sie Schritte!

Mary-Lou erstarrte.

Die Schritte kamen aus dem Obergeschoß, näherten sich mit einer nahezu brutalen Gleichmäßigkeit.

Mary-Lous Herz pochte rasend.

Wollte man sie jetzt holen? War die Stunde der Vergeltung gekommen?

Die Schritte verstummten.

Mary-Lous Atem ging keuchend. Hatte sie sich das alles nur eingebildet? Spielten die überreizten Nerven ihr einen Streich?

Nein, das blutbesudelte Geländer blieb!

Mary-Lous Blicke wanderten höher, tasteten jede einzelne Stufe ab. Und dann sah sie den Mann!

Groß, drohend und unheimlich stand er vor der letzten Stufe. Das Licht reichte gerade aus, um alles genau erkennen zu können.

Der Mann war ein Mönch! Ein Diener Kalhoris.

Er trug eine gelbe Kutte und hatte die Arme in die weiten Aufschläge seiner Ärmel geschoben. Sein Gesicht war entstellt. Der Mönch trug eine schreckliche Maske, die das Aussehen eines Vogels hatte. Über dem langen Schnabel wuchsen zwei riesige Augen, in denen rote Kreise flirrten. Der Mund war eine kleine, ovale Öffnung. In unregelmäßigen Abständen quollen heiße Schwaden daraus hervor.

Dieser Mönch war eine Kreatur der Hölle!

Der Unheimliche begann zu sprechen. In einer fremden, uralten Sprache, die Mary-Lou Nikuta nie zuvor gehört hatte und doch plötzlich verstand.

»Du hast der Göttin den Gehorsam verweigert. Und deshalb wird Kalhori dich in ihr finsteres Reich nehmen. Du wirst sterben und doch nicht sterben. Die Qualen des Dämonenreiches werden dir zuteil werden, und du wirst es bereuen, eine Abtrünnige geworden zu sein!«

Der Mönch setzte sich in Bewegung. Langsam nahm er die Stufen. Wie ein programmierter Roboter. Wahrscheinlich war er das auch. Auf jeden Fall kannte er nur ein Ziel: der Göttin zu dienen.

Mary-Lou Nikuta schüttelte den Kopf. Ihr dunkles Haar wirbelte hin und her. Sie hatte beide Handflächen auf den Boden gestützt und konnte das Unheimliche nicht begreifen.

Dicht vor der Frau blieb der Mönch stehen.

Seine Hände glitten aus den weiten Ärmeln. Schwarze, verkohlte Haut kam zum Vorschein. Seine Hände sahen aus, als wären sie verbrannt worden. Die Finger waren lang und extrem kräftig, regelrechte Mordwerkzeuge.

Mary-Lou Nikuta sah nur diese Finger. Sie spürte sie schon um ihren Hals und hatte plötzlich das Gefühl, sich übergeben zu müssen.

»Steh auf!« befahl der Mönch.

Die Frau gehorchte.

Sie bebte an allen Gliedern, lehnte mit dem Rücken gegen die Tür und dachte doch nicht einen Moment an Flucht.

Die rechte Hand des Mönchs verschwand unter seiner gelben Kutte. Als sie wieder hervorkam, hielten die Mörderfinger einen spitzen Stab umklammert.

Der Stab war durchsichtig und funkelte im Lampenlicht in unzähligen Farben.

»Es ist der Stab der Rache«, sagte der Mönch. »Er ist Jahrtausende alt und von der Göttin selbst erschaffen worden. Durch diesen Stab wirst du als Mensch die Hölle der Dämonen kennenlernen, wirst in einem ewigen Feuer dahinsiechen.«

Der Mönch hob den Arm.

Jetzt endlich erwachte Mary-Lou aus ihrer Erstarrung.

»Nein!« flüsterte sie. »Ich will nicht sterben. Bitte, laßt mich leben! Ich werde alles tun, ich werde alles . . .«

»Zu spät, Abtrünnige!«

Der Stab glitzerte vor Mary-Lous Augen. Sie sah die Spitze, scharf wie ein Diamant.

Mit einer verzweifelten Bewegung warf Mary-Lou Nikuta sich vor, prallte mit einem letzten Aufbäumen gegen die Gestalt des Unheimlichen.

Der Mönch wurde von dem plötzlichen Angriff überrascht. Er wich automatisch zurück.

Dadurch bekam die Frau seine Maske zu fassen.

Mit einem Ruck riß sie sie ab!

Das Entsetzen sprang sie an wie ein Tier.

Der Mönch hatte kein Gesicht.

Eine blaugraue, schwammige Fläche bot sich den Augen der Frau. Und plötzlich begann die Fläche zu strahlen, wurde immer heller und schien mit einem leisen Knall zu zerplatzen.

Aber das sah Mary-Lou bereits nicht mehr. Bewußtlos lag sie am Boden.

Ihre Nerven hatten nicht mehr mitgespielt.

Dieser Mönch beugte sich über die leblose Frau. Dann stieß er mit dem gläsernen Dolch zu.

Die Göttin Kalhori hatte ihre Rache vollendet.

Schneeflocken tanzten wie kleine, glitzernde Punkte durch die Luft.

Es war kalt, und dazu fegte noch ein schneidender Februarwind über London. Wer in dieser Nacht nicht unbedingt hinaus mußte, blieb in der Wohnung hinter dem warmen Ofen oder der Heizung hocken.

Anders die beiden Männer.

Sie standen in einer Einfahrt, einigermaßen geschützt vor dem kalten Wind. Sie trugen dicke, fellgefütterte Wintermäntel und hatten die Kragen hochgeschlagen.

»Wenn wir uns hier umsonst die Füße anfrieren, kündige ich dir die Freundschaft«, sagte der große, blonde Mann und unterdrückte gewaltsam ein Niesen.

Sein Begleiter schüttelte den Kopf.

»Sei doch nicht so verdammt ungeduldig. Wenn ich sage, dort drüben ist es, dann stimmt das. Mein Informant ist zuverlässig.«

»Wie heißt noch das Sprichwort? Irren ist menschlich.«

»Bei dir vielleicht.«

»Da hast du sogar recht, mein lieber Bill«, erwiderte John Sinclair. »Ich mache den Fehler nicht noch einmal und suche mir dich als Freund aus.«

John Sinclair und Bill Conolly beobachteten das Haus schon über zwei Stunden. Bill hatte gehört, daß sich dort eine Sekte versammeln sollte – die irgendeinen Dämon oder den Teufel anbetete. Und John Sinclair interessierte sich immer für solche Dinge.

John Sinclair war Inspektor bei Scotland Yard. Er war praktisch die Ein-Mann-Feuerwehr dieser Organisation und wurde nur dort eingesetzt, wo normale kriminalistische Mittel versagten. Immer wenn etwas Übersinnliches im Spiel war, trat John Sinclair in Aktion. Er hatte in seiner kurzen Laufbahn schon die haarsträubendsten Abenteuer erlebt, die ein normal denkender Mensch kaum begreifen konnte. Dabei war John Sinclair oft nur knapp mit dem Leben davongekommen, und es war immer eine Frage, ob er auch den nächsten Fall überstehen würde, denn wer sich mit der Welt der Geister und Dämonen anlegt, bleibt meistens der zweite Sieger.

John Sinclair hatte die Dreißig eben überschritten, war groß, sportlich durchtrainiert und hatte blondes, kurzgeschnittenes Haar. Seine Augen blickten meist etwas spöttisch, und um seine Mundwinkel lag immer ein jungenhaftes Lächeln. Man hätte diesen Mann eher für einen Tennis-Star halten können als für einen Geisterjäger.

Sein Freund Bill Conolly, mit dem er in dieser zugigen Toreinfahrt stand, war Reporter von Beruf. Er arbeitete nach seiner Heirat als freier Mitarbeiter bei allen großen Magazinen der Welt, und was John Sinclair als Beruf hatte, war bei ihm Hobby. Sehr zum Leidwesen seiner jungen, außerordentlich hübschen Frau Sheila, die auch schon in manches Abenteuer mit hineingezogen worden war.

Das Haus, das die beiden Männer beobachteten, lag in einer schmalen Straße im Londoner Stadtteil Soho. Hier schien die Zeit stehengeblieben zu sein.

Die Häuser waren schmal und uralt. Die Fassaden waren zum Teil abgeblättert, so daß das rohe Mauerwerk durchkam. Das Pflaster der Straße bestand aus Kopfsteinen, auf denen der feine Schnee sofort schmolz.

In der Nähe des Hauses, das sie beobachteten, brannte eine alte Gaslaterne, deren Schein jedoch noch nicht einmal den Boden erreichte.

Bis jetzt war noch niemand in das Haus gegangen. Nur einmal war ein Betrunkener daran vorbeigeschlichen.

Noch eine halbe Stunde bis Mitternacht.

Die Zeit schlich träge dahin. Irgendwo in der Nähe lachte eine Frau. Das Gelächter klang schrill und abgehackt. Wenig später fuhr ein Wagen durch die Straße. Schemenhaft erkannte John vier Männer in dem Fahrzeug. Die Kerle hatten bestimmt auch nicht vor, ihre Großmütter zu besuchen.

John holte seine Zigarettenschachtel aus der Manteltasche und klopfte Bill auch ein Stäbchen heraus.

Der Reporter bedankte sich mit einem Kopfnicken.

Johns Feuerzeug schnippte auf. Das Geräusch klang seltsam laut in der Stille.

Sie rauchten schweigend.

Dann fragte John: »Was hast du deiner Frau eigentlich erzählt?«

»Ich wäre mit einem Verleger zum Essen.«

John grinste. »So spät noch.«

»Wir gehen ja indonesisch essen. Mindestens neun Gänge.«

Um Antworten war Bill Conolly nie verlegen.

John schnippte als erster seine Zigarette auf die Erde. Dann sagte er: »Langsam bin ich sauer, Bill. Dein komischer Informant hat dich ganz schön reingelegt.«

»Vielleicht fangen sie erst um Mitternacht an.«

»Dann müßten sie aber langsam eintrudeln. Außerdem sucht sich kaum eine Sekte solch eine Bruchbude aus.«

»Vielleicht gibt es einen Geheimgang«, vermutete Bill.

»Kann ich mir auch nicht so recht vorstellen.«

»Wir können ja mal nachsehen.«

John Sinclair war einverstanden.

Sie verließen die schützende Einfahrt. Augenblicklich peitschte ihnen der nasse Pappschnee ins Gesicht und legte sich wie ein weißer Helm über ihre Haare.

Das Schneetreiben wurde immer dichter.

Dann standen sie vor dem Haus.

Es sah aus der Nähe noch älter aus.

Die Männer stellten auch fest, daß das Haus nicht bewohnt war. Jedenfalls gab es keine Namensschilder.

Wahrscheinlich diente die Bude Pennern als Unterschlupf. Aber die mußten ja auch irgendwie reinkommen.

Zu der Tür führten fünf Stufen hoch.

John nahm seine kleine Bleistiftleuchte und ließ sie aufblitzen.

Überrascht pfiff er durch die Zähne. Die Tür war wesentlich stabiler als das Haus selbst. John erkannte eine gebogene Klinke und darunter ein hochmodernes Sicherheitsschloß.

Das war natürlich interessant. Wer investiert in ein unbewohntes Haus solch ein Schloß? Kaum jemand, es sei denn, er hätte etwas zu verbergen.

Eine Geheimsekte, hatte Bill gesagt. Er konnte recht haben.

»Hast du was gefunden?« hörte John die Stimme des Reporters.

»Ja. Ein modernes Sicherheitsschloß. Sieh es dir an.«

»Ich glaube, hier ist etwas im Busch. Und was sagt der große Meister?«

»Wir werden zusehen, daß wir in das Haus gelangen.«

»Aber wie? Durchs Fenster?«

»Kaum. Wenn die Tür so gesichert ist, wird es bei dem Fenster nicht anders sein. Laß uns mal nachsehen.«

Die Fenster lagen ziemlich hoch. John und Bill mußten sich schon auf die Zehenspitzen stellen, um alles genau unter die Lupe nehmen zu können.

John klopfte mit dem behandschuhten Fingerknöchel gegen die Scheibe.

Das Geräusch klang dumpf, anders als bei normalen Scheiben.

»Das ist Panzerglas«, sagte John Sinclair.

»Dann gibt es wahrscheinlich auch eine Alarmanlage«, meinte Bill.

»Durchaus möglich.«

»Und nun, großer Geisterjäger? Denk mal an meinen Geheimgang.«

John war schon ein Stück zurückgetreten und suchte nach Kellerfenstern.

Dabei warf er zufällig einen Blick die Straße herauf.

Durch das Schneetreiben sah er zwei große, gelbweiße Flecke. Die Scheinwerfer eines Wagens.

»Da kommt jemand, Bill!«

Der Reporter sprang die Stufen der Treppe hinunter.

Der Wagen näherte sich langsam. Der Motor war kaum zu hören.

Ein ungutes Gefühl veranlaßte John, in den Schatten der Hauswand zu treten.

Jetzt war der Wagen heran.

Die Fahrertür wurde aufgestoßen. Ein Mann stieg aus. Er trug eine gelbe Kutte – und . . .

John faßte nach Bills Arm.

»Sieh dir das Gesicht an!«

Der Reporter schluckte. »Verdammt«, flüsterte er. »Das ist ja gar kein Gesicht. Das ist eine Dämonenfratze.«

Noch hatte der Unheimliche die beiden Männer nicht gesehen. Er wandte sich wieder um und schloß die Fondtür des Wagens auf. Weit beugte er den Oberkörper hinein.

Dann zerrte er irgend etwas vom Rücksitz.

Johns Gesicht wurde hart. Er hatte erkannt, was der Unheimliche aus dem Wagen geholt hatte.

Es war eine Leiche.

Die Leiche einer Frau!

Die Arme baumelten leblos zu beiden Seiten des Körpers hinab, das Haar fiel wie ein dunkler Schleier nach unten.

Der Unheimliche wandte sich um – und entdeckte die Männer. Ganz kurz nur zuckte er zusammen. Dann stieß er einen Zischlaut aus.

John und Bill sprangen vor.

Der Unheimliche ließ die Frau fallen.

Dumpf klatschte der Körper auf das Pflaster.

Und schon krachte ihm Johns mörderischer Schlag in die Dämonenfratze.

Der Mönch wurde zurückgefegt, knallte gegen den Wagen.

Er hatte für einen Moment die Übersicht verloren, doch dann besann er sich auf seine magischen Kräfte.

Ehe John nachsetzen konnte, vollführte der Unheimliche mit der rechten Hand eine kreisförmige Bewegung.

Und plötzlich schoß eine Flammenwand zwischen ihm und John Sinclair hoch.

Der Inspektor prallte zurück. Er sah die Flammen auf sich zuzucken und erkannte darin gräßliche Dämonengesichter. Nur Hitze spürte er nicht.

Es war ein kaltes Feuer.

Höllenfeuer!

Blitzschnell breitete sich die Feuerwand aus, raste auf Bill Conolly zu.

Der Reporter stand wie festgenagelt. Zu sehr hatte ihn dieser Vorfall überrascht.

»Bill!!!«

Johns Schrei brach sich an den Häuserwänden und kam als langgezogenes Echo wieder zurück.

Im selben Augenblick hatte das Höllenfeuer den Reporter erreicht . . .

Bill Conolly sah die Flammenwand auf sich zurasen. Er wollte fliehen – doch irgend etwas bannte ihn auf der Stelle.

Eine magische Falle!

Geschaffen von dem unheimlichen Mönch, der durch uralte Zaubersprüche diesen Bann um den Reporter gelegt hatte.

John Sinclair, der dies alles in Sekundenbruchteilen mitbekommen hatte, hechtete auf Bill zu, wollte ihn aus dieser tödlichen Falle reißen . . .

Er kam zu spät.

Hart prallte der Inspektor auf das Pflaster, aufgehalten von einer unsichtbaren Wand.

Bill Conollys Schreie gellten in seinen Ohren. Das Höllenfeuer überflutete den Reporter wie eine riesige Welle.

Doch dann war alles vorbei.

Von einer Sekunde zur anderen sackte die Flammenwand in sich zusammen und erstarb.

John Sinclair und Bill Conolly lagen auf dem Boden wie tot. Ein teuflisches Gelächter scholl hinter ihnen auf.

Dann wurde der Motor angelassen. Sekunden später war der Wagen verschwunden.

Erst jetzt wich der Bann.

John fühlte die Kälte durch seine Hosenbeine dringen und zog die Beine an. Hart und schnell ging sein Atem. Torkelnd kam er auf die Füße.

Auch Bill Conolly hatte den dämonischen Schock überwunden. Er zog sich an der Hauswand hoch und schüttelte verwundert den Kopf. Dann sah er den Inspektor.

»Zum Teufel, John, was ist geschehen?«

John Sinclair zuckte mit den Schultern. »Keine Ahnung, Bill.«

»Aber dieses Feuer. Es kam auf mich zu. Ich – ich müßte normalerweise verbrannt sein.«

»Tut mir leid, Bill. Aber ich habe keine Erklärung. Noch nicht.«

Es schneite noch immer. Der Flockenwirbel war sogar dichter geworden.

»Mensch, John.« Der Reporter faßte den Arm des Inspektors. »Die Frau. Der Unheimliche hat sie liegengelassen.«

Erst jetzt nahm John Sinclair das leblose Bündel am Straßenrand wahr.

Mit ein paar Schritten war er bei der Toten.

Die Frau lag auf dem Bauch.

John drehte sie herum. Die Tote trug einen leichten Mantel und darunter Rock und Bluse.

In Höhe des Herzens klaffte eine Wunde. Sie mußte von einem Dolch oder irgendeinem anderen spitzen Gegenstand stammen. So genau konnte John das in der Dunkelheit nicht feststellen. Die Tote hatte langes Haar und war überdurchschnittlich hübsch. Außerdem trug sie keine Schuhe.

»Die Frage ist, was wollte dieser Kerl mit der Toten hier«, sagte Bill Conolly.

John Sinclair nagte nachdenklich an der Unterlippe. »Ich sehe nur eine Möglichkeit. Er wollte sie in das Haus bringen.«

»Aber weshalb? Eine Tote?«

»Das werden wir herausfinden. Komm, faß mal mit an!«

Sie trugen die Leiche in den Hauseingang. »Die Mordkommission können wir später anrufen.«

»Hast du dir die Autonummer gemerkt?« fragte Bill.

»Nein, ich habe ja kaum den Wagentyp erkannt. Ich vermute, daß es ein französisches Fabrikat war, mehr nicht.«

John wollte noch etwas sagen, als er hörte, wie an der bewußten Haustür von innen ein Schlüssel in das Schloß gesteckt wurde.

John und Bill brauchten sich erst gar nicht groß durch Worte zu verständigen. Sie sprangen schnell die paar Stufen hinunter und preßten sich links und rechts des Einganges gegen die Hauswand.

Die Tür schwang zurück.

Sekunden später hörten sie einen überraschten Aufschrei. Die Person hatte jetzt die Leiche entdeckt.

Ehe sich der Unbekannte von dem Schock erholen konnte, wunderte er sich ein zweitesmal.

Da standen nämlich zwei Männer vor ihm, wobei einer ihn mit einer kleinen Bleistiftlampe anleuchtete.

Dieser Mann war John Sinclair.

Er sah in sein bärtiges Gesicht mit tiefliegenden Augen und dicht über der Nasenwurzel zusammengewachsenen Brauen. Und – was das überraschendste war, der Mann trug ebenfalls eine Kutte.

Allerdings eine braune.

Die Tür in seinem Rücken stand jetzt offen. Lichtschein drang aus dem dahinterliegenden Treppenflur und beleuchtete die drei Personen.

»Ich glaube, Sie sind mir eine Erklärung schuldig«, sagte John.

»Ich?« Der Kuttenträger ballte die Fäuste. »Wenn jemand eine Erklärung schuldig ist, dann sind Sie es. Was wollten Sie hier? Einbrechen? Oder eine Leiche vor die Tür legen?« Während dieser Worte deutete er auf die tote Frau.

»Das letztere stimmt kaum«, erwiderte John. Er griff in seine Manteltasche und zückte den Dienstausweis. »Scotland Yard. Nur damit Sie beruhigt sind.«

Der Kuttenträger erschrak. Für eine winzigen Augenblick flackerte in seinen Augen Angst auf. Doch dann hatte er sich wieder in der Gewalt.

»Ja, dann ist ja alles klar«, sagte er. »Ich hatte angenommen, Sie wären zwei Mörder, die mir hier eine Leiche auf die Stufen gelegt haben. Aber wenn das so ist.«

John Sinclair schüttelte den Kopf.

»Augenblick mal. Für Sie mag alles klar sein. Aber für uns nicht.«

»So . . .«, dehnte der Mann.

»Ich hätte da nämlich noch einige Fragen. Zum Beispiel über die Bewohner dieses seltsamen Hauses. Sie können mir sicher Auskunft geben.«

Der Kuttenträger stockte einen Moment. »Ich – äh – ich wohne hier allein. Deshalb sind auch keine Namensschilder angebracht. Ich habe das Haus gekauft, wollte, wie man so schön sagt, meine Ruhe haben.«

John mußte innerlich lachen. Diese Ausrede rangierte noch unter dem Wort billig. Aber John ließ den Mann in seinem Glauben, ihn überzeugt zu haben.

»Das sehe ich ein«, sagte der Inspektor und kassierte dafür von

Bill Conolly einen leichten Tritt. »Übrigens, darf ich Ihren Namen erfahren, Mister?«

»Selbstverständlich. Ich heiße Gordon Flash.«

»Gut, Mister Flasch. Ich möchte doch gern die Mordkommission anrufen. Sie gestatten?«

Mit diesen Worten drängte er sich an dem verdutzten Kuttenträger vorbei.

Gordon Flasch wandte sich um. »Moment mal, Inspektor. So einfach geht das nicht. Haben Sie einen Durchsuchungsbefehl?«

John blieb stehen. »Ich will nicht Ihre Wohnung durchsuchen, sondern nur telefonieren. Wo leben Sie? Im ersten oder zweiten . . .?«

»Ich habe kein Telefon!« schrie Flash.

»Aber, Mister.« John lächelte mokant. »Ein Mann, der Panzerglasscheiben und Sicherheitsschlösser in sein Haus einbauen läßt, hat doch wohl ein Telefon. Es sei denn, er will es nicht zugeben und hat etwas zu verbergen.«

Gordon Flash sah seine Felle wegschwimmen. Er drehte durch. Ehe John es verhindern konnte, war seine Hand unter der Kutte verschwunden. Als sie wieder zum Vorschein kam, hielt sie eine Pistole, Marke Luger.

»Angriff auf einen Yard-Beamten kostet Sie einiges, Mister Flash«, sagte John.

Der Kuttenträger lachte. »Wer sagt denn, daß ich Sie nur angreifen will. Ich werde Ihnen eine Kugel durch Ihren dummen Polizistenschädel blasen.«

Der Kuttenträger ging vor, wollte sich noch besseres Schußfeld verschaffen.

Da knallte plötzlich ein brettharter Handkantenschlag auf seinen pistolenbewehrten Arm. Die Waffe wurde ihm aus den Fingern geprellt und schlidderte über den gefliesten Boden. Ehe der Kuttenträger überhaupt zu einer Gegenreaktion kommen konnte, warf ihn Bill Conollys zweiter Schlag gegen die Hauswand.

»Halt!« rief John, als er sah, daß der Reporter zum drittenmal ausholen wollte. »Mister Flash wird bestimmt genug haben.«

Der Kuttenträger hatte. Wie ein Häufchen Elend hockte er auf dem Boden.

John steckte die Luger ein und zog ihn hoch. Dabei sagte er: »Man soll nie den zweiten Mann vergessen, Mister Flash. So, und jetzt werden Sie verstehen, daß wir uns ganz besonders für dieses Haus interessieren. Bill, nimm ihn in den Polizeigriff.«

»Nichts lieber als das«, brummte der Reporter.

Der Flur, in dem sie standen, war ziemlich lang. Etwa auf der Hälfte wurde er breiter, denn von hier ab führte eine Treppe in die oberen Geschosse. Treppe war zuviel gesagt, denn es waren oft nur noch Holzreste vorhanden.

Oben konnte also niemand hausen. Blieb der Keller. Die Eingangstür lag am Ende des Flures, versteckt in einer kleinen Nische.

Die Tür war offen. Rötlicher Lichtschein enthüllte eine Steintreppe. In der Luft hingen seltsame Gerüche. Sie erinnerten John an Räucherstäbchen aus Indien oder Japan.

Gordon Flash ging mit Bill Conolly vor. Die Treppe hatte nur acht Stufen und endete ebenfalls in einem Gang.

Die Wände waren mit schwarzem Samt behangen, auf dem seltsame Figuren und Zeichen dem Betrachter einen Angstschauer über den Rücken laufen ließen.

Es waren Masken aus dem Dämonenreich, gräßliche Gestalten, die aus einer anderen Welt kamen und irgendwo auf der Erde verehrt wurden.

Eine Ahnung stieg in John Sinclair auf. Sollte hier die Rückkehr eines Dämons beschworen werden? John wurde unwillkürlich an einen Fall erinnert, in dem es ähnlich zugegangen war und der den Dämonendiener erst im letzten Augenblick in einem dramatischen Kampf in den Unterwasserkanälen von London hatte stellen können.

Je weiter sie gingen, um so stärker und intensiver wurde der Geruch.

Vor einem Durchlaß blieb Gordon Flash stehen. Es war eine Öffnung in der Mauer, die nach oben spitz zulief und ebenfalls durch einen schwarzen Vorhang verdeckt war.

»Los, geh weiter!« knurrte Bill.

»Nein! Kein Ungeweihter darf diese Stätte betreten!«

Flashs Stimme klang endgültig. Sie hatte eine Bestimmtheit, wie sie nur Fanatikern zu eigen war.

»Mach ja keinen Ärger, du . . .«

»Laß ihn, Bill«, sagte John Sinclair. Er ging an den beiden vorbei und schob den Vorhang auseinander.

Die Dunkelheit umfing ihn wie ein Tuch.

Im selben Augenblick legten sich zwei Hände um John Sinclairs Hals . . .

Plötzlich knallte die Kellertür zu!

Das Geräusch klang wie ein Pistolenschuß.

Bill Conolly kreiselte herum. Dabei lockerte er zwangsläufig den Griff, mit dem er Gordon Flash festgehalten hatte.

Der Kuttenträger nutzte die Gelegenheit und tauchte zur Seite weg. Mit einer wilden Bewegung machte er sich frei.

»Verdammt, ich . . .«

Bill kam nicht mehr dazu, weiterzusprechen.

Eine Gestalt kam langsam die Treppe herunter.

Der rötliche Lichtschein zeichnete deutlich die Konturen einer Frau ab – und . . .

Bill Conolly stockte der Atem.

Die Frau war niemand anders als die Tote aus dem Hauseingang.

Bill Conolly würgte es im Hals. Aus weit aufgerissenen Augen starrte er der ›Toten‹ entgegen.

»Das ist doch unmöglich«, krächzte er. »Das kann doch nicht wahr sein.«

Aus einer Ecke hörte er das Kichern des Kuttenträgers.

»Kalhori! Sie wird sich rächen. Wird dich mitnehmen in ihr dämonisches Reich!«

Bill Conolly erschauderte. Überdeutlich erkannte er die Wunde in der Brust der ›Toten‹. Die Wunde glühte tiefrot. Ein seltsames Strahlen ging von ihr aus.

Wieder hörte er das Kichern des Kuttenträgers. »Die Zeit der Rache ist gekommen. Kalhori holt sich ihre Opfer. Auch du, Elender, wirst in das schreckliche Reich der Göttin eingehen und ihr Diener sein!«

Die Frau war stehengeblieben, starrte Bill Conolly an.

Der Reporter hatte seinen ersten Schreck überwunden. Er wußte, daß er sich in einer Falle befand, war sich aber auch gleichzeitig klar, daß er sich kampflos nie ergeben würde.

Bill suchte nach einer Waffe. Seine Augen tasteten den Gang ab. Die Dämonenfratzen kamen ihm noch schrecklicher vor. Es schien, als würden sie auf einmal leben.

Augen rollten und wurden zu glühenden Punkten. Aus den

aufgerissenen Mündern fauchte heißer Dampf, der sich betäubend auf Bills Atemwege legte.

Der Reporter taumelte.

Da sah er auch wieder den Kuttenträger. Gordon Flash kam mit seltsam verzerrtem Gesicht auf ihn zu. In den Händen hielt er zwei Messer.

Bill wich zurück, berührte mit dem Rücken den Vorhang, der plötzlich hart wie Stein war.

John, er ist verloren, schoß es dem Reporter durch den Kopf.

Die Messer wischten dicht an seinen Augen vorbei. Die ›Tote‹ stimmte plötzlich einen Klagegesang an. Die Sprache war fremdartig und klang grell in Bills Ohren.

Und dann geschah das Unfaßbare.

Auf einmal veränderte sich der Boden unter Bills Füßen, wurde weich wie Butter.

Bis zu den Knöcheln sank der Reporter ein. Er wollte seine Beine hochreißen, doch eine andere Gewalt zog ihn mit aller Macht in die Tiefe.

Dicht vor sich sah Bill Gordon Flashs verzerrtes Gesicht. Auch die ›Tote‹ hatte sich ihm so weit genähert, daß er sie greifen konnte.

Mit einem verzweifelten Ruck warf sich Bill Conolly vor. Er wollte sich an der Kleidung des Kuttenträgers festklammern.

Ein Tritt fegte ihm die Hände zur Seite.

Immer tiefer sackte Bill weg. Die Masse hatte bereits seine Hüften erreicht, näherte sich seinem Brustkasten.

»Das Reich der Dämonen wird dich verschlingen!« hörte er Gordon Flashs Stimme.

Der Reporter stieß noch einen gellenden Schrei aus, ehe ihn die wabernde Masse zusammendrückte.

Es war nur eine Frage von Sekunden, bis Bill Conolly endgültig verschwunden war . . .

Die beiden Penner drückten sich kichernd in den Hauseingang. Ihnen war ein für ihre Verhältnisse großer Fischzug gelungen. Sie hatten sich zwei Flaschen Whisky besorgt.

»Das wird ein Fest«, sagte der eine und zog den Korken mit den Zähnen heraus. Gierig trank er die scharfe Flüssigkeit.

»Hier, Paddy, nimm auch einen Schluck!«

Doch Paddy schüttelte den Kopf.

»Bist du krank?«

»Nee«, erwiderte Paddy. »Aber hier liegt eine.«

»Wo?«

»Hier, auf der letzten Stufe.«

Neugierig beugte sich der andere Penner herunter. Er mußte sich abstützen, denn er hatte schon vorher einiges verkonsumiert.

»Tatsächlich«, flüsterte er. »Ob die tot ist?«

»Ich glaube ja.«

»Du, Paddy, die hat einer alle gemacht. Guck mal. Die Brust, die ist ja ganz . . .«

»Mensch, laß uns abhauen. Nachher kriegen sie uns noch dran. Du weißt doch, wie die Bullen sind.«

»Wird wohl das beste sein. Komisch, wer . . .« Der Penner stutzte. »Mensch, Paddy, die bewegt sich. Die ist gar nicht tot. O Lord.«

Der Penner hatte sich nicht getäuscht. Die ›Tote‹ erhob sich, zog die Tür auf und ging in den dahinterliegenden Flur.

Die beiden Penner standen wie angewachsen. Ihnen schlotterten die Knie.

Doch dann hatten sie den Schreck überwunden. Wie von Furien gehetzt rannten sie los. Paddy fiel unterwegs die Whiskyflasche aus der Manteltasche. Er achtete nicht darauf. Flucht! war sein einziger Gedanke.

Das Echo ihrer Schritte hallte durch die enge Straße. Sie erreichten die nächste Querstraße, bogen um die Ecke.

»Moment mal, Freunde, nicht so schnell.«

Zwei Polizisten packten mit stahlharten Griffen die beiden Penner an den Oberarmen.

»Habt ihr es so eilig?«

»Officer«, keuchte Paddy. »Wir haben eine Leiche entdeckt!« Jetzt wurden die Polizisten hellhörig.

»Wo?«

»Hier in der Straße, auf einer Treppe. Aber – die Leiche ist wieder aufgestanden.«

»War wohl 'ne Schnapsleiche, was?«

»Nein, Sir. Ich habe – wir haben ja selbst die Wunde gesehen. Fürchterlich. – Die Frau war tot.«

Die beiden Beamten sahen sich an.

»Gut, wir werden uns das Haus ansehen. Aber wehe, du hast uns reingelegt, Freundchen.«

Die Penner schüttelten wie auf Kommando die Köpfe.

Nach einigen Minuten hatten sie das bewußte Haus erreicht. Von einer Leiche war keine Spur.

»Sie – sie ist tatsächlich verschwunden«, stotterte Paddy.

»Am besten, wir sperren euch zur Ausnüchterung in eine solide Zelle«, sagte einer der Beamten, »und dann . . .«

Plötzlich zuckte er zusammen. Ein gräßlicher Schrei war an seine Ohren gedrungen.

Die Polizisten sahen sich kurz an und stürmten gemeinsam in den Hausflur . . .

John Sinclairs Schrecken dauerte nicht einmal eine Sekunde. Blitzschnell winkelte er beide Arme an und rammte sie nach hinten.

Die Ellenbogen knallten gegen eine harte widerstandsfähige Masse. Erfolg zeigte sich nicht. Der Griff blieb nach wie vor brutal und gnadenlos.

John wurde die Luft knapp. Aber der Inspektor hatte solche Situationen mehr als einmal erlebt, so daß er nicht gleich in Panik verfiel.

Mit einer fließenden Bewegung riß John die Arme hoch, beugte seinen Oberkörper etwas zurück und bekam die Hände des Würgers zu packen.

Die Gelenke waren hart wie Metall.

Das war kein Mensch, der ihn hier töten wollte. John dachte an einen Roboter oder etwas Ähnliches.

Kein Atemzug, kein Keuchen oder Schnaufen hörte er von seinem unsichtbaren Gegner. Er spürte nur die mörderischen Krallen, die ihm immer mehr die Luft aus den Lungen preßten.

John Sinclair nahm alle Kraft zusammen.

Praktisch aus dem Stand warf er seinen Oberkörper nach vorn und schleuderte seinen Gegner über sich weg.

Er hörte den Aufprall, der seltsam hart und metallen klang. Luft strömte wieder durch Johns mißhandelte Kehle.

Der Inspektor verlor keine Sekunde. Er wollte weg aus dieser Rattenfalle.

Seine Hände tasteten nach dem Vorhang. Doch da war nichts.

Nur glatte kalte Mauer.
Johns Herzschlag stockte.
Und plötzlich wußte er, daß ihn die Dämonen überlistet hatten. Sie hatten durch ihren magischen Zauber alles verändert. John Sinclair war ihr Gefangener.
Dazu kam noch die Dunkelheit. Es war eine pechschwarze Finsternis, die an den Nerven zerrte.
Und irgendwo in diesem Dunkel lauerte ein höllisches Geschöpft, um dem Inspektor den Garaus zu machen.
John ging in die Hocke. Er wollte so wenig Ziel wie möglich bieten. Außerdem atmete er durch den offenen Mund, um sich nicht zu schnell zu verraten.
Aber John wußte selbst, daß dies kaum helfen würde. Ein Dämon war oft in der Lage, im Dunkeln zu sehen.
Aber weshalb griff er nicht an?
John hörte ein eigentümliches Schaben auf dem Boden und ahnte, daß sich der Unheimliche auf ihn zubewegte.
Augenblicklich wechselte der Inspektor die Stellung.
So leise es ging, huschte er durch den pechschwarzen Raum. Er hatte die Arme weit ausgestreckt, um jedes Hindernis rechtzeitig zu erkennen.
Plötzlich berührten seine Hände einen Gegenstand. Blitzschnell tastete John ihn ab.
Das Hindernis entpuppte sich als quadratischer Stein, ähnlich wie ein Opferaltar.
Johns Finger glitten höher, erfaßten einen runden Gegenstand.
Im selben Augenblick hörte der Inspektor hinter sich ein Geräusch. Der Unheimliche war schon dicht bei ihm.
Was John dazu veranlaßte, die Kugel in beide Hände zu nehmen, wußte er später auch nicht zu sagen.
Er tat es auf jeden Fall.
Und das war sein Glück.
Ein greller Blitz spaltete plötzlich die herrschende Finsternis. Auf einmal wurde es taghell in dem von dämonischen Fallen verseuchten Raum.
Der Unheimliche hinter John stieß einen irren Schrei aus. Er fiel zurück und riß beide Arme in die Höhe.
Auch John warf sich herum. Die Kugel hielt er dabei fest in der Hand.
Der Unheimliche war bis zur Wand zurückgeschleudert worden.

Bläuliche weiße Blitze zuckten auf ihn zu, drangen wie Nadeln in seinen Körper. Er wand sich unter schrecklichen Krämpfen.

John kannte den Unheimlichen.

Es war der Mönch, der vorhin die Leiche der Frau aus dem Wagen geholt hatte. Aber wie war er hierher gekommen?

John erkannte genau die gräßliche Dämonenfratze, die glühenden Augen und die Mundöffnung, aus der heißer Brodem quoll.

Mit verzweifelten Bewegungen versuchte der Mönch den Blitzen zu entkommen. Er schaffte es nicht.

Kraftlos sackte er an der Wand zu Boden. Unmenschliche Schreie drangen aus seinem Mund, als er auf John zugekrochen kam. Der Inspektor sah das schwarze, verbrannte Fleisch der Arme und schauderte unwillkürlich zusammen.

»Die Kugel«, krächzte der Mönch, »die Kugel der Kalhori. Kein Ungeweihter darf sie in die Hand nehmen. Du mußt sie hergeben. Die Göttin – sie wird dich bestrafen.«

Der Mönch hatte fast Johns Hosenbein erreicht. Er streckte die Hand aus, wollte nach dem Inspektor greifen.

John trat ihm gegen den Kopf.

Der Dämon kippte zurück. Ein undefinierbares Geräusch drang aus seinem Mund, seine Glieder zuckten, und plötzlich tanzten kleine Flämmchen auf seiner Kleidung.

Ein mörderischer Todeskampf begann.

Der Mönch verbrannte innerlich. Kein Rauch, nichts war zu sehen.

Nur noch Asche blieb übrig.

John Sinclair atmete schwer.

Nach dem Tode des Unheimlichen hatte die Dunkelheit wieder von dem Raum Besitz ergriffen.

John, der immer noch die Kugel in der Hand hielt, tastete sich vor.

Er bekam den Vorhang zu fassen!

Mit dem Tode des Unheimlichen war auch dieser Spuk vorüber.

In diesem Augenblick hörte John einen gellenden Schrei eines Menschen. Ausgestoßen in höchster Verzweiflung.

Der Inspektor riß den Vorhang zurück, gelangte wieder in den dahinter liegenden Kellerflur . . .

Er erfaßte die Situation mit einem Blick.

Bill Conolly steckte fast bis zum Hals in einer wabernden zähen Masse. John sah aber auch die zwei Polizisten, die die Treppe heruntergelaufen kamen und von dem mit Messern bewaffneten Gordon Flash erwartet wurden.

»John!« schrie Bill in höchster Not. »Mein Gott, die Masse, sie wird hart. Hilf mir, hilf – ahhh . . .«

John Sinclair legte blitzschnell die Kugel auf den Boden, sprang zu dem Reporter und packte ihn unter beide Schultern.

Unter Einsatz seiner letzten Kraft gelang es John, den Reporter aus der erstarrenden Masse zu ziehen.

Dann wandte er sich den beiden Polizisten zu.

Die unbewaffneten Beamten wurden von Gordon Flash mit den Messern angegriffen.

Einer der Männer blutete an der Schulter und war vor der Treppe zusammengesunken.

Seinem Kollegen wurde gerade durch einen Messerstich die Uniformhose zerfetzt, und der blitzende Stahl drang ihm ins Bein.

Der Mann fiel auf die Knie, hielt sich mit beiden Händen die Wunde.

Gordon Flash lachte siegessicher. Er war bereit, dem Polizisten den tödlichen Stoß zu versetzen.

Da griff John Sinclair ein.

Wie eine Rakete flog er durch die Luft und krachte Flash genau in den Rücken.

Gordon Flash schlug mit dem Gesicht auf die Treppenstufen. Er brüllte auf. An seine Messer dachte er nicht mehr.

John Sinclair machte kurzen Prozeß. Ein genau berechneter Handkantenschlag schickte Flash ins Reich der Träume.

Schweratmend wandte sich Inspektor Sinclair um. Sein Gesicht zuckte. Die vergangenen Minuten waren auch an ihm nicht spurlos vorübergegangen.

»Wer sind Sie?« keuchte der Polizist, der die Stichwunde am Bein mitbekommen hatte. Er versuchte sich aufzurichten, schaffte es aber nicht.

»Ich bin Inspektor Sinclair«, sagte John.

»Scotland Yard?« ächzte der Beamte.

»Ja.«

»Da haben wir ja noch mal Schwein gehabt.«

John sah zu Bill Conolly hin. Der Reporter lag auf dem Rücken. Schweratmend und völlig groggy.

Der Beamte, mit dem John gerade gesprochen hatte, griff hinter seinen Rücken.

»Ich habe Handschellen, Sir. Vielleicht können Sie sie diesem Kerl anlegen.«

»Nichts lieber als das«, erwiderte John und verpaßte Gordon Flash die stählerne Acht.

»Ich werde versuchen, eine Ambulanz anzurufen«, sagte John und ging die Treppe hinauf.

Die beiden Penner, die die Polizisten alarmiert hatten, verschwanden blitzschnell, als sie John sahen.

Doch der Inspektor holte sie ein.

Die beiden schlotterten vor Angst.

John beruhigte sie und fragte nach einer Telefonzelle.

»Hier ist keine. Aber in der nächsten Kellerkneipe finden Sie Telefon.«

John gab den Pennern zwei Pfund, und beauftragte sie, die Ambulanz zu benachrichtigen. Er selbst wollte sich nicht unnötig weit von dem Haus entfernen.

»Und wenn ihr mich reinlegt, werdet ihr eures Lebens nicht mehr froh«, sagte der Inspektor.

»Nein, nein, Sir, wir werden alles erledigen.«

Die Penner zogen ab.

John ging wieder hinunter in den Keller.

Das rote geheimnisvolle Licht brannte noch immer. Die gräßlichen Masken und Zeichnungen an den Wänden schienen es auszustrahlen. Sie mußten mit irgendeinem Stoff präpariert worden sein.

Bill Conolly ging es wieder besser. Er war aufgestanden und lehnte schweißtriefend an der Wand. Dabei war sein Gesicht bleich wie selten.

»Mensch, John«, keuchte er, »das war knapp!«

Der Inspektor nickte. »Ich weiß.«

Bill schüttelte immer wieder den Kopf. »Was war das, John? Es zog mich auf einmal in die Erde. Und ich konnte nichts dagegen tun. Dann fuchtelte dieser Wahnsinnige noch mit den verdammten Messern herum. Ich dachte, es wäre zu Ende. Und jetzt ist die Stelle wieder hart. Wie Stein.« Bill klopfte mit dem Absatz dagegen.

»Genau kann ich es dir auch nicht sagen«, erwiderte John. »Ich schätze jedoch, es war eine von Dämonen aufgestellte Falle. Dieses Haus ist verseucht. Oder war verseucht«, verbesserte er sich.

Die beiden verletzten Polizisten starrten ihn nur an. Sie konnten das alles nicht begreifen. Von seinem Kampf erzählte John nichts. Er wollte die Männer nicht noch mehr beunruhigen.

»Also ein Hort der Dämonen!« stellte Bill Conolly fest. »Und das mitten in London. Mein Gott, daß es so etwas gibt.« Dann sah er die Kugel, die John gerade aufhob.

»Was ist das für eine Kugel?«

John betrachtete das Beutestück genauer. Die Kugel war etwa handtellergroß. Sie war aus Kristall und leuchtete in allen Farben. Für ihre Größe war sie ziemlich schwer, und John, der in magischen Dingen einigermaßen Bescheid wußte, ahnte, daß diese Kugel ihm weiterhelfen würde. Allerdings mußte er erst das Geheimnis ergründen.

»He, bist du stumm?« sagte Bill.

John blickte seinen Freund an. »Ich weiß es noch nicht, was es mit der Kugel auf sich hat. Aber – laß dir gesagt sein, Bill, ich werde es noch herausbekommen. Kalhori hat jetzt einen Gegner«, setzte er leise hinzu.

Plötzlich stieß Bill Conolly einen überraschten Laut aus. »John, die Tote, sie ist verschwunden.«

»Welche Tote?«

»Die Frau, die dieser Mönch aus dem Wagen geholt hat. Sie war wieder lebendig. Dort!« Bill streckte den Arm aus. »Dort ist sie die Treppe hinabgekommen.«

Unwillkürlich blickte John zu den Stufen hin.

Sie waren leer.

Er fragte die Polizisten: »Haben Sie eine Frau gesehen?«

»Mit einer Wunde in der Brust«, fügte Bill hinzu. »Die Wunde leuchtete tiefrot.«

Die Beamten schüttelten den Kopf. Außerdem konnte man an ihren Gesichtsausdrücken erkennen, daß sie diese Geschichte erst recht nicht glaubten. Sie klang auch zu unwahrscheinlich.

»Draußen war sie auch nicht«, sagte John nachdenklich.

»Mit anderen Worten, in London läuft eine lebende Leiche herum.«

»So ist es, Bill!«

»Da können wir uns ja auf etwas gefaßt machen«, murmelte der Reporter.

Der Polizeiarzt untersuchte Gordon Flash noch in derselben Nacht und gab ihn anschließend zum Verhör frei.

Natürlich hatte Bill Conolly darauf bestanden, bei dem Verhör zugegen zu sein, und John war schließlich nichts anderes übriggeblieben, als seine Einwilligung zu geben. Er kannte schließlich seinen Freund.

Der Reporter war außergewöhnlich blaß. Die überstandenen Erlebnisse steckten noch tief in seinen Knochen. Außerdem hatte er seine Frau angerufen, die von seinem Vorhaben, die weitere Nacht im Yard zu verbringen, nicht gerade begeistert war. Doch Bill blieb hart.

Er fand John Sinclair in dessen Büro. Der Inspektor hockte hinter seinem Schreibtisch und wärmte sich die Hände an einem Plastikbecher mit Automatenkaffee. Im Aschenbecher verqualmte eine Zigarette. Die magische Kugel stand vor ihm auf der Schreibtischplatte. Das kalte Leuchtstofflicht brach sich in dem geschliffenen Kristall.

Bill ließ sich auf den Besucherstuhl fallen.

»Wenn du Kaffee willst, mußt du ihn dir holen«, sagte John.

»Nee danke. Wenn ich sehe, daß du dir die Hände daran wärmst, muß die Brühe lauwarm sein.«

»Ist sie auch.«

»Ich habe mit Sheila gesprochen, John. Sie weiß, daß ich die Nacht hier im Yard-Gebäude verbringen werde.« Bill Conolly grinste.

John trank seinen Becher leer. »Okay, dann laß uns gehen.«

Ehe er aufstand, steckte der Inspektor die Kugel in seine Jackentasche. Sie paßte gerade hinein.

»Was willst du denn damit?« fragte Bill.

»Sehen, wie der gute Flash darauf reagiert.«

Mit dem Paternoster fuhren die Männer in das weitverzweigte Kellergeschoß, in dem auch die Zellen für Untersuchungshäftlinge lagen.

Laut hallten die Schritte der Männer von den kahlen Wänden wider.

Johns Gesicht war ernst und verschlossen. Er sah einen Fall von ungeheurer Tragweite auf sich zurollen. Schon allein, daß eine lebende Tote in London herumgeisterte, war eine reine Herausforderung an ihn. Der Inspektor hatte, so schnell es ging, die vage

Beschreibung der Frau an alle Reviere durchgegeben. Vielleicht war ihnen ein Erfolg beschieden.

John und Bill gelangten in den Trakt für die Untersuchungshäftlinge.

In einer Glaskabine saß ein müder Beamter über einen Krimi gebeugt.

Er sprang sofort auf, als er die Männer sah.

»In welcher Zelle sitzt der Untersuchungshäftling Gordon Flash?« fragte John.

»Nummer sechs.«

»Führen Sie uns zu ihm.«

»Jawohl, Sir!«

Der Beamte schloß die große Stahltür zu dem Zellengang auf. Sie war erst nachträglich eingebaut worden, da nämlich vier Häftlingen in einem Zeitraum von drei Wochen die Flucht gelungen war.

Zweimal ratschte der Schlüssel des Wärters im Schloß, ehe die Tür mit der Nummer sechs aufgezogen werden konnte.

Die Zelle war im Gegensatz zu den normalen Gefängnis- und Zuchthauszellen direkt komfortabel.

Es gab einen PVC-Fußboden, einen Tisch, zwei Stühle und ein Klappbett, auf dem einige Magazine und Zeitungen lagen. Nur das kalte Leuchtstofflicht an der Decke störte.

Gordon Flash saß auf der Bettkante. Als die Männer eintraten, stand er langsam auf. Auf seinem Gesicht erschien ein lauernder Ausdruck.

»Sie können gehen«, sagte John zu dem Beamten. »Aber lassen Sie den Zellenschlüssel hier.«

»Sir, es ist verboten . . .«

»Ja, ich weiß. Hier sind jedoch besondere Umstände gegeben, die ich Ihnen nicht näher erläutern kann. Bitte, gehen Sie.«

Der Beamte zog ab.

Bill Conolly mußte grinsen.

Gar nicht zum Grinsen zumute war es Gordon Flash. Feindselig starrte er die beiden Männer an. »Was wollen Sie hier? Kann man nicht mal nachts seine Ruhe haben?«

»Nicht, wenn soviel auf dem Spiel steht«, erwiderte John.

»Wollen Sie mich verhören?«

»Ja.«

Flash lachte. »Na, dann fangen Sie mal an.«

John setzte sich auf einen der Stühle, zündete sich eine Zigarette an und hielt auch Gordon Flash die Schachtel hin.

»Der Trick zieht bei mir nicht, Inspektor. Außerdem bin ich Nichtraucher.«

»Um so besser. So, Mister Flash, nun erzählen Sie mal, was es mit dem gewissen Haus und der Göttin Kalhori auf sich hat.«

Flash hatte sich wieder auf das Bett fallen lassen. »Gar nichts werde ich sagen!« zischte er. »Sie können mich nicht reinlegen. Außerdem können Sie mir nichts beweisen.«

»Bewaffneter Angriff auf zwei Polizisten. Einen Mordversuch an einem Scotland-Yard-Inspektor. Verdunklungsgefahr, um nur die groben Punkte zu nennen. Ist das nichts?«

Gordon Flashs Gesicht hatte die Farbe gewechselt. Es war jetzt ziemlich bleich. Er hatte wieder die Hände in seine weiten Kuttenärmel vergraben und starrte ins Leere.

John ließ ihm einige Minuten Zeit. Dann sagte er: »Sie wollen also nichts sagen.«

»Genau, denn ich weiß, daß die Göttin stärker ist als Sie.«

John Sinclair lächelte mokant. »Sie reden immer von einer Göttin. Nun, ich weiß nicht, ob sie tatsächlich so stark ist, dann hätte sie so schnell nicht aufgegeben, denn der Mönch, der ja wohl auch zu ihr gehörte, ist von mir besiegt worden.«

Gordon Flash sah auf. Ungläubiges Staunen lag in seinem Blick. »Sie haben ihn – besiegt?«

»Ja. Und mir sogar noch ein kleines Souvenir mitgebracht.« John griff in seine rechte Jackentasche und zog die Kugel hervor. »Da, sehen Sie selbst.«

Gordon Flash zuckte zusammen. Sein Mund öffnete sich. Er wollte etwas sagen, doch er brachte keinen Ton hervor. Schließlich ächzte er: »Die heilige Kugel. Was machen Sie mit der heiligen Kugel?«

»Ich sagte doch schon, ein Andenken.«

Gordon Flash schlug beide Hände vors Gesicht. Er ließ sich plötzlich nach hinten auf das Bett fallen, rollte sich herum und trommelte wild auf der Matratze herum.

»Nehmen Sie die Kugel weg!« keuchte er. »Bitte, nehmen Sie sie weg. Der Geist der Göttin – er frißt in meinem Gehirn. Ahhh . . .!«

John Sinclair hatte die Kugel auf den Tisch gelegt und war aufgesprungen. Er packte Gordon Flash an beiden Schultern und schüttelte ihn durch.

»Was ist mit der Kugel?« schrie der Inspektor. »Sagen Sie es mir, und ich stecke sie weg!«

Er wußte, was er hier machte, war hart. Aber es mußte sein. Nur so konnte er das Geheimnis ergründen, das wie ein Schleier um die Göttin Kalhori lag.

Gordon Flash wimmerte. Aus seinem Mund rann Speichel und benetzte das Bettlaken.

»Was ist mit der Kugel?« wiederholte John seine Frage. Hart drehte er den Mann auf den Rücken.

John Sinclair zuckte zusammen. Wie hatte sich das Gesicht des Gefangenen verändert!

Seine Augen waren blutunterlaufen, und aus dem halbgeöffneten Mund rann ununterbrochen der Speichel.

Welch eine magische Kraft mußte diese Kugel besitzen, daß sie einen Menschen so beeinflussen konnte!

Aber noch war der Schrecken nicht zu Ende.

Plötzlich hörte John hinter seinem Rücken eine rauhe Stimme: »Du sollst die Kugel wegstecken!«

Der Inspektor wirbelte herum.

Er starrte genau in das dunkle Loch einer Pistolenmündung.

Der Mann, der die Waffe in der Hand hielt, war sein Freund Bill Conolly . . .

Zwei, drei Sekunden war John sprachlos.

Dann zischte er. »Bist du verrückt, Bill?«

Das Gesicht des Reporters war nur noch eine Maske. Kalt und bleich. Doch in seinen Augen glühte es fanatisch.

John warf einen zweiten Blick zu der Kugel hin. Sie glühte in einem tiefen, dunklen Rot. So stark, daß es an den Augen schmerzte.

»Du sollst die Kugel wegstecken!« schrie Bill. »Oder ich schieße!«

John Sinclair blieb ganz ruhig. Er ahnte, daß auch sein Freund in den Einfluß des magischen Kristalls geraten war. Warum er als einziger noch normal geblieben war, konnte er nur raten. John hatte eine Spezialausbildung genossen, die ihn unter anderem immun gegen fast sämtliche magischen Dinge gemacht hatte. Deshalb wirkte bei ihm der Zauber nicht.

Der Inspektor näherte sich dem Tisch, streckte die Hand aus.

Er fühlte plötzlich ein leichtes Prickeln in den Fingerspitzen. Ein unsichtbarer Strom schien durch seine Hände zu gleiten.

Bill Conolly starrte ihn unverwandt an, beobachtete jede seiner Bewegungen.

Der Inspektor ging noch einen Schritt vor, ließ seine rechte Hand an der Kugel vorbeigleiten.

»Bill«, sagte er, »ich möchte dich . . .«

John sprach nicht mehr weiter. Aus der Drehung heraus schlug er zu. Der Schlag war genau berechnet. Von ungeheurer Wucht wurde Bills Pistolenhand zur Seite geschleudert. Die Waffe flog dem Reporter aus den Fingern und prallte gegen die Wand.

Mit einem irren Schrei wollte Bill Conolly darauf zustürzen. Doch Sinclair warf sich ihm entgegen. Die beiden Männer prallten zusammen. Bill wurde gegen die Tür geschleudert, und ehe er sich noch fangen konnte, knallte ihm Johns Faust in den Magen. Der Reporter klappte zusammen. Für einen Augenblick war sein Kinn ungedeckt.

John traf genau den Punkt.

Bewußtlos sackte Bill Conolly zu Boden.

Schritte trampelten auf dem Flur. Dann schlug jemand gegen die Tür.

»Inspektor Sinclair! Ist alles in Ordnung? Ich muß sonst die Wache alarmieren.«

»Ja, es ist alles klar«, erwiderte John.

Er bückte sich nach der Pistole und steckte sie ein.

Es war die Luger, die er Gordon Flash in dem Hausflur abgenommen hatte. John hatte sie nach den Ereignissen Bill Conolly zur Aufbewahrung gegeben. Daß der Reporter sie benützen würde, um ihn erschießen zu wollen, hätte er nie gedacht.

Aber es war ja auch nicht Bill gewesen, sondern der Geist einer anderen.

Der Göttin Kalhori!

Johns Blick fiel auf die Kugel. Das Unerklärliche war geschehen. Sie sah wieder so normal aus wie sonst. Nichts erinnerte mehr an ihre schreckliche Wirkung.

Wirklich nichts?

Der Inspektor trat an das Bett, auf dem noch immer Gordon Flash lag.

Der Mann hatte die Finger beider Hände in die Decke verkrallt.

Seine Augen standen weit offen. Das Gesicht war schmerzverzerrt.

John Sinclair ahnte Schreckliches.

Er brauchte erst gar nicht zweimal hinzusehen, um zu erkennen, was mit Gordon Flash los war.

Er war tot.

Die magische Kugel hatte ihn umgebracht . . .

Mary-Lou Nikuta irrte durch London.

Sie war tot und lebte trotzdem. Eine paradoxe Kombination, die es nicht geben durfte.

Und doch war es so.

Eine magische Kraft hielt Mary-Lou Nikuta am Leben.

Aber sie merkte auch, daß diese Kraft langsam nachließ, von Minute zu Minute dahinschwand.

Noch immer fiel der Schnee wie ein dichter weißer Schleier vom dunklen Himmel. Die vereinzelten Straßengeräusche hörte Mary-Lou nur gedämpft. Trotz ihrer nackten Füße spürte sie keine Kälte. Sie war gegen Einflüsse, die ihre Haut direkt berührten, unempfindlich.

Die ersten Frühaufsteher gingen schon durch die verschneiten Straßen. An manchen Stellen orgelten Automotoren auf. Stimmen fluchten über das Wetter.

All dies berührte Mary-Lou wenig. Sie kannte nur ein Ziel. Sie mußte neue Kraft schöpfen. Und das konnte sie nur durch die Kugel.

Jemand hatte die Kugel in seinen Besitz gebracht und sich damit von dem Haus, in dem sie ihren Platz gehabt hatte, entfernt. Aber die magische Kugel war noch heil. Deutlich, wenn auch nur schwach, spürte Mary-Lou Nikuta die Strahlen.

Instinktiv lief sie den magischen Wellen nach, wie von einem unsichtbaren Band geführt.

Die Strahlen wurden stärker.

Mary-Lou Nikuta beschleunigte ihre Schritte. Sie ließ den Stadtteil Soho hinter sich, gelangte in die am Tage verkehrsreiche Londoner City.

Auch jetzt waren schon einige Wagen unterwegs. Ihre Scheinwerferstrahlen glitten über die Fahrbahnen und berührten die Bürgersteige.

Die ›Tote‹ hielt sich immer außerhalb der Lichtkegel, ging eng an Häuserwände gepreßt weiter. Auch mied sie die hellerleuchteten Schaufenster der Geschäfte, nahm lieber Seitenstraßen und tauchte in Toreinfahrten und Nischen unter, wenn ihr jemand zu nahe kam.

Einmal wurde die ›Tote‹ von einer Dirne angehalten.

»He, du, hier ist mein Revier. Scher dich weg, du Rattenbalg, sonst zerkratze ich dir deine Larve.«

Mary-Lou Nikuta wandte nur den Kopf. Dabei nahm sie ihre Hand von der Brust, und die große Wunde wurde sichtbar.

Die Dirne kreischte auf und rannte wie von Furien gehetzt davon.

Die ›Tote‹ ging weiter. Die Wellen der magischen Kugel führten sie zielsicher.

Mary-Lou erreichte die Wohnviertel der City. Moderne Apartmenthäuser, oft zehn und mehr Stockwerke.

Immer stärker war das Strahlen geworden.

Die ›Tote‹ begann zu rennen.

Die Wunde in ihrer Brust glühte, der ganze Körper der Untoten sehnte sich nach der Kraft.

Auf einmal blieb sie stehen. Direkt vor einem mehrgeschossigen Apartmenthaus. Ihr Blick wanderte die Fassade hoch. Hinter einigen Fenstern brannte schon Licht. Und dort, in irgendeiner der Wohnungen, mußte sich auch die magische Kugel befinden.

Mary-Lou Nikuta ballte die Finger zusammen. Ein unsichtbarer Drang ließ sie auf das gläserne Eingangsportal zugehen.

Die Tür schwang durch Kontakt zurück.

Warme Luft strömte der Toten entgegen. Sie spürte es nicht.

Linker Hand sah sie die unzähligen, aluminiumverkleideten Briefkästen schimmern. Geradeaus ging es zu den Lifts.

Einer war unten.

Schnell lief Mary-Lou Nikuta darauf zu. Sie wußte auf einmal mit hundertprozentiger Sicherheit, wie weit sie fahren mußte, um in den Besitz der Kugel zu gelangen.

Auf ihren leichten Handzug öffnete sich die Tür.

»He, was machen Sie denn da? Zu wem wollen Sie?«

Die ›Tote‹ wandte den Kopf. Der Nachtportier kam angelaufen. Er hatte in einer Ecke des Flures die Blumen gegossen. Die Kanne hielt er während des Laufes in der Hand. Mehrmals schlug der Ausguß gegen sein Knie.

Mary-Lou verschwand im Lift. Sie drückte auf die achte Etage.

Der Lift glitt hoch.

Durch die beiden runden Guckfenster sah die ›Tote‹ noch das wütende Gesicht des Nachtportiers.

Eins, zwei, drei . . .

Schnell glitten die einzelnen Etagen vorbei.

Und immer stärker wurde die magische Ausstrahlungskraft. Ein wohliger Schauer durchfuhr den Körper der ›Toten‹.

Der Lift stoppte.

Mary-Lou Nikuta drückte gegen die Tür.

Die ›Tote‹ huschte in einen menschenleeren Flur. Er war erleuchtet und an einem Ende befand sich ein Lichtschacht.

Die ›Tote‹ zögerte einen Moment, dann wandte sie sich nach rechts. Hier spürte sie die Strahlen am intensivsten.

Die Wände des Flures waren grün gestrichen, die Türen dunkelbraun gebeizt.

Jetzt, wo sie am Ziel ihrer Wünsche stand, konnte sie niemand mehr aufhalten.

Türen huschten vorbei.

Urplötzlich blieb die ›Tote‹ stehen. Langsam wandte sie sich um, starrte einige Augenblicke auf das braungebeizte Holz und dann auf das an der Wand befestigte Schild.

Ein Name stand darauf.

John Sinclair!

»Verdammt noch mal, John, du kannst mich doch nicht einfach hier liegenlassen!«

Der Reporter setzte sich wütend im Bett auf. Er schlug mit der Faust auf die Decke und zeigte dann auf seine Kleider, die sorgfältig geordnet auf einem Stuhl lagen. »Man wird hier ja wie ein Baby behandelt.«

John legte seinem Freund die Hand auf die Schulter. »Bleib ruhig, Bill, in ein paar Tagen ist alles vorbei.«

»In ein paar Tagen, wenn ich das schon höre. Wer weiß, wie lange man mich in dieser komischen Klapsmühle behält.«

»Das ist keine Klapsmühle, sondern eines der Krankenzimmer im Yard-Gebäude. Schließlich liegst du nicht umsonst hier.«

Bill Conolly ließ sich zurücksinken. Was ihm John erzählt hatte, klang unglaublich. Er sollte auf seinen besten Freund mit der

Pistole angelegt haben, um ihn zu erschießen? Bill konnte das einfach nicht begreifen, obwohl es durchaus möglich war. Dem Reporter fehlte nämlich eine Stunde. So ähnlich war es ihm nach mancher Kneipentour gegangen, nur hatte er sich da wenigstens noch an einige Dinge erinnern können. Aber jetzt? Auf einmal hatte sein Gedächtnis einfach ausgesetzt. Schluß – nur noch gähnende Leere.

John hatte Bill nach dem Niederschlag hierher bringen lassen. Gordon Flashs Leiche lag bereits auf dem Seziertisch. John war gespannt, was bei einer Untersuchung herauskommen würde. Leider konnte er die Ergebnisse erst morgen nachmittag bekommen.

»Du willst also wirklich die Sache allein durchstehen«, sagte Bill nach einer Weile.

»Ich muß sogar.«

»Mensch, John, wenn du mich verschaukelst, dann ist was los, das kann ich dir flüstern. Dann spring ich aus dem Bett und bringe den Laden auf Vordermann.«

John mußte grinsen. Er kannte schließlich das Temperament seines Freundes. »Beruhige dich, Bill, es wird dir hier keiner was antun. Außerdem muß Sheila gleich kommen. Sie wird sogar froh sein, daß du mal ein bißchen an die Kette gelegt worden bist.«

»Ja, das glaube ich!« knurrte Bill. »So, und jetzt hau ab, damit ich dich nicht mehr sehe.« Der Reporter drehte sich auf die andere Seite. »Und das nennt sich Freund!« schimpfte er.

John war schon fast an der Tür, als ihn Bills Anruf zurückhielt. »Paß auf dich auf, John.«

»Wird schon schiefgehen«, erwiderte der Inspektor zuversichtlich.

Es war genau vier Uhr morgens, als er auf seinen Bentley zusteuerte. Der Wagen stand in der Tiefgarage des Yard-Gebäudes.

Der Inspektor wollte nach Hause fahren und sich noch einige Stunden aufs Ohr legen. Die nächsten Tage versprachen, heiß genug zu werden.

Der Motor des silbergrauen Bentleys schnurrte wie eine zufriedene Katze. Mit mäßiger Geschwindigkeit rollte John durch das stille London.

Er fuhr den Wagen nicht erst in die Garage, sondern stellte ihn für die kurze Zeit auf einem Parksteifen vor dem Apartmenthaus ab.

Der Nachtportier stand gähnend neben seinem Kasten.

»Guten Morgen, Inspektor«, sagte er. »Wieder auf Killerjagd gewesen?«

»So ähnlich.«

John schlenderte zu den Lifts und fuhr nach oben. Die Kristallkugel hatte er wieder in seine Jackentasche gesteckt.

Hinterher legte er sie in seinem Apartment auf den Wohnzimmertisch.

Anschließend genehmigte sich John noch einen guten Whisky, zog sich dann aus und verschwand in seinem Bett.

Er wußte nicht, wie lange er gelegen hatte, als ihn ein lautes Summen aus dem Schlaf riß.

John Sinclair war sofort wach. Noch im Dunklen tastete er nach dem Wecker.

»Verdammtes Ding, hör endlich . . .«

Aber der Wecker war es nicht, der summte.

Es war die Türklingel.

Jetzt wurde John mißtrauisch. Wer konnte ihn um diese Zeit noch besuchen? Jemand vom Yard? Wohl kaum, denn die riefen immer an.

Der Inspektor schlüpfte in seinen Morgenmantel und schaltete die Nachttischlampe ein. Dann holte er seine Pistole und verstaute sie in der Tasche des Morgenmantels.

Das Licht aus dem Schlafzimmer reichte gerade aus – vorausgesetzt man ließ die Tür offen –, um die kleine Diele einigermaßen zu erhellen.

Wieder schellte es.

Diesmal länger, fordernder.

John machte nicht den Fehler, sich zu melden. Auf Zehenspitzen schlich er zur Tür. Dabei warf er einen Blick in das Wohnzimmer.

Die Kugel auf dem Tisch glühte wieder leuchtend rot.

John Sinclair war gewarnt.

Er preßte ein Auge gegen den Türspion.

Nichts war zu sehen. Der oder die Besucher hielten sich außerhalb des Blickwinkels auf.

John fragte sich nur, wie die Leute an dem Nachtportier

vorbeigekommen waren, denn der war als ziemlich scharfer Hund bekannt.

Als es wieder schellte, lag Johns Hand bereits auf der Klinke. Es war die Linke. Seine Rechte steckte in der Tasche und umklammerte die Pistole.

John atmete noch einmal tief durch und zog dann blitzschnell die Tür auf.

Vor ihm stand die ›Tote‹ . . .

John Sinclair machte nicht den Fehler, in Panik zu verfallen oder irgendwie anders durchzudrehen. Nur ein kurzes Zusammenzukken seiner Gesichtsmuskeln zeigte die Überraschung an.

Dann sagte er: »Kommen Sie rein.«

Die ›Tote‹ starrte ihn an. In ihren sonst glanzlosen Augen lag ein gieriger Ausdruck. Sie wollte irgend etwas haben, das wußte John, und er ahnte auch, was.

Mary-Lou Nikuta hatte die Arme vor der Brust verschränkt. Langsam ließ sie sie sinken.

Die gräßliche Dolchwunde glühte dunkelrot. Ein unsichtbares Brennen ging von ihr aus und vereinigte sich mit dem der magischen Kugel.

In den Augen der ›Toten‹ flackerte es.

Plötzlich sprang sie vor, stieß John Sinclair mit einem gewaltigen Schlag zur Seite und rannte auf die offenstehende Zimmertür des Wohnzimmers zu.

Ein krächzender Schrei kam aus ihrem Mund, als sie vor der Kugel in die Knie fiel.

John Sinclair schloß die Wohnungstür und blieb auf der Türschwelle des Zimmers stehen.

Die ›Tote‹ umklammerte die Kugel mit beiden Händen. Ein tiefes rotes Leuchten hatte sich auf ihre Haut gelegt. Seltsame, abgehackte Laute drangen aus ihrem Mund.

John Sinclair blieb der stumme Beobachter. Er erwartete, daß die folgenden Minuten ihm über vieles Aufschluß geben würden.

Die ›Tote‹ war in Trance. Ihr gespannter Rücken zuckte konvulsisch.

»Kalhori! Kalhori!« stöhnte sie.

Sie wollte die Göttin beschwören, sie um Gnade bitten – und um Kraft.

John Sinclair wunderte sich ein wenig. Schließlich war Gordon Flash beim Anblick der Kugel gestorben. Und diese Frau schien Kraft aus dem Kristall zu schöpfen.

Seltsam.

John hatte nur eine Erklärung. Flash war gestorben, weil er noch lebte. Diese Frau jedoch war tot und durch höllische Mächte wieder zum Leben erweckt worden.

Der Inspektor ahnte allerdings nichts von dem gläsernen Dolch, der in einem direkten Zusammenhang mit der Kugel stand.

Auf einmal bäumte sich Mary-Lou Nikutas Körper auf. Ihre Hände ließen die Kugel los. Die ›Tote‹, von der John noch nicht einmal den Namen wußte, erhob sich, wandte dem Inspektor voll ihr Gesicht zu.

Das Glühen der Kugel hatte aufgehört. Sie sah jetzt aus wie ein normales Kristallgebilde.

»Wer bist du?« fragte John Sinclair.

»Eine Dienerin Kalhoris.«

Die Stimme der ›Toten‹ war schwach, so als würde ihr das Sprechen Mühe bereiten.

John fragte weiter. »Wie ist dein Name?«

»Ich weiß ihn nicht mehr.«

»Welchen Auftrag hat dir die Göttin erteilt? Was will sie? Wo kommt sie her?«

Die Augen der ›Toten‹ nahmen einen eigentümlichen Glanz an. Mit dem rechten Arm vollführte sie eine ausladende Handbewegung.

»Kalhori ist überall. Sie ist unsterblich. Gekommen aus der uralten Vergangenheit, wird sie für alle Zeiten auf der Erde bleiben. Und Kalhori wird siegen.«

Diese Worte ließen eine Gänsehaut über Johns Rücken fahren. Er glaubte der ›Toten‹. Der Inspektor war einer der wenigen Menschen, die von der Existenz eines Dämonenreiches wußten, das zwischen den Dimensionen lag. In grauer Vorzeit, als die Erde noch im Entstehen war, hatten Dämonen den Planeten bevölkert und grauenhafte Kämpfe gegeneinander ausgetragen. Uralte Schriften, oft versteckt in kleinen Museen und Privatbibliotheken, gaben darüber Aufschluß. Zu jeder Zeit hatten mutige Männer und Frauen die alten Überlieferungen aufgeschrieben. Vieles war Sage, doch immer steckte ein Körnchen Wahrheit dahinter. John hatte schon erlebt, daß sich dieses Körnchen zu einem Sandsturm ausweiten konnte, wenn man die Dämonenpest nicht rechtzeitig erkannte und sie bekämpfte. Heute noch war bei den Eingeborenen in Asien und Afrika der Dämonenglaube tief verwurzelt.

Mary-Lou Nikuta überlegte einen Augenblick. Dann sagte sie: »Kalhori ist überall. Sie hat ihre Zeichen in die Welt gesetzt, wie diese Kugel. Ihre Diener werden einem Tornado gleich über die Erde kommen und Verbündete suchen. Die Herrscher des Dämonenreichs werden mit Kalhori zufrieden sein.«

»Wer sind ihre Diener?«

»Ich bin eine der Auserwählten. Ich war erst abtrünnig, doch der Mönch hat mich mit seinem gläsernen Dolch bestraft und zu Kalhoris Sklavin gemacht. Ich werde den Auftrag ausführen und ihre Feinde vernichten.«

»Wie lautet dein erster Auftrag?«

Das Gesicht der ›Toten‹ blieb unbewegt, als sie sagte: »Ich werde dich töten.«

Damit hatte John gerechnet. Aber diesmal sollte sich das Geschöpf des Unheils vertan haben. So leicht ließ sich ein Inspektor Sinclair nicht bezwingen.

Er kannte andere Mittel, die er im Kampf gegen Dämonen und Geister einsetzte.

»Versuche es nur«, erwiderte John. »Aber sei dir darüber klar, daß ich dich vernichten, auslöschen werde.«

»Deinen Waffen trotzen wir. Du kannst uns nicht mit einer Kugel töten oder einem Messer.«

»Das hatte ich auch gar nicht vor.«

John war während seiner letzten Worte zurück in die kleine Diele gegangen. Mit ein paar Schritten hat er sein Schlafzimmer erreicht. Hier stand ein kleiner Schrank, in dem er seine ›Waffen‹ aufbewahrte.

Unter anderem eine mit Silberkugeln geladene Pistole. Mit Weihwasser besprengte Pfähle zum Kampf gegen Vampire und mehrere silberne Kruzifixe.

John Sinclair riß eine der Schubladen auf. Auf rotem Samt lagen drei Kruzifixe. Eins lief vorne spitz zu, und man konnte es auch als Messer verwenden.

Um dieses Kruzifix klammerten sich Johns Finger.

Die ›Tote‹ stand auf der Türschwelle. Sie lachte, als sie das Kreuz in Johns Hand sah.

»Damit kannst du mich nicht umbringen!«

»Wir werden ja sehen!«

John hielt ihr das geweihte Kruzifix entgegen.

Nichts geschah!

Die ›Tote‹ ging weiter auf John zu. »Ich habe dir ja gesagt, es hat keinen Zweck. Als Kalhori geboren wurde, gab es so etwas noch nicht. Du mußt schon die alten Formeln wissen, um die Göttin zu überlisten. Doch die kennt niemand.«

John legte das Kreuz zurück in die Schublade. Da das nicht half, brauchte er auch die mit Silberkugeln geladene Pistole nicht erst einzusetzen.

»Ergib dich deinem Schicksal!« verlangte die ›Tote‹.

Ihre ausgestreckten Arme wollten John fassen, doch der Inspektor war schnell.

Mit einer Drehung tauchte er unter dem Griff weg und packte gleichzeitig einen kleinen Hocker. Mit mörderischer Wucht schmetterte er das kleine Möbelstück auf den Schädel der ›Toten‹.

Mary-Lou Nikuta brach zusammen. Der Hocker war zersplittert. John hielt nur noch ein Bein in der Hand.

Wieder schlug er zu.

Er schloß die Augen, denn dieses Schauspiel war grauenhaft.

Knochen knirschten, doch die ›Tote‹ stieß nur ein höhnisches Lachen aus.

Sie war gegen Schmerzen unempfindlich, nahm alle Schläge und ging sogar noch zum Gegenangriff über.

Ihre Finger umklammerten Johns Beine. Der Inspektor fühlte die Kälte, die von der Frau ausging.

Ein Ruck genügte.

John Sinclair kippte nach hinten.

Er schlug mit dem Hinterkopf auf die Matratze, rutschte jedoch ab und schrammte mit dem rechten Ohr am Bettkasten entlang.

Für einen Augenblick war John durch den Schmerz abgelenkt.

Die ›Tote‹ warf sich vor.

Instinktiv winkelte John die Beine an, schleuderte die Frau weit von sich.

Sie flog durch das Zimmer, krachte gegen eine Wand.

»Du kriegst mich nicht!« kreischte sie. Ihr Gesicht war von den Schlägen gezeichnet. Haut war weggeplatzt, aber kein Tropfen Blut trat hervor.

John kam auf die Beine.

Ihm war voll bewußt, daß er auf die Dauer unterliegen würde. Seine Waffen nutzten nichts.

Er mußte dieses Monster anders packen.

Die Kugel!

Durch sie hatte die ›Tote‹ ihre Kraft bekommen – durch sie mußte man sie auch vernichten können.

Noch war der Weg zur Tür versperrt. Die ›Tote‹ hate beide Arme ausgebreitet, kam siegessicher auf John Sinclair zu.

Der Inspektor lockte sie in eine Ecke, tat einen raschen Sprung zur Seite und wischte an ihr vorbei.

Der Weg war frei!

Sekunden später stand John in seinem Wohnzimmer, packte die magische Kugel mit beiden Händen.

Weit hob er die Arme über den Kopf.

»Nein!«

Gräßlich heulte die ›Tote‹ auf. Sie stand im Türrahmen, ahnte, was der Inspektor vorhatte.

»Durch diese Kugel werde ich dich vernichten!« schrie John Sinclair.

Die ›Tote‹ sprang vor, wollte ihm in den Arm fallen, um das Letzte zu verhindern.

Vergebens. Sie schaffte nicht einmal die Hälfte der Strecke.

Mit ungeheurer Wucht schleuderte John die Kugel gegen die Wand. Es gab ein splitterndes Geräusch, und ein Blitz spaltete die Luft. Rauch wolkte auf, und ein lautes Zischen ertönte, in das sich die schrecklichen Schreie der ›Toten‹ mischten.

So schnell, wie alles gekommen war, war es auch vorbei.

Nach ein paar Sekunden war nichts mehr von der Kugel und dem Rauch zu sehen.

Aber auch nichts von der ›Toten‹.

Sie war endgültig ausgelöscht.

Der Inspektor starrte einige Zeit ins Leere. Er wußte, daß dieser Kampf erst der Anfang zu einer grauenhaften Auseinandersetzung gewesen war . . .

Die riesige Grotte lag tief in der Erde.

Unter den himmelstürmenden Bergen des Himalaya war sie ein Hort der Dämonen.

Sie war die Heimat der Göttin Kalhori.

Jahrhundertelang hatte sie auf der Erde gewütet, bis Mönche ihr das Handwerk gelegt und sie hierher verbannt hatten. Sie hatten den Einstieg der Höhle mit einem magischen Kreis gesichert, den die Göttin nicht durchbrechen konnte.

Niemand auf der Welt hatte je von dem Geheimnis erfahren, denn die Mönche in den Bergklöstern waren verschwiegen.

Generationenlang ging alles gut. Träge rann die Zeit dahin. Kriege erschütterten die Erde, Völker wurden ausgelöscht, und andere Rassen entstanden.

Die Göttin blieb in ihrem unterirdischen Gefängnis. In dieser Zeit hatte sie Muße, nach einem Ausweg zu sinnen, und schließlich war es ihr gelungen, das Tor zur diesseitigen Welt aufzustoßen.

Höllische Kräfte aus dem Dämonenreiche waren ihr zu Hilfe gekommen. Die Herrscher der Dämonenwelt hatten ihre Diener geschickt. Wesen mit glatten stumpfen Gesichtern, die nun in die Dienste der Göttin traten. Ihnen war es auch gelungen, die magischen Fallen zu überwinden. Sie hatten sich die Kleidung der Mönche angeeignet und waren in den kleinen Gebirgsdörfern untergetaucht. Manch verstümmelte Leiche war gefunden worden, und bei den Eingeborenen lebte der Dämonenglaube stärker denn je wieder auf.

Doch davon wußten die Mönche nichts, die in der Abgeschiedenheit ihres Klosters lebten. Sie waren die eigentlichen Wächter der finsteren Göttin und hatten nicht bemerkt, daß sie übertölpelt worden waren. Nach wie vor waren sie überzeugt, die Kräfte der Finsternis gebannt zu haben.

Ihre eintönigen Gesänge hallten bei klarem Wetter weit durch die grandiosen Bergmassive, und niemand von ihnen ahnte die gräßliche Gefahr.

Noch hielt der magische Bann, war die Göttin selbst gezwungen, in ihrem Gefängnis auszuharren. Aber ihre Diener waren bereits auf dem Weg, um Angst und Schrecken über die Menschen zu bringen.

Und es mußte erst ein Mann aus Europa kommen, um dem Schicksal eine entscheidende Wendung zu geben . . .

Sir Powells Augen zwinkerten hinter den dicken Brillengläsern nervös. Öfter als sonst griff er zu seinem Glas Wasser, in dem er eine Magentablette aufgelöst hatte.

Was John Sinclair berichtet, war ungeheuerlich.

Der Inspektor saß schon über dreißig Minuten in Superintendent Powells Büro. Er hatte einige Stunden geschlafen, war anschließend unter der kalten Dusche umhergehüpft und fühlte sich nun wieder einigermaßen fit. Zum Glück hatte niemand von der Nachbarschaft etwas von der nächtlichen Auseinandersetzung mitbekommen. Das hatte John somit einigen Ärger erspart.

Draußen hatte es aufgehört zu schneien. Doch der Wind war geblieben. Kalt fegte er durch die Londoner Straßen, auf denen der Schneematsch knöchelhoch lag.

John, der am Fenster gestanden hatte, wandte sich um.

Superintendent Powell trommelte mit seinen Fingern einen Wirbel auf die Schreibtischplatte. Powell war nervös. Er war ein Mann mit scharfem Verstand und sah oft Zusammenhänge, die andere nicht einmal ahnten. Nicht umsonst war er einer der leitenden Beamten bei Scotland Yard.

Powell nahm einen Schluck Wasser. »Sie haben schon einen Plan, Inspektor?!«

Dieser Satz war mehr eine Feststellung als eine Frage.

John ließ sich auf den harten Besucherstuhl fallen und fixierte das Bild der Queen an der Wand.

»Ich muß diese verdammte Dämonenfürstin finden«, murmelte er. »Aber ich brauche auch Informationen, Sir. Ich kann nicht einfach ins Blaue hinein suchen.«

»Sie haben also keinen Anhaltspunkt«, warf Superintendent Powell ein.

John wiegte den Kopf. »So gut wie keinen.«

»Und wie ist es mit dem Haus?«

»Sir, dort werden wir kaum etwas finden. Ich meine etwas, das uns weiterbringt. Und den Namen der Toten wissen wir auch nicht. Wir können natürlich eine Zeichnung anfertigen lassen, sie dann abdrucken und die Bevölkerung zur Mithilfe auffordern. Aber das würde erstens zu lange dauern, und zweitens bekämen wir alle möglichen Namen untergeschoben, nur nicht den richtigen.«

»Gut, Inspektor. Aber von diesem Gordon Flasch wissen wir

mehr. Forschen Sie in seinem Vorleben nach, und Sie stoßen bestimmt auf eine Spur.«

John lächelte. »Ich gebe Ihnen durchaus recht, Sir. Bedenken Sie aber eines, auch diese Methode kostet Zeit. Um aber das Übel auszurotten, müssen wir es an der Wurzel packen.«

»Wie haben Sie sich das vorgestellt?«

»Ich selbst werde der Göttin auf den Pelz rücken. Und zwar auf dem direktesten Weg. Werde versuchen, sie aus der Reserve zu locken. Informationen kann mir sicher Professor Bannister geben. Er hat einen Lehrstuhl für Archäologie und Ethnologie hier an der Universität. Ich kenne ihn relativ gut. Er kann mir bestimmt weiterhelfen.«

»Professor Bannister ist ein Wissenschaftler und kein Scharlatan, wie ein Magier zum Beispiel.«

»Aber er beschäftigt sich auch mit Dämonologie«, erwiderte John.

»Da haben Sie mich ja wieder schön überfahren«, meinte Superintendent Powell und nahm einen großen Schluck. Dann sagte er: »Gut, von mir aus machen Sie, was Sie wollen. Meinen Segen haben Sie. Aber schaffen Sie uns die verdammte Pest vom Hals.«

Durch die Rohrpost kam das Untersuchungsergebnis des toten Flash. Superintendent Powell riß die Papphülle auf und nahm zwei Bogen engbeschriebener Zeilen heraus. Er las eine Weile und schüttelte dann den Kopf. »An Herzschlag gestorben, der Mann. Und dafür machen die einen ellenlangen Bericht. Sie wissen also Bescheid, Inspektor.«

John Sinclair stand auf. »Falls die Spurenspezialisten fertig sind, geben Sie mir bitte Nachricht, Sir.«

»Ja, ja.«

Noch vom Yard aus rief John Sinclair Professor Bannister an. John mußte sich einen Moment gedulden, da der Professor aus einer Vorlesung geholt wurde.

Doch dann hatte er ihn an der Strippe.

Der Inspektor sprach von seinen Problemen und bat um eine Verabredung. Professor Bannister war nicht abgeneigt, und man wollte sich um dreizehn Uhr im Golden Star treffen.

John Sinclair war schon einige Minuten früher da. Das Golden Star war ein gutes Lokal, in dem man fantastisch essen konnte. Es war rustikal eingerichtet und in einzelne Nischen aufgeteilt. Jeder fühlte sich ungestört. Um diese Zeit war es etwa zur Hälfte besetzt.

John wählte einen Platz am Fenster und rauchte eine Zigarette.

Professor Bannister kam zehn Minuten zu spät. Er entschuldigte sich wortreich und bestellte beim Ober das gleiche zu trinken wie John.

Ein Glas Tee.

Professor Bannister war ein Mann von ungefähr fünfzig Jahren. Er hatte dichtes grauschwarzes Haar und einen ebensolchen Bart. Sein Gesicht wirkte wie aus Holz geschnitzt und war leicht gerötet. Auf seinem breiten Nasenrücken saß eine Hornbrille.

Professor Bannister putzte sich die Brillengläser. »So, nun berichten Sie mal, Inspektor. Wo drückt der Schuh?«

John erzählte noch einmal alles von Anfang an. Ließ nichts aus und fügte auch nichts hinzu.

Professor Bannister war ein guter Zuhörer. Kein Muskel zuckte in seinem Gesicht. Er unterbrach John auch mit keinem Wort.

Zwischendurch servierte der Ober lautlos den Tee.

Professor Bannister nippte mit vorsichtigen Schlucken.

Nach John Sinclairs Bericht war es erst einmal zwischen den beiden Männern still.

Schließlich sagte Professor Bannister: »Wenn ich Sie ja nicht kennen würde, Inspektor, ich hielte Sie für einen Spinner. Aber so muß ich Ihnen das schon abnehmen. Und wenn ich vorher eine Frage stellen darf. Was habe ich mit der Sache zu tun?«

Johns Lächeln wirkte ein wenig verlegen, als er antwortete: »Ich weiß, Professor, daß Sie Völkerkundler sind und sich auch mit Dämonologie beschäftigen. Ich habe nun angenommen, daß Sie mir bei der Suche nach der Göttin behilflich sein können. Vielleicht ist es auch zuviel verlangt, aber ich muß jede Möglichkeit ausschöpfen.«

Professor Bannister griff in die Innentasche seines braunen Jacketts und holte einen Tabaksbeutel nebst Pfeife hervor. Als die ersten blauen Rauchschwaden gegen die holzgetäfelte Decke stiegen, gab er Antwort.

»Sie haben Glück gehabt, Inspektor. Von der Dämonengöttin Kalhori habe ich tatsächlich schon einiges gehört. Es war auf einer meiner Forschungsreisen oben in Tibet. Wir hatten in einem Kloster übernachtet, und ein Mönch, mit dem ich eine sehr lange Diskussion hatte, sprach von der Göttin. Natürlich wollte ich mehr wissen, doch der Mann gab keine Einzelheiten preis. Ein Gelöbnis verschloß ihm sozusagen den Mund. Ich habe auch nicht weiter gefragt, denn uns interessierten damals andere Dinge. Sie, Inspektor, sind der erste, der mich wieder darauf anspricht.«

John lehnte sich zurück. »Dieses Kloster, Professor, wissen Sie noch, wo es lag?«

»Ja. Nicht weit davon ist ein Ort. Oder besser gesagt ein größeres Dorf. Es trägt den Namen Zhigatse. Das Kloster liegt ungefähr zehn Meilen davon weg, allerdings hoch in die Felsen gehauen.«

»Die Mönche wissen demnach mehr von der unheimlichen Dämonenfürstin«, sagte John.

»Das schon, Inspektor. Aber wie gesagt, die Schweigepflicht verbietet es den Leuten, darüber zu reden.«

»Trotzdem, ich muß nach Tibet, um das Übel an der Wurzel packen zu können.«

»Wie haben Sie sich das vorgestellt, Inspektor? Wie wollen Sie die Dämonen bekämpfen? Hier in London haben Sie Glück gehabt – aber dort . . .«

»Ich werde es eben darauf ankommen lassen müssen.«

»Und hinterher mache ich mir Vorwürfe, wenn Sie verschwunden sind.«

»Das ist Berufsrisiko.«

Professor Bannister blickte John nachdenklich an. Dann sagte er plötzlich: »Ich habe in Delhi einen Freund, der sich mit den gleichen Wissenschaften beschäftigt wie ich. Nur viel intensiver. Vor allen Dingen mit der Dämonologie. Er wird Ihnen bestimmt helfen. Ich werde ihm noch heute Bescheid geben.«

John Sinclair war elektrisiert. »Wie heißt der Mann, Professor?«

»Sein Name lautet Mandra Korab. Er gehört in Delhi zu den Gesellschaftsspitzen. Sein Vater ist ein immens reicher Maharadscha. Wenn Ihnen einer helfen kann, dann ist es Mandra Korab.«

Professor Bannister zückte sein Notizbuch und riß eine Seite ab. »Ich gebe Ihnen jetzt die Adresse, Inspektor. Bestellen Sie meinem Freund die besten Grüßen von mir. Und Ihnen wünsche ich viel Glück.«

Professor Bannister stand auf und reichte John die Hand. Dann verließ er mit schnellen Schritten das Lokal.

John Sinclair blieb noch einige Augenblicke sitzen. Die Gedanken schwirrten in seinem Kopf herum. Er dachte an die

Dämonenfürstin und an Mandra Korab. Er war gespannt auf diesen Mann.

Aber tief in seinem Innern hatte er auch ein Gefühl der Angst. Er wußte, daß etwas Schreckliches auf ihn zukommen würde und er es nicht verhindern konnte – und auch nicht wollte.

Als John das Lokal verließ, begann es wieder zu schneien. Mit schnellen Schritten steuerte der Inspektor das nächste Reisebüro an, um sich eine Flugkarte nach Delhi zu kaufen.

Es sollte eine Reise in die Hölle werden . . .

Das Klima in Delhi war feucht und heiß.

John Sinclair traf die Tropenluft wie ein Schock, als er das klimatisierte Flugzeug verließ. Der Inspektor riß sich sofort den Hemdknopf auf und lockerte den Krawattenknoten. Für das freundliche Lächeln der Stewardessen hatte er nur ein schmales Grinsen übrig.

Auf der Rollbahn warteten schon die Busse. Wie eine Hammelherde strömten die Passagiere darauf zu.

John ließ sich Zeit. Er war einer der letzten, die die Busse enterten. Zum Glück arbeitete im Innern eine Klimaanlage.

Lautlos rollten die Busse auf das große Flughafengebäude zu.

Interessiert betrachtete John die Mitreisenden. Es war ein buntes Völkergemisch. Orientalen, Inder, Chinesen und Europäer.

Durch eine Einfahrt ging es bis in die Halle.

Jetzt begannen die Zollformalitäten. Jeder Koffer wurde durchsucht.

Das paßte John Sinclair gar nicht. Schließlich wollte ihn Mandra Korab abholen, und die Zeit war schon überschritten.

Endlich war er an der Reihe. Fünf Minuten dauerte die Prozedur, dann bekam John seinen Stempel und konnte gehen. Als Erkennungszeichen sollte Korab eine englische Zeitung in der Hand halten. Und dabei sollte er am Schalter der Air India stehen.

Er stand nicht.

Zu fragen hätte bei diesem Betrieb keinen Sinn gehabt. Also entschloß sich John, eine Wartepause einzulegen.

John Sinclair, der seine Umgebung immer im Auge behielt, fiel auf, daß sich in seiner Nähe zwei verdächtige Typen herumdrückten. Es waren dunkelhäutige Männer in modern geschnittenen Anzügen und knallig bunten Krawatten.

Sie zeigten an John Sinclair augenscheinliches Interesse, doch schließlich verzogen sie sich, und John vergaß die beiden.

»Mister Sinclair aus London?« fragte hinter John eine nette Mädchenstimme.

Der Inspektor wandte sich um. »Ja.«

»Telefon für Sie, Sir.«

»Sinclair.«

»Hier spricht Mandra Korab. Entschuldigen Sie, daß ich Sie nicht abholen kann, aber es gibt einen triftigen Grund dafür, den ich Ihnen später nennen werde. Stellen Sie jetzt bitte keine Fragen, sondern hören Sie zu. Nehmen Sie ein Taxi und lassen Sie sich unverzüglich in das India Hotel bringen. Ich werde Sie dann anrufen oder selbst kommen.«

»Moment mal, Mister Korab«, sagte John. »Was wird eigentlich gespielt? Sind Sie in Gefahr? Oder . . .«

»Ich habe Ihnen doch gesagt, Mister Sinclair, ich erkläre es Ihnen später. Nur soviel: Kalhori ist überall.«

Johns unbekannter Gesprächspartner hängte ein.

Nachdenklich gab der Inspektor den Hörer zurück. Er dachte über das Gespräch nach. So wie es sich angehört hatte, war es kein Bluff. John besaß Erfahrung genug, um so etwas sofort erkennen zu können. Aber was steckte wirklich hinter all dem?

John beschloß, zuerst einmal ins India Hotel zu fahren.

Er nahm seinen Koffer und strebte dem Ausgang zu. Draußen empfing ihn wieder die schwüle Hitze. Die Luft schien über dem Asphalt zu tanzen. Ein unbeschreibliches Menschengewirr herrschte. Alle Nationen schienen vertreten zu sein. Dazwischen, auf den breiten Straßen, fuhren oft uralte Wagen mit schrillem Gehupe. Nur eine heilige Kuh konnte John nicht entdecken.

Die Taxifahrer rissen sich um die Gäste. Ein wieselflinker Bursche kam auf John zugerannt.

»Ich Sie überall fahren hin, Sir. Ich . . .«

Im selben Moment erhielt der Fahrer einen brutalen Stoß in den Rücken. Er flog an John vorbei und krachte gegen einen Hydranten. Dann ging alles blitzschnell.

Ehe der Inspektor eingreifen konnte, drückte ihm jemand etwas Hartes in den Rücken.

Eine Stimme zischte. »Bleiben Sie ruhig stehen!«

Es waren zwei Gegner, mit denen John es zu tun hatte. Und zwar die beiden, die ihn vorhin so ausführlich beobachtet hatten.

Der andere hatte sich vor dem Inspektor aufgebaut. Auch er hielt eine Waffe in der Hand, die er allerdings mit Hilfe einer Zeitung verborgen hielt. John konnte nur das kreisrunde Loch der Mündung sehen.

Da die beiden bestimmt Englisch sprachen, fragte John scharf: »Was soll das Spielchen? Ein Überfall?«

Der Kerl vor ihm erwiderte: »Wir werden eine kleine Spazierfahrt machen, das ist alles.«

»Und wohin?«

»Nicht so neugierig sein. Und jetzt steigen Sie ein.«

Der Mann drehte sich zur Seite und deutete auf einen dunkelblauen Mercury, der sich zwischen die Taxis geschoben hatte. Durch die getönte Frontscheibe sah John die Umrisse eines dritten Mannes hinter dem Lenkrad.

Achselzuckend setzte sich der Inspektor in Bewegung. Es sah alles lässig aus, doch Johns Gedanken arbeiteten fieberhaft. Sollte er durch Zufall das Opfer eines Raubüberfalls geworden sein? Oder steckte vielleicht eine andere Gruppe dahinter. Kalhoris Schergen vielleicht?

»In den Fond des Wagens, bitte.«

Eine gewisse Höflichkeit konnte man den Gaunern nicht absprechen.

John klemmte sich auf den Rücksitz. Er mußte sich dicht an die Tür setzen. Sein Bewacher saß an der anderen Tür, schräg, so daß er John Sinclair im Auge behalten konnte.

Der zweite Pistolenmann hockte auf dem Beifahrersitz. »Die Türen sind übrigens verriegelt«, sagte er zu John und lächelte breit.

»Ich nehme es zur Kenntnis.«

Der Mercury setzte sich in Bewegung. Die Fahrt ging quer durch Delhi. Über breite, gut ausgebaute Straßen, aber auch durch Slums, die an Dreck und Verkommenheit kaum zu überbieten waren. Überall spielten Kinder. John sah während der relativ langsamen Fahrt in viele Kinderaugen und wäre am liebsten ausgestiegen, um den armen Geschöpfen einige Dollars zu geben. Er hatte sich schon in London für diese Währung entschieden.

Die drei Männer redeten kein Wort. John fiel auf, daß sich der Beifahrer öfter umdrehte und nach Verfolgern Ausschau hielt. Doch jedesmal schüttelte er beruhigend den Kopf.

John griff in seine Jackentasche.

Sofort zuckte sein Bewacher zusammen.

Der Inspektor grinste gequält. »Darf ich rauchen?«

Sein Bewacher zögerte mit der Antwort, stimmte aber schließlich zu.

John gönnte sich eine Filterlose.

Im Wagen war es heiß. Die Sachen klebten dem Inspektor am Körper. Sein Gesicht war schweißnaß.

Sie erreichten die Vorstädte, fuhren durch eine schmale Gasse, die von Wellblechbuden flankiert wurde, und bogen plötzlich auf eine breite, asphaltierte Straße ein.

Augenblicklich änderte sich das Bild. Exotische Bäume säumten den Straßenrand. Dahinter waren weitläufige, gepflegte Parks zu erkennen, in denen Blumen und Sträucher in einer selten gesehenen Farbenpracht blühten. Ab und zu schimmerte durch diese tropische Landschaft das Dach oder die Mauer eines Hauses.

Hier mußte das Prominentenviertel von Delhi sein.

Die Wagen, die ihnen entgegenkamen, waren teure Fabrikate aus aller Welt.

Der Zweck dieser Entführung wurde John immer rätselhafter. Nach einem Überfall sah das nicht mehr aus. Wenn dies der Fall gewesen wäre, hätte man John längst an irgendeine einsame Stelle gefahren, und ihn dort in die Mangel genommen.

Langsam wuchs in John die Spannung.

Der Mercury wurde langsamer. Nach einer Kurve betätigte der Fahrer das rechte Blinklicht und fuhr auf eine der breiten Parkeinfahrten zu.

Ein großes Tor glitt automatisch zurück. John entdeckte in der weißen Mauer die Objektive zweier Kameras.

Der Wagen rollte auf einen Kiesweg. Ein sorgfältig gepflegter Park breitete sich aus. Über einen künstlich angelegten Hügel fuhr man auf das Haus zu.

Haus war natürlich untertrieben. Orientalisches Märchenschloß war die richtige Bezeichnung. Es gab kleine Türme, Kuppeln und Pagodendächer. Eine kunstvoll geschnitzte Holztür glitt auf, als John den Wagen verließ.

Zwei Männer, abenteuerlich und bunt gekleidet, nahmen ihm sofort den Koffer ab.

Der Mann, der John die gesamte Fahrt über mit der Pistole bedroht hatte, machte eine einladende Handbewegung.

»Bitte sehr!«

Die Waffe hatte er weggesteckt.

John betrat eine große, angenehm kühle Halle. Wertvolle Teppiche bedeckten den Boden. Erlesene Kostbarkeiten aus Tausendundeiner Nacht dienten als Dekoration. John sah phantastische Waffen an den Wänden hängen und handgearbeitete, kaum zu bezahlende Möbelstücke. In der Mitte des Prachtsaales sprudelte ein Springbrunnen, an dessen Seiten tropische Gewächse gediehen.

Für Sekunden nahm dieser Prunk John Sinclair gefangen. Deshalb sah er nicht, wie sich im Hintergrund dieser Prachthalle eine Tür öffnete und ein Mann auf John zukam.

Erst als dieser dicht vor ihm stand, bemerkte der Inspektor ihn.

Der Mann lächelte und deutete eine Verbeugung an. »Sie gestatten, daß ich mich vorstelle?« sagte er in tadellosem Oxford-Englisch. »Mein Name ist Mandra Korab!«

»Das hatte ich mir fast gedacht«, erwiderte John Sinclair trocken. »Aber ich wäre auch allein gekommen. Sie hätten Ihre Gorillas gar nicht erst zu bemühen brauchen.«

»Für dieses Verhalten entschuldige ich mich tausendmal. Aber ich habe meine Gründe, Mister Sinclair.«

»Wie Sie meinen«, sagte John.

Er musterte den Inder unauffällig. Mandra Korab war ein großer, sehniger Mann. Er hatte dunkelbraune tiefliegende Augen und ein hartgeschnittenes Gesicht. Über der Nasenwurzel hatte er einen dunklen Fleck. Das Kastenzeichen. Mandra Korab gehörte demnach zu den Privilegierten. Der Inder trug einen stahlblauen Maßanzug, ein blütenweißes Hemd und eine dezent gemusterte Krawatte, die mit einer wertvollen Perle geschmückt war. Um den Kopf hatte Mandra Korab einen Turban geschlungen, mit einem wertvollen Diadem über dem Haaransatz. An seinen kräftigen, aber schlanken Fingern steckten mehrere Ringe.

»Ich darf Sie in mein Arbeitszimmer bitten, Inspektor.«

Es ging durch mehrere prächtig ausgestattete Gemächer, und dann betraten sie Korabs Arbeitszimmer.

John war aufgefallen, daß der Inder eine große Zahl von Dienern beschäftigte, und der Inspektor hatte den Verdacht, daß diese Leute mit einer Pistole besser umgehen konnten als mit einem

Servierwagen. Vielleicht war Korab sogar eine Größe in der indischen Unterwelt.

Der Inder deutete auf eine moderne, wunderbar bequeme Sitzgruppe. »Bitte, nehmen Sie Platz, Inspektor.«

Ein Diener schob lautlos einen Wagen mit Getränken, Obst und erlesenem Gebäck herein.

»Bitte, bedienen Sie sich«, sagte Mandra Korab, »und entschuldigen Sie, daß ich Ihnen nicht erst Ihr Zimmer gezeigt habe. Ich weiß, daß Sie sich bestimmt frischmachen wollen, aber unser Gespräch ist wichtiger.«

John gönnte sich ein Glas mit eigekühltem Orangensaft. Dann sagte er: »Schießen Sie los, Mister Korab.«

»Der Grund, Mister Sinclair, daß ich Sie auf vielen Umwegen zu mir gebeten habe, ist folgender: Ich werde im Moment gejagt und muß um mein Leben bangen. Kalhoris Schergen sind mir auf der Spur. Die Göttin hat zu einer – wenn ich mal das Wort gebrauchen darf – Großoffensive angesetzt. Sie will die Erde beherrschen, muß mich aber vorher aus dem Weg räumen, da ich einen Teil ihres Geheimnisses kenne. Ich bin in letzter Zeit mehrmals mit viel Glück ihren Anschlägen entgangen. Ich habe Dämonenfallen um mein Haus aufbauen lassen und mein Personal nur aus vertrauenswürdigen Leuten zusammengesetzt. Aber das alles ist nicht Ihre Angelegenheit, Inspektor. Sie sind mir von meinem alten Freund Professor Bannister empfohlen worden, und ich sichere Ihnen hiermit meine vollste Unterstützung zu. Außerdem sind Sie mir ein nicht ganz Unbekannter. Ihr Kampf mit dem Dämon Sakuro hat damals hohe Wellen geschlagen. Aber Kalhori ist stärker, Inspektor. Um sie zu besiegen, müssen Sie gewisse Punkte beachten. Aber das sind Einzelheiten, die ich Ihnen später erklären werde. Ich hätte jetzt allerdings gern Ihr Erlebnis mit den Dienern der Göttin gehört.«

John Sinclair berichtete. Er hatte zu dem Inder vollstes Vertrauen gefaßt, wußte, daß er hier einen Partner gefunden hatte, der die Materie noch besser kannte als er.

Die beiden Männer unterhielten sich lange. John lernte Formeln und Zaubersprüche, die er nie zuvor in seinem Leben gehört hatte.

Die Formeln waren Jahrhunderte alt. Überlieferungen aus dem Dämonen- und Schattenreich.

John wollte wissen, wo das Kloster der Mönche genau liegt.

Der Inder blickte den Inspektor nachdenklich an. Dann meinte er: »Ich darf Ihrer Frage entnehmen, daß Sie fest entschlossen sind, der Göttin gegenüberzutreten. Ich werde es Ihnen sagen, Inspektor. Das Kloster liegt nördlich der Stadt Zhigatse, wie Ihnen Professor Bannister ja schon sagte. Es wird nicht leicht sein, dort hinzukommen, aber zum Glück habe ich weitreichende Beziehungen. Sie müssen sich damit vertraut machen, in eine Welt zu steigen, die kaum jemand gesehen hat. Sie werden der erste Ungläubige sein, der das Tor zur Dämonenwelt aufreißt. Und damit Sie sehen, was Sie erwartet, darf ich Ihnen etwas zeigen, worüber Sie auch absolutes Stillschweigen zu bewahren haben. Bitte, folgen Sie mir.«

Der Inder trat an ein Bücherregal, drückte auf eine bestimmte Stelle, und das Regal glitt zur Seite.

Ein kleiner Raum tat sich dahinter auf. Er war nur schwach erleuchtet, und John erkannte einen Tisch, auf dem irgend etwas lag, das mit einem schwarzen Samttuch abgedeckt war.

Der Inder zog das Samttuch zur Seite.

Eine Kugel wurde sichtbar.

Mandra Korab wandte sich um. »Diese Kugel«, sagte er, »ist ein Erbe meiner Ahnen. Sie ist uralt, und es heißt, ein Gott hätte sie auf die Erde gebracht. Sie ist die stärkste Waffe im Kampf gegen die Dämonen und Höllengestalten. Aber sie besitzt noch eine andere Fähigkeit. Sie können durch die Kugel in eine andere Welt sehen.«

Mandra Korab umfaßte die kostbare Kugel mit beiden Händen. Sein Gesicht, vorhin noch hart und angespannt, veränderte sich. Es wurde plötzlich verschwommen. Eine unsichtbare Kraft schien durch den Körper des Inders zu strömen.

John Sinclair hielt den Atem an.

Und dann begann Mandra Korab zu sprechen. Es waren Laute, die John noch nie gehört hatte. Seltsam kehlig und abgehackt. Nach kurzer Zeit gingen die Laute in einen seltsamen Singsang über, und John sah, wie sich die Kugel plötzlich veränderte.

Farben begannen von unten her zu fließen, liefen ineinander und wurden zu einem rasenden Wirbel.

Mandra Korabs Stimme wurde lauter, hektischer.

Schweiß bedeckte seine Stirn.

Und dann sah John die Bilder!

Sie schwebten in der Kugel, waren noch verschwommen,

zerflossen ineinander und standen plötzlich klar und deutlich vor John Sinclairs Augen.

Der Inspektor sah eine andere Welt!

Dunkelheit! Flackernde Feuer! Gestalten, die um eine riesige Figur tanzen.

Es war ein unheimliches Bild.

Die Gestalten schienen zu schreien. Die Mäuler ihrer Vogelmasken bewegten sich, doch kein Laut drang an Johns Ohren.

Rauch wolkte auf. Ausgestoßen aus dem Maul der riesigen Götzenfigur.

Plötzlich war alles vorbei.

John hörte seinen eigenen scharfen Atem und das Stöhnen des Inders.

Mandra Korab war über dem Tisch zusammengebrochen. Die Séance mußte unwahrscheinlich viel Kraft gekostet haben. Nur langsam beruhigte sich der Mann.

»Kommen Sie, Inspektor«, sagte der Inder.

Die beiden Männer gingen wieder zurück in das Arbeitszimmer. John hörte sein eigenes Herz laut pochen. Auch er hatte diese Szenen noch nicht verdaut.

»Es – es war das Reich der Göttin«, sagte John. Eine leise Frage lag in diesem Satz.

»Ja, Inspektor, Sie haben Kalhori und ihre Diener gesehen. Noch kann sie persönlich uns nicht gefährlich werden.«

»Sie hat die Gestalt eines Vogels?« fragte John.

»Nicht genau. Ich kann Sie Ihnen auch nicht präzise beschreiben. Aber wir werden sie zu sehen bekommen. Der Fluch wird dann ganz erfüllt werden, denn Sie, Inspektor, sind dazu bestimmt, die Göttin zu vernichten! So haben es die alten Schriften vorhergesagt.«

Die Worte des Inders klangen wie ein Schwur. John fühlte, daß seine Hände zitterten. Er hatte eine ungeheure Aufgabe übernommen. Konnte er sie überhaupt lösen . . .?

Schattenwesen geisterten um Mandra Korabs Besitz. Formlose Gestalten, die zu einem endgültigen Vernichtungsschlag ausholen wollten.

Kalhori hatte ihr Heer geschickt. Die Dämonensperre war durchbrochen worden.

Noch war alles friedlich.

Doch unaufhaltsam und unhörbar näherten sich die Schreckensgestalten dem Haus . . .

Mandra Korab hatte John Sinclair eine fantastische Suite zur Verfügung gestellt, die insgesamt drei Zimmer umfaßte. Einen Wohnraum, ein Schlafgemach und ein Badezimmer.

Die Einrichtung war eine Mischung aus moderner Architektur und orientalischem Prunk. Die beiden Geschmacksrichtungen waren hervorragend kombiniert.

Es gab keine Türen, nur Durchlässe, die nach oben hin spitz zuliefen.

Als erstes zog John seine Jacke aus und streifte den Schlips über den Kopf. Er mußte lächeln, als er sich die Worte des Inders in die Erinnerung zurückrief. Korab hatte sich nochmals für die rauhe Behandlung seiner Leute entschuldigt. Aber er mußte vorsichtig sein, denn Kalhoris Schergen lauerten überall und waren schon in den verschiedensten Verkleidungen aufgetreten.

Im Bad gab es alles, was der Mensch brauchte. John warf nur einen kurzen Blick hinein und inspizierte dann die anderen Zimmer.

Er öffnete das Fenster und sah hinaus in den dunklen Park. Die Luft war warm. Ein leichter Wind umfächerte Johns Gesicht. Der Inspektor lehnte sich über die Fensterbrüstung. Eine nachdenkliche Falte hatte sich in seine Stirn eingekerbt.

Irgend etwas stimmte nicht.

Der Park, eine dschungelähnliche tropische Landschaft, lag still und verlassen unter ihm. Kein Geräusch drang zu ihm herauf, obwohl John sicher war, daß es hier auch Tiere gab, die erst nachts richtig zum Leben erwachten.

Etwas lag in der Luft. Johns sechster Sinn meldete Gefahr.

Behutsam schloß er das Fenster. Er warf noch einen Blick hinaus und sah zwei bewaffnete Männer über eine Lichtung gehen. Das Mondlicht zeichnete ihre Konturen scharf ab. Korabs Leute paßten auf.

Der Inspektor wandte sich ab und zog sein Hemd aus. Er wollte ein Bad nehmen.

Da klopfte es an die Tür.

»Ja – bitte.«

Ein junges Mädchen trat ein. Es trug einen bunten Sari und hielt den Kopf gesenkt. Über den ausgestreckten Armen hing ein Badetuch.

John lächelte. »Sie kommen gerade im richtigen Augenblick.

Das Mädchen blickte ihn scheu an und ging ins Badezimmer. Das Tuch legte sie auf einen mit Fell überzogenen Schemel.

Sie verneigte sich vor John und verschwand so schnell, wie sie gekommen war.

Der Inspektor zuckte mit den Schultern. Solche scheuen Mädchen gab es in London nicht. Er hatte wenigstens noch keine kennengelernt.

John legte seine Sachen zurecht, die er nach dem Bad anziehen wollte, schnappte sich seinen Bademantel und schlenderte pfeifend ins Bad.

Die Wanne allein war ein Gedicht. Oval in der Form, bot sie bequem zwei Menschen Platz.

Auf dem breiten Rand standen Flaschen mit erlesenen Badesalzen. In einem Behälter lagen mehrere Seifensorten, die Kräne waren vergoldet, und die Fliesen zeigten Motive aus der Geschichte des Landes.

John wählte ein Badesalz mit einem besonders exotischen Namen. Er streute nur wenig in die Wanne und stellte die Flasche dann weg.

Schon spürte er einen exotischen Duft in der Nase. Einen Duft, der ihn irgendwie erregte.

»Ja, ja, die Freuden des Lebens«, murmelte der Junggeselle John Sinclair, beugte sich vor und drehte den vergoldeten Kran nach links.

In einem breiten Schwall schoß die Flüssigkeit aus dem Hahn.

Im selben Augenblick schrie John Sinclair auf.

Was aus dem Kran floß, war kein Wasser.

Es war Blut!

Sekundenlang umklammerte John Sinclair das eiskalte Entsetzen. Gedankenfetzen schossen ihm durch den Kopf. Das Mädchen, das hereingekommen war und das Badetuch gebracht hatte – es mußte den Kran verhext haben.

Zum Glück hatte sich John Sinclair wieder schnell gefangen. Das

Blut war warm. Dämpfe zogen von der Oberfläche auf. Es roch widerlich.

John zog den Stopfen aus dem Abfluß.

Gurgelnd verschwand das Blut im Abfluß. Nur ein roter Film blieb zurück.

Der Inspektor lief aus dem Badezimmer und streifte ein anderes Hemd über. Er mußte Mandra Korab benachrichtigen. So wie er die Lage sah, waren die Dämonen schon längst im Haus. Das Blut aus dem Kran hatte es bewiesen.

John ging zur Tür.

Da wurde sie aufgezogen.

Das Mädchen, das ihm das Badetuch gebracht hatte, stand plötzlich im Zimmer.

Doch diesmal hatte es sich verändert.

Es trug zwar immer noch den Sari, doch das Gesicht war eine entstellte Fratze.

Die Augen waren aus den Höhlen getreten, der Mund klaffte weit auf und ließ ein schimmerndes Gebiß sehen.

In der Hand hielt das Mädchen etwas Seltsames.

Einen gläsernen Dolch!

Für einen Augenblick dachte John an die Wunde der Mary-Lou Nikuta. Sie hätte gut von solch einem Instrument stammen können.

Unten gellte ein verzweifelter Schrei auf. Stimmen schrien durcheinander, ein Schuß peitschte.

Auch dort mußten die Dämonen angegriffen haben.

»Was willst du?« fragte John.

Das Mädchen gab keine Antwort. Langsam kam es auf den Inspektor zu, den Dolch stoßbereit erhoben.

John sah keine menschliche Regung in ihren Augen. War sie bereits ein Dämon? Hielten sie die Gestalten der Unterwelt schon in den Krallen?

John Sinclairs Haltung spannte sich. Es mußte ihm gelingen, das Mädchen zu überwältigen und sie zum Reden zu bringen.

Der gläserne Dolch stieß vor. Pfeilschnell hatte das Mädchen die Bewegung vollführt. John mußte sein ganzes Können aufbieten, um auszuweichen.

Schon kam der nächste Angriff. Wie ein blitzender Strahl huschte der Dolch auf den Inspektor zu.

Im letzten Augenblick tauchte John weg.

Haarscharf fuhr der gläserne Dolch über seinen Kopf hinweg. Das Mädchen schrie vor Wut auf und taumelte. Augenblicklich packte John es an der Taille, hakte einen Fuß hinter sein rechtes Bein und brachte es zu Fall.

Das Mädchen prallte auf den Rücken. Einen Herzschlag später war der Inspektor über ihm.

Ein rascher Griff, und der Dolch fiel aus ihren Fingern.

Das Mädchen kämpfte wie eine Besessene. Schlug, kratzte und biß.

Schließlich war es John leid. Er schnappte sich den Dolch und hielt die Spitze vor die Kehle des Mädchens.

Sofort ging eine Veränderung mit ihr vor. Ein Ausdruck grenzenloser Angst legte sich auf ihr Gesicht.

Sie stammelte Worte in einer John unbekannten Sprache. Der Inspektor fühlte, wie ein nie gekanntes Gefühl von ihm Besitz ergriff. Die Konturen des Mädchengesichtes verschwammen vor seinen Augen. Unwillkürlich lockerte er seinen Griff.

Das Mädchen rollte zur Seite, sprang auf und rannte schreiend aus dem Zimmer.

John wand sich auf dem Boden. Sein Inneres schien zu verbrennen. Der Dolch klebte wie angegossen zwischen seinen Fingern.

Mit dem letzten Rest seines Verstandes wurde John klar, daß es der gläserne Dolch war, der die dämonischen Kräfte weiterleitete.

John öffnete die Finger. Diese Bewegung kostete ihn ungeheure Kraft.

Verzweifelt schlug er seinen Arm auf den Boden.

Der gläserne Dolch rutschte aus seiner Hand.

Augenblicklich hörte das Brennen auf. John konnte wieder klar sehen und denken.

Tief sog er die Luft ein und setzte sich auf.

Er war schweißnaß. Neben sich sah er den Dolch liegen. Das geschliffene Glas glitzerte in allen Farben.

Dieser Dolch war eine mörderische Waffe. In der Hand eines Menschen machte er diesen zu einem Werkzeug der Dämonen. Die Vorstellung war grauenhaft. John hatte es bei dem Mädchen erlebt und bei sich selbst.

Wankend kam der Inspektor auf die Beine. Das Zimmer drehte sich vor seinen Augen.

John taumelte in Richtung Tür. Er hatte vorhin Schreie und Kampfgeräusche gehört. Unten im Haus mußte die Hölle los sein.

John gelangte auf den Gang. Nach jedem Schritt ging es ihm besser. Er fühlte, wie immer mehr Kraft in seinen Körper zurückfloß.

Eine gewundene Treppe führte nach unten.

Vor der obersten Stufe lag das Mädchen. Es war tot. Gebrochene Augen starrten gegen die Decke.

John fiel die Parallele zu Gordon Flash ein. Auch er hatte sich den Dämonen widersetzen wollen und war gestorben.

Und plötzlich hörte John in seinem Rücken ein Geräusch.

Er kreiselte herum.

Sie kamen genau auf ihn zu.

Drei Mönche. Sie trugen lange Kutten. Auf ihre Köpfe hatten sie Masken gesetzt, die an schreckliche Vogelfratzen erinnerten. Aus Öffnungen, die wohl den Mund darstellen sollten, quoll heißer Brodem.

Johns Herz machte einen Sprung.

Die Mönche hielten jeweils einen gläsernen Dolch in der Hand. Diese mit Dämonenblut geweihten Waffen, die einen Menschen zum Wahnsinn oder in den Tod treiben konnten.

John Sinclair sann nach einem Ausweg.

Von unten hörte er gräßliche Todesschreie. Im gesamten Haus mußte es von dieser Höllenbrut wimmeln.

Die Mönche kamen immer näher.

Fieberhaft suchte John Sinclair nach einem Ausweg. Vor konnte er nicht. Er würde es nie schaffen, die Höllenwesen zu überwältigen. Also die Treppe herunter nach unten.

Und damit direkt in die Arme der anderen. Aber da hatte er vielleicht noch eine geringe Chance.

Schon streifte der weißgelbe Broden Johns Gesicht. Der Qualm setzte sich auf seine Haut fest, hatte die Wirkung einer Säure.

John Sinclair floh.

Er warf sich auf dem Absatz herum und hetzte die Treppe herunter.

Drei vier Stufen nahm John auf einmal, erreichte den nächsten Treppenabsatz – und blieb wie angewurzelt stehen.

Ein grauenhaftes Bild bot sich seinen Augen.

Fünf, nein sechs Mönche hatten Mandra Korab eingekeilt, doch sie konnten ihn nicht fassen.

Korab stand in einem magischen Kreis.

Immer wieder versuchten es die Mönche, wurden jedoch wie von einer unsichtbaren Gummiwand zurückgeschleudert.

Auf dem Boden lagen Korabs Männer. In seltsamer verrenkter Haltung. John ahnte, daß es ihnen so ergangen war wie dem Mädchen.

Hinter sich hörte John Sinclair Schritte.

Die Mönche kamen!

In diesem Augenblick entdeckte ihn Mandra Korab.

»Inspektor!« gellte seine Stimme. »Holen Sie die Kugel! Die magische Kugel. Sie ist unsere einzige Chance . . .!«

Der Inder hatte recht. Es gab für den Inspektor nur diese eine Möglichkeit, den mörderischen Überfall der Dämonen zu stoppen.

Er mußte in den Besitz der Kugel gelangen!

Noch immer stand John auf dem Treppenabsatz. Schon näherten sich in seinem Rücken die Mörder-Mönche.

Er hörte ihre Schritte auf den Stufen.

Der ätzende Atem traf seinen Hals.

»Inspektor!« Wieder gellte Korabs Stimme auf.

Und John Sinclair sprang.

Wie ein Pfeil flog er über das Geländer. Der Boden kam in rasender Schnelle auf ihn zu. John zog gedankenschnell den Kopf ein, verwandelte den Sturz in eine doppelte Hechtrolle und kam glücklich und ohne verstauchte Knochen auf die Beine.

Von der Treppe her brandete ihm das Wutgeheul der Mönche in den Ohren.

Drei der sechs Mönche, die sich um Mandra Korab versammelt hatten, erfaßten als erste die Situation.

Schreiend stürzten sie dem Inspektor entgegen.

Doch John Sinclair hatte seine Erfahrungen in Hunderten von Auseinandersetzungen gesammelt. Er sprang über zwei von Korabs toten Dienern hinweg und schnappte sich einen Tisch.

Eine Vase rutschte von der Platte und prallte auf den Teppich. Das Wasser lief aus.

Der Tisch war leicht. Hoch schwang ihn John über den Kopf.

Die drei Mönche machten einen großen Fehler. Sie kamen in breiter Front auf John zu, fühlten sich zu sicher.

Der Inspektor ging leicht in die Knie und fegte den Dämonen den Tisch um die gräßlichen Schädel.

Und noch einmal holte er aus.

Die Mönche flogen durcheinander. John konnte sie zwar nicht kampfunfähig schlagen, aber er hatte eines erreicht.

Der Weg zur Tür war frei!

Mit Riesensätzen hetzte John drauf zu.

Einer der Mönche wollte nach seinem rechten Bein greifen. John trat ihm ins Gesicht.

Der Schuhabsatz stieß in eine glitschige widerliche Masse, aus der die Maske geformt war.

Dann hatte John die bewußte Tür erreicht.

Er drückte die Klinke hinab und warf sich gleichzeitig gegen das Holz.

Wie eine Rakete wurde er in Korabs Arbeitszimmer katapultiert.

Im selben Augenblick zuckte er zurück.

Eine Flammenwand schoß vor ihm in die Höhe.

Es war das kalte Feuer der Hölle, und es raste mit atemberaubender Schnelligkeit auf den Inspektor zu.

John wich zurück, sprang wieder in die Halle.

Die Mönche hatten sich inzwischen erholt.

John Sinclair sah die Bestürzung auf Mandra Korabs Gesicht und schrie nur einen Satz: »Die Flammenwand versperrt mir den Weg!«

Sekunden später löste Mandra Korab den magischen Bann auf.

Die drei Männer, die um ihn herum standen, wurden überrascht. Ehe sie sich versahen, hatte der Inder ihren Ring durchbrochen.

Er sprang zu der nächsten Wand, riß dort zwei Schwerter herunter.

»John!«

Sinclairs Kopf ruckte herum.

Da flog schon das Schwert durch die Luft, und John fing es gerade im richtigen Moment auf.

Einer der Mönche stürzte auf ihn zu. Eine ätzende Wolke streifte Johns Gesicht.

John Sinclair führte das Schwert schräg von unten nach oben.

Die Klinge zischte auf den Hals des gräßlichen Dämons zu.

Weit wurde der Vogelkopf weggeschleudert, und dann sackte

der kopflose Mönch zusammen, wurde zu einem Häufchen Asche, aus der sich ein Rauchfaden gegen die Decke kringelte.

»Nur so können wir sie besiegen!« schrie Korab und kämpfte gegen drei Dämonen gleichzeitig, die ihn eingekesselt hatten.

John wollte dem Inder zu Hilfe eilen.

»Kümmern Sie sich um die Kugel!« brüllte dieser. »Ich halte die Dämonen auf!«

Wieder hetzte John in das Arbeitszimmer.

Die Flammenwand war verloschen. Die Dämonen hatten jetzt etwas anderes zu tun, mußten sich ihrer Haut wehren.

John rannte zu dem Regal.

Verdammt, wo war denn nur der Kontakt? Das ausgerechnet hatte ihm der Inder nicht gesagt.

Noch einmal zurücklaufen? Sollte er sich wieder in das Kampfgetümmel stür ...

John dachte den Gedanken nicht zu Ende. Zwei der widerlichen Kreaturen drangen plötzlich durch die Tür und stürzten sich gierig auf den Inspektor.

John ließ sie kommen.

Im letzten Moment rilß er sein Schwert hoch, spießte den ersten Dämon förmlich auf.

Das Schwert drang durch den Körper, als wäre er aus Butter.

Blitzschnell zog John die Waffe wieder heraus.

Ein faustgroßes Loch war entstanden. Mehr auch nicht! Der Mönch griff weiter an.

Ein gläserner Dolch raste auf John zu.

Der Inspektor duckte sich, zog gleichzeitig das Schwert hoch.

Der Dolch mit der zugehörigen Hand wirbelte durch die Luft und klatschte zu Boden.

Kein Schmerzensschrei drang aus dem Mund des Dämons. Diese Wesen hatten keine Gefühle.

Schon griff der zweite an.

John sprang zur Seite.

Der Dolch verfing sich in seinem aus der Hose hängenden Hemd und ratschte ein Stück Stoff heraus.

Dann hieb John dem Mönch mit einem einzigen Hieb den Kopf ab.

Der Dämon starb lautlos, wurde vor Johns Augen zu Asche.

Und im Nebenraum wütete Mandra Korab. Heulen und

Kreischen drang an Johns Ohren. Die Schauermusik der Hölle tönte grell zu ihm herein.

Der letzte Dämon floh aus dem Zimmer.

John verfolgte ihn nicht. Fieberhaft tastete er das Regal ab, suchte den Kontakt.

Und da fand er ihn.

Es war ein Knopf, ähnlich wie bei einem Radio.

John drehte ihn nach rechts.

Das Regal schwang herum.

Die Kugel lag vor ihm!

Das magische Instrument aus der fernen Vergangenheit, mit der Dämonen und Höllenwesen in ihre Welt verbannt werden konnten.

Die Kugel leuchtete strahlend wie ein Stern. Lichtreflexe auf ihrer Oberfläche.

Behutsam nahm der Inspektor die magische Waffe in die Hand. Ein Gefühl der Stärke ging von der Kugel aus und floß wie ein unsichtbarer Strom in seinen Körper.

Vorsichtig verließ John die versteckte Kammer.

Kein Dämon war zu sehen. Nur aus dem großen Saal hörte er die Kampfgeräusche – und einen Schrei.

»Inspektooor!«

John vereiste. Mandra Korab! Er war in Gefahr.

Wie der Blitz setzte sich John Sinclair in Bewegung, hetzte durch das Arbeitszimmer, erreichte die große Halle – und . . .

Der Inder lag auf dem Boden. Die letzten drei übriggebliebenen Mönche umtanzten ihn mit wildem Gekreische. Sie hielten die Arme weit über den Köpfen. Die schwarzen Finger umklammerten die gläsernen Dolche, um sie dem Menschen in die Brust zu stoßen.

Doch noch war es nicht soweit.

Noch gab es John Sinclair!

»Hier steht euer Gegner!« peitschte Johns Stimme.

Die drei Mönche wirbelten herum. Die schrecklichen Fratzen starrten den Inspektor sekundenlang an.

John streckte beide Arme aus.

Die Kugel funkelte und gleißte.

Sie bedeutete die endgültige Vernichtung der Dämonen. Ein Heulen und Klagen begann.

Einer der Mönche streckte den Arm aus, versuchte, eine Flammenwand aufwachsen zu lassen.

Die Dämonen starben den Feuertod.

Rauchschwaden stiegen auf und sammelten sich an der Decke.

Schließlich war es vorbei.

Die magische Kraft der Kugel hatte auch die restlichen Dämonen vernichtet.

Aus weit aufgerissenen Augen hatten der Inder und John Sinclair dem Schauspiel zugesehen.

Unendlich langsam stemmte sich Mandra Korab auf die Beine. Sein Atem flog.

»Das war im letzten Augenblick«, keuchte er.

John setzte die Kugel auf dem Rand des Springbrunnens ab. Sein Blick streifte durch die Halle. Der Inspektor deutete auf die Toten.

»Ja«, sagte er, »wir haben eine Schlacht gewonnen. Aber um welchen Preis.«

Der Inder stand mit gesenktem Kopf da. »Ich hätte nie gedacht, daß sie solch eine Macht besitzen. Sie waren plötzlich da, mußten die Dämonenfallen umgangen haben. Meine Leute hatten keine Chance. Die gläsernen Dolche töteten sie auf der Stelle. Ich konnte im letzten Augenblick einen magischen Kreis ziehen. An die Schwerter kam niemand von uns.«

»Mit den Dolchen hatte es auch noch eine andere Bewandtnis«, sagte John und berichtete von seiner Auseinandersetzung mit dem Mädchen oben in seinem Zimmer.

»Ja«, sagte Mandra Korab. »Diese Waffen verändern einen Menschen, treiben das Böse in ihn hinein.«

John hob einen der Dolche auf. Er zerfiel unter seinem Griff zu Staub.

Mit dem Tod der Mönche war auch die Kraft dieser Waffen erloschen.

Mandra Korab zertrat die anderen Dolche.

John untersuchte die am Boden liegenden Männer. Vielleicht waren sie nicht alle tot.

Doch seine Hoffnung wurde zerstört.

Sämtliche Diener des Inders lebten nicht mehr. Sie waren schnell gestorben und ohne zu wissen, warum.

Mandra Korab wollte zum Telefon gehen, überlegte es sich jedoch anders und blieb dicht vor John stehen.

»Das war erst der Beginn, Inspektor. Wir werden in wenigen Stunden fliegen, um Kalhori endgültig das Handwerk zu legen. Die Zeit war selten so günstig. Die Göttin muß sich erst von ihrer Niederlage erholen . . .«

Es gab keine direkte Verbindung von Delhi nach Zhigatse. Man mußte über Katmandu fliegen.

Mandra Korab regelte noch in der gleichen Nacht gewisse Angelegenheiten mit den zuständigen Polizeibehörden. Die Toten wurden von zwei Wagen abgeholt. Wo sie beerdigt wurden, wußte keiner. Auch Korab und John nicht. In Indien war vieles möglich. Die Sterbeziffer lag so hoch, daß die paar Menschen gar nicht ins Gewicht fielen. Dieses hört sich grausam an, ist aber so.

Ein neutrales Taxi brachte Mandra Korab und John Sinclair am anderen Tag zum Flughafen. Korab hatte die Flugkarten telefonisch bestellt. Es lief alles wie am Schnürchen.

Ein Kurzstreckenjet flog die beiden Männer nach Katmandu. John schlief während des Fluges. Als der Jet zur Landung ansetzte, wurde er wieder wach. Er fühlte sich gleich wie neugeboren.

Mandra Korab lächelte John von der Seite her an. »In Katmandu werden wir Aufenthalt haben. Der Pilot, den ich gechartert habe, hat noch einen Termin.«

John zuckte mit den Schultern. Ihm war es eigentlich gleich.

Der Flughafen von Katmandu war klein, doch tadellos in Ordnung. Die Landung verlief ohne Zwischenfälle.

Als John aus dem Flugzeug stieg, konnte er im Norden die eisbedeckten Gipfel des Hochlands von Pamir sehen. Es war eine imposante Kulisse.

Sie warteten im Flughafenrestaurant. Hier war es gemütlich warm, und aus versteckten Lautsprechern drang westliche Musik.

Ein Ober fragte nach ihren Wünschen.

Die Männer bestellten Tee.

Mandra Korab hatte die Tasche mit der wertvollen Kugel neben sich auf einen Stuhl gelegt. Die Tasche war eine Spezialanfertigung. Innen mit Samt ausgeschlagen, war sie fast unempfindlich gegen Stöße. Der Kugel konnte so leicht nichts geschehen. Außerdem hatte die Tasche ein Spezialschloß, das bei unsachgemäßer Öffnung einen Sprengsatz detonieren ließ.

Der Tee kam.

John, der englischen Tee gewöhnt war, verzog das Gesicht. »Andere Länder – andere Sitten«, murmelte er.

Mandra Korab lachte leise. Doch sofort wurde er wieder ernst. »Sicher haben Sie noch Fragen, Inspektor.«

»Und ob«, sagte John. Ihn beschäftigte das Rätsel der Kugel. Einmal gab es Kugeln, die einen Menschen in ihren grausamen Bann zogen, wie er es in London erlebt hatte, und zum anderen besaß Mandra Korab ein Kristall, das genau die gegenteilige Wirkung zeigte. Wie vertrug sich das miteinander? Welche Kräfte wirkten? Und woher kamen diese Kräfte?

Mandra Korab erklärte es dem Inspektor mit wenigen Worten.

»Die Dämonen wußten natürlich von meiner Kugel. Ihnen war klar, daß dieses eine Waffe war, der sie nichts entgegensetzen konnten. Also suchten sie nach Auswegen. Sie selbst holten aus der Grotte der Kristalle ihr Material und bauten ebenfalls eine magische Kugel. Doch deren Kraft war zu schwach. Deshalb erfanden die Dämonen ihre gläsernen Dolche. Im Verein mit den Kugeln geben diese Waffen eine ungeheure Macht.«

»Die stärker ist als Ihr Talisman«, sagte John und deutete auf den Koffer.

Der Inder wiegte den Kopf. »Ich weiß es nicht, Inspektor. In meinem Haus haben wir zwar gewonnen, aber wie es in Kalhoris Reich werden wird, kann niemand sagen.«

»Sagen Sie«, wandte er sich an den Inder, »diese Grotte der Kristalle, wo liegt sie?«

Mandra Korab hob die Schultern. »Ich weiß es nicht, Inspektor. Das ist eines der Rätsel, die wir nie lösen werden. Die Grotte kann auf der Erde liegen, genausogut aber auch irgendwo auf einem fernen Planeten. Für Dämonen spielen Zeit und Entfernungen keine große Rolle.«

»Ja, das glaube ich Ihnen.«

Nachdenklich nippte der Inspektor an seinem Tee. Er hatte auf einmal Angst vor der ungeheuren Verantwortung, die auf seinen Schultern lastete.

Mandra Korab bemerkte es wohl. »Was ist mit Ihnen, Inspektor?«

John sagte es ihm. Zum Schluß meinte er: »Ich möchte nicht mehr allein dastehen. Man müßte überall in der Welt Freunde sitzen haben. Männer, die die gleichen Interessen und die gleichen Ziele verfolgen wie ich. Auf die Dauer gesehen bin ich zu schwach, den Kampf gegen die jenseitige Welt aufzunehmen. Ich brauche Verbündete.«

»Ich verstehe Sie gut, Inspektor«, erwiderte der Inder. »Und ich möchte Ihnen etwas sagen. Betrachten Sie mich als einen Ihrer Verbündeten. Seien Sie sicher, es werden Ihnen noch mehr Männer begegnen, die so denken wie ich.«

»Das will ich hoffen.«

Mandra Korab blickte auf seine kostbare Uhr. »Jetzt könnte der gute Mann wirklich bald kommen. Ich möchte nämlich heute noch in Zhigatse sein.«

Zehn Minuten später war der Pilot dann da. Es war ein kleiner gedrungener Malaie, der sofort mit einem Redeschwall loslegte und sich wortreich entschuldigte.

Mandra Korab winkte ab. »Starten wir«, sagte er.

Die Starterlaubnis kam schnell, und dann ging es ab.

Es wurde ein Flug, der John faszinierte. Sie flogen geradewegs auf die Gebirgskulisse des Himalaya zu. Die Piper gewann an Höhe. Ein strahlendblauer Himmel spannte sich über ihnen. Ein Wetter, wie man es selten antraf.

John sah die eisbedeckten Gipfel der Berge unter ihnen dahingleiten. Sie wechselten ab mit tiefen Schluchten und Tälern. Manchmal hatte er das Gefühl, die Piper würde direkt gegen eine Felswand fliegen, doch der Pilot hatte seine Maschine sicher unter Kontrolle und schaffte auch die schwierigsten Passagen.

Drei Stunden dauerte der Flug. Stunden, die John nie vergessen würde.

Dann breitete sich auf einmal ein langgestrecktes Tal unter ihnen aus. Und im Mittelpunkt des Tales lag der Ort Zhigatse.

»Sehen Sie nach links«, sagte Mandra Korab.

John drehte den Kopf.

Wie eine Streichholzschachtel klebte das Kloster an einem Berghang.

»Dort ist es, Inspektor!«

»Es wird schwierig sein, hinaufzugelangen«, meinte John.

»Es geht.«

Die Piper verlor an Höhe. Das schmale Band einer Landebahn tauchte auf. John sah die silbernen Aluminiumhüllen der Flugzeuge unten im Sonnenlicht blitzen.

Die Rollbahn war nicht gerade die beste. Sie wurden bei der

Landung ganz schön durchgeschüttelt. Doch dann hatten sie es geschafft.

Der Pilot stand ihnen auch für den Rückflug zur Verfügung, das hatte Mandra Korab mit ihm vereinbart.

Falls es einen Rückflug geben sollte . . .

Zhigatse war eine kleine Stadt. Es gab nur eine asphaltierte Straße. Sie führte weiter bis zur nächsten Ortschaft und kam von Katmandu. Oft war sie verschneit und unpassierbar. Autos gab es wenige in dem Ort. Und wenn, dann waren es alte Wagen, zumeist Vorkriegsmodelle.

Die Häuser waren aus graubraunem Lehm oder Stein errichtet. John sah aber auch viele Jurten. Sie wurden meist von den Flüchtlingen aus der Mongolei bewohnt.

Zhigatse hatte auch ein Zentrum. John entdeckte sogar ein Hotel und einige Lokale.

Das wunderte ihn.

»Zhigatse ist eine Kreisstadt«, erklärte ihm Mandra Korab. »Für diese Verhältnisse sogar eine sehr große Stadt.«

Die beiden Männer saßen in einem der wenigen Taxis, einem uralten Mercedes.

»Und wo geht es jetzt hin?« wollte John wissen.

»Zu einem Bekannten«, erwiderte Mandra Korab. »Er weiß, daß wir kommen.«

Korabs Bekannter wohnte in einem der gelbbraunen Steinhäuser. Er kam nach draußen, als das Taxi hielt.

»Hoang Tu ist Mongole«, erklärte Mandra Korab. »Er hat hier in der Stadt die beste Verbindung zu den Mönchen. An ihn müssen wir uns halten.«

Die Männer begrüßten sich nach althergebrachter Sitte. Sie legten die Hände gegen die Brust und verneigten sich.

Hoang Tu trug eine erdfarbene Kutte. Sein Kopf war kahlgeschoren, und sein Gesicht bedeckte eine randlose Brille, hinter der zwei wache Augen funkelten.

Der Mongole bat die Ankömmlinge in sein Haus.

Es bestand im wesentlichen aus einem großen Raum, in dem es außer einer Schlafstelle und einem niedrigen Tisch eine Unmenge alter Bücher gab.

Hoang Tu bat die Männer, Platz zu nehmen. Man hockte sich mit gekreuzten Beinen vor den Tisch.

Dann begann Mandra Korab zu berichten. Er tat dies in seiner Heimatsprache.

Hoang Tu hörte aufmerksam zu. Dann und wann stellte er eine Zwischenfrage.

Schließlich öffnete Mandra Korab seinen Koffer und holte behutsam die Kristallkugel hervor. Er reichte sie dem Mongolen.

Fast ehrfürchtig nahm Hoang Tu sie in beide Hände. In seinen Augen leuchtete es auf.

Er murmelte einige Worte.

Mandra Korab wandte sich flüsternd an den Inspektor. »Er hat jahrelang auf diese Kugel gewartet, damit sie die Macht der Dämonen brechen kann. Ich wußte nicht, wie schlimm es steht. Aus dieser Stadt sind in der letzten Zeit zwölf Menschen verschwunden. Die Mönche aus dem Kloster haben sie im Gebirge gefunden. Einige halbverhungert. Zwei waren tot. Die Mönche haben die Lebenden unter ihren Schutz genommen, doch die Menschen sind wahnsinnig gewesen. Die Geister der Dämonen stecken in ihnen. Sie werden in dem Kloster wie in einem Gefängnis gehalten. Durch die Kugel hofft Hoang Tu, sie erlösen zu können, den Geist der Dämonen aus ihnen herauszutreiben.«

»Wieso haben die Dämonen sie nicht umgebracht?« fragte John.

»Ich weiß es nicht.«

»Aber ich kann es Ihnen erklären, Mister Sinclair«, sagte Hoang Tu in gebrochenem Englisch. »Die Dämonen der Göttin Kalhori wollten in die Körper dieser bedauernswerten Geschöpfe schlüpfen, um in der Maske eines normalen Menschen Furcht und Terror zu verbreiten. Es ist ihnen jedoch nicht ganz gelungen. Manchmal sind auch der Dämonenwelt Grenzen gesetzt. Ein Teil dieser Höllenkraft wird in den Körpern der Unglücklichen schlummern. Wir werden versuchen, sie mit dieser Kugel zu befreien, um Informationen über die Welt der Göttin zu erhalten.«

Hoang Tu erhob sich. »Laßt uns gehen, ehe es zu spät ist. Die Mönche erwarten uns bereits . . .«

Viele Augenpaare verfolgten den Aufbruch der drei Männer. Die Einwohner von Zhigatse ahnten, was die Fremden vorhatten. Manche Gebete wurden gesprochen, und viele hofften, daß die Männer es schaffen würden, die Dämonen zu besiegen.

John Sinclair und Mandra Korab hatten von Huang Tu

Fellmäntel bekommen. Die Temperatur war plötzlich gesunken. Wie eine weiße Fahne stand der Atem vor dem Mund.

Ein steifer Wind fegte von den Bergen und trieb Staubschleier über die Straßen.

Die Männer mußten zu Fuß gehen. Der Weg zum Kloster war noch nicht einmal von einem Eselskarren befahrbar. John fragte sich, wie die Mönche mit Lebensmitteln versorgt wurden.

Auch dafür hatte der Mongole eine Erklärung parat.

»Die Mönche sind sehr genügsam«, sagte er. »Sie essen und trinken wenig, leben von der Kraft Buddhas. Und was sie brauchen, wird von den Bewohnern hier in Zhigatse gebracht und an einer bestimmten Stelle hinterlegt.«

Der Ort blieb hinter ihnen zurück. Die Einsamkeit der Bergwelt nahm sie auf.

Das Kloster war noch gut zu sehen. Wie angegossen klebte es an dem Berghang.

Hoang Tu übernahm die Führung. Noch war der Pfad gut begehbar, und der Mongole legte ein beachtliches Tempo vor.

Die Schatten wurden länger. John Sinclair glaubte, daß sie vor Sonnenuntergang wohl kaum das Kloster erreichen würden. Immer wieder warf er einen Blick zu dem Kloster hin. Und jedesmal schien es noch genauso weit entfernt zu sein wie vorher.

Der Pfad wurde steiler. Kleinere Steine spritzten unter den Füßen der Männer weg. Immer tiefer drangen sie in die wilde Bergwelt vor. Links gähnte ein Abgrund, und rechter Hand stieß eine zerklüftete Felswand in die Höhe.

Hoch oben am Himmel zogen zwei Raubvögel majestätisch ihre Kreise.

Die Tritte der Männer und das scharfe Atmen waren die einzigen Geräusche.

Von Westen her schob sich eine dunkle Wand über das Firmament.

Die Dunkelheit kam!

Schon krochen die ersten Schatten der Dämmerung in die tief liegenden Täler und deckten die weiten Grashänge mit ihrem schwarzen Mantel zu.

John blickte auf seine Uhr. Schon über zwei Stunden waren sie unterwegs. Kein Mensch oder Tier war ihnen begegnet. Es schien, als wären sie mutterseelenallein auf der Welt.

Plötzlich zuckte ein Blitz auf!

Sekunden später blieb Hoang Tu stehen.

Er wandte sich um. John sah, daß sich Sorgenfalten in sein Gesicht eingegraben hatten.

»Gibt es ein Gewitter?« fragte der Inspektor.

Der Mongole schüttelte den Kopf. »Nein«, erwiderte er. »Dieser Blitz hatte keine natürliche Ursache. Die Dämonen sind unterwegs. Sie wollen uns den Weg zum Kloster versperren. Ich hatte geahnt, daß es schon zu spät ist.«

Wieder zuckte der Blitz auf.

Diesmal näher. John war für Sekunden geblendet. Mandra Korab war es nicht anders ergangen.

Dann brandete ein höllisches Gelächter auf. Es brach sich an den Felswänden und kam vielfach verstärkt als Echo wieder zurück.

Unwillkürlich lief John Sinclair eine Gänsehaut über den Rücken.

Mandra Korab tastete unter seine Felljacke. Dort hatte er die Kugel versteckt.

»Laßt uns weitergehen«, sagte Hoang Tu.

Die Männer setzten sich wieder in Bewegung, rechneten jeden Augenblick damit, überfallen zu werden.

»Ich glaube, sie sind noch zu weit weg«, sagte der Mongole. »Noch haben wir Zeit. Wir müssen sie nützen!«

Immer mehr fiel Dunkelheit über das Land. Sie hatten Taschenlampen mitgenommen, wagten jedoch nicht, sie einzuschalten.

Längst verwischten die Umrisse der Felsen, wurden zu drohenden Massen, die aussahen wie Spukbilder aus einem anderen Reich.

Von dem Kloster war nichts mehr zu sehen. John und Mandra mußten sich voll und ganz auf ihren Führer verlassen.

Plötzlich machte der Pfad einen Knick.

Hoang Tu, der als erster ging, stieß einen erschrockenen Ruf aus und blieb stehen.

Fast wäre Mandra Korab gegen ihn gelaufen.

»Was ist?« flüsterte der Inder.

Der Mongole ging ein Stück weiter. »Die Dämonen sind da«, raunte er.

»Wo?« John zischte das Wort durch die Zähne.

Hoang Tu deutete mit dem Arm nach vorn. Es war eine allumfassende Bewegung.

»Sie lauern irgendwo in diesem Felswirrwarr.«

»Wie haben Sie das festgestellt?« fragte John.

Der Mongole wandte dem Inspektor das Gesicht zu. »Ich spüre es, habe es im Gefühl.«

John glaubte diesem Mann. Trotzdem durften sie nicht lange diskutieren, sondern mußten, wenn es tatsächlich stimmte, einen Gegenangriff starten.

Der Inspektor wandte sich an den Inder. »Sie haben doch die Kugel. Gehen Sie vor.«

Der Inder nickte.

Da hielt ihn Hoang Tu am Arm fest. »Ich werde gehen«, sagte er.

Als er bemerkte, daß Mandra Korab protestieren wollten, war er mit drei schnellen Schritten hinter der Felsecke verschwunden.

»Aber er ist doch wehrlos«, sagte Mandra Korab. »Er ist . . .«

Da hörten sie schon den Schrei. Er war so gellend und unmenschlich, daß John unwillkürlich seine Hände auf die Ohren preßte.

Auch der Inder blieb geschockt stehen.

Doch nur für zwei, drei Herzschläge. Dann schrie er: »Los!«

John Sinclair erreichte die Felsecke als erster. Im nächsten Moment erhielt er einen Stoß, der ihn zurückwarf. John verlor das Gleichgewicht und prallte auf den Boden.

Ein Schatten sprang über ihn weg.

Mandra Korab!

Der Inder stellte sich den Dämonen zum Kampf, denn er hatte die tödliche Waffe.

Die magische Kugel!

John, der immer noch am Boden lag, bekam alles aus seiner Froschpersektive mit.

Er sah etwa in Kopfhöhe eine bläuliche Lichtwand in der Dunkelheit flirren und dazwischen – wie Schemen aus einem Nebel auftauchend – die gräßlichen Vogelmasken der Dämonen.

Ein mörderisches Heulen erfüllte die Luft. Schreie brandeten auf. Spitz, abgehackt.

Blitze zuckten in die Felswände.

Gestein löste sich polternd.

Und in diesem Inferno aus Heulen und Schreien kämpfte Mandra Korab.

Er hielt die Arme mit der Kugel weit von sich gestreckt. Eine urwüchsige Kraft – geboren und erhalten durch viele Jahrhunderte – ging von dem magischen Kristall aus.

Die Kugel leuchtete in allen Farben des Spektrums, übertrug die Kraft, die in ihr steckte, auf Mandra Korab, der in diesen Augenblicken über sich selbst hinauswuchs.

»Geht weg, Mächte der Finsternis! Ich verbanne euch in die tiefste Hölle!«

Wie ein Denkmal stand der Inder in den gleißenden Lichtkaskaden. Seine Stimme schallte weit durch die Schluchten der Berge, trieb die mörderischen Dämonen zurück.

Die magische Lichtwand der Höllengeister brach zusammen. Die Konturen der Dämonen verwischten. Wutgeheul brandete auf. Die Vogelmasken zerflossen und waren schließlich ganz verschwunden.

Noch einmal zuckte ein Blitz auf, dann war auch dies vorbei.

Stille breitete sich aus.

Erst jetzt erwachte John Sinclair aus seiner Erstarrung. Der Kampf hatte nur Sekunden gedauert, doch John waren sie wie Ewigkeiten vorgekommen.

An der rauhen Felswand zog John Sinclair sich hoch. Mit wankenden Schritten ging er auf Mandra Korab zu.

Der Inder hielt noch immer die Kugel in den Händen.

»Sie hat uns gerettet«, sagte er leise.

John kam erst langsam wieder zu Atem. »Was ist geschehen?« fragte er mühsam.

»Die Dämonen hatten eine magische Falle aufgebaut. Sie haben Glück gehabt, Inspektor. Einen Schritt weiter, und es wäre aus gewesen. Vielleicht hat Sie aber auch meine Kugel gerettet, denn als Sie den Sprung wagten, hielt ich sie schon in der Hand.

John fühlte, wie seine Kehle trocken wurde. Trotz der kalten Luft war er schweißgebadet.

Siedendheiß fiel ihm der Mongole ein.

»Hoang Tu! Was ist mit ihm?«

»Er liegt dort«, sagte Mandra Korab. Erst jetzt sah John den Körper des Mongolen. Er lag am Abgrund. Der rechte Arm pendelte schon über die Tiefe.

John ging neben dem Mongolen in die Knie.

»Er ist tot«, hörte er Mandra Korab sagen. »Wir können ihm nicht mehr helfen.«

John knipste seine kleine Taschenlampe an, leuchtete in Hoang Tus Gesicht.

Mandra Korab hatte recht. Dem Mann war nicht mehr zu helfen. Aber wie mußte er gelitten haben. Gesicht, Hände – alle freien Körperstellen waren verbrannt. John sah das schwarze Fleisch, aus dem nur die Augen wie starre Glasmurmeln hervorstachen.

»Mein Gott«, murmelte der Inspektor erschüttert.

»Er hat sich geopfert«, sagte Mandra Korab leise. »Er wußte, daß er sterben würde, er hat es mir gesagt. Hoang Tu hat die Dämonen in den letzten Sekunden seines Lebens noch abgelenkt, um uns den Weg zu ebnen. Wir haben ihm zu danken!«

John zog den leblosen Körper auf den schmalen Pfad. »Wir werden ihn mit in das Kloster nehmen. Buddha wird sich seiner Seele annehmen«, sagte John.

»Ja«, erwiderte der Inder. »Diesen Dienst müssen wir ihm erweisen.«

Die beiden Männer hoben den Körper auf. Es würde noch beschwerlicher werden als vorher, denn ihren Führer hatten sie verloren.

Plötzlich stutzte John Sinclair.

Mandra Korab hatte die Reaktion des Inspektors ebenfalls bemerkt. »Was ist los?«

»Ich habe Licht gesehen. Sollten die Dämonen zurückkehren?«

»Wo?« Der Inder wandte den Kopf.

John zeigte die ungefähre Richtung an.

»Da, jetzt wieder!«

Es waren kleine Lichtpunkte, die hin und her tanzten.

John Sinclair und Mandra Korab zogen sich in den Schatten der Felswand zurück.

Plötzlich hörten sie leisen Gesang. Er klang monoton und . . .

»Es sind die Mönche«, sagte Mandra Korab. »Sie suchen bereits nach uns.«

John Sinclair atmete auf.

Dong . . .!

Der Widerhall des Gongschlages dröhnte durch die große Tempelhalle.

Das Gebet der über vierzig Mönche stockte. Der monotone Singsang endete wie abgeschnitten.

Stille breitete sich aus.

Die Mönche verharrten in kniender Stellung, wandten die kahlgeschorenen Köpfe dem großen Eingangsportal der Halle zu.

Drei Männer erschienen dort.

Einer von ihnen war Europäer, der andere Inder. Er trug einen Toten auf den vorgestreckten Armen.

Neben Mandra Korab stand der Lama, das geistliche Oberhaupt des Klosters. Er hatte die Hände in die weiten Ärmel seiner Kutte geschoben. Nichts regte sich in seinem Gesicht. Nur die Augen schienen zu leben. Sie glitten über die knienden Mönche. John hatte das Gefühl, daß ihnen kein Detail entging.

Minutenlang sprach niemand ein Wort. Unbeweglich, fast wie Statuen, standen die Männer da.

Dann sagte der Lama etwas in seiner Heimatsprache. Die Rede dauerte einige Minuten.

John hatte Zeit, sich die Halle genauer anzusehen.

Die Atmosphäre war ihm fremd. Er persönlich fand keine innere Beziehung zu diesem Kloster und den Mönchen, die darin lebten und ihr Leben mit Meditation und Gebeten verbrachten. Trotz allem akzeptierte John diese Religion, und er ordnete sich auch unter.

Die Gebetshalle des Klosters war sehr hoch. Säulen stützten die Decke. Sie war mit Symbolen aus der Welt des Buddhismus bemalt.

An der Stirnseite der Halle stand ein riesiger Steinaltar. Auf ihm saß ein vergoldeter Buddha. John hatte schon viele der Götterfiguren gesehen, doch diese übertraf in den Ausmaßen alle anderen.

Der Lama hatte seine Rede beendet.

Zwei noch junge Mönche erhoben sich und kamen mit lautlosen Schritten auf Mandra Korab zu.

Sie nahmen dem Inder den Toten ab und trugen ihn aus der Tempelhalle.

»Er bekommt ein würdiges Begräbnis«, sagte der Lama. »Seine fleischliche Hülle ist verendet, aber sein Geist ist in das Nirwana, das wir uns alle ersehnen, eingekehrt.

Der Mönch hatte Englisch gesprochen, so daß John Sinclair ihn auch verstehen konnte.

Auf ein Zeichen des Lamas hin wandten sich die übrigen Mönche wieder ihren Gebeten zu. Schon bald füllten das Klappern der Gebetsmühlen und der für einen Europäer einschläfernde Singsang die Tempelhalle.

Der Lama führte seine beiden Gäste in eine ihm zur Verfügung stehende Kammer.

Sie war ein kleiner Raum und äußerst spartanisch eingerichtet. Es gab zwei Stühle und eine Schlafgelegenheit. Diese entpuppte sich als normales auf dem Boden liegendes Holzbrett. In der einen Raumecke stand eine kleinere Buddhafigur.

Der Lama bot den beiden Männern die Stühle an. Er selbst blieb stehen.

Mandra Korab war es, der berichtete. Er tat das in der Sprache, die John nicht verstand. Die nachfolgende Unterhaltung jedoch wurde auf englisch geführt.

»Ich wußte, daß irgendwann Menschen kommen würden, die der Schreckengöttin Kalhori den Tod bringen. Aber auch die Schergen der Göttin werden daran glauben müssen. Diese Schergen, die wir nicht in ihrem unterirdischen Reich festhalten konnten. Es waren abtrünnige Mönche, die sich der Göttin zugewendet hatten, und ich muß gestehen, daß auch einige von uns dabei sind. Noch ist die Göttin mit unserem Fluch belegt worden. Noch kann sie den magischen Ring nicht durchbrechen. Aber der Ring bröckelt. Schon ist es den Dienern der Kalhori gelungen, Angst und Entsetzen zu verbreiten. Wir haben die Unschuldigen, die in ihre Hände gefallen sind, gefunden. Ihr Geist war verwirrt. Sie waren nicht mehr fähig zu denken und zu handeln. Ich werde euch zu ihnen führen, damit ihr selbst sehen könnt, wie die Dämonen in den Körpern der Unglücklichen stecken. Doch ich hoffe, die magische Kugel wird ihnen die Erlösung bringen.«

John Sinclair, der bisher schweigsam zugehört hatte, wollte noch etwas wissen. Ihn interessierte allein der Zugang zum Reich der Göttin Kalhori.

»Wie können wir zu der Göttin gelangen?« fragte er.

»Geduld«, erwiderte der Lama. »Nur ich kenne den Zugang, und es müssen bestimmte Voraussetzungen erfüllt sein, um überhaupt hindurchschlüpfen zu können. Die Dämonenwelt ist ein Zwischenreich, das normalerweise für die Sterblichen unerreichbar ist. Nur ich bin einer der wenigen, die Eingänge und Tore kennen.«

Damit war für den Lama das Thema erledigt.

John Sinclair mußte dies akzeptieren, ob er wollte oder nicht.

Der Lama verbeugte sich und machte den Vorschlag, zu den Gefangenen hinunterzugehen.

Die Männer standen auf.

Sie gingen durch hohe, kahle Gänge, an dessen Wänden in unregelmäßigen Abständen Fackeln brannten. Oft kamen ihnen Mönche entgegen. Sie verbeugten sich vor dem Lama und gingen erst dann weiter.

Der Inspektor hatte ein beklemmendes Gefühl. Für einen Europäer mußte es eine Strafe sein, hier zu leben. Es wurde kaum gesprochen. Nur die Gebete der Mönche begleiteten sie während ihres Ganges.

Vor einer einfachen Holztür blieb der Lama stehen.

Mit einem Schlüssel öffnete er die Tür.

Es ging in die Tiefe.

Breite Steinstufen führten nach unten. Kalte Luft schlug den Männern entgegen.

Auch hier steckten in eisernen Haltern brennende Fackeln. Die Flammen geisterten über meterdickes, urwüchsiges Gestein.

Das Singen der Mönche hörten sie nicht mehr. Dafür drang ein anderes Geräusch an ihre Ohren.

Schreien und Wehklagen.

John Sinclair lief eine Gänsehaut über den Rücken. Er machte sich auf das Schlimmste gefaßt.

Doch seine bösesten Ahnungen wurden noch übertroffen.

Sie erreichten eine unterirdische Felshalle, die zur Hälfte durch ein Eisengitter getrennt war.

Und hinter den Gittern wohnte das Grauen.

Gräßliche Gestalten tanzten auf dem nackten Steinboden. Sie waren ehemals Menschen gewesen, doch hatten sie nichts Menschliches mehr an sich. Sie waren zu Opfern der Dämonen geworden.

Einige der bedauernswerten Geschöpfe kamen auf das Gitter zugerannt und klammerten ihre Fäuste um die Stäbe.

Ihre Körper waren verändert. John sah nur noch klumpenähnliche Gebilde, in denen die Beine fast ganz verschwanden. Dafür waren die Arme überlang geworden, und die Köpfe hatten die Größe von dicken Melonen. Mund und Nase waren verschwunden, nur noch die Augen glotzten starr und ohne Leben auf die drei Männer.

Andere wieder besaßen in ihrem Gesicht nur noch einen Mund, der die gräßlichen, verzweifelten Schreie ausstieß.

Wieder andere lagen apathisch auf dem Boden. Sie hatten aufgequollene Bäuche, die sich hoben und senkten.

Der Lama beobachtete den Inspektor. »Es sind immer noch Menschen«, sagte er. »Und wir müssen alles versuchen, sie zu retten.«

John nickte stumm. In seiner Kehle hatte sich ein Kloß gebildet. Das Grauen strich mit unsichtbarer Hand über seinen Rücken.

»Wie existieren diese Geschöpfe?« fragte er. »Nehmen sie Nahrung zu sich?«

»Nein.« Der Lama schüttelte den Kopf. »Sie leben einfach. Ohne Speisen und ohne Trank. Sie sind zu Geschöpfen der Dämonenwelt geworden und damit anderen Gesetzen unterworfen.«

Mandra Korab griff unter den Mantel.

Als seine Hände wieder zum Vorschein kamen, umspannten sie die Kugel.

Die Augen des Mönches leuchteten auf, als sie das magische Kristall sahen.

Er murmelte einige Worte.

Plötzlich wurden die Gestalten in dem Käfig ruhig. Sie kamen an das Gitter, auch die, die auf dem Boden gelegen hatten. Irgend etwas hatte sie aufgeschreckt.

War es der Bann der Kugel?

Noch lag sie ruhig und sicher in Mandra Korabs Hand.

Dann begann der Inder zu sprechen. Mit leiser, aber dennoch deutlicher Stimme.

Uralte Beschwörungsformeln drangen über seine Lippen. Überlieferungen aus Zeiten, als die Erde noch von den Dämonenwesen bewohnt war.

John Sinclair, der gebannt dem Schauspiel zusah, wußte nicht, wohin er zuerst schauen sollte. Er sah plötzlich die Veränderung der Kugel, sah das Farbenspiel und erkannte, daß eine bläulich flirrende Aura den Kristallkörper umgab.

Im selben Moment begannen sich die Gestalten zu verändern. Ihre Körper dehnten sich, Rauch stieg aus ihren Mündern und strömte gegen die Decke. Blitze zuckten auf.

Gellende Schreie ertönten.

Fratzen schwebten auf einmal in der Steinhalle. Fratzen aus Rauch und Qualm. Gierige Hände streckten sich den atemlos wartenden Männern entgegen, doch der magische Schutzschild der Kugel hielt sie zurück.

Die Rauchwolken quirlten durch den Käfig, wurden zu langen gräßlichen Gestalten, die sich noch einmal auf ihre Opfer stürzen wollten.

Die Macht der Kugel war stärker!

Die Schreckensgestalten aus dem Dämonenreich zerplatzten wie Seifenblasen.

Zurück blieben ihre Opfer.

Sie lagen auf dem Boden, waren in einen tiefen, todesähnlichen Schlaf gefallen, aus dem sie wieder als normale Menschen erwachen würden.

Mandra Korab hatte sie mit seiner magischen Kugel von der Schreckensherrschaft der Dämonen befreit.

Die Kugel hatte wieder ihre normale Farbe angenommen.

Er zeigte auf die Schlafenden. »Sie werden wieder in ihre Dörfer zurückkehren können.«

Zum erstenmal sah John Sinclair auch bei dem Lama eine Gefühlsregung. Ein befreites Aufatmen drang aus seiner Brust.

»Du hast die Probe bestanden«, sagte er zu dem Inder. »Du und dein Freund – ihr werdet auch die Göttin ein für allemal vernichten. Und nun kommt mit. Ich will euch das Tor in die Dämonenwelt zeigen.«

Der Lama schritt auf die Treppe zu. Mandra Korab folgte ihm dichtauf.

Nur John Sinclair blieb noch einen Augenblick sinnend an dem Gitter stehen.

Er konnte noch keine rechte Freude empfinden.

Noch exisierte die Schreckensgöttin . . .

Die Zeit verging.

Der Lama hatte John Sinclair und Mandra Korab einen kleinen Raum zur Verfügung gestellt. Noch konnten sie nicht in das Dämonenreich eindringen. Erst um Mitternacht war es ihnen möglich, als Sterbliche das Tor zu überwinden.

John Sinclair trank Tee. Ein Mönch hatte ihn in breiten Schalen serviert. Das Getränk war bitter und zog den Gaumen zusammen, löschte jedoch den Durst.

Speisen hatte John abgelehnt. Er konnte erst wieder etwas essen, wenn alles vorbei war.

Im Kloster war es still.

Selbst die Gebete der Mönche waren verstummt. Man hatte sich zur Nachtruhe hingelegt, bis auf einige, die ihren Wachdienst versehen mußten.

Stundenlang patrouillierten sie durch die Gänge und murmelten dabei Gebete.

Mandra Korab hatte sich auf die Erde gehockt. Er war in eine Art Trancezustand versunken. Die Kugel stand vor seinen gekreuzten Beinen.

Der Inder konzentrierte sich auf diese Weise auf die ungeheuer gefährliche Aufgabe, die vor ihm lag.

John Sinclair zündete sich eine Zigarette an. Gedankenverloren sah er dem blauen Rauch nach. Er dachte an seinen Freund Bill Conolly, den er in London zurückgelassen hatte und der bestimmt jetzt gern dabeigewesen wäre.

Schließlich klopfte es an der Tür.

John Sinclair sprang auf. »Ja?«

Da wurde die Tür schon aufgezogen. Der Lama trat ein. »Es ist soweit«, sagte er. »In wenigen Minuten ist das Reich der Dämonen offen. Folgt mir.«

Die Männer gingen in die große Tempelhalle, in der der riesige Buddha stand. Zwischen dem Rücken der Götterfigur an der Wand gab es eine Stelle, durch die sich soeben ein Mensch quetschen konnte.

Der Lama ging voran.

Nach drei Schritten blieb er stehen.

John hatte seine Taschenlampe eingeschaltet. In ihrem Licht erkannte er die magischen Zeichen auf der Tempelwand.

»Hier ist die Grenze«, flüsterte der Lama und deutete auf einen Kreis, der seltsam leuchtete.

»Es ist der Eingang ins Dämonenreich. Er ist nur für eine Minute frei. Denkt daran. Genauso ist es mit eurer Rückkehr. Ihr müßt pünktlich sein. Nach unserer Zeitrechnung morgen mittag.«

John blickte auf seine Uhr.

»Noch eine Minute«, sagte er.

Der Lama sah die beiden Männer an. In seinen Augen standen Sorge und Hoffnung. Über die Lippen des Mönches drangen leise

Gebete. Uralte Texte, die Geister und Dämonen beschwören sollten.

Noch dreißig Sekunden!

Plötzlich griff der Lama unter seine Kutte. Er holte einen armlangen Stab hervor, den er John Sinclair reichte.

»Du darfst nicht schutzlos das Reich der Finsternis betreten. Das ist der Zauberstab des Gottes Schiddhu. Nimm ihn und schlage die Dämonenpest zurück.«

Noch zehn Sekunden!

Der Lama zog sich zurück. Jetzt waren John Sinclair und Mandra Korab nur noch auf sich selbst angewiesen.

Fünf Sekunden!

Plötzlich begannen die magischen Zeichen auf der Tempelwand zu strahlen. Es schien, als würden zwei ungeheure Kräfte aufeinanderprallen.

John sah, wie die Konturen der Zeichen verwischten, wie plötzlich eine Öffnung in der Felswand entstand.

Das Tor zum Dämonenreich!

John Sinclair und Mandra Korab traten zwei Schritte vor – und . . .

Innerhalb von Sekundenbruchteilen waren sie verschwunden. Das Dämonenreich hatte sie verschluckt . . .

Einige Herzschläge lang spürte John Sinclair einen ungeheuren Sog, der seinen Körper in die Tiefe riß. Vor seinen Augen platzten bunte Farbblasen auf, etwas preßte ihn mit Macht in eine bestimmte Richtung – und dann war alles vorbei.

Der Inspektor stand in absoluter Finsternis.

Sein erster Gedanke galt dem Inder.

»Mandra!« rief er flüsternd.

Keine Antwort.

John Sinclair erstarrte. Angst keimte plötzlich in ihm hoch. Sollte der Inder es nicht geschafft haben?

John rief noch einmal.

Wieder kein Echo.

Der Inspektor streckte die Arme aus, tastete um sich.

Er griff ins Leere.

Vorsichtig tat er einige Schritte. Der Boden unter seinen Füßen war hart. Es gab keine Unebenheiten. John ging über eine glatte Fläche.

Wie Marmor, dachte er.

Er erinnerte sich an seine Lampe, knipste sie an.

Der Lichtstrahl durchschnitt die Finsternis, verlor sich jedoch in der unendlichen Schwärze.

John Sinclair fühlte sich unendlich allein. Sollte der Inder den Weg nicht geschafft haben? Oder war er vielleicht ganz woanders gelandet?

Johns Herz klopfte rasend schnell.

Er ging weiter. Die Lampe hielt er in der Rechten. Ein paarmal schwenkte er sie im Kreis.

Überall das gleiche. Kein Punkt, an dem er sich orientieren konnte.

Wo mochte er hier sein?

Der Inspektor schaltete die Lampe aus, blieb stehen und konzentrierte sich voll auf sein Gehör.

Kein Laut drang an seine Ohren.

Er hörte nur sein eigenes Atmen.

Die Stille zerrte an seinen Nerven. Dazu kam das Wissen, in einem Reich gelandet zu sein, von dessen Existenz nur die wenigsten wußten.

John Sinclair schüttelte das Angstgefühl ab. Er durfte sich nicht selbst verrückt machen, mußte sich voll auf seine Aufgabe konzentrieren.

Aber war es nicht bereits zu spät?

Hatte die Schreckensgöttin nicht schon längst gewonnen?

John ging weiter.

Schritt für Schritt durchmaß er die drohende Dunkelheit. Er verlor jegliches Gefühl für Raum und Zeit.

Plötzlich hörte er die Stimmen. Sie schienen von allen Seiten zu kommen.

Wispernde, raunende Laute.

Die Stimmen kreisten John ein.

Gelächter drang an seine Ohren. Etwas wischte über sein Gesicht.

Die Dämonen waren da!

John brach der Schweiß aus. Er hatte plötzlich das Gefühl, den Kampf verloren zu haben.

Er malte sich bereits in schrecklichen Farben sein Ende aus.

Ende . . .?

Johns Gedanken stockten. Noch war es nicht soweit. Aber wie kam er überhaupt drauf? Sollten es die Dämonen bereits geschafft haben, in sein Bewußtsein zu dringen?

John Sinclair hielt es nicht mehr länger aus. Er hob den Arm, drückte auf den Knopf der Taschenlampe.

Das Licht flammte auf.

Wie unter einem Peitschenschlag zuckte John zusammen.

Die Dämonen standen vor ihm!

Es waren Mönche, Diener Kalhoris. John sah unter den Kapuzen Gesichter, die keine waren.

Blaugraue, schwammige Flächen starrten ihn an. Aus den weiten Ärmeln schauten verbrannte, klauenartige Hände.

John Sinclair wirbelte herum.

Sie standen auch hinter ihm.

Der Inspektor war eingekreist.

Er war in der Gewalt der Höllenheere.

Überall standen sie. Hatten einen dichten Ring um den Inspektor gebildet.

Für wenige Augenblicke flammte der Kampfeswille in John Sinclair auf, doch dann sah er ein, daß Widerstand zwecklos war.

Die Gestalten kamen näher, zogen den Kreis dichter.

Die schwammigen Gesichtsflächen verzogen sich. Höhnisches Kichern traf Johns Ohren.

Die Dämonen freuten sich über ihren Sieg, wußten, daß ihr Opfer nicht mehr entkommen konnte.

Zwei Klauen packten Johns Arme. Die Gestalten, die ihn festhielten, standen hinter seinem Rücken.

Andere wollten nach Johns Beinen greifen.

Der Inspektor trat wild und verzweifelt um sich. Seine Fußspitzen drangen in die widerlich weichen Körper der Dämonen, ohne ihnen jedoch Schmerz zufügen zu können.

Die Taschenlampe fiel John aus der Hand. Sie brannte am Boden weiter.

Ab und zu sah John die schrecklichen Gestalten in den Lichtstrahl eintauchen. Dabei wurde ihm wieder das Aussehen dieser Dämonen überdeutlich bewußt.

John wehrte sich verbissen.

Es war ein aussichsloser Kampf. Irgend etwas wurde ihm plötzlich über den Kopf gezogen.

Das war für John das Ende.

Etwas krachte mit mörderischer Gewalt gegen seinen Kopf. Einen Lidschlag später war John Sinclair bewußtlos.

Der Inder Mandra Korab kauerte in der riesigen Tempelhalle.

Noch hatten sie ihn nicht entdeckt. Mandra war, als er das Tor ins Dämonenreich durchschritten hatte, hier aufgetaucht. Vergeblich hatte er nach John Sinclair gesucht und sich schließlich fast damit abgefunden, daß der Inspektor nicht mehr am Leben war.

Mandra Korab war in das Zentrum der Dämonenwelt geschleudert worden.

In das Reich der Göttin!

Die riesige Steinfigur der Kalhori hob sich vor ihm ab. Die Göttin sah aus wie ein unheimlicher Vogelkopf mit einem langen, gekrümmten Schnabel, der fast bis zur Erde reichte.

Eine rötlich-grüne Lichtaura umfloß die Umrisse des Vogels. Aus zwei großen Öffnungen links und rechts oberhalb des Schnabels kroch ätzender Rauch, der sich in der Unendlichkeit der Tempelhalle verlor.

Zu Füßen der Steinfigur waren Altäre aufgebaut. Skelette der unglücklichen Opfer lagen darauf, die die Göttin ausgespien hatte.

Der Inder hockte hinter einem mannshohen Stein und beobachtete ein grauenhaftes Ritual.

Ein Mensch sollte geopfert werden!

Kalhoris Diener, gesichtslose, gräßliche Gestalten in langen Kutten hielten den Unglücklichen fest.

Es war ein Mensch aus der normalen Welt.

Der Mann war nicht bewußtlos. Aus weit aufgerissenen Augen, in denen der Irrsinn flackerte, starrte er auf die Schreckensgestalten.

Der Mensch lag auf dem Altar.

Eine der Horror-Gestalten trat dich vor die Göttin. Sie breitete beide Arme aus und begann mit einem seltsamen Gesang, von dem Mandra Korab kein Wort verstehen konnte.

Aber er sah den Erfolg.

Der Rauch, der aus den Augenhöhlen der Figur gequollen war, stockte.

Mandra sah, wie sich die leeren Höhlen mit einer wasserklaren Flüssigkeit füllten, die zu zwei riesigen Augen wurden.

Dann bewegte sich der Schnabel.

Der Stein veränderte sich, wurde weich und geschmeidig. Die Götzenfigur lebte.

Zwei riesige Flügel breiteten sich aus. Die Schwingen hoben sich auf und ab.

Die Schreckensgestalten wichen zurück, fielen vor der Göttin auf die Knie.

Der einzige, der dem Blick standhielt, war Mandra Korab. Er beobachtete die grauenvolle Wandlung der Göttin weiter.

Der Vogelkopf war auf einmal verschwunden, hatte sich innerhalb von Sekunden aufgelöst.

Etwas anderes trat an seine Stelle.

Ein riesiges Gesicht!

Das Gesicht einer Frau.

Dem Inder stockte der Atem. Was er sah, ging über seinen Verstand.

Hier war ein Geschöpf entstanden, das es nicht geben durfte. Halb Vogel – halb Frau.

Eine grauenvolle Bestie, die sich von Menschenopfern ernährte. Ein Geschöpf, das Jahrtausende alt war und nun wieder zum Leben erwachte.

Die Göttin Kalhori!

Das Gesicht der Göttin schwebte jetzt nicht über dem wehrlosen Opfer.

Mandra Korab wußte, was kommen würde.

Dieser gräßliche Menschenkopf würde diesen Mann verschlingen und hinterher das Skelett ausspeien.

Aber durfte er, Mandra Korab, es soweit kommen lassen? War er nicht verpflichtet, einem Geschöpf seiner Rasse beizustehen?

Mandra überlegte nicht mehr länger.

Die Zeit drängte.

Er wollte sich der Göttin zum Kampf stellen.

Die Finger des Inders umklammerten die Kugel.

Würde sie ihm helfen? Reichte ihre Kraft aus, um gegen die Göttin zu bestehen?

Ein gräßliches Fauchen drang aus dem Mund des Frauenkopfes. Die Lippen öffneten sich. Ein unheimlicher Schlund wurde sichtbar.

Jetzt!

Mandra Korab sprang hinter seiner Deckung auf.

»Halt!«

Seine Stimme hallte in dem Dämonentempel wider.

Kalhori stockte.

Das Gesicht verzerrte sich, wandte sich dem zu, der es gewagt hatte, sie zu stören.

Mandra Korab stand dicht vor dem Altar. Er hatte die Hände über den Kopf gehoben. Das kalte rote Feuer der Kugel brannte zwischen seinen Fingern.

Hinter seinem Rücken stimmten die Diener der Göttin ein schreckliches Geheul an.

Sie spürten bereits die magische Kraft der Kugel, wichen zurück.

Aber würde die Kraft auch ausreichen, um die Göttin zu vernichten?

Das riesige Gesicht schwebte über dem Inder. Es hatte sich verzerrt. Wut, Angst und Haß spiegelten sich in den Zügen. Die überdimensionalen Vogelschwingen peitschten die Luft.

Mandra Korab wurde von einem plötzlichen Sog erfaßt. Er taumelte.

Du mußt die Kugel festhalten! schrie es in ihm. Du mußt . . .

Seine Gedanken stockten. Er fühlte plötzlich, wie eine dämonische Kraft auf ihn einströmte, wie die Göttin alles mobilisierte, um den Kampf zu gewinnen.

War die Kugel stärker?

Das Kristall wurde spröde, begann zu bröckeln.

Angst erfaßte den Inder.

Plötzlich tauchten überall gläserne Dolche auf, rasten auf ihn zu.

Wenn die Kraft der Kugel jetzt nicht stark genug war . . .

Die Dolche prallten an dem unsichtbaren Schutzschild, der sich um den Inder gelegt hatte, ab.

Wieder stießen sie gegen ihn vor. Kalhori setzte sämtliche Höllenkräfte ein.

Das Kristall der Kugel knirschte – aber es hielt.

Die Göttin heulte auf. Sie kam gegen die Kraft der Kugel nicht an, stand dicht vor ihrer Niederlage.

Mandra Korab leistete Übermenschliches. Die magische Kugel in seinen Händen schillerte in allen Farben, hatte den ersten großen Ansturm überstanden.

Mandra Korab hatte die erste Schlacht gewonnen.

Die Göttin zog sich zurück, verwandelte sich innerhalb von Sekunden wieder zu der Steinfigur.

Mandra Korab wandte sich um.

Wie eine durchdringliche menschliche Mauer standen ihm die Diener der Göttin gegenüber.

Plötzlich bildeten die Höllenknechte eine Gasse. Eine Prozession bewegte sich durch den Tempel.

Mandra Korab sah, wie sechs dieser schrecklichen Wesen ein weiteres Opfer trugen. Man hatte über den Kopf des Mannes eine Kapuze gezogen. Die Spitzen der gläsernen Dolche schwebten über seinem Körper.

Eine furchtbare Ahnung stieg in dem Inder hoch.

Die Gestalten blieben stehen.

Eine faulige schwarze Hand griff nach der Kapuze, zog sie weg!

Mandra Korab sah seine Ahnung bestätigt.

Das zweite Opfer war John Sinclair!

Der Inspektor war völlig hilflos der dämonischen Übermacht ausgeliefert.

Ein höllisches Gelächter schallte durch die Unendlichkeit der Tempelhalle.

Kalhori hatte es ausgestoßen.

Die finstere Göttin hatte doch noch gesiegt, wußte, daß der Inspektor ein Druckmittel gegen den Inder war.

Das Gelächter brach ab.

»Kommt näher!« hallte ihre Stimme.

Mandra Korab verstand kein Wort, begriff aber den Sinn des Befehls, als sich die Dämonenknechte in Bewegung setzten.

Langsam kamen die gesichtslosen Kreaturen näher. Vier von ihnen trugen den bewußtlosen Inspektor.

Die Schritte der Kuttenträger waren schleppend, die Gestalten wirkten wie Puppen, die man aufgezogen hatte.

Dicht vor einem Altar blieben sie stehen.

Es waren insgesamt drei Altäre. Auf einem lag das erste unglückliche Opfer. Die beiden anderen waren für John Sinclair und Mandra Korab reserviert.

»Legt ihn auf den Stein!« befahl die Göttin.

Die Dämonenknechte gehorchten.

»Zieht ihm die Kapuze ab.«

Das Tuch wurde dem Inspektor vom Kopf gestreift.

Die Lichtaura, die die Steingöttin umgab, reichte gerade aus, daß Mandra Korab einigermaßen etwas erkennen konnte.

Der Inspektor hielt die Augen geschlossen. Ein dünner Blutfaden rann von seiner Stirn über die Wange, dicht an Johns rechtem Mundwinkel vorbei. Die Altarplatte war so breit, daß selbst noch die Skelette der unglücklichen Opfer darauf liegenbleiben konnten.

Es war ein Bild voller Grauen und Schrecken.

Mandra Korab stand wie festgewachsen auf seinem Platz. Das magische Feuer der Kugel war verloschen. Sie war nichts anderes mehr als ein normaler Kristall. Die Auseinandersetzung mit der Göttin hatte der Kugel die letzte magische Kraft genommen.

Damit war auch Mandra Korabs Schicksal besiegelt!

Und das der beiden anderen Opfer.

Der Inder ließ seine Arme sinken. Er fühlte sich innerlich ausgebrannt. Sein Kampfeswille war erloschen, dahingeschmolzen wie Schnee in der Sonne.

Die Höllenwesen hatten sich ihm zugewandt. Formlose, metallisch glänzende Gesichter starrten Mandra an. Der Inder las keine Gefühlsregung in diesen Flächen.

Kein Haß, keine Feindschaft – nichts.

Und das fraß an Korabs Nerven. Er wußte nie, wann sie angreifen würden. Aber das war Mandra Korab eigentlich schon egal.

Wieder zischte die Göttin einen Befehl.

Augenblicklich drangen die Kuttenwesen gegen den Inder vor. Innerhalb von Sekunden kreisten sie ihn ein.

Mandra reagierte viel zu spät.

Er wollte noch den Kreis durchbrechen, doch verbrannte, schwarz glänzende Arme stießen ihn zurück.

Schon bald war er überwältigt.

Sie schleiften ihn zu einem Altar.

Mandra spürte den Geruch, der von diesen Wesen ausging, und ihm wurde übel.

Hart warfen sie ihn auf den Stein.

Erst jetzt bemerkte Mandra Korab die feinen Dämpfe, die aus dem Innern des Altars stiegen.

Sie rochen süßlich und abstoßend.

Wie Blut!

Der Inder schluckte.

Er lag genau auf dem mittleren der drei Altäre. Vor ihm – zu seinen Füßen – lag John Sinclair und hinter ihm in der Reihe das erste unglückliche Opfer, das er hatte retten wollen.

Kalhoris Diener hatten sich um die Altäre gruppiert. Die glatten Gesichter waren verschoben. Es hatten sich Öffnungen gebildet, aus denen ätzender Rauch quoll.

Mandra Korab würgte. Der Rauch legte sich schwer auf seine Lungen.

Er hatte auf einmal das Gefühl, ersticken zu müssen.

Ob ersticken oder von der Göttin gefressen zu werden. Es blieb sowieso alles gleich.

Der Inder atmete nur noch leicht durch die Nase. So ließ es sich einigermaßen ertragen.

Er wollte sich auf die Seite drehen.

Sofort packten die Klauen der Dämonendiener zu.

Die Griffe waren fest, glichen Schraubstockbacken.

Der Inder stöhnte. Schmerz pulste durch seinen Körper. Die Mönche preßten ihn zurück.

Endlich ließen sie los.

Mandra Korab keuchte. Er fühlte, daß er nicht mehr lange durchhalten konnte. Zuviel war auf ihn eingestürmt.

Plötzlich traten die Höllenknechte zurück.

Mandra Korab drehte ein wenig den Kopf. Über sich sah er den gräßlichen Schnabel der Göttin. Die Schnabelspitzen schienen direkt auf seine Stirn zu zielen.

Ein Stoß, und sein Kopf war nicht mehr da.

Angst packte den Inder wie eine Klammer. Einer zweiten Haut gleich lag der Schweiß auf seinem Körper.

Da begann Kalhori zu sprechen. Und sie tat es in einer Sprache, die auch Mandra Korab verstehen konnte.

»Ihr habt es gewagt, der Göttin entgegenzutreten. Zwei jämmerliche Menschen wollten meine Rückkehr vereiteln. Und ich gebe zu, daß ihr es fast geschafft habt. Aber nur fast. Von dir, Mandra Korab, wußte ich, konnte mich auf dich einstellen, und meine Diener haben dir in deinem eigenen Haus eine große Niederlage bereitet. Leider konntest du entkommen. Und mit dir dein Freund, dieser Mann aus dem fernen England. Ich hatte von ihm gehört, allerdings nicht geahnt, daß er so stark ist. Aber jetzt nützt euch das gar nichts. Ihr seid in meiner Gewalt. Und niemand ist bisher aus meinem Reich entkommen. Ein Reich, das ihr zwar als dreidimensional empfindet, das aber doch dimensionslos ist. Es ist ein Zwischenreich. Nur manchmal, an bestimmten Zeiten und Punkten, kann man in das diesseitige Reich gelangen und umgekehrt. Euch ist es gelungen, mich zu sehen. Doch mehr auch nicht. Schon bald wird der Fluch der Verbannung gelöst sein, und ich kann auf die Erde zurückkehren. Doch nun zu euch. Du, Mandra Korab, wirst zusehen müssen, wie ich den Mann, den du retten wolltest, als Opfer nehme. Anschließend wird es dir ebenso ergehen. Und als letzter kommt dein Freund an die Reihe. Auch er wird sich nicht wehren können!«

Weit riß Mandra Korab die Augen auf. Der Schnabel der Göttin war halb geöffnet. Der Rauch, der daraus hervordrang, hatte eine grünliche Farbe.

Jetzt ruckte der Schnabel ein Stück zur Seite, verharrte genau über dem ersten Opfer.

Der Unglückliche hinter dem Inder bekam das alles gar nicht mit. Sein Geist war bereits vom Wahnsinn gezeichnet.

Die Höllenknechte begannen mit einem gräßlichen Heulen.

Es war die Todesmelodie für das erste Opfer.

Gläserne Dolche wischten durch die Luft, warfen zuckende Lichtreflexe.

Der Schnabel beugte sich tiefer.

Mandra Korab, geschockt duch dieses gräßliche Schauspiel, lag stocksteif auf dem Altar.

Unwillkürlich schloß er die Augen.

Sekunden vergingen.

»Aaaaahhh!«

Ein kurzer Schrei übertönte das Heulen der Dämonen.

Mandra Korab öffnete die Augen.

Jäh sprang ihn das Entsetzen an und verschlang ihn.

»Nein!« ächzte der Inder. »Nein!«

Er wandte den Kopf.

Als er wieder aufsah, war von dem Mann nichts mehr zu sehen. Der riesige Schnabel bewegte sich leicht.

Mandra Korab stöhnte. Das Grauen dieser gräßlichen Welt hielt ihn wie eine Zange umklammert. Sein Körper bebte. Der Inder wußte mit Sicherheit, daß er der nächste war.

Ein wenig neidete er Inspektor Sinclair die Bewußtlosigkeit. So brauchte er wenigstens nicht mit anzusehen, wie . . .

Korabs Gedanken stockten.

Weit öffnete sich der Schnabel der Göttin. Etwas rutschte heraus.

Ein Skelett!

Die Knochen fielen auf den Altar.

»Und nun zu dir!« hörte er die grauenhafte Stimme. »Lange habe ich auf den Moment gewartet. Jetzt ist es soweit.«

Wieder begannen die Dämonen mit ihrem gräßlichen Geheul, leiteten den Beginn des Todesrituals ein.

Für ihn, Mandra Korab!

Pfeifend zog der Inder den Atem ein. Er hatte den Mund zu einem Schrei geöffnet, doch kein Laut kam über seine Lippen.

Es war alles zu grauenhaft.

Die Dämonenwelt kannte keine Gnade.

Langsam senkte sich der Schnabel, öffnete sich eine Armlänge weit. Überdeutlich nahm der Inder das Bild in sich auf.

Warum werde ich denn nicht ohnmächtig! schrie es in ihm. Warum denn nicht?

Doch das Schicksal war nicht gnädig.

Die gesichtslosen Wesen traten zurück, wollten sich an dem Schauspiel ergötzen.

Ihr Gesang hatte aufgehört. Jetzt kam Kalhoris große Stunde. Jetzt endlich würde sie einen ihrer gefährlichsten Gegner vernichten.

Die Schnabelspitze schwebte haargenau über Mandras Kopf. Der Inder roch die widerlichen Ausdünste.

Zwei, drei Sekunden hatte er vielleicht noch zu leben.

Dann war alles vorbei. Mandra Korab, der den Kampf mit der Dämonenwelt aufgenommen hatte, gab sich verloren . . .

Wie ein feiner Nadelstich drang der gellende Schrei des unglücklichen Opfers in John Sinclairs Bewußtsein.

Der Inspektor öffnete die Augen.

Dunkelheit umgab ihn. Im ersten Moment wollte John die Panik übermannen, doch dann arbeitete sein klarer Verstand.

Die Ereignisse fielen ihm wieder ein. Er war in die Dämonenwelt geschleudert worden, hatte die gesichtslosen Wesen getroffen und dann . . .

Wo war er hier gelandet? Hatte man ihn vielleicht in die Hölle geschleift?

Behutsam drehte John Sinclair den Kopf zur anderen Seite.

Und da standen sie.

Die Höllenknechte mit ihren metallisch schimmernden, unbewegten Gesichtern. Die gleichen Wesen, die auch John Sinclair überwältigt hatten.

Stocksteif blieb der Inspektor liegen. Unter seinem Rücken fühlte er harten Stein. Ätzende Dämpfe stiegen in seine Nase. Er mußte zu den Dämonenwesen hinaufsehen, demnach lag er auf einer Erhöhung.

Vielleicht auf einem Altar?

Altar. Genau das war es. Und wer auf einem Dämonenaltar lag, würde geopfert werden.

Als erstes bewegte John Arme und Beine.

Es ging. Er war nicht gefesselt.

Unendlich langsam hob er die rechte Hand. Die Schreckensgestalten starrten alle an ihm vorbei, konzentrierten sich auf einen anderen Vorgang und merkten nichts von Johns Bewegungen.

Seine Hand glitt über das schweißfeuchte Hemd, tastete sich unter die Jacke – und . . .

Der Stab des Gottes Schiddhu! Vielleicht Jahrtausende alt und geweiht mit Dämonenbannern. John hatte sich den Stab nicht genau ansehen können, wußte aber, daß seltsame Zeichen und Symbole in das Holz eingeschnitzt waren.

Die Finger seiner rechten Hand umklammerten das geweihte Holz. Und plötzlich verließ ein Kraftstrom den Stab und nahm von Johns Körper Besitz.

Der Inspektor fühlte sich mit einemmal leicht und frei. War in einer Verfassung, es mit jedem Gegner aufnehmen zu können. Auch die Angst und das Entsetzen waren verflogen.

»Und nun zu dir!« drang eine Stimme an Johns Ohr. »Lange genug habe ich auf den Moment gewartet. Jetzt ist es soweit!«

Siedendheiß fiel John der Inder ein.

Nur ihm konnten die Worte gegolten haben.

Er soll das nächste Opfer sein.

John Sinclair mußte etwas unternehmen. Jetzt, noch in dieser Sekunde.

John vertraute voll und ganz der Kraft des Stabes – und seiner eigenen Stärke.

Mit einem Schrei sprang John von der Altarplatte hoch.

Die Dämonen und die Göttin waren völlig überrascht.

Breitbeinig stand John an dem Kopfende des Opferaltars, hielt den Stab mit beiden Fäusten fest umklammert.

Der Dämonenbanner des Gottes Schiddhu strahlte eine unbändige Kraft aus.

Feurige Blitze zuckten dem gräßlichen Maul der Göttin entgegen. Kalhori stieß einen nervenzerfetzenden Schrei aus. Die Fratze verzerrte sich, der Schnabel wurde kleiner, und ein riesiges Maul wie der Höllenschlund selbst öffnete sich.

Eine gräßliche stinkende Wolke drang daraus hervor.

Die Diener der Göttin hatten sich auf die Erde geworfen. Sie heulten und kreischten in gräßlichen Tönen.

Plötzlich fegte ein eisiger Wind durch die Dämonenhalle, hob die Schreckensgestalten hoch wie welke Blätter und jagte sie dem Höllenschlund entgegen.

John Sinclair stand wie ein Fels in der Brandung.

Ihm – einem Wesen aus Fleisch und Blut – konnte dieser Sturm nichts anhaben. Genau wie Mandra Korab, der immer noch auf dem Altar lag und der Vernichtung der Göttin mit weit aufgerissenen Augen zusah.

Schreiend verschwanden die letzten Dämonendiener in dem feurigen Schlund.

Aber noch war die Göttin nicht besiegt. Noch kämpfte sie.

Ging über die Metamorphose.

Eine grauenhafte Verwandlung setzte ein. Der obere Teil der Fratze löste sich auf. Umrisse eines riesigen Frauengesichtes wurde sichtbar.

Augen traten hervor, der Teil einer Nase.

Das Grauen zerrte an John Sinclairs Nerven. Er hatte plötzlich Angst, daß die Kraft des Stabes nicht ausreichte. Er sah, wie sich das Gesicht – halb Mensch, halb Dämonenfratze – vorbeugte.

Da griff John Sinclair zum allerletzten Mittel.

Er beugte sich zurück, schwang seinen Arm weit über den Kopf und warf mit einer gewaltigen Bewegung den magischen Stab in den Rachen der Göttin.

Es wirkte wie der berühmte Funke auf dem Pulverfaß.

Wie von Urgewalten getrieben, platzte Kalhori auseinander. Unbeschreibliche Gewalten wurden frei. Feuer, Rauch und Sturm vereinigten sich zu einem Inferno.

Mörderische Schreie mischten sich in das Tosen.

Mandra Korab war von dem Altar aufgesprungen. Er stand neben John, zitterte genau wie der Inspektor am ganzen Körper.

Plötzlich schwankte der Boden unter ihren Füßen. Entsetzt klammerten sich die Männer aneinander. Ein reißender Sog zerrte sie mit sich fort.

Sie rasten genau auf eine Wand zu, wurden wie Spielbälle umhergeschleudert.

Die beiden Menschen waren zwischen den Fronten der Reiche gelandet.

»Johnnnn . . .!«

Mandra Korabs Schrei gellte noch einmal auf, dann fraß den Inder eine unendliche Schwärze.

Sekunden später war auch John Sinclair in den Tunnel der Zeiten eingetaucht . . .

Mandra Korab und John Sinclair wurden zur gleichen Zeit wach. Für einen Augenblick sahen sie sich konsterniert an. Dann kam die Erinnerung zurück.

»Wir haben es geschafft!« flüsterte John.

Sie waren gerettet.

»Ich glaube, wir haben alles nur geträumt!« sagte Mandra Korab leise.

»Nein!« John schüttelte den Kopf und deutete dann auf Mandras Fingerspitzen.

Der Inder hob die Hände. Die Fingerkuppen waren blutig. Eine letzte Erinnerung aus der Dämonenwelt.

Einige Tage später traf John Sinclair wieder in London ein. Am Flughafen wartete jemand auf ihn.

Bill Conolly.

»Du bist mir ja vielleicht einer!« begrüßte er den Inspektor. »Läßt mich hier sitzen und saust in der Weltgeschichte herum. Weißt du, was die Quacksalber alles mit mir angestellt haben?«

John lachte. »Erzähl mir lieber nichts.«

»Ja«, knurrte Bill. »Das glaube ich, davon willst du nichts wissen. Aber gefunden – haben die Weißkittel nichts.«

»Sei froh, daß du gesund bist«, erwiderte John. »Andere würden wer weiß was dafür geben.«

»Ha, ha.«

John steuerte den Taxistand an.

»He, wo willst du denn hin?« rief der Reporter.

»Zum Yard.«

»Kommt nicht in Frage. Sheila hat dich eingeladen.«

»Das ziehe ich selbstverständlich vor. Liegt irgendein besonderer Grund vor?«

Bill fletschte die Zähne. »Und ob. Sie will dir nochmals dafür danken, daß du mich quasi auf die galante Art unschädlich gemacht hast.«

»Das nenne ich einen Grund«, rief John.

»Freu dich nur nicht zu früh«, sagte Bill. »Beim nächstenmal bin ich wieder mit von der Partie, darauf kannst du dich verlassen.«

ENDE

Band 13411 · DM 16.80 / SFr 17,80

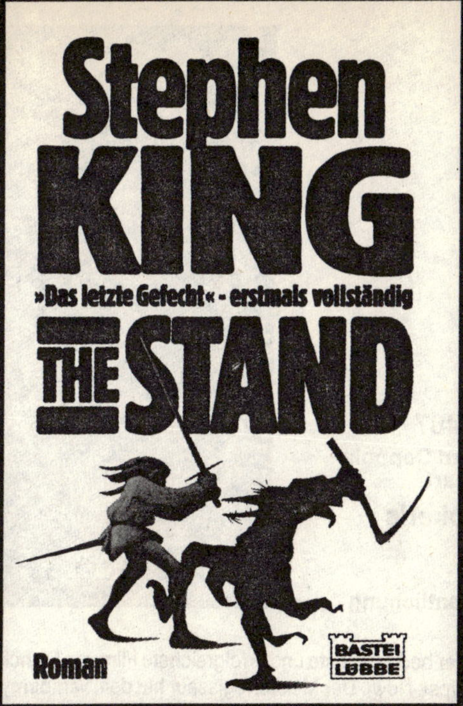

Band 13 088

DM 7.80 / SFr 8.80

Band 13 121

DM 9.80 / SFr 10.80

Band 13 160

DM 9.80 / SFr. 10.80

Band 13 299

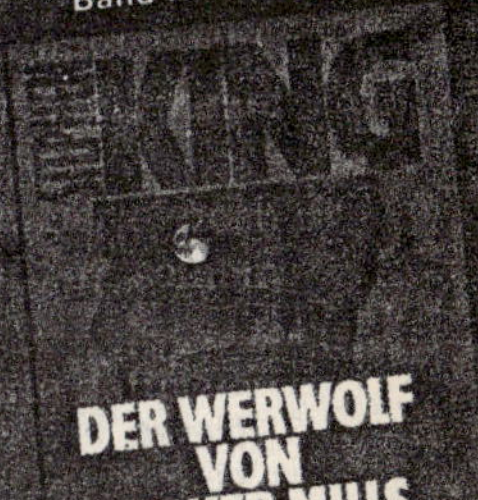

DM 9.80 / SFr. 10.80